ANATEMA

KERI LAKE

ANATEMA

KERI LAKE

Traducción de
Carlos Abreu Fetter,
Marta Carrascosa Cano
y Jorge Rizzo Tortuero

PLAZA & JANÉS

Penguin
Random House
Grupo Editorial

Título original: *Anathema*

Primera edición: diciembre de 2025

Impreso en Colombi - *Printed in Colombia*

ISBN: 979-8-89098-572-9

25 26 27 28 29 10 9 8 7 6 5 4 3 2 1

Para quienes se sienten perdidos
en un bosque oscuro y sin senderos.
Creed en la magia que existe
más allá de los árboles

MORTASIA
Estrecho
de Pristicia
LYVERIA
ROMISIR
El Valle Umbrío
Montes Serrados
Bosque
Voraz
Bosqu
de Bruja
VONKOVYA
Foxglove
Rookmoor
El Valle Umbrío
Mar
de Abyssius
Grimvale

SOLÁCEA
Luximos
Bosque de Fyerian
Kastellia
Canal de Australius
Fortaleza Corvus
RACONYSIA
ierra de Veritia
Xythianok
Mar de Primmia
EREMICIA
IYXTEROS
Salto de Lunamarysz
elwick
Eidolon
Rio Aeramere
rrabal
Susurria
Valle de Ossuis
Bahía de Qu'Brysia
icarys
VESPYRIA
Fosa de Crussuria
Bosque de Grymswood
Wyntertide
Maleviarys
CALYXAR
ETIRIA

Razas etirias

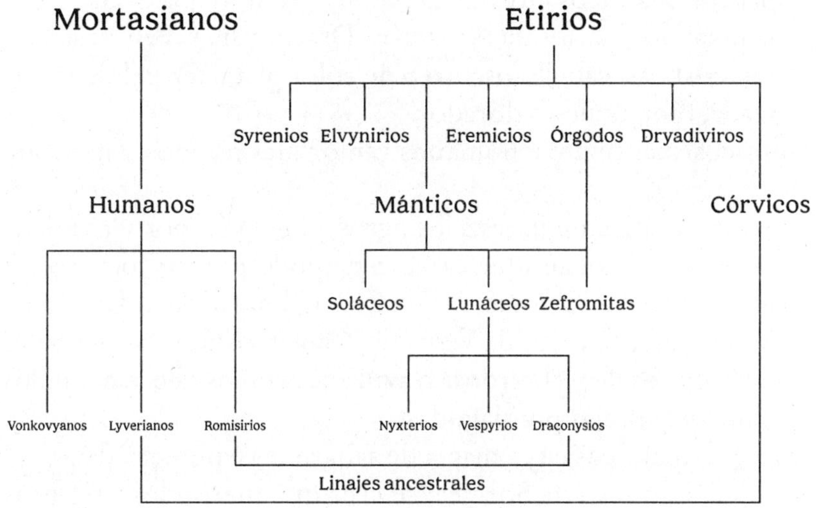

Córvicos: antigua tribu de mortales extinguida a causa de un genocidio. Rendían culto a la diosa de la muerte. Se dice que por sus venas corre sangre de los corvugones, originarios del norte de Nyxteros. Características: cabello oscuro, tez aceitunada, mortales.

Dryadiviros: raza de etirios que moran en el bosque y en ocasiones adoptan forma de árbol. De aguda inteligencia, muchos acuden a ellos por su sabiduría. Se cree que son los antepasados de los mánticos. Originarios del este de Vespyria. Características: piel áspera como corteza o raíz, astas que asemejan ramas, capacidad de manipular poderes elementales.

Elvynirios: aquellos que practican la magia a través de la nexumis. De gran inteligencia, se les escoge con frecuencia como consejeros del rey. Originarios de la nevosa isla de Calyxar. Características: tez oscura o aceitunada, cabello blanco (algunos tienen pelo rojo y tez pálida), orejas puntiagudas.

Eremicios: originarios de las tierras desérticas de Eremicia; guerreros de destreza excepcional con el poder de manipular la arena y el fuego. Características: cabello oscuro, piel escamosa que puede adquirir el color de la arena, ojos de color granate oscuro.

Lunáceos: mánticos cuya magia de sangre se ve potenciada por la luna; originarios de Nyxteros, Draconysia y Vespyria. Características: cabello oscuro o de color plata, tez pálida y plateada, ojos azules o dorados.

Mánticos/mantinatos: humanos inmortales nacidos con magia de sangre.

Órgodos: bestias similares a los ogros, conocidas por ser violentas en extremo; aunque carecen de poderes mágicos, poseen una fuerza excepcional; originarios del norte de Solácea y de Maleviarys, en el sur de Vespyria. Características: humanoides musculosos de piel verdosa o azulada; algunos tienen colmillos afilados y orejas puntiagudas.

Soláceos: mánticos cuya magia de sangre se ve potenciada por el sol; originarios de Solácea; se cree que fueron los primeros mánticos inmortales. Características: tez aceitunada, cabello rubio, ojos azules.

Syrenios: habitantes del mar con aletas y largas colas escamosas. Se los describe como seres de una belleza cautivadora, pero peligrosos, pues son crueles y les gusta el sabor de la carne de los mánticos. Moran en las frías profundidades del mar de Primmia; algunos marineros humanos afirman haberlos visto también en el mar de Abyssius. Características: cabello negro o blanco, tez oscura o clara, ojos plateados o dorados; se dice que quienes viven por debajo del foso de Crussuria tienen ojos negros y tez de color gris pálido.

Zefromitas: fruto del cruce entre mánticos y órgodos; tan agresivos como competitivos; son discriminados por los órgodos. Características: físico similar al de los mánticos, pero más robustos; algunos parecen más bien órgodos con menos músculos.

Glosario

Acero de Venetox: metal resistente que cuentan que se forjó en Nethyria.

Altasangre: etirio de alta cuna y gran fortuna.

Ascenso: fase parecida a la pubertad en la que los mánticos empiezan a manifestar la magia de su estirpe.

Aura: rastro de magia que puede usarse para identificar a un mántico.

Azurmadina: elemento que se encuentra en las cuevas de los Montes Serrados y despide un brillo azulado.

Belicería: técnica de combate en la que se emplean glifos sobrenaturales y hechizos de sangre.

Bellatryx: grupo de mujeres guerreras, mitad soláceas, mitad zefromitas.

Biculia: afección que altera el color del iris tras una lesión.

Caligorya: espacio oscuro en el interior de la mente.

Caligosi: animal cuya piel se utiliza para elaborar cuero.

Cammyck: prenda interior femenina ajustada de una sola pieza que cubre el torso.

Cantafel: hechizo que permite atravesar el Valle Umbrío (y que solo unos pocos conocen).

Cardubera: un afrodisiaco muy potente.

Carnificado: mántico que se ha vuelto violento por consumir demasiado vivicantum.

Celistrioces: seres agresivos cuyo aspecto es el de una luciérnaga con rostro humano.

Ceremonia del Devenir: rito iniciático de paso de las jóvenes hacia la edad adulta y la madurez sexual.

Cerezuela: baya dulce, fruto de la vid, con la que se elabora vino. De las hojas se extrae un aceite que, según se dice, ahuyenta a los espíritus malignos. Las flores, que forman parte de la familia de la belladona, resultan muy tóxicas en caso de ingestión.

Cor de Etiria: el núcleo de Etiria, a miles de leguas bajo la superficie, donde la llama negra arde con más fuerza.

Corvugón: criatura pariente del dracón, de cuerpo sinuoso con cuatro patas, plumas, pico y alas, que exhala llamas plateadas.

Chicabina: hierba aromática cuyas flores sirven como relajante muscular.

Deimosis: miedos que dejan las personas al morir y asumen forma de sombras.

Demutomancia: forma prohibida de magia que consiste en la alteración de la sangre.

Draco: criatura similar a una serpiente, con cuatro patas y sin alas.

Dracón: criatura similar a una serpiente, sin alas.

Enteco: niño engendrado por una pareja de nilivires. Carece de magia de sangre y no puede tener hijos (es estéril).

Espiritino: pequeñas criaturas parecidas a hadas, de rostro humano y cuerpo como de palo, que viven en el bosque. Son muy agresivas y atacan en enjambre.

Ferovor: demonio que mora en el bosque y tiene un apetito voraz por la carne humana.

Fervenszi: licor muy fuerte.

Flamapul: veneno que causa una parálisis extrema cuando se introduce directamente en el torrente sanguíneo a través de una herida.

Flamelita: persona que practica y abusa de la sangría de fuego.

Forensicarios: mánticos especializados en la investigación de asesinatos y auras.

Forjaoscura: ritual en el que se absorbe el fuegoscuro. Es extremadamente peligroso, pues puede causar deformidades en quienes han alcanzado la edad del ascenso. Solo se ha realizado con éxito una vez.

Frágor: piedra que se puede detonar mediante un cántico específico y provoca grandes explosiones.

Fuegoscuro: elemento de los dioses forjado en el Cor de Etiria.

Gátalo: seres nocturnos, mezcla de gato y halcón, que viven en el bosque.

Glifo: símbolo que indica una magia de sangre concreta. Aparece como una cicatriz en la palma de la mano.

Golvyn: ser a medio camino entre el hombre y la rata que mora tras las paredes de los castillos.

Initios: ceremonia celebrada por la realeza para dar comienzo a una celebración. Una bendición.

Keltzig: moneda acuñada en plata.

Koryn: serpiente grande y escamosa que habita en fosos y ríos.

Letalisz: asesinos a sueldo del rey que suelen mantener en secreto su identidad.

Liro: moneda (de mayor valor que el keltzig) acuñada en un metal negro.

Lunamiszka: «Mi bruja lunar».

Luz prilunar: luz emitida por la luna que ayuda a crecer a los alimentos nocturnos e infunde energía a los lunáceos, una raza de mánticos cuya magia de sangre se ve potenciada por la luna.

Magestrado: miembros de la hermandad de élite integrada por los brujos más diestros. Consejeros del rey.

Malevol: espíritu demoniaco.

Malvahada: palabra con que los mortasianos designan a los espiritinos.

Mortseario: encargado de recoger cadáveres.

Muruela: enfermedad extremadamente contagiosa que provoca la aparición de furúnculos repugnantes por toda la piel.

Nectardeium: néctar de los dioses, un licor fuerte.

Nexumis: capacidad para manipular glifos sin magia de sangre; práctica común entre los elvynirios.

Nilivir: mántico que ha perdido la magia de sangre debido a un periodo prolongado sin vivicanto.

Nilmirto: potente suero de la verdad que provoca un fuerte malestar en quien miente.
Pahzat: tubérculo similar a la patata.
Pendulince: mamífero de hocico largo, más pequeño que un elefante.
Piedraciaga: piedra dorada que puede acarrear desgracias a quien la recibe de manos de otro.
Piromante: mántico con el poder de manipular el fuego.
Placedor: persona que lleva a cabo actos sexuales por dinero.
Primyriano: idioma antiguo de los dioses, hablado por algunos vespirios.
Prodozja: manifestación protectora de la magia de sangre que se muestra en forma de insecto u otro animal.
Quinto: moneda (de menor valor que el keltzig) acuñada en un metal rojo.
Raíz de sijash: raíz que a veces se administra a los niños antes de irse a la cama para que concilien el sueño.
Rapax: depredador de niños o pedófilo.
Rapiuza'mej et rapellah'mej: una traducción aproximada sería «Tómame y hazme tuya».
Raptacia: elixir concebido originalmente como tónico para dormir, que estimula la libido.
Sangría de fuego: acto de practicar pequeños cortes en la piel y lamer las heridas con la lengua rociada con flamapul para introducirlo en la sangre. Provoca una parálisis extrema.
Septomir: cetro poderoso que se usó para crear el Valle Umbrío, activado por la sangre de los siete.
Serotónicos: venenos a base de sangre producidos generalmente en laboratorios ilegales.
Sujeción abisal: facultad de mantener a alguien atrapado en la caligorya.
Tejedera: bolsita de hierbas que se usa para ahuyentar las pesadillas y a los espíritus malignos.
Tónico de silvestrágora: potente pócima con propiedades alucinógenas que se extrae de las raíces de la mandrágora negra y el arbestre.
Tránsito: el poder de transportarse de un lugar a otro a través de paredes y superficies planas.

Valle Umbrío: barrera creada por medio del septomir para separar Mortasia de Etiria.
Veniszka: palabra etiria que designa a brujas mortales que lanzan hechizos.
Ventriervo: ave criada por los magestrados que sirve como espía porque repite todo lo que oye.
Vetas: fosos de lava profundos donde se elevan las llamas negras desde el Cor.
Vivicanto: nutriente que se extrae de las vetas necesario para la magia de sangre; sin él, esta disminuye.

Glifos

Aeryz: la venganza del viento; glifo que se sirve del viento para derribar al adversario.
Erigorisz: el poder de hacer levitar objetos con la mente.
Evanidusz: la facultad de desaparecer en una nube de humo negro o volverse invisible a simple vista.
Propulszir: la capacidad de repeler poderes; glifo protector que bloquea la lectura de la mente.
Osflagulle: el poder de atacar con un látigo óseo; un golpe basta para destrozar huesos.

Dioses etirios

Deimos: mortal que se convirtió en el dios del caos y el fuego.
Magekae: dios de la alquimia y la inmortalidad.
Morsana: diosa de la muerte.
Pestilios: dios de la peste y el hambre.
Vivarya: diosa de la fertilidad.

Nota de la autora

Querido lector:

Si es la primera vez que me lees, quiero darte las gracias por atreverte con mi primera incursión en la fantasía gótica. Mi objetivo es proporcionarte una experiencia de lectura agradable, así que, antes de zambullirte en estas páginas, quiero dejar claro lo que puedes esperar de esta novela.

Suelo crear tramas intrincadas y con varias capas, y, aunque el tema amoroso es uno de los muchos elementos que entretejo en la historia, en este caso no todo gira en torno a él. Si tienes prisa por llegar a las partes picantes, ya llegarán, pero has de saber que las cosas se van fraguando a fuego lento. Sufrirás la tortura de páginas de tensión insoportable antes de llegar al clímax, por así decirlo. Por favor, ten esto en cuenta cuando te internes en este mundo.

Nota importante: en este libro se describen varias situaciones que pueden herir la sensibilidad de algunas personas. Puedes consultar la lista completa de advertencias (con *spoilers*) en mi página web.

Prólogo

Hace doscientos once años...

Lady Rydainn abrazó contra su pecho a su hijo de pocos meses mientras se aproximaba a la resplandeciente veta que, solo unos días atrás, había sido una grieta de rugiente fuego negro que se abrió en el suelo. A medida que las dos lunas se juntaban en una sola, el abismo de lava color violeta se había endurecido hasta convertirse en piedra y solo habían quedado los rescoldos de aquellas llamas siniestras. La roca ígnea estaba casi lista para su extracción, pero no era el valor de este material lo que los había atraído hasta ese lugar.

Estaban ahí por el fuego en sí.

Los hombres que por lo general custodiaban la veta para protegerla de los ladrones yacían en menguantes montones de ceniza. Los cuerpos y las armaduras habían quedado reducidos a inservibles grumos de hollín que empezaba a dispersar el viento. Habían sido abrasados vivos por una llamarada tan intensa que lady Rydainn sentía el calor que irradiaba a cien varas de distancia. Fuegoscuro, un antiguo elemento de los dioses, forjado eones atrás en el corazón incandescente de Etiria. Su mero contacto bastaba para convertir un cuerpo en cenizas y la sangre en piedra.

Y ella había acudido para ofrendarle a Zevander, su hijo pequeño.

No por voluntad propia, desde luego. Lady Rydainn se habría sacrificado en ese mismo instante si con ello hubiera podido salvar a Zevander de tan terrible destino. Por desgracia, el brujo que había exigido la ofrenda no estaba interesado en aceptar su mísero intercambio. Quería al hijo más pequeño y no se conformaría con nadie más.

Ella se obligó a mirar a aquel ser de alma oscura y corrupta que se encontraba de pie junto a su hijo mayor y su esposo, observando cada paso que lady Rydainn daba desde el borde de la veta. Era el hombre al que había llegado a conocer como el hechicero más peligroso de toda Etiria, uno de los pocos que habían aprendido a controlar el caótico fuegoscuro y descubierto una manera de canalizar su poder letal y divino. En otro tiempo había sido el lord Brujo del rey, miembro del venerado grupo de los magestrados, pero había perdido el cargo de forma deshonrosa, acusado de practicar la demutomancia, una forma oscura de magia declarada ilegal por el soberano.

«Cadavros». Solo de pensar en su nombre, sintió que un escalofrío le bajaba por la espalda.

No obstante, su esposo y ella se habían visto forzados a cerrar con él un trato faustiano a cambio de su protección contra los soláceos que perseguían a su familia. Eran guerreros despiadados, famosos por su brutalidad y violencia, sicarios que se habían mofado de las ejecuciones.

Aprovechándose de su desesperación, el brujo solitario les había planteado a los Rydainn una oferta que no podían rechazar: un hechizo poderoso contra aquellos que querían darles caza a cambio de un poco de magia de sangre de su primogénito, una muestra que Cadavros aseguraba que utilizaría para sus estudios.

Lady Rydainn habría deseado poseer la facultad de viajar atrás en el tiempo. Habría reñido a su yo del pasado por su estupidez. Le habría advertido que no confiara en las mentiras del brujo. Porque lo que había extraído de su hijo mayor había sido mucho más que una «muestra» de su magia.

Aquellos ojos negros y brillantes, sumidos en unas cuencas profundas y sin alma, le devolvieron la mirada, como desafiándola a huir de su repulsiva presencia. Según los rumores, hubo una época en que había sido apuesto, pero la magia oscura y prohibida le había dejado huella. Había hundido las garras en su carne y lo había retorcido hasta convertirlo en una bestia maligna. De su cabeza sobresalían unas astas ramificadas con cuernos que se curvaban hacia atrás. Unas arrugas profundas en su curtida piel le recordaban a lady Rydainn a la corteza de un árbol. Decían que había pequeñas serpientes atrapadas en las venas negras que palpitaban bajo su carne.

Como si fueran pura maldad pugnando por salir al exterior.

Su aspecto era la consecuencia de haber practicado sobre sí mismo la Forjaoscura, el mismo ritual que pretendía llevar a cabo con el hijo de lady Rydainn y que, según se creía, solo los niños pequeños podían tolerar sin sufrir una desfiguración permanente, pues aún no habían llegado a la fase del Ascenso.

Junto al brujo se encontraban su marido y Branimir, su primogénito, cuyas venas prominentes y negras, así como su piel endurecida, acusaban la horrenda transformación fruto del primer sacrificio al que ella había accedido solo unas semanas atrás. Pero el codicioso hechicero no se había dado por satisfecho tras sufrir Branimir las mismas mutaciones grotescas que él. Aunque aún estaba lejos de la pubertad y del ascenso a la magia de sangre, Branimir ya había iniciado las transiciones físicas, antes de que la llama corrompiera la semilla de magia que había germinado en su interior. Y la deformidad resultante, aunque no tan marcada como la de Cadavros, le impediría al pobre muchacho conocer algún día su auténtico poder, pues, una vez que la llama negra penetraba en el cuerpo, destruía toda la magia de sangre natural.

El intento de lady Rydainn por romper el diabólico trato con Cadavros había resultado inútil, pues él había jurado matar a sus dos hijos si ella no se sometía a su voluntad. No era una amenaza vacía, a juzgar por los numerosos interrogatorios que había presenciado en los que él había ejercido su poder con una crueldad implacable.

Con la visión borrosa por las lágrimas, sus pasos se volvían cada vez más vacilantes a medida que se acercaba a la veta. Su hijo menor dormía en sus brazos, sin conciencia alguna de la noche que estaba a punto de abatirse sobre él, la cual cambiaría para siempre a ese inocente bebé al que ella tanto amaba.

La mujer se había pasado horas rezando a los antiguos dioses con la esperanza de que eso ayudara a modificar el destino de la criatura, a salvarla de alguna manera de la suerte que le esperaba. Por desgracia, ellos no habían respondido a sus plegarias y las tinieblas la envolvieron conforme las lunas descendían hacia las sombras.

Si hubiera tenido la oportunidad, no habría dudado en coger a Zevander y huir a Mortasia, más allá del Valle Umbrío, que separaba la tierra de los mortales de Etiria. Se creía que no era más que un árido páramo plagado de hambre y muerte.

No había donde esconderse. No había adónde huir.

El arrepentimiento en los ojos de su esposo no la conmovía, pues la ira corría por su sangre con ímpetu renovado. Al fin y al cabo, habían sido los turbios tejemanejes del hombre en tierras soláceas los que habían llevado a su familia a esa situación sin salida. Y todo por su obstinado empeño en elevar su posición social al precio que fuera. Reprimió la orgullosa magia lunácea que latía en sus venas y que sin duda habría fulminado a su marido en ese momento si ella hubiera tenido agallas para hacerlo. Con qué facilidad se había dejado convencer de ofrecer a sus únicos hijos en sacrificio.

«Huye —la apremió su mente—. Sálvalos».

Pero ya era demasiado tarde para Branimir. El mayor había sido el primero en el ritual y sus ojos ensombrecidos habían adquirido una expresión más ausente durante las dos semanas siguientes.

La palidez enfermiza de su primogénito evidenciaba las horas que había pasado encerrado en las celdas subterráneas del castillo desde entonces, en un intento de su padre por ocultarlo a ojos del mundo. «Una abominación», lo habrían llamado los otros aldeanos y no sin razón. Lo que crecía en su interior no era un poder divino, sino una maldad profundamente arraigada que había cobrado fuerza en las semanas posteriores al ritual.

La mera idea de presenciar cómo su bebé, un eco del niño dulce y cariñoso que había sido Branimir, corría la misma suerte que él le resultaba insoportable a lady Rydainn.

Su poder tembló como una cuerda tañida cuando los rayos de luna incidieron en el sello que tenía en la nuca, traspasaron la tela de su manto y activaron una carga que comenzó a zumbarle por las venas e inervó todas las células de su cuerpo, proyectando una oleada gélida hacia la punta de los dedos, ansiosa por ser liberada. La luz lunar afectaba así a todos los lunáceos y Zevander se removió en sus brazos, como si percibiera aquella vibración bajo la piel de su madre.

Su poder tardaría años en alcanzar su máximo desarrollo y ella había anhelado compartir con él aquellos emocionantes momentos de descubrimiento que pronto se verían empañados por el veneno de la llama.

Se detuvo a cierta distancia de su hijo y su esposo, lo más lejos posible de la susodicha, y su respiración se aceleró cuando Cadavros se le acercó. Crispó los dedos sobre Zevander cuando el brujo alargó el huesudo índice, que más bien parecía una rama, y deslizó la punta por la tersa y angelical mejilla de la criatura. Apareció un hililllo de sangre y el bebé se rebulló con un débil gemido que se intensificó cuando el pequeño corte del rostro se hizo más profundo hasta convertirse en un tajo oscuro, tan horrible que ella se preguntó si el dedo de Cadavros estaría bañado en una toxina mortal. Este alargó de nuevo el brazo hacia el niño y ella, de forma instintiva, lo apartó de él, protegiéndolo con las manos. Al fijarse en la fea herida, la rabia se encendió en su interior. Su magia contenida estalló, serpenteó en torno a los huesos y palpitó contra la piel, ansiosa por castigar al brujo. El bebé chillaba en sus brazos, con la cara enrojecida y las extremidades temblorosas. Por las noches apenas hacía ruido. Había sido un niño tranquilo y feliz desde el día que había venido al mundo, y ahora a su madre le partía el alma oír sus gritos de desesperación.

Pero plantar cara a Cadavros habría resultado inútil. Con el poder del fuegoscuro, ella habría quedado reducida a cenizas, como los guardias que habían intentado luchar contra él cuando habían llegado a la veta.

Una lágrima le resbaló por la mejilla.

—*Pilazyo. Orosj tye clemuhd* —susurró. «Por favor. Te suplico que te apiades de él».

Sin decir una palabra, Cadavros deslizó los dedos bajo el bebé y las lágrimas de lady Rydainn se tornaron en un llanto histérico cuando el hechicero tiró de él para quitárselo.

Con un movimiento brusco, ella volvió a atraer al niño hacia su pecho.

—*¡Nith! ¡Nith hazjo'li! ¡Je fili meuz!* —«¡Me niego a hacerlo! ¡Es mi hijo!».

Los alaridos de Zevander cuando Cadavros se lo arrancó de los brazos despertaron los instintos más primarios de la madre. En un arranque de locura, se abalanzó hacia aquel hombre inhumano que se llevaba a su hijo hacia la incandescente veta, pero una fuerza la asió del cuello, impidiéndole respirar. Un humo negro le salió de la boca, ahogando las palabras que ansiaba pronunciar: «¡Basta! ¡Me rindo!». Mientras el atacante invisible continuaba sujetándola con fuerza, Cadavros ni siquiera se dignó a mirarla.

Al ver su sufrimiento, lord Rydainn se dirigió con paso decidido hacia su esposa, pero, cuando se aproximaba, la pierna se partió bajo su peso con el sonido estremecedor de un hueso al quebrarse. Su aullido de dolor retumbó en el bosque que los rodeaba y el hombre cayó al suelo, con el miembro torcido en un ángulo extraño a la altura de la rodilla.

Branimir permanecía inmóvil, con una mirada ausente y perdida en los turbios ojos.

A pesar de la presión en la garganta y la falta de aire en los pulmones, lady Rydainn llamó a gritos a su hijo, tendiendo los brazos hacia él, pero fue en vano. Sintió mil punzadas de terror en la espalda cuando Cadavros, sosteniendo al bebé en un brazo, alargó una mano toscamente teselada hacia la llama negra que se elevaba de la veta resplandeciente. La brasa oscura que agarró titilaba en su palma y los chillidos de Zevander cesaron, pues al parecer el niño quedó cautivado por aquel objeto cuando el brujo lo alzó por encima de él.

Lady Rydainn gemía y temblaba, con las rodillas débiles a causa de la sensación de derrota, y, antes de que pudiera protegerse los ojos de aquel horror, Cadavros le tapó la boca al bebé con la mano y comenzó a asfixiarlo con la llama negra.

Zevander pataleaba y se retorcía, con los piececitos colgando indefensos del brazo de su captor. Una mezcla explosiva de rabia y angustia sacudió a la madre mientras el incesante flujo de lágrimas le nublaba y le irritaba los ojos.

Branimir se removió, incómodo, consciente de la voracidad con que consumía esa llama, a juzgar por sus gruñidos y las palmadas que se pegaba en los oídos. Era como si experimentara el mismo dolor que su hermano menor en ese momento.

El trauma infligido a sus dos amados hijos se le clavaba en el corazón como unos dientes afilados. Con el rostro bañado en lágrimas, contempló las llamas negras que brotaban a través de la piel del bebé y lamían el aire nocturno como oscuras lenguas de serpiente.

Zevander dejó de forcejear y su cuerpo quedó laxo. Las llamas se extinguieron y quedaron fijadas en la carne del bebé en forma de siniestras espirales negras.

Las tinieblas lo habían aceptado y marcado.

Una maldición eterna.

Cadavros levantó a la criatura y le acercó la cara desprovista de nariz al pecho desnudo. Abrió la boca de forma desmesurada antes de meterse en ella la cabeza de Zevander.

—¡No! ¡Por todos los dioses, no! —Un grito ronco de inútil desesperación le desgarró el pecho a lady Rydainn mientras observaba el intento del macabro brujo por consumir a su hijo.

Con un rugido atronador, Cadavros se sacó al bebé de la boca. Le inclinó la cabeza para inspeccionar las marcas negras que tenía en la piel. Un sonido profundo y gutural le vibró en el pecho y, con un gruñido, el brujo devolvió su atención a la llama.

—*¡Quesz sa'il!* —«¿Qué es esto?».

Miró de nuevo al niño y deslizó el dedo por uno de los dibujos del pecho. Gruñendo otra vez, golpeó a la criatura en la cara y lo arrojó a la grieta llameante.

—¡No! —El alarido que resonó por el bosque podría haber despertado a los antiguos dioses. Lady Rydainn, temblando, maldijo sus nombres y les exigió que la liberaran.

Lord Rydainn soltó un alarido desesperado mientras gateaba hacia la veta, arrastrando la pierna horriblemente destrozada.

—¡Hijo de puta! ¡Maldito hijo de puta!

Cadavros profirió otro rugido al tiempo que su piel desprendía volutas de humo y su cuerpo se estremecía. Extendió de nuevo el brazo hacia la llama y sacó al niño, que no chillaba ni lloraba.

Con el corazón atenazado por el dolor, lady Rydainn examinó a su bebé desde lejos, en busca de alguna señal de vida. Las mantas que lo envolvían habían ardido, por lo que estaba completamente desnudo, con la cabeza ladeada y los ojos cerrados.

«¿Está vivo? ¡Oh, dioses, os lo ruego, que esté vivo!».

Gruñendo una vez más, Cadavros sostuvo la criatura ante sí y lo observó con una perversidad que a ella le revolvió el estómago.

—*Pilazyo* —imploró con voz trémula—. *Jye suaparcz vitaez.* —«Perdónale la vida».

Unos mechones de humo quedaron flotando sobre el rostro del brujo y la mujer alcanzó a ver el brillo de una zona en carne viva en medio de aquella piel áspera como corteza de árbol.

Fue entonces cuando lady Rydainn cayó en la cuenta de que, en su intento de hacer daño a su hijo, el propio brujo había sufrido quemaduras.

Notó que la presión del cuello disminuía y, despojada de su voluntad, se desmoronó en el suelo. Cuando aquellos pies rematados en pezuñas volvieron a detenerse frente a ella, levantó la mirada y vio que Cadavros tendía hacia ella a su hijo inerte, agarrándolo del brazo sin la menor delicadeza, como si no fuera más que un saco de carne y huesos. Lady Rydainn alargó los débiles brazos para cogerlo y lo acunó contra su pecho. A pesar del calor abrasador que despedía, ella se negó a soltarlo.

—¿Está vivo? —preguntó lord Rydainn con la voz cargada de dolor mientras arañaba el suelo para impulsarse hacia ellos—. ¿Vive?

Sin hacerle caso, pues aún estaba demasiado dominada por la ira como para que le importara el sufrimiento de su marido, ella se acercó a su hijo a la cara y percibió las cálidas vaharadas que le salían de la boca.

«¡Gracias a los dioses!». Aún respiraba. Con un sollozo de alivio, la mujer lo abrazó con más fuerza y le besó la coronilla. Su dulce niño había sobrevivido tras haber sido lanzado al fuegoscuro. Cualquier otro en su lugar habría acabado convertido en un montón de cenizas, como aquellos pobres soldados.

Sí, había sobrevivido. Por un milagro de los dioses, se había salvado.

El bebé se despertó y abrió los párpados. El azul inocente de sus ojos se había transformado en un degradado de color vino con espirales naranjas y doradas que convergían en el centro en un eclipse negro. Los mechones plateados que habían empezado a salirle se los había consumido el fuego. El alma de una criatura inofensiva y cariñosa se había evaporado y en su lugar quedaban los vestigios de una aberración de la que los dioses sin duda renegarían.

Retorciéndose en sus brazos, el niño balbuceaba y hacía gorgoritos, una escena extraña, considerando el suplicio al que se había visto sometido solo unos momentos atrás. El tajo en la cara se había ennegrecido hasta convertirse en un surco profundo que recordaba la veta de la que el brujo lo había sacado. En los bordes de la herida, unas venitas negras más pequeñas se ramificaban como riachuelos en un mapa.

Lady Rydainn quiso acariciarlas con un dedo tembloroso, pero, en cuanto las tocó, un intenso ardor en la piel la llevó a apartar la mano.

—¿Cómo has podido hacer esto? —susurró, alzando la vista hacia su esposo—. ¡Cómo has podido!

Lord Rydainn sollozaba a lo lejos y el odio que ella sentía hacia él aumentaba con cada detalle que descubría sobre la maldición que había recaído en su hijo.

Branimir se acercó, con los ojos desorbitados de asombro. Las lágrimas de su madre desdibujaron su figura al recordar ella que, tras nacer Zevander, el muchacho había contemplado a su hermano recién llegado con la misma curiosidad. Qué momentos tan preciosos e inocentes, que habían dejado de existir salvo como sueños olvidados.

Branimir extendió el brazo hacia Zevander y deslizó el dedo por la marca de su pecho, una extraña espiral negra que parecía haber enfurecido a Cadavros. Al examinarla con más detenimiento, a lady Rydainn le pareció ver insertas en la voluta unas palabras escritas en primyriano antiguo que se le antojaron como un sello estampado en lacre sobre su corazón. Con los labios torcidos y expresión fiera, Branimir musitó unas palabras que se clavaron en la conciencia de su madre como un cuchillo:

—*Il captris nith reviris.*

«Lo arrebatado nunca vuelve».

PARTE I

1

Maevyth

Aldea de Foxglove
Presente

El bosque llevaba un tiempo sin comer.

Dirigí la mirada más allá del macabro arco, hacia la espesura del Tañido de Brujas, la malhadada extensión a la que iban a morir los pecadores. Se había ganado su nombre siglos atrás por ser un lugar donde antiguamente se sacrificaba a las brujas y, dada su lúgubre historia, se había convertido en sitio de destierro para herejes y personas de moral corrompida. Los aldeanos lo llamaban «el Bosque Voraz», porque en ocasiones aparecían en la orilla los restos de los proscritos despojados de la piel y la carne. Algunos se encontraban en un estado tan deteriorado que solo el metal de los grilletes confirmaba su condición de desterrados.

La siniestra entrada del bosque estaba hecha con huesos afilados y palos nudosos entretejidos y cubiertos de escarcha. A ambos lados, unos robles retorcidos, castigados por la intemperie y cubiertos de telarañas de brezos espinosos, formaban un muro impenetrable que se extendía centenares de hectáreas en ambas direcciones. El cielo estaba encapotado y, en la densa penumbra, costaba mucho ver algo a través del laberinto de troncos tortuosos, que se me antojaban cadáveres crispados de dolor alargando los brazos hacia lo alto. El bosque, salvaje y hambriento, aguardaba su siguiente comida, que estaba previsto que se sirviera a mediodía en punto.

Bajé la vista hacia mis gastadas botas, cuyas puntas casi tocaban las piedras situadas justo debajo del arco, esa frontera que, cuando alguien la cruzaba, despertaba al monstruo que había al otro lado. Nunca había estado tan cerca del funesto umbral que daba paso a las cosas violentas que ocurrían entre aquellos árboles, fueran las que fuesen. Pese a que siempre había sentido curiosidad por saber qué había más allá, nunca me había atrevido a poner un pie en aquel neblinoso laberinto de árboles. Nadie se atrevía, salvo aquellos a quienes obligaban por la fuerza, pues el Bosque Voraz nunca devolvía lo que se le daba.

Una ráfaga invernal hizo ondular el bajo de mi vestido negro y me produjo un cosquilleo en las pantorrillas que me alteró los nervios. El manto que llevaba sobre los hombros apenas me protegía del frío, que me calaba hasta los huesos. Me estremecí; no por el viento ni la gelidez del aire, sino por los rumores sobre lo que moraba entre los árboles.

Algunos vecinos cuchicheaban sobre el ferovor, un demonio con un apetito voraz de carne humana. Creían que se trataba de una venganza de los indígenas, que se habían visto expulsados de esas tierras hacia el norte. Otros contaban historias sobre malvahadas, pequeñas criaturas del bosque en las que se encarnaba el alma de brujas despreciadas, que atraían a los extraviados imitando voces conocidas para alimentarse de sus despojos. La mayoría de los habitantes de Foxglove, incluido el gobernador, creía que el Ángel del Juicio vivía en el bosque y castigaba a quienes rechazaban a su adorado dios rojo.

Fuera lo que fuese, devoraba a sus víctimas de forma indiscriminada, pues desde luego no todos los desterrados eran malas personas, como demostraba el hecho de que el bosque se había llevado a niños pequeños en una o dos ocasiones.

Incluso a un bebé recién nacido.

Yo tenía solo unos días de vida cuando me encontraron abandonada frente a ese arco maldito en una cesta de mimbre, con una rosa negra sobre el pecho. Nadie sabía quién me había dejado ahí, pero todos los aldeanos suponían que quien lo había hecho pretendía que el bosque me devorara a mí también.

Por fortuna, alguien se había topado conmigo antes de que

eso ocurriera y me había depositado frente a la puerta de la familia Bronwick. De no ser por eso, seguro que habría acabado como todos los que habían caído víctimas del hambre insaciable del bosque.

Habían sido muchos. Centenares, tal vez. El hombre al que llamaba mi abuelo, Godfrey Bronwick, seguramente se contaba entre ellos. Se decía que había cruzado el arco después de beber demasiado vino de cerezuela y había sido engullido por la espesura envuelta en la niebla.

Por desgracia, nadie había tenido el valor de ir en su busca. Ni siquiera padre.

Padre.

La carta formal que sujetaba distraídamente con los dedos se agitaba como luchando por liberarse, de modo que alcancé a ver parte de la caligrafía decorativa trazada en el grueso pergamino, aunque sin prestarle mayor atención. Había llegado esa mañana en un sobre cerrado con el sello real estampado en lacre rojo. Era una manera pomposa de confirmar que mi padre adoptivo había muerto al servicio de los fanáticos Hombres Sagrados, el brazo religioso de los ejércitos vonkovyanos que dominaban gran parte del continente con mano de hierro. Una pequeña facción de desertores mantenía el control de Lyveria, en la parte norte del continente, y mi padre se aventuró a viajar allí como misionero con el fin de convertir a los lyverianos para mayor honra de nuestro gran país.

Habían transcurrido dos meses desde su desaparición. Se dio por sentado que los desertores lo habían matado, por lo que mi hermana Aleysia y yo acabamos al cuidado de nuestra abuelastra Agatha, una mujer intolerante que sin duda nos habría echado ella misma al bosque si mi abuelo no hubiera estipulado lo contrario en su testamento.

—¿Y ahora qué? —murmuré mientras contemplaba con los ojos empañados de lágrimas el bosque interminable y oscuro, intentando imaginar qué me deparaba el destino.

Las jóvenes solteras sin un padre que defendiera sus derechos solo tenían dos futuros posibles: o las casaban por la fuerza, o bien las enviaban a servir a la Iglesia como Tocas Rojas, religiosas obligadas a llevar una vida de devoción y obediencia hasta el final de sus días. Aunque yo hubiera querido casarme, y desde luego no quería, era una paria a ojos de todos los habitantes de la aldea, así que las probabilidades de que me saliera un pretendiente respetable eran escasas.

Esto me dejaba solo una alternativa, y habría preferido adentrarme corriendo en ese bosque que sufrir los horrores que se decía que debían soportar las Tocas Rojas. Uno de los más leves era que les cortaban la lengua para garantizar que cumplieran el voto de silencio. Tenía entendido que las mujeres consideradas más impuras estaban sometidas al adoctrinamiento más severo y a menudo les propinaban palizas para doblegarlas y las castigaban con largos periodos de aislamiento.

Incluso entonces, la mera idea de que me apartaran de mi hermana, la única persona que me había mostrado un amor incondicional, me provocó punzadas de ansiedad en el pecho. Solo ella estaba dispuesta a ver en mí algo más que un bebé maldito abandonado cerca del Bosque Voraz, a pesar de lo que eso implicaba para su reputación. Como heredera de sangre de mi abuelo, tenía más posibilidades de casarse, aunque no con alguien de su elección, lo que significaba que, si a mí me forzaban a vivir en servidumbre, solo la vería de vez en cuando en los Destierros, a los que todos los miembros del clero estaban obligados a asistir.

Las numerosas ocasiones en que Agatha me había amenazado con mandarme al convento a ver si me contagiaba «un poco de fervor religioso» prácticamente habían sellado mi destino.

Aunque ninguna de las opciones me apetecía, de los dos males que se presentaban ante mí, al menos el del matrimonio me ofrecía una vida fuera del templo claustrofóbico en el que las mujeres del clero estaban obligadas a residir. Y, lo que es peor: como Toca Roja, me encontraría a merced de Sacton Crain, la máxima autoridad de la Iglesia, que sin duda haría todo lo posible por amargarme la existencia. Era un hombre conocido no solo por su implacable nivel de exigencia y su misoginia, sino también por los castigos poco ortodoxos que imponía, como, por ejemplo, ponerse a la víctima sobre las rodillas y propinarle azotes en las nalgas desnudas.

Solo de imaginarlo apreté el puño, estrujando el papel.

Me negaba a someterme a ese hombre.

O a cualquier otro, en realidad.

Aunque casi no conocía a mi padre adoptivo ni había sentido mucho afecto por él dadas sus continuas ausencias, su mera existencia no solo amortiguaba los choques entre Agatha y yo, sino que me protegía del peligro de acabar como una Toca Roja.

Su muerte era una tragedia en todos los sentidos y, por primera vez en mi vida, temía lo que se cernía sobre el horizonte.

«En menuda situación de mierda nos has dejado. ¿Y todo para qué?».

Sabía que la rabia que albergaba hacia mi padre era injusta, pero, maldita sea, ¿se había parado a pensar al menos un momento en las consecuencias? ¿Se había planteado siquiera la posibilidad de que podía morir y dejar a su familia expuesta a la ira de su amada fe? ¿Que mi hermana y yo pasaríamos a estar a cargo de una mujer que nos detestaba aún más que a los espolones de los que siempre se quejaba?

Me entraron ganas de gritarle al vacío, de estrangular al destino con ambas manos por haber tocado nuestra vida con dedos bañados en veneno.

Al reflexionar sobre los posibles resultados, el sombrío rescoldo de dolor que ardía en mi pecho se onduló y restalló, avivado por la furia que crecía en mi interior, una llama silenciosa que pugnaba por liberarse. Eran emociones que me veía obligada a reprimir por miedo a que los demás me creyeran poseída por el mal, como solía ocurrirles a las jóvenes que sentían intensamente.

La furia se resistía a aplacarse mientras una imagen descorazonadora echaba raíces en mi realidad.

«¡Maldito seas!», aulló mi mente.

Otros quizá se habrían inclinado por culpar a los desertores del asesinato de mi padre, pero yo no. Yo culpaba al dios que exigía sangre, el venerado dios que destrozaba familias y desterraba a los inocentes, un ser invisible, más temido que la criatura que habitaba en el bosque, y al que mi padre había jurado devoción eterna.

Bajé la vista hacia la carta, en cuyo dorso, llevada por el rencor y el resentimiento, había escrito «El dios rojo no existe». Era una frase que me venía a la cabeza cada vez que me arrodillaba para rezar, la misma que amenazaba con salir de mis labios cuando recibía una azotaina por haber cometido alguna vaga ofensa. Pronunciar una frase así me convertiría, a ojos de los demás, en una hereje.

Una bruja.

Cuánto daría que hablar a toda la puñetera aldea, pues, si alguien hubiera descubierto la carta, con lo que yo había escrito en el dorso, me habrían desterrado a este mismo bosque. Podría haberla quemada, claro, y no habría quedado el menor rastro de mi blasfemia, pero ansiaba lanzar esas palabras al viento para que se las llevara hasta un lugar donde nadie se atreviera a ir a buscarlas.

En lo más profundo de la espesura, esos árboles hambrientos las devorarían enteras.

Separé los labios para soltar ese grito que me rogaba que lo dejara en libertad. La rabia y la frustración me oprimían con tanta fuerza el corazón y los pulmones que me dolía respirar. Contemplé de nuevo la carta a través de un velo de lágrimas, con la boca abierta de par en par, pero no conseguí que saliera de ella más que una exhalación trémula. Las emociones permanecían atascadas en mi garganta, como en las múltiples ocasiones en que había tenido que tragármelas frente a las burlas, el desprecio y el rechazo. Había aprendido a una edad muy temprana que el sonido de los gritos de una chica no suscitaba más que apatía.

Además, ¿qué importaba, a estas alturas? Padre ya no estaba. Nuestra vida nunca volvería a ser igual a partir de ese momento.

Bajo mi mirada distraída, la carta se me escapó de los dedos y se alejó revoloteando hasta caer justo al otro lado del arco, donde se quedó agitándose en el suelo como un pez sobre la arena. Las palabras que yo había garabateado temblaban en la página, apareciendo y desapareciendo de mi vista con cada soplo de brisa. De pronto, el pergamino se quedó inmóvil y donde antes estaba mi frase ahora se leía otra, escrita con trazos apresurados idénticos a los de mi letra: «Dios es la Muerte».

Fruncí el ceño, calibrando la posibilidad de que yo hubiera escrito eso sin darme cuenta.

No, no había sido yo.

¿«Dios es la Muerte»? ¡Si ni siquiera tenía sentido!

Con un inquietante hormigueo de confusión en la nuca, extendí el brazo hacia la carta, atreviéndome a pasar la mano por el arco prohibido. Necesitaba ver esas palabras de cerca, confirmar que no eran fruto de mi imaginación.

Cuando me agaché para cogerla, una punzada de dolor me recorrió el brazo.

—¡Joder!

Al levantar la mano, advertí que tenía la manga del vestido rasgada hasta el codo y que goteaba sangre de una herida en la parte interior del antebrazo. Del extremo traicionero de un hueso que sobresalía del arco colgaba un jirón de tela, lo que revelaba con qué me había cortado. Un trocito de encaje ensangrentado cayó de su afilada punta. Oí una crepitación por encima del susurro del follaje y, arrugando aún más el entrecejo, vi que unas volutas de humo blanco se elevaban desde el hueso y que las gotas de sangre, antes rojas, se chamuscaban hasta ennegrecerse.

Una luz centelleó frente a mis ojos al tiempo que el bosque entero se distorsionaba con un resplandor traslúcido. Solté un grito ahogado, con la mirada fija en aquel fenómeno, intentando determinar si lo que veía era real. Había oído historias de navegantes que se habían topado con un muro titilante, varias millas mar adentro, que los había obligado a virar en redondo y regresar al lugar de donde habían zarpado. Esos habían sido los afortunados; se contaba que otros habían sido engullidos por mangas de agua que llegaban hasta el cielo y nadie había vuelto a ver sus naves.

Mientras me sostenía el brazo herido con la otra mano, una fuerte ráfaga levantó la carta en el aire y se llevó el papel de un blanco intenso cada vez más lejos entre los oscuros árboles. La errática brisa me soltó el cabello, que llevaba sujeto con una pinza en forma de rosa negra, y me alborotó los largos y rebeldes mechones, que me cosquilleaban la piel como dedos espectrales y me provocaban pensamientos siniestros sobre qué pasaría si, por un capricho del viento, ese papel acabara en manos del gobernador o de Sacton Crain.

O tal vez era el miedo de que no me importara que eso ocurriera.

De pronto, con la misma rapidez con que se había levantado, el viento cesó a mi alrededor. Mientras un silencio sobrecogedor me acariciaba los huesos, seguí la carta con la mirada hasta que la perdí de vista.

Había desaparecido.

Al ver que no dejaba de sangrarme la herida, giré sobre los talones y me encaminé hacia casa para lavármela.

Un crujido captó mi atención.

Como antes, escruté el brumoso bosque en busca de la causa del ruido.

Reinaba el silencio. La calma.

Nada.

El débil sonido de una risa infantil surgió de entre los árboles con una reverberación fantasmal.

—Maevyth… —susurró una voz enigmática. Al oír mi nombre, un escalofrío me recorrió la piel.

Desplacé la vista por los lóbregos troncos al tiempo que me venía a la memoria una regla fundamental del bosque: «Nunca respondas a tu nombre».

—Dios es la Muerte —dijo, repitiendo las palabras plasmadas en el papel.

Un torrente de negrura salió disparado hacia mí desde el arco de entrada y me derribó de espaldas.

Me golpeé con fuerza la columna contra el suelo cubierto de escarcha, de modo que todo el aire se me escapó de los pulmones, y me tumbé de costado, tosiendo. Una bandada de cuervos echó a volar con un potente aleteo que servía de contrapunto a sus sonoros graznidos. Pasaron a toda velocidad por encima de mí, como espantados por algo, mientras el corazón me martilleaba en el pecho y yo recuperaba poco a poco el aliento.

Cuando el alboroto pasó por fin, me dirigí de nuevo hacia el arco, jadeando. Solo quedaba un ave, con el pecho traspasado por un hueso puntiagudo, un punzón de avieso marfil como el que me había rajado el brazo. Luchando por controlar la respiración, observé cómo el pájaro indefenso se retorcía y graznaba mientras su sangre goteaba sobre las piedras de un blanco pálido que formaban una pila al pie del arco. Sus ojos emitieron un destello que me llevó a fijarme en que había algo fuera de lo común en ellos.

Sin apartar la mirada de él, me puse de pie lentamente y me acerqué al cuervo sin hacer ruido, con todos los músculos temblando, pero, cuando llegué frente al pájaro, este se había quedado inmóvil. Incluso sin vida, el extraño tono plateado de sus ojos retenía mi atención de forma tan poderosa que me pregunté si no estaría enfermo antes de empalarse en el hueso.

En aquel brillo vidrioso y sobrenatural, tan frío y áspero, se reflejaba mi imagen, como atrapada en un mundo situado más allá, un lugar que no me atrevía a imaginar.

La Muerte.

Y, mientras le sostenía la mirada a la pobre bestia, observando la sangre que se escurría por las ramas, un dolor sordo me invadió el pecho.

Tras echar un rápido vistazo alrededor para asegurarme de que nadie me miraba, levanté los brazos y ahuequé las manos en torno a las alas del enorme pájaro. Su sangre cálida me resbaló por la muñeca, mezclándose con la mía, cuando empecé a tirar de él, haciendo crujir los huesos y la madera de la estructura. Me temblaban los brazos del esfuerzo, pero no conseguía desensartar al animal. Soltando un gruñido, tiré con más fuerza.

—¡Vamos, suéltate!

Apoyé una bota contra el arco y canalicé toda la energía de mis músculos hacia la tarea.

Un graznido estridente me hizo tambalearme hacia atrás y, chillando, me desplomé por segunda vez. El ave yacía en el suelo a mi lado, con el pecho subiendo y bajando de forma apenas perceptible. Un hilillo de sangre le caía por un lado del pico y el rojo resaltaba sobre el blanco fantasmal de la nieve mientras el cuervo se agitaba con desesperación. Los ojos se me arrasaron de lágrimas mientras la criatura abría y cerraba el pico con impotencia, como si intentara decirme qué iba mal. Casi la oía suplicar que tuviera piedad. Su herida era mortal, pues el hueso que le había atravesado el pecho era demasiado grande para dejar intactos sus órganos vitales, y su vida se estaba apagando ante mis ojos.

«Haz algo. Pon fin a su sufrimiento».

Se me revolvió el estómago solo de pensarlo. Había visto a mi abuelo cortarle el cuello a un cervatillo de pocos días al que un halcón había herido de gravedad. Según él, había sido un acto de compasión.

De mala gana, me saqué del bolsillo de la falda un cuchillo pequeño que usaba para tallar madera y pelar fruta. Agatha había intentado confiscármelo varias veces, sin éxito. Con manos vacilantes, lo extraje de su funda de tela improvisada y me puse de rodillas para recostar al ave sobre mi muslo. Mientras forcejeaba contra mí, exhalé un suspiro trémulo y le estiré el cuello para deslizar el cuchillo sobre su garganta, estremeciéndome a la vez que se me encogía el estómago. «Un acto de compasión», me decía la cabeza, pero el corazón me profirió un sollozo mudo nacido en lo más hondo del pecho. Hasta ese momento, nunca había matado a un ser vivo con mis propias manos.

Qué carga tan terrible es presenciar una muerte.

2

Maevyth

Exhalando entrecortadas vaharadas blancas de remordimiento, solté el cuello del pájaro y comprobé que ya no se movía. Yacía rígido y frío.

Tras echar una ojeada rápida en torno a mí, me enjugué las lágrimas, lo recogí y, sosteniéndolo en un brazo, me encaminé a paso veloz hacia la orilla del bosque. Bajo un arbusto de acebo, encontré una piedra plana y excavé un modesto agujero en la tierra. El frío cortante de principios de invierno me entorpecía y entumecía las manos mientras me apresuraba a rematar la tarea. Cuando el hoyo fue lo bastante profundo, deposité el cuervo en su interior y lo enterré. Las bayas tóxicas ahuyentarían a las alimañas, pero, por si acaso, arranqué algunas y las desperdigué sobre la rudimentaria tumba.

Los hombres de la aldea veían en esas aves un augurio de muerte. Lo mismo opinaban sobre mí, así que a lo mejor compartía algún parentesco con aquellos pájaros de mal agüero. Según decían, el día que me habían encontrado cerca de este bosque, los cuervos se arremolinaban en torno a mi cesta. Me gustaba pensar que me protegían, pero algunos veían en ello una señal. Una señal terrible.

Desde entonces, todos los vecinos creían que estaba maldita. «La expósita».

Ese era el nombre que me habían dejado grabado en el corazón como una cicatriz durante mi primer bautizo, cuando me consagré a su dios pronunciando las palabras que me sometían a su despiadado salvador. Sin embargo, del mismo modo que el bosque devoraba con voracidad y siempre quedaba insatisfecho, toda mi devoción no bastaba para ganarme su respeto. Seguían considerándome una aberración.

No quiero ni imaginar lo que dirían sobre un cuervo de ojos plateados.

Vi un movimiento con el rabillo del ojo y me volví hacia una pequeña cabaña con tejado de paja construida a la orilla del bosque, frente a la que una mujer de cabello blanco, doblada por la cintura, recogía una brazada de leña de una pila que tenía acumulada. Había suficiente para el invierno, lo que me suscitó la duda de cómo se las había arreglado para cortarla ella sola. Después de todo, nadie habría estado dispuesto a echarle una mano.

Si a mí los aldeanos me rehuían, a ella le tenían pavor. «La Arpía», la llamaban. Corría el rumor de que había asesinado a su esposo y se había comido el corazón de sus hijos. Yo sospechaba que la habrían expulsado al Bosque Voraz, como a todas las acusadas de brujería, de no ser por sus habilidades sanadoras, que, años atrás, habían salvado al hijo del gobernador de un grave ataque de fiebre del sueño, una enfermedad que resultaba mortal en la mayoría de los casos. Gracias a los servicios que prestaba en ocasiones, la trataban con más indulgencia que a mí.

Echó a andar bamboleándose hacia su cabaña, pero se detuvo a medio camino y se giró hacia donde estaba yo. Un miedo inexplicable se apoderó de mí. ¿Me había visto? ¿Le contaría a alguien lo que había hecho? Si algún vecino descubría al cuervo enterrado, me interrogarían, me examinarían y posiblemente me practicarían un exorcismo para expulsar los malos humores.

Me limpié la muñeca con la tela negra de mi vestido mientras cavilaba sobre todas las posibles consecuencias de mis actos.

Podría haberlo desenterrado y tirado hacia el interior del bosque, pero exhumar a los muertos se consideraba pecado y, a mi modo de ver, incluso la vida de los cuervos era valiosa.

El sonido de un aleteo me arrancó de mis pensamientos y, al

volverme, vi varios cuervos picoteando el suelo para comerse las bayas que acababa de dispersar.

—¡Eh! ¡Dejad eso! ¡Largaos! —exclamé, agitando la mano para ahuyentarlos. En medio del alboroto divisé a lo lejos un estandarte rojo con una cruz.

La proclamación de los desterrados.

Me quedé tan absorta contemplando la comitiva que se aproximaba que, hasta que no me habló, no advertí que Lolla, criada y confidente de mi abuelastra, estaba atravesando el jardín hacia mí.

—Por los ojos de Dios, ¿qué haces, Maevyth?

Me volví, sobresaltada, y la vi a una distancia prudente del bosque, como si temiera que, si se acercaba demasiado, unos zarcillos surgieran del follaje y la arrastraran hacia la espesura.

Con su mano buena me hizo señas para que me acercara. El otro brazo se lo habían amputado cruelmente los Sierrahuesos, una cuadrilla de rufianes fornidos que cobraban deudas en nombre del gobernador Grimsby. A Lolla, o Delores, como la llamaban todos los demás, la habían desahuciado de su hogar familiar por no poder pagar sus impuestos. El abuelo se había compadecido de ella y la había acogido para que le hiciera compañía a Agatha, aunque esta a menudo trataba a la pobre mujer como a una vil mascota.

—El gobernador está a punto de llegar y tú aquí, retozando junto a esos árboles horribles con esos pajarracos. Por favor, entra en casa ahora mismo. —Tanto daba que, a mis diecinueve años, yo fuera una mujer hecha y derecha para quienes llevaban la cuenta de esas cosas; para ella, seguía siendo una niña.

Y, por razones que se me escapaban, yo seguía obedeciéndola.

Me alejé de la tumba y, escondiendo el brazo herido tras la espalda, me encaminé hacia ella. En cuanto me tuvo a su alcance, se apresuró a componer mi aspecto con su única mano. Llevaba la manga del vestido prendida con un alfiler para ocultar el muñón. Los Sierrahuesos no dudaban en mutilar primero y preguntar después, y el truculento resultado de su trabajo demostraba la apatía con que se tomaban su tarea.

—Por Dios, si alguien te hubiera visto en este instante... —dijo, sacudiéndome la falda para quitarle lo que no parecía ser más que viento invisible. A diferencia del brocado floral del corsé de color azul egipcio que llevaba sobre su túnica marrón, mi vestido era negro y liso, como todos los que me habían obligado a usar desde niña. Me ceñía el cuello la gargantilla negra con la cruz de la trinidad que, tiempo atrás, el gobernador me había ordenado ponerme como recordatorio de la misericordia que nuestro dios rojo había tenido conmigo. Era sin duda el mismo símbolo que llevaba mi padre cuando lo masacraron en nombre de los Hombres Sagrados.

Deslicé el dedo por una de las flores estampadas en relieve en el hombro, anhelando poder lucir algún día una prenda tan elegante.

Siguió toqueteándome y parloteando sin prestar atención a mi caricia.

—Madre mía, cuervos, nada menos. Seguramente te habrían tachado de bruja.

Los vecinos de Foxglove me habían tachado de cosas peores. Tras mi llegada, la aldea había sufrido el invierno más frío de su historia, lo que había ocasionado una escasez de alimentos. El verano siguiente, una enfermedad en los cultivos había estropeado la cosecha. Según ellos, la responsable de la hambruna era yo, una niña pequeña.

—Siempre decías que una bruja tiene mucha más dignidad que cualquier habitante de esta aldea.

Con las cejas juntas en una expresión dolida, sacudió la cabeza.

—Cielo santo, más vale que mantenga cerrada la bocaza delante de tu hermana y de ti. No hago más que fomentar que os volváis respondonas. Sobre todo Aleysia. —Me colocó un mechón suelto detrás de la oreja, pero los rizos rebeldes se negaron a quedarse quietos—. Esas palabras serán tu perdición. Olvídalas. Y, ya que estamos, olvídate también de cualquier otro comentario absurdo que haya soltado sin pensar. —Cuando me agarró el brazo y vio a través del desgarrón en la manga la sangre que aún me manchaba la piel, arrugó el entrecejo—. Pero ¿y esto...?

—Me he cortado con una rama, nada más. No es grave. —Me

abstuve de mencionar al cuervo. Pese al cariño y la confianza que le tenía a Lolla, la conocía desde niña y sabía que temía a los pájaros como todos los demás, por lo que sin duda habría puesto el grito en el cielo.

—Pues ve a lavarte. No puedes asistir al Destierro con esa pinta. —La expresión ceñuda de Lolla se suavizó cuando me acarició la larga cabellera negra con delicadeza—. ¿Cómo lo llevas? —preguntó, refiriéndose con toda seguridad a la carta.

—Necesito desesperadamente un trago del vino más fuerte del abuelo.

Puso los ojos en blanco mientras una sonrisa le curvaba los labios.

—Como todos. Pero, por la mañana, ni lo sueñes. —Acunándome la mejilla con la palma, suspiró—. Ya casi es la hora.

Eran las palabras que había estado temiendo oír.

3

Maevyth

Volví una vez más la mirada hacia el bosque que tenía a mi espalda.

—Vamos —dijo Lolla, tomándome del brazo y obligándome a avanzar a paso veloz por el camino de adoquines que discurría entre los árboles y la cabaña de dos pisos cubierta de musgo y enredaderas. Aparte de la casucha de la Arpía, la vivienda más cercana se encontraba a más de dos mil pasos (los había contado muchas veces cuando caminaba al pueblo), porque nadie más quería arriesgarse a vivir tan cerca del Bosque Voraz. Dio la casualidad de que justo ahí el suelo era ideal para cultivar cerezuelas, algo a lo que el abuelo no pudo resistirse, a pesar de los rumores sobre lo que moraba en la espesura. Nuestra cabaña se encontraba a las afueras de Foxglove, en la zona rural, lo bastante lejos de la aldea para parecer completamente aislada, pero lo bastante cerca para alimentar rumores.

Delante de la casa, un rótulo desgastado por los elementos sobresalía del manto de niebla que siempre cubría el césped, medio torcido, y la pintura con que estaba escrito el nombre, Viñedos del Gorrión Negro, se había agrietado y descascarillado. Mi abuelo había creado un legado con el vino de bayas, pero este había entrado en franca decadencia cuando, después de su muerte, había pasado a manos de Agatha. Había acumulado tantas deudas con su tendencia al despilfarro que se había visto obligada a vender casi todo el patrimonio del abuelo, excepto la cabaña, que desde entonces se caía a pedazos. Las viñas que con tanto esmero había cultivado mi abuelo se habían secado por falta de cuidados y al final los arbustos de bayas dejaron de dar frutos. Agatha había invertido el poco dinero que le quedaba en una funeraria, tras concluir que los muertos nunca la dejarían sin blanca. La bodega que había sido el orgullo del abuelo se había rehabilitado como morgue y cuatro hectáreas de los viñedos se habían destinado a acoger los restos de los difuntos, convertidas en un cementerio descuidado. En el resto de los terrenos aún crecían plantas de cerezuelas, que se usaban como ingrediente principal de los aceites y venenos que Agatha nos obligaba a elaborar a Aleysia y a mí. Sí, venenos. Aunque muchos los empleaban de forma eficaz para controlar las plagas de roedores e insectos, otros encontraban usos más siniestros para los pequeños viales negros. Y qué mejor manera de fomentar el negocio que allanarle el camino a la muerte.

Una vez dentro de casa, Lolla me llevó a empujones a través de lo que ahora era la sala de velatorio en dirección al cuarto de baño. Mientras yo me frotaba suavemente el corte en el brazo con un paño caliente junto a la jofaina, ella registraba el armario de remedios en busca de algún ungüento curativo. En realidad, no había más que aceite de serpiente. Detrás de mí, el retrete despedía un olor pestilente, como si se hubiera muerto algo dentro, lo que me atacaba aún más los nervios, ya bastante alterados por el inminente Destierro. La inquietante profundidad de la herida tampoco contribuía a mi tranquilidad, desde luego, y, al ver cómo Lolla separaba los bordes para limpiármela, tuve que contener el impulso de devolver el desayuno.

—Supongo que no hará falta poner puntos, ¿verdad? —Arrugué el entrecejo ante la cantidad de carne rosada que estaba a la vista y que me revolvía el estómago. Pese a todos los cadáveres que había visto entrar y salir del depósito, incluidos los que yo misma había traído en camilla, aún no soportaba la visión de la sangre.

—Es profunda, pero a lo mejor se cura sola. ¿Estás totalmente segura de que se trata de un corte y no de la mordedura de alguno de esos horrendos pájaros? —preguntó y, para mi alivio, dejó de hurgarme en la herida con el condenado paño.

Si hubiera sido la mordedura de un pájaro, seguro que el gobernador habría ordenado que me cercenaran el brazo también.

—Segurísima. —Levanté la extremidad para mostrarle el nauseabundo tajo—. Un pájaro necesitaría un pico enorme para hacer algo así.

—O dientes. Algunos llevan un demonio dentro, ¿sabes?

—Esa no me la sabía —resoplé, reprimiendo las ganas de poner cara de exasperación ante esa otra muestra de superstición.

Tras un examen rápido, asintió.

—Véndatelo lo más rápido que puedas. Es casi mediodía.

Salió del baño arrastrando los pies y, con un gruñido, cogí el paño que había dejado y me envolví el antebrazo con él. Valiéndome de la mano libre y de los dientes, hice un nudo y me lo tapé con la manga negra. Con la herida así oculta, subí las escaleras.

Aunque había muchos dormitorios en el piso superior, Aleysia y yo compartíamos habitación en el frío desván, al que se accedía por otra escalera, más estrecha y comprendida entre dos paredes. Las dos habríamos estado encantadas de vivir solas, pero la ley vonkovyana prohibía a las mujeres solteras tener propiedades.

Cuando entré en la habitación, Aleysia estaba de pie, mirando por la ventana, y su vestido, de un burdeos intenso, contrastaba con el anodino gris de las paredes. Por encima de su cabeza, colgaban del techo unas bolsitas blancas llenas de hierbas y decoradas con flores secas. Tejederas. Aleysia y yo las hacíamos para ahuyentar las pesadillas, un mal que nos aquejaba a las dos. Sus desordenados rizos rubios —tan distintos de mis «negros mechones de bruja», como los llamaba Agatha— le caían sobre los hombros. Aunque mis rasgos eran tal vez un poco más oscuros que los de mi hermana mayor, ella tenía una personalidad mucho más alocada, una característica que irritaba a Agatha más que mi reputación de maldita. El hecho de que fuera hija de sangre de nuestro padre no ayudaba precisamente a que la mujer la viera con buenos ojos.

Me acerqué a ella con sigilo y vi lo que sin duda había captado su atención. Al otro lado de la ventana, dos filas de clérigos con vestiduras rojas y negras —los Hombres Sagrados— conducían al que supuse que era el reo, aunque costaba distinguirlo entre tantas telas suntuosas y adornadas. Iban ataviados con mitra negra, hombreras, brazales y un manto también negro que yacía como una sombra bajo la sobrevesta roja.

Tras ellos avanzaba un largo séquito de vecinos que no tenían más remedio que asistir al acto. Sin embargo, lo que atrajo mi mirada en medio de la multitud fueron las Tocas Rojas. Su presencia me provocó una nueva oleada de ansiedad.

—¿Diremos algo de papá?

—¿Qué quieres que digamos? —replicó Aleysia con frialdad—. Me cuesta sentir cariño por un hombre que estuvo ausente durante buena parte de mi vida.

—Te entiendo, pero ya sabes qué implica esto, Aleysia. Sospecho que te casarán muy pronto, pero yo acabaré siendo una de ellas. —Señalé con la cabeza a las mujeres con sus altas tocas rojas, que vaticinaban el fin de la poca libertad de la que disfrutaba antes de la llegada de esa carta—. Agatha se asegurará de ello.

—¿Acaso no he jurado protegerte, hermana?

Me vinieron a la memoria los días en que nos escondíamos en la bodega del abuelo y nos hacíamos promesas cruzando los meñiques en la oscuridad.

—Desde que éramos niñas, pero ¿cómo podrías protegerme ahora? Mi futuro se bifurca en solo dos vías posibles y no hay nadie en Foxglove que esté dispuesto a correr el riesgo de casarse con «la expósita». Y, aunque hubiera alguien, ese destino sería solo un poco mejor que el otro, por lo que a mí respecta.

—Me casaré yo y te tomaré bajo mi tutela.

—Solo si tu esposo te lo permite —alegué.

—Ya lo creo que me lo permitirá. —Sonrió, como si ya conociera las intenciones de su pretendiente no identificado—. Pero dejemos el tema. Estoy muy cansada de preocuparme por las consecuencias de la muerte de papá.

Yo también lo estaba. Cuando había leído la carta, había experimentado toda la gama de sentimientos: tristeza, miedo, rencor y rabia pura. Sin embargo, a diferencia de mi imprudente hermana mayor, no podía desconectar de mis emociones con facilidad, ni siquiera en un momento en que el cortejo se aproximaba lentamente a la orilla del bosque.

—¿Crees que los Hombres Sagrados llevan algo debajo del hábito? —dijo Aleysia, rompiendo el silencio entre nosotras con su indecorosa pregunta—. ¿O crees que sus partes bajas se balancean mientras caminan, como la trompa de un pendulince?

Aunque me esforcé por disimular la gracia que me hacía su comentario, no pude evitar sonreír.

—¿Cómo puedes tener el alma tan podrida como para imaginar algo tan horroroso? Y, por los siete infiernos, ¿qué te hace pensar que la tienen tan larga como la trompa de un pendulince?

Suspiró y se mordió el labio inferior.

—¿No puede fantasear una chica?

Reprimiendo una carcajada, sacudí la cabeza.

—Qué asco. De verdad.

—Si me dices que nunca has pensado en ello, no me lo creo. He visto cómo se te arrima Sacton Crain... —Me agarró del vestido, me rodeó con la pierna y comenzó a menear las caderas contra mí—. ¿Cómo está mi penitente favorita?

Sacton Crain siempre me había evitado como la peste, lo que ya me parecía bien, pero me había llegado el rumor de que se había puesto más juguetón de la cuenta con algunas de las niñas de catequesis. Imaginar las cosas que quizá había hecho a puerta cerrada me llenaba de rabia, pero, antes de que le diera más vueltas al asunto, Aleysia me pinchó las costillas con los dedos y me arrancó de mis cavilaciones con sus cosquillas.

Riéndome, forcejeé con ella, pero me aferró con más fuerza y comenzó a montarme la pierna como un perro.

—No, espera. Ya casi... Solo uno más... Te lo prometo.

—¡Mira que eres repulsiva! —Soltando una risotada, le empujé los hombros para despegármela.

—Ay, dios rojo... Ay, misericordioso señor del deseo... Me voy a... Me voy a...

—¡Chicas! —Al oír aquella voz atronadora se me tensaron

los músculos. Con una risita, Aleysia me soltó poco a poco—. ¡El día del Destierro no es cosa de risa!

Me aclaré la garganta, eché los hombros hacia atrás y me volví hacia la odiosa mujer que se encontraba en lo alto de la escalera del desván. Llevaba una blusa de color crudo bajo una túnica verde enebro y se apoyaba en un bastón viejo y arqueado. Si, según decían, yo tenía las facciones duras, las de Agatha eran severas. Solía llevar el cabello plateado recogido hacia atrás en un austero moño, lo que resaltaba sus ojos hundidos y oscuros, que, bajo ciertas luces, parecían negros, y los huesos angulosos se le marcaban bajo la piel delgada, tirante y gris. Parecía uno de los cráneos que coleccionaba el tío Felix, su hijo mayor.

—Perdona, Agatha —dije.

Aleysia ejecutó una reverencia en un claro gesto de burla.

—Sí, mil perdones. El del Destierro es un día de sufrimiento, sobre todo para el acusado.

—Cuidado con lo que dices, niña. —Agatha la apuntó con su afilada uña amarillenta, la que usaba para remover el té—. De no ser por el alma compasiva de vuestro abuelo, las dos viviríais en la miseria.

—Y más felices, eso seguro —farfulló Aleysia entre dientes y le propiné un codazo suave en el costado.

—Ponte bien la camisola. —La orden de Agatha iba dirigida a mi hermana, que a menudo se bajaba el escote de la prenda interior para dejar los hombros descubiertos.

Aleysia remedó sus palabras en silencio y se subió la prenda con una mueca.

—¿Cómo van las existencias de aceite? —gruñó la mujer mayor, quitándose una pelusa de la falda—. Confío en que habrá una gran demanda después de la ceremonia de hoy. —Como parte de sus incansables esfuerzos por recuperar su fortuna dilapidada, Agatha nos obligaba a Aleysia y a mí a elaborar aceite a partir de las hojas de los cerezuelos que no daban fruto. Muchos creían que esta sustancia ahuyentaba a los espíritus malignos. La propia Agatha así lo había asegurado cuando le había contado a todo el mundo la mentira de que el invierno pasado me había librado de una posesión.

Una fiebre muy alta me había provocado temblores y estuve postrada en cama, pero, como no podía ser de otra manera, Agatha había aprovechado para atribuirle una causa sobrenatural a mi enfermedad. Como mínimo, el aceite de hoja de cerezuelo era estupendo para la piel cuando se aplicaba durante el baño y despedía un aroma tan delicioso como las bayas.

—Nos queda una caja llena. Imagino que con eso habrá de sobra —dije, pues yo había sido la encargada de embotellar el aceite el día anterior porque Aleysia se había escapado a algún sitio.

La mujer dio unos golpecitos con el dedo en el mango del bastón.

—¿Y cuánto Diente de Serpiente tenemos?

El aceite era, en su mayor parte, una tapadera. El negocio más lucrativo de Agatha era el veneno, un subproducto letal de la flor del cerezuelo que se machacaba hasta quedar reducido a un polvo fino y provocaba trombos tras un consumo prolongado. El abuelo lo usaba como matarratas, pero resultó que producía el mismo efecto en los seres humanos. Unas veces causaba infartos; otras, derrames cerebrales o embolias pulmonares. Como el resultado nunca era el mismo, nadie sospechaba que hubiera nada siniestro tras aquellas muertes y Agatha no se tomaba muchas molestias en dar a conocer su veneno. Aun así, se las arreglaba para obtener ganancias, tanto en Foxglove como fuera.

—Mucho. —Aunque mi intervención era indirecta, pues yo nunca vendía los productos, el peso de la culpa me abrumaba. Me repetía para mis adentros que quienes compraban aquellos polvos los necesitaban para librarse de alguna rata, en sentido real o metafórico. Aun así, después de un tiempo había empezado a añadir flores de capuchina trituradas para reducir la potencia del veneno, lo que me servía para aliviar mi conciencia.

—Más os vale que haya mucho. Y, ahora, daos prisa. Como lleguéis tarde, podéis olvidaros de cenar. —Alzó la mirada y señaló con un gesto las tejederas colgadas por toda la habitación—. ¡Y tirad esas porquerías! —Dicho esto, se marchó cojeando y Aleysia soltó un quejido.

—Estoy segura de que, si echara un buen polvo, solo uno, se convertiría en una persona totalmente nueva.

Se me escapó la risa por la nariz mientras cruzaba la habitación para coger mi manto con capucha, con el que me sentía menos desnuda en medio de la multitud.

Una vez vestidas, las dos bajamos del desván al primer piso.

Al oír un silbido, ambas volvimos la cabeza hacia el tío Riftyn, que se nos acercaba por detrás, ajustándose el puño de la chaqueta.

—Menudo regalo para la vista estáis hechas.

Sus labios se curvaron en una sonrisa torcida que hizo que le apareciera un hoyuelo en la barbilla. Era el hijo al que Agatha más amaba, si es que la mujer tenía la capacidad de amar. Con su cabello castaño tirando a rubio y sus ojos de un azul subido que sin duda había heredado de su padre auténtico, contrastaba como la noche y el día con su hermano, el tío Felix, que se encargaba de la funeraria y se pasaba casi todo el día en la bodega con los cadáveres. Alto y descarnado, tenía todo el aspecto de un enterrador y unos ojos oscuros de párpados pesados que, junto con su semblante, siempre taciturno, a menudo me producían escalofríos.

—Vaya, gracias, tío. —El deje de coquetería en la voz de Aleysia atrajo mi atención hacia su labio inferior, que prácticamente se estaba arrancando a mordiscos.

—Tiastro —la corrigió Riftyn.

—Eso, tiastro. Tú también estás muy guapo.

Tras fijar la vista en Aleysia desplegando una sonrisa taimada, se despidió con una cortés inclinación de cabeza y se marchó.

Miré a mi hermana con una expresión ceñuda de desaprobación ante su rostro aún sonriente.

—Qué curioso. Ha recalcado lo de «tiastro», como si eso implicara que no es pariente nuestro.

Ella se encogió de hombros y se ahuecó los rizos, que le cayeron sobre los hombros en tirabuzones perezosos.

—Es que no es pariente de sangre.

—¿Y eso qué importa? —Aunque era cierto que el tío Riftyn y su hermano Felix no guardaban lazos de sangre con su padre, pues habían nacido de otros progenitores, no por eso dejaban de ser parientes por razón de matrimonio. A ojos de la Iglesia, no había diferencia entre esta relación y la consanguínea.

—¿Qué importa para qué? —Se enfundó unos raídos guantes negros, fingiendo ignorancia.

En vez de responder, estudié la gracia de sus movimientos, su despreocupada indiferencia ante lo que pensaran de ella los demás. Aleysia siempre había sido una chica hermosa, deseada. Se decía que los ángeles habían hilado su dorado cabello cuando era un bebé. No era de extrañar que cualquier hombre, incluso el tío Riftyn, la encontrara atractiva. Si no hubiéramos tenido la desgracia de caer bajo la tutela de Agatha, quizá la habrían cortejado los hombres más codiciados de Vonkovya. Tal vez, incluso, estaría casada con uno de ellos, como dictaba la costumbre.

Sin embargo, las familias rotas estaban mal vistas. Se creía que el dios rojo las había castigado. Y las que habían sido maldecidas con una hija impía, como solían llamarme, tenían vetada la posibilidad de alcanzar una buena posición social en Foxglove.

—Nos vemos en el bosque —dijo Aleysia, pasando junto a mí en dirección a las escaleras.

4

Zevander

Zevander ya estaba cansado de la caza.

Se aproximó a su presa, acorralada contra la pared de la cueva en la que había cometido la estupidez de meterse en busca de un escondite. Una máscara de cuero negro ocultaba las marcadas cicatrices que le surcaban el rostro y la capucha de su capa ocultaba su identidad. De todos modos, el hombre al que perseguía no iba a tener mucha oportunidad de difundir esos detalles.

—¡Por favor! ¡Te lo suplico! ¡Te daré lo que me pidas! —El sobrealimentado hombre temblaba bajo una fina camisa de dormir de seda con manchas del vino añejo que estaba bebiendo a grandes tragos cuando Zevander lo había sorprendido un rato antes.

Si aquel patético hombrecillo hubiera sabido quién era Zevander o lo que quería de él, sin duda se habría reventado el cráneo contra la pared de piedra que tenía detrás para ahorrarse el dolor que le esperaba.

Zevander se le acercó con paso decidido, quitándose el guante, y colocó la palma hacia arriba. El acto de invocar magia era tan delicado como un cristal delgado, pero había aprendido a manejar los detalles más sutiles con una facilidad escandalosa. Llevaba grabados en la piel dibujos intrincados, glifos antiguos que avivaban el fuegoscuro que dormía en su interior.

Solo tenía que dotarlo de una finalidad.

El hombre mayor que se encontraba frente a él se derrumbó en el suelo, alzando la mano para protegerse la cara en un inútil gesto defensivo, como si tuviera la capacidad o la fuerza para impedir lo que estaba a punto de pasarle. Según había averiguado Zevander respecto a su presa, su magia consistía en convertir piedras sin valor en joyas y amuletos preciosos, facultad que le había resultado muy útil en el bullicioso reino de Costelwick. El tenue brillo azulado del sello que tenía en la frente no solo delataba el terror que corría por sus venas en ese momento, sino que confirmaba que pertenecía a la raza de los lunáceos. Como en el caso de su difunta madre, que también era lunácea, su poder nacía de las dos lunas.

Un anillo dorado descansaba entre los pliegues de su rechoncho dedo y Zevander le asió la mano antes de que la bajara.

Se quedó contemplando la gruesa piedra blanca con sus motitas de polvo lunar plateado incrustadas en la banda de oro. Vivicanto. Todos los mánticos necesitaban el codiciado nutriente, que se formaba de manera natural en el Cor de Etiria y se extraía una vez cada ciclo lunar de unos grandes pozos de lava conocidos como vetas.

Estaba forjado por la misma llama que le había marcado la piel a Zevander.

El consumo de este elemento despertaba los poderes inherentes que todos los mantinatos heredaban por razón de su estirpe. Sin embargo, debido a la dificultad de su extracción y a su elevada demanda, los alimentos y las bebidas enriquecidos con vivicanto que se producían en granjas y huertos propiedad del rey solo estaban al alcance de los ricos. Sin él, sus poderes resultaban inútiles, como músculos atrofiados que acababan por marchitarse con el tiempo.

La extracción no autorizada del vivicanto constituía un delito punible con la muerte, por lo que aquellos que no podían permitírselo al final perdían su magia, mientras que los más acaudalados acaparaban el valioso mineral. Lo lucían en joyas para presumir de su posición social, una realidad que encendió la rabia de Zevander mientras examinaba la piedra y comprobaba su pureza. Y la usaban como un simple adorno para su cebado cuerpo.

—Mientras los etirios se mueren de hambre, tú haces ostentación de tus riquezas.

El hombre se agarró el dedo índice y tiró del anillo.

—Es tuyo. Quédatelo. Te durará un mes, por lo menos.

Mientras luchaba por quitárselo, Zevander alzó la mano y una bruma negra se arremolinó hasta adoptar la forma de una llama color obsidiana en el centro de la palma. Se desabrochó el brazal y dejó al descubierto un escorpión grabado a fuego en el dorso de la mano y la muñeca, que de pronto se onduló y cobró vida bajo su piel.

Al hombre se le desorbitaron los ojos.

—¿Eres un alto brujo?

Zevander soltó un resoplido al oír esto.

—Peor.

El hombre cayó en la cuenta por fin, a juzgar por el modo en que juntaba las cejas.

—Eres un letalisz.

Un asesino al servicio de la Corona. Casi todas las ejecuciones que Zevander llevaba a cabo eran encargos del rey y había aprendido a despachar a sus presas con un tajo preciso.

Pero en esta ocasión no estaba ahí por orden real ni tenía la menor intención de desenfundar su arma. El tipo de magia que pensaba descargar sobre su víctima estaba prohibido en el reino y era una habilidad que Zevander había conseguido disimular durante casi toda la vida.

—¿Por qué? —El hombre sacudió la cabeza—. No he hecho nada malo. ¿Por qué yo?

—Porque respiras. —Extendió la mano ante sí y lanzó una llamarada a su presa, cuyos alaridos de dolor retumbaron en la cueva.

Al cabo de unos segundos, su carne y sus huesos habían quedado reducidos a cenizas.

Zevander recogió una esfera de color rojo oscuro situada en lo alto del montón y se la guardó en una bolsita que llevaba sujeta al cinto. La práctica de modificar la sangre, que derivaba de una forma de demutomancia, era una magia ilegal que había perseguido como una maldición a la familia de Zevander durante siglos. Si alguien se hubiera enterado de que él poseía el poder prohibido, la Guardia Imperial del rey le habría dado caza y habría acabado con él de forma brutal.

Hurgó con el dedo en las cenizas en busca de la piedra blanca que se ocultaba debajo. Las llamas habían fundido el anillo de oro, de modo que solo quedaba el trozo de vivicanto.

Tras estudiarlo un momento, Zevander lo metió en su bolsita junto con el otro despojo del hombre.

5
Maevyth

Un viento gélido penetraba la capucha de mi manto mientras, de pie junto a mi hermana, me frotaba las manos para intentar ahuyentar el frío cortante. Al otro lado tenía a Lolla y más allá estaban Agatha y el tío Felix. La aldea al completo, unas doscientas personas en total, se había reunido en torno al gobernador Grimsby y Sacton Crain, que se encontraba encaramado en la roca de la Prudencia, con la larga cabellera blanca agitándose alrededor del rostro.

—Bajo la mirada de Caedes, nuestro misericordioso dios rojo, hemos venido a ofrecer el alma de este pecador. —Con las manos en alto, levantó los ojos al cielo y yo desplacé la vista alrededor. Muchos vecinos tenían la cabeza echada hacia atrás y los párpados cerrados, como si percibieran una presencia divina entre nosotros. Si el dios rojo nos estaba observando, debía de ser un poco morboso—. Que su sacrificio plazca a nuestro Señor, sus huesos refuercen nuestra fe, su sangre nos rejuvenezca el corazón y su alma purifique nuestras faltas. Pues no somos más que un reflejo imperfecto de nuestro sagrado padre y es nuestro deber arrepentirnos y reparar nuestros errores, o bien perder el derecho a la protección del dios rojo cuando la Aniquilación se abata sobre nosotros.

Los Hombres Sagrados creían que el fin de la humanidad

llegaría en forma de una destrucción total y una oscuridad absoluta, y que el dios rojo los salvaría y los conduciría a la Luz Eterna. También creían que, cuantos más pecadores purgaran de nuestra comunidad, más pura sería su devoción.

Yo me sentía como una embustera entre aquella gente, como una traidora, por las ideas escépticas que me venían a la cabeza y que no me atrevía a expresar en voz alta, ni siquiera a Aleysia. A esas alturas ya había sufrido demasiadas cicatrices por transgresiones cometidas contra su dios. Sacton Crain y los guardias vonkovyanos que a veces administraban los castigos me habían dejado marcada la espalda y las piernas. Así que yo les seguía el juego y fingía rendir culto, como los demás, porque a los no creyentes también los echaban al Bosque Voraz.

Cuando volví la vista hacia atrás, los fieles que se encontraban de pie a mi espalda, guardando las distancias, me rehuyeron la mirada. Años atrás me había llegado el rumor de que mirarme a los ojos traía mala suerte. Seguramente me habrían cambiado sin dudarlo por el reo que iba a ser desterrado, pues sospechaban que yo encarnaba el mal que más temían.

A mi pesar, devolví la vista al frente para ahorrarles la incomodidad.

Un arco escarlata formado por las altas caperuzas de las Tocas Rojas se interponía entre el acusado y yo, lo que me impedía ver su cuerpo desnudo. A todos los condenados al Destierro los desvestían y privaban de todas sus posesiones, por lo que agradecía que me taparan la vista, aunque su presencia me produjera urticaria. No se dejaban ver mucho las religiosas, con sus largas vestimentas rojas y sus velos del mismo color, que simbolizaban su amor y entrega a la fe. Rara vez salían del templo, pues hacer vida social debía de ser un poco complicado cuando no se podía hablar.

Me deslicé la lengua por los dientes, intentando imaginar su ausencia.

Al advertir que algo se movía junto a mí, vi que Aleysia y el tío Riftyn estaban tomados de la mano, con los dedos entrelazados en un gesto que me pareció más íntimo que reconfortante. Aunque verlos así me llenaba de inquietud, no podía ignorar el martilleo del corazón en mi pecho ni el cosquilleo de las náuseas en el estómago. Estas ceremonias siempre me producían ansiedad, pero, por alguna razón, esta vez los síntomas eran mucho peores.

O quizá no era más que el frío, que empezaba a calarme los huesos.

Entre la fila de aldeanos y las Tocas Rojas que me separaban del reo, solo alcanzaba a vislumbrar el cabello sucio y alborotado de su coronilla. Qué insoportable debía de resultarle aquel frío en la piel expuesta que me ocultaban todas las cabezas que tenía delante.

Por lo que había entendido, el hombre estaba acusado de renegar del dios rojo y de la patria. Era un padre de familia que había lanzado una diatriba contra el gobernador y Sacton Crain, acusándolos de farsantes y asesinos y asegurando que los Hombres Sagrados no eran más que una secta. Además había amenazado con quemar vivo al gobernador Grimsby.

Por desgracia para él, en la aldea de Foxglove no se toleraban las amenazas, mucho menos cuando iban dirigidas al gobernador.

Al mirar a mi izquierda, avisté a cierta distancia a la esposa y el hijo pequeño del reo. La mujer sollozaba y se enjugaba las lágrimas con un pañuelo, mientras que el niño, de no más de siete años, contemplaba la escena, sin duda confundido por lo que veía. Ella estaba obligada a asistir a la ceremonia, pues, si se hubiera negado, habría corrido la misma suerte que su marido. No es fácil saber qué hubiera sido del hijo en ese caso, pues la mayoría de las esposas acataban las leyes en silencio.

Se quedarían sin hogar, eso sí, y podrían considerarse afortunados si sobrevivían al invierno, ya que a las mujeres de los desterrados se les prohibía poseer propiedades. Era un destino cruel.

A espaldas de Agatha, a veces le llevaba pan y caldo caliente a la señora Chalmsley, cuyo marido había sido desterrado también al Tañido de Brujas. Tras perder su casa, había encontrado refugio en el viejo granero que había quedado dañado unos años atrás a causa de una tormenta. Tendría que buscar la manera de hurtar un poco más de comida para la madre angustiada y su hijo.

—Despojado de todas sus posesiones —prosiguió Sacton Crain—, este hombre, como todos, será juzgado el día del juicio final.

De un pequeño brasero cuyo resplandor naranja me llegaba por entre los cuerpos de los asistentes, sacó un hierro candente y, cuando lo blandió en el aire, la primera punzada de pánico me atenazó la garganta. Respirando por la nariz, apreté los ojos al oír el siseo de la carne quemada, pero el bramido de dolor, amortiguado solo por la mordaza que le habían puesto al reo, me sobrecogió.

—¡Papá! —chilló el niño y me atreví a dirigir la vista hacia él. Extendió las manitas mientras su madre lo abrazaba contra sí, ocultando el rostro en su pecho. Con los dientes apretados, la mujer profirió un grito de rabia que quedó ahogado por los estertores del agonizante. Sin embargo, no podía hacer nada. Si hubiera intervenido, le habrían aplicado la misma condena y su hijo se habría quedado totalmente solo e indefenso.

—Y ahora ofrecemos este sacrificio al ángel del juicio —dijo el gobernador Grimsby—. Que tu bondad nos bendiga con un invierno suave y una primavera fructífe...

La mujer que tenía delante pegó un chillido estridente y, al notar que alguien me asía con fuerza el brazo herido, levanté la mirada y vi ante mí al reo, con el cuerpo desnudo tembloroso y una expresión de locura en los ojos. La letra «B» que le habían grabado a fuego relucía en su mejilla, en carne viva e inflamada.

Con los músculos agarrotados y la respiración jadeante e irregular, me quedé inmóvil, mirándolo. En su mano, justo debajo del grillete de metal, vi que llevaba tatuadas cinco estrellas y una luna, símbolo de las deidades antiguas.

Puso los ojos en blanco y aquellos aterradores globos lechosos contrastaron con las oscuras manchas amoratadas que sin duda eran señales de puñetazos.

—Dios es la Muerte —dijo con voz ronca y, de golpe, los guardias vonkovyanos lo apartaron de mí con violencia.

Bajé la vista hacia el brazo, en el que aún tenía las marcas de los helados dedos con los que me había agarrado.

Las voces que me rodeaban se perdieron en la distancia. Al volverme, advertí que Aleysia estaba hablando, que movía los labios, pero no oía lo que decía.

Se había despejado un camino ante mí, lo que me permitió ver cómo los hombres vestidos con hábito se llevaban a rastras al reo hacia el arco frente al que me había detenido antes, cuando había leído esas mismas palabras en la carta que nos informaba de la muerte de mi padre. Unas palabras que yo no había escrito.

Un fuerte empellón hizo que el reo cayera al suelo, al otro lado. Mientras se ponía de pie con dificultad, los guardias bloquearon el paso por el arco para impedir que huyera, apuntándole con sus afiladas lanzas. Uno de ellos torció el gesto en una mueca de desprecio y le tiró al hombre una estocada con la bayoneta.

Todo se movía de forma lenta y fluida, como debajo del agua.

Un codazo suave en el costado izquierdo atrajo mi atención hacia Lolla, que me preguntó si me encontraba bien. A su lado, Agatha observaba lo que ocurría con cara de asco.

Con los músculos paralizados por la impresión, yo era incapaz de articular palabra.

Un alarido gorgoteante rompió el silencio.

Los guardias vonkovyanos se apartaron, de modo que vi al reo de rodillas, con sangre manando en torno a la lanza que el guardia le había clavado en el pecho.

Una fuerza invisible tiró del hombre hacia atrás y lo arrastró hacia la espesura.

Un grito de terror gutural resonó en el bosque y un objeto atravesó volando el arco antes de caer a mis pies.

Al ver las cinco estrellas y la luna tatuadas en la mano desnuda del hombre, se me aceleró la respiración y todo empezó a darme vueltas.

La oscuridad me envolvió.

6

Maevyth

—Creo que es la cosa más grotesca que he visto en mi vida. —Aleysia me frotaba suavemente la sien con un paño húmedo. Yo estaba sentada en el salón de la funeraria, contemplando a un pequeño grupo de personas que conversaban entre sí. Por lo visto, buena parte de los vecinos se había marchado después de la ceremonia, pero se había quedado media docena de mujeres, las vecinas del pueblo que conocían a Agatha y que sin duda iban a la caza de chismorreos sobre la atribulada chica Bronwick que se había desmayado. Seguramente también querían comprar el aceite de cerezuelo que se suponía que yo debía estar despachando en la cocina en ese momento.

Como si fuera consciente de mis preocupaciones, Aleysia echó un vistazo rápido por encima del hombro hacia las mujeres que nos contemplaban como embobadas.

—No les hagas ni caso a esas cotillas.

—Me miran como si hubiera salido arrastrándome de una tumba.

—Bueno, un poco paliducha sí que estás. —La sonrisa se desvaneció de su rostro al ver que yo no se la devolvía—. Eres algo extraña, Maevyth, eso es todo. Y nada inspira tanto temor como lo extraño. —Los toques delicados con el paño aplacaban los restos de la conmoción que aún me gorgoteaban en el pecho—.

A todo esto, me pregunto en qué idioma hablaba. —El comentario de Aleysia me arrancó del caos que aún se arremolinaba en mi cabeza y me trajo de vuelta al presente.

—¿Qué? ¿Quién?

—El acusado. Cuando te ha agarrado, ha dicho algo en un idioma raro. Según algunos, es la lengua del demonio.

—Hablaba en… vonkovyano. No entiendo a qué te refieres. Ha dicho… —Hice una pausa, sin atreverme a pronunciar la frase en voz alta, por temor a que ella creyera que me había vuelto loca. Sin embargo, la había oído con toda claridad.

—A menos que estuviera hablando al revés, eso no era vonkovyano. Ha sido muy perturbador.

Noté una sensación de frío en la parte del brazo que el reo me había tocado. ¿Cómo era posible que Aleysia no hubiera entendido sus palabras, que habían sido perfectamente inteligibles? Y, peor aún, ¿cómo sabía él lo que estaba escrito en el reverso de esa carta?

—Maevyth. —Me volví al oír la severa voz de Agatha. Se aproximaba cojeando junto a un hombre alto y fornido de cabello entrecano. Aparentaba unos cincuenta años y llevaba una chaqueta brocada color burdeos y un chaleco de cuello alto a juego con una serie de adornos que delataban su posición desahogada—. Quiero presentarte al señor Moros.

¿Presentarme? Agatha nunca nos presentaba a personas importantes, ni a Aleysia ni a mí. Nos consideraba a las dos una carga vergonzosa, un lastre que le impedía acceder a la alta sociedad.

—Ha regresado hace poco a Foxglove —prosiguió—. Es propietario de unas explotaciones mineras situadas entre los Montes Serrados y Lyveria, pero su familia vive aquí.

No me molesté en preguntar qué minerales explotaba. Tras lo sucedido antes, estaba demasiado agotada como para que me importara. Me levanté de mala gana para saludarlo como era debido, pero él me posó la mano en el hombro.

—No hace falta, querida. Lo de hace un rato ha sido espantoso. Lamento que haya tenido que presenciar algo así. Descanse tranquila. —Tras darme un apretón suave en el hombro, me soltó.

—Encantada de conocerlo, señor Moros.

—Moros es un apellido muy arraigado aquí en Foxglove. Un buen apellido —recalcó Agatha asintiendo en señal de aprobación, como si tuviera idea de lo que era una buena familia.

Esbocé una sonrisa falsa, menos impresionada que ella con este dato. Los apellidos no significaban nada para mí, del mismo modo que yo no significaba nada para la mayoría de la gente. Por otro lado, la actitud de Agatha despertó mis sospechas. ¿Por qué me estaba contando todo eso?

—Aleysia, ¿te importaría ir a la cocina a echarle una mano a Lolla? —preguntó Agatha, dirigiéndole a mi hermana una mirada de adoración muy impropia de ella, lo que me pareció aún más sospechoso.

—A Lolla no le gusta nada que yo entre en la cocina cuando está ella —replicó Aleysia.

—A lo mejor simplemente deberías obedecerme sin discutir, querida. —La disonante calidez en la voz de Agatha provocó que mi hermana y yo nos miráramos. Los ojos de Aleysia estaban llenos de preocupación.

Le dirigí una sutil inclinación de cabeza, porque esa benévola cordialidad podía resquebrajarse en cualquier momento.

Mi hermana soltó un bufido y pasó por el lado del señor Moros sin quitarle ojo.

—Sí, Agatha.

Una vez que salió de la habitación, la mujer le puso una mano en el hombro a su invitado.

—Mis disculpas. No está bien desde que falleció su padre. Es una situación muy dura para una niña.

Mentira. Aleysia siempre había sido así. La muerte de mi padre no parecía haberle causado una pena muy grande.

—No se preocupe. No me cabe duda de que el trágico final de su hijo las ha afectado a todas en mayor o menor medida.

—Hijastro —lo corrigió Agatha—. Era hijo de Godfrey.

—Ah, sí, claro. —Asintiendo con la cabeza, el señor Moros centró de nuevo su atención en mí—. Me gustaría invitarla mañana a un almuerzo, si me concede el placer de contar con su presencia.

Lancé una mirada fugaz a Agatha, que, con los labios apretados, me dedicó un breve gesto de asentimiento que me provocó un escalofrío de alarma en la nuca. Abrí la boca para contestar, pero me quedé muda de pronto al comprender por qué nos había presentado. Nunca se había molestado en introducir en sociedad a Aleysia, y mucho menos a mí, dada mi mala fama. Por otro lado, un gran potentado no se dignaba ni mirar a una mujer joven, salvo cuando albergaba segundas intenciones.

—Me temo que no puedo. Tengo catequesis.

—Ah, estoy seguro de que Sacton Crain no tendrá inconveniente en posponerla. —El tono cortante de Agatha me indicó que no le había gustado mi respuesta—. Por supuesto que asistirá, señor Moros. Su invitación es un honor para nuestra familia.

—No, de verdad que...

—Excelente. Enviaré un carruaje a recogerla. —El hombre se frotó las manos y me percaté de que llevaba varios anillos con piedras preciosas de distintos colores.

En cierta ocasión había oído que Agatha llamaba ramera a una aldeana por ir demasiado enjoyada. Me entraron ganas de sacar el tema solo para chincharla, pero aún tenía un nudo en la garganta por la impresión.

—Estupendo. ¿Le parece bien al mediodía? —Agatha incluso sonrió en ese momento. En todos los años que hacía que la conocía, nunca la había visto sonreír. Me sobrevino una nueva oleada de náuseas al oírlos hacer planes para mí.

—Al mediodía me parece magnífico. —El señor Moros me alzó la mano para besar el dorso. En cuanto sus labios secos me tocaron, el estómago me dio un vuelco y la retiré de forma instintiva. El hombre maduro me miró como si le hubiera pegado una bofetada y le tembló un poco el ojo. Enderezó la espalda y se ajustó los puños de la chaqueta, visiblemente molesto por mi rechazo—. Hasta mañana. —Y, con estas palabras de despedida, le dio un casto beso en la mejilla a Agatha y se marchó.

—¿Qué ha sido eso?

—Tu futuro. —Se toqueteó las mangas, como si la conversación le interesara muy poco—. ¿O de verdad pensabas que os mantendría a las dos durante toda la vida?

—¿Pretendes casarme con un hombre que me triplica la edad?

—Ese hombre tan mayor está dispuesto a pagar por ti una cantidad que triplica la que alguien de tu edad soñaría con poder ofrecer.

—¿Me has... vendido? —La palabra se me atragantó mientras pugnaba por contener el torrente de emoción que me bullía en el pecho. Me había vendido. Había concretado una fría operación comercial, como si yo no fuera más que un collar sin valor del que estaba deseando librarse.

—¿Y cómo crees que funcionan los compromisos matrimoniales, cielo? Así nos ayudarás a salir de esa espantosa deuda que nos dejó tu abuelo.

El abuelo no había dejado deudas. Ella sola las había contraído, un pequeño detalle que me habría encantado restregarle por las narices con una carcajada si no hubiera estado tan furiosa.

—Has sido una maldición para esta familia durante demasiado tiempo —continuó—. Por suerte, el señor Moros no es muy supersticioso. Gracias a ti y a tu hermana, recuperaré la dignidad suficiente para volver a mostrarme en público.

—¿También vas a vender a Aleysia?

—Sí, ya tengo pensado un candidato, aunque aún no le he planteado la propuesta. Sin embargo, es un joven disciplinado que sabría meterla en cintura, doblegar su naturaleza salvaje.

—Conmigo no cuentes. —Si hubiéramos estado solas en ese momento y no en presencia de las pocas vecinas que aún no se habían marchado, me pregunto si habría tenido el valor de atizarle un guantazo, a pesar de que me dolía la mano—. No voy a ir. Me niego.

—No te queda más remedio. El hombre ya me ha pagado. Está ansioso por tener un heredero y tú se lo vas a dar. Además, la aldea entera ha visto cómo ese reo te asía del brazo y te decía algo en un idioma extranjero. Están convencidos de que ambos compartís un vínculo demoniaco. Algunos incluso han pedido que se te practique un exorcismo en toda regla. Si rechazas al señor Moros, bueno, sospecho que acabarás a merced de los fieles.

—Estaba delirando. Todo el mundo sabe que había despotricado contra... contra el...

—¿El qué? Ni siquiera eres capaz de decirlo, ¿verdad? Sabes seguir la corriente, Maevyth, pero hay una parte de la realidad que te niegas a aceptar y no puedes evitar revolcarte en la negación. —Cojeó hacia mí, lo que me crispó de nuevo los nervios, y me levantó un pequeño mechón de cabello—. Recuerdo el día en que tu abuelo te encontró en tu cesta, frente a la puerta. Le rogué que se deshiciera de ti y el muy idiota se negó. ¿Crees que es casualidad que tanto él como tu padre murieran antes de tiempo? ¿O que hayamos sufrido solo un poco menos que los pobres?

Se me escapó un resoplido de rabia, pues su acusación me había caído como una bofetada.

—¿Insinúas que yo tengo la culpa de todo eso?

—Insinúo que debes sopesar tus opciones. No tienes futuro en Foxglove, a menos que estés deseando vivir en el templo con la lengua cortada. Yo desde luego no tengo la menor intención de cargar con el peso de tu maldita existencia mientras espero a que tu caballero de negra armadura venga a rescatarte. Lo mejor a lo que puedes aspirar es a casarte con un hombre respetable, como el señor Moros. Y, con el tiempo, quién sabe, tal vez te ayude a ganarte el favor de esta comunidad.

—No me interesa ganarme el favor de esta comunidad. Ni el señor Moros.

—Entonces ¿qué es lo que quieres, hija? ¿Que el gobernador te desnude y te marque con un hierro candente? Ten cuidado. El poco respeto que haya podido valerte el hecho de que tu padre *adoptivo* muriera como un héroe de la fe puede desmoronarse rápidamente ante las acusaciones de brujería. Procura estar lista para salir mañana al mediodía. —Con una mueca de desprecio, se alejó renqueando hacia el grupo de mujeres que conversaban en un rincón.

Animadas por la llegada de cotilleos frescos, me lanzaban miradas, cuchicheando entre ellas.

Yo era consciente de la rapidez con que se propagaban los rumores, de lo destructivos que podían llegar a ser. Lo vivía todos los días.

Agatha le posó la mano en el brazo a una de ellas y, después de echar un vistazo hacia atrás, susurró algo que pareció intrigar a la mujer, a juzgar por el modo en que arqueó las cejas, como sorprendida.

Le había contado lo del compromiso, sin duda. Me ponía enferma necesitar que un pretendiente salvara mi reputación y mi futuro. Qué desgracia que la valía de una mujer dependiera del tamaño del bolsillo de un hombre.

Tras decidir que había tenido suficientes interacciones sociales por un día, subí hacia los dormitorios. Me paré en seco al ver una figura en lo alto de las escaleras y sonreí sin ganas en respuesta a la sonrisa de oreja a oreja que el tío Riftyn me dedicó desde arriba.

—No te gusta mucho relacionarte con la gente, ¿verdad? —Bajó pesadamente dos escalones, se sacó un cigarrillo del bolsillo y se detuvo un momento a mi lado. La tensión se apoderó de mi cuerpo, pues lo tenía demasiado cerca, así que descendí un peldaño y me aclaré la garganta. Se llevó el cigarrillo a la boca con una sonrisa de suficiencia—. Oye, que no muerdo.

—Disculpa —dije y, tras pasar por su lado a toda prisa, ascendí hasta el desván, donde me quedé de piedra al ver a Aleysia subiéndose el hombro del vestido. Con el ceño fruncido, dirigí la vista hacia las escaleras, donde me había cruzado con el tío Riftyn hacía un momento.

Ella se volvió hacia mí, sonriente.

—¿Harta de ancianas demacradas y hombres sobones?

—Acabo de ver al tío Riftyn.

—Ah, ¿sí? Mmm... He tenido que quitarme este incordio de corsé. No podía respirar. ¿Te acuerdas de cuando andábamos por casa sin nada más que un vestido suelto? Ni te imaginas cuánto echo de menos...

—Agatha me ha vendido. —Me dio rabia el temblor en mi voz, la fragilidad de mis palabras, la facilidad con que la vieja desdichada me había sacado de mis casillas.

—¿Qué? —La alegría en el rostro de mi hermana cedió el paso a una mirada glacial—. ¿Qué has dicho?

—Me ha vendido al señor Moros. —Me mordí el labio inferior, pero no conseguí que dejara de temblar, y me ardían en los ojos las lágrimas que amenazaban con salir.

Ella apretó la mandíbula.

—Dime que es broma.

—Ojalá lo fuera. —Me oprimía el pecho el ansia por contarle más, por decirle que Agatha planeaba venderla a ella también, pero eso solo la alteraría más y necesitaba que mantuviera la cabeza fría para que me ayudara a pensar en la manera de sacarnos a las dos de esa situación. Necesitaba que adoptara una actitud resolutiva en vez de aferrarse a la negación.

—No puede hacer eso. No se lo permitiré. ¡Menuda víbora desgraciada! Ojalá el dios rojo se la hubiera llevado a ella en vez de al abuelo.

—Basta, Aleysia. Estás empeorando las cosas.

—¿Empeorándolas? ¿Te has fijado bien en ese hombre, por casualidad? Las cosas no pueden empeorar, Maevyth. He intuido las barbaridades que se le pasaban por la cabeza, las guarradas que está deseando hacerle a una chica joven e inocente.

—Pero, entonces, ¿qué hago? ¿Me corto la lengua y les suplico a las Tocas Rojas que me acojan? ¡Esa sería la solución más fácil, desde luego! —La dureza de mi tono apenas reflejaba una pequeña parte del caos que reinaba en mi interior, pero enseguida me arrepentí de haberle levantado la voz—. Por favor, dime qué hago.

—Huye. Podríamos irnos juntas. —Hasta Aleysia tenía una sombra de duda en la mirada. Huir habría sido una locura, después de todo.

—Nos perseguirían. Él ya ha pagado.

—Debe de haber un lugar adonde podamos ir.

Eso se habría convertido en la principal preocupación del gobernador Grimsby. Una vez ordenó que apresaran y humillaran a dos hombres que eran amantes: los ataron desnudos a una estaca en la plaza del pueblo antes de desterrarlos al bosque. Que dos mujeres insolentes escaparan del matrimonio, que él consideraba una unión sagrada de almas, lo pondría furioso. Lanzaría una santa cruzada contra nosotras.

Me encogí de hombros, sacudiendo la cabeza.

—¿El bosque? —dije—. Es el único lugar donde no se atreverían a seguirnos.

Ella cruzó los brazos con expresión severa.

—Olvídalo, Maevyth. Eso sería un suicidio. Hay otras opciones.

—¿Como cuáles?

Arrugó la frente.

—Como envenenarle la bebida a Moros. Bastarán unas dosis pequeñas de Diente de Serpiente a lo largo de un par de meses.

—¿Qué? —Clavé la vista en ella en busca de algún rastro de mofa en sus ojos, pero no lo encontré. Solo percibí apatía—. ¿Te has vuelto loca?

—Prefiero verlo ahogarse y sangrar por la garganta que imaginarlo contigo en la cama. —Desvió la mirada, con una sonrisita bailándole en los labios, como si lo estuviera visualizando en ese momento.

—No. No pienso ponernos en peligro. —Eché a andar de un lado a otro, con los pensamientos agolpándoseme en la cabeza. Un torbellino de pensamientos. No podíamos huir. No podíamos disuadir a Agatha, pues valoraba el dinero más que los sentimientos. Más que la vida, al parecer. Cualquier intento de resistir nos acarrearía un castigo, o el Destierro, si el gobernador así lo decidía. Si optaba por mostrarse más compasivo, me ofrecería la posibilidad de ordenarme como Toca Roja, una alternativa tan indulgente como una puñalada en el cuello.

O en la lengua, de hecho.

Me puse a jugar con la idea del matrimonio y lo que implicaría para mí. Casarme me conferiría una posición social superior a la de Agatha. La comunidad estaría obligada a respetarme, a aceptarme.

—Posee minas en Lyveria y los Montes Serrados. Es extraordinariamente rico. —Me costaba creer que estas palabras hubieran salido de mis labios, pero no por eso dejaban de ser ciertas.

—Pero ¿qué dices? —Torció los labios en un gesto de asco—. ¿De verdad te lo estás planteando? Foxglove está llena de hombres casaderos de buena posición y jóvenes...

—Que ni siquiera se dignarían a mirarme. Piénsalo bien, Aleysia. Como mujer casada, como esposa de un hombre acaudalado, tendría derechos. Podría conseguir que estés bajo mi tutela. Convertirme en tu tutora.

Soltó un resoplido y puso los ojos en blanco.

—Mi hermana menor quiere ser mi tutora. Qué tontería. ¿Y por qué iba yo a querer vivir en casa del señor Moros?

Tragué saliva y la miré a la cara.

—Porque quiere venderte a ti también.

Fijando en mí una mirada de incredulidad, sacudió la cabeza lentamente.

—No. El tío Riftyn jamás lo consentiría.

—¿El tío Riftyn? —Que lo considerara siquiera una posible solución, un salvador, hizo que me entraran ganas de abofetearla hasta que entrara en razón—. ¿Qué pinta él en esto?

—Nos tiene mucho cariño a las dos. —Alzó el mentón y, para ocuparse en algo, se puso a alisar la sábana de su cama, que seguramente habían arrugado en su escarceo de hacía un momento . Tal vez sea la única persona en esta casa que se preocupa por nosotras. Intercederá a nuestro favor ante Agatha. Ella lo adora. Seguro que le hará caso.

Mi frustración iba en aumento. Su ignorancia me agotaba la paciencia.

—Te engañas a ti misma si crees que Agatha contemplaría siquiera esa posibilidad o cualquier otra que tenga que ver con su hijo y contigo.

Giró en redondo y clavó en mí los ojos entornados.

—¿Qué estás insinuando?

—No te hagas la tonta. He visto cómo coquetea contigo, cómo te toca. Estoy segura de que no ha sido casualidad que os encontrara a los dos solos aquí arriba.

Aunque le tembló el ojo derecho, como solía ocurrirle durante las discusiones acaloradas, también percibí un brillo de inquietud, un asomo de duda oculto tras toda aquella negación.

—Ahora eres tú la que habla como una loca.

Eché la cabeza hacia atrás, soltando un gruñido.

—Soy tu hermana. La única familia que te queda. No me mientas, Aleysia. Puede que no sea nuestro tío de sangre, pero es un pariente y Agatha preferiría verte sufrir que poner en riesgo su reputación.

Frunciendo el entrecejo, se sentó en la cama y se mordisqueó la uña, presa al fin de la intranquilidad. No era mi intención contagiarle las preocupaciones que me atormentaban, pero, desde luego, no pensaba alimentar sus fantasías de que el tío Riftyn intervendría en este asunto.

—Y, entonces, ¿qué hacemos? No me veo capaz de sobrevivir a la soledad, el silencio y el celibato al que se condena a las Tocas Rojas. Solo de pensar en una vida así... Un infierno. —Le temblaba la mano mientras se roía la uña.

Con un suspiro, me senté a su lado y le saqué con delicadeza el pulgar de la boca.

—Haremos lo que te he dicho. Una vez afianzada mi posición, gozaré de la autoridad necesaria para disponer que vivas con nosotros.

Soltó un bufido y sacudió la cabeza, con los párpados cerrados.

—No puedo... No puedo permitir que hagas eso. No quiero que lo hagas.

Le di un apretón en el brazo para atraer su mirada.

—Agatha me ha dicho que encontraría un candidato capaz de doblegarte, Aleysia. No me quedaré de brazos cruzados contemplando cómo ocurre eso. Me niego. El señor Moros es un hombre respetado. Tal vez también sea amable.

Me pareció ver cómo se sucedían en su rostro todas las fases del trauma y el duelo y, por el modo en que desvió la vista, casi me dio la impresión de que había perdido la esperanza.

—¿Y cuándo se supone que pasará todo esto?

—¿La boda? No estoy segura, pero mañana tengo que ir a almorzar con él.

Fijó los ojos en el suelo con expresión ceñuda.

—¿Cómo puedes tomártelo con tanta resignación? Yo en tu lugar estaría deseando que me tragara la tierra.

—Me parece que no tengo alternativa.

7
Zevander

Un viento gélido azotaba la máscara de cuero que cubría la parte inferior del rostro de Zevander mientras avanzaba por la calle oscura y desierta en dirección a la taberna La Sal Negra. Aunque se encontraba lejos de la Ciudadela, le parecía importante ocultar su identidad.

Su fino oído percibía susurros; aldeanos que lo detestaban y temían por igual musitando a su paso oraciones para protegerse del mal, palabras ridículas que se disipaban como la niebla a su espalda. El malhadado señor de Eidolon. «Es un demonio», decían. Más valía que lo conocieran por la maldición que pesaba sobre él que por los asesinatos que cometía por orden del rey.

Era maligno, de eso no cabía duda. Solo un ser sin alma podía arrebatar la vida a otros con tanta rapidez y facilidad, sin remordimientos ni emoción alguna. No era más que un animal adiestrado, forjado en la fragua del dolor y el sufrimiento.

Dos lunas radiantes iluminaban el cielo nocturno, bañando la antigua ciudad con un resplandor plateado. Las altas torres góticas de las tiendas y catedrales hendían las nubes bajas y proyectaban sus sombras sobre los desgastados adoquines de las calles, en cuya superficie mojada chapoteaban las suelas de sus robustas botas de cuero negro.

Este, que se obtenía de la piel de una fiera conocida como

caligosi, se ceñía a su cuerpo y, como una gruesa coraza, lo protegía del frío del invierno que se avecinaba. Encima llevaba una capa negra con capucha que ondeaba tras él y ocultaba la espada de acero de Venetox, también negra, que cualquier ladrón conocedor habría deseado hurtarle.

Se acercó a la taberna con zancadas rápidas y giró ligeramente la cara para rehuir la mirada de quienes salían tambaleándose del establecimiento, borrachos que se atrevían a fijar la vista en él durante más tiempo del que habría sido prudente. La mayoría de los aldeanos respetables evitaban a Zevander como la muruela, lo que a él ya le estaba bien.

Justo delante del edificio había agazapado un muchacho de no más de diez años. Tenía los brazos escuálidos y una piel muy pálida bajo la que se traslucía un mapa de venas rosadas que lo delataban como un niño enteco, nacido sin una gota de magia en la sangre. Dos cuernos negros le coronaban la cabeza y se curvaban hacia atrás. Eran muy cortos, como correspondía a su edad. Se trataba de otro rasgo desafortunado de los entecos que hacía que a menudo los vieran como salvajes, pues a la mayoría de los niños de Nyxteros les cortaban los cuernos al nacer y los muñones solían quedar disimulados bajo el cabello.

Muchos etirios heredaban poderes únicos y exclusivos de su raza, lo que los convertía en mantinatos o mánticos. La mayoría de los pobres, que vivían en la miseria del Arrabal, no podían permitirse el indispensable vivicanto que necesitaban para mantener sus poderes, por lo que, con el tiempo, su magia de sangre se consumía y disminuía hasta desaparecer. Los nacidos con magia de sangre que padecían una deficiencia grave de vivicanto y, como consecuencia, perdían sus poderes innatos recibían el nombre de nilivires. Aunque aún poseían la longevidad que los diferenciaba de los meros mortales que habitaban las tierras yermas de Mortasia, los etirios de alta sangre los miraban por encima del hombro. Los más desfavorecidos eran sus hijos, los entecos, que a menudo eran tratados como animales y utilizados como esclavos de un modo u otro.

Los ojos de un rojo intenso, habituales entre los niños entecos, lo siguieron mientras se aproximaba.

Una vez en el interior de la taberna, Zevander desplazó la mirada por las deterioradas mesas flanqueadas por bancos de madera, en su mayor parte vacíos, salvo por un puñado de trasnochadores empedernidos. Se fijó en cada uno de los clientes, de un extremo a otro del establecimiento, hasta que localizó cerca del fondo a un hombre mayor de tez cobriza y una larga cabellera blanca. Sus orejas prolongadas y puntiagudas lo identificaban como elvynirio, un tipo de seres bastante habituales en Nyxteros. Menos habitual era la habilidad que tenía, que lo distinguía de los demás y quizá lo había llevado a perder la razón.

Durante años había sido uno de los brujos más destacados al servicio del rey, un miembro respetado de la élite de los magestrados, cuya especialidad era interpretar códices y pergaminos antiguos. Además, poseía el don de la adivinación, o más bien una maldición, según solía comentar, pues lo asaltaban visiones aterradoras, revelaciones que habían convertido al brillante hechicero en un bebedor de cerveza compulsivo y solitario.

Mientras se dirigía hacia él, Zevander se desabrochó el tahalí del pecho y desprendió de este la funda que contenía su espada, pero no se tomó el trabajo de quitarse la máscara de cuero que le cubría medio rostro y solo le dejaba los ojos al descubierto.

—Llegas tarde —dijo Dolion con aspereza, paseando la vista por el interior de la taberna.

Zevander se sentó frente a él y dejó la espada a su lado, en el banco. La hombrera de acero negra que llevaba en el hombro izquierdo, justo debajo de la capa, abultaba mucho en aquel espacio tan reducido, pero él no prestó mayor atención a su incomodidad. Sin molestarse en responder al comentario del hombre, se llevó la mano al bolsillo del jubón de cuero y extrajo la piedra roja perfectamente esférica que había recogido. Tras recibirla con manos trémulas, Dolion levantó un delgado estuche de piel que tenía al lado y lo abrió para mostrarle otras cinco piedras, cada una de un tono distinto de rojo.

Y cada una correspondía a una vida que Zevander había segado.

Dolion la alzó para observarla a la luz de la lámpara que estaba encima de la mesa, procurando ocultarla a la vista de los otros clientes para no despertar su curiosidad.

—El poder de toda una estirpe cristalizado en una piedra —dijo mientras la colocaba en un hueco junto a las demás.

—Un patriarca reducido a cenizas. —En realidad, a Zevander le importaba una mierda el codicioso mántico. Simplemente quería recordarle a Dolion que era él quien se había jugado el pellejo para obtener esas piedras.

Le expresión jovial del hombre mayor se desvaneció.

—No me recreo en esos pensamientos. No obstante, algunos se merecían acabar así, por pavonearse con sus joyas mientras su pueblo muere de hambre.

—Sí. Algunos se lo merecían. Otros no. Supongo que no es tu conciencia la que debe asimilarlo, sino la mía.

—No sabía que la tuvieras.

—Y no la tengo.

Dolion soltó una risita.

—Pero sí que posees un poder increíble, amigo mío.

Lo que poseía no era tan increíble. El fuegoscuro lo consumía. Despertaba en él ansias que prefería no satisfacer. Entrañaba la semilla de la locura, un destino trágico del que esperaba librarse reuniendo las piedras que activaban el cetro más poderoso que existía: el septomir, un arma imponente que, según Dolion, era lo bastante poderosa para expulsar de su cuerpo la peligrosa llama negra.

En una de las miradas furtivas que Zevander lanzaba alrededor, vio a un hombre en el que se había fijado al entrar, con el rostro oculto por la capucha mientras se llevaba la jarra de cerveza a los labios. Se quedó observándolo un momento, estudiando los movimientos lentos y fluidos con que bajaba la jarra sin molestarse en levantar la cara para dejar que Zevander le echara una buena ojeada. Tras tomar nota de no perderlo de vista, el letalisz continuó examinando la escasa clientela hasta detenerse en un hombre sentado cerca de Dolion y de él.

Llevaba en el antebrazo la marca de los rapax, depredadores que cometían abusos contra niños, ya fuera exigiéndoles favores sexuales o sometiéndolos a maltratos. La Guardia Imperial les grababa esa marca para identificarlos como acosadores y la mayoría cumplía condenas en las minas de Solácea.

Zevander, que también había pasado un tiempo ahí, conocía bien a los de su calaña.

Oyó una voz lejana dentro de su cabeza. «De rodillas, niño». Una sensación helada le estremeció el pecho cuando la imagen de él arrodillado acudió a su memoria. «Abre la boca». El sabor a ceniza y ascuas le quemó la lengua. «Y ahora, traga». Apretó los puños y cerró los ojos con fuerza ante la espantosa escena que se representaba en su mente. «Desde esta noche me perteneces, niño. Y menudo infierno vas a sufrir».

—He tenido una nueva visión.

Las palabras de Dolion sacaron de su ensimismamiento a Zevander, que, al abrir los párpados, vio al hombre que tenía delante contemplando sus piedras, maravillado, ajeno a cuanto lo rodeaba.

Abrió los puños y se fijó en las medialunas sanguinolentas que le habían quedado en la palma de las manos.

—Un bosque —prosiguió Dolion, guardándose el estuche con las piedras en el bolsillo—. Envuelto en una niebla espesa y un brillo titilante. Una piedra con marcas plateadas. —Cogió la jarra para tomar un sorbo de cerveza, con un pulso tan tembloroso que estuvo a punto de derramarla. Costaba creer que, tiempo atrás, el mismísimo rey respetara y solicitara las visiones del viejo. Había deshonrado a su propio linaje con sus absurdos desvaríos.

Dolion le hizo una señal a la tabernera, que se acercó lentamente con dos jarras de cerveza que dejó de golpe sobre la mesa, sin apartar la mirada ni por un momento de la máscara que le cubría el rostro a Zevander. Casi todo el mundo le tenía miedo. Por lo menos los más listos.

En cuanto se alejó, el letalisz se inclinó hacia el hombre que tenía enfrente.

—El bosque del que hablas es Brujafría. No hace falta que te recuerde que está prohibido cruzar el límite. —Al final de dicho bosque, justo antes de que la tierra descendiera hacia el mar, se encontraba el Valle Umbrío, una barrera protectora imperceptible urdida por los grandes brujos siglos atrás. Era la única vía de entrada al mundo de los mortales y estaba custodiada por la caballería del rey.

—Para acabar con tu maldición, necesito todas las piedras. Las siete líneas de sangre.

Zevander había atravesado continentes de punta a punta para conseguir las piedras correspondientes a las diversas razas que integraban Etiria, como los órgodos, los elvynirios, los soláceos o los lunáceos. Según se decía, la suma del poder de todos aquellos cuyo linaje era más puro por descender de los antiguos, canalizado a través del septomir, había creado justo aquella frontera que Dolion quería cruzar hacia la tierra de los mortales. Se creía que no se trataba más que de un erial en el que ningún etirio sobreviviría. En realidad, nadie estaba interesado en pasar al otro lado, pues Mortasia siempre había tenido fama de ser un territorio azotado por las epidemias y la hambruna. Las enfermedades causaban estragos en la magia de sangre y por eso el rey había decretado la prohibición de cruzar la frontera.

—¿Qué puede haber de valor en la tierra de los muertos, viejo?

—No lo sé. Solo sé que mis visiones nunca se equivocan. —Tras echar otro largo trago de su bebida, se secó la boca con el dorso de la mano.

—Si encuentro sangre allí, carecerá de poder. No serviría para nada.

—Eso no es del todo cierto. Incluso sin magia, la sangre es vida y vida es lo que el cetro necesita. Por lo que sabemos, la séptima línea de sangre bien podría ser mortal. Meros mortales. —Dolion, cuya piel morena estaba enrojeciendo por momentos, tomó un sorbo más y le pidió por señas otra cerveza a la tabernera—. Nadie sabe muy bien qué o quién está en el origen de la séptima línea de sangre. Es un misterio que hasta el día de hoy sigue desconcertando a los brujos, pero, en cuanto juntemos su piedra con las demás, se pondrá de manifiesto su auténtico poder. Y, una vez que las tenga en mis manos, dispondré del cetro más poderoso de toda Etiria. Mucho más que el fuegoscuro.

—Parece demasiado poder para un solo hombre.

—Quizá, pero es necesario. Ya te he contado mis visiones.

—Sí, una epidemia, por gentileza de Cadavros —dijo Zevander, mostrando poco interés con la esperanza de que el brujo no se embarcara en otra de sus interminables peroratas—. El problema es que Cadavros lleva años muerto. —El ser maligno que había lanzado la maldición sobre Zevander se había extinguido mucho tiempo atrás. Nada menos que el rey había acabado con él…, o al menos eso relataban las crónicas.

—Te crees todo lo que te dicen, letalisz. —Por fortuna para él, pronunció la palabra en voz lo bastante baja para que Zevander no sintiera la necesidad de arrancarle la lengua por atreverse a decirla—. Y no se trata de una simple epidemia. Unos seres desconocidos para nosotros arrasarán nuestros pueblos. A los niños les saldrán enjambres de insectos de la boca. La Ciudadela arderá.

—¿No fue por desvaríos como estos por lo que te echaron del gremio de brujos?

—Cadavros regresará. ¡Se avecina la Plaga Negra! Te lo prometo. ¡Y traerá consigo el hambre y la muerte! —Golpeó su jarra contra la mesa y un vistazo alrededor reveló que los pocos clientes que quedaban en la taberna los observaban fijamente. Aclarándose la garganta, Dolion se echó hacia atrás en su asiento.

Cuando Zevander lanzó otra mirada furtiva en torno a sí, todos los ojos curiosos se apartaron de ellos.

Tuvo que hacer un esfuerzo por reprimir el comentario burlón que pugnaba por brotar de sus labios.

—Oye, me importa una mierda lo que hagas con esas piedras, siempre y cuando cumplas tu promesa. Y, si me has mentido al respecto, baste decir que no me importará infringir algunas leyes con tal de verte sufrir.

—Tu desconfianza me ofende.

—Ofendete cuanto te plazca, pero no me jodas. ¿Me has traído lo que te pedí?

Dolion se hurgó en el bolsillo del chaleco y sacó un vial con una sustancia lechosa que relucía a la luz de la lámpara. Era vicanto puro. Aunque la piedra que había obtenido del altasangre contenía suficiente para un mes o dos, resultaba mucho más fácil de consumir en forma líquida, y el hecho de que se tratara de una dosis medida garantizaba que su organismo no absorbiera una cantidad excesiva, lo que habría resultado tóxico. Por otro lado, solo unos pocos estaban autorizados por el rey para poner en práctica el poder de convertir las piedras en líquido. Esos pocos estaban obligados a vivir en el recinto del castillo, bajo la vigilancia del Ejército Imperial.

Dadas las medidas de protección y las restricciones derivadas de la presencia de los hombres que custodiaban la veta y de los mineros que la explotaban, era todo un misterio que Dolion se las hubiera ingeniado para conseguir ese vial, un misterio que Zevander no se molestó en intentar indagar.

—No estará cortado con algo, ¿verdad?

—Viene directo de la veta.

—Mejor. —Zevander echó la cabeza hacia atrás y se dejó caer medio cuentagotas en la lengua. Un cosquilleo helado le recorrió el cuerpo, ocasionando que un escalofrío le bajara por la espalda, y se le escapó un gemido cuando el líquido envió una ráfaga de placer a sus músculos.

El exceso de vivicanto provocaba intoxicación, lo que a su vez llevaba a la locura.

Medio cuentagotas de la sustancia pura le duraría una semana.

Zevander se guardó en el traje de cuero lo que sobraba. Las piedras que había rescatado de las cenizas, que no debían consumirse en forma sólida, le resultarían útiles de otras maneras.

—Mortasia. —Dolion contemplaba fijamente su bebida—. Dicen que es peligrosa. Un erial donde proliferan el sufrimiento y la muerte.

—¿Estás intentando disuadirme?

—Por supuesto que no. Es la única solución. Pero, si fallaras...

Zevander apoyó el brazo en el respaldo del banco de madera.

—¿Te he fallado alguna vez?

—No. Te las has arreglado bien. Y tu recompensa será librarte de la llama. —El anciano brujo llevó la mano al bolsillo de su gabán y extrajo un pequeño pergamino que sostuvo sobre la palma extendida—. En toda Etiria solo hay tres altos brujos que conocen este cantafel. —Se refería al hechizo de protección. No era algo muy buscado por los etirios, que habrían preferido arrojarse a una cuba de lava fundida antes que aventurarse en tierras de los mortales.

—Y tú eres uno de ellos. —Con expresión ceñuda, Zevander desplegó el pergamino en miniatura para examinar el antiguo texto escrito con tinta negra. Reconoció varias palabras, las suficientes para entender que se trataba de un hechizo de paso.

—Me imagino que sabrás recitarlo, ¿no? —preguntó Dolion, tamborileando la mesa con impaciencia.

—Mi madre era vespiria. Nacida de los antiguos. Sí, sé hablarlo. —Enrolló el pergamino y lo introdujo en su bolsillo, junto al vial.

—Menos mal. —Dolion se reclinó en su asiento, con la barbilla torcida en un gesto de indignación—. En mi visión aparece un bosque visto desde la ventana de un dormitorio. Un arco construido con huesos.

Zevander soltó un gruñido y sacudió la cabeza.

—Más te vale no enviarme a un largo viaje a través de las tierras de los mortales para eso.

—Entonces ¿puedo contar con que conseguirás la piedra? —«Conseguirla» implicaba hervir la sangre de la víctima hasta convertirla en una masa endurecida que expulsaba por la boca antes de que el cuerpo se consumiera en una nube de humo negro, un detalle que el brujo entusiasta había preferido obviar.

—Me estás pidiendo que cruce la frontera, un crimen penado con la muerte, para llevarme la piedra de un lugar que siempre se ha descrito como un infierno. —Zevander rotó los hombros hacia atrás—. Y eso haré, por supuesto. Quiero que elimines de mis venas este fuego de mierda.

—¿Qué se siente al llevar en tu interior la llama negra, al tener el poder del elemento más peligroso de Etiria en la punta de los dedos? —Su mirada morbosa le produjo náuseas a Zevander. Por más que los altos y sagrados brujos denunciaban ese poder, siempre se mostraban intrigados por él.

—Imagínate que un piromante te agarra la polla. Ahora imagínate que es todo el puto cuerpo. —No se tomó el trabajo de sonreír ante el gesto de dolor que esta imagen había provocado en el viejo—. Te advierto otra vez que, como intentes jugármela, me aseguraré personalmente de que sepas lo que se siente al arder de dentro afuera. —Zevander asió la espada que había dejado a su lado, se puso de pie y, tras sujetársela bajo la capa, salió de la taberna, no sin antes reparar en que el desconocido de la capucha ya no estaba sentado a su mesa.

8
Maevyth

La sensación de que me clavaban alfileres afilados en el brazo me despertó. Lo levanté para examinarlo bajo la moteada luz de la luna que entraba por la ventana situada al lado de mi cama. Al ver una mancha negra que se filtraba a través de la venda que me cubría la herida, una sensación nauseabunda me oprimió el pecho.

Cuando deshice el vendaje, solté una exhalación trémula al descubrir que el corte estaba sangrando.

Oh, no.

El tajo estaba rodeado de una carne enrojecida e irritada y las venas que se ramificaban en torno a ella, de un alarmante tono plateado, palpitaban con cada latido del corazón. ¿Plateado? Un pánico frío me invadió el pecho mientras examinaba aquel color anormal bajo mi piel. Un líquido de un rojo intenso supuraba de los bordes encostrados y, cuando me lo acerqué a la nariz, el hedor me provocó una arcada. Al apretar un extremo de la herida, surgió una sustancia espesa y negruzca que se arremolinaba en lo que parecían espirales de plata fundida. Un gorgoteo en el estómago me obligó a respirar con fuerza por la nariz para contener las ganas de vomitar.

De niña albergaba la absurda idea de que algún día sería médica. Era una tontería, teniendo en cuenta que a las mujeres no se les permitía estudiar medicina, pero en ese entonces no daba para más. Comprendí que era una aspiración vana cuando descubrí que no tenía estómago para la sangre y la muerte.

Y qué desgracia que, habiendo tantos lugares en el mundo, acabara viviendo en una funeraria.

—¡Socorro! —Un lamento desesperado que parecía salir del respiradero me arrancó de mis reflexiones.

Al volverme, advertí que la cama de mi hermana estaba vacía.

—¡Por favor, que alguien me ayude! —imploró de nuevo la voz, con una vehemencia que rayaba en el pánico.

Aleysia.

Me levanté de golpe y, envolviéndome la herida, crucé la habitación hacia la puerta. La entreabrí y comprobé que el pasillo estaba desierto y a oscuras. Los retratos de los parientes del abuelo le conferían un aire inquietante, como si me observaran mientras avanzaba en dirección a las escaleras.

—¡Por favor! ¡Que alguien me ayude! ¡Oh, Dios! —gritó la voz, aunque no la reconocí del todo como la de mi hermana.

—¿Aleysia? —susurré mientras descendía con sigilo hacia el nivel inferior.

—¡Te lo ruego! ¡Por favor! ¡Basta! —La voz me llevó a la cocina, el lavadero y la despensa, pero no había nadie en ninguna de estas habitaciones.

Unos golpes sordos procedentes de la parte delantera de la casa impulsaron a mis pies a dirigirse a la sala de velatorio. Me acerqué de puntillas a la entrada y, siguiendo la dirección del sonido, rodeé la pared. Al otro lado estaba el tío Riftyn, de pie contra mi hermana, que tenía la cabeza hacia atrás y el labio inferior aprisionado por los dientes. Una punzada de alarma me bajó por el cuello. En ese momento, él se volvió hacia mí y en su boca se dibujó una mueca, justo antes de que atrapara el pecho desnudo de mi hermana entre los labios, sin molestarse en apartar la mirada de mí en ningún momento.

Estremecida de vergüenza y deseando restregarme los ojos con jabón y sal, retrocedí a lo largo de la pared antes de que mi hermana me descubriera.

—Me cago en los dioses —farfullé mientras regresaba a mi habitación. Fue entonces cuando caí en la cuenta de que los gritos de antes habían cesado. Desde luego, no los había proferido mi hermana, pues habría corrido el riesgo de que Agatha los sorprendiera en el acto.

Si no había sido Aleysia quien pedía ayuda a voces, entonces ¿quién?

De nuevo en mi cuarto, me detuve junto al respiradero y agucé el oído.

Nada.

¿Habían sido imaginaciones mías? ¿Mi mente había fabricado ese sonido por alguna razón?

Cuando me acosté de nuevo en la cama, me volví hacia la ventana e intenté borrar de mi memoria la imagen del tío Riftyn acorralando contra la pared a Aleysia, con los pantalones bajados hasta los tobillos y sus piernas desnudas entrelazadas. El corazón aún me martilleaba en el pecho de la impresión.

Yo nunca había estado así con un chico, o al menos nunca me habían penetrado del todo, aunque sí había estado loca por uno de los muchachos de la aldea. Era hijo de un minero, un poco mayor que yo, fuerte y guapo. El día antes de partir a luchar con el ejército vonkovyano, me había acompañado a casa desde la plaza del pueblo, adonde había ido para llevarle un poco de pan duro y frutos secos a la señora Chalmsley. Mientras caminábamos por un tramo rodeado de bosque, él me preguntó si alguna vez me había tocado un chico. Cuando le respondí que no, él me dijo que tampoco había tocado nunca a una chica. Me pidió que le dejara tocarme un poco antes de que se fuera a la guerra y le dije que sí. Si alguien nos hubiera pillado, habríamos recibido una paliza o un castigo peor.

Aun así, disfruté del tacto de sus fuertes manos en mis zonas más delicadas. No hubo rumores que se interpusieran entre nosotros ni muecas de desprecio de vecinos que nos juzgaran. No hubo más que la curiosidad de un chico y una chica.

Recordaba con claridad sus ojos, con los párpados entornados de deseo, mientras deslizaba los dedos dentro de mí.

Unos ojos que estaban apagados, vacíos y sin vida cuando había regresado a Lyveria, tendido sobre el bloque de cemento en la sala de reconocimiento del tío Felix, con un tajo en el cuello. Aunque la pena me había inundado el pecho, no pude evitar envidiarlo. Qué libre debió de sentirse al cerrar los ojos y abandonar ese cuerpo destrozado.

Nunca hablé con nadie de nuestro encuentro, ni siquiera con Aleysia, que se habría llevado el secreto a la tumba.

Y, por más que me repugnara la naturaleza de su relación con nuestro tío, yo haría lo mismo por ella.

Cuando oí un chasquido en la puerta, no me atreví a mirar, aunque estaba segura de que se trataba de Aleysia, que volvía a la cama.

Unos pasos desmañados cruzaron la habitación y fruncí el ceño ante semejante falta de consideración. Ca-clonc. Ca-clonc. Ca-clonc.

Irritada, me di la vuelta.

—¿De verdad tienes que hacer tanto...?

Una mano fría y húmeda me tapó la boca y un grito me desgarró la garganta cuando alcé la mirada hacia el pavoroso ser que se encontraba junto a mi cama, con una sombra de terror en el rostro descarnado. Era el reo que había visto antes en el Destierro. Me soltó la boca, dejándome una humedad pringosa en los labios. Estaba ansiosa por limpiarme, pero los músculos no me respondían. Tampoco los pulmones, que retenían la última bocanada de aire que había aspirado. Se llevó a los labios un dedo reluciente y desprovisto de piel para acallarme. Tenía media cara arrancada, en carne viva, entreverada con trozos de hueso. La histeria se apoderó de mí, impidiéndome respirar más que con jadeos cortos, mientras yacía inmóvil, contemplándolo, estudiando sus horrendas facciones.

Sonó otro chasquido en la puerta.

Vi que, detrás del hombre, Aleysia se dirigía hacia su cama procurando no hacer ruido, sin mirarlo siquiera. Me sonrió al pasar.

—Ah. Creía que estabas dormida.

Temblando, me volví solo un poco para comprobar que el reo seguía ahí mientras mi hermana se le acercaba por detrás.

Avanzaba sin la menor vacilación. Como si no lo viera, pasó justo al lado de él. La imagen de los dos, uno junto al otro, me dejó paralizada de incredulidad. ¿Era fruto de la locura?

Me entraron ganas de preguntarle si es que no lo veía, pero no fui capaz de articular una sola palabra.

—¿Estás bien? Te veo... pálida. —Aleysia se agachó para deslizarme el pulgar por los labios y se quedó mirándose el dedo con el ceño fruncido. Tras limpiárselo en la falda, rodeó la cama pasando a través del hombre, que se onduló en una nube de humo negro.

Una alucinación. Tenía que ser una espantosa y aterradora alucinación.

Sentí de nuevo un ardor intenso en el brazo y, sin pensar, lo levanté, con lo que capté sin querer la atención de Aleysia.

—Dios santo, Maeve, ¿qué ha pasado? —Me lo agarró con las mismas manos que había visto hacía un rato aprisionadas contra la pared por el tío Riftyn. En cuanto lo hizo, la figura del Desterrado desapareció, lo que alivió un poco la agitación que me revolvía las tripas.

—Me hice un corte —dije al fin.

—¿Con qué?

Me quedé callada unos instantes, porque mi cabeza seguía buscando una razón, una respuesta a lo que acababa de suceder.

—Maeve, ¿cómo te has hecho ese corte?

No podía contarle cómo había sucedido. Aunque ella no se tragaba las paparruchas religiosas ni las supersticiones, le tenía tanto miedo a ese bosque como todos los demás.

—No... —Me llevé el dorso de la mano libre a los labios, que aún estaban mojados y pegajosos.

—¿No qué?

—¿Podemos dejar el tema, por favor? —Me solté el brazo con brusquedad y de inmediato me arrepentí de haberle hablado en ese tono, aunque, por Dios, si hubiera ido a buscar un médico para que me examinara, lo más probable es que hubiera acabado con el brazo amputado, solo por precaución.

—Pero de verdad que estás pálida. ¿Crees que es posible que se te haya infectado?

—No lo sé. Me la lavé. Es solo que... —Erguí la cabeza y desplacé la vista por la habitación para cerciorarme de que el hombre ya no estaba. No había el menor rastro de él—. Es solo que estoy cansada.

—¿Me dejas echarle un vistazo?

Ni hablar. Si le echaba un vistazo, se alarmaría. A mí me había alarmado.

—No eres médica. ¿De qué serviría?

—Soy tu hermana. Quiero asegurarme de que estás bien.

—No te preocupes. —Me di la vuelta en la cama, sin otro deseo que el de quitarme de la cabeza las terroríficas imágenes que aún me atormentaban—. Por favor. Solo necesito dormir.

—Si la herida se pone peor, me lo dirás, ¿verdad, Maeve? Como has dicho antes, tenemos que permanecer unidas.

—Ojalá fuera verdad —dije entre dientes.

—¿Qué significa eso?

—Lo sabes muy bien. Te he visto con el tío Riftyn. Y agradece que fuera yo y no Agatha, porque si no seguramente acabarías delante de ese bosque con los soldados vonkovyanos guiándote a punta de espada.

Se impuso entre nosotras un silencio incómodo y tan largo que empecé a preguntarme si no habría sido mejor que me guardara mis observaciones para mí.

—Siento que nos hayas visto —dijo cuando habló por fin.

A pesar de le emoción que percibí en su voz, aún no me atrevía a mirarla.

—¿Qué estás pensando, Aleysia?

—Estoy pensando que... Bueno, que lo amo.

Me volví con la esperanza de ver en su rostro un arrepentimiento instantáneo por lo que acababa de confesar.

—¿Estás loca? ¿Tan ansiosa estás por sacar de quicio a Agatha que no puedes evitar comportarte así?

—Vamos con cuidado.

No me hizo falta responder a eso, a juzgar por la rapidez con que agachó la mirada.

—Casi siempre —se apresuró a añadir.

—No puedes casarte ni tener hijos con él, a menos que huyáis a los confines más remotos de este continente dejado de la mano de Dios, ¿y qué vida llevaríais, lejos de la civilización?

—Mejor que la que llevamos aquí. Pero te vendrías con nosotros. —Me posó la mano en el hombro y me entraron ganas de agarrársela y apretarla con fuerza hasta que quedara destrozada como mi corazón. La maldije para mis adentros por complicarlo siempre todo tanto—. Ya he hablado de ello con el tío Riftyn. Está dispuesto a llevarnos a las dos.

¿A las dos? ¿Es que había perdido la cabeza?

—No, yo no me voy.

—¿Prefieres quedarte aquí y casarte con un hombre que te triplica la edad y que sin duda anhela un heredero, como todos los hombres de esta aldea?

Solo de pensarlo se me retorcieron las tripas, pero no fue peor que imaginarnos a los tres vagando por las tierras yermas situadas más allá de Vonkovya y Lyveria, hasta los parajes árticos que se extendían al otro lado de Grimvale o los abrasadores desiertos de Romisir, el único lugar adonde los soldados vonkovyanos no se molestarían en ir a darnos caza, porque ya se encargarían de ello todos los seres que moraban allí.

—¿Qué quieres que haga? ¿Crees que yo quería enamorarme de él?

—Eres la mayor, Aleysia. Se supone que tú deberías ser la equilibrada de las dos.

Soltó una carcajada amarga.

—Entonces ¿qué propones? ¿Que me vaya a vivir contigo y el señor Moros a vuestra recargada mansión y mire todos los días a la cara a quien pretende violarte para engendrar un heredero? ¿O, peor aún, que deje que Agatha me busque un hombre que me doblegue?

Yo estaba de acuerdo con ella. Todas las opciones eran poco atractivas.

—No tengo la solución. Solo sé que no me fío de que el tío Riftyn cumpla su palabra.

—No lo conoces como yo.

—De eso no me cabe duda. —Me di la vuelta para tenderme otra vez de cara a la ventana—. El amor te ciega.

—Supongo que tendrías que conocer el amor de un hombre para entenderlo.

Aunque sus palabras me dolieron, tenía razón. En mi pecho anidaba un cementerio de ataúdes vacíos, un cofre repleto de lápidas sin nombre, un vacío que me confería cierto grado de lucidez que ella se negaba a reconocer.

—Y yo creo que eres la mayor idiota que he conocido jamás.

Se hizo otro largo silencio entre nosotras. Eché una ojeada por encima del hombro justo a tiempo para ver cómo se enjugaba una lágrima de la mejilla. Aleysia y yo rara vez llorábamos. Nuestra vida había estado tan marcada por el dolor y la tristeza que el llanto no parecía tener mucho sentido. Levantó la manta y, aunque yo permanecía inmóvil y rígida en señal de protesta, me obligó a hacerle sitio, como cuando éramos pequeñas, antes de rodearme la cintura con el brazo y arrimarse a mi espalda.

—Cántame, Maeve. Como antaño.

—No estoy de humor. —El olor a sexo prohibido que desprendía su piel se me atragantaba.

—Anda, por favor. Tu voz siempre me relajaba.

Ojalá mi voz hubiera poseído la capacidad de hacerle comprender lo tonta que era por haberse enamorado de nuestro tío.

—No me apetece cantar.

—¿«Vayr mu dahlję»? —Era una canción compuesta en la lengua antigua, cuyo título podría traducirse como «Ve, amor mío».

La primera vez que oí la canción fue la noche que me encontré a mi padre encerrado en la bodega del abuelo, sollozando. Me había percatado de que a veces, cuando todos los demás nos habíamos ido a la cama, él se recogía ahí, en lo más recóndito de la cabaña, a entonar esa canción mientras bebía vino de bayas y lloraba la muerte de su esposa.

Yo me había aprendido la letra en lengua común, con la esperanza de reunir alguna noche el valor suficiente para cantarla con él, pero, entre sus misiones en Lyveria y su muerte en acto de servicio, nunca se me presentó la oportunidad.

A regañadientes, me puse a cantar esos versos que tanto le gustaban. Por ella. Aferrándome los hombros, se acurrucó contra mí mientras yo avanzaba hacia el estribillo, contemplando las estrellas a través de la ventana situada a mi lado.

Ve, amor mío, a aquel lugar
donde aún existe la magia,
lejos de este mundo brutal,
pues no temo la nostalgia.

Te encontraré en mis sueños
o en un ruego a las estrellas.
Se ha acabado el sufrimiento,
pues la eternidad es nuestra.

Al concluir la canción, Aleysia me besó en la mejilla y regresó a su cama con pasos silenciosos. Me tapé el brazo dolorido con las mantas, intentando vencer el ardor a base de fuerza de voluntad. En el silencio de mis pensamientos, me fui sumiendo poco a poco en el abismo.

9
Zevander

Justo delante de la La Sal Negra, Zevander se paró a escuchar. No se oía más que el susurro de las hojas secas que el viento empujaba sobre los adoquines. Aguzando ojos y oídos, escrutó su entorno sin llamar aún a su caballo. Chasqueó la lengua, de modo que el sonido rebotó en los objetos cercanos. Varios lunáceos se valían del don de la ecolocalización como técnica de caza. La imagen en su mente no le reveló más que al muchacho enteco de antes, que lo observaba oculto entre las sombras. Zevander se llevó el dedo a los labios cubiertos por la máscara para asegurarse de que el chico guardara silencio. Asintiendo, el niño imitó su gesto y, acto seguido, señaló en la dirección contraria.

El escorpión grabado a fuego en la piel de Zevander comenzó a emitir un zumbido bajo mientras avanzaba con grandes zancadas por la calle desierta hacia donde le había indicado el muchacho. Percibía la presencia del desconocido. Muy cerca.

El letalisz aminoró el paso a unos pocos edificios de distancia de la taberna y dobló por un callejón. Se detuvo de nuevo a escuchar y su fino oído captó el levísimo temblor de una respiración. También percibió una peste a cerveza bajo el olor a podrido que flotaba en el aire.

Una sombra que estaba a su lado irradiaba vibraciones de miedo.

Con el máximo sigilo, se desabrochó la presilla de la funda del puñal que llevaba bajo la capa y acercó la mano a la empuñadura.

Ondulándose como una vaharada de humo negro, la sombra cobró forma hasta materializarse en el hombre encapuchado de la taberna. Un tallo negro largo y delgado se desplegó hacia Zevander, pero, cuando estaba punto de enrollarse en su cuello, el letalisz lo seccionó con un rápido tajo del puñal. Al tiempo que sonaba un grito de dolor, el vapor negro se desplomó en el suelo y se transformó en una mano y un antebrazo cercenados. El encapuchado alzó un muñón sangrante y tembloroso. Palideció al contemplar su herida, horrorizado, y Zevander aprovechó para asestarle dos cuchilladas más, una en la boca, la otra en la garganta.

Gorgoteando, el desconocido cayó de rodillas y luego se dio de bruces con el suelo, donde se quedó inmóvil.

Zevander se arrodilló a su lado y le quitó la capucha para examinarle la parte posterior del cuello. El sello que el desconocido tenía en la nuca desde su nacimiento era el símbolo primitivo del linaje de los Suvary y despedía un intenso brillo azul. Era el mismo que llevaba el hombre al que Zevander había matado dos semanas antes por orden del rey. Se trataba de un brujo especializado en la magia de sangre que dirigía un negocio clandestino de elaboración de serotónicos, unos venenos poderosos con la capacidad de contaminar la sangre y destruir un linaje entero. Sin duda, el desconocido pretendía vengar a su familiar asesinado.

Zevander se quitó el guante, alzó la mano y lanzó una llamarada de fuegoscuro que prendió la capa del desconocido y lo abrasó en cuestión de segundos. Ardió con tal intensidad que el montón de cenizas al que quedó reducido era lo bastante pequeño para esparcirlo al viento de una patada. Recogió del hollín la piedra de sangre que se había creado y se la guardó en el bolsillo; no porque fuera útil o valiosa, sino simplemente porque no quería dejar ningún rastro del desconocido. Y así, en un visto y no visto, el aspirante a vengador dejó de existir. No quedaba el menor indicio de su paso por el mundo.

Por otro lado, Zevander estaba hasta los cojones de los intentos de acabar con su vida, de tener que mirar por encima del hombro en todo momento. Aunque casi nadie conocía su identidad, unos pocos conseguían dar con él. Por desgracia para ellos, nunca vivían lo suficiente para ver realizada su venganza.

De pronto, un ruido de gritos y entrechocar de metal llegó hasta sus oídos y salió del callejón. Entre donde estaba él y la taberna, el hombre con el tatuaje de depredador pugnaba por meter al pequeño enteco en una jaula que llevaba en la parte de atrás de su coche de caballos. El muchacho chillaba y pataleaba, sacando los enclenques brazos entre los barrotes de aquel reducido espacio. La mayoría de la gente habría mirado para otro lado. Ni siquiera la Guardia Imperial habría perdido un segundo en salvar al chico. Para ellos, que hubiera un enteco menos en la calle suponía una ventaja. El hombre saciaría sus apetitos con él y eso lo mantendría alejado de los hijos de los demás.

Por desgracia para el incauto rapax, un depredador más peligroso merodeaba por ahí.

Los tatuajes ocultos bajo la ropa de Zevander se filtraron a través del cuero como volutas de humo negro que se juntaron en la palma de su mano, donde adoptaron la forma de un escorpión negro del tamaño de una ciruela.

Conforme el letalisz se aproximaba, el hombre se enderezó poco a poco, claramente preguntándose si el otro se atrevería a intervenir o no. La mayoría no osaba.

—Esto no es asunto tuyo —dijo el secuestrador del chico, levantando la mano en señal de amenaza—. Quedas advertido. Y, ahora, lárgate.

En su palma no se apreciaba un solo glifo. Tal vez el artero hijo de puta poseía magia de sangre, pero, desde luego, no había llegado a dominar ni una pequeña parte de su poder. Se giró para darle la espalda a Zevander, pero, antes de que pudiera alejarse un solo paso, el letalisz soltó en el suelo al escorpión, que creció hasta el tamaño de un melón mientras corría a toda velocidad sobre los adoquines mojados en dirección al rapax.

Casi sin esfuerzo, se agarró a su tobillo, le enrolló la cola en torno a las piernas y, tras agitar el aguijón en el aire, se lo clavó con fuerza en la entrepierna. El alarido que pegó el hombre seguramente habría atraído una multitud en cualquier otra zona de la ciudad.

Zevander se acercó con grandes zancadas al secuestrador, que se retorcía desesperado, y pasó junto al muchacho, que temblaba aferrado a los barrotes de su jaula. El escorpión no le soltaba la polla al desconocido, que se convulsionaba e intentaba quitárselo con manotazos torpes.

—¡Quítamelo! ¡Quítamelo, joder!

Zevander alargó el brazo hacia el escorpión, que finalmente desensartó al hombre, en medio de un chorro de sangre, antes de trepar por la manga del jubón del letalisz.

—El aguijón libera un veneno que garantiza que nunca volverás a sentir placer. Cada vez que la chorra se te llene de sangre, solo experimentarás tal dolor que acabarás pidiendo a gritos que te maten.

Sin añadir una palabra, dejó al hombre en el suelo, con las manos en la entrepierna mutilada, retorciéndose y sollozando. Recogió las llaves que se le habían caído al secuestrador cuando intentaba huir. Un fogonazo de calor brotó de la espalda de Zevander, que, con el entrecejo arrugado, se volvió a tiempo para ver que una larga y delgada lengua de fuego negro salía de su bota y reptaba por el pedregoso suelo en dirección al maltrecho rapax. Tensó los músculos para tirar de ella, pero, antes de que el hombre levantara siquiera la mano, se vio devorado por la llama, entre alaridos y gorgoteos que duraron solo unos segundos antes de quedar convertido en cenizas.

«Mierda».

Apretando los dientes, extendió la palma para ordenar a la llama que regresara, pero esta, en vez de obedecer, se lanzó como un rayo por el suelo hacia el niño enjaulado.

—¡No! —Zevander sujetó con las dos manos la energía, que se agitaba y restallaba en el aire, luchando por liberarse, por engullir otra vida. Tiró de ella, mano sobre mano, recogiéndola hacia atrás, aferrándola con tanta fuerza que se le acalambraron los dedos, hasta que, al fin, la llama retrocedió, le subió por la manga y volvió a introducirse bajo su piel.

Se quedó doblado en dos, con las manos apoyadas en las rodillas, respirando profundas y ardientes bocanadas que le crepitaban en los pulmones, mientras la llama se asentaba en su interior. Soltó un quejido. Los episodios como ese, en los que perdía el control sobre la llama, no eran demasiado frecuentes, pero le preocupaban. Eran una muestra de la naturaleza incontrolable e impredecible de su poder.

Tras recoger la nueva piedra de sangre que se había formado y guardársela en el bolsillo junto con la anterior, abrió la jaula para liberar al muchacho y reanudó su camino hacia la taberna.

Al oír unos pasitos a su espalda, se volvió y vio al chico corriendo tras él, subiéndose los pantalones, que se le caían de las estrechas caderas. Zevander siguió andando y llamó con un silbido a su caballo, un semental maldito de color azabache. Era de una raza que solo se encontraba en las agrestes y violentas llanuras de Draconysia. El golpeteo de sus cascos llegó a los oídos de Zevander a través de la oscuridad y al punto el animal se detuvo ante él, con los ojos negros como el carbón y los colmillos goteando sangre de una presa reciente.

—Veo que has estado ocupado —comentó él mientras subía a la silla y, para su consternación, advirtió que el enteco estaba parado junto al caballo—. Tu amo ha muerto. Eres libre para volver con tu familia.

El chico agachó la cabeza, con el torso desnudo y tiritando de frío.

—No tengo familia, milord.

«Me cago en los siete infiernos».

Zevander tendió la mano y un halo radiante envolvió al niño, que de pronto dejó de temblar al tiempo que su piel adquiría un tono rojizo por el calor, que le duraría toda la noche.

—Búscate un refugio. Y no te metas en líos. —Dicho esto, hincó ligeramente el talón en el flanco de la bestia, que echó a andar con paso perezoso.

Dos calles más adelante, dobló una esquina y puso rumbo al Arrabal, el barrio más sórdido de las afueras de Costelwick y el más alejado de la Ciudadela. Los altasangres no se atrevían a pisar esa zona de la ciudad, donde proliferaban las enfermedades y la muerte acechaba entre las sombras.

Notó un cosquilleo extraño en la nuca y, cuando se dio la vuelta, vio que el muchacho corría tras él, pugnando por aguantarse los pantalones con los escuálidos brazos.

Con un gruñido, Zevander devolvió su atención a la calzada que se extendía ante él. Puso el caballo al trote con la esperanza de que el crío renunciara a seguirlo.

Al otro lado de las puertas de la ciudad, un arrabal de casuchas destartaladas había reemplazado la artesanal belleza del distrito más próspero de Costelwick, que ya no era más que una sombra desvaída y desportillada de lo que había sido. Las titilantes farolas de gas proyectaban sombras sobre los deteriorados edificios de ladrillo y las húmedas y tortuosas calles adoquinadas, donde inquietantes susurros de desesperación resonaban en los callejones.

Zevander se quitó la máscara. Ocultar su rostro en esa zona de la ciudad no era necesario. En el Arrabal casi todos presentaban cicatrices de algún tipo y a nadie le importaba quién era ni qué maldición pesaba sobre él. Solo la horrenda señal que le surcaba la mejilla y se ramificaba en venitas negras por el mentón y el cuello atraía algunas miradas, incluso en los rincones más infectos de Costelwick.

El aire estaba cargado de niebla sanitaria, una bruma mágica que los altasangres esparcían sobre el Arrabal para evitar contagios. Por fortuna para Zevander, la llama en su interior abrasaba enfermedades e infecciones, lo que lo hacía inmune a casi cualquier mal.

Un carromato se aproximaba hacia él con lentitud. Eran mortearios, encargados de recoger los muertos de la ciudad. El cochero iba encorvado, sin duda agotado tras una larga jornada de acarreo de cadáveres. Un toldo de cuero cubría los cuerpos que viajaban en la parte posterior del carro, destinados a la veta. Aunque en Nyxteros se registraba una alta tasa de inmortalidad, las poblaciones de las afueras, asoladas por la pobreza, tendían a bajar la media, lo que en el fondo beneficiaba al rey. Al fin y al cabo, a más cadáveres, más vivicanto. Si bien el fuegoscuro que ardía en el interior de la veta poseía la facultad de transformar la carne en piedras de sangre en unos pocos segundos, un cadáver tardaba unos siete años en descomponerse en el imprescindible nutriente que luego se extraía de la roca. Durante siglos, los inmortales de alta sangre dependían de los nilivires y los entecos para garantizar que su linaje fuera largo y exitoso.

Zevander detuvo el caballo delante de un burdel y desmontó. Mientras guardaba la máscara en una de las alforjas de la silla, percibió un movimiento con el rabillo del ojo y, al volverse, advirtió que el condenado muchacho corría descalzo hacia él. De camino hacia el Arrabal, el letalisz había aflojado el paso creyendo que había dejado atrás al mocoso, pero al parecer le había seguido el ritmo.

Gruñendo otra vez, se pasó una mano por el rostro y, cuando se encaminó a pie hacia el burdel, el chico lo alcanzó. Zevander giró sobre los talones y, con la mano enguantada, le hincó el índice en el pecho al enteco.

—Quédate aquí. Vigílame al caballo.

Después de asentir con gesto enérgico, el muchacho se alejó correteando hacia la montura y le acarició el pecho con delicadeza.

Con un resoplido de frustración, Zevander se dirigió hacia la casa otrora señorial que había acabado en un estado ruinoso, con el tejado combado y la madera podrida, convertido en un santuario de fantasías oscuras.

Al otro lado de la puerta, una nube de perfume en el ambiente enmascaraba el tufo embriagador del placer. Varias placedoras, ataviadas con ornamentados corsés, yacían recostadas en divanes y canapés, con su figura de sugerentes curvas arreglada y preparada. Tras el chute de vivicanto, Zevander normalmente habría estado más que dispuesto a complacerlas..., a todas y cada una de ellas. Sin embargo, aquellos cuerpos semidesnudos desperdigados por la sala no le inspiraban más que indiferencia. Después de todo, no había acudido al burdel en busca de sexo.

Una mujer voluptuosa, cuyos pechos se derramaban por encima de un corsé negro, se le acercó con paso tranquilo. Su exuberante cabellera roja caía en cascada sobre unos hombros delgados. La mayoría de los clientes la conocía como madame Lazarine, pero Zevander había intimado lo suficiente con ella para llamarla Ze'Kyra.

—Pero bueno, hola, guapo. Hacía tiempo que no te veía.

—¿Dónde está?

A la mujer se le agrió el semblante.

—No irás a llevártela otra vez, ¿no? Acabamos de recuperarla. Es nuestra mejor chica.

—Seguro que encontráis una buena sustituta.

—Milord, te lo ruego. Somos un establecimiento limpio y seguro. El más distinguido del Arrabal.

Él pasó de largo con grandes zancadas en dirección a las escaleras.

—Me parece estupendo, pero ella se viene a casa conmigo.

—Ella sola ganaría lo suficiente para alimentar varias bocas.

Zevander se detuvo en mitad de la escalera, hurgó en una bolsita que llevaba enganchada al cinto y le arrojó una moneda de plata.

Ella la atrapó en el aire, la miró fijamente y luego levantó la vista hacia él.

—Un keltzig. Ella podría obtener por lo menos el triple.

El letalisz sacó dos monedas más que le tiró a la mujer.

—¿Dónde está? —preguntó, reanudando su ascenso.

—En la habitación del fondo a la izquierda. Acaba de terminar por hoy.

En lo alto de la escalera, Zevander se topó con un hombre mayor que estaba empotrando a una morena contra la pared. Al pasar junto a los dos, reparó en que ella le lanzaba una mirada lasciva. Mientras avanzaba por el pasillo, se oían gemidos tras las puertas y el golpeteo de las camas contra las paredes marcaba el ritmo de sus pasos. Cuando por fin llegó al final, llamó a la puerta.

—Un momendo, ¿fale? —dijo una voz conocida al otro lado, arrastrando las palabras por efecto del tónico de silvestrágora.

Zevander aplicó la oreja a la superficie de madera, escuchó y, al oír un golpe sordo, embistió la puerta con el hombro para abrirla y se encontró a Rykaia inconsciente en el sofá. Sobre la mesa de centro estaba la confirmación de lo que él temía: las sustancias que ella había consumido, distribuidas en pequeños viales negros. Su vestido blanco tenía manchas de sangre y, al levantarle el brazo, él descubrió las cicatrices que sin duda le había dejado alguno de los puteros.

A espaldas de algunas regentes de los burdeles, los clientes a veces se recreaban con la práctica de la sangría de fuego, que consistía en hacer unos pequeños cortes en la piel de la mujer, echarse unas gotas de flamapul en la lengua y luego lamer las heridas. Una vez que la sustancia entraba en el torrente sanguíneo, causaba parálisis y agarrotamiento de los músculos, incluidos los pélvicos. Para la placedora, esto representaba una situación aterradora que la sumía en un estado de vulnerabilidad excepcional. El cliente, por su parte, podía hacer lo que le diera la gana y manipular su magia de sangre mientras duraran los efectos del paralizante.

Zevander cogió el vial que estaba en la mesilla: contenía raptacia. Aunque originalmente se usaba como elixir del sueño, los adictos experimentaban unos momentos de euforia y excitación sexual antes de dormirse. Rykaia lo consumía desde hacía tiempo, lo que tal vez explicaba por qué una persona con tanta fuerza de voluntad como ella había caído en las garras del flamapul. Al lado había otra ampolla con un líquido oscuro —ojo de vermis— que privaba a quien lo tomaba de toda sensación, así como de la conciencia de su entorno.

Zevander se sacó del bolsillo el pequeño vial de vivicanto y llenó el cuentagotas hasta la mitad.

Agarró a la chica del mentón y le echó la cabeza hacia atrás antes de verterle el líquido en la boca. En estado puro actuaba en la sangre como un potente estimulante en las personas inconscientes, pues, en esencia, eliminaba los elixires del organismo. Al principio, Rykaia permaneció inmóvil, pero de pronto activó la garganta y entreabrió los ojos.

Se dio la vuelta a tiempo para arrojar un chorro de vómito que se desparramó por el sucio suelo. Aferrando con fuerza el cojín del sofá, se convulsionaba, presa de arcadas, mientras su cuerpo expulsaba la mezcolanza de tónicos. Con el dorso de una mano temblorosa, se limpió los hilillos que le colgaban de los labios y, en cuanto miró hacia arriba, puso los ojos en blanco.

—¿Qué te trae por aquí, hermano?

—Vengo a llevarte a casa.

—¿Y si me niego?

Zevander ladeó la cabeza, enarcando una ceja. Ella ya sabía la respuesta. La sacaría de ahí a cuestas, pataleando y chillando, como la última vez que se había marchado de casa. Y como en la ocasión anterior a esa.

—Por favor, no me obligues a volver. No tienes ni idea de lo que es eso.

Él le levantó el brazo y le dio la vuelta para dejar al descubierto los cortes.

—¿Y esto es mejor? ¿Quién te lo ha hecho?

Con expresión ceñuda, ella deslizó los dedos por las heridas. Seguramente hasta ese momento no sabía que se las habían infligido durante su estado de inconsciencia. Si estaba tan solicitada en el burdel era porque, aunque su magia se debilitaba cuando estaba drogada, poseía la capacidad de absorber el dolor y las emociones de los demás. Ella misma servía como una especie de tónico para los que sufrían depresión, ansiedad o molestias físicas, pues les permitía experimentar un momento de puro éxtasis y felicidad por primera vez en su vida. A las mujeres como ellas las llamaban «comepenas», pues consumían literalmente el sufrimiento con una caricia o un beso.

Esto representaba un infierno para Rykaia, cuya mente tenía que buscar la manera de procesar todos esos padecimientos, el dolor y la aflicción. Era una carga que la había llevado a abusar de los elixires a una edad temprana.

—No me acuerdo, así que ¿qué problema hay?

—El problema es que algún día tu cliente te va a rajar el cuello y entonces te juro por los dioses que lo quemaré vivo. Quiero su nombre. ¿Quién te ha herido?

Soltando un bufido, ella alargó el brazo hacia un vaso pequeño con un líquido ambarino: nectardeium, o néctar de los dioses.

—No puedo decírtelo —respondió ella sin darle mayor importancia.

Su despreocupación irritó a Zevander, que le arrebató el vaso y lo estampó contra la pared, haciéndolo añicos.

Con una carcajada ronca, ella se echó hacia atrás y apoyó el brazo en el respaldo del sofá.

—¿Estás contento? Esa pequeña cantidad de licor cuesta un puto cuarto de keltzig.

—¡Que me digas cómo se llama!

—¡No lo sé! ¡He perdido el puto conocimiento y no me he enterado de nada! No sé cómo se llama ni qué cara tiene. Se me ha borrado completamente de la cabeza. —Aunque parpadeó deprisa, no consiguió contener las lágrimas que le inundaron los ojos—. Nunca olvido un rostro. Jamás. Pero soy incapaz de evocar una sola imagen de quien me ha hecho esto. Es curioso. Y, para serte sincera, me asusta.

—Recoge tus cosas. Nos vamos.

Las lágrimas le resbalaron por las mejillas.

—No se me ha perdido nada en Eidolon, Zevander. No puedo vivir entre esas paredes con todos los recuerdos que me acechan, con el dolor que me asfixia cada vez que paso por delante de esa habitación.

Aunque no había sido testigo del suceso traumático que atormentaba a su hermana, las punzadas de culpa lo desgarraban por dentro. Con todo, pese a la empatía que se esforzaba por mostrarle, le enfurecía ver cómo se dañaba a sí misma con pociones y tónicos que solían dejarla inconsciente, expuesta; sustancias que le estragaban el cuerpo cada vez que las consumía y que, en la dosis justa, podían pararle el corazón.

—Entonces ¿te llevo a rastras? —preguntó él en un tono inexpresivo y frío.

Frotándose la cara con la mano, ella forzó una exhalación.

—Está bien, iré contigo. Y acabaré otra vez en este mismo lugar cuando me harte de estar encerrada en ese horror de castillo. Cosa que ocurrirá dentro de unas horas, para que lo sepas.

—Y yo estaré aquí para llevarte de vuelta a casa.

—Eres un tirano.

—Y tú un grano en el culo.

—¿Nunca te cansas de esto, Zevander? ¿No te cansas de velar por mí como una niñera monstruosa?

Alguien llamó a la puerta y, al volverse, Zevander vio a un hombre mayor con un fino jubón brocado que lo delataba como habitante del barrio de los altasangres, donde residían los ricos. Con una mano sujetaba unas esposas; con la otra, una botella de una bebida alcohólica con la que sin duda pretendía emborrachar a Rykaia. Su aparición avivó la ira de Zevander.

El desconocido le clavó los ojos en el cuello, donde su sello debía de estar vibrando con la furia que ardía en su interior.

—Zevander, no —le rogó Rykaia, pero, apretando los puños, su hermano se abalanzó hacia la puerta mientras su energía serpenteaba a través de él como un látigo candente.

El hombre mayor huyó dando traspiés y bajó corriendo las escaleras.

Zevander lo observó alejarse, con los músculos aún palpitantes de rabia, y se volvió hacia su hermana.

—Recoge tus cosas. Ahora mismo.

Cuando Rykaia alargó la mano hacia los viales negros, él dio un paso hacia ella.

—Eso no.

—Los necesito. Me encontraré fatal.

—Que los dejes.

—¡No! ¡Y harías bien en recordar que no eres mi padre!

Soltando un gruñido, Zevander se acercó con paso decidido a su hermana, le inmovilizó los brazos y, agarrándola por la cintura, levantó del sofá su cuerpo, mucho más menudo que el suyo.

Ella se estiró hacia delante por encima del brazo de Zevander, intentando coger los viales que él le negaba.

—¡Suéltame! ¡Que me sueltes, monstruo tiránico! —chilló, retorciéndose y pataleando mientras él la llevaba escaleras abajo hasta donde aguardaba Ze'Kyra, con el largo cigarrillo apoyado en el soporte del anillo que llevaba en el dedo.

Zevander se detuvo frente a ella. Con la paciencia desbordada, asió por la fuerza el brazo de su hermana y lo extendió para mostrárselo a la pelirroja.

—¿Esto es lo que entiendes por «limpio y seguro»?

La mujer abrió mucho los ojos y luego, entristecida, deslizó con delicadeza una uña pintada por las heridas.

—¡Suéltame! —aulló Rykaia, forcejeando contra el agarre de su hermano.

—Lo siento, no tenía ni idea... Por favor, créeme, Zevander. Yo jamás la pondría en riesgo de esa manera.

—Jamás volverás a ponerla en riesgo. No regresará.

—¡Claro que volveré! Te juro que... —Las palabras de Rykaia quedaron interrumpidas cuando él le tapó la boca con la mano.

—Si el que le ha hecho esto vuelve a presentarse por aquí, avísame —dijo Zevander con los dientes apretados.

—Sí, por supuesto.

Cuando se dirigía hacia la salida, el muchacho enteco apareció allí, impidiéndole a duras penas el paso con su cuerpecito.

—Mierda —farfulló Zevander, hurgándose el bolsillo hasta sacar otra moneda, que lanzó a Ze'Kyra—. Dale alojamiento al chico.

—¡Te juro por todo lo sacrílego que, como no me sueltes, hermano, te arranco la puta oreja de un mordisco!

Rykaia se contorsionaba y se resistía, pero él simplemente la sujetó con más fuerza.

—No regento un establecimiento benéfico —alegó Ze'Kyra, apoyando la espalda en la pared con indiferencia—. Esto es un burdel, Zevander. No es lugar para un crío.

No lo era, pero la mayoría de los clientes del burdel de madame Lazarine no acudían ahí en busca de niños entecos, sino de mujeres exuberantes de lengua húmeda y manos sedosas que les sacaban dinero engatusándolos con sus encantos.

—Es mejor que a lo que se vería expuesto en estas calles.

—Eh, chico. —Rykaia le tendió la mano al crío, que estaba en el vano de la puerta—. Ven aquí. Te daré todas las monedas que llevo si le pegas una patada en los huevos al monstruo este con todas tus fuerzas.

El enteco levantó la mirada hacia Zevander, cuya expresión debía de ser bastante severa, pues el muchacho se apresuró a negar con la cabeza enérgicamente.

—¡Monstruo demoniaco! Que los dioses te castiguen con una lluvia de…

—¡Cállate, Rykaia! —bramó Zevander, exasperado.

—¡Yo no me callo! —Le pegó una patada en el costado—. Cállate tú. —Lo pateó de nuevo—. ¡No eres mi padre! —Cuando lo intentó por tercera vez, él se la cambió de posición entre los brazos y se la echó al hombro. Dados los elixires y las bebidas alcohólicas que había consumido, la presión sobre sus senos nasales bastaría para que dejara de gritar al menos—. Suéltame. Por favor. Te lo ruego, hermano. Te lo imploro.

Él volvió a hacer caso omiso de sus súplicas.

—Lo que te he dado es suficiente para pagar el alquiler de una habitación durante un mes.

Ze'Kyra bajó la vista hacia el dinero, como si no hubiera caído en ello hasta ese momento.

—¿Y qué hago yo con un crío enteco correteando por aquí?

—Ya se te ocurrirá alguna tarea que encargarle.

—Dejaré que se quede una semana. Ni un día más.

—Con eso me vale.

—Ven, cariño. Ayúdame a preparar el té. —Echando los hombros hacia atrás, la mujer alargó la mano hacia el enteco—. ¿Cómo te llamas?

El niño miró a Zevander, como sin saber qué hacer, pero, al ver que este asentía, siguió a la mujer.

—Gavroche —contestó, tomándola de la mano.

A continuación Zevander salió al frío de la calle arrastrando a su hermana, que no paraba de chillar y patalear.

10

Maevyth

«Frío. Qué frío».

Me temblaban todos los músculos del cuerpo. Tiré de la manta hasta la altura de la nariz y hundí la cabeza en la gruesa colcha para sentir la calidez de mi propio aliento, un calor diabólico, pero no bastaba. Sentía el pecho hueco, invadido por el frío, y una sensación de náusea en el vientre. Quería llamar a Aleysia, pero no me atrevía.

En lugar de eso seguí respirando bajo la manta mientras sentía las gotas de sudor cayéndome por la sien y por el cuello. Notaba el paso de la sangre por las venas del brazo, provocándome un terrible dolor pulsante. Levantarme me parecía una tarea imposible, como alzar un pesado tronco. Los músculos no me respondían. No podía mirarlo siquiera, por miedo a ver lo que hubiera bajo el húmedo vendaje.

¿Iba a morir? ¿Podía morir de algo así?

Me sumergí en la oscuridad, llevándome esa pregunta conmigo.

—¿Es una mordedura? —La voz de Agatha me despertó de mi sopor.

—No lo parece —respondió un hombre. El tío Felix, supuse,

aunque el palpitar de mi propio pulso en los oídos me impedía oír bien—. Parece que se ha hecho un arañazo.

—Es un arañazo. Eso me dijo —respondió Aleysia. Yo estaba deseando decirle que se callara. Que no le dijera una palabra a ninguno de los dos, pero mis ojos se negaban a abrirse y mi voz seguía atrapada en la garganta.

—Tranquila, chisss... —dijo Agatha, que luego se dirigió al tío Felix—. No puede perder el brazo. No valdría para nada.

—Entonces, lo mejor que puedes hacer es esperar. Si empeora, quizá tengamos que amputar.

Era la frase más larga que le había oído nunca al tío Felix desde que lo conocía.

Y las palabras más terribles que podría haber pronunciado.

Chillidos.

Unos chillidos aterradores resonaban en el interior de mi mente.

Una niña vestida con lo que parecía una piel de animal alargaba los brazos hacia una anciana que yacía inmóvil en el suelo, en un charco de sangre espesa. La niña lloraba y se revolvía para escapar de los brazos de un hombre vestido de armadura, como en tiempos antiguos. Yo veía cómo se la llevaba hasta el fin del mundo, donde no había más que niebla blanca, más allá de la roca. Los gritos de la niña se volvían histéricos mientras intentaba clavar las uñas en la armadura, en vano.

Sin pensárselo dos veces, el hombre lanzó su pequeño cuerpo más allá del borde rocoso.

De pronto se me vino encima un destello negro procedente del cielo y vi mi reflejo en el ojo negro de un cuervo.

Un brillo cegador me golpeó los párpados y giré la cabeza con un gruñido. Aquella luz me provocaba un dolor insoportable en los globos oculares y en el cerebro. Sentí un pinchazo frío en el brazo y, sin poder contener un gemido, me miré el vendaje, empapado en sangre negra.

«Peor que la noche anterior».

Un extraño olor metálico, no a podrido ni a infección, me invadió la garganta mientras retiraba las sucias gasas. Cuando por fin llegué al final del vendaje, me detuve de pronto y la confusión se hizo un hueco entre el dolor que me atenazaba la cabeza. La herida se había cerrado, la piel se había contraído y se había unido creando una cicatriz perfectamente sana, con un extraño brillo plateado en los bordes. Pasé la yema del dedo por encima y noté un leve murmullo allá donde tocaba. Aquella señal parecía tener una forma determinada, aunque hasta que no giré la cabeza un poco no me di cuenta de que la piel se había tensado alrededor de la herida trazando una especie de barbas en torno a un cañón central, dándole el aspecto de una pluma.

«Qué extraño».

No me dolía. Ya no sentía la fiebre, el calor, los delirios. Levanté la espalda, me senté en la cama y observé que la de Aleysia estaba hecha, vacía. Frunciendo los párpados para protegerme de la luz, apoyé la palma de la mano sobre el dolorido ojo izquierdo, me levanté y me acerqué a la cómoda trastabillando. En el reflejo del espejo me vi la piel más pálida aún que antes, si es que eso era posible. Bajé la mano que tenía sobre el rostro y di un salto atrás, impresionada: la parte inferior del iris, normalmente de un gris profundo, tenía ahora un color hielo plateado. Me acerqué, tocándome con los dedos justo por debajo del ojo, y me quedé mirando aquella aberración, que casi parecía como una mota metálica pegada.

—¡Oh, menos mal, estás despierta! —La voz de Aleysia me hizo dar un respingo y a punto estuve de meterme el dedo en el ojo—. ¡Gracias a Dios!

¿Gracias a Dios? ¿Desde cuándo le atribuía el mérito de nada a Dios?

Me giré y justo en ese momento se me echó encima y me rodeó con los brazos.

—¡Pensaba que te habíamos perdido! Pensaba… Yo… —El llanto le quebró la voz y yo fruncí el ceño. ¿Qué le pasaba? Cuando se enderezó, me tapé aquel ojo tan extraño para que no me lo viera—. Has… Has dormido mucho.

—Sí, anoche me costó bastante conciliar el sueño. Y me he despertado varias veces, después de que te volvieras a tu cama.

Ella meneó la cabeza, perpleja.

—¿Después de que me volviera a mi cama? Maeve, eso fue hace cuatro noches.

—¿Qué? —De pronto la confundida era yo.

—Has estado prácticamente comatosa durante días.

—¿Días? —respondí, con una risita nerviosa—. Eso... Eso no puede ser. Anoche mismo te estuve cantando.

Ella levantó las cejas y parpadeó para quitarse el brillo de los ojos.

—De hecho, el tío Felix dijo que habías estado muerta durante ocho minutos y veintisiete segundos. Intentó resucitarte.

«¿Muerta?».

¿Cómo podía ser eso? Había tenido momentos de lucidez. Si hubiera estado muerta, ¿no me habría dado cuenta? Una vez más se apoderó de mí esa gélida sensación de incredulidad y retrocedí hacia la cómoda tambaleándome.

—No recuerdo nada de todo eso, en absoluto. Solo... momentos de lucidez y de sueño. Pero tenía la impresión de que todo había ocurrido en el margen de una noche.

—Tenías una fiebre terrible. Vino el señor Moros y seguías en la cama. No tuve otra opción que contarle a Agatha lo del corte que tenías en el brazo, para que le pidiera al tío Felix que le echara un vistazo. Entonces tú... dejaste de respirar y él empezó a hablar de llevarte a la morgue... Bueno, yo... yo estaba fuera de mí. Y entonces volviste a respirar otra vez. —Se aclaró la garganta, se llevó las manos a los ojos, como intentando frenar las lágrimas, y apuntó con el dedo la mano con la que aún me estaba cubriendo el mío—. Eso que tienes en el ojo se llama «biculia», según el tío Felix. No sabe qué te lo ha provocado, pero dice que es relativamente inocuo.

Al oír aquello bajé la mano, algo aliviada.

—¿Y qué piensa del corte?

—Le dijo a Agatha que lo vigilara. Si no mejoraba, estaban planteándose cortarte el brazo. Me alegro de que estés mejor. Debes de estar muerta de hambre.

Hasta que no sugirió la posibilidad de comer no me di cuenta del intenso dolor que sentía en el estómago.

—Pues sí. Un poco.

—Te traeré un caldo caliente. Probablemente sea conveniente que empieces poco a poco. Nada de grandes comilonas.

—Probablemente.

—Bueno, ahora que estás despierta, por fin puedo celebrar que he visto a Agatha fuera de sí de rabia. —La preocupación y el dolor presentes en sus ojos unos momentos antes se transformaron en un gesto malicioso de satisfacción—. Pensaba que iba a tener que devolver ese dinero al señor Moros. Según dice Lolla, rompió tres jarrones de los buenos. —Sonrió y cogió el cepillo de la cómoda para peinarme—. Solo de pensar en algo así me pongo contenta.

—Me alegro de haber contribuido —dije yo, haciendo una mueca de dolor mientras me deshacía un nudo.

—¿Y el señor Moros?

—Da la impresión de que no te has librado de él. Ha venido a ver cómo estabas todos los días y te ha traído bombones y flores. —Me agarró la melena con una mano y se puso a cepillarme las raíces con pasadas rápidas—. Espero que no te importe, pero me he comido unos cuantos bombones. Tenía que asegurarme de que no estaban envenenados, ya sabes.

—Por supuesto.

—De verdad, Maeve, ahora mismo podría gritar de felicidad. —Y, sin previo aviso, me abrazó desde atrás y la presión de sus brazos sobre la garganta estuvo a punto de asfixiarme—. Hubo un momento en que tenías un aspecto terrible. Yo ya me temía... Bueno, después de lo de padre... —El temblor de su voz me dejó claro que estaba conteniendo las lágrimas otra vez—. Y estando aquí..., sola...

—Estoy aquí —dije, agarrándole el brazo, que aún me rodeaba la garganta—. No me voy a ninguna parte.

—Voy a traerte ese caldo. Tú no te muevas.

Asentí y, en el momento en que me soltó y salió a toda prisa de la habitación, me giré hacia el espejo otra vez y me examiné el ojo.

—Biculia —susurré.

El sonido de un grito en el exterior hizo que me girara de golpe hacia la ventana y al acercarme vi a dos niños, quizá de unos doce o trece años, al otro lado del camino de tierra, al borde del bosque. Aunque estaban lejos y no los veía muy bien, daba la impresión de que estaban pateando el suelo. Fruncí los párpados y distinguí algo negro bajo la bota del chico que llevaba un sombrero marrón. El corazón se me encogió en el pecho de pronto al darme cuenta de que estaban cerca del arbusto de acebo donde había enterrado al cuervo.

—¡Oh, no! —Entreabrí la ventana y me golpeó una ráfaga de aire frío que a punto estuvo de hacerme caer hacia atrás—. ¡Eh! ¡Vosotros! ¡Apartaos de ahí!

Los chicos no me hicieron ni caso y siguieron pateando el suelo con fuerza. Sentí una rabia oscura e intensa que me revolvió el estómago. Abrí la boca para gritar, pero solo me salió un chillido agudo. Me tapé la boca con una mano y di un paso atrás, agazapándome bajo el alféizar.

¿Qué demonios había sido eso?

Al asomar la cabeza vi que los chicos seguían pateando el suelo. Era evidente que no me habían oído. O quizá sí y no les importaba. Pero de pronto pararon y uno de ellos se giró hacia el bosque a sus espaldas, como si hubiera oído algo.

Yo me puse de rodillas, intrigada.

Un resplandor negro pasó volando por encima de los chicos y se elevó hasta el cielo. Por encima de los muchachos apareció algo similar a un cuervo de tamaño colosal, agitando unas alas que debían de tener la envergadura de una casa pequeña. Al ver sus dimensiones me quedé boquiabierta. La criatura estalló y se convirtió en una nube de cuervos que se dispersaron graznando.

Un chillido me hizo mirar de nuevo al suelo y al hacerlo vi a uno de los chicos aferrándose al borde del arco de entrada al bosque, como si algo le tirara de los pies para llevárselo dentro. Su amigo lo agarraba de la camisa, tirando de él en dirección contraria.

Pero se le escapó de las manos y él rodó hacia atrás con tal fuerza que el sombrero le salió volando y cayó al suelo.

Parpadeé y de pronto el otro chico había desaparecido.

Sentí el cuerpo helado al contemplar de nuevo aquel arco vacío, con sus siniestros huesos. Y un picor en el brazo que hacía que no pudiera dejar de rascarme en torno a la herida.

El chico del sombrero se puso en pie y miró hacia el interior del bosque. El picor se convirtió en quemazón.

—No lo hagas —murmuré, observando cómo se acercaba. Cada vez más.

Y yo me rascaba cada vez con mayor desesperación.

—No lo hagas.

—¿Que no haga qué? —Al oír la voz de Aleysia, di un salto hacia atrás y fue entonces cuando vi la piel inflamada en torno a la herida y un reguero de sangre por las hendiduras de la cicatriz.

Volví a mirar hacia el bosque y me encontré con que el otro chico ya no estaba allí. Solo había unos cuantos cuervos picoteando la hierba. Yo creía que la espesura se lo iba a llevar a él también, pero no había ni rastro de su sombrero ni del objeto negro que estaban pateando. Ni tierra levantada, al menos no la veía desde mi posición.

—Me ha parecido que… había unos niños en el bosque —dije, aún confundida—. He visto cómo se llevaban a uno. —Seguía impresionada y no podía apartar la mirada—. Estaban chillando. ¿No has oído los gritos, Aleysia?

—No.

Tendría que haberlos oído. Las paredes de la casa eran tan finas que era habitual oír ruidos extraños procedentes del bosque.

—¿No habrás visto… un pájaro excepcionalmente grande que… ha estallado y se ha convertido en pájaros más pequeños?

—No. ¿Tú has visto a un pájaro enorme que ha estallado en pájaros más pequeños? —preguntó y al oírlo dicho por ella mi reacción fue encogerme, avergonzada. Seguro que pensaba que estaba loca.

—No. Estaba… He pensado… Aire fresco. Creo que necesito aire.

Me giré por fin y la vi con un cuenco de caldo y una rebanada de pan en las manos.

—Creo que necesitas descanso. Y comer algo, quizá —dijo, acercándome la comida.

—Ya he descansado mucho.

—Sí, bueno, pues come algo antes de que te pongas a delirar. Aunque me temo que ya es demasiado tarde —murmuró entre dientes.

—De hecho, antes me apetecería dar un paseo.

—¿Qué? No. Tienes que comer, Maeve. No has comido en...

Le quité el cuenco de las manos, me lo llevé a la boca y me lo bebí hasta no dejar ni gota. Aunque lo lamenté de inmediato, porque mi estómago enseguida protestó.

Aleysia se me quedó mirando, boquiabierta, y cuando le devolví el cuenco vacío lo cogió sin mucha convicción.

—Ya está. Ya he comido. —Le quité el pan de las manos y arranqué un pedazo con los dientes mientras pasaba a su lado en dirección a la puerta.

—¿Adónde vas? Sería mejor que te acompañara alguien.

—Solo quiero tomar un poco de aire fresco. No pasa nada.

—Bueno, de acuerdo. Pero, si no estás de vuelta cuando suene la campana del cuarto, iré a buscarte.

—De acuerdo.

Me quité el camisón, apartando el brazo para no verlo, y me puse mi vestido negro y mis botas. Luego bajé las escaleras sin hacer ruido, con la esperanza de evitar a Agatha. Pero, en cuanto llegué a la planta baja, me quedé helada. A los pies de la escalera había una figura alta y robusta: el tío Felix, masticando un bocadillo de pescado y mermelada de higos, seguro, porque era lo que solía comer. Me miró, torció el gesto y le dio un bocado a su asqueroso almuerzo.

Yo hice lo propio y le di un bocado a mi pan.

Se dirigió a la sala y yo seguí hacia la entrada.

Sentía los músculos rígidos al contacto con el aire helado, pero crucé el camino de tierra a la carrera en dirección al bosque, levantando la vista de vez en cuando para asegurarme de que no tenía ningún ave colosal espantosa encima. Cuando llegué al bosque, los pájaros que estaban picoteando el suelo se dispersaron.

Mientras me acercaba al arbusto de acebo bajé el ritmo y vi

la tumba intacta; no había ningún objeto negro a la vista. Recorrí el espacio con la mirada y no vi huellas, ni señales de forcejeo, ni marcas que indicaran que se habían llevado a alguien a rastras.

«Había sido real. Todo aquello había sido de lo más real».

Me giré hacia la casa y vi a Aleysia observándome desde la ventana de nuestro dormitorio. No me hacía falta verle el rostro de cerca para saber que tenía el gesto encogido de preocupación.

«Estoy perdiendo la cabeza. Tiene que ser eso».

«Respira. Tú respira».

Cerré los ojos, inspiré con fuerza y luego espiré. Los abrí y vi un brillo plateado asomando entre la tierra amontonada.

«Déjalo».

Pero no podía. Pese a que sabía que no debía, me arrodillé y cavé en la tumba hasta encontrar lo que parecía un objeto ovalado y con escamas, negro y plateado, del tamaño de un melón. Un huevo o algo así, a juzgar por la forma.

Pero no había ni rastro del cuervo que había enterrado yo.

Con el ceño fruncido, volví a mirar la tumba vacía y observé de nuevo aquel objeto. Examiné su áspera superficie, intentando deducir qué sería.

Por encima del hombro vi la entrada al Tañido de Brujas.

Allí no había nada que acechara, salvo una brisa errante que se abría paso por entre las retorcidas ramas, pero era precisamente ese vientecillo, tan suave como siniestro, lo que me provocaba escalofríos y me decía que debía alejarme de allí.

Tenía el huevo sobre la palma de la mano y lo levanté para examinar las escamas plateadas de su superficie. Al extender el brazo izquierdo, la manga se deslizó hacia arriba, dejándolo al descubierto, así como la cicatriz y las escamas plateadas que trazaban aquella forma de pluma.

Até cabos: el pájaro que había enterrado, la herida que me había hecho y, ahora, el huevo.

—¿Qué tienes ahí, niña? —Aquella voz grave, a mis espaldas, me provocó un escalofrío que resonó en mi columna como la nota de un diapasón. Me giré despacio y me encontré con la Arpía apoyada en un bastón de madera parecido al de Agatha.

A aquella distancia veía perfectamente las arrugas de su piel y una cicatriz junto al ojo de color lechoso, por el que parecía evidente que no veía nada.

—Yo, eh…, he encontrado esto en el suelo.

Ella alzó una ceja, echó una mirada a la tumba y luego me miró a mí otra vez.

—¿Lo has desenterrado tú?

—No. O sea…, lo he visto en el suelo. Y…, bueno, sí.

Curvó los labios en una sonrisa maliciosa.

—Lo siento. Lo dejaré otra vez ahí —dije y me giré para volver a dejar el huevo bajo la maleza.

—Ahora es tuyo, niña. Debes llevártelo.

—¿Tú sabes lo que es? —El tañido de la campana me tensó todos los músculos, a pesar de que estaba lejos de allí, e instintivamente alcé la vista al cielo otra vez.

—Es tu penitencia. Una vida por una muerte.

—¡Maevyth! —gritó Aleysia desde el otro lado del campo.

—¡Ya voy! —respondí, pero la bruja me agarró del brazo y me giré hacia ella. Tenía los ojos grandes y la mirada encendida.

—¿Qué es lo que ves, niña?

Posó la mirada en mi brazo, y me pasó los dedos por la cicatriz.

Me liberé de su agarre y a punto estuvo de caérseme el huevo que tenía apoyado en el hueco del codo.

—Quítame las manos de encima.

—Ves a los muertos. Y también oyes lo que te dicen.

—Yo no oigo nada de eso. Solo los poseídos por el mal oyen esas cosas.

—No me digas…

Su respuesta me hizo callar un momento.

—¿Tú oyes voces? ¿O ves a los muertos? —le pregunté.

—Yo tengo una vista muy aguda. Veo muchas cosas. Veo una hija repudiada por los suyos.

—No hace falta tener una vista tan aguda para ver eso.

—También sé que la delicada rosa negra no se da bien en estas tierras. Nuestros inviernos son demasiado fríos para sus frágiles raíces.

Aquellas palabras me dejaron atónita. Todo el mundo sabía que a mí me habían encontrado con una rosa negra, pero quizá ella supiera algo más. Algo que los demás desconocían.

—¿Y dónde crecen?

—Donde los dioses consideran que deben plantarlas.

Aquel modo tan enigmático de hablar me tenía confundida. La cabeza me daba vueltas.

—Tú crees en los dioses. No en uno, sino en muchos.

Admitir una cosa así equivalía a confesar un delito.

—El dios al que tú rezas teme el poder de muchos otros.

—Los lyverianos rinden culto a muchos dioses. ¿Tú eres de Lyveria?

—Los lyverianos no son los únicos que han rendido culto a muchos dioses.

¡Maevyth! —volvió a llamarme Aleysia, ya impaciente, y se dirigió al camino de tierra.

—¡Ya voy! —grité otra vez por encima del hombro, sin atreverme a apartar la mirada de la bruja—. ¿Y qué pasa si este huevo llega a eclosionar?

—Eso suscita otra pregunta: ¿qué pasa cuando los muertos regresan de su tumba? —Su siniestra sonrisa me provocó un escalofrío—. Vete ya, niña. No querrás que el bosque se te lleve, como a esos dos chicos curiosos.

Aquello me heló la sangre.

—¿Los has visto?

—Yo lo veo todo.

Agachó la cabeza y me miró a través de sus pobladas cejas blancas, y no pude evitar dar un paso atrás. Cuando me giré, escondí el huevo tras la espalda para que Aleysia no lo viera.

—¿Qué estás haciendo junto al bosque? —preguntó mi hermana, acercándose—. ¿Es que no te bastó con que te tiraran el pellejo de un hombre a los pies?

—Estaba hablando con la Arpía.

Aleysia torció el gesto en una mueca de asco.

—¿La vieja bruja? ¿La mujer que *se come* a los niños, Maevyth?

Eché un vistazo por encima del hombro y vi a la anciana levantando un haz de leña de un montón de madera sin hacer un gran esfuerzo.

—No me digas que te crees todos los rumores.

—Por supuesto que no. Pero ¿no te resulta algo inquietante?

—Pues sí. Pero también me intriga.

—Empiezas a preocuparme, hermana. ¿Y qué estás ocultando tras la espalda?

—No es nada —dije, mostrándoselo y agarrándolo entre los brazos—. Solo una roca rara que he encontrado junto al bosque.

—Eso no se parece a ninguna roca que haya visto nunca. ¿Y pretendes decorar nuestro dormitorio con esa cosa?

—La meteré bajo mi cama. Me ha parecido interesante, nada más. —Pasé el dedo por las escamas del exterior y la textura me recordó la de una bellota enorme.

—Probablemente esté maldita si la has encontrado cerca de ese bosque. Más valdría dejarla fuera de casa.

Oímos el ruido de un carruaje aproximándose y ambas nos giramos. Alguien se acercaba por el camino.

—No —dijo Aleysia a mi lado.

—¿Quién es?

—El señor Moros. Entra, corre. Le diré que sigues enferma.

—¿Y si nos ha visto?

—Aun así, le diré que estás enferma y que no puedes recibir visitas. Corre, ve.

Crucé el patio a la carrera y entré en la casa con el huevo bajo el brazo. En lo alto de las escaleras me encontré con Agatha y el corazón se me encogió en el pecho.

—Dios santo, tienes un aspecto horrible con ese ojo deformado. Sin embargo, parece que ya te encuentras bien. Justo a tiempo. El señor Moros ha venido a ver cómo estabas. Es muy amable por su parte que haya preguntado por ti estos últimos días. Afortunadamente, no parece que tu aspecto lo haya desalentado. —Bajó las escaleras con su contoneo habitual y yo agarré el huevo aún más fuerte, sonriéndole para distraer su atención.

—He oído que ha venido a visitarme muchas veces. Es muy amable por su parte.

Se detuvo a mi lado y, con un movimiento lo más disimulado posible, me llevé el huevo hacia un lateral deslizándolo sobre la cadera. Ella echó la cabeza adelante, me olisqueó y arrugó la nariz.

—Dios santo, hueles a pocilga. Ve a lavarte. Rápido. Sospecho que querrá verte un rato.

—Sí, por supuesto. —Bajé la mirada y seguí subiendo las escaleras a toda prisa, pero, cuando llegué, arriba me llamó.

—Y, Maevyth, quizá quiera examinarte. Es comprensible, teniendo en cuenta lo que ha pagado.

—¿Examinarme? ¿Qué quieres decir?

—Que no hace falta que te pongas ropa interior, querida.

11
Zevander

Zevander se acercó a la puerta de hierro forjado de la fortaleza de Eidolon, el antiguo castillo que había pertenecido a su dinastía durante siglos. Las gárgolas a ambos lados de la escalinata hacían unas muecas siniestras, iluminadas por las antorchas que ardían por debajo. Desde el gran castillo de piedra negra, situado en la cumbre de los Montes Insidiosos, se veían las vastas tierras oscuras de Nyxteros y se erigía como monumento a su nombre maldito.

La vida que en otro tiempo llenaba las estancias del castillo de piedra se había marchitado en el interior de sus muros fríos como grises tumbas.

Rykaia yacía en sus brazos, inconsciente, mientras las cadenas repiqueteaban estruendosamente y la puerta se abría, dando paso al oscuro interior. A medio camino, mientras regresaban, había tenido que usar un hechizo para dormir a su hermana y evitar que chillara e intentara escapar.

Lo invadió un frío penetrante: el castillo no era cálido ni acogedor. De pronto vio las llamas de un candelabro en la escalinata, por donde descendía Vendryck, fiel sirviente de la casa. Era desgarbado y larguirucho, pero recogió con facilidad a Rykaia, que tenía la plateada melena enmarañada.

—Enciérrala —le ordenó Zevander, dejándola en sus brazos.

—Sí, milord.

Zevander metió la mano en el bolsillo de su traje de cuero y sacó el vial de vivicanto que le había dado Dolion. Se lo tendió a su criado.

—Necesitará una dosis cuando se despierte.

—Por supuesto, señor.

Vendryck asintió y volvió a subir por la escalinata en dirección a la habitación de ella. Si no le daban el estimulante, muy probablemente sufriría uno de sus «ataques». El último acceso había supuesto la destrucción casi total del ala este del castillo. Podía ser violenta como una tormenta y a veces Zevander había tenido que atarla a la cama. Otras veces en que le había dado fuerte la había encerrado en la mazmorra. Odiaba tener que hacerle algo así, pero siempre se esforzaba para que estuviera cómoda.

Con un gruñido se frotó el rostro y los siguió en dirección a sus propios aposentos. Hacía días que no pasaba por casa, puesto que sus cacerías lo habían llevado hasta los rincones más alejados de Nyxteros, y no veía la hora de disfrutar de un buen descanso.

Al recorrer el pasillo central, pasó junto a los numerosos retratos de sus ancestros, retrocediendo en el tiempo hasta el primer lunáceo, fundador de la dinastía. A diferencia de la mayoría de los etirios, cuyo poder se basaba en el sol, el de ellos derivaba de ambas lunas. Los fríos rayos de luz que solían activar los poderes de sus ancestros no parecían despertarse en Zevander. Aunque aún notaba la presencia de su sello de sangre cuando las lunas estaban altas, nunca había sido capaz de invocar esos poderes después de que quedaran corrompidos por su maldición. Su padre había destruido al orgulloso lunáceo que llevaban dentro tanto Zevander como Branimir al negociar con la sangre de sus únicos hijos varones, que había ofrecido como reliquia familiar, corrompiendo para siempre el antes honroso legado mágico de su familia.

Llegó al final del pasillo y abrió la pesada puerta de hierro que daba a una elegante cama con finos detalles en seda, la cual nada tenía que ver con la de piedra en la que se había visto obligado a dormir en su juventud, tras ser apresado por los soláceos. Por motivos que no alcanzaba a comprender, a veces echaba de menos esa superficie dura y rígida.

De todos modos, en aquel momento no le importaba un comino dónde durmiera mientras pudiera descansar.

Se quitó la capa y la coraza que le cubría la túnica negra, también de cuero, y arrojó todas las prendas sobre un colgador hecho de anacitina, un metal pesado que atraía la magia de sangre. Durante el camino de vuelta al castillo había tirado la piedra de su siniestro agresor a la ciénaga y las pocas gotas de sangre que le habían salpicado la ropa se deslizaron por el cuero hasta pegarse a la superficie metálica, que las absorbió, eliminando cualquier rastro de las prendas. La anacitina retendría la magia contenida en esas gotas de sangre y anularía su potente carga.

Vació la bolsa que llevaba colgada de la cintura y dejó caer sobre la otra mano la piedra blanca como la leche que le había arrebatado a su presa, diez veces más potente que lo que le había dado Dolion en forma líquida.

Se acercó a una hornacina abierta en la pared y se arrodilló ante una puertecita de hierro de un palmo de altura, decorada con plata oxidada. La Puerta del Golvyn. Llamó tres veces, como correspondía, y se abrió. Tras ella apareció un pequeño ser, medio hombre, medio roedor, con un morro largo y unos ojitos como cuentas algo estrábicos. Aunque no tenía pelo, sus orejas —del tamaño de la mitad de su rostro— y sus dos largos incisivos le daban unos rasgos más propios de un ratón. Llevaba viviendo tras las paredes del castillo desde antes que naciera Zevander, en galerías abiertas en el cemento que llevaban a todas y cada una de las estancias. La mayoría de los castillos contaban con un golvyn, aunque raramente se los toleraba y en muchos casos eran objeto de hechizos de exterminio.

—Me ha llamado, milord —dijo con un tono nasal, rechinando los dientes. Aunque los golvyns solían ser dóciles, si se sentían amenazados podían lanzar un mordisco en cualquier momento.

Zevander le entregó la piedra de vivicanto. A la criatura no le servía de nada, ya que su raza no lo necesitaba, como los mánticos, lo cual lo convertía en un custodio perfecto.

Asintiendo, el golvyn se la metió bajo el brazo y echó una carrerita para volver a meterse dentro tras cerrar de un portazo.

Zevander se puso en pie y se dirigió a su baño privado, una amplia estancia con ventanales en arco cubiertos de vitrales e iluminado por la tenue luz de la luna. Desde aquel lugar, entre la torre oeste y el gran salón, cuando el cielo estaba claro y ambas lunas bien en lo alto, veía las cumbres de la sierra de Veritia a lo lejos.

Alargó una mano y de la palma le salió una espiral de llamas negras que bailó sobre la superficie del agua, agitando el líquido transparente. Un momento más tarde este tembló y formó crestas de las que empezó a salir humo. Zevander se quitó los pantalones y se metió para disfrutar de su baño caliente.

Apoyó la cabeza contra el borde curvo de la bañera de mármol, cerró los ojos y dejó que el calor le relajara los músculos tensos.

«Mor samanet», susurró una voz en la oscuridad de su mente. «La muerte aguarda».

Se puso en pie de golpe, salpicando agua por todas partes, y miró a su alrededor en busca del origen, aguzando el oído ante el mínimo sonido.

Nada.

Lo que había ocurrido antes en el exterior de la taberna no era nada nuevo. No era la primera vez que intentaban matarlo por venganza. Los que lo habían intentado de momento no lo habían conseguido, pero Zevander no era tan cándido como para pensar que la barrera que había puesto alrededor de Eidolon fuera inquebrantable.

La misma protección que había creado para mantener a salvo a Rykaia, por mucho que ella odiara el castillo.

Y a él.

Al no oír ningún otro ruido, volvió a meterse en el agua y dejó que el calor se extendiera por sus músculos tensos y doloridos. Había viajado al confín más septentrional de Draconisia y desde allí a Veneficarys, al sur, en busca de la víctima del rey Sagaerin, al que había despachado rápidamente antes de que Dolion le informara de que la sexta piedra se encontraba en Costelwick. Su maltrecho cuerpo necesitaba recuperarse y descansar.

Mientras estaba allí, respirando los densos vapores, sintió una necesidad que se había obligado a ignorar durante mucho tiempo. A la que no había querido dar rienda suelta desde que era adolescente. Con los ojos cerrados, soltó el aire que tenía dentro y alargó la mano bajo el agua, pero sintió náuseas en el estómago al pensar en tocar los diez pendientes que le recorrían el miembro, cada uno con su propio recuerdo sórdido. Una vez lo obligaron a satisfacer los deseos de las Bellatryx, una banda de guerreras medio soláceas, medio zefromitas, a las órdenes del rey soláceo que los había apresado a él y a su padre. El mismo rey que había ordenado la ejecución de su progenitor ante sus propios ojos cuando solo era un niño. Las Bellatryx eran mujeres violentas, sádicas, y Zevander no era más que uno de la docena de chicos que habían utilizado para su propio placer.

Pasó los dedos por encima de todas las barritas de acero, a las que habían aplicado un conjuro para asegurarse de que no pudiera quitárselas nunca; si lo intentaba, sufriría un dolor agónico. Al ir creciendo y convirtiéndose en un hombre, con cada década le habían añadido una nueva. Diez perforaciones. Un siglo entero de esclavitud.

Había sido asignado a la general Loyce, una mujer despiadada que fue responsable de la muerte de tres esclavos antes de ponerle la mano encima a Zevander. El día en que le había puesto su primer pendiente, se había quedado observándolo, penetrándose con sus propios dedos, disfrutando con sus gritos de dolor. Aunque cada Bellatryx tenía su propio esclavo, un regalo del rey, Loyce disfrutaba compartiendo a Zevander.

Los gemidos de aquellas mujeres resonaban en su cabeza, el recuerdo de sus uñas en la espalda, de los salvajes mordiscos que le daban en la cabeza, con una agresividad desatada.

Ni siquiera muchos años más tarde, cuando las perversiones de aquellas mujeres malvadas no eran más que un recuerdo distante, había conseguido tocarse. Ni siquiera cuando necesitaba alivio desesperadamente.

En especial, resultaba complicado durante la unión de las lunas, cuando su cuerpo, por naturaleza, anhelaba sexo. En ese momento todos los hombres lunáceos iban locos por un buen polvo y las mujeres acababan embarazadas. Buscaban la clase de sexo sin sentimientos que le hacía apretar los dientes de la tensión. Una liberación rápida.

Encuentros sin compromiso, para él, porque no había la mínima posibilidad de que acabara emparejándose. Aunque hubiera deseado el dolor de cabeza que suponía una compañera —que no era el caso—, ningún letalisz había obtenido permiso para casarse nunca. No importaba que fuera el asesino más hábil del rey Sagaerin. Su lealtad solo le valía para no acabar exiliado. Si no, habría corrido la misma suerte que su padre.

Zevander apartó la mano y exhaló, dejando caer la cabeza hacia atrás y cerrando los ojos. Aunque nunca se había comprometido con nadie, anhelaba disfrutar de los placeres de una mujer sin que los recuerdos de su pasado lo echaran todo por la borda.

Para evitar los pensamientos que le oprimían, vació la mente sumergiéndola en la nada, en la oscuridad. En un sueño que necesitaba con desesperación, pero que últimamente le costaba conciliar.

Oyó una voz que lo llamaba desde el silencio:

«¡Zevander! ¡Zevander...!». Era su madre.

La oscuridad que lo rodeaba se llenó de pronto de una intensa luz que le hizo cerrar los párpados con fuerza mientras dejaba sobre la hierba el escorpión al que acababa de dar de comer. Observó cómo clavaba su aguijón en el abdomen de una araña del tamaño de un guisante y se la llevaba después a la boca con las pinzas. Zevander solía jugar con bichos mortíferos, a escondidas de su madre, que podían matarlo con solo un picotazo. Aunque se mostraban implacables con sus presas, a él nunca lo picaban. Ni siquiera cuando los tenía atrapados entre las manos.

—¡Zevander! —volvió a llamarlo su madre, impaciente.

Él se giró hacia los rosales que llenaban de color las piedras de la fachada del castillo, trepando por la pared hasta la ventana desde la que lo miraba ella.

—Ven. Te necesito en la cocina.

—Sí, madre.

El chico se puso en pie y entró en el castillo, pasó por varias estancias y junto a su hermana, que estaba jugando con sus muñecas. Hizo una pausa para darle un beso en la cabeza y siguió adelante.

En la cocina encontró a su madre frente a la encimera, añadiendo trozos de carne cruda a un montón ya considerable. Goteaba sangre por el borde y Zevander frunció el ceño al pensar en el sabor metálico en la lengua.

—Necesito que le lleves esto a Branimir.

El estómago se le encogió de miedo. Aunque le gustaba ver a su hermano de vez en cuando, la mazmorra siempre lo había aterrado. Y aquellas arañas... Eran horribles y lo observaban desde las sombras de la celda de Branimir.

—¿Puede venir conmigo Rykaia? —preguntó el chico, a pesar de que no quería que su madre pensara que a sus diez años tenía miedo.

—No, cariño. Branimir está empeorando y no querría que ella también se contagiara. Además, la última vez, a punto estuvo de recibir una picadura.

—Branimir nunca permitiría que la picaran, madre. Él quiere a Rykaia.

Una de las arañas de Branimir había picado a su gata, Gwinny. Dos noches más tarde el animal se retorcía, gimiendo. Había vomitado por toda la celda y había tenido que ser Zevander quien retirara su cadáver, tarea que le había provocado náuseas.

Pero eso había sido con la gata, no con su querida hermana.

—Lo siento, cariño. Eres el único que puede hacerme el favor. —Suspiró y se pasó una mano por el cabello, ya desaliñado—. Tu padre debería regresar pronto. Quizá Branimir esté ya mejor cuando vuelva.

Zevander asintió con solemnidad y su madre le dio un beso en lo alto de la cabeza. Le entregó el plato lleno de carne sanguinolenta y el chico inició el descenso a las mazmorras.

El aire se volvió frío mientras bajaba por la escalera de piedra y con cada respiración Zevander emitía unas volutas de vapor blanco. Le temblaban los brazos; habría querido dejar caer el plato y volver corriendo escaleras arriba, pero, si lo hacía, su madre lo haría volver con otro. Cuando por fin llegó al último esca-

lón, se tomó un momento para recobrar el aliento y luego siguió, pasando junto a las estatuas de sus ancestros y a las celdas del final del pasillo, hasta llegar a la puerta de madera de la mazmorra.

Se la quedó mirando un momento antes de dejar el plato de comida en el suelo al tiempo que encendía la lámpara junto a la entrada. Después entreabrió la puerta, cuyas bisagras crujieron, y metió la lámpara por el agujero. En el fondo, a dos metros, vio el suelo de tierra. Alargó el brazo hacia abajo, colgó la lámpara de un gancho en la escalera de peldaños y avanzó un par de peldaños. Se equilibró, se asomó al exterior del agujero y agarró el plato, que sostuvo con una mano mientras bajaba, un peldaño tras otro. A medio camino, descolgó la lámpara con la mano que tenía libre, se la colgó del codo y así bajó el resto de los peldaños.

Los chirridos y ruiditos de correteos por el suelo le provocaron un escalofrío que le recorrió la espalda. Levantó la lámpara e iluminó todo aquel espacio y las sombras que se extendían a los lados de su campo de visión.

—Branimir —susurró—, te he traído la cena.

Las sombras se movieron y una figura pálida se arrastró hacia él apoyándose en pies y manos. Aunque su forma era grotesca y aterradora, él sonrió al verlo.

—Zevander —dijo Branimir con voz rasposa y también le sonrió. Sus negros ojos se habían hundido aún más y lo que tendría que ser la silueta musculosa de un adolescente de dieciocho años era en realidad un cuerpo huesudo y malnutrido.

No porque su familia no pudiera alimentarlo, sino porque no podían pagar la cantidad de vivicanto que necesitaba para curarse.

Su hermano agarró un puñado de carne y se lo llevó a la boca como un animal, y, mientras comía, Zevander levantó la mirada y vio la pata de una enorme araña y ojos que lo observaban desde las sombras. Muchos ojos. Levantó algo más la lámpara y contuvo una exclamación. La pared estaba cubierta de telarañas, con miles de ellas encima, algunas pequeñas y otras algo más grandes.

—Bran…, ¿hay más que antes?

Branimir se giró un momento a echar un vistazo y siguió metiéndose carne en la boca.

—Creo que salieron de Gwinny. Las vi abandonando su cadáver antes de que te lo llevaras.

—¿Estaban dentro de ella? —dijo, y solo de pensarlo se le revolvió el estómago.

—Sí. Aunque no fueron quienes la mataron. —Bajó la mirada, como avergonzado—. Se volvió loca. Me dio miedo que le hiciera daño a Rykaia.

—¿La mataste tú?

—Le partí el cuello. Lo siento. ¿Mamá está enfadada conmigo?

—No. Solo asustada, creo.

—Hace bien en tener miedo. Todos deberíais tener miedo. —Apartó la mirada y se metió otro puñado de carne cruda en la boca.

—¿Por qué prefieres que no esté cocinada?

Branimir masticó lentamente, como si considerara la pregunta.

—No soy yo quien la quiere. Son ellas.

—¿La compartes con ellas?

—Notan el sabor de lo que como. Sienten lo que yo siento. —Se pasó la mano por la cabeza, con calvas en los lugares donde se había arrancado el cabello él mismo—. Tengo pensamientos... muy malos. —Hablaba moviendo la vista de un lado al otro, con las cejas arqueadas—. Ojalá no sean míos, pero no estoy seguro. —Branimir soltó una especie de gemido lastimero y las arañas se movieron por la tela a su espalda, inquietas—. No quiero que vengas aquí abajo nunca más, Zevander.

—Pero te morirás de hambre.

—No me importa. Deja que me muera de hambre. Será agradable oír el silencio de los muertos.

—Bran..., no sabes lo que dices. No dejaré que te mueras de hambre. Me niego.

Apenas un instante más tarde su hermano se le tiró encima y lo derribó. Zevander sintió una gran presión en la garganta; Branimir le agarraba el cuello con fuerza, con una rabia animal en los ojos. Las arañas treparon por su espalda, situándose sobre sus hombros y su cabeza.

—Podría devorarte y tendría alimento para varias semanas...

—Bran... —jadeó Zevander, agarrándole la mano a su hermano con fuerza—. ¡Bran!

Zevander levantó la cabeza, jadeando, con todos los músculos tensos. Miró a su alrededor y se encontró con que el agua burbujeaba como la de un caldero, hirviendo, aunque el calor no tenía ningún efecto sobre él. Un fuego negro lamía el aire en fogonazos esporádicos en coincidencia con las contracciones de sus músculos y tuvo que contener las llamas que habían escapado a su control, maldiciéndose por su descuido.

Se pasó una mano temblorosa por el rostro, respirando afanosamente. El día en que Branimir le había agarrado por la garganta había sido el día en que había aparecido su primer sello del escorpión. Mientras se quedaba sin aire en los pulmones y las arañas le clavaban sus venenosos dientes en la carne, él había pensado en algo más grande. Más rápido. Impenetrable. De la oscuridad había surgido una bestia venenosa que había golpeado sin pensárselo.

Y, desde aquel momento, las arañas mantenían las distancias con Zevander y sus escorpiones.

El recuerdo se desvaneció; volvió a ver la imagen de las ondas del agua y en ellas su reflejo. Unas venas de un negro profundo se extendían como ramas desde una fisura negra que le recorría el pómulo, la desagradable cicatriz negra que tenía desde niño. Las ramificaciones seguían por la mandíbula hasta el cuello y de ahí a la clavícula y el hombro izquierdo. La maldición que le había corrompido la sangre. Y que anhelaba devorarle el corazón, transformarlo en la misma criatura inmunda en que se había convertido su hermano mayor.

¿Cuánto tiempo tardaría? No lo sabía.

Los cambios físicos de Branimir habían empezado a aparecer justo después del ritual. Su mente empezó a desatarse sin aviso previo. De pronto parecía que había perdido la cabeza y se había sumido en una oscura locura.

Todas aquellas ideas lo atenazaban, provocándole una sensación de frío que le recorría el pecho, como si se le estuvieran cristalizando los pulmones.

Zevander desenvainó su daga, colgada del cinto tendido junto a su traje de cuero, y se abrió una larga herida en el muslo.

El dolor le atravesó los músculos al sentir el veneno de la hoja extendiéndose por sus venas.

Maldito hipócrita. Reprendía a su hermana por lo que se había hecho a sí misma y luego él se contaminaba la sangre con una toxina mortal; pero ya había tenido las visiones anteriormente. Ya sabía el poder que tenían sobre su mente. Lo rápido que podían transformarlo en alguien irreconocible.

Branimir siempre había sido motivo de intranquilidad para Zevander, un tormento, a menos que tuviera algo para distraerse, para apartar la mente del negro vórtice que amenazaba con acabar con él. Con el paso de los años, cuanto más intensos se hicieron sus ataques, más veneno necesitó él para defenderse y más se convenció de que podía acabar corriendo la misma suerte que su hermano.

No. Se arrancaría el corazón antes que arriesgarse a acabar como Branimir.

Necesitaba encontrar aquella última piedra sanguínea o por los dioses que tomaría cartas en el asunto personalmente.

Soltó aire entre los dientes mientras la agresiva toxina se abría paso por su vientre hasta llegar a la caja torácica, donde se extendió por todo el pecho, aniquilando aquella sensación de frío gélido. Con un gruñido, temblando, aguantó el calor abrasador que le devoraba los músculos. Apretó los puños y dejó que el veneno le destrozara las entrañas, con un dolor agónico que lo hizo arquearse hasta sacarlo del agua y apretar los dientes para afrontar las violentas convulsiones mientras sentía que perdía la conciencia progresivamente.

Poco a poco, gracias a los dioses, la fantasmagórica presencia que sentía en la mente fue disipándose bajo la salvaje llama del sufrimiento y por fin Zevander pudo centrarse en la sangre que salía de su cuerpo, llevándose consigo al intruso.

12

Maevyth

Inmóvil, con los hombros echados hacia atrás y todos los músculos de mi cuerpo urgiéndome a que saliera corriendo de aquel lugar, observé al señor Moros, sentado en el sofá, frente a Agatha.

—Le puedo asegurar que —dijo la anciana con una voz que me agredía los oídos como el rascar de las uñas sobre el cristal—, aparte de la pequeña imperfección en el ojo, no sufre de ninguna otra deformidad física.

En la última hora había empezado a apreciar aquellas nuevas imperfecciones que ahora me convertían en una persona anómala a ojos de Agatha.

—Por supuesto, puede examinarla más a fondo, si lo desea —añadió, girándose hacia mí con una mirada de pretendido cariño—. Maevyth, tesoro, levántate las faldas para que este buen señor te examine.

Con la garganta seca, miré a Agatha y al señor Moros, y de nuevo a la primera.

—No seas maleducada. Haz lo que se te dice, niña —me regañó, apremiándome con la mano.

—Eso no será necesario —dijo Moros, poniendo fin a mi sufrimiento—. Confío en que estará perfecta.

—Bueno, no del todo. Aparte del ojo, está la cicatriz que

ahora tiene en el brazo. Algo de aspecto grotesco, aunque da la impresión de que se puede esconder fácilmente bajo el vestido.

—Señorita Bronwick —dijo el señor Moros, sin molestarse en responder a Agatha—, ¿puedo invitarla a almorzar y luego a tomar el té en los jardines? Será un encuentro público, se lo aseguro. Asistirá un buen número de miembros muy respetables de la comunidad con sus respectivas esposas. Algunos de ellos conocían muy bien a su padre.

Aunque me habría gustado declinar la oferta, la perspectiva de tener que quedarme escuchando a Agatha lamentándose sobre mis nuevas imperfecciones, aunque solo fuera un momento más, me llevó a aceptar. Además, un no tampoco habría sido una respuesta aceptable para ella, así que, básicamente, no tenía elección. También agradecí la oportunidad de oír más cosas sobre el padre adoptivo que apenas había conocido y que Agatha había eliminado de manera explícita de todos los álbumes familiares y excluido de cualquier conversación.

—Con mucho gusto. Gracias, señor.

—Muy bien. Quizá quisiera... ponerse algo más cómodo.

Estaba claro que se refería a la falta de ropa interior, así que me aclaré la garganta y asentí. Tras recibir el permiso de Agatha, subí las escaleras a la carrera, me metí en mi dormitorio y, una vez dentro, pasé el brazo por debajo de la cama en busca del huevo que había ocultado. Afortunadamente seguía allí, pegado a la pared, donde esperaba que Aleysia no lo encontrara.

Después de ponerme la ropa interior y el corsé, y de cambiarme de vestido, volví a bajar las escaleras. Lo cierto es que aún no había estado en el lado norte del pueblo, donde vivían la mayoría de los militares y políticos. Había oído que allí había muchas más instalaciones, incluido un telescopio, que esperaba ver algún día.

Cuando volví al salón me encontré un rostro nuevo pero familiar. Era uno de los ejecutores. El que se había burlado y había pinchado al prisionero con su bayoneta.

Enfrente de ellos estaba mi hermana y la rabia que vi en sus ojos lo decía todo.

Era el hombre que Agatha había escogido para ella.

Una mesa larga y opulenta se extendía desde un extremo del comedor al otro y a su alrededor estaban sentados veintidós de los vecinos más ilustres de Foxglove. El señor Moros ocupaba la cabecera de la mesa y yo me encontraba entre él y un oficial, a juzgar por el elegante uniforme que llevaba. Enfrente tenía al médico del pueblo y su esposa, que ya me habían estado examinando antes del almuerzo. Los funcionarios del gobernador, algunas de las mujeres con las que solía cotillear Agatha, uno de los Hombres Sagrados con su inconfundible túnica roja y unas cuantas personas que no reconocí ocuparon las sillas restantes. Toda una marea de atuendos de llamativos colores.

Yo, por mi parte, llevaba mis habituales vestido y gargantilla negros, que curiosamente me hacían sentir cómoda entre una compañía tan incómoda, como una segunda piel que me hacía invisible, a juzgar por el modo en que resbalaban sus miradas al cruzarse conmigo, como si no fuera más que una rosa seca y mustia en medio de un jardín de tulipanes de vivos colores.

La mayor parte del almuerzo me la pasé escuchando aburridos comentarios políticos y deleznables cotilleos de los lugareños, hasta que un hombre dos asientos más allá dijo por fin:

—He oído que hizo un descubrimiento notable durante sus excavaciones en Lyveria. ¿Es cierto, señor Moros?

El susodicho, a mi lado, frunció el ceño mientras se llevaba un trozo de venado a la boca.

—¿Y cómo ha llegado esa noticia a sus oídos?

—Las noticias son mi negocio, señor. —Fue entonces cuando reconocí al hombre como redactor de la *Foxglove Gazette*. Había acudido a la funeraria no hacía mucho, intentando sacarnos datos jugosos sobre los motivos por los que había fracasado tan estrepitosamente el viñedo.

Moros se limpió la boca con la servilleta y se aclaró la garganta.

—En efecto, he hecho un nuevo descubrimiento —dijo y se sacó del bolsillo del abrigo un pequeño vial con tres piedras brillantes de color blanco lechoso—. Estas piedras estaban enterradas en lo que debía de ser lava endurecida.

—¿Alguna idea de lo que son?

—No. He encargado un examen. Son prácticamente indestructibles, así que podrían resultar útiles como armas, si encontramos el modo de fundirlas —dijo. Y, tras otra mirada prolongada, Moros se guardó las piedras en el bolsillo otra vez.

—Debe de ser peligroso extraer mineral tan cerca de los lyverianos. —La observación vino de una de las mujeres, vestida con un llamativo vestido rosa—. Tengo entendido que conservan los huesos de sus víctimas.

—Sí. Los lyverianos son bastante hostiles, pero las fuerzas vonkovyanas han tenido la gentileza de proteger nuestras minas. El capitán, aquí presente, se ha encargado de que no suframos ningún ataque. —Moros señaló con un gesto de cabeza al hombre sentado a mi lado y yo no me molesté en girarme, ya que me daba cuenta de que toda la mesa estaba mirando en nuestra dirección—. Debo decir que son bastante primitivos. Usan huesos como armas —añadió y sonrió; se limpió de nuevo la boca y dejó la servilleta sobre su plato vacío—. Según parece, adoran a una diosa antigua llamada Morsana, la diosa de la muerte, y los huesos forman parte de sus rituales.

Una de las mujeres jadeó de la impresión con tal dramatismo que me tuve que girar para ver si se había ahogado.

—¡Un espíritu maligno, seguro! Pueden decirme que es algo cultural, pero para mí es pura brujería. —Ahora el que hablaba era un hombre anciano, sentado al lado de la señora, con mechones de cabello blanco. Tenía la mirada puesta en mí, como si por algún motivo yo encarnara el mal que tanto temía—. Debo decir, señor Moros, que he dudado un poco al aceptar su invitación, sabiendo que ella asistiría. —Me señaló con un gesto de cabeza y yo me encogí en la silla al verme convertida en el centro de atención—. ¿Es consciente de la historia de esta joven?

—Lo soy. Y sus supersticiones me parecen algo... —Moros levantó su copa de vino e hizo una pausa para sonreír— ridículas —añadió, antes de dar un sorbo.

—¿Ridículas? —El anciano resopló, ofendido, agitándose en la silla, como si se le hubiera olvidado cómo levantarse—. ¿Es que no estaba presente en la Ceremonia del Destierro? ¿Es que no fue testigo de la maldad que vive en el interior de ese bosque?

—¡Los desterrados le hablaron en lenguas antiguas, por el amor de Dios! —La mujer de rosa fingió un estremecimiento que hizo vibrar el encaje de su vestido—. Si eso no es prueba de su espíritu maligno, no sé qué lo es.

—No se olvide de la niña que mató hace años —dijo la mujer del otro lado del hombre que me había acusado—. Lilleven Pontrey, creo que se llamaba.

Sí, ese era su nombre. Un nombre que he recordado cada día de mi vida desde aquel momento, especialmente en las noches en las que se cuela en mis pesadillas.

—Bueno, ¿y qué hay de ella? —dijo Moros, que no podía mostrar más indiferencia, con su copa de vino en alto, examinándola con más interés del que mostraba por el comentario de la mujer.

—Pues que murió pisoteada.

—¿Por la señorita Bronwick?

Uno de los presentes soltó una risita, pero la mujer que había hablado seguía con el ceño fruncido.

—Por supuesto que no. La chica echó a Lilleven al camino.

—¿Empujándola? —Moros seguía mofándose de la mujer, quizá porque ya era consciente del rumor.

—No —respondió ella, cortante, mirándolo fijamente—. Con su mente malvada. El demonio habló por su boca y Lilleven se lanzó frente al carruaje.

En el calor de la discusión, yo le había dicho que ojalá la pateara un caballo. Y, en cuanto salieron de mi boca aquellas palabras, ella se dio media vuelta y se puso a cruzar la calle, donde la atropelló un carruaje. Los dos años siguientes yo me había negado a decir palabra, convencida de que había provocado su muerte. Creía que realmente llevaba el mal dentro.

Moros sonrió, sarcástico, y su reacción provocó otro bufido airado.

—¡Es cierto! El hermano de Lilleven lo vio todo. ¡Esa chica es una anatema, es una *bruja* y merece ser desterrada al Bosque Voraz!

Antes de que pudiera decir palabra, Moros apoyó la mano sobre la mía, en un gesto que interpreté como un contacto tranquilizador, aunque enseguida sentí el impulso de apartársela.

—Me da la impresión de que no ha salido usted nunca de Vonkovya; quizá ni siquiera de Foxglove. Aquí no hay brujas, se lo aseguro. Si desea presenciar un acto de brujería en su forma más pura, lo invito a observar a una sacerdotisa de una de las tribus lyverianas. Le pondrá los pelos de punta.

—Con todo el respeto, señor Moros —intervino el anciano—, ella ha nacido del mismo mal que reside en esos bosques.

—Por lo que yo sé, la encontraron de niña, abandonada por su madre, que no debía de verse capaz de cuidarla, supongo. Ustedes hablan de anatema, pero yo digo que es un milagro que viviera.

El hombre resopló, airado, y volvió a mirarme otra vez.

—Nuestro gobernador dice que no sufrió daño alguno porque el mal la reconoció.

—Su gobernador es un buen hombre, pero también un poco bobo. —El comentario de Moros fue recibido con una ronda de murmullos—. Yo he viajado lo suficiente como para saber que el mal existe realmente. Y puedo asegurarles que esta pobre señorita no alberga maldad alguna en su interior. En cuanto a la niña que murió pisoteada, yo diría que habría hecho bien en mirar si venía algún carruaje antes de cruzar la calle.

Los murmullos se extendieron; era evidente que sus palabras iban a dar mucho que hablar. Afortunadamente para él, era un hombre muy respetado.

El instinto me pedía que le apartara la mano, pero quizá mi primera impresión sobre el señor Moros había sido la correcta. Quizá, de algún modo, fuera mi llave a la libertad… mientras le siguiera la corriente.

—La muchacha tiene mucha suerte de contar con un pretendiente tan amable y benevolente, señor Moros. Seguro que harán muy buena pareja.

—Gracias —dijo Moros, levantando su copa de vino—. No veo la hora de celebrar nuestro matrimonio la semana que viene —añadió, y vació su copa.

Yo acababa de dar un trago a mi agua y al momento me atraganté.

—¿Cómo dice, señor? ¿La semana que viene?

—Sí. Yo soy un hombre expeditivo. ¿Para qué posponer lo inevitable?

—¡Será una boda espléndida! —exclamó la mujer de rosa con tono de celebración. Como si no me hubiera insultado apenas un momento antes.

—Desde luego que sí —dijo el capitán, a mi lado, dándome una palmadita en el muslo por debajo de la mesa.

Yo fruncí el ceño, le aparté la mano y moví las rodillas hacia el otro lado.

—Dígame, capitán —dijo Moros, llamando la atención de mi vecino de mesa—. Tengo entendido que los rebeldes lyverianos han cruzado los Montes Serrados y han tomado Murkmire, al norte. ¿Cuáles son sus intenciones en ese frente?

—Bueno... Murkmire no es nada más que un humedal con gente pobre que se niega a abandonar sus terrenos, que cada vez valen menos...; desde luego, no justifica la inversión.

—¿Pero no le da miedo el mensaje que puede enviar eso? Si hacerse con un pueblo es tan fácil, quizá piensen que nuestras defensas son... débiles, ¿no?

—A mí no me da ningún miedo, señor Moros. Si se atreven a poner a prueba nuestras defensas, ya me encargaré yo de ellos. —Se giró hacia mí y esbozó una sonrisa—. Y yo sé muy bien cómo tratar a la gente, se lo aseguro.

—¿Por qué nos enfrentamos a ellos? —me atreví a preguntar, dirigiéndome a Moros y pasando por alto las extrañas implicaciones del comentario del capitán.

—Su tierra es rica en recursos naturales. Un desperdicio, teniendo en cuenta lo primitiva que es esa gente.

El poco crédito que le había dado antes desapareció con aquel simple comentario.

—Si saben aprovecharlos, ¿no pueden firmar un acuerdo con ellos? ¿Un intercambio de recursos? Seguro que nosotros también tenemos algo que les interesa.

—Claro que tenemos lo que les interesa —me dijo el capitán—.

Nuestras mujeres, por ejemplo. No quiero pensar lo que le harían a una criatura inocente como usted. —Y volvió a acariciarme el muslo con los dedos, así que le clavé las uñas en la mano, provocando que tuviera que apretar los dientes para contener un quejido.

Dándole la espalda por completo, me giré hacia el señor Moros, en cuyo rostro vi la sombra de una sospecha: probablemente se había dado cuenta de mis dificultades bajo la mesa.

—No cuestiono la defensa en caso de ataque, pero hacerse con el territorio parece... algo hostil.

—Son un pueblo primitivo —dijo el capitán con desdén, recuperando la posición en su silla—. Desde luego, son incapaces de negociar de forma civilizada.

—Pero ¿no han perdido hombres luchando contra ellos? ¿Buenos soldados? —repliqué, conteniendo las ganas de defender a mi padre, aunque no hubiera estado nunca de acuerdo con sus posiciones en cuanto a la religión.

—Por supuesto. Luchando por una causa justa. Los hombres rectos han nacido para sufrir en esta vida, para que la próxima sea mejor.

Me tuve que morder la lengua para no soltar un comentario sarcástico. Responder a aquello se habría considerado un insulto a la Iglesia.

—Lo que yo digo es que, si los dejáramos en paz, reinaría la paz entre ambos países.

El capitán resopló, socarrón, y toda la mesa estalló en una carcajada.

—Bueno, parece que, tras tantas décadas de brillante estrategia y victorias militares, le va a quitar el puesto una joven que no parece que haya salido siquiera de su propio pueblo, capitán —exclamó el anciano de antes, con una mueca burlona, antes de darle un sorbo a su brandy—. Sí, quizá deberíamos dejar en paz a esos bárbaros incivilizados.

Moros me dio una palmadita en la mano, igual que haría con una niña pequeña.

—Quizá un día quieras acompañarme a Lyveria; así verás la vida que han escogido esas criaturas, con sus numerosos dioses, que ensalzan la depravación y la indecencia.

—No veo la hora de viajar fuera de Vonkovya, señor. Desde luego, será una experiencia enriquecedora.

A mi lado apareció una de las criadas, una joven que debía de ser poco mayor que yo, y me llenó la copa con el té dulce del que solo me había bebido la mitad. Le sonreí, ella respondió asintiendo y, al distraerse, el líquido rebosó.

—¡Onith! —Al retirar la jarra entrechocó el cristal con el de mi copa y la derribó. El té empapó el blanco mantel y cayó sobre mi vestido, algo que a mí no me inquietó ni la mitad de lo que parecía mortificar a la joven—. ¡Onith! ¡Oh, dioses! —Apretó los labios y meneó la cabeza, cogiendo una servilleta de la mesa y apresurándose a secarme el vestido—. ¡Dios!

—¡Torpe idiota! —le gritó Moros, echando su silla atrás como si fuera él quien se hubiera manchado—. Llévate a la señorita Bronwick a la cocina y que Shireen le limpie el vestido. —Soltó un bufido y me cogió la mano—. Lo siento muchísimo, querida. Por supuesto, te compraré uno nuevo.

—Solo es té. No pasa nada.

—Venga, señorita. Por favor —dijo la criada con marcado acento. Y, cuando me agarró la mano, observé la clara diferencia en el tono de piel, el suyo más rosado, y las cicatrices que tenía en el dorso. Eran unas marcas terribles, como si se hubiera cosido las heridas ella misma.

La seguí, pasando por una serie de ventanales que llevaban a un salón y luego por un pasillo que desembocaba en una enorme cocina con cazuelas y cazos colgando del techo, decenas de armarios y más encimeras de las que podrían necesitar. Un lavadero blanco con un grifo, conectado a unas tuberías de cobre que recorrían la pared, dejaba claro que tenían agua corriente, algo que por lo que había oído era muy común en las casas más lujosas. Nada que ver con la vieja bomba del pozo comunicada con el lavadero de casa. Aunque lo cierto era que no podía quejarme demasiado, dado que muchas casas de campo ni siquiera tenían un retrete dentro. Y eso era una comodidad que se agradecía mucho en pleno invierno.

La mano temblorosa de la joven no dejó la mía hasta que tuvo que agacharse frente a un armario bajo, del que sacó una pila de trapos y un barreño. Giró el grifo y salió agua a borbotones. Llenó el barreño y se fue a toda prisa hacia la despensa, al otro lado de la cocina, y mientras volvía se asomó por la esquina y miró hacia el otro lado. Probablemente buscaba a Shireen.

—No pasa nada, de verdad —dije, sonriendo, mientras agarraba uno de los trapos y lo mojaba en el barreño de agua—. Yo soy muy torpe con la comida. Me habría manchado en algún momento, seguro.

Ella vino corriendo y, alzando las cejas, me cogió el trapo de la mano con delicadeza.

—Por favor, permítame.

Me fijé en el acento. Aparte de algunas diferencias mínimas en el modo de hablar entre diferentes parroquias de Vonkovya, básicamente todos hablábamos igual. Su acento era marcado, agradable al oído.

—De verdad, no hace... —Pero sus ojos me rogaban que no protestara—. Por supuesto. Gracias.

Mientras remojaba mi vestido con el agua, yo observé las cicatrices de su mano.

—¿Eres lyveriana? —Al oír aquello, ella agachó la cabeza—. Me alegro de conocerte. No había conocido nunca a nadie de Lyveria en persona.

Esbozó una sonrisa tímida, sin atreverse aún a levantar la mirada ni a hablar otra vez.

Mientras escurría el trapo en el agua, ladeó el brazo, dejando al descubierto un moratón tan oscuro que era casi negro. El movimiento nervioso de sus dedos me dejó claro que había sido tratada con dureza.

—Te pega —dije sin pensarlo.

Ella cogió aire con fuerza y dio un paso atrás, goteando agua por el suelo.

—Lo siento. Yo... Por favor, dímelo. ¿Esto te lo ha hecho el señor Moros?

Ella juntó las cejas. Estaba claro que no quería decirlo.

Le apoyé una mano sobre el brazo con suavidad.

—Por favor. Necesito saberlo.

Apretó el trapo entre los dedos. No quería decirlo, pero al final suspiró y asintió con solemnidad.

—Finge ser amable, pero es cruel. ¿No?

Asintió otra vez.

El estómago se me encogió en el vientre y tuve ganas de envolverla en un abrazo. De que supiera que no todo el mundo en Foxglove detestaba a los lyverianos.

Una mujer de busto generoso, con el cabello gris y vestida con un mandil, apareció y se nos acercó.

—¿Qué está pasando aquí?

—El señor Moros me ha pedido que le limpie el vestido. Yo... la he manchado de té.

—¡Por el dios rojo del cielo, Danyra, tienes que ir con más cuidado!

—Estoy perfectamente bien. Tengo vestidos como este como para pasar todo el año —dije yo, sonriendo, y vi la sonrisa tímida que Danyra intentaba ocultar.

—Bueno, pues yo tengo una bandeja de postres y té caliente en marcha, señorita. Si no le importa volver a la mesa...

De hecho, me importaba. Habría preferido quedarme en la cocina con ellas dos. ¿Cómo iba a dar conversación a ese hombre o a fingir que me lo estaba pasando bien sabiendo que había hecho tanto daño a aquella pobre mujer? ¿O quizá incluso cosas peores?

Cuando Danyra se alejó, Shireen me sonrió de un modo que me puso la piel de gallina.

—Dé la orden, señorita, y nos desharemos de ella.

—Perdón..., ¿qué? ¿Deshacerse de ella? ¿Despidiéndola o ejecutándola?

—Usted será la señora de la casa. Si está descontenta con ella, no tendré ningún problema en sacarla de aquí.

Sin dejar de sonreír, colocó los platos de postre en una gran bandeja de latón.

—Aún no vivo aquí.

—Estamos haciendo los preparativos, señorita.

¿Preparativos? El estómago se me retorció ante la mera idea de casarme con él. Cuando pensaba que era alguien relativamente decente, bueno, pero, ahora que sabía los abusos que había cometido, era otra bien distinta. Dudaba que corriera un riesgo menor por el hecho de ser su esposa.

—¿Me está...? ¿Me está preguntando si quiero que la despida?

—A los lyverianos no los despedimos —dijo y sus escalofriantes palabras me dejaron sin habla por un momento.

—No estoy descontenta con ella. —Fruncí el ceño, confundida, y meneé la cabeza—. Quiero que siga aquí. En la casa. Viva. —Hablé con toda la claridad que pude, dada la urgencia que sentía—. Que el té se derramara ha sido un simple error y nada más. De hecho, ha sido culpa mía. Yo la he distraído.

—Como desee, señorita. —Bajó la cabeza ceremoniosamente y me señaló la puerta con la mano—. Por favor.

Nunca había deseado tanto salir de ningún lugar. Y, al mismo tiempo, tampoco quería volver con Moros.

13

Maevyth

—Es violento con las mujeres. He visto pruebas.

Estaba sentada al borde de la cama mientras Lolla me cepillaba el cabello, mirando por la ventana en dirección a la barraca de la Arpía, sumida en mis pensamientos.

—¿Qué pruebas? —dijo ella mientras pasaba el cepillo con suavidad por un nudo para desenredarlo. Con mis preocupaciones, apenas notaba los pequeños tirones que me daba.

—Los moratones de las criadas. El simple hecho de que tenga criadas lyverianas. No se me ocurre una vida peor para ella.

—¿Y por qué te preocupa tanto su bienestar? A mí me parece que la propiedad del señor Moros es un lugar mucho más civilizado que este y esa chica sin duda procederá de algún pueblo salvaje donde seguro que la hacían pasearse desnuda delante de los hombres.

Era evidente que Lolla había asumido los mismos prejuicios contra los lyverianos que tenían todos los demás en Foxglove.

—Hombres que probablemente no la llenarían de moratones. Pensaba que estabas de mi lado en esto…

Ella suspiró y dejó el cepillo en el tocador.

—No me encanta que te hayas comprometido con ese hombre, pero el modo en que trata a esa chica lyveriana y el modo en que sospecho que te tratará como esposa son cosas muy diferentes.

Me giré lo justo para verla en un extremo de mi campo visual.

—¿Y si no lo son?

—Entonces, ya te encargarás de eso cuando pase, si pasa. —Me agarró el cabello con una mano, pasando los dedos por en medio para separar tres grandes mechones—. Tú eres fuerte, Maevyth. Siempre lo has sido. Y tienes una personalidad muy independiente. Quizá demasiado, diría yo.

—¿Puedo contarte una cosa, Lolla? ¿Algo que no quiero que repitas a nadie más? —Puse la vista en el espejo y observé su reflejo mientras me trenzaba el cabello con una mano, usando el brazo amputado para sostener un mechón en su lugar y entrelazando los otros con la mano. Frunció el ceño.

—Por supuesto.

Me lo pensé un poco. Lolla no había traicionado nunca mi confianza. Ni siquiera cuando me había quejado de Agatha. Nunca le había hablado de aquella vez que me encontró en el borde del bosque, ni de las pocas veces que había birlado vino de cerezuela de la bodega del abuelo. Aunque parecía tener una buena relación con Agatha, a mí también me era fiel.

—El ama de llaves me ha preguntado si quería... deshacerme de la joven lyveriana. Y con ello no quería decir despedirla.

—¿Y tú qué has dicho? —preguntó ella, con una máscara de indiferencia en el rostro, mientras seguía trenzándome el cabello.

—Le he dicho que quiero que se quede, por supuesto. ¿Qué pregunta es esa?

—Quiero pensar que a lo largo de los años os he dado buenos consejos sobre relaciones sociales a ti y a tu hermana. Déjame que te diga una cosa, Maevyth: ten cuidado con cómo respondes. Analiza bien cada palabra. Agatha puede ser cruel a veces, pero el mundo es un lugar brutal y, por terrible que te parezca tu abuela, hay gente mucho peor. —Me besó en lo alto de la cabeza y, después de atarme el extremo de la trenza con una cinta, salió del dormitorio y cerró la puerta.

Me quedé pensando en lo que me había dicho un momento más; luego metí el brazo bajo la cama para sacar el huevo y lo contemplé a la luz de la luna, observando la minúscula silueta de la pequeña criatura que albergaba.

Aquella imagen me hizo sonreír y recorrí la habitación con la mirada en busca de algo que pudiera servir de nido. Al final me decidí por una pequeña manta que había a los pies de mi cama. Coloqué el huevo en el suelo, entre el lecho y la pared, donde esperaba que quedara relativamente escondido durante la noche.

—Espero que no me pidas que te empolle —dije, mirándolo desde el borde de la cama—. Está claro que no tengo la paciencia necesaria para eso.

El ruido de la puerta me hizo darme la vuelta y vi a Aleysia entrando en la habitación de mal humor, con la mandíbula tensa y los puños apretados a los lados. Cerró de un portazo, tirando un cuadro de la pared, y cruzó la estancia hasta su cama.

—Esa mujer es una tirana. ¡Una tirana! —exclamó chillando, y yo me llevé un dedo a los labios para hacerla callar—. ¿Sabes que le ha pedido a una de esas brujas verrugosas que tiene por amigas que vaya de excursión con el tío Riftyn? Y, mientras tanto, yo tendré que dar conversación a ese tipo asqueroso que ha escogido para mí.

—Parece que está decidida a arruinarnos la vida a todos.

—¡Así es! ¡Y el hecho de que haya aceptado dinero es repugnante! ¡Deberían encerrarla en una celda sin ventanas!

Con una sonrisa en el rostro me giré hacia el huevo y pensé por un momento en lo magnífico que sería vivir en un lugar tan aislado del mundo como ese.

—Moros tiene a una chica lyveriana como criada.

—Oh, Dios, pobrecilla. —Se quitó el vestido de un tirón, dejando a la vista sus pechos desnudos (Aleysia raramente se molestaba en ponerse ropa interior), y echó mano del camisón que tenía sobre la cama—. Aunque no más que tú, eso te lo aseguro.

—No voy a casarme con él. No puedo.

—Ahora empiezas a sonar como la lunática de Aleysia.

Sonreí al tiempo que jugaba con el borde de mi vestido.

—No es que esté en desacuerdo contigo. Lo que pasa es que a veces estoy en desacuerdo con tus métodos.

Una vez vestida, Aleysia se quedó sentada, con la mirada perdida, mordiéndose las uñas.

—Esa chica... ¿Y si es una buena persona? ¿Y si el tío Riftyn se enamora perdidamente de ella?

—Dudo mucho que el tío se fije en una buena persona si se ha prendado de ti —bromeé, y ella me lanzó una mirada siniestra—. Si se prenda de ella, es que nunca ha estado enamorado de ti.

Hizo una mueca, como si acabara de darle un bofetón en el rostro.

—Eso no quiero ni pensarlo.

—Entonces no lo hagas. Yo me atrevería a decir que ya tienes bastante de lo que ocuparte con ese soldado vonkovyano. Tenemos que encontrar un modo de solucionar ese asunto.

Se dejó caer en la cama y se hizo un ovillo al borde del colchón.

—¿Tanto odiaba a nuestro abuelo? ¿Por eso no pierde ocasión para hacernos sufrir?

—Quizá lo odiara. —Viendo que Aleysia se metía entre las sábanas, apagué la luz y volví a pensar en la joven lyveriana, en sus quemaduras y sus moratones. Intenté imaginarme en su situación, tan indefensa ante aquel hombre.

Tan pequeña.

Habría querido salir corriendo de allí. Alejarme de todo.

Aleysia me había convencido para irme con ella una vez, después de que el abuelo desapareciera y padre se hubiera ido a la guerra, dejándonos solas con Agatha. Los soldados vonkovyanos nos siguieron el rastro, por supuesto, y me vi obligada a ver cómo mi hermana recibía veinte azotes como castigo.

Huir no era la solución.

En lugar de eso, cerré los ojos y busqué refugio en la oscuridad.

14

Maevyth

—¡Socorro! ¡Por favor, ayúdenme!

Los gritos me arrancaron del sueño y levanté la cabeza de golpe, examinando la oscura habitación. Al otro lado de la estancia vi a Aleysia tendida de costado en la cama, girada hacia mí, con el brazo colgando del borde. Sus suaves ronquidos me dijeron que dormía plácidamente.

¿Habría tenido una pesadilla?

O quizá había sido yo quien la había tenido.

En la oscuridad del dormitorio, me pasó por la mente la imagen del Desterrado y cerré los ojos con fuerza, tirando de las mantas hasta la barbilla. Cuando volví a abrirlos, ya había desaparecido.

—¡No! ¡No, por favor!

Aquella voz otra vez. Por el conducto de ventilación. Como unas noches atrás, cuando había pillado a Aleysia con el tío Riftyn. Solo que, evidentemente, esta vez no era ella.

No quise hacer caso al temblor de mis huesos, a la oscuridad que me devoraba, mientras imaginaba aquella figura demacrada caminando a trompicones hacia mi cama.

—¡Que alguien me ayude, por favor! ¡Haced que pare! ¡Por favor!

Quería pasar por alto también aquellos gritos, pero ¿y si había alguien herido? ¿Y si fuera yo la que gritara pidiendo ayuda y la gente no me hiciera caso?

Fruncí el ceño, me levanté de la cama y miré por la ventana, aunque estaba segura de que el sonido procedía del interior de la casa. Avancé sigilosamente hacia la escalera, evitando los tablones que sabía que crujían, y bajé hasta la primera planta, donde el pasillo estaba vacío.

Una vez allí esperé, escuchando para ver si la voz procedía de alguno de los dormitorios.

Nada.

Aguzando el oído, bajé el segundo tramo de escaleras y atravesé el salón, la cocina y la biblioteca, pero no encontré nada.

Me resigné a volver a la cama y me dirigí de nuevo hacia la escalera, donde una vez más oí la voz, en esta ocasión con más fuerza.

—¡Por favor! ¡Oh, Dios, para!

Me di media vuelta y me encontré frente a la puerta que daba a las salas de embalsamamiento, en el sótano. El lugar donde el tío Felix pasaba una enorme cantidad de tiempo. Lo que en el pasado había sido un divertido escondite, donde Aleysia y yo jugábamos de niñas, era ahora una tumba aterradora, llena de muerte. Antes de convencerme a mí misma de que no debía investigar, los pies me llevaron ante la puerta y, cuando agarré el pomo, me quedé paralizada. Había estado ahí abajo una o dos veces, pero solo porque Agatha me había pedido que fuera a buscar algo para el tío Felix. El sótano de la casa, con sus frías paredes de piedra y sin ventanas, y con todos aquellos cadáveres almacenados en un laberinto de cámaras abovedadas, revolvía los rincones más oscuros de mi imaginación. Ante la idea de bajar en aquel momento, justo ahora, después de las malas pasadas que me había jugado la mente últimamente, el miedo me retorció el estómago como un puñado de serpientes negras. Pero era la segunda noche que oía aquellos gritos terribles y tenía que saber el porqué.

—¿Qué estás haciendo ahí? —La voz de Agatha me hizo dar un respingo y, con los músculos rígidos por el miedo de haber sido pillada, me giré hacia ella.

—Yo... Me ha parecido oír algo.

—La casa es vieja. Hay muchos ruidos.

—No era un ruido de la casa. Más bien un grito pidiendo ayuda.

Frunciendo los párpados, se acercó a mí.

—Ahora mismo, ahí abajo solo está tu tío Felix, y dudo que haya gritado pidiendo ayuda. Lo cual me hace pensar... si no estarás oyendo voces.

En nuestro mundo, oír voces era un síntoma de posesión demoniaca. Un mal que el pueblo castigaba automáticamente.

—Eso sería una desgracia para ti, desde luego, ahora que ya me has vendido como una mercancía.

Tensó los labios en una sonrisa que tenía más de pérfida que de divertida.

—Creo que el señor Moros tiene una estrecha amistad con un cirujano. Uno especializado en asuntos del cerebro.

Solo de pensar en lo que estaba sugiriendo se me encogió el corazón.

—Quizá si fuera el viento lo que he oído.

—Sí, sospecho que habrá sido eso. Ahora vuelve a la cama. Una jovencita no debería estar en pie sin motivo a la hora de las brujas.

Sin decir palabra, pasé por delante de ella y subí por las escaleras, pero me detuve a medio camino.

—Niña odiosa —murmuró Agatha y el repiqueteo de su bastón en el suelo me advirtió que debía seguir subiendo.

Oculta tras la puerta que daba a la escalera del desván, miré a través de una pequeña rendija, por la que observé cómo subía y pasaba por delante de dicha puerta para dirigirse a su dormitorio. Cuando oí que cerraba, salí de las escaleras. La curiosidad era más fuerte que el sentido común; no podía dejarlo así. Tenía que saber quién estaba pidiendo ayuda.

De puntillas, volví a bajar y, una vez más, me encontré frente a la siniestra puerta del sótano. Giré el pomo lentamente y abrí, con cuidado de no tirar demasiado para que no crujieran las bisagras. Con el cuerpo pegado a las sombras de la pared, empecé a bajar por la escalera de caracol. Oí una respiración trabajosa y aminoré la marcha, sintiendo el golpeteo del corazón contra las costillas. Siguiendo por un pasillo corto llegué hasta la puerta que daba a la sala de autopsias del tío Felix, donde el sonido de la respiración se hizo más evidente, y también los gemidos.

Me asomé a la esquina y lo que vi me provocó tal impresión que me temblaron todos los huesos. Me llevé la mano a la boca, sin atreverme siquiera a respirar.

Sobre la mesa de autopsias, que no era más que una losa de piedra elevada, yacía una muchacha desnuda, pálida, con el cabello negro y largo cayendo a ambos lados. Desde mi posición no le veía la cara, ya que miraba hacia el otro lado, pero estaba inmóvil, boca arriba, y el tío Felix le acariciaba el pecho, mirándola con adoración, algo que no habría creído que fuera capaz de hacer, mientras le pasaba el pulgar por los pezones. Se inclinó hacia delante y se llevó uno a la boca, y no pude evitar una mueca de asco al ver que parecía mamar, como un bebé, balanceando la cabeza despacio y tirando suavemente del pezón con la boca.

—¡Socorro! —Ahora la voz resonaba con fuerza en mis oídos.

Tan emocionado estaba succionando que el tío dio un empujón al cuerpo y la cabeza de la muchacha osciló, girándose hacia mí.

A punto estuvo de escapárseme un grito cuando vi los blancos ojos de la joven lyveriana de la casa de Moros. Tenía el rostro cubierto de manchas amarillas, las huellas de una paliza, y un corte en la mejilla, y en el interior de su boca abierta vi un brillo que me hizo preguntarme si le habrían cortado la lengua.

—¡Maevyth! —exclamó en un susurro y yo di un respingo, derribando con el pie un cubo que estaba junto a la puerta.

El tío Felix giró la cabeza de golpe hacia mí.

Cogí aire, conteniendo una exclamación, y di media vuelta a toda prisa, en dirección a la escalera. Subí los peldaños de dos en dos, corriendo hacia la planta baja, luego a la primera, y seguí hacia la escalera del desván. Cuando pasé junto al conducto de ventilación los chillidos de la lyveriana me obligaron a taparme los oídos. Cuando por fin llegué al dormitorio apenas podía respirar siquiera. Me quedé encogida, sin aliento.

Aun así, Aleysia seguía dormida, ajena a todo.

Temblando de miedo, crucé la habitación, me metí en la cama y me oculté bajo las mantas.

—¡Maevyth! —susurraba una voz rasposa y tuve que cerrar los ojos con fuerza, negándome a destaparme la cara—. ¡Maevyth!

En la oscuridad, recité la oración de Caedes. No sabía por qué. Yo no creía que el dios rojo pudiera ayudarme. De hecho, no creía en él.

—¡Los muertos no rezan! —La voz gritó más fuerte esta vez y se me escapó un gemido sin parar de temblar.

—Lo siento —susurré en respuesta—. Lo siento mucho.

Los chillidos se acabaron.

Pero yo seguía sollozando en silencio, sintiendo el calor de mi propio aliento bajo la manta.

—Lo siento mucho.

15

Maevyth

—Cuántos puerros... —protestó Aleysia, a mi lado—. Mejor que hace dos inviernos. ¿Te acuerdas de que solo comíamos gachas? Gachas para desayunar, gachas para cenar... Si no vuelvo a comer una escudilla de esa bazofia nunca más, te aseguro que no me quejaré. Me dan náuseas solo de pensarlo —dijo y ni siquiera su parodia de unas arcadas consiguió sacarme de la maraña de pensamientos que me invadían la mente en aquel momento.

Yo tenía la mirada perdida mientras oía el sonido de mi cuchillo, hasta que una astilla se me clavó en la punta del dedo.

—¡Ay!

La tabla sobre la que estaba cortando patatas para el guiso quedó salpicada de gotas de sangre que contrastaban con el color blanco de los tubérculos.

—¡Caray, Maeve, ve con cuidado! —dijo Aleysia, con un trapo en la mano, limpiándome la sangre antes de envolverme el dedo. Mientras yo contemplaba el puntito rojo que iba empapando la tela de algodón, ella lavó las patatas manchadas y las echó a la olla con las otras.

—La han matado —dije en voz baja, para no llamar la atención de Lolla, que estaba amasando el pan al otro lado de la cocina, poniendo todo su esfuerzo en la dura tarea, al tener que hacerlo con una sola mano. Habían pasado dos días desde aquella noche y no podía quitármelo de la cabeza. Había pensado en ella toda la mañana durante el estudio de la Biblia y por la tarde mientras hacía mis tareas. Su rostro. Su petición de ayuda—. La han matado igualmente.

—¿A quién? —preguntó Aleysia, cogiéndome la mitad de las patatas, mientras yo contenía la sangre.

—A la criada. La lyveriana. Moros la ha matado, estoy segura de ello.

—Es malvado, te lo digo yo —susurró ella—. La vida no va a ser maravillosa si te casas con él.

No quería imaginarme la existencia con él.

—La mataron a palos. ¿Qué pudo haber hecho para merecer eso?

—No tener polla. Con eso les basta. De todos modos, eso no es culpa tuya. Es evidente que ese hombre ya tenía malas intenciones para con ella.

Eso lo sabía, pero aun así no podía quitarme el sentimiento de culpa.

—¡Lolla! —gritó Agatha desde la otra sala, y la mujer se sacudió la harina en el delantal y salió por las puertas de vaivén.

En cuanto se fue, Aleysia miró por encima del hombro para asegurarse de que estábamos solas y se acercó.

—Tengo que contarte algo —dijo bajando la voz aún más.

—¿El qué?

Torció el labio entre los dientes y se lo mordisqueó, como hacía siempre cuando estaba nerviosa por algo.

—Prométeme que no se lo vas a contar a nadie.

—Te lo prometo.

—Hace dos meses que no me viene el periodo.

Fruncí el ceño y la miré a los ojos.

—¿Dos meses?

Ella asintió con solemnidad, troceando parte de mis patatas.

—Cuando no me vino el mes pasado, tuve que hacerme un corte en el dedo para manchar el paño menstrual y que Agatha no sospechara. Pero sigue sin venirme.

—Es... —No quería decir lo que ya sospechaba y, afortunadamente, no se hizo la despistada conmigo.

Asintió y los ojos se le llenaron de lágrimas.

—No sé qué hacer.

—¿Se lo has dicho a él?

—Sí.

Contuve un exabrupto.

—¿Y por qué lo has hecho?

—Porque es su hijo y no quiero tener que afrontar esto sola.

—Si lo descubren, Aleysia...

—Lo sé. Es pecado.

Para algunos, peor aún que el asesinato.

—¿Qué piensas hacer?

Se limpió las lágrimas de los ojos, pero no respondió.

—No puedes tener ese bebé aquí. Aunque no te envíen al bosque, lo repudiarán, no lo aceptarán. Y, desde luego, a Agatha no le importará lo más mínimo.

—A ella no. Pero a ti sí, ¿no, Maeve?

Por un momento me planteé la cuestión: cuidar de un niño que todo el pueblo odiaría tanto como a mí.

—Por supuesto que a mí sí. Pero un bebé estaría mejor con su madre.

—Es cierto. Pero yo no tengo intención de tenerlo. Dicen que la Arpía puede poner fin a un embarazo no deseado. Tiene hierbas. Hierbas muy potentes.

Pero ¿no me había regañado solo hacía unos días simplemente por *hablar* con esa mujer?

—¿Y piensas acudir a ella?

—Sí. Eso creo. Creo que es lo mejor.

Sentí una presión en el pecho. Debía de ser aterrador no tener a nadie más que el tío Riftyn en quien apoyarse, y toda una parroquia en su contra, un puñado de fanáticos religiosos que sin duda la denunciarían. Y Agatha, por supuesto, que le haría pagar la humillación convirtiendo su vida en un infierno.

—Decidas lo que decidas, Aleysia, que sepas que estoy contigo. No te dejaré sola con esto.

Sonrió, con los ojos llenos de lágrimas, y asintió.

—Te quiero, hermanita. Te quiero más que a nadie en el mundo.

—Y yo a ti.

Con un sonoro gruñido, Lolla entró por la puerta de la cocina.

—Chicas, ¿habéis acabado ya con esas patatas? Agatha quiere cenar y se está impacientando.

—Sí, Lolla —respondí yo mientras me quitaba el trapo de la herida. Me quedé mirando la piel intacta en el punto en el que la hoja del cuchillo había abierto una herida solo un momento antes. Extrañada, me la mojé con agua fresca y volví al trabajo.

16

Zevander

Había caído la noche y Zevander condujo a su caballo hasta el límite del bosque de Brujafría, donde tres de los jinetes del rey, que montaban guardia, fueron a su encuentro atravesando el campo abierto al galope. Con la media máscara que llevaba y la capucha tenía aspecto de ladrón y no le cabía duda de que desenvainarían sin molestarse siquiera en preguntarle sus intenciones.

Probablemente pensaban que estaba loco o borracho. Al fin y al cabo, nadie intentaba acercarse tanto al bosque a menos que hubiera perdido el juicio por completo. Por eso la vigilancia era tan escasa.

Aunque nadie se había atrevido nunca a entrar en aquellas tierras mortales, asoladas por la enfermedad, si alguien fuera tan inconsciente para hacerlo, sería castigado con la muerte por decreto del rey.

Ante la amenaza del ataque, las llamas grabadas en las carnes de Zevander se agitaron. Si fuera cualquier otro etirio, la caballería podría aprehenderlo con facilidad, ya que los jinetes tenían un poder muy superior al de la mayoría, suficiente para incapacitar a cualquier intruso.

Desgraciadamente para ellos, Zevander no era cualquier intruso.

Los hombres bajaron la velocidad al acercarse y, antes de levantar las manos para inmovilizarlo con magia, sus llamas salieron despedidas y envolvieron a los tres. El crepitar de sus carnes al arder vino acompañado de aquel hedor asqueroso a órganos quemados.

Joder, cómo odiaba ese olor.

Dos de los hombres cayeron a plomo de los caballos, que se encabritaron y se alejaron a todo galope en dirección contraria. Los guardias se retorcían en el suelo, entre gruñidos, porque las llamas les habían arrebatado la voz y no podían gritar. El tercero salió despedido del caballo, impactó pesadamente contra el suelo y quedó paralizado por un dolor que Zevander imaginó que sería como el del contacto de un hierro candente contra la piel. Sus compañeros habían quedado negros, carbonizados al cocerse vivos desde dentro, pero él estaba hinchado, con la piel teñida de un rojo radiante.

Viendo que los otros dos habían sucumbido a las llamas, Zevander buscó entre el hollín las piedras sanguíneas que habían quedado en el suelo. Los muertos a causa de la magia solían dejar un residuo, un aura fácilmente identificable para los brujos forenses más experimentados, y calcinándolos se aseguraba de no dejar pistas. Pero la presencia de piedras sanguíneas apuntaría al uso de la demutomancia, lo que sin duda propiciaría una amplia investigación. Y eso podía suponer un buen dolor de cabeza para él si el rey le encargaba que participara en la caza del culpable.

Se acercó al lugar donde el tercer hombre seguía retorciéndose en el suelo, intentando gritar a través de los dientes, pero la llama solo le permitía emitir un leve gruñido.

—Te he perdonado la vida a cambio de tu silencio. ¿Lo entiendes?

Haciendo acopio de las pocas fuerzas que tenía, el guardia asintió. Las llamas se retiraron de su cuerpo a través de la piel, concediéndole un respiro, pero luego se transformaron en escorpiones negros que lo rodearon, siseando y chasqueando las pinzas.

—No te muevas —le advirtió Zevander al ver que echaba mano de la daga que llevaba al cinto—. No les gustan los movimientos bruscos.

Y se dirigió hacia el bosque, dejándolo allí, custodiado por los escorpiones.

Un manto de bruma blanca se extendía por el suelo, cubriéndole las botas con un espeso vapor impenetrable. En la nuca sintió que se iluminaba lo que le quedaba del sello de la luna de su dinastía al contacto con la fría luz plateada, provocándole un cosquilleo que se le extendió por la columna. Los soláceos habían intentado arrancárselo durante los años en que estuvo esclavizado, para mermar su poder, sin saber que este ya había quedado mermado por su sangre corrupta, consumido por el poder del fuegoscuro, que aún no había empezado siquiera a descifrar.

Pero no pudieron quitárselo del todo. Y, pese a estar incompleto y cubierto de tejido cicatrizal, seguía absorbiendo la luz.

A través de la bruma oyó una especie de risita aguda y se giró justo a tiempo para ver un aleteo en el aire. Sus ojos ya se habían acostumbrado a la oscuridad y distinguió un pequeño espiritino, un bichejo desagradable habitual en el bosque. Los espiritinos eran pequeños como gorriones y en apariencia inofensivos, pero tenían un carácter rabioso y podían llegar a ser agresivos y peligrosos. Además, al morder inyectaban un veneno, según se decía, causaba alucinaciones. La curiosidad debía de haberle hecho abandonar su escondrijo entre los árboles. Afortunadamente se alejó, porque si no habría ardido, convirtiéndose en un tentempié chamuscado para los gátalos, criaturas nocturnas que tenían un aspecto a medio camino entre un gato y un halcón, y que cazaban a los espiritinos para comérselos.

A lo lejos había un arco, con su hechizo de protección bien visible en el centro, donde flotaba una luz cristalina azul pálido que oscilaba como si fuera un líquido. Solo la sangre de los siete, los que ya había matado para hacerse con sus piedras sanguíneas, podría pasar libremente por debajo sin un conjuro, ya que era su magia de sangre ancestral la que había creado el Valle Umbrío. Cualquier otro habría acabado cayendo por el precipicio que separaba Brujafría de las tierras mortales. Una fosa abismal entre los dos mundos, atravesada solo por dicho valle. Había quien decía que Nethyria se encontraba en el fondo de aquel despeñadero de kilómetros de profundidad.

Aunque nadie había sido tan insensato como para confirmarlo aventurándose a bajar.

Zevander se metió la mano en el bolsillo de su traje de cuero y sacó el pequeño pergamino que le había dado Dolion. Levantó la mano en dirección al conjuro visible en el arco y pronunció las palabras escritas con tinta.

—*Zi da'dignio, septmiusz me liberih iteriusz.* —«Si soy digno, los siete me permitirán pasar».

La barrera de protección vibró y emitió un tenue resplandor, y él soltó aire y luego empujó la barrera húmeda con la mano. Una vibración le sacudió los músculos en el momento en que pasó bajo el arco y, aliviado, constató que, en lugar de caer fulminado, se encontraba en un pequeño claro rodeado de espinos. Miró atentamente a su alrededor y se dirigió hacia los arbustos, sin preocuparse por las espinas, que apenas arañaban su impenetrable traje de cuero y quedaban aplastadas bajo las botas.

Al otro lado había un bosque idéntico al que había dejado atrás.

Un aullido resonó a su alrededor y él chasqueó la lengua, concentrándose para determinar su procedencia. En su mente apareció la imagen de un lobo, aunque la variedad mortal le pareció mucho más pequeña que la que había conocido en su mundo. Siguió adelante, aguzando los sentidos.

Sintió un aleteo en la oreja y escrutó la oscuridad en busca del origen del ruido.

Volvió a notarlo y la llama negra de Zevander se enroscó y golpeó como una serpiente, capturando a la malvada bestia, que chillaba desesperada, dando mordiscos a la vaporosa llama. Un espiritino. Qué raro ver uno en ese lado del Valle Umbrío. Ladeó la cabeza y observó el cuerpecillo tembloroso de la huesuda criatura, que tenía el aspecto de una ramita, con un rostro humanoide y unas alas negras como deshilachadas, con lo que pasaba completamente desapercibida en el bosque. De haberlo deseado, Zevander podría haber quebrado el halo mágico protector que evitaba que la criatura se quemase viva en ese momento. Pero apartó la mirada, la liberó y el animal salió volando, piando sin parar, puede que para advertir a los otros espiritinos.

Zevander siguió adelante y, al oír un crujido bajo su bota, se detuvo y miró lo que había pisado entre la niebla. Levantó un cráneo humano roto y descompuesto, y sus sentidos le dijeron que tenía al menos un siglo de antigüedad. Lo tiró a un lado y continuó su marcha, oyendo más crujidos bajo las botas. Aquello debía de haber sido una zona de caza.

Caminó lo que calculó que serían cuatrocientos metros hasta que vio una estructura a lo lejos: otro arco que brillaba como el primero por el que había pasado. Este estaba hecho de huesos y madera retorcida. A medida que se acercaba sintió un cosquilleo frío en la nuca; su instinto le decía que había algo oculto entre los árboles. Observándolo. Escrutó el bosque con la mirada, pero solo veía oscuros árboles que se elevaban sobre la bruma mientras la luz de la luna se abrían paso a través de las ramas, iluminando a los murciélagos que revoloteaban por entre el follaje.

Avanzó sin detenerse hasta que llegó a la antigua estructura. El paso que daba entrada al mundo mortal.

Recorriendo el arco de huesos y madera con la mirada observó unas manchas negras, como algo quemado, y pasó el dedo por encima. Aquellas chisporrotearon, humearon y se deslizaron hasta su mano reptando como serpientes negras que fueron a unirse en un charquito en el centro, y entonces el negro se tornó rojo. Cerró el puño, volvió a abrirlo y se encontró una piedra roja sólida y dura, con unas finas vetas plateadas a modo de pequeñas grietas en la superficie, algo que no había visto nunca. Recordó la conversación que había tenido con Dolion en la taberna: «Una piedra con marcas plateadas».

Las pistas que lo llevaban hacia su presa siempre acababan revelándose y Zevander confiaba en la sangre más que en ninguna otra cosa.

Levantó la pequeña esfera para examinarla a la luz de la luna, observó los extraños patrones y colores, y sintió una energía vibrando en la palma de la mano mientras la agarraba. Percibir el poder de la sangre no era nada nuevo para los letalisz, pero aquella energía extraña y placentera que le recorría el cuerpo, haciéndole temblar los huesos como insectos atrapados en una telaraña, era una sensación nueva. Completamente inesperada.

La boca se le llenó de saliva de las ganas de lamer la piedra salada y tuvo que cerrar los ojos con fuerza para resistirse a la voz interior que le decía: «Pruébala». Consumir sangre era como jugar con la llama del diablo. Un capricho imprudente que podía arrastrar a cualquiera a la locura, ya que podía ser un afrodisiaco muy potente. Se apresuró a guardar la piedra en un bolsillo de su traje de cuero.

De pronto un resplandor le hizo levantar la mano en dirección a la barrera que protegía el paso. Deslizó los dedos por encima y sintió el cosquilleo de unos minúsculos impulsos eléctricos. Cerró los ojos y se imaginó pasando la mano a través. Cuando volvió a abrirlos, la barrera ya le envolvía la muñeca.

La atravesó.

Una vez en el otro lado, Zevander examinó el campo abierto cubierto de una escarcha que brillaba como diamantes, los árboles dispersos y los animales nocturnos correteando por la oscuridad, con los ojos brillantes. Unas nubes de humo blanco se elevaban desde unas cuantas chimeneas.

Vida. Mucha vida y muy inesperada.

Desde pequeño le habían enseñado que el mundo mortal era un páramo muerto y vacío. Un lugar en el que no se atrevería a entrar ningún etirio. Vio estrellas en lo alto, brillando en torno a una única media luna. Sintió el contacto del aire contra la mitad de su cara que tenía al descubierto. Era frío y penetrante, pero seco, como correspondería a un mundo antiguo, aunque desde luego no muerto.

A lo lejos vio una casa oscura y localizó una ventana cerca del tejado.

«Un arco de huesos visto a través de una ventana».

Se dio la vuelta y vio que el arco quedaba a la vista desde la ventana.

Alargó una mano, invocó sus poderes y, sobre el terreno escarchado, apareció un reguero de sangre de un rojo brillante que llevaba a esa casa al otro lado del camino de tierra. Se dirigió hacia allí, siguiendo la sangre hasta la entrada, y entró por la puerta, cuyas viejas bisagras chirriaron. La planta baja estaba vacía, en silencio. Subió las escaleras sigilosamente, sin casi hacer ruido al pisar la madera con las botas. El camino de sangre acababa ante lo que parecía un baño, mucho menos elegante que el que tenía él en su fortaleza. Contenía una simple bañera y un retrete con una cuerda para tirar de la cisterna, como los que se encontraban en el Arrabal. Siguió por un pasillo flanqueado por puertas cerradas y, a medio camino, sintió una vibración en el bolsillo y un calor en el muslo procedente de la piedra.

La extraña sensación parecía ir en aumento cuanto más avanzaba, hasta que paró ante una puerta al final del pasillo. Al abrirla volvió a provocar un tenue chirrido de bisagras y se encontró otra escalera. Cuando llegó a lo alto, halló una habitación con dos camas, una en cada lado. Mezclado con un intenso olor a flores había otro que se le pegó a la garganta, tensándole la mandíbula. Como a naranjas dulces.

De pronto lo invadió una sensación de mareo y debilidad y dio un paso atrás, con los sentidos saturados.

Joder… ¿Qué demonios le estaba pasando?

Del techo colgaban unas bolsitas de tela blancas decoradas con flores. Quizá el olor procediera de allí. Se acercó una al rostro y arrugó la nariz al percibir el intenso olor a hierbas, aunque no había ni rastro de aquel aroma a naranja.

Cuando fijó la vista en la cama que tenía justo enfrente, la piedra que llevaba en el bolsillo se calentó de golpe. Zevander sacudió la cabeza para quitarse aquella extraña sensación de vértigo de encima y cruzó la habitación hasta llegar a la cama de su víctima. La criatura dormía profundamente, cubierta de mantas, hinchando y vaciando el pecho con suavidad. Junto al delicioso aroma a naranja que percibía y que le hacía la boca agua se insinuó un olor nuevo, terroso. Un olor pérfido, como a azufre. Rodeó el lecho y fue al otro lado, el más próximo a la ventana. En el suelo, bajo el somier de la cama, encontró un objeto negro. Lo levantó para verlo a la luz de la luna.

Parecía un huevo, pero no era de ninguna especie que reconociera. Las escamas de la superficie hacían pensar en algún tipo de ave de presa. Había visto huevos similares en Draconysia, en el norte, al pasar la frontera desde Solácea. Cuando le habían dicho que eran de dragón, Zevander había cometido el error de robar tres de ellos, sin darse cuenta de que al hacerlo se estaba comprometiendo a criar a aquellas bestias malditas.

Apoyó la otra mano sobre el huevo y lanzó la llama negra por la superficie, que brilló con una intensa luz púrpura, lo que hizo que la silueta de la minúscula criatura del interior se agitara dentro del cascarón, confirmándole que estaba viva. Bajó la mirada al bultito cubierto de mantas que había sobre la cama y luego miró el huevo otra vez.

Zevander lo dejó en el suelo con cuidado. Estaba decidido a llevárselo, ya que seguramente tendría cierto valor en el mercado negro de Costelwick.

Extendió las manos hacia la criatura que dormía bajo aquella colcha floreada y sintió el calor de la piedra que tenía en el bolsillo quemándole el muslo de tal modo que no pudo evitar un gruñido, y tuvo que cambiarla de posición. La llama negra ascendió por su piel y le recorrió el brazo hasta concentrarse en la palma de la mano. La dirigió hacia su víctima, dejando que envolviera las mantas, y nada más empezar Zevander supo que la llama estaba calentando la sangre de la patética criatura. Cociéndola.

De entre las mantas surgió un gruñido leve pero agonizante y él frunció el ceño, extrañado de que aquel sonido le rasgara los músculos. El bultito se movió y al apartarse las mantas apareció un rostro que le hizo erguir el cuerpo de golpe.

Una mata de cabello cubría la almohada y se le pegaba a la frente húmeda de sudor. Una piel de porcelana, con un suave tono rosa por efecto de la fiebre. Y unos labios curvados y carnosos un poco separados.

Aquella chica era guapísima.

Zevander retiró las llamas, ladeó la cabeza y la contempló. Qué pena.

Dormía plácidamente, como una diosa, agitando sus largas pestañas negras de manera leve contra las mejillas mientras su cuerpo sucumbía al poder de Zevander. Este sintió un dolor en el pecho al mirar aquellos gruesos labios carnosos y aquella piel reluciente que le daban ganas de tocar. Aquel olor que lo embriagaba, despertándole un deseo irrefrenable de acercar la boca a su piel para saborearla.

Nunca se había sentido tan atraído por ninguna de sus presas. Sintió una fuerte tensión en la ingle y soltó un gruñido. La polla le presionaba con fuerza el pantalón de cuero, amenazando con abrirse paso hacia arriba. Frunció el ceño y se la recolocó. Algo en aquella joven lo encendía por dentro y, si no fuera porque estaba allí para convertir su sangre en piedra, quizá se habría interesado por saber lo que ocultaba bajo aquel vaporoso camisón.

Pero no podía ser, así que volvió a levantar la mano, lanzando otra oleada de calor a su cuerpo, y ella se movió como antes, levantando el brazo por encima de la cabeza, dejando al descubierto una extraña marca que llevaba grabada en la piel. Una cicatriz en forma de pluma con unos extraños brillos plateados.

Mientras contemplaba cómo se retorcía, incómoda, sin duda por el aumento de la fiebre, Zevander sintió un cosquilleo en la frente. Una gota de sudor que le caía por el rostro y que, al intentar quitársela, notó caliente al tacto. Tan inusitadamente caliente que se desconcentró y la llama procedente de su mano se apagó.

Se secó el rostro con la manga de su túnica y volvió a extender la mano. Concentrándose. Imaginándose la llama abriéndose paso por el interior de la muchacha como lava fundida.

Un latigazo de dolor lo atravesó, como si tuviera pequeñas cuchillas en el interior de las venas, y Zevander dio un paso atrás, sorprendido.

«¡Maldita sea!».

Apretó los dientes y lo intentó de nuevo, pero otra vez sintió ese dolor agónico bajo la piel que le impedía seguir adelante.

Normalmente era cuestión de segundos. Una muerte rápida y silenciosa, y solía acabar antes de que nadie lo viera. Volvió a levantar la palma de la mano, con los ojos encendidos de rabia y la mirada puesta en aquel rostro tan bello como abominable.

Pero de pronto se imaginó a la joven con la cabeza echada hacia atrás en un momento de éxtasis y tuvo que sacudir la cabeza para quitarse aquella imagen de la mente.

«Mierda. ¡Mierda!».

El puño le tembló de las ganas que tenía de estamparlo contra una pared. De quitarse de la cabeza lo que fuera que se le había colado dentro.

Ella emitió otro gemidito y, maldita sea, los músculos de Zevander, siempre tan firmes, empezaron a temblar. Aquel sonido acabó con su concentración y las llamas retrocedieron, escondiéndose de nuevo bajo su piel.

Con la mandíbula tan apretada que podría haberse partido los dientes, lo intentó por enésima vez. Tensó los músculos y se concentró en la imagen de las llamas abriéndose paso por las venas de su presa. Cociéndole la sangre, convirtiéndola en una piedra.

No lo consiguió. Era como si su poder se negara a obedecer sus órdenes.

Era la primera vez que le pasaba. No había fallado nunca a la hora de acabar con una vida, por brutal que fuera el método escogido por Zevander.

Se la quedó mirando, al tiempo que tejía mentalmente el hechizo que no habría tenido que pronunciar nunca en voz alta, y sintió un ardor insoportable trepándole por el antebrazo. Bajó la visa y vio uno de sus escorpiones picándole. Volviéndose contra él. ¡La llama maldita lo estaba atacando!

Enfurecido, frotó los nudillos contra el animal y lo convirtió en una nube de humo negro, apretando los dientes, indignado. Mataría a aquella ridícula mortal aunque tuviera que recurrir a todo su poder, y entonces que los dioses la asistieran.

Poseído por la rabia, vio de pronto un pecho de la joven, que asomaba por entre la sedosa tela de su camisón. La mano le tembló y no pudo evitar preguntarse si encajaría tan perfectamente como imaginaba en ese momento. Apretó los dientes aún más fuerte, hasta que sintió un fogonazo de dolor en el cráneo.

Aquella muchacha era todo pureza e inocencia, una luz que desafiaba la oscuridad de su alma. Y por todos los infiernos que habría querido arrancarse los ojos solo por el hecho de haber caído en ello.

Con la mano aún flotando sobre su cuerpo, se atrevió a tocarla. «Un leve contacto».

La cerró y apretó el puño.

No. Si tenía que follarse a todas las placedoras que encontrara desde entonces hasta el día de su muerte, que así fuera. ¡Que así fuera!

Ella volvió a estirarse y a cambiar de posición, llamándolo con cada movimiento, y Zevander sintió una punzada de dolor en la entrepierna.

Gruñó y se inclinó. Aquel dolor pulsante en la polla no se le iba a pasar mientras ella respirara. Zevander echó mano del cuchillo que llevaba en el cinto. Quizá, si la matara antes, se concentraría mejor en su sangre después. Con manos temblorosas, apoyó la hoja contra la garganta. Un solo tajo. Era lo único que hacía falta.

Había matado a cientos antes de que abrieran la boca siquiera para tomar aliento, y, aun así, viéndola allí delante, temblaba como una hoja. Como un puto principiante incapaz de acabar con su primera víctima.

Ella abrió los ojos, mostrando unos bellos iris de color gris pálido, como el cielo de la mañana en Wyntertide, el izquierdo con una manchita plateada que le recordó la luna que había visto antes. Unos ojos profundos y sagaces, con un aire de juventud y de travesura, y una forma felina irresistible.

Cuando reaccionaron y posaron la vista en él, Zevander salió de su trance.

17

Maevyth

La niebla del sueño se disipó y me quedé mirando a la figura oscura que se cernía sobre mí, vestida con una túnica y con la mitad inferior del rostro oculta bajo una máscara negra con adornos plateados que brillaban a la luz de la luna. La parte superior de su cara apenas se distinguía bajo la sombra de la capucha.

Un extraño.

Un extraño en mi habitación.

Un extraño en mi habitación contemplándome.

La realidad me golpeó como un rayo atravesándome el cráneo y me quedé sin aliento, incapaz de dar rienda suelta al grito que tenía atascado en el fondo de la garganta.

Tenía una hoja fría y afilada apoyada contra el cuello, recordándome que, con un movimiento rápido, podría atravesarme la carne como si fuera seda. Unos ojos iracundos se clavaban en los míos. Aunque ocultos por la penumbra, los iris brillaban con una luz que iba entre el amarillo dorado y el naranja, dando a las negras pupilas el efecto de un eclipse al que daba miedo mirar. Nunca había visto una mirada tan intensa.

Mi cuerpo se negó a moverse, presa de una parálisis que me tenía pegada a la cama con unas agujas invisibles.

De pronto un remolino de humo negro envolvió al desconocido y, en un abrir y cerrar de ojos, desapareció. Como si se hubiera desvanecido sin más.

La parálisis remitió y levanté la cabeza de golpe, mareada. El grito que había querido soltar se convirtió en un gimoteo asustado. Me agarré las rodillas, pegándolas al cuerpo, y miré a mi alrededor.

Aleysia seguía roncando suavemente al otro lado de la habitación, ajena a todo. No veía al enmascarado por ninguna parte. ¿Habría sido un sueño?

¿Otra alucinación?

Un sudor frío me cubría el cuerpo. Respiré con fuerza a través de la nariz, intentando combatir el subidón de adrenalina.

Me llevé una mano temblorosa a la garganta y al sentir la piel mojada la retiré. Tenía los dedos manchados de sangre. Prácticamente di un salto hacia la ventana y recorrí el campo y el camino de tierra con la mirada. Allí tampoco había ni rastro de él. Como si lo hubiera soñado todo.

Pero aún tenía aquella sensación fantasma del contacto de la hoja con el cuello.

Un golpeteo me tensó los músculos y me giré de golpe hacia la habitación vacía, buscando el origen del ruido. Bajé la mirada al suelo, donde el huevo se balanceaba de lado a lado. Moviéndose solo. La emoción se mezcló con el miedo que aún sentía en mi interior, pero me agaché junto al objeto y frené sus abruptas sacudidas.

Un crujido sordo anunció la aparición de una pequeña fisura entre las líneas plateadas de la superficie, por donde asomaba un suave brillo. Me quedé mirando, atónita, mientras se iba agrandando la fisura, abriéndose el hueco, y el brillo se hizo más intenso a medida que aumentaba de tamaño. Con el corazón golpeándome el pecho, alargué la mano y acerqué la punta del dedo a aquella luz, que me calentó la piel.

Otro crujido. Otra fisura.

Una tercera grieta y un rayo de luz iluminó el suelo por debajo de mi cama.

Una minúscula garra plateada asomó por la fisura más grande y contuve la respiración. Le siguió otra. Un pedazo del cascarón se hundió hacia el interior, creando un agujero que se hizo más grande a medida que las minúsculas garras iban desprendiendo más fragmentos. Un morro puntiagudo, como un pico pero con dientes, asomó por el hueco, empujando y abriéndose paso, como si estuviera atascado. El cascarón se agrietó aún más y aparecieron un cuerno y la mandíbula superior, que apartaron los fragmentos desprendidos, dando paso a una criatura negra cubierta de relucientes escamas, con unos ojos plateados a juego con las garras y unas alas negras pegadas al cuerpo. Salió del huevo y se me quedó mirando, y me fijé en las pequeñas medias lunas plateadas que tenía a los lados del rostro, relucientes como la luna. Al ver las cuatro patas, cada una con tres garras orientadas hacia delante y una hacia atrás, me pregunté qué tipo de ave sería. Desde luego, no se parecía a ninguna que hubiera visto antes. Las traseras parecían más gruesas y fuertes que las delanteras, aunque todas ellas tenían un aspecto temible.

La pequeña bestia me recordó a un dragón en miniatura, como los que ilustraban los libros que el abuelo me leía cuando era niña. Se sacudió y abrió las alas, de una envergadura sorprendente para lo pequeño que era el cuerpo. Quizá tuvieran un pie de largo por cada lado. Luego volvió a plegarlas.

Pese a la emoción del momento, era innegable que también tenía miedo. No había visto nunca nada así. No tenía ni idea de si sería dócil o agresivo.

Sus grandes ojos le daban un aspecto de dibujo animado, como infantil. Le tendí la mano abierta con la palma hacia arriba, preguntándome si se subiría de un salto. Me dio la impresión de que me la olisqueaba un momento, pasando el pico por encima de la piel. Luego el pájaro-dragón saltó y se subió, y yo lo levanté del suelo, acercándolo a la luz para verlo mejor.

—¿Qué eres? —le susurré, asombrada, observando las extrañas formas onduladas que trazaban sus escamas y la larga cola, que, a pesar de que la criatura recordaba más a un pájaro, hacían pensar más bien en un lagarto, con las pequeñas púas que tenía encima. Eran curvadas, como pequeños ganchos afilados, y no pude evitar imaginármelas clavadas en la carne.

Hizo un ruidito, como un resoplido, y sonreí.

—Eres la cosita más curiosa que he visto nunca.

Se mordisqueó las patitas, como si quisiera limpiárselas, y volvió a resoplar.

Noté un pinchazo en la palma y encogí el brazo, haciéndolo caer.

—¡Ay! —Levanté la mano y vi un corte del que caían unas gotas de sangre al suelo.

La criatura pasó las garras por el charco de gotas y luego se las llevó al pico, pero soltó un gruñido que interpreté como de desagrado y dio la espalda a la sangre.

Entonces me di cuenta.

—Tienes hambre.

Pero, claro, no tenía ni idea de lo que comía. Los pájaros se alimentaban de pan y bayas, eso lo sabía, porque les había dado de comer en alguna ocasión, y, aunque estaba claro que lo que tenía delante no se parecía a ningún ave que hubiera visto antes, sí tenía rasgos de pájaro. Eché un vistazo a Aleysia, que seguía roncando en su cama, y resoplé.

—Voy a buscarte algo de comer, ¿vale? Tú quédate aquí. No te muevas.

Él ladeó la cabeza, como si hiciera un esfuerzo por comprenderme.

—Quédate aquí —repetí, dando un golpecito en el suelo con el dedo.

Él imitó mi movimiento con sus garras y al verlo no pude evitar sonreír. Qué criatura más lista.

Atravesé la habitación en silencio, bajé por la escalera y crucé la puerta, echando un vistazo al pasillo por si detectaba algún movimiento. A esa hora sospechaba que todo el mundo estaría dormido. Mientras bajaba el segundo tramo de escaleras me examiné el corte de la mano y observé que se había cerrado por completo. No quedaba ni rastro. Al ver aquello me detuve de pronto y fruncí el ceño.

¿Cómo podía ser? Estaba convencida de que tendría que vendármelo otra vez.

¿Cómo podía ser que esos pequeños cortes cicatrizaran tan rápido? Eso no tenía sentido.

Sentí un cosquilleo frío en la nuca y decidí que era mejor no pensar demasiado en ello, porque, sin duda, eso me generaría más ansiedad y en ese momento no tenía espacio en la mente para enfrentarme a ello. Así que proseguí mi marcha hacia la cocina.

Al llegar a la despensa cogí una rebanada de pan de la panera y unas cuantas bayas de la cesta que había al lado, y aproveché para meterme un par en la boca. De pronto oí un ruidito a mi espalda que me hizo tensar todos los músculos y, al darme la vuelta, me encontré con una rata que estaba mordisqueando un saco de semillas apoyado en el suelo. Me llevé una mano a la boca para contener el grito que amenazaba con salir. Temblando de la cabeza a los pies, me dirigí a toda prisa hacia la puerta.

La rata dejó de masticar y levantó la vista, como si no me hubiera visto hasta aquel momento, aunque por las cáscaras y las migas que había era evidente que llevaba ahí un rato.

Una sombra negra atravesó el suelo a toda velocidad.

La rata soltó un chillido y, horrorizada, observé cómo se le echaba encima la criatura de mi habitación, clavándole las afiladas mandíbulas en el lomo y arrancándole la piel.

Boquiabierta de la impresión, me quedé mirando cómo el pobre roedor, despellejado pero aún vivo, seguía retorciéndose y lanzando mordiscos al aire. Luego la criatura le arrancó los pequeños ojos negros y echó la cabeza atrás para tragárselos. La rata daba patadas cada vez con menos fuerza, aún luchando por conservar la poca vida que le quedaba. Pero, cuando la bestia negra empezó a arrancarle la carne a pedacitos, el roedor por fin se quedó inmóvil, tendido junto a su propio pellejo.

Bajé la vista hacia las bayas y el pan que tenía en las manos, dándome cuenta de lo inadecuado que habría sido como alimento, y volví a meterlos en sus respectivos recipientes. A los pocos segundos, la criatura había dado cuenta de toda la carne, dejando los huesos limpios, que fueron lo único que quedó, aparte del pellejo. Con las mandíbulas manchadas de sangre, ladeó la cabeza, evidentemente satisfecho. Se le veía el vientre hinchado, lleno de carne de rata. Se me acercó con paso torpe y cuando lo tuve delante volví a mostrarle la palma de la mano, a la que se subió como antes, para enroscarse en una bolita.

Respiré hondo para calmar el corazón desbocado e hice un

esfuerzo para no dirigir la mirada hacia los restos de la rata, fijándola en el animalito que tenía en la mano, que frotaba el morro contra mis dedos.

—La verdad es que tienes una forma de comer repulsiva, pero debo reconocer que eres aterradoramente mono —dije casi en un susurro—. *Adorrible.* Y caótico. Creo que te llamaré Raivox.

Raivox había sido un fiero vonkovyano de la antigüedad, un saqueador. Los libros de historia siempre lo describían como alguien a la vez encantador y violento. Me pareció un nombre adecuado para aquel pequeño monstruo.

Con los ojos puestos en los restos de la rata, que tendría que limpiar antes de que nadie los viera, saqué a Raivox de la despensa y me lo llevé de vuelta a mi habitación. Cogí mi colcha y le hice un pequeño nido bajo la cama, en el que lo coloqué ya dormido. Una vez más, bajé sigilosamente por la escalera hasta la despensa, donde seguía el pellejo de la rata y el montón de huesos. Con un trapo que encontré en un estante, recogí los restos y los tiré a la basura; luego limpié las gotas de sangre. Metí el trapo en lo más hondo del cubo de la basura para que no llamara la atención y me lavé las manos con más jabón del que había usado en mi vida. Pero, cuando me dispuse a subir de nuevo las escaleras, oí una voz por el conducto de ventilación pidiendo ayuda.

Otra vez no.

Tapándome los oídos con las manos, subí las escaleras.

Después de echar un último vistazo a Raivox, que dormía tranquilamente bajo mi cama, me tapé con las mantas y me cubrí los oídos para no volver a escuchar aquella voz.

La mente se me fue a lo que había pasado antes, cuando me había despertado y había encontrado a aquel hombre apoyándome un cuchillo en la garganta. Por la forma en que había desaparecido, de repente, sospechaba que no sería más que una ilusión, igual que el Desterrado que había visto antes y que Danyra, la muchacha lyveriana. Y, si así era, eso solo podía significar que había empezado a perder la cordura.

No podía quitarme de la cabeza una idea que me reconcomía y no me dejaba dormir: la de que quizá me había infectado algo maligno.

18
Zevander

Con un gruñido furioso, Zevander se acercó al arco. Estaba tenso de la rabia y sentía una desesperante necesidad de follarse algo. Una vez superada la barrera, echó a caminar de un lado al otro.

Tenía que volver. Tenía que acabar el trabajo.

«Ya lo has intentado, idiota. ¡Y has fallado!».

En toda su vida nunca había tenido problemas para matar a uno de sus objetivos. Ni siquiera cuando había ejecutado su primer asesinato por orden del rey. Quitarle la vida a la gente siempre le había resultado fácil. La llama nunca lo había traicionado de aquella manera.

«Vuelve —le decía una voz interior—. Acaba la tarea».

Volver solo le haría parecer un idiota incompetente. Sin dejar de caminar, se miró las manos, intentando comprender qué cojones había pasado ahí atrás. Su propio poder se le había puesto en contra.

Hecho una furia, siguió por el Valle Umbrío y a medio camino sintió de nuevo un cosquilleo en la nuca, la sensación de que alguien lo observaba. Chasqueó la lengua mientras escrutaba el entorno, escuchando. El Evanidusz, el poder al que había tenido que recurrir para desaparecer convirtiéndose en una humareda negra, lo había dejado sin energías y le había debilitado los sentidos.

Sin embargo, por entre el murmullo del follaje, detectó el crujido de unas hojas secas.

Se deslizó tras un viejo roble retorcido y, desde la distancia, observó a una figura que salía de entre las sombras y se situaba bajo la luz de la luna. Al principio le costó discernir si era humano o animal, distinguir su torso curvado y alargado y los cuernos que le salían de la cabeza, pero, cuanto más miraba, más se convencía de que aquello no era un animal. Se le acercó aún más y los tatuajes de Zevander se separaron de él, tal como habían hecho en la habitación de la chica, formando un humo negro que lo engulló, sumergiéndolo en la oscuridad. Aun así, él veía a la figura, que osó acercarse todavía más. Y más.

La quemazón que sintió en la piel le advirtió que, fuera lo que fuera lo que se aproximaba hacia él, estaba a punto de quedar reducido a cenizas, y Zevander respiró hondo para aplacar el poder de su interior, que pedía a gritos salir al exterior.

Un crujido a espaldas de la bestia pareció llamar su atención, y se giró, se puso a cuatro patas y echó a caminar en dirección contraria.

Cuando desapareció, Zevander salió del interior del humo negro y siguió avanzando por entre los árboles hasta llegar al Valle Umbrío, por donde había entrado al bosque de los mortales. Lo atravesó, sin dejar de maldecirse mientras recorría el largo tramo del bosque de Brujafría, y, cuando salió por fin, encontró al guardia en el mismo sitio, vigilado por los escorpiones con los aguijones en ristre, listos para atacar. Se acercó y alargó una mano para que todos regresaran a su cuerpo, salvo uno, y el guardia cayó al suelo, jadeando, como si no hubiera respirado en todo ese tiempo.

Zevander, todavía airado y con las manos en la espalda, se puso a caminar en torno al hombre, que aún temblaba de la cabeza a los pies. El letalisz hizo un gesto con el brazo y el escorpión se lanzó hacia el otro tan rápido que su víctima no tuvo tiempo de reaccionar. Sus patas repiquetearon contra la armadura del guardia hasta que llegó a la altura del cuello y se deslizó hasta el brazo. Antes de que el hombre se quitara el guantelete y se subiera la manga, el escorpión ya se había colado bajo la piel del antebrazo, dejándole lo que parecía una quemadura en la carne.

Él giró el brazo para ver el animal, que se retorcía para hacerse un hueco en su nuevo hogar.

—¡Aaah, aah! —exclamó, aterrado—. ¡Aaah, lo tengo bajo la piel! ¡Tengo a ese hijo de puta bajo la piel!

—Sí, así es. Si pronuncias simplemente la palabra «letalisz» o si se te ocurre mencionar que me has visto, será la última vez que respires. Y te garantizo que sufrirás la muerte más dolorosa que te puedas imaginar.

—Juro... que no diré nada. ¡Pero sácamelo! ¡Por favor!

Extendiendo el brazo y temblando de miedo, cayó al suelo, con un lloriqueo patético que no conmovió a Zevander en absoluto.

Sobre todo porque seguía pensando en aquella chica. Lo único que le suscitó aquel hombre fue apatía y un suspiro.

—Me temo que eso no puedo hacerlo. Parece que le gusta estar ahí. Pero quizá me lo plantee más adelante, si te muestras leal. Si alguien cruza este bosque desde el otro lado me lo dirás, ¿sí?

—Sí. ¡Te lo diré todo, joder!

—Bien, bien. Entonces os entenderéis.

Y, tras esas palabras de despedida, Zevander silbó con fuerza y su caballo salió de una nube de humo negro y acudió al galope.

19

Maevyth

Con las mejillas heladas por el frío viento, recorrí el camino de tierra cargada con una cesta de higos que Lolla me había pedido que recogiera del mercado del pueblo. Antes de salir había metido a Raivox en una caja de mantas no demasiado pequeña y la había guardado en el cobertizo de detrás de la morgue hasta mi regreso. Esperaba que así no se metiera en líos, en vista de que me iba a pasar media mañana fuera.

Ya que estaba en el pueblo había visitado a la señora Chalmsley, la anciana cuyo marido había sido desterrado años atrás, para llevarle pan y caldo y algo de fruta, como siempre, pero no vi ni rastro de la madre que se había quedado sin casa tras el Destierro de su marido ni de su hijo.

El Bosque Voraz se extendía justo hasta el costado del camino y su mera presencia me trajo recuerdos del rostro acongojado del Desterrado. La imagen, tan vívida en mi memoria, me puso los pelos de punta y cuando me apreté los ojos con los dedos para concentrarme en alguna otra cosa y los abrí de nuevo visualicé a la joven lyveriana observándome desde los árboles. «¡Basta, basta!», me dije, golpeándome la cabeza, intentando desesperadamente buscar con qué distraerme.

Al pasar por el prado cubierto de bruma, donde se alzaba la vieja barraca junto al bosque, vi a la Arpía observándome mientras echaba lo que supuse que sería alfalfa y grano a una cabra negra encerrada en un cercado de madera. Me ruboricé de vergüenza, pensando en la imagen que le habría dado, golpeándome la cara como si hubiera perdido el juicio.

Ella me saludó con la mano y, antes de que me diera cuenta, los pies me llevaron campo a través hacia ella.

—Te pusiste enferma —dijo, cambiando un cubo de estaño por otro para alimentar a los animales.

—Sí, un poco. Fiebre. Al cabo de unos días se me pasó.

—No se te *pasó*. —Los pollos del gallinero se arremolinaron al ver que echaba granos de maíz partidos—. Se ha convertido en parte de ti.

—¿En parte de mí? ¿Eso qué significa?

Apoyó la mano sobre la cerca e hizo una pausa, observando cómo picoteaban el suelo las aves.

—Ahora tu sangre es su sangre.

—¿La sangre de quién?

Nada de todo aquello tenía sentido.

—De los muertos, niña —dijo y, resoplando, cambió el cubo del maíz por uno de agua y rellenó un abrevadero—. Sangre entregada por la sangre arrebatada. Ya no se puede deshacer. —Sangre arrebatada. Fue entonces cuando supe que me había visto matar y enterrar al cuervo—. Tus vínculos con los muertos se hicieron eternos en el momento en que te pinchaste el hueso y sellaste la herida con la sangre. —Recogió su bastón, apoyado en la cerca, y se dirigió con paso incierto hacia un pequeño establo. Yo la seguí, sin dejar de darle vueltas a sus palabras.

—¿Qué tienen que ver los muertos con el cuervo?

—Ellos guían el alma hacia el más allá y tú ahora compartes su sangre —le explicó mientras metía paja en un saco de malla—. Ahora caminas entre los reinos de los muertos y de los vivos. El mundo que conoces y el que estaba oculto hasta ahora.

¿Caminar entre los vivos y los muertos? Eso sería una existencia terrible. Por no mencionar que eso no haría más que acrecentar mi reputación como la paria de la aldea.

Se equivocaba. Meneé la cabeza, negándome a creer algo así. Las alucinaciones que había sufrido hasta aquel momento se debían únicamente a mi enfermedad. Quizá fueran efecto de la infección.

—Eso es una blasfemia. El gobernador dice que solo los malditos hablan con los muertos.

—¿Y eso es una maldición o un don? Hay quien cree que poder visitar a los muertos es más una bendición que un lastre.

—¿Cómo podría ser una bendición hablar con los muertos?

—La cuestión es lo que te puedan decir. Lo que saben del otro lado.

Consideré todo aquello un momento, intentando dar vueltas a lo que podrían querer comunicarme el Desterrado o Danyra. ¿Había secretos ocultos más allá de la frontera de la vida? Y, si llegara a adquirir ese conocimiento, ¿qué se supone que tendría que hacer con él?

—Y, si yo estuviera… maldita…, ¿cómo me libero de esa maldición?

—No hay modo de hacerlo. Los dioses te han escogido y tú eres su vehículo. —Recogió una bota de agua colgada en el exterior de uno de los establos. Después de echar un buen trago, se limpió la boca con el dorso de su arrugada mano y me la tendió, por si quería beber yo también.

Levanté la palma y decliné la oferta educadamente.

—Yo no he pedido todo esto. Ese pájaro estaba sufriendo. Yo solo quería poner fin a su dolor.

—Entonces, parece que tú también elegiste.

Con el ceño fruncido, pasó cojeando por delante de mí e, igual que antes, fui tras ella. Ya en el otro lado de la barraca, me llevó hasta un jardín de plantas cubiertas de escarcha, con los tallos marrones muy tiesos, y arrancó las puntas con los dedos. Se metió parte de lo que recogió en el bolsillo, pero la otra se la dejó en la palma de la mano. Era raíz de sijash, una planta que a veces se daba a los niños antes de acostarlos para que durmieran.

—Este pueblo… ya me ha condenado. —Me levanté la falda del vestido, donde aún había un resto de saliva seca de alguien que me había escupido desde un carruaje mientras volvía a casa desde la aldea—. Si tengo visiones de los muertos, eso no hará más que aumentar las sospechas que tienen de mí.

—Sí. Pobre niña, abandonada por su madre con una rosa negra en el pecho, en un capazo al borde del Bosque Voraz. Esa noche apenas lloraste. —Se me acercó otra vez y me puso la mano con las raíces que había recogido en el pecho.

Yo acepté el regalo mecánicamente, pero no podía dejar de pensar en sus palabras.

—¿Tú me viste allí? ¿Viste a mi madre?

—No —dijo ella, dejándose caer por fin sobre una mecedora en el porche. De una bolsa acolchada que tenía al lado sacó lo que parecía una larga pipa. Aplastó las flores secas que tenía en el bolsillo, depositó los pedazos en la cazoleta y dejó vagar la mirada por un momento—. Pero sentí el dolor. Las manos temblorosas contra tus mejillas frías y cándidas. Percibí el sabor de aquellas lágrimas saladas.

—Tú fuiste quien me encontró.

Ella accionó un encendedor de sílex y prendió fuego al contenido de la pipa. Los carrillos se le hundieron al aspirar el humo, que dejó escapar por las comisuras de la boca.

—Podría haberte dejado ahí, para que se te llevara la bestia del bosque. Quizá debería haberlo hecho.

—¿Tú sabes qué es lo que vive en el bosque? ¿Lo que devora las almas de los pecadores?

La mujer chasqueó la lengua y dio otra calada a su pipa.

—He visto más que eso, niña.

El olor de la hierba me recordó la chicabina, una especia que mi abuelo solía añadir a su vino y que se decía que relajaba los músculos.

—¿Qué es lo que has visto? —le pregunté, intrigada.

—¿Por qué iba a decírtelo? ¿Es que estás lo suficientemente loca como para adentrarte en el bosque?

—No mientras esté el monstruo.

—Ah, sí. El ángel del juicio que castiga los pecados. ¿O es el ferovor? Esa criatura sin alma que se alimenta de carne humana.

—¿Tú qué es lo que crees?

—El hombre alimenta sus antojos, pero busca otra cosa. Algo que se oculte tras los árboles retorcidos y los huesos abandonados.

—¿Detrás de los árboles retorcidos? ¿Y qué es? ¿Qué es lo que hay allí?

—¿Qué es? —repitió ella—. ¿Quieres saber qué pérfida insidia se oculta tras el Bosque Voraz? —Se balanceó en la mecedora y la madera crujió mientras sostenía su pipa en la mano—. Una puerta de entrada a otro mundo. Yo no tenía tu edad siquiera cuando me aventuré en ese bosque oscuro.

Con los ojos como platos, me agaché y me senté en uno de los escalones del porche.

—¿Atravesaste el paso?

—No tenía opción. El invierno era frío y el alimento escaso. —Le dio otra calada a la pipa y aumentó el ritmo de balanceo—. Mi hermano y yo estábamos persiguiendo a un conejo que se adentró en el bosque cuando dimos con la bestia. Tenía la piel como la corteza de un árbol. Sus ojos sin alma eran como pozos negros. —Se quedó con la mirada perdida, como si estuviera viendo la bestia ante ella—. Tú ves a los muertos, niña, pero ¿alguna vez has mirado a la cara a la muerte?

Absorta y boquiabierta, negué con la cabeza.

—Mientras devoraba a mi hermano y le arrancaba la piel de los huesos, yo hui. Corrí hasta que el aire me quemó los pulmones. Y fue entonces cuando lo vi. Aquel valle resplandeciente. Como una pared de cristal líquido. —En sus ojos brillaba una chispa de admiración—. Y quise atravesarlo.

—¿Lo hiciste? —le pregunté, fascinada. Siempre me había preguntado qué habría más allá de aquellos viejos árboles.

—No. Me invadió un miedo inexplicable.

—¿Un miedo peor que el de morir devorada por el monstruo?

—Sí. —La mirada perdida de un momento antes dio paso a un gesto de preocupación—. Hui del bosque y no volví nunca más.

—El gobernador dice que nadie ha regresado nunca vivo del bosque. —No fue a modo de desafío, sino para que me dijera que el hombre se equivocaba.

—Ya. Y por eso me llama la Arpía. Os cuenta que yo encandilo a los niños con historias fantásticas para que entren y luego comparto su carne con la bestia.

Nuestro propio gobernador, a cuyo hijo ella había salvado de la muerte, había hecho correr aquel terrible rumor sobre ella.

—Si te encontraras de nuevo frente a ese portal, ¿seguirías teniéndole miedo?

—Sí. Y tú también harías bien en alejarte del bosque.

Daba la impresión de que aquello ponía fin a nuestra conversación, pero me quedé un momento más; habría querido preguntarle si mi hermana había acudido a ella, pero no lo hice. No quería ser responsable de que se corriera la voz sobre el embarazo de Aleysia.

—¿Ha eclosionado tu huevo? —preguntó la bruja, poniendo fin a mis cavilaciones.

—Sí. Una cría de… ave.

—Ah, ¿sí? Era un huevo muy grande para ser de un pájaro, ¿no crees?

—¿No has visto aves grandes por aquí?

—No tan grandes como para que necesitaran un huevo de ese tamaño. —Le dio otra calada a su pipa—. ¿Y qué has hecho con él?

—Lo he dejado libre —mentí—. Habría llamado demasiado la atención.

Ella emitió un sonido gutural, como un gruñido, y agitó la mano.

—Probablemente sea mejor así. Esa pérfida abuela tuya sin duda lo habría destruido.

A eso no respondí. Agatha era pérfida, en eso estábamos de acuerdo.

—Vete ya. Tengo mucho que hacer.

—Por supuesto. Siento haberte entretenido. —Recogí mi cesta de higos, le ofrecí unos pocos, que aceptó bajando la cabeza en agradecimiento, y me fui a casa.

20
Zevander

Con las botas apoyadas en la mesa, Zevander contempló la pequeña piedra roja que tenía entre los dedos y estudió las irregulares vetas plateadas, haciendo caso omiso de la vibración que sentía bajo la piel.

Una mortal. Una puta mortal le había hecho volver al bosque sin la piedra. En toda su vida no había encontrado nunca una vida que no pudiera convertir en cenizas invocando las llamas, pero de algún modo aquella muchacha había conseguido oponer resistencia.

¿Cómo?

¿Sería una veniszka?

Había oído hablar de las brujas mortales, muy versadas en alquimia y hechicería, cuya magia no era de sangre, pero podía llegar a tener la misma potencia. La curiosidad lo había reconcomido durante días, no podía dejar de pensar en aquello.

Se había convertido en una obsesión.

¿Quién era la pequeña mortal de cabello negro y con aquella marca plateada en el ojo que le recordaba una luna de invierno? ¿Y por qué no había dejado de pensar en ella desde aquella noche? Todos los detalles de su rostro seguían tan presentes en sus pensamientos que habría querido arrancárselos de la mente con un cuchillo. Era una imagen que le repugnaba tanto como lo intrigaba. Al fin y al cabo, la sangre de aquella mocosa era lo único que necesitaba para poner fin a la miserable maldición que había destruido a su familia.

Por desgracia, la pequeña piedra que había conseguido adquirir no era sangre suficiente para la colección de Dolion. Cada una de ellas tenía más o menos el mismo tamaño y, en comparación, la que tenía en la mano no era más que una minucia. Lo que significaba que o iba a por otra persona de su estirpe, o tendría que volver a Mortasia.

—Por los huevos de Castero… —murmuró, pasándose una mano por la cara.

Le habría dado la noticia a Dolion, que habría quedado excepcionalmente decepcionado, de no ser porque el sucio cabrón había desaparecido: hacía días que no se dejaba ver por los lugares habituales. Y era una lástima, porque Zevander tenía preguntas. Como qué bestia inmunda era la que vivía en esos bosques, con ese aspecto que no parecía humano. De hecho, le recordaba mucho las deformidades que había sufrido su hermano de niño.

Alguien llamó a la puerta. Zevander se guardó la piedra antes de responder:

—Adelante.

Apareció Kazhimyr, vestido con la misma ropa negra que llevaba él. Daba la impresión de que acababa de llegar de sus viajes, porque tenía el rostro cubierto de una capa de polvo. Al igual que Zevander, también había sido prisionero en Solácea y era miembro de los letalisz del rey Sagaerin. Con otros dos miembros, también exprisioneros, vivía en el barracón, un edificio independiente en el recinto del castillo de Eidolon. La restitución del título de Zevander y el permiso para conservar el castillo, que había pertenecido a su familia durante siglos, eran una pequeña muestra de la gratitud del rey por los asesinatos que él y sus hermanos letalisz habían ejecutado a lo largo de los siglos en nombre de la monarquía.

—¿A qué debo el honor?

—Hemos sido convocados —dijo Kazhimyr, sentándose en la silla frente a Zevander y ajustándose las dagas que llevaba al cinto. Con su cabello plateado, habría pasado por hermano de Rykaia, de no ser por el dorado intenso de sus ojos.

Si Zevander podía calentar la sangre hasta convertirla en piedra, Kazhimyr tenía el poder de congelarla, convirtiéndola en cristales de hielo que básicamente segaban las venas de sus víctimas. Pero la suya era una magia de sangre, un poder heredado que compartía con su familia, la misma que lo había rechazado años atrás.

Se echó hacia delante y le pasó un pergamino con el sello ya roto.

Zevander lo desenrolló y leyó la orden de comparecencia.

—¿Y qué maravillosa aventura nos ha reservado ahora Su Majestad?

—Un antiguo magestrado que al parecer pensó que sería una idea brillante esconderse en las profundidades de la Fortaleza Corvus.

«No me jodas». Zevander se recostó en su silla y leyó en diagonal los detalles de la carta.

—Un tal Dolion Gevarys. Debe de ser cierto lo que dicen de él —añadió Kazhimyr, viendo que Zevander apartaba la mirada.

La Fortaleza Corvus. El castillo abandonado donde enviaban a los carnificados, los etirios que se intoxicaban por exceso de vivicanto, que los hacía enloquecer. En la mayoría de los casos, el mal se lo habían hecho ellos mismos. Algunos se lo inyectaban directamente en vena. Otros desarrollaban una peligrosa adicción. Cuando se acumulaba en el organismo, el vivicanto se volvía tóxico, alteraba la química del cerebro y los convertía en locos peligrosos. Caníbales, si los rumores eran ciertos. De vez en cuando alguno escapaba de la torre y llegaba a las aldeas al pie de las montañas, donde se comía los pollos que encontraba sueltos, ya que eran las presas más fáciles.

—¡Por los siete infiernos! —Zevander se pasó una mano por la cabeza y se hundió aún más en su silla. Al menos ya sabía dónde se había metido Dolion.

—Eso mismo he pensado yo.

—¿Y se supone que está vivo?

—Han enviado un ventriervo a espiar. Ha captado su voz. Desvaríos sobre Cadavros.

Los ventriervos eran pájaros criados por los magestrados para enviar mensajes o, en muchos casos, para que hicieran de espías del rey. Era muy posible que el rey Sagaerin hubiera conseguido hacerse con las piedras sanguíneas, lo que querría decir que Dolion podía ser acusado de la práctica ilegal de la demutomancia.

Aunque cualquiera podría haber lanzado un cuerpo al interior de las vetas ardientes para obtener una piedra sanguínea, la probabilidad era mínima, dada la gran vigilancia, e intentar sacar una de entre las llamas habría sido un suicidio. Solo algunos de los brujos más poderosos, como lo fue Dolion en su tiempo, tenían el conocimiento necesario para manejar el fuegoscuro, lo que lo convertía en un candidato más que plausible.

Solo que las piedras resultantes tendrían imperfecciones que podrían afectar a la pureza de la sangre. Ni siquiera el brujo más hábil tenía la eficiencia de Zevander en el arte de convertir la sangre en piedras.

Por fortuna, nadie había descubierto aún su poder oculto. Si no, seguro que lo habrían ejecutado ya por ello.

Dado que era su llama negra la que había creado las piedras, podía destruirlas fácilmente con un simple hechizo; como último remedio, dado que el brujo fugitivo aún estaba en deuda con él por haber acabado con su maldición. Además, no había sido tan fácil hacerse con esas malditas piedras, puesto que la descendencia de cada una de las líneas de sangre había quedado protegida por un hechizo de protección para ocultar su identidad. Por desgracia para ellos, Dolion conocía el encantamiento que podía romper la barrera protectora y tenía la posibilidad de seguirlos en sus visiones.

—¿Alguien más sabe algo de esta misión? —preguntó Zevander, juntando los dedos de las manos.

—Aún no. El rey Saegarin le ha encomendado a Torryn otra tarea. —De los cuatro letalisz, el mencionado era uno de los más autodestructivos, ya que tenía la capacidad de extraer el vivicanto de otra persona absorbiéndolo él mismo, lo que dejaba a sus oponentes indefensos. El rey solía asignarle casos en los que la ejecución debía ir precedida de un interrogatorio—. Hay un flamelita rondando por el Arrabal. —«Flamelita» era el término común usado para los que abusaban del flamapul—. Ha estado recorriendo los burdeles del lugar. La semana pasada mató a dos placedoras, pero la guardia aún no lo ha encontrado.

—A ellos no les importan una mierda las placedoras.

—Por supuesto que no. Lo que no les gusta es que esté usando pociones no autorizadas por los brujos. Y que parece que sabe hacer algún hechizo.

—¿Alguna idea de quién se trata?

—Ninguna. Pero no hace falta que te diga que para Torryn es algo muy personal.

El susodicho había estado enamorado de la hermana de Zevander desde el momento en que la había visto en la Ceremonia del Devenir, una celebración sagrada que marcaba la transición de las mujeres a la edad adulta. Y no había sido el único que se había fijado en ella. Afortunadamente, en los años siguientes había sabido contenerse y, en lugar de dar rienda suelta a su creciente obsesión por ella, había decidido convertirse en su protector silencioso.

El hecho de que el flamelita atacara a las placedoras en particular era un aliciente para Torryn, en vista de lo mucho que le gustaba frecuentar los burdeles a Rykaia.

—Más vale que lo encuentre él antes de que lo haga yo.

Zevander no se molestó en contarle a su camarada letalisz que su hermana había sido sometida a una sangría de fuego. Tampoco se molestó en mencionar sus tratos con Dolion para intentar romper la maldición. Ni que se había humillado a sí mismo intentando recuperar la última piedra.

Prefirió olvidarse de todo ello, salvo del hecho de que sus sueños se habían vuelto más vívidos aquellas últimas noches, después de haber puesto los ojos en la chica, y de que cada mañana se levantaba con un dolor intenso en la entrepierna.

Por una mortal, nada menos.

Echó mano de la copa de fervenszi que se había servido antes y se la bebió entera.

—De esta misión podemos ocuparnos tú y yo solos.

Se trataba de una idea ridícula, teniendo en cuenta a lo que se enfrentarían, y, por cómo alzó las cejas Kazhimyr, resultaba evidente que era justo eso lo que pensaba. Pero Zevander no tenía ninguna intención de cumplir con la orden del rey y asesinar a Dolion, y, cuantos menos supieran de su traición, mejor.

—¿Quieres que nos ocupemos de los carnificados tú y yo solos? No sé qué es peor: si lo que nos pide el rey o lo que me pides tú.

—Si Dolion está vivo, tal como dices, significa que se ha abierto paso por entre los carnificados él solo. Y no son especialmente dóciles.

Se sabía que, con los altos niveles de vivicanto que llevaban en el cuerpo, tenían una fuerza y una agilidad increíbles y mostraban unos poderes mucho mayores que los de un mántico normal. O incluso que los de un letalisz. Si fueran más, es probable que pudieran acabar con la Guardia Imperial del rey con bastante facilidad. Por suerte, la mayoría de los etirios procuraban evitar la intoxicación con vivicanto a toda costa.

—No me digas que tienes menos confianza en ti mismo que un brujo viejo y borracho.

—Hablando de eso, ¿te importa si me tomo una copa?

Zevander esbozó una sonrisa socarrona, pero le pasó el decantador de licor y un vaso.

Kazhimyr se lo bebió de un trago, claramente intranquilo ante la perspectiva de tener que afrontar a los carnificados a solas.

—¿Y qué pasa si te equivocas? ¿Y si nos encontramos rodeados por toda una colonia de caníbales muy superiores en número?

—Rezamos algo a toda prisa antes de cagarnos en los pantalones.

—No parece que sea un plan muy seguro.

—Nunca he presumido de ser un gran estratega.

Kazhimyr suspiró y se pasó una mano por la cara.

—Está bien. No se lo contaré a nadie. Supongo que acabar devorado no es el peor modo de morir.

—¿Querrías ilustrarme y darme tu opinión sobre cuál sería el peor?

—Pues que te picaran la polla en una trituradora.

Zevander frunció el ceño.

—Más vale que evitemos tanto una cosa como la otra.
Kazhimyr asintió y se levantó de la silla.
—¿Cuándo nos ponemos en marcha?
—A caballo tardaremos cinco días en llegar. Al anochecer.

21

Maevyth

Empujé con suavidad la puerta del cobertizo para abrirla y miré hacia el interior. De algún lugar al fondo me llegó un sonido curioso, como un chapoteo, y fruncí el ceño, buscando a Raivox en la oscuridad. Avancé sin hacer ruido hacia el centro del cobertizo, siguiendo aquel desagradable ruido, sin dejar de mirar hacia todos lados en busca de cualquier cosa que se moviera.

Junto a la pared del este había una pila de ataúdes, construidos por el tío Riftyn, listos para alojar los cuerpos acumulados en la morgue. Qué suerte había tenido Agatha con que a sus dos hijos se les diera bien la carpintería: a uno con madera y al otro con cuerpos.

Me vino a la mente la repulsiva imagen de los labios del tío Felix sobre el pecho de Danyra y sentí un escalofrío que me recorrió la espalda.

Al mismo tiempo noté una masa líquida bajo el pie.

Con la boca torcida en una mueca de asco, bajé la mirada y vi algo carnoso, de un rosa brillante, que me rodeaba el zapato. Ladeé la cabeza y lo examiné, intentando imaginarme qué sería, cuando de pronto vi un destello negro procedente de la izquierda que se lanzó sobre aquella cosa, la agarró por un extremo y desapareció entre las sombras. La masa rosada dejó un rastro. Largo. Brillante.

Entrañas.

Me llevé una mano a la boca para contener los ácidos que me quemaban la garganta y avancé de puntillas hacia su escondrijo. Oculto en un rincón del cobertizo, tras unas cajas apiladas, estaba Raivox, encorvado sobre su presa, haciendo ese ruido asqueroso, ahora más intenso que antes. Mi campo visual se redujo de pronto: no podía apartar la vista de la tira de intestinos que se arrastraban por el suelo hasta acabar en la boca de la pequeña bestia. Cuando vi el animal muerto al que pertenecían tuve claro que se trataba de Baxter, el adorado gato de Agatha.

Oh, no.

—¿Qué es lo que has hecho? —susurré, observando a la pobre bestia. No es que le tuviera demasiado cariño a aquel pequeño monstruo que me clavaba las uñas en las piernas, pero, si Agatha llegaba a sospechar que tenía alguna responsabilidad sobre su muerte, es probable que fuera ella la que me arrancara la carne con *sus* garras—. Los pájaros no comen gatos. Es al revés.

Tras unos minutos masticando aquella masa húmeda, la pequeña criatura asesina dio unos pasos inciertos, claramente saciada, y yo me giré a mirar la cabeza cortada.

—No, no. No puedes dejarte eso. Tienes que comértelo todo y no volver a comer mascotas nunca más. ¿Lo entiendes? Las ratas de la casa son una cosa, pero no nos comemos las mascotas. —Con la bota le di un empujoncito a la cabeza del gato. Todo aquello me producía tal asco que sentía el estómago apretado en un nudo—. Cómetelo.

Con paso vacilante Raivox se acercó a ella y hundió los dientes en el lateral del rostro.

Pero, en lugar de arrancar un pedazo, se balanceó un poco y soltó un largo gruñido de hastío, como si estuviera demasiado lleno como para tomar otro bocado.

—¡Debes comértelo! Si dejas la cabeza de su gato aquí tirada, la próxima cabeza que rodará por el suelo será la mía! —Se la acerqué de nuevo con el pie, pero él la rechazó con su garra.

Oh, no. Tenía que enterrarla si no quería correr el riesgo de que Agatha la encontrara. No solía entrar en el cobertizo, pero a veces lo hacía, Dios sabría con qué motivo.

Tragué saliva y me agaché para recoger la cabeza del suelo con la punta de los dedos, evitando las tiras de carne ensangrentada que colgaban por debajo, y me dirigí a la puerta del cobertizo. Por el camino sentí arcadas solo de ver lo que llevaba en la mano, pero contuve la necesidad de vomitar.

De pronto vi pasar una figura oscura por entre las grietas de la madera y me quedé paralizada.

Si alguien veía la cabeza del gato, sin duda yo recibiría un buen castigo. Apreté los dientes al pensar en el último que me había impuesto Agatha, cuando me había obligado a limpiar los cubos de vísceras del tío Felix. Me había jurado que no volvería a hacer nada que pudiera reportarme aquel odioso castigo.

—Maldito pájaro —murmuré entre dientes, haciendo un esfuerzo por tragar la bilis que me subía por la garganta.

Cuando la figura acabó de pasar por el punto donde las grietas de la puerta eran más anchas, no pude discernir si habría seguido adelante o si permanecería ahí, en el otro lado. Me acerqué sigilosa, con la cabeza del gato colgando de la mano, escuchando. Un chirridito a mi espalda me tensó todos los músculos de pronto y al girarme vi a Raivox acercándose, caminando con torpeza a cuatro patas.

—¡No! —le susurré, indicándole que se alejara con la mano—. Vuelve a tu esquina.

Él se detuvo y ladeó la cabeza, confundido.

El crujido de la manija de la puerta me lanzó en una espiral de pánico irracional y arrojé la cabeza del gato hacia la derecha, donde rodó por el suelo y acabó tras una vieja carreta usada para transportar los cuerpos al cementerio cercano.

La puerta se abrió y contuve la respiración, limpiándome la sangre del animal en la oscura falda. En el umbral apareció el tío Riftyn, con uno de esos cigarrillos que solía liarse colgado de la boca. Se lo quitó, sopló el humo y curvó los labios en una sonrisa.

—¿Qué estás haciendo aquí, Maevyth?

Eché una mirada furtiva por encima del hombro y respiré, aliviada, cuando vi que Raivox ya no estaba allí.

—Me había parecido oír algo aquí dentro. Un animal.

—¿Un animal? Pues debería echar un vistazo para asegurarme de que no es una bestia rabiosa.

Penetró más en el cobertizo y yo sentí que se me aceleraba el pulso, haciendo esfuerzos para no mirar hacia donde estaba la cabeza.

—Ya he buscado yo. No había nada. Ya iba a salir; es la hora del almuerzo.

Él sonrió y ladeó la cabeza.

—De hecho, hace tiempo que quería hablar contigo. A solas. Sobre tu hermana.

Oh, no. No era el momento para tener esa conversación. Y desde luego no era algo de lo que quisiera hablar con él.

—La verdad es que tengo hambre.

—Está preocupada —dijo él, haciendo caso omiso—. Ya conoces a Aleysia. Siempre tan protectora. Ella cree que un hombre como Moros puede ser la ruina para una criatura tan inocente como tú.

Yo dudaba que esa fuera la principal preocupación de mi hermana en ese momento y eso me hizo preguntarme si me habría mentido al decirme que le había hablado sobre el embarazo. O quizá a él no le importaba lo más mínimo.

Me cogió un mechón de cabello y dejó que le cayera por entre los dedos.

—Está preocupadísima, pensando en el momento en que Moros te tome y te abra a la fuerza, librándote de tu virginidad.

—Me atrevería a decir que mi hermana no piensa en ese tipo de cosas. —Lo rodeé para dirigirme hacia la puerta, pero en ese momento me agarró del brazo, lo que activó todas las alarmas en mi interior.

—Yo podría ayudarte a que fuera más fácil —dijo y yo respondí tensando todo el cuerpo. Debió de darse cuenta, porque sonrió aún más y me soltó—. Solo si tú quieres, claro.

Tuve que hacer un esfuerzo para contener el chillido que me presionaba la base de la garganta, pidiendo salir.

Qué valor tenía para decirme eso mientras mi hermana estaba muerta de preocupación por el bebé que llevaba dentro, que también era suyo. Y, aunque aún no se lo hubiera dicho, qué desfachatez la suya, al proponerme algo así con ese descaro.

—Eres mi tío.

—Hermano de tu padrastro, en realidad. Ni siquiera somos parientes de sangre.

—No importa. No quiero tener nada que ver contigo.

Vi un temblor en su mejilla, como si aquel comentario le hubiera dolido.

—Mira, he oído un rumor: se dice que al señor Moros le gustan algunas cosas extrañas. Es un poco brusco, por lo que he oído. Harías bien en soltarte un poco antes.

—Perdóname, tío, pero tengo que volver a la casa.

—Sí, claro. A almorzar. —Sin dejar de sonreír se humedeció los labios y ladeó la cabeza—. He oído que el señor Moros va a llegar a las doce en punto.

—No tengo ningún interés en pasar la tarde con el señor Moros.

—No importa lo que tú quieras. Es lo malo que tienen estos acuerdos. —Levantó las cejas y suspiró—. En cualquier caso, si cambias de opinión, házmelo saber. Estaré encantado de ayudarte. No querría que una jovencita inocente como tú sufriera más de lo necesario.

—No tengo ninguna intención de sufrir, en absoluto.

Él fijo la vista en mis labios.

—Bueno, eso sería algo notable. Una jovencita huérfana que le planta cara a un miembro respetado de esta noble parroquia. —Soltó una risita y bajó la cabeza a modo de saludo—. Nos vemos luego, *sobrina*.

Salió del cobertizo y yo vacié los pulmones en una exhalación temblorosa, con todas las células de mi cuerpo tensas, asqueadas.

Mientras digería aquel acontecimiento inesperado, me acerqué al lugar donde había lanzado la cabeza del gato. La encontré tras una rueda de la carreta y miré alrededor en busca de algún sitio donde enterrarla rápidamente sin que me vieran.

Un pequeño hueco bajo el banco de carpintero del tío Riftyn.

Cogí una pala de encima del banco, me puse de rodillas y empecé a dar golpes con ella en la tierra, hasta hacerme una llaga con el roce del mango, que me quemaba la piel con cada impacto.

Raivox vino a mi lado, observando el agujero que estaba haciendo y la expresión de mi rostro, que sin duda sería de asco.

—No quiero tener que volver a limpiar las huellas de tus... incidentes. —Seguí cavando, sintiendo que me quedaba sin aire por el esfuerzo realizado en un lugar tan pequeño. Cuando el agujero fue lo bastante grande, coloqué la cabeza del gato en su tumba y la cubrí con tierra. Luego la prensé con los pies. Me sacudí el vestido con la mano para quitarme los restos y procuré no pensar en el señor Moros. Coloqué al matagatos de nuevo en su pequeño nido y le advertí—: Nada de mascotas, ¿de acuerdo? Tenemos que encontrar algo que puedas comer sin montar estos jaleos. Si insistes en comer carne, quizá pueda pedirle al carnicero del pueblo que me dé algunos restos. —Le acaricié debajo del pico y la pequeña criatura levantó la barbilla con una especie de ronroneo que me hizo sonreír sin proponérmelo—. A pesar de tus tendencias macabras, la verdad es que eres monísimo.

—¡Maevyth! ¡Maevyth!

La voz de Lolla a lo lejos me hizo reaccionar de golpe. Dejé a mi pequeña mascota asesina y volví hacia la casa. Lolla me esperaba en la entrada.

—Maevyth, entra enseguida.

—Lo sé: el señor Moros quiere volver a almorzar conmigo. ¿Es que el hombre no tiene nada mejor que hacer? —repuse antes de que ella dijera nada más—. Me niego a casarme con un maltratador.

—Es tu hermana.

—Fue entonces cuando observé lo pálida que estaba. Sus mejillas no tenían ningún color.

—¿Qué le pasa a Aleysia?

—Han descubierto que está embarazada. De tu tío —dijo Lolla, con los ojos llenos de lágrimas.

El pánico me presionó el vientre y luego avanzó por mi cuerpo, abriéndose paso con unas afiladas garras que se me clavaron en el pecho, hasta llegarme a la garganta.

—¿Cómo... cómo lo han sabido?

—Lo ha confesado ella.

El pánico se revolvió en mi interior y restalló como un látigo, segándome los pulmones. Lolla no tenía que contarme lo que ya sabía. La confesión de Aleysia la convertía en una pecadora.

Y los pecadores acababan devorados por el bosque.

22
Zevander

Zevander y Kazhimyr observaron la ciénaga salpicada de árboles muertos que se extendía bajo la espesa niebla blanca y a lo lejos vieron la Fortaleza Corvus, en lo alto de un montículo de piedra erosionada. No se sabía mucho de aquel temible castillo, abandonado mucho tiempo atrás. Ningún brujo escriba se habría atrevido a indagar en su historia, ni en la del pequeño pueblo construido en el interior de sus viejas murallas, ni en la de los sanguinarios carnificados que se habían instalado en él.

—Seguiremos a pie —dijo Zevander, desmontando de Obsidyen. El espeso fango era una trampa natural usada por los carnificados para comerse vivos a los caballos. No es que los dos letalisz tuvieran menos problemas, pero al menos ellos podían defenderse. Y evitar los dientes de aquellos salvajes. Obsidyen, en cambio, no podría hacer gran cosa cuando los carnificados le arrancaran la carne con sus largas uñas y sus dientes afilados.

—¿A qué distancia estará? ¿Diecisiete kilómetros? —preguntó Kazhimyr mientras ataba su caballo a un árbol cercano, oculto por el follaje.

—Yo diría que sí. Deberíamos llegar justo antes de que caiga la noche.

Los dos se pusieron en marcha hacia la colina, donde la hierba medio muerta daba paso a la profunda ciénaga. Un vapor blanquecino flotaba sobre los oscuros nenúfares que flotaban en la superficie y el hedor de las hojas en descomposición y otros humores se mezclaban con una peste que a Zevander le recordó las cloacas del Arrabal.

Al primer paso, sus botas de piel se hundieron hasta la altura de la pantorrilla. Afortunadamente, el cuero de caligosi no dejaba pasar ni una gota, aunque tenía tendencia a encogerse un poco al mojarse, por lo que a cada paso sentía cómo le apretaba el pie.

—Bueno, van a ser diecisiete kilómetros de lo más divertidos —comentó Kazhimyr, y Zevander esbozó una sonrisa sin dejar de avanzar por el agua turbia, que cada vez los cubría más—. Espero que a este lo hagas sufrir.

Zevander soltó un suspiro y recordó que aún no le había contado su plan a su compañero.

—A este no vamos a matarlo.

—¿Perdona? Con el ruido del chapoteo de esta agua asquerosa no te oído bien. Casi me ha parecido entender que no íbamos a matarlo.

Zevander se giró un momento a mirar por encima del hombro y vio a Kazhimyr abriéndose paso con dificultad por el fango.

—Voy a llevármelo a las mazmorras de Eidolon.

—Pero el rey ha ordenado su ejecución. Y nos paga para eso. Así evitamos que nos corten la cabeza.

—Sí, para eso nos paga. Y mantenemos nuestra deuda con él por un crimen que no cometimos.

—¿Y cómo va a cambiar eso perdonarle la vida a este brujo?

—Este brujo posee las piedras sanguíneas del septomir.

El fango, que les llegaba a las rodillas, se tragaba las botas de Zevander a cada paso y les hacía ir cada vez más lentos.

—¿Las piedras sanguíneas? ¿Esas que es ilegal poseer porque requieren una magia que está absolutamente prohibida por la Ley Imperial?

—Esas mismas. —Zevander hundió la bota en terreno blando y tuvo que enganchar las manos por debajo de la rodilla para sacarla del lodo—. Él puede romper esta puta maldición. Las piedras son mucho más poderosas que la llama.

—Lo cual sería fantástico, hasta que el rey se entere y nos ejecute por ello. Por no hablar de lo de llevárnoslo al castillo al que aplicaste un hechizo de protección para que no entrara nadie más. ¿Confías en este brujo traidor, que sabemos que está loco, como para dejarlo cerca de tu hermana?

Era una cuestión que se había planteado durante todo el camino a la Fortaleza Corvus. Zevander se había propuesto proteger a su hermana a toda costa, y también su hogar, pero no dejaría que el brujo se le escapara así como así, sin cumplir primero su parte del trato.

—Él estará confinado en las mazmorras. Lo engrilletaré con cobre. —El único elemento que se sabía que debilitaba a los brujos—. Es relativamente inofensivo, pero después de esto será un completo inútil.

—Inofensivo..., ya... Era miembro del Magestrado. De los más poderosos del rey.

—Chisss —dijo Zevander, parando de pronto y aguzando el oído, atento al leve sonido del agua en movimiento. En el momento en que echaba la capa atrás y agarraba la espada, cortando el aire con ella en un movimiento en arco, una serpiente negra salió disparada del agua, mostrando los colmillos. A punto estuvo de tocarle la mejilla con la lengua, pero la hoja se hundió en sus carnes justo a tiempo, rebanándola limpiamente, como si no tuviera huesos.

La parte superior de la serpiente cayó en la ciénaga, salpicándole el rostro de sangre y lodo. Se limpió con la mano y al girarse se encontró con que Kazhimyr estaba hundiéndose en el agua, que ya le llegaba a los muslos. A las caderas.

Arenas movedizas.

—¡Mierda! —exclamó Kazhimyr, que se agitaba y no dejaba de mover los brazos mientras el lodo se lo tragaba poco a poco. Hasta la cintura. Hasta el pecho.

Zevander se acercó y lo agarró de la mano antes de que el letalisz se hundiera por completo en el agua. Usando todas sus fuerzas, con los músculos temblando del esfuerzo, tiró del brazo de Kazhimyr con tal violencia que este salió despedido del agua, jadeante.

Con el cuerpo inclinado hacia delante, tosió y escupió el agua y el fango que tenía en la boca.

Levantó la vista.

—¡A tu espalda!

Zevander se dio media vuelta, con la espada en ristre, justo en el momento en que dos carnificados echaban a correr por el agua, gritando, en su dirección. La facilidad con que atravesaban la ciénaga dejaba claro que habían recorrido aquel terreno innumerables veces.

Con aquellos ojos inyectados en sangre, la piel curtida y arrugada, de un color blanco pálido, la nariz chata y unos labios que parecían consumidos, dejando a la vista unos dientes puntiagudos, resultaba difícil creer que en otro tiempo hubieran sido ciudadanos normales. Cualquier parecido con su antiguo ser quedaba oculto tras una máscara de salvajismo.

Zevander levantó la mano, mostrándoles la palma e invocando mentalmente el glifo Aeryz, y la echó adelante. Una ráfaga de aire lanzó a los carnificados hacia atrás y se cayeron en el lodo. Otros dos salieron a su encuentro, pero, antes de que Zevander tuviera ocasión de atacar con la espada, los escorpiones grabados en su piel se alzaron en una humareda negra, adoptando la forma de unas bestias de tamaño colosal. Uno de ellos lanzó un ataque con su aguijón, pero el carnificado al que iba dirigido alargó el brazo y agarró la fina punta metálica con la mano.

—¿Qué cojones...? —Zevander no había visto nunca nada así.

El carnificado lo aplastó y el escorpión se estremeció y soltó un sonido sibilante, y al agitar la cola golpeó a uno de los otros carnificados, que explotó al recibir el impacto. El segundo escorpión atacó y le dio al primer carnificado en el cuello. El hombre soltó un alarido que Zevander silenció con un mandoble de espada.

Oyó un rugido a su espalda y al girarse vio el humo blanco que se alzaba de la palma de la mano de Kazhimyr, que tenía los ojos de un color azul hielo. Dirigió aquella bruma helada a los tres carnificados que se acercaban y el trío se quedó paralizado. Congelado. Bajo la piel les aparecieron unos finos regueros rojos en el lugar donde se les habían petrificado las venas. Se les abrieron las carnes y se rompieron en pedazos que cayeron al agua con un chapoteo.

El escorpión con el aguijón aplastado se enroscó, se convirtió en humo negro y de este surgió uno nuevo, con el aguijón reluciente, que se lanzó contra el vientre de otro carnificado.

A lo lejos Zevander vio otra docena de ellos, avanzando en su dirección con aquel inquietante balanceo, casi sin salpicar. La bruma helada de Kazhimyr se extendió de nuevo sobre la superficie de la ciénaga, que se convirtió en hielo, apresando sus pálidas piernas huesudas. Mientras los carnificados se retorcían, rugiendo en su desesperación por soltarse, los escorpiones de Zevander atacaron, y los cortaron por la mitad con sus pinzas metálicas.

Unos minutos más tarde, todos los carnificados yacían en el lodazal, hechos pedazos.

Los dos letalisz replegaron sus poderes y se quedaron inmóviles un momento, con la respiración agitada. Zevander sentía el corazón golpeándole en el pecho. Invocar los poderes del fuegoscuro suponía un dispendio de energía y estaba agotado. Aun así, siguieron adelante, caminando pesadamente por los quinientos cincuenta metros de ciénaga que les quedaban por delante, sin más incidentes, hasta que por fin llegaron al terreno firme sobre el que se alzaba el castillo.

Por desgracia, los pocos carnificados que se habían encontrado en la ciénaga no eran más que una pequeña fracción de los cientos que se suponía que vivían en la Fortaleza Corvus.

A la derecha vieron lo que parecían los restos de una caja torácica y unos fémures mordisqueados. Por su tamaño, la víctima no tendría más de diez años. Un niño enteco, posiblemente. Según se acercaban al castillo, vieron más huesos amontonados en pilas por el suelo, de los que resultaba imposible determinar la especie.

—Después de esta puta travesía, no puedo asegurarte que no acabe matando por accidente al viejo pirado del brujo —dijo Kazhimyr, quitándose un trozo de barro seco que se le había pegado a la túnica de cuero.

—¿No te impresiona mínimamente que haya sobrevivido a esto? —respondió Zevander. Aquello no dejaba de ser un misterio. Aunque había perfeccionado sus poderes a lo largo de varios siglos, con la vejez habría perdido fuerzas.

Kazhimyr gruñó a modo de respuesta y golpeó el tacón de la bota contra la hierba muerta, donde cayeron más restos de lodo.

Con el olor a muerte y descomposición pegado a la garganta, Zevander cruzó el patio hasta el vetusta puerta del castillo, que estaba entreabierta.

Entre los dos empujaron las hojas de hierro, que chirriaron al moverse, y entraron al gran vestíbulo, en cuyo centro había un cuervo de piedra con las alas rotas y descascarilladas por los embates del tiempo. De las paredes de piedra, cubiertas de manchas de humedad, colgaban tapices hechos jirones y retratos de la familia real, torcidos y descoloridos, algunos de ellos con agujeros y otras huellas de algún ataque violento.

Sin duda habría sido un vestíbulo majestuoso en otra época, pero el estado de deterioro era total y lo poco que quedaba había sido arrasado.

—Lo que sea que ocurriera aquí... debió de ser horrible. Es como si hubieran tenido que huir dejándolo todo.

Zevander observó aquella ruina y sus pensamientos se volvieron más funestos al darse cuenta del estado en que estaba el castillo.

—Yo me aventuraría a decir que no huyeron. Al menos no por elección propia.

—¿Quiénes eran?

—No lo sé. No hay nada en los libros de historia que haga referencia a ningún ocupante de este castillo. Solo dicen que pertenece a Nyxteros.

El ruido de la piedra disgregándose alertó a Zevander, que se giró a la derecha justo en el momento en que dos carnificados cargaban contra ellos a cuatro patas, como animales. Kazhimyr se sacó del cinto una daga de doble filo que, con un brillo de luz blanca, se convirtió en una lanza.

Él desenvainó su espada negra.

Los carnificados cargaron sin dudarlo, tal era su estado mental. Atacaron con decisión y sin miedo.

Zevander respondió con la espada, pero los carnificados esquivaron el golpe con velocidad. Uno de ellos se le acercó por el suelo, pero él desenvainó la daga y se la clavó a la implacable criatura en la garganta. Se giró justo a tiempo de clavarle la espada a otro en el vientre, abriéndole un tajo en el estómago al tirar de nuevo del arma. Otro más avanzó y Zevander le asestó un puñetazo en el cráneo que le dio de lleno.

Media docena más salieron de sus habitaciones, cargando por la derecha y por la izquierda. Luego fueron decenas, hasta que Zevander y Kazhimyr se encontraron luchando espalda contra espalda, defendiéndose de la horda de atacantes. A cada mandoble de espada de Zevander, Kazhimyr lanzaba un ataque con su lanza.

—Recuérdame... otra vez... cuándo se supone que tenemos que empezar... a cagarnos encima —preguntó Kazhimyr, hundiéndole la lanza en el abdomen a su atacante. Cuando tiró de ella de nuevo, una masa de órganos viscosos se derramó por el suelo.

—Ahora mismo, diría yo. —Zevander lanzó otro golpe con la espada y le rebanó a un carnificado la cabeza, que salió rodando por el suelo. Hicieron acto de presencia los sellos de sangre, los escorpiones de Zevander y la mortífera bruma helada de Kazhimyr. Tres carnificados treparon al aguijón del escorpión de Zevander justo antes de que el afilado apéndice golpeara contra el cemento, cortando a uno de ellos por la mitad. Los otros dos se resbalaron con el impacto y acabaron sufriendo el mismo destino.

Una ráfaga de bruma blanca empotró a otros dos contra la pared, en una sangrienta explosión de carne y hueso. Zevander y Kazhimyr retrocedieron hacia la escalera medio desmoronada, hasta que él sintió un cosquilleo en la piel y cayó en que los carnificados ya no avanzaban.

Habían atravesado una barrera protectora.

Al otro lado de la reluciente pared, sus escorpiones combatían con las docenas de carnificados que habían aparecido y atestaban el gran vestíbulo.

Zevander alargó el brazo para que se retiraran y los colosales arácnidos se desvanecieron en una nube de humo negro que desapareció en el interior de su manga.

Kazhimyr se echó adelante, apoyando las manos en los muslos, mientras intentaba recuperar el aliento.

—Bueno, eso ha sido tan divertido como frotarme la polla con un guantelete metálico.

Los carnificados cargaron, pero chocaron con aquella fuerza invisible, como un escudo de cristal líquido que los separaba de los dos asesinos.

—A juzgar por esa barrera, debemos de estar cerca —observó Kazhimyr, enfundando su lanza y poniéndosela al cinto—. Y supongo que eso responde a la pregunta del cómo.

Mantener activas las protecciones suponía un gran dispendio de energía, así que las posibilidades de que Dolion estuviera usando su propia magia de sangre eran escasas. Eso quería decir que tenía las piedras sanguíneas consigo.

Los dos letalisz se separaron. Kazhimyr se dirigió al ala oeste del castillo, mientras que Zevander se ocupó del ala este. Estancia tras estancia, no encontró más que muebles destrozados y tirados por el suelo, salpicados de sangre, montones de huesos y cadáveres, y el hedor de la muerte allá donde mirara. Por un largo pasillo, dio con una puerta con profundas abolladuras, como si la hubieran golpeado con un ariete. Las bisagras de hierro se habían roto, como si algo hubiera impactado una y otra vez contra aquella barrera sin conseguir hacerla ceder.

Le dio un fuerte empujón, pero no consiguió moverla. Dio un paso atrás y le lanzó una patada que hizo que la puerta se golpeara contra la pared contigua con tal fuerza que se agrietó por el centro. Con la daga en la mano, subió por la escalera de caracol, siguiendo el leve gimoteo que se oía en lo alto. Cuando por fin llegó a la torreta, avanzó con precaución por el suelo de madera, que crujía al pisar, y examinó el espacio abierto. En lo alto de las vigas vio el brillo de unos ojos amarillos observándolo. Los ventriervos que habían enviado para espiar.

—He cometido un grave error —dijo una tenue voz a su espalda y Zevander se giró de golpe. En una esquina, entre sombras, vio el brillo plateado de la hebilla de un zapato y una pierna extendida.

—¿Y eso?

—Si hablara, sería mi perdición.

La voz rasposa de Dolion dejaba claro que había consumido poca agua y probablemente poco alimento, a menos que hubiera conseguido encontrar alguna alimaña por ahí, aunque en realidad los carnificados debían de cazar todo lo que se les pusiera delante. Al mirar con más atención, Zevander observó lo desaliñado que estaba el hombre: con la barba blanca sucia y enmarañada, el cabello despeinado y las ropas cubiertas de mugre.

Antes de que el viejo dijera nada más, Zevander se sacó dos puñales del cinto. Se giró de golpe y los lanzó hacia los brillantes ojos.

Dos golpes secos.

Dos pájaros cayeron al suelo.

El tercero emprendió el vuelo antes de que desenvainara el siguiente puñal y se coló por una ventana abierta a la que habían arrancado los postigos.

Extendió el brazo y un escorpión le clavó el aguijón al pájaro en pleno vuelo de un solo golpe, para luego retirarse con la misma velocidad. Los gruñidos de abajo dejaban claro que los carnificados se habían lanzado encima del ave muerta, de la que darían buena cuenta enseguida.

Paseó la mirada por la estancia otra vez para asegurarse de que no había más ventriervos.

—Malditos pájaros... Siempre espiando. —Se movió en el suelo y soltó un gruñido al estirar la otra pierna, como si llevara días allí sentado—. La piedra roja. Con las marcas plateadas.

—¿Tu visión era errónea?

—Errónea no. Incompleta. Después de que nos encontráramos en la taberna, tuve otro sueño. Cosas terribles. Guerra. Hambruna. La destrucción completa de Etiria.

—Siempre has tenido delirios de ese tipo.

—Mis sueños nunca me enseñaron *escorpiones*.

Zevander soltó una risa seca.

—¿Quieres decir que ahora yo soy tu gran villano? ¿Que seré yo quien provoque el *fin de los días*? Estás *loco*.

—Te unirás a Cadavros en su destrucción. De eso estoy seguro.

—Entonces ¿por qué no intentas destruirme ahora mismo?

—Porque en esa visión también vi al corvugón. Y, ahora que te has hecho con la última piedra, no veo cómo podría hacerlo. —Una tos seca lo sacudió entero; Zevander se descolgó del hombro la bota de agua que había traído y se la entregó. Tras echar un trago excepcionalmente largo, Dolion se secó la boca con la mano y se la devolvió—. Supongo que no has traído cerveza.

—Me temo que no.

La sonrisa apenas esbozada en su rostro desapareció.

—Mis visiones, por reales que parezcan..., quizá no sean fiables.

—¿Qué es ese corvugón del que has hablado?

—Los corvugones eran mensajeros de los muertos, se decía que eran las mascotas de la diosa de la muerte. Unas bestias de tamaño considerable, con dientes y garras diseñadas para arrancar la carne. Hace siglos, provocaban tanto temor como los dragones.

Por un momento, Zevander se quedó pensando en si el huevo que aquella muchacha tenía bajo la cama podría ser la criatura descrita por Dolion.

—Esas bestias... ¿pondrían huevos, como un ave o un dragón?

—Sí. Huevos grandes con escamas negras y olor a azufre.

—¿Y qué tienen que ver la piedra con la marca plateada y ese corvugón? Antes pensabas que la piedra suponía el fin de la destrucción. El fin de Cadavros. El fin de esa maldición que se supone que me convierte en una amenaza terrible.

Dolion se cubrió la cabeza con las manos y cerró los ojos con fuerza.

—Estaba equivocado. Mis visiones me fallaron.

Zevander apretó los dientes, conteniendo las ganas de dar un puñetazo a la pared.

—No. Si tus visiones te fallaron, entonces he estado buscando todas esas piedras en vano. Y está claro que no las he reunido para nada, viejo.

Dolion frunció el ceño, pensativo.

—No, supongo que no.

Viendo que no decía nada más, Zevander le insistió:

—Habla libremente. Los ventriervos ya no están para informar al rey.

—El rey no envió a esos cuervos. Son los brujos quienes van a por mí. Los mismos que me acusaron de estar loco de atar ahora codician esas piedras. Son ellos los que me hicieron esconderme aquí.

—Tiene sentido que vean como amenaza a una persona que acumula todo ese poder.

—Por supuesto. —Dio otro trago largo al agua—. Pero no desean destruirlo, como pasó con el primer septomir, que nuestro magnífico rey les dio órdenes de aniquilar. —Qué curioso que el rey también hubiera prohibido la demutomancia, que habría acabado para siempre con el poder del septomir—. No, quieren poseer el arma. Y quieren que les revele dónde se encuentra la séptima piedra sanguínea.

—Da la impresión de que podrías ser su aliado; al fin y al cabo, los brujos y tú deseáis lo mismo.

Dolion soltó un bufido y apartó la cara.

—En absoluto. Tal como he dicho, cometí un error, pero mis intenciones eran buenas. Quién sabe lo que podrían hacer ellos con un poder así. —De pronto se quedó con la mirada perdida, quizá imaginándoselo—. Usarán cualquier medio de tortura para extraerme la información. Y luego acabarán conmigo por no haber mantenido la boca cerrada.

—¿Sospechas que creen en tus visiones? ¿Toda esa hambruna y esas plagas que tanto miedo te dan?

—Sospecho que siempre han creído en ellas.

—Si eres tan tonto como para quedarte atrapado en un castillo con los carnificados, ¿por qué no les das lo que quieren sin más?

Él echó la cabeza atrás para apoyarla en la pared.

—¿Tú sabes la historia de la Fortaleza Corvus?

—Aparte de que es donde viven los carnificados, no.

—Extraño, ¿no te parece? Este castillo ha existido durante gran parte de mi vida. Y desde luego durante toda la tuya. Sin embargo, no sabemos nada de él. ¿Por qué quedó abandonado? ¿Quién lo ocupó antes de los carnificados?

—¿Qué es lo que quieres decir?

—Antes de que los carnificados se hicieran con el control, había toda una raza. Los córvicos.

Aquel nombre no le sonaba de nada. Con todo lo que había leído sobre la historia de Nyxteros, nunca había encontrado nada sobre ellos.

—Eran mortales que ocuparon este territorio en el pasado —prosiguió Dolion—. Vivían en este castillo.

—Desde que existe el Valle Umbrío, en Etiria no han vivido mortales.

—Estás equivocado. La historia está equivocada. Hace siglos, mucho antes de mi tiempo, vivían aquí. En estas tierras. Gente sin poder. Sin magia de sangre.

—¿Y qué les pasó?

—Los expulsaron. Tuvieron que irse más allá de los confines de la civilización. A las fosas más profundas, donde ningún mántico se atrevería a ir.

Solo había un lugar del que hubiera oído hablar Zevander, aparte de la tierra de los mortales, que infundiera temor en las mentes de todos los etirios.

—La fosa de Crussuria... —Más allá de los confines de la civilización, en las oscuras y gélidas profundidades, donde vivían criaturas mucho más salvajes que los carnificados.

—Sí —respondió Dolion, muy serio.

Se oyeron unos pasos acercándose y Dolion respondió abriendo bien los ojos y desenvainando un puñal en la penumbra, con manos temblorosas. Poco después apareció Kazhimyr, que se situó junto a Zevander. Dolion suspiró, aliviado, y bajó el arma.

—¿Quién los expulsó? —preguntó él, volviendo a su conversación.

—Estando tan al norte, sospecho que serían los soláceos. Madres, niños, guerreros, hasta sus grandes sacerdotisas, tuvieron que abandonar el poblado en llamas y dirigirse a la fosa para sumergirse en las profundidades del infierno.

—¿Eso cómo lo sabes?

Dolion agitó la mano sobre la pared de piedra y aparecieron unas imágenes de un rojo brillante y palabras en un idioma antiguo en la superficie, escritas con tinta sanguínea y protegidas con un hechizo. Aunque hacía mucho que Zevander no usaba la lengua antigua, el primyriano, su madre se la había enseñado de niño. La inscripción de la piedra contaba la historia que Dolion acababa de relatarle.

—He encontrado libros en las mazmorras. Sus escribas debieron de ocultarlos durante el sitio, pero estas... estas son las últimas palabras del único superviviente.

Zevander volvió a fijar la atención en Dolion.

—Volveré a preguntártelo: ¿por qué ese cambio de opinión sobre las piedras?

El otro se quedó en silencio un momento, pensando.

—La séptima piedra siempre ha sido objeto de especulación, los brujos han discutido sobre ella desde la Era de la Renovación. Durante siglos fue un misterio. —Dio un sorbo más a la bota, apurando las últimas gotas, y se la devolvió vacía—. Mis disculpas. No quería consumirla toda.

—Acaba tu explicación.

—Las marcas plateadas de esa piedra son características de los córvicos, que por lo que se sabe veneraban a la diosa de la muerte. El mismo icor corría por las venas de la diosa y de los córvicos.

—¿Y?

—Si mi visión es correcta, la mortal tras cuyos pasos te puse podría ser la primera, o la última, de los córvicos. Puede que lleve la sangre de la diosa de la muerte. Y, aunque pueda ser muchas cosas para mucha gente, no soy un vehículo para el mortalicidio. —Apretó los labios y meneó la cabeza—. Desde luego no quiero tocarle las narices a la hija de una diosa de la muerte.

Zevander recordó por un momento la cara de la muchacha, un rostro de diosa, y tensó los músculos.

—Siendo tan joven, no hará mucho tiempo que tiene poderes.

—Supongo que no. Pero ¿qué quieres decir con eso de que *tiene*? ¿Está... está viva?

—La chica aún vive en Mortasia —respondió Zevander sin variar el tono.

—Oh, gracias a Dios. ¡Gracias a los dioses de la caridad!

—¿Mortasia? —preguntó Kazhimyr—. ¿Te adentraste en esas tierras sin decir nada a nadie?

Él le quitó importancia con un gruñido:

—No pasó nada.

—¿Cómo es posible? —exclamó Dolion—. ¿Cómo puede ser que viva?

Zevander apretó los dientes. La pregunta lo transportó a aquella noche y a los miles de veces que se había planteado lo mismo desde entonces.

El gesto del viejo al verlo claro no hizo más que aumentar su rabia.

—No pudiste hacerlo, ¿verdad? Algo te impidió matarla.

En lugar de responder, el letalisz se mordió la lengua por un momento, y luego añadió:

—He visto el huevo de ese corvugón. Está con ella.

—Entonces es cierto. ¡Es cierto que han regresado!

Zevander se puso una mano en la cadera mientras con la otra se frotaba la mandíbula, sintiendo la rabia recorriéndole el cuerpo.

—Si es así, las piedras que hemos recogido, las vidas que hemos arrebatado, no sirven para nada.

—Esas piedras ahora mismo están conteniendo a todo un castillo lleno de carnificados. Aunque no tienen el poder suficiente como para contener una plaga, las seis juntas son capaces de crear una barrera. Y no hace falta que te recuerde que los que has matado no eran ciudadanos ejemplares. ¡Tenían nilivires esclavizados, joder!

—Tampoco hace falta que yo te recuerde que no mato por caridad ni para librar al mundo del mal. Mato por un objetivo y ese objetivo era la maldición que prometiste eliminar. ¿Cómo piensas recompensarme? Antes de que me respondas, déjame que te diga que el rey nos ha enviado hasta aquí para ejecutarte.

—Me temo que no puedo acabar con la maldición sin la piedra sanguínea de la hija de los córvicos, y no voy a cargar con la responsabilidad de acabar con su linaje por segunda vez. Mátame, si es lo que debes hacer. —El desgraciado tuvo la audacia de levantar la barbilla, como si eso le confiriera cierta dignidad—. De hecho, insisto en que lo hagas. Yo ya lo he intentado varias veces. Soy un cobarde.

—Quizá lo que haga es matarla a ella y quitarte a ti esas piedras de las manos.

—Ya lo has intentado y no lo has conseguido. Hay una guerra en el horizonte, Zevander. Si te liberaras de la llama, quedarías indefenso. Prácticamente serías como un mortal. —Con cierto esfuerzo se puso en pie y trastabilló, retrocediendo un paso—. Tu maldición, aunque ahora pueda parecerte un lastre, tal vez te resulte útil mañana. Es un poder sin parangón.

Zevander desenvainó la espada.

—O puede que no seas más que un viejo delirante que hay que silenciar.

—Siléncíame, pues —dijo él, tirando su arma, que repiqueteó en el suelo, y abriendo los brazos hacia los lados en señal de rendición—. Te lo ruego. Eso no cambiará tus circunstancias. Ni tu destino.

Zevander apretó la mandíbula, furioso ante la tozuda negativa del viejo brujo. Le habría gustado estrangularlo con sus propias manos por atreverse a pensar que el letalisz le permitiría romper tan fácilmente el pacto que habían hecho.

—¿Qué hacemos? —preguntó Kazhimyr, apartándolo de sus pensamientos asesinos—. Sospecho que en el momento que muera esa barrera desaparecerá.

—Desde luego —dijo Dolion, señalando la escalera con la cabeza—. Más vale que os vayáis ahora, que aún podéis.

—Tú te vienes con nosotros. Te quedarás en Eidolon.

—Eso te pondrá en riesgo, Zevander. Y, si me capturan los brujos, lo único que puedo esperar es una ejecución rápida. Así que, por favor, haz lo que te pide tu rey.

Él soltó una risita burlona que no era ni sombra de la rabia que tenía dentro.

—Estás en deuda conmigo, viejo. Ahora mismo los brujos son la última de tus preocupaciones. —Si Dolion no podía quitarle la maldición, encontraría el modo de obligar al viejo brujo a encontrar un modo de frenar la progresión de su transformación. No le importaba un comino la voluble ética de Dolion ni que la muchacha fuera la última de su raza. Aún estaba furioso por no haber sido capaz de matarla.

—Queda pendiente el asunto de cómo volver a los caballos —dijo Kazhimyr, acercándose a la ventana y mirando al exterior—. Va a ser mucho más difícil con un cuerpo de más.

—Eso, si decidís caminar —rebatió Dolion.

—¿Tienes un plan mejor?

Aquel alzó una ceja y se giró hacia la pared de piedra que tenía al lado. Trazó un círculo con la mano, dejando un rastro de luz a su paso.

—*Accipezimu equivonis.*

La piedra se iluminó y se abrió un pasaje oscuro hasta el lugar donde esperaban los caballos, atados a los árboles.

También se veían unas figuras entre las sombras, avanzando a toda prisa hacia los indefensos animales. Carnificados.

—¿Qué dices, hermano?

Zevander soltó un gruñido y agarró a Dolion del cuello de la casaca, acercándoselo hasta una distancia apta para un puñetazo.

—Nada de trucos o te quemaré vivo.

Con un asentimiento de cabeza, el viejo cogió una bolsa de cuero que tenía al lado, en cuyo interior repiqueteaba algo, y atravesaron el círculo luminoso.

Ya en el otro lado, Kazhimyr soltó a los caballos mientras Zevander desenvainaba y se disponía a combatir a los carnificados que llegaban. Pero, a apenas unos metros de su espada, se quedaron paralizados, con la vista fija en algo a espaldas del letalisz. Zevander se giró justo a tiempo para ver un brujo acercándose por detrás y, cuando el extraño extendió la palma de la mano hacia ellos, él tiró de su capa, protegiéndolos a Dolion y a él de la llama que salió despedida. Un calor intenso envolvió la prenda, pero no superó la barrera con la que Zevander defendía su botín.

Dolion se enroscó en un ovillo junto a él.

—Deberías haberme atravesado el corazón con la espada en el castillo, idiota.

Zevander apenas se inmutó ante aquella llama, que no consiguió ni calentarle la capa. Desde luego no tenía la intensidad del fuegoscuro que le bullía en las venas, desesperado por salir al exterior.

—El idiota es él, por haber escogido una lucha desigual.

El calor dio paso a un frío glacial y Zevander mantuvo la capa extendida un momento más para evitar que la bruma helada de Kazhimyr entrara en contacto con Dolion. El fuego de sus venas lo protegía contra la congelación, pero, desde luego, no iba a servirle de ayuda al hechicero.

El frío se disipó y Zevander retiró la capa y lanzó tres grandes escorpiones. Habían aparecido dos brujos más, pero el primero ya estaba tendido en el suelo, con el cuerpo abierto en pedazos y las venas reventadas.

Zevander preparó la espada para recibir al primero que se atreviera a cargar. A diferencia de los carnificados, desprovistos por completo de magia, los brujos se movían con agilidad y eficiencia, evitando el ataque de los aguijones de los escorpiones.

Kazhimyr lanzó otra ráfaga de hielo que los otros bloquearon con un escudo invisible, desviando la bruma helada.

—¡Mantenla ahí! —gritó Zevander.

Los brujos solo podrían sustentar el escudo un tiempo. Tal como habían aprendido los dos asesinos en su entrenamiento, la mejor arma era agotar al enemigo. Dejarlo sin reservas de energía y luego contraatacar. Los escorpiones permanecieron a la espera, chasqueando las pinzas, mientras Kazhimyr lanzaba un chorro constante de frío, obligando a los brujos a emplear toda su magia para mantener el escudo en pie. Era indudable que ambos bandos estaban consumiendo sus reservas de energía poco a poco.

Zevander, por su parte, esperaba con paciencia, contando mentalmente los segundos que iban pasando.

Hasta que por fin cayó el escudo.

Los tres escorpiones atacaron enseguida, lanzándose al corazón de los dos brujos. Uno de ellos se abrió por la mitad en cuanto el aguijón salió de su pecho. A los pocos minutos, los tres yacían mutilados en el prado.

Kazhimyr se inclinó hacia delante, para recuperar la respiración.

—Joder... Me estoy haciendo viejo para esta mierda.

Los escorpiones volvieron a toda prisa con su dueño y Zevander levantó la vista hacia los carnificados, que se retiraron hacia el castillo. Uno de los brujos aún se retorcía, después de haber recibido un pinchazo en el corazón. Él levantó la espada y se la clavó en el cráneo antes de que llamara a un ventriervo para que comunicara lo sucedido.

Dolion miró al brujo y suspiró.

—No será la última vez que nos los crucemos.

—Sospecho que no —dijo Zevander, y envainó la espada.

23

Maevyth

—¡Aleysia! ¡Aleysia! ¡No! —Crucé el patio a la carrera, hacia los soldados vonkovyanos que se llevaban a mi hermana arrastrándola por los brazos mientras ella gritaba y pataleaba—. ¡Dejadla!

Le habían roto la manga del vestido con los tirones y la trenza en la que se había recogido el pelo por la mañana estaba medio deshecha.

—¡Maevyth! —gritó ella, sollozando—. ¡No dejes que se me lleven!

Al llegar junto al primer soldado, me tragué el miedo que me atenazaba la garganta y me dejé llevar por el instinto. Solté un puñetazo, pero los nudillos impactaron contra algo sólido, provocándome un dolor que se me extendió por las articulaciones.

—¡Dejadla! ¡Dejadla!

Recibí un empujón en el pecho que me hizo salir volando hacia atrás, hasta caer de espaldas en el suelo con un doloroso golpetazo.

La adrenalina me corría por las venas; me recogí las faldas, me puse en pie de nuevo y cargué contra el soldado.

En el momento en que llegué a su altura, alargó la mano y me agarró del cuello, dejándome sin respiración. Yo le clavé las uñas mientras miraba al otro guardia, que metía a Aleysia en el carro.

Desesperada, saqué el cuchillo de pelar patatas del bolsillo de mi vestido y, sin apuntar, se lo clavé en el antebrazo.

El guardia soltó un gruñido y, en cuanto me soltó, eché a correr hacia el carro. Sentí un dolor insoportable en el cuero cabelludo y salí disparada hacia atrás: el soldado me había agarrado del cabello y ahora me tenía inmovilizada, con el brazo ensangrentado apretándome la garganta.

—¡Llevadme a mí en su lugar! —Mi grito desesperado me arañó la garganta seca—. ¡Por favor! ¡Yo ocuparé su lugar! ¡Yo ocuparé su lugar!

Perdí a Aleysia de vista. El soldado me dio la vuelta y me llevó al otro lado del patio, donde estaban Agatha, Lolla, el tío Felix y el tío Riftyn, que no hicieron nada para salvar a mi hermana. *Nada.*

Un duro golpe en la espalda y caí al suelo ante ellos, sin aliento por la fuerza del impacto. Jadeé, retorciéndome sobre la tierra fría, sin conseguir respirar. El pánico se apoderó de mí y mi campo visual se fue reduciendo, hasta que por fin conseguí hacer llegar algo de aire a los pulmones. Entre arcadas y accesos de tos, el pecho fue abriéndoseme poco a poco y, cuando por fin pude girarme, el carro ya había emprendido la marcha.

—¡No! —exclamé sin voz, clavando las uñas en la tierra para intentar ponerme en pie.

Jadeé, luchando por respirar, con los ojos llenos de lágrimas, mientras veía cómo desaparecía el carro al otro lado de la colina.

Unas manos me agarraron y yo me debatí, gritando, pero me encontré inmovilizada por mis dos tíos, que me agarraban con fuerza. Yo pataleé y golpeé los tacones contra el suelo, intentando zafarme, mientras ellos se me llevaban arrastrándome hacia atrás.

Agatha se me acercó y, por un breve momento, vi en sus ojos lo que me pareció un atisbo de compasión. Me quedé inmóvil un momento, mirando su figura distorsionada a través de las lágrimas. Pero en cuanto la vi mejor me di cuenta de que no era en absoluto compasión lo que veía.

Un bofetón, frío y violento, me golpeó la mejilla.

—Eres una vergüenza. Tanto tú como la zorra de tu hermana.

Presa de la rabia, le escupí a la cara. Al agitar el brazo, sentí la presión de las manos del tío Riftyn.

—¡No empeores las cosas! —dijo, clavándome los dedos en el brazo a modo de advertencia.

Me giré hacia él, apretando los dientes.

—No has hecho nada. Has dejado que se la llevaran. ¡Y no has hecho nada!

Otro impacto me alcanzó en la barbilla, un puñetazo que me hizo ver las estrellas. Y esta vez no era Agatha, sino el tío Riftyn. Un chasquido de dolor me atravesó el rostro, inflamándome la mandíbula.

—Llevádsela a Moros —dijo Agatha—. Yo ya no quiero saber nada de ninguna de las dos.

Tirada en el suelo de un coche de caballos, con las muñecas y los tobillos atados con cuerdas, no dejaba de pensar en las imágenes de Aleysia cuando se la llevaban. Las lágrimas me caían por las sienes, creando un charquito a mi lado. El olor metálico a sangre lo invadía todo y sentía un dolor pulsante en el pómulo y en el labio reventado por el puñetazo del tío Riftyn.

No me molesté en levantar la vista para mirar por la ventana durante el trayecto, pero, cuando el coche paró, abandoné la maraña de pensamientos que me consumían al oír voces en el exterior. Moros. Y el ama de llaves que había conocido.

—Coged sus bolsas e instaladla en su habitación —dijo Moros, con un tono frío y distante.

La puerta se abrió y apareció el tío Riftyn; su gesto abatido me hizo pensar que quizá sintiera algún remordimiento por lo sucedido antes. A su lado, el tío Felix no mostraba la mínima emoción, tan inexpresivo como los cadáveres que preparaba para los funerales.

Cuando el tío Riftyn me agarró de los tobillos atados, le solté una patada que lo hizo retroceder un paso. Él gruñó y volvió a agarrarme de los pies, dándome un buen tirón. El roce con los tablones de madera del suelo del coche me quemó la piel y, cuando me sacó, me cargó al hombro como si fuera un saco de harina.

—Quitadle las ataduras —ordenó Moros, y el tío Riftyn se detuvo, dejándome con delicadeza sobre el camino de grava.

—Ha atacado a los soldados vonkovyanos. Por eso la hemos atado. —Mi tío hincó una rodilla en el suelo para desatarme el nudo de los tobillos. Yo no veía la hora de que me soltara los pies para darle una patada en el rostro.

—¿Y usted no lo habría hecho, en su lugar? —preguntó Moros y yo alcé la mirada, levemente sorprendida. Su comentario hizo que no prestara atención a la cuerda que me apretaba tanto los tobillos que apenas podía mover los dedos de los pies—. Seguro que sí, teniendo en cuenta su responsabilidad en el asunto.

El tío Riftyn se aclaró la garganta y, en el momento en que la cuerda se aflojó, le solté tal patada en la barbilla que cayó rodando por el suelo.

Fue una pequeña victoria, verlo ahí tirado, agarrándose la boca ensangrentada.

—¡Me he mordido la lengua, joder! —gritó, y el tío Felix soltó una risita socarrona a mi lado.

Me lancé de nuevo hacia él, pero noté que me agarraban el hombro; me giré y vi a Moros de pie junto a mí.

—Eso no será necesario. Ven conmigo, muchacha. Me gustaría enseñarte algo.

—Quiero ver a mi hermana —repliqué.

—Y la verás, pero primero sígueme.

Levanté las manos, mostrándole las cuerdas, y él respondió con una sonrisa.

—Quizá esas ataduras las dejaremos, de momento.

El alivio momentáneo que había sentido se desvaneció de pronto.

Entró en la casa, girándose a mirar por encima del hombro.

—Ven.

Eché una última mirada al tío Riftyn, que se ponía en pie, y seguí a Moros, pero no porque confiara en él. Después de lo sucedido con la chica lyveriana, no lo perdonaría nunca ni confiaría en él en absoluto. Solo lo seguí porque me había prometido que vería a mi hermana.

Una vez en el interior de la casa, atravesamos la cocina hasta unas escaleras, más allá del vestíbulo y la despensa. Aquello me despertó la curiosidad y me inquietó un poco, pero lo seguí igualmente. Descendimos a un enorme espacio abierto, como la bodega del abuelo, pero con techos más altos y mucha luz. Me giré y vi una lámpara que emitía una potente luz azul.

—Azurmadina. Extraída de las canteras de los Montes Serrados. Cuando arde, emite una luz fantástica —dijo mientras pasábamos por allí.

Yo no había visto nunca nada tan fascinante como aquella luz, pero no me molesté en responder; solo podía pensar en ver a mi hermana.

Quería preguntarle por qué había matado a la muchacha lyveriana. Por qué la había maltratado con esa crueldad, porque estaba segura de que había sido él quien la había cubierto de magulladuras, pero en ese momento no me atrevía a decirle nada que pudiera ofenderlo.

De pronto me encontré una pared a la izquierda, con decenas de pequeñas hornacinas con frascos de cristal de diferentes tamaños. Al pasar miré más atentamente y vi las curiosas criaturas que había dentro: una serpiente de dos cabezas, un pulpo minúsculo, unas alas de aspecto extraño, un cerebro, una rata desollada y lo que parecía un feto. Rarezas que en otras circunstancias me habrían inquietado, de no estar obsesionada con la idea de ver a mi hermana.

En ese momento no podía pensar en otra cosa, y mi frustración iba en aumento con cada minuto que perdíamos recorriendo aquel pasillo.

Rodeamos una pared de piedra y, al entrar en otra división del subterráneo, me quedé de piedra.

Allí había un tanque de cristal lleno de agua que casi llegaba al techo y de su interior surgía una luz de una intensidad increíble. Dentro nadaban dos figuras, impulsándose con los brazos, lo que les confería un aspecto humano, aunque daba la impresión de que tenían las piernas unidas, como si se las hubieran atado. De los pies les caían unos jirones de tela de aspecto extraño, a modo de aletas, y tenían el rostro cubierto por máscaras conectadas a unos tubos.

Estos estaban unidos a una caja, con otro recipiente de cristal que contenía una especie de fuelle que se contraía y se expandía, emitiendo un sonoro zumbido cada vez que se cerraba. Me lo quedé mirando, perpleja. El fuelle se movía como un pulmón. Aire. Aire que iba a parar a las máscaras.

—¿Qué es esto? —pregunté, tensando cada vez más el pecho a medida que iba asimilando más detalles: los minúsculos puntos que les cosían los muslos entre sí y las conchas que apenas conseguían cubrirles las partes íntimas.

—Una pequeña colección —dijo, con las manos a la espalda, rodeando el tanque para verme de cara, con un brillo de fascinación en los ojos—. Cuando era niño, mi padre me llevó a una feria, una caravana de nómadas harapientos. Pero una de las exposiciones me intrigó. Era una colección de curiosidades. Taxidermia y frascos llenos de especímenes extraños, como los que has visto en esa pared hace un momento. También había una exposición de rarezas biológicas que llamaban el Espectáculo de los Monstruos. Y allí fue la primera vez que vi a las sirenas. Unas mujeres deliciosamente misteriosas que se decía que vivían en el mar y atacaban a los barcos. —Pasó los dedos por el cristal, observando a las figuras como hipnotizado—. Me fascinó la idea de esas mujeres salvajes y peligrosas. Quería capturar una. Domesticarla y convertirla en mi mascota. Fue una decepción saber que no eran más que un truco de feria. Así que decidí crearme mi propia colección.

La náusea se me extendió por el vientre como un puñado de gusanos venenosos. En ese momento decidí que el tío Riftyn e incluso Agatha resultaban mucho menos aterradores.

—Cuando llegué a un poblado lyveriano, me fijé en dos hermanas, no mucho mayores que tú. Correteaban medio desnudas, armadas con lanzas. Salvajes como jabalíes. Dios santo, cómo deseaba domesticarlas. Así que hice un trato con su padre. Perdonaría a su pueblo, no mataría a su gente, si me daba a sus hijas. Por supuesto, se negó, como haría cualquier padre decente. Pero acabó cediendo después de que matara a su esposa y a dos de sus hijos.

—Es un monstruo —murmuré, levantando la mirada hacia las mujeres, que tenían las manos pegadas al cristal y los restos de piel que se les habían desprendido de las manos flotándoles entre los dedos.

La risita siniestra de Moros resonó en mi mente, proyectando una onda de terror que reverberó por todo mi cuerpo.

—Sí, supongo que habrá quien piense que soy un monstruo. Pero que tu hermana te sirva de lección. Las mujeres salvajes e indisciplinadas no tienen lugar en este mundo. Aprenderás modales o acabaré contigo, si es necesario.

—Quiero verla. Me ha dicho que podría ver a mi hermana.

—La verás. Cuando suene la campana, querida, se presentará ante el Bosque Voraz. Y entonces verás toda su audacia desaparecer, consumida por el miedo. Le verás la cara y percibirás el arrepentimiento en sus ojos.

Me mordí la mejilla con tal fuerza, intentando contener las lágrimas, que sentí el sabor metálico de la sangre. Me negaba a dejar que viera el efecto que tenían sus palabras sobre mí. El pánico que me atenazaba la garganta, frío y profundo.

—Es evidente que no conoce a mi hermana.

—Si hubiera deseado hacerme con ella, habría pasado a formar parte de mi colección de magníficas criaturas. Ven. Tengo otra cosa que enseñarte.

—No quiero verla —le espeté.

—¡Oh, pero tienes que verla! Quizá sea la pieza más fascinante de mi colección. Y sospecho que te gustará. —Se lanzó hacia mí y yo di un paso atrás, pero él me agarró de las manos atadas y tiró con fuerza.

A regañadientes, lo seguí, agitando las muñecas para intentar soltarme mientras echaba una última mirada por encima del hombro a aquellas pobres mujeres.

Me llevó a la otra sala, donde se oían gruñidos de protesta. Algo nos miraba desde la esquina que quedaba en penumbra.

—¿Recuerdas al buen capitán que estaba sentado a tu lado en el almuerzo? ¿El que te toqueteó bajo la mesa?

Al momento oí un repiqueteo de cadenas y el roce del metal por el suelo de cemento. Una figura emergió de entre las sombras y, al quedar iluminada por la temblorosa luz azul, vi sus grotescas formas. El miedo me atenazó el pecho, presionándome los pulmones, mientras observaba la aterradora deformidad de aquella bestia, curvada hacia delante, con la columna atravesándole la piel de la espalda y formando una especie de cresta que me recordó la de un lagarto. La mitad de su rostro se había fundido con un lienzo en blanco, sin ojos, nariz ni dientes. La otra mitad era una órbita ocular hundida, una nariz deformada y una mandíbula con los dientes afilados. La piel, de un blanco lechoso, apenas contenía una maraña de venas que pulsaba a cada latido del corazón visible.

Me quedé boquiabierta, sin poder respirar apenas, contemplando aquella forma monstruosa.

Moros sostuvo en alto el frasco con piedras que había mostrado en aquel almuerzo, aparentemente inocuo, en el que apenas había visto una parte del horror al que me enfrentaba.

—Según parece, cuando se consumen, las piedras tienen el efecto de alterar los huesos y la carne. Lo que antes era el capitán es hoy un animal devorador de carne.

Todos los nervios de mi cuerpo se erizaron, horrorizados, viendo que se me acercaba.

—Verás, puede que sea un monstruo, pero también puedo ser muy protector contigo, mi delicada florecilla. —Me apartó un mechón de cabello del hombro, pero yo estaba tan estupefacta que apenas me di cuenta de la proximidad de sus labios a mi cuello hasta que me susurró—: Venga. Ya es casi la hora del Destierro de tu hermana.

24

Maevyth

Me habían enseñado que el trauma tenía varias etapas, y yo acababa de pasar de la ira a la desesperanza más absoluta.

Yacía temblorosa en la cama de una de las habitaciones que me había asignado el señor Moros y el intenso frío me agarrotaba los músculos. Me mantenía en un constante estado de tensión debido a las oleadas de conmoción que me atravesaban y, cada vez que recordaba el modo en el que se habían llevado a Aleysia a rastras, volvía a sentir que el pánico me atenazaba el pecho. Me atormentaba imaginando lo que le harían, pensando en el miedo y la incertidumbre que debía de haber sentido al enfrentarse sola a aquellos hombres aterradores mientras estos la escudriñaban y la juzgaban. De haber estado a su lado, como mínimo, le habría sostenido la mano. Le habría hecho saber que no estaba sola.

A través de la ventana, vi cómo el sol descendía en una hoguera de tonos rosados y naranjas. En un día cualquiera, la imagen se me habría antojado preciosa.

Faltaba poco.

Aunque algunos Destierros tenían lugar durante el día, la mayoría se producían por la noche.

Aleysia odiaba la oscuridad.

Solo de pensar en ella vagando por el bosque de noche se me ponían los pelos de punta. Mis circunstancias no eran mejores.

Moros también había demostrado ser un monstruo tan temible como el que moraba en la espesura.

Me vino a la cabeza la imagen de unas sirenas y me estremecí. Mis pensamientos me arrastraron a rincones oscuros, donde las víctimas de Moros me alcanzaban y me arrastraban al infierno que eran sus mentes.

—A ti también te hará daño. —Una voz grave y con acento se abrió paso entre la vorágine e inspiré con fuerza, apoyándome contra el cabecero de la cama.

Miré a mi alrededor y vi a Danyra, la chica lyveriana que Moros había matado, sentada en una mecedora en un rincón en penumbra de la habitación. Las profundas y ennegrecidas suturas de su embalsamamiento, que pasaban justo por encima de la clavícula y por debajo de sus pechos desnudos, destacaban contra la piel pálida y desnuda.

Me observaba fijamente, con unos ojos blancos sumidos en la niebla, desenfocados, y al mirarlos se me heló la nuca.

—Tu hermana y tú... debéis escapar.

Me temblaban todos los músculos y tenía la mandíbula agarrotada y dolorida.

—N-n-no hay... a donde es-es-es-capar.

Dejó de balancearse en la mecedora. Sin apartar la mirada de mí, se puso en pie, caminó despacio hacia la cama y se colocó a los pies de ella.

—Bruja —dijo con voz ronca—. Bruja, bruja, bruja...

Me replegué contra el cabecero hasta que la presión hizo que un escalofrío me recorriese la columna vertebral.

Levantó la palma de la mano. Allí había un símbolo que parecía tallado con una cuchilla. Se trataba de una línea vertical con otras tantas entrecruzadas que me recordaba a una columna vertebral, detrás de la cual brillaba una luz plateada.

—Bruja, bruja, bruja... —Se retorció, apoyó las palmas de las manos en la cama y susurró una última vez—: Bruja.

Se abalanzó sobre mí.

Me incorporé de un salto, con la respiración entrecortada y escrutando la habitación en penumbra. Me estremecí al ver la mecedora que ella había ocupado apenas un momento antes, vacía en el rincón. En el dormitorio no había más que un armario enorme, una palangana sobre una cómoda, una mesita de noche y una lámpara junto a la cama.

Ni rastro de Danyra.

Solté un suspiro tembloroso, e hice un repaso mental de los últimos instantes de lo que tenía que haber sido una pesadilla. Sin embargo, el símbolo que llevaba en la mano se había quedado grabado en mi mente. ¿Qué podía significar?

Tras tomarme un momento para darle vueltas, la realidad me golpeó. Mi hermana. El Destierro.

El pomo de la puerta chirrió y alcé la mano para protegerme los ojos de la luz que entró en la habitación. Shireen, la criada de Moros, estaba en la vano.

—Es la hora, señorita.

PARTE II

25

Maevyth

Había anochecido y el cielo azul oscuro estaba iluminado por las numerosas antorchas que parpadeaban en la entrada del Bosque Voraz. De pie junto a Moros, las lágrimas me caían por las mejillas mientras intentaba dar con un plan desesperado para que Aleysia y yo pudiéramos escapar. Aunque nos persiguieran, era mejor que cualquier otra cosa. Podríamos huir a las montañas. Ir hasta Romisir, en el norte. A cualquier lugar que no fuera este.

A través de un revoltijo de túnicas rojas, cuatro aldeanos llevaron a mi hermana ante el arco. Con un resoplido de pura rabia, aparté la mirada de ella. Le habían quitado toda la ropa y estaba desnuda delante de todos. Tenía el cuerpo magullado por los golpes y le habían rapado sus largos mechones rubios.

Quise correr hasta donde estaba y salvarla, pero los soldados vonkovyanos se interponían entre nosotras y, sin ningún tipo de arma, no podría defenderla.

En lugar de eso, mantuve la mirada apartada de ella para recomponerme, porque era consciente de que dependía de mí sacarnos de aquella situación. Vislumbré a la Arpía, apartada de la multitud y apoyada en su bastón, con la capucha de la capa puesta. Levantó la barbilla y seguí la trayectoria de su mirada hacia la luna, llena y brillante sobre nosotros. Se decía que verla en la noche del solsticio de invierno era algo excepcional.

Se trataba de un presagio; de una señal que los aldeanos tomarían para justificar su crueldad.

Tenía que mantener la cabeza fría y actuar con inteligencia. Las prisas nos condenarían a mi hermana y a mí.

—Mis queridos fieles. —Sacton Crain levantó las manos—. En esta víspera del solsticio de invierno estamos aquí reunidos para ser testigos de un crimen atroz contra nuestro amado dios. Esta joven está acusada de fornicar con su tío y llevar en su vientre la semilla de esa terrible inmoralidad. En su interior se gestaba una bestia impía, pero, por la gracia del dios rojo, ¡hemos acabado con ella!

Fue entonces cuando me fijé en la sangre seca que tenía mi hermana entre los muslos y que, con la penumbra, no había notado antes. Se me humedecieron aún más los ojos y reprimí las lágrimas. Levanté la mirada hacia Aleysia y comprobé que, donde antes había brillado la chispa de la rebeldía, no quedaba más que resignación apagada.

No. Me negaba a permitir que la convirtieran en un monstruo. No mientras yo estuviera con tantos de ellos entre la multitud: ellos, que habían cometido crímenes mucho peores, como Moros con su repulsiva colección.

—Sin embargo, esta joven no está sola en este pecado —continuó diciendo Sacton Crain, provocando un grito ahogado entre la multitud, y escuché con atención para ver si se atrevía a acusar al tío Riftyn—, pues el hombre que plantó la semilla es igual de culpable que ella.

Eché un vistazo a los fieles y vi a Agatha, a Lolla y a tío Riftyn al fondo. Incluso en medio de la oscuridad vi que Agatha abría más los ojos, asustada. Él negó con la cabeza, retrocediendo un paso, pero dos aldeanos musculosos lo agarraron de los brazos.

—¡Esta noche seremos testigos de dos destierros! —anunció el gobernador desde su posición junto a Sacton Crain mientras los hombres arrastraban al tío Riftyn por delante de mí, hacia el frente de la multitud.

Con un fuerte empujón, lo arrojaron al suelo ante Aleysia, que seguía temblando, sin duda helada de frío. Él se puso en pie de un salto y quiso abalanzarse hacia delante para volver a meterse entre el gentío. Los soldados vonkovyanos se interpusieron en su camino, y uno de ellos lo tumbó.

—Esta buena comunidad no tolera la depravación ni la perversión. ¡Vuestros huesos, carne y sangre purificarán la aldea para expiar esta ofensa! —Sacton Crain los señaló a ambos, enseñando los dientes como si fuera un perro rabioso dispuesto a atacarlos.

Los soldados los empujaron hacia el temido arco. Aleysia chilló y el sonido me recorrió los músculos como un grito de guerra.

«¡Haz algo!».

A mi izquierda, una de las aldeanas sostenía una antorcha cuya llama brillaba y se agitaba contra el viento helado. La cabeza me daba vueltas y la rabia ahogó todos mis sentidos.

Sin estrategia alguna en mente, agarré la antorcha y unas brasas cayeron sobre el vestido de la mujer. Ella forcejeó y, sin querer, se enredó con su propia capa.

Alguien me aferró el brazo y al girarme me encontré a Moros, sosteniendo la antorcha encendida entre los dos. La capucha se me cayó hacia atrás cuando le abofeteé y él retrocedió un paso. Un soldado vonkovyano me agarró de la capa y tiró de mí. Me di la vuelta con rapidez y el fuego prendió en la tela de su túnica. Lanzó un grito y me soltó abruptamente para darle palmadas frenéticas a la creciente llama.

Otro soldado se abalanzó raudo sobre mí, pero le lancé la antorcha con fuerza y corrí hacia Aleysia y el tío Riftyn. Con la bayoneta en alto y apuntándome, el soldado me empujó hacia delante y me vi atrapada entre la multitud y el arco.

—¡Bruja! —gritó alguien entre la multitud. Se me heló la sangre.

Un objeto duro me golpeó la cadera y me provocó un estallido de dolor punzante; miré hacia abajo y vi que me habían lanzado una piedra. Otra me golpeó en el brazo.

—¡Bruja! —chilló otra persona.

Aleysia gritó y, cuando me giré, vi que uno de los proyectiles le había golpeado en un lado de la cabeza y la sangre le corría por la sien.

—¡Bruja! ¡Bruja! ¡Bruja! —coreaba la muchedumbre al unísono, avanzando hacia delante, atrapándonos con el Bosque Voraz a nuestras espaldas.

De repente, un recuerdo pasó por mi mente: el sueño que había tenido con Danyra. Aquel símbolo de su mano que había visualizado con tanta claridad. Las líneas entrecruzadas.

Un aldeano se abalanzó hacia nosotros tres con un pico en ristre.

Me invadió una oleada de calor y adrenalina. Cuando se acercó, levanté la mano por instinto y un fuerte estruendo me hizo retroceder de un salto y me quitó el aliento. El hombre se detuvo en seco. En el suelo, entre nosotros, yacía una pila de rocas blanquecinas y marfil manchadas de podredumbre y putrefacción. Huesos. Algunos estaban hechos pedazos, otros estaban tan intactos que distinguí un largo tramo de vértebras. Una columna.

Respiraba con dificultad, entre jadeos. Miré los huesos y luego al hombre, que me devolvió la mirada con los labios curvados en señal de repulsión, como si yo fuera algo muerto que acabara de salir de una tumba. La gente se había callado y, al fijarme en sus ojos, vi cómo me observaban ellos a mí. Con la antorcha en la mano, esperé su siguiente movimiento con todos los músculos en tensión.

—¡Bruja! ¡Bruja! ¡Bruja! —Sus cánticos eran cada vez más intensos.

—¡Es el mal! —gritó Sacton Crain por encima de ellos—. ¡La chica es una abominación!

—No... —Negué con la cabeza, retrocediendo.

—¡Quemadla! —exclamó alguien.

—¡Es una bruja de la muerte! —gritó otro.

—¡Hay que destruirla! —soltó el gobernador al final, y el rugido de la gente al mostrarse de acuerdo con él resonó a mi alrededor.

—¡No! ¡Parad esto de una vez! —exclamó Moros, abriéndose paso entre los cuerpos que tenía alrededor—. ¡Parad esto ya!

El disparo de una pistola silenció a la multitud y, con pasos lentos y cuidadosos, Moros se acercó a mí bajando el arma que había apuntado al cielo. Me tendió la mano.

—Ven, querida. No temas, yo te protegeré.

—Eres repugnante. Lo que le has hecho a esas pobres mujeres… es una crueldad atroz. Y preferiría enfrentarme a la muerte antes que ir a ninguna parte contigo.

Parpadeó, con una expresión de inquietante diversión en el rostro, y yo no pude más que imaginar lo que pasaba por su mente: mis piernas cosidas, mi piel desprendiéndose mientras flotaba en aquel tanque.

—Corre —le susurré a Aleysia por encima del hombro.

Mi hermana giró sobre sus talones y, para mi horror, atravesó el arco que llevaba al Bosque Voraz.

—No la sigas, Maevyth —me suplicó Moros, cuya voz era un sonido alejado del clamor que había dentro de mi cabeza—. ¡No entres en el bosque!

La adrenalina me recorrió las venas y dejé caer la antorcha mientras perseguía a mi hermana, con la conmoción de los gritos rabiosos a mis espaldas. Alguien disparó detrás de mí, pero, aunque me hubiera alcanzado, me habría negado a detenerme y mirar.

Al pasar por encima de un tronco caído, la capa se me enganchó con una rama.

—¡Aleysia! ¡Espera! —grité, dándome la vuelta para soltarme. Una vez libre, salí disparada tras ella mientras su pálida figura se desvanecía en la oscuridad de los árboles—. ¡Aleysia!

El aire frío me quemaba los pulmones, pero me obligué a correr más rápido, ignorando el cansancio.

Los árboles oscuros se cernían sobre mí y sus ramas retorcidas me perseguían a medida que me adentraba en el bosque. Las espinas me arañaron las pantorrillas y los tobillos, pero las ignoré y seguí a Aleysia con la mirada hasta que la perdí de vista.

Un crujido bajo mi bota me hizo parar, y me detuve para recuperar el aliento e intentar situarme. A través de un velo de niebla blanca que cubría el suelo del bosque distinguí un objeto a mis pies. Pese a que su forma era difícil de ver, sí reconocí las oscuras cuencas vacías que sangraban a través de la niebla. Era una calavera. Bajo el tenue aroma de las agujas de pino y la rica marga se escondía el siniestro hedor de la podredumbre y la putrefacción. El aire estaba cargado del pútrido aliento de la muerte. Aquello era un cementerio de huesos.

Miré de nuevo hacia la espesura que me rodeaba y empecé a correr, deseando alejarme de aquel tramo de árboles impíos.

—¡Aleysia!

Algo zumbó junto a mi oreja y me di un manotazo; cayó un objeto más grande que un bicho molesto. Reduje la velocidad a un paso ligero y me puse a buscarlo.

Bzzz. Bzzz.

Volví a darme un manotazo y una figura sombría, del tamaño de un gorrión, resbaló junto a mí.

Noté un fuerte pinchazo en la pierna, miré hacia abajo y, al levantarme el dobladillo del vestido, descubrí que una extraña criatura se me había pegado a la espinilla. Su cuerpo, parecido a un palo, me recordó a una ramita. Revoloteaba contra mi piel agitando unas alas traslúcidas. Me agaché y la aparté de un manotazo. Retrocedió y quedó suspendida en el aire un momento, con un rostro horriblemente humano cubierto con mi sangre.

Una malvahada. Me vinieron a la mente un sinfín de historias de las pequeñas hadas que se decía que atacaban a los forasteros desprevenidos que se acercaban demasiado al bosque.

La criatura gruñó y volvió a la carga.

Nuevos zumbidos me alertaron de que había más. Agitando las manos, eché a correr, ahogando un sollozo de pánico cuando me alcanzaron enseguida. Un inquietante tintineo en mi oído me instó a correr más rápido. Noté una picadura en el brazo. Otra en el cuello. Unos dientes diminutos que se hundían en mi espalda.

Me detuve en seco, retorciéndome y dando manotazos en vano. Las malvahadas me rodeaban, cantando, riendo y mordiéndome. El sonido de una tela desgarrándose atrajo mi atención hacia una que me había desgarrado el vestido justo antes de clavarme los incisivos en la piel.

—¡Dejadme!

Sin embargo, los manotazos y las sacudidas que usaba para defenderme no parecía sino incitarlas.

Un destello negro pasó junto a mí y los ruiditos que hacían se convirtieron en chillidos.

Vislumbré otra ráfaga negra y seguí su trayectoria hasta posarse en una rama. Raivox tenía a dos de las malvahadas atrapadas entre sus garras delanteras. Agitaban los bracitos al igual que había hecho yo unos momentos antes, y chillaron cuando el ave rapaz las levantó hacia sus fauces, salivando, y les arrancó la cabeza, masticándolas como si fuesen una delicia. Oí los huesos crujiendo en su boca.

El resto de las malvahadas se fueron zumbando en medio de los gritos.

Me acerqué al pájaro, chasqueando los dedos.

—¡Vamos, Raivox! ¡Ven! —Se metió la última criatura en la boca e inclinó la cabeza, mirándome—. Vamos, Raivox. Ven conmigo.

Otra malvahada pasó disparada y él la persiguió, dejándome allí. Me di cuenta de que estaba en un pequeño claro del bosque. Al girar no encontré más que un muro de árboles por todas partes. La espesura parecía no tener fin; era un laberinto de escarcha y luz de luna. Había perdido de vista a Aleysia hacía tanto tiempo que ni siquiera sabía por dónde empezar a buscarla.

Me mareé. Mi visión se tornó borrosa y parpadeé con fuerza, sacudiendo la cabeza. Una sensación de quemazón se me extendió bajo la piel como una serpiente y me rasqué con desesperación el brazo donde me habían mordido.

—¡Aleysia! —exclamé, arañándome la piel—. ¡Aleysia! —El mundo aparecía y desaparecía a mi alrededor, como si algo venenoso se me hubiera introducido en la sangre.

Unas hojas crujieron a mi espalda y me di la vuelta.

Alguien me agarró por la garganta.

Moros estaba ante mí, nítido y borroso a la vez por culpa de mi visión defectuosa. Alcancé a distinguir la furia abrasadora que ardía en sus ojos.

—¿Creías que te dejaría escapar así como así? —Me atrajo hacia él—. Dime, ¿cómo te las has ingeniado para llevar a cabo ese truco de feria?

—¡Suéltame!

—¿Que te suelte? ¡Eres mía! ¡Me darás un heredero y te añadiré a mi colección de curiosidades y criaturas cuando ya no te necesite!

—¡Jamás te daré un heredero!

Me abofeteó con tanta fuerza que me escoció y vi doble durante un momento. Sacudí la cabeza y volví a ver una sola imagen.

Un gruñido bajo procedente de mi derecha captó mi atención. Ambos nos giramos hacia una figura alta y sombría a lo lejos, cuya forma se dilataba por el golpe y el mareo que aún sentía. De la cabeza le sobresalían unas astas enormes y tenía el cuerpo encorvado sobre unas pezuñas hendidas. Me recordó a las ilustraciones que había visto en los oscuros cuentos de hadas que mi abuelo nos leía a veces a Aleysia y a mí sobre el ferovor.

Moros me soltó el cuello.

—Por el amor de Dios, ¿qué...? —El asombro en su voz coincidía con el mío.

La figura se acercó cojeando y, mientras yo no era capaz de moverme lo más mínimo, Moros se dio la vuelta para huir en dirección contraria. La criatura se puso a cuatro patas, tomó impulso y lo agarró por el cuello a pocos metros de donde yo estaba paralizada.

¿Era este el monstruo que acechaba en el bosque? ¿El que despellejaba cuerpos y los devoraba? ¿El que la Arpía había visto de joven?

Colgado en el aire, Moros pataleaba mientras la bestia lo olfateaba.

Me alejé en silencio, dando pasos cortos para no llamar su atención.

Con una mano brutalmente mutilada cuyos dedos me recordaron a ramitas, la criatura se abrió paso a través del bolsillo de Moros y sacó el frasco que contenía la piedra blanca que le había dado al capitán. Como hipnotizada, abrió los ojos y dejó caer al hombre, que rodó y tosió por el suelo. Después de abrir el frasco, la criatura lo vertió y la piedra le cayó en la palma, donde la olisqueó de nuevo.

Justo había logrado esconderme tras el tronco retorcido de un árbol grueso cuando alguien me tapó la boca. Un grito, que quedó amortiguado por la mano de mi captor, me quemó en la garganta.

—Chisss —me silenció el tío Riftyn, y, cuando lo miré, vi que estaba observando a la criatura, que se había parado a mirar a su alrededor antes de volver a centrarse en la piedra que tenía en la mano.

—¿Dónde está Aleysia? —susurré.

—No lo sé.

El monstruo se metió la piedra en la boca, se la tragó y soltó un gemido grave que resonó en el bosque. Se golpeó el frasco contra la palma, dejando claro que quería más. Moros, que seguía en el suelo, lo miró fijamente.

—Sé... Sé dónde encontrar más. Si quieres... puedo conseguírtelas —dijo, y la bestia inclinó la cabeza, como si lo entendiera—. Hay una sima entera a las afueras de los Montes Serrados. Puedo llevarte hasta allí.

La vi acercarse cojeando a Moros y el corazón me latió con fuerza. Conté los segundos al tiempo que me preguntaba si le arrancaría la piel. En lugar de hacer eso, la criatura abrió la boca. Más. Mucho más, separando la mandíbula hasta mostrar una caverna de dientes afilados, extendida de una forma tan imposible que parecía desencajada. Con un movimiento rápido, cerró las fauces sobre la cabeza de Moros, quien no dejaba de gritar y de arañar a la bestia intentando defenderse.

Mientras presenciaba cómo la criatura lo devoraba entero, tuve que taparme la boca con ambas manos para contener los gritos que luchaban por salir de mi interior.

—Tenemos que irnos —susurró el tío Riftyn, todavía a mi espalda—. Debemos salir de aquí. ¡Ya!

Tiró de mí mientras yo observaba cómo lo que quedaba de Moros desaparecía en la boca de la bestia. Después se irguió lentamente y su forma cambió: su piel y sus huesos se estremecieron como si fueran canicas en una bolsa. Hasta que, al final, por obra de alguna magia perversa, adoptó la apariencia de Moros.

Levantó las manos, como maravillándose ante su aspecto humano, y giró la cabeza en nuestra dirección. Era idéntico a Moros, pero con la piel grotescamente flácida y huesos que sobresalían y no acababan de asentarse debajo. Escudriñó el bosque con ojos negros y brillantes.

Me di la vuelta y seguí al tío Riftyn, que ya me llevaba una buena ventaja. Entre el crujido de ramas grandes y pequeñas y el ruido de los huesos al aplastarse bajo mis pies, corrí por el bosque oscuro alentada por los gruñidos que me perseguían.

Salté por encima de un tronco caído y terminé en el suelo cuando algo me detuvo en seco. Me giré y vi mi capa nuevamente enganchada. Tiré de la tela, la arranqué de la rama y sentí que alguien me agarraba de los brazos. El tío Riftyn me levantó.

Cuando me di la vuelta para seguir adelante, vi que la enorme mano de la bestia lo agarraba de la parte de arriba de la cabeza y tiraba de él.

—¡No! —grité, intentando alcanzarlo cuando salió disparado hacia atrás.

La criatura lo tenía sujeto por el pelo, las piernas le colgaban inertes. Soltó un grito desgarrador.

No me había dado tiempo a coger aliento cuando la horrorosa criatura clavó los dedos en la mejilla del tío Riftyn y le arrancó la piel. El sonido de la carne húmeda resonó en mi cabeza. El jirón de carne colgaba de la mano de la bestia y mi tío convulsionaba, con los músculos y tendones expuestos y brillantes a la luz de la luna.

Un miedo traicionero me recorrió la columna vertebral y me cortó la respiración. No podía procesar lo que estaba viendo.

«¡Corre!». Al igual que en una pesadilla, al principio mis piernas no se movieron ante la orden. Hasta que, como si estuviera moviéndome por arenas movedizas, me di la vuelta para correr, delirando por la conmoción.

El instinto se adueñó de mí, la adrenalina se apoderó de mis músculos y no miré atrás. Corrí mientras me ardían los pulmones. Corrí mientras las piernas me quemaban por el cansancio, mientras los árboles se desdibujaban, mientras resollaba y tropezaba. Corrí hasta que las espinas de un zarzal seco me sacaron de mi estupor y me detuve ante un muro de arbustos punzantes.

Una luz nítida y azulada se filtraba desde el claro que había al otro lado. Me abrí paso hasta allí, hipnotizada por el suave resplandor que se irradiaba tras un arco de huesos similar al que había atravesado al entrar en el Bosque Voraz. Las espinas me arañaban la piel con cada paso que daba, hasta que las zarzas se abrieron a un sendero de piedra.

Las luciérnagas danzaban alrededor del arco. Tras el horror que había presenciado, la imagen me pareció muy hermosa. Tal vez, al final, Moros me había atrapado y esto era el más allá. Cuando una de las luciérnagas se acercó a mí, levanté la mano y dejé que se posara en la palma. Al examinarla más de cerca, su diminuta cara resultaba casi humana. Me recordaba a la de las malvahadas, pero no tan maliciosa. Parecía casi dócil, con unos ojos negros muy abiertos que se estrechaban hacia una boca pequeña que parecía sonreírme. En lugar de patas de insecto, tenía manos y pies con dedos diminutos. Estudié su tórax, totalmente traslúcido, como si fuera cristal, en cuyo interior una mágica luz azul palpitaba despacio.

El sonido de unos quejidos atrajo mi atención hacia un extremo del muro de espinas, frente al que mi hermana estaba sentada en cuclillas, ensangrentada y temblando.

—¡Aleysia!

Salí de mi estupor y abandoné a la luciérnaga para ir hacia ella. Al tocarle la piel, me di cuenta de que estaba helada y me quité la capa para taparla. Tenía el cuerpo cubierto de pequeñas marcas de dientes, no muy distintas de las que tenía yo en la espinilla, como si se hubiera encontrado con un enjambre de malvahadas.

—¿Lo…? ¿Lo has visto…?

—Sí. Vamos. Salgamos de aquí. —No tenía sentido que estuviera tan cerca de la libertad y se quedase ahí agazapada.

—No… No podía dejarte —confesó, con lágrimas en los ojos—. Quería huir, pero no podía soportar la idea de que estuvieras atrapada con el monstruo.

—Estoy aquí, Aleysia. Venga. Huyamos y no volvamos nunca a Foxglove.

Con un asentimiento, se puso en pie y la rodeé con los brazos, guiándola hacia el arco. Una barrera resplandeciente en su interior parpadeó cuando nos acercamos; era como un espejo líquido que reflejaba nuestra imagen y me impedía ver lo que había al otro lado. La solté y avancé con cuidado.

De lo alto del arco colgaban unas bolsitas plateadas y agarré una. Me invadió una calidez abrumadora, seguida de un maravilloso aroma a tierra tan intenso que se me saltaron las lágrimas.

—Huele… Huele a petricor —susurré.

La inexplicable necesidad de atravesar el arco me atrajo, invitándome a ir más allá. Le eché una mirada insegura por encima del hombro a Aleysia, respiré hondo y pasé la mano a través de la extraña barrera. Una sensación punzante me asustó y retiré el brazo, temblorosa.

Sujetándose mi capa con fuerza, Aleysia se estremeció al observarme.

Me examiné la mano rápido y vi que no tenía daños, así que volví a introducirla y la saqué sin problema. La metí de nuevo y mi hermana me agarró el brazo.

—¡Espera! —Se le ensombreció la mirada por el miedo—. ¿Y si… hay algo… al otro lado? —preguntó.

—¿Y si lo que hay al otro lado es la libertad, Aleysia? Iré primero. Sígueme, ¿de acuerdo?

Asintió con los ojos llorosos.

—De acuerdo.

—Prométeme que vas a seguirme.

—Te lo prometo.

Me giré y, en el reflejo, vislumbré a Moros de pie en las zarzas de espinas que teníamos detrás. El pánico estalló en mi interior.

—¡Vamos!

Sin dudarlo, atravesé la barrera y al otro lado me recibió lo que parecía ser el mismo bosque. Sin embargo, cuando me di la vuelta, en lugar de un reflejo, vi a Aleysia. Extendí la mano para agarrarla y choqué contra una superficie dura. La barrera líquida se había endurecido hasta convertirse en un muro impenetrable.

—No. ¡No! —Golpeé la superficie traslúcida—. ¡Aleysia! ¡Aleysia!

Le temblaban los labios a medida que se acercaba al arco, pero, a lo lejos, la versión deforme de Moros caminaba hacia ella.

—¡Aleysia! ¡Está detrás de ti! ¡Aleysia! —Volví a golpear la superficie transparente, desesperada por abrirme paso, pero era como si ella no me oyera ni me viera—. ¡Aleysia! ¡Aleysia!

—¡Date la vuelta! ¡Ya! —ordenó una voz desconocida a mi espalda, pero la ignoré al ver como Aleysia tendía la mano hacia mí.

—¡Vamos, cruza! ¡Ya viene!

Moros le rodeó el cuello con un brazo y la arrastró hacia atrás.

—¡No! ¡Aleysia! ¡No!

Justo en ese momento, alguien me sujetó de la cintura y de la garganta, alejándome del arco. Me retorcí y pataleé, luchando por zafarme, sin haber visto aún a mis captores.

Una ráfaga de luz parpadeó a mi alrededor y una rigidez paralizante se apoderó de mí. Vi pasar las ramas de los árboles mientras parecía elevarme en el aire. Cada músculo me temblaba, tenso, quemándome como si me hubiera atravesado un rayo. Notaba bloqueadas las extremidades, la mandíbula. Apenas podía respirar. Me encontré frente a un hombre moreno montado a caballo; iba vestido a base de acero y cuero y tenía una mano extendida hacia mí.

Había otros tres de pie junto a él.

—¿A qué huele? —preguntó el rubio, que vestía igual que el moreno—. Quiero comerme el puto aire, qué delicia.

—¿Es mortal? —preguntó el pelirrojo de pelo rizado.

—Sí —respondió otro hombre, que ladeó un poco la mano para girarme.

El pánico se apoderó de mí, ya que, desde este nuevo ángulo, no veía a Aleysia y mi cuerpo se negaba a obedecerme para que pudiera volver a darme la vuelta.

—¡Por los huevos de Castero! ¡Pero si es una mortal! ¿Alguna vez ha cruzado alguno? —El rubio me miró, asombrado.

—No, que yo sepa.

El de pelo oscuro, que me tenía sujeta con una especie de agarre invisible, inclinó la cabeza hacia un lado, curioso. Los guardias, o eso era lo que parecían, ya que iban todos vestidos con el mismo uniforme de cuero con detalles metálicos y el mismo peculiar emblema, volvieron a mirarme mientras flotaba por encima de ellos sin poder hacer nada.

«¡Suéltame!», grité mentalmente, pero era incapaz de pronunciar una sola palabra.

—Si es mortal, ¿cómo cojones es que habla nyxterio, eh, listo? —preguntó el pelirrojo.

—Ni idea. Pero el capitán dice que los mortales huelen diferente. Así es como te atraen. —Con los ojos cerrados, el rubio abrió las fosas nasales e inspiró hondo—. Me pregunto a qué le huele el coño.

—Si tanta curiosidad tienes, ve y compruébalo —lo retó el pelirrojo y yo le imploré a mi cuerpo que se soltara de lo que fuera que me tenía sujeta—. Mi bisabuelo decía que son portadores de las peores enfermedades de la sangre. Perdió a dos de sus hermanos cuando cruzaron el valle. Volvieron echando hasta la primera papilla. He oído que, si te muerden, ya puedes despedirte.

—Eso es una gilipollez —discutió el rubio—. Nadie ha cruzado a las tierras de los mortales jamás. Tu abuelo miente.

—¡Lo hizo! ¡Lo juro!

—¿Qué hacemos con ella? —El rubio se relamió. No quería ni imaginarme qué pensamientos asquerosos se le estaban pasando por la cabeza—. No podemos llevarla a las mazmorras del castillo. Estaríamos pidiendo a gritos unos latigazos, y el rey querría nuestra cabeza. Pero huele tan bien que me la comería. Como a naranjas o algo así.

—No. No podemos llevarla a los mazmorras —coincidió el moreno—. De todos modos, el rey insistiría en ejecutarla de inmediato, y es una lástima desaprovechar un evento tan memorable como que cruce una mortal. Tengo curiosidad por ver cómo funcionan.

El guardia restante se limitaba a observarme en silencio, sin decir nada.

Aleysia. Tenía que centrarme en ella. Estaba desesperada por preguntarles a los guardias si la veían. Si estaba viva.

—¿A qué te refieres con «cómo funcionan»?

Los hombres seguían parloteando y mi impaciencia aumentaba por momentos.

Una mezcla tóxica de rabia y terror me oprimía la garganta y estaba a punto de ahogarme, pero no logré decir nada.

—Nunca le he visto el coño a una mortal. ¿Y vosotros? —preguntó el moreno por encima del hombro a los otros.

—No. No puede ser diferente al de nuestras mujeres, ¿no?

—Ah, creo que te equivocas. —El guardia agarró un palo del suelo y lo metió bajo el dobladillo de mi vestido—. He oído que el de las mortales tiene dientes. Pueden arrancarte la polla a mordiscos. —Me levantó la falda hasta el muslo, sonriéndome con malicia. Subió más—. ¿Tu coño tiene dientes, bonita?

Mi grito se convirtió en un murmullo ahogado en mi pecho, incapaz de salir por la mandíbula apretada.

Todos los ojos seguían clavados en mi piel desnuda, pero, antes de que el guardia pudiera exponer mis partes íntimas, el palo se le cayó de las manos, aunque ninguno de los otros tres estaba tan cerca como para haberlo tocado.

—Basta. Tal vez deberíamos enviarla de vuelta. Nadie tiene por qué saberlo.

Quien había hablado era el hombre que no había dicho una palabra hasta ese momento.

—Si vuelves a interrumpirme, te arranco la cabeza —advirtió el moreno con un gruñido—. No va a volver. El valle no lo permitirá.

—Entonces ten piedad y ofrécele una muerte rápida.

—Yo digo que la llevemos a Guardahueso y se la demos a los pobres desgraciados a los que van a ahorcar. —Una sonrisa malvada se extendió por los labios del pelirrojo—. A ellos les dará igual que tenga enfermedades, y nos ofrecerán un espectáculo maravilloso. Lo veremos desde lejos, por supuesto.

El moreno sonrió con satisfacción y volvió a girar la mano para mostrarles mi trasero.

—Me parece una idea brillante. Da la impresión de que es de las peleonas. Podría dar guerra.

Con los ojos cansados, miré por el rabillo para vislumbrar el arco, que aún estaba demasiado lejos.

Él me dio la vuelta y me dejó caer por el aire lo bastante rápido como para que el vestido se me levantara y les mostrara mi ropa interior.

—¡Qué lástima! Pensaba que no llevaría nada debajo.

El cuarto guardia siguió callado. Lo miré con todas mis fuerzas, suplicante, rogándole que dijera algo y me dejara marchar.

Noté líquido caliente bajándome por una pierna y los ojos se me llenaron de lágrimas.

—¡Se ha meado, joder! —se burló uno de ellos, pero me daba igual. Lo único que me importaba era Aleysia.

Mi hermana.

Que probablemente estaba muerta.

26

Zevander

Se oyó un golpe en la puerta del despacho de Zevander antes de que se asomara Ravezio.

—Tienes compañía —anunció su compañero letalisz, y entró. El chaleco de cuero que vestía, sin camisa debajo, dejaba ver el sello que llevaba grabado en oro a lo largo del hombro y el bíceps: el cuerpo sinuoso de un basilisco dorado.

—¿Quién es?

—Parece que es de la Guardia Imperial. Lo encontré paseándose ante las puertas. Ha tenido suerte, porque sospecho que los dracos de fuego estaban a punto de comérselo.

Zevander frunció el ceño, se puso en pie y siguió a Ravezio hasta el gran vestíbulo, donde un hombre que le resultaba familiar contemplaba lo que lo rodeaba. Se trataba del guardia de Brujafría al que había maldecido con el escorpión. Solo había una razón por la que lo hubiese buscado.

—Alguien ha cruzado. Alguien mortal, mi señor. —El miedo y la urgencia se aferraban a su temblorosa voz.

—Mortal —repitió Zevander—. ¿Cuándo?

—Esta misma noche.

—Supongo que estará en las mazmorras del rey.

—Está en Guardahueso.

—¿En Guardahueso?

Zevander frunció el ceño. Alejada del castillo principal, la torre de Guardahueso se alzaba en los terrenos del sur de Costelwick; era un impresionante torreón que no se había utilizado para la defensa desde hacía siglos. No desde el asedio del solsticio de Brumanox, durante el invierno más frío jamás visto en Etiria. Había permanecido libre de miembros de la realeza desde entonces, y sus calabozos se utilizaban sobre todo para alojar a los criminales más violentos, a los que no se retenía durante mucho tiempo. Zevander conocía de primera mano aquellas frías y húmedas celdas: su padre y él habían estado allí antes de que lo enviaran a trabajar a las minas de Solácea.

—Sí. A veces, llevan allí a... las prisioneras. —Con el ceño fruncido, el guardia apartó la mirada—. Yo no tengo nada que ver con eso. Pero... a los otros guardias... les divierte ver a las prisioneras con los criminales más... violentos.

Zevander entrecerró los ojos.

—¿Me estás diciendo que la persona mortal que cruzó es una mujer?

—Bueno, sí.

—Descríbemela.

—Pues... tiene el pelo negro, largo. Está muy delgada. Es pequeña. Olía a naranjas.

Solo con escuchar la mera descripción de ese olor, a Zevander se le hizo la boca agua de nuevo.

—¿Algo más a destacar?

—En el ojo tiene... Bueno, tiene una extraña marca plateada.

Zevander gruñó.

—Parece que me toca ir a Guardahueso.

—¿Te acompaño? —preguntó Ravezio desde donde estaba apoyado en la escalera, sacándole brillo a su daga—. Ya sabes lo mucho que me gustan los hombres uniformados. —Posó los ojos en el guardia, que se balanceaba sobre sus pies, evidentemente incómodo en presencia de los letalisz.

Con su piel eremicia escamada, casi imperceptible si no se tocaba, Ravezio había sido el que más había sufrido a manos de los guardias durante su encarcelamiento, ya que a veces disfrutaban arrancándole las escamas para torturarlo. En general, la realeza no miraba con buenos ojos a los eremicios. Se los consideraba ladrones y malhechores. No habían visto en Ravezio más que a un animal enjaulado al que molestar y maltratar.

—No. Lo haré solo. Échale un ojo a este un rato, ¿quieres?

—Claro. —Ravezio curvó los labios en una sonrisa cuando levantó la hoja de su daga y la luz se reflejó en el filo.

El guardia tragó saliva.

—¿Tardará mucho, señor? No comuniqué que había dejado mi puesto en Costelwick.

—No. No tardaré.

Zevander salió del gran vestíbulo y recorrió un largo corredor hasta llegar a una antesala de piedra en la que había una puerta de acero. La atravesó y llegó a una escalera estrecha que se curvaba al descender hacia las criptas del castillo.

Lo flanqueaban siglos de linaje familiar en forma de estatuas. Al pasar junto a la de su madre, hizo la señal de los dioses como muestra de respeto.

Más allá de las efigies se encontraban las mazmorras. Zevander se detuvo al llegar a la celda en la que estaba Dolion. Aunque había encarcelado al brujo, había hecho todo lo posible por que estuviera cómodo, otorgándole sábanas de la mejor seda y una cama con un edredón de plumas. En el suelo de la celda había una jarra de cerveza, una empanada de carne a medio comer y una hogaza de pan.

—He de decir que ser tu prisionero no acaba de ser un castigo —comentó Dolion, levantando la vista de uno de los pergaminos que estaba leyendo sentado a la luz de su candil.

—La chica ha cruzado —soltó Zevander, ignorando su comentario—. Está aquí, en Etiria.

Frunciendo el ceño, el otro se inclinó hacia delante y se revolvió en la silla.

—¿Ha cruzado? ¿La mortal?

—Sí. ¿Cómo es posible? Tenía entendido que el Valle Umbrío estaba diseñado para impedir que los mortales cruzasen.

—Así es. Sin embargo, esto demuestra que desciende de uno de los siete linajes. Solo a ellos se les permitiría cruzar con semejante facilidad. ¿Dónde está ahora?

—La capturó la Guardia Imperial.

—Cielos. —Dolion se hundió en su silla y resopló—. El rey la va a ejecutar. Una mortal en Etiria... ¿Imaginas el revuelo que causaría eso?

—No la han llevado a las mazmorras del castillo, sino a Guardahueso.

—¿A Guardahueso? —Con el ceño fruncido por la confusión, el brujo sacudió la cabeza—. ¿Para qué?

—Sospecho que los guardias pretenden deshacerse de ella ellos mismos. La pregunta es si se lo vamos a permitir. —Su pérdida sería una lástima, pero a Zevander no le interesaba complicarse la vida con la joven si no iban a convertir su sangre en piedra.

—¿Permitírselo? Pero ¿estás loco? ¡Pues claro que no! ¡Es la última de su raza!

—Y, mientras viva, es una amenaza. Traerla a Eidolon no hará más que atraer a los brujos y, si vienen aquí, no solo te atraparán a ti, sino al último sello de sangre del septomir. —Zevander no se molestó en mencionar el hecho de que, de alguna manera, la chica parecía ser completamente inmune a su poder. Y solo eso ya la convertía en una amenaza para él.

—Como ya te he dicho, Zevander, hay que protegerla a toda costa. Si muere, no solo perderemos un sello de sangre, sino toda una etnia.

—No me he ofrecido a hacerme cargo de ella.

—Entonces serás cómplice de mortalicidio.

El letalisz se pasó la lengua por la parte de atrás de los dientes.

—Qué arte tienes con las palabras, viejo. Quiero pruebas de que es quien afirmas.

—Solo hay una forma de comprobarlo... —empezó a decir Dolion. Zevander levantó la pequeña muestra de sangre que había recogido del mundo mortal—. ¿Cómo has conseguido eso? —preguntó.

—Estaba por todo el arco del bosque. Me llevó hasta ella.

—Muy bien. Fantástico. —Se colocó una lente de aumento sobre el ojo y examinó la piedrecilla—. Es demasiado pequeña para el septomir, por supuesto, pero podría ser suficiente para revelar su aura. —Se acercó a su bolsa a toda prisa, rebuscó en ella con una sola mano y dejó un crisol sobre su escritorio—. Necesitaré algunos suministros para el futuro. Un microscopio y algunas pociones...

—¿Y de dónde se supone que voy a sacar esos suministros? —preguntó Zevander, mirando cómo ponía la pequeña piedra de sangre en el crisol.

—De mi antiguo laboratorio en la Ciudadela.

—¿No lo tienen bajo vigilancia los brujos?

—Ya lo habrán asaltado y habrán robado todo lo que valga la pena. Sospecho que lo único que quedará serán mis telescopios y lo que habrán considerado pociones inútiles que podrían hacerse ellos mismos. —Dolion agarró uno de los muchos frascos de colores que había en un estuche y vertió un líquido púrpura sobre la piedra, que crepitó al contacto. Del recipiente salió humo negro y, cuando el chisporroteo se calmó, solo quedó la plata de la piedra de sangre. El humo se entrelazó en el aire y luego se derramó en el crisol, arrastrando de algún modo los trozos de metal por la superficie, hasta formar un glifo: un símbolo en forma de gancho afilado, como una guadaña, cuya hoja servía de cresta ósea superior de lo que parecía ser el ojo de un pájaro—. El glifo de la muerte. Los córvicos adoraban a la diosa de la muerte.

—Eso no significa que posea un gran poder.

—Tráela. Veamos si lleva el símbolo en la piel. Mientras tanto, te prometo que estoy trabajando en otro método para moderar tu maldición. Hazme este favor y pondré todo mi empeño en librarte de ese insufrible fuegoscuro.

—Si no lo haces, yo pondré todo mi empeño en que sufras eternamente.

27

Maevyth

Recibí un fuerte empujón por la espalda y salí despedida hacia el interior de una celda oscura. El suelo de grava se me clavó en la piel y las rodillas y las palmas de las manos me ardieron. Me di la vuelta justo cuando la puerta de hierro se cerró y mi captor se asomó por un orificio que había en ella.

Me puse en pie y corrí hacia allí, chocando contra la dura superficie.

—¡Dejadme salir! ¡Por favor! ¡Dejadme salir!

—No vas a ir a ninguna parte, bonita —se burló el guardia de pelo oscuro.

—Mi hermana está... ¡Tengo que ayudarla!

—Diría que ahora mismo tu hermana está mejor que tú. —Dejó escapar una risita cruel que me enfureció.

Apreté los dientes con fuerza y golpeé la puerta con el puño. Una luz brillante me iluminó la cara con una vaharada de calor que me hizo salir volando hacia atrás. Me hice daño en la columna al estrellarme contra el suelo de tierra y el impacto me dejó sin aire. Cada músculo me temblaba a causa de la descarga. Cuando disminuyó la punzada de dolor, poco a poco, rodé hacia un lado, gimiendo.

El guardia volvió a reírse.

—Huele a naranjas asadas.

—Entonces ¿cuál es el plan? ¿Lo hacemos a medianoche? —preguntó el rubio, que estaba a su lado.

—Sí. Cuando cambiemos el turno a la guardia nocturna, nos vemos de nuevo aquí atrás. Díselo a Ruvym y a Stolyus.

Intenté concentrarme en mi respiración mientras ellos charlaban sobre los siniestros planes que tenían en mente.

—¿Stolyus? —gruñó el otro guardia—. Ese desgraciado tiene la gracia de un funeral. No confío en él. Nos delataría a la primera de cambio.

—Dale un poco de licor de bayas y se tirará de cabeza desde la torre Dandymir si se lo pedimos.

Ambos se echaron a reír.

—Lo que daría por ver eso —comentó aquel cuya voz había llegado a reconocer como la del rubio—. Últimamente el cabrón está raro. Siempre está rascándose en el brazo.

—A lo mejor tiene muruela. ¿Lo metemos en la celda con ella?

Los guardias volvieron a reírse y yo me incorporé, respirando hondo.

—Anda, vámonos, que no sé cuánto tiempo más podré soportar esto. Tengo la polla a punto de salírseme de los calzones. Me muero por verlo. —Las palabras del moreno confirmaron lo que ya me temía.

Al oír sus pasos alejándose, miré alrededor de la celda. La única luz que entraba por el ventanuco era la de la antorcha que parpadeaba al otro lado de la puerta. Me dolían los músculos y, con la garganta seca, me puse de rodillas y apoyé las manos en el suelo para buscar un arma o una forma de escapar, esperando un milagro.

La tensión me agarrotaba las extremidades. Estaba agotada por el estrés de la noche: primero, el Destierro de Aleysia y la huida por el bosque para escapar de lo que fuese la criatura que lo habitaba. Y ahora esto.

Aleysia... Ni siquiera había tenido tiempo de procesar lo que había sucedido, ni la posibilidad, muy real, de que Moros la hubiera masacrado.

Me obligué a dejarlo estar. Ahora mismo no podía permitirme preocuparme por eso. Tenía que encontrar una forma de salir de la celda antes de que regresaran. Después buscaría la manera de volver al bosque. A por ella.

Aunque no hubiera nada esperándome, daba igual. Tenía que saber si estaba muerta o viva.

Lo que más me atormentaba era la incertidumbre; quizá era incluso peor que haber visto a Moros, o en lo que se hubiera convertido, llevársela, porque al menos entonces, por devastador que hubiera sido, podría haberme abandonado a la desesperación. Tal vez no me hubiera importado lo que me esperaba con esos hombres, porque sin mi hermana, nada me importaba. Pero no la había visto morir. Y por eso, por pequeño que fuese, me quedaba un resquicio de esperanza. Una razón para seguir adelante. Ganas de luchar.

En el rincón en penumbra de la celda alargué la mano y toqué algo duro de piedra. Sonriendo, lo agarré y regresé a la luz para ver qué clase de arma podría ser, pero, una vez iluminada, fruncí el ceño al contemplar el extraño objeto negro que tenía en la palma de la mano.

De la parte superior se desplegaban dos largas estructuras parecidas a unas cerdas, seguidas de docenas de fibras con aspecto de pelo que me hacían cosquillas en la piel. Y unas pinzas. Unas pinzas que me arrancaron la fina capa de piel de un dedo con la promesa de un fuerte mordisco.

Solté un grito desgarrador y lo dejé caer al suelo, donde explotó en cientos de pequeños bichos negros que corretearon por la superficie.

Me puse en pie de un salto y me pegué a la pared. Al sentir un cosquilleo en la espinilla, me levanté la falda lo suficiente para ver a dos de ellos trepándome por la pierna. Un dolor insoportable me atravesó la piel.

Volví a gritar, les di con el pie y salieron volando, y pisoteé a otros tantos que se dirigían hacia mí. Los crujientes caparazones quedaron aplastados bajo mis botas y el reguero de vísceras me salpicó.

Un bicho mucho más grande se escabulló en mi dirección chasqueando las pinzas. Solté todo el aire en un jadeo de pánico y lo pisé. Las tripas de color amarillo brillante salieron disparadas hacia mi falda, manchando la tela.

Se oyó un largo silbido en la celda y todas las versiones diminutas del bicho se acercaron a la más grande, como si esta las hubiera absorbido. Sus brillantes caparazones negros se arrugaron y se convirtieron en un montón de líquido oscuro.

Emití un fuerte y tembloroso suspiro y me quedé observándolo.

Noté un cosquilleo en el brazo que me puso aún más nerviosa y, al tirar de la manga, me encontré con un pelo que se me había caído. Temblando, me pasé las manos por los brazos y las piernas, hecha un manojo de nervios.

De entre las sombras salieron a la luz otros dos bichos grandes. Uno negro, como el primero. El segundo, rojo con marcas negras.

—Dios mío. Por favor.

Un tintineo de metal atrajo mi atención hacia la puerta, por cuya mirilla se veía al guardia de pelo oscuro de antes.

—Ferrys va primero. Le espera la horca al amanecer —dijo, y el corazón se me aceleró al oír el chasquido de la cerradura.

Los bichos volvieron a esconderse entre las sombras cuando la luz de la puerta se extendió por la oscura celda. Entraron dos guardias. El tercero se quedó en el umbral.

—Después va Jevhyr, y luego la soltamos en la fosa.

No tenía ni idea de qué era la fosa, pero el tono de voz que usó cuando la mencionó tenía un toque de diversión terrorífico.

Un cuarto guardia apareció junto a ellos. Lo reconocí del bosque: era el que parecía estar en contra de sus ideas.

—¡Ah! Parece que, después de todo, alguien ha cambiado de opinión. —El pelirrojo le dio una palmada en el hombro.

El guardia callado soltó una risita nerviosa.

—¿Y dejar que solo os lo paséis bien vosotros, capullos? —Se aclaró la garganta y se rascó el brazo, que parecía enrojecido y muy inflamado.

Aunque se hubiera opuesto en algún momento, parecía que ya no había forma de convencerlo.

—Por favor —le supliqué—. Por favor, ayúdame a salir de aquí.

El guardia volvió a aclararse la garganta, giró la cabeza, como si se negara a mirarme, y la poca esperanza que tenía se marchitó.

—Cállate, zorra mortal.

Los hombres soltaron una carcajada.

—¡Que alguien le traiga licor de bayas a Stolyus! ¡Irá después de Ferrys!

—Y una mierda —contraatacó el mencionado—. Es… ¡Es una mortal asquerosa! Prefiero mirar.

Uno de ellos se rio entre dientes, dándole un manotazo en la espalda mientras le entregaba una botella de lo que supuse que era el licor.

—Bueno, ¡que empiece la fiesta! Basta de perder el tiempo.

Metieron en la celda a un hombre vestido con ropa andrajosa, el pelo revuelto y los ojos desorbitados. Tenía marcas y cicatrices por toda la piel y unos grilletes de color cobre en las muñecas. Los guardias soltaron la cadena que los unía, pero mantuvieron los grilletes en su sitio.

—No te preocupes, no usará magia —comentó el moreno, como si esa fuera la mayor de mis preocupaciones en ese momento.

—Joder, al menos dale un arma al pobre desgraciado. Ese coño suyo podría no soltarlo. —Uno de los guardias le metió una daga enfundada en el bolsillo al hombre desaliñado y fue entonces cuando me di cuenta de que me consideraban una amenaza.

Cuando el prisionero se acercó, me arrinconé contra la pared. Puede que no fuera rival para la magia que los guardias habían usado en aquellos bosques, pero no iba a permitir que hicieran conmigo lo que quisieran sin pelear. Percibí el destello del cuchillo en su cadera y el prisionero dejó de acercarse, bajando la vista hacia él y volviendo a mí, con una sonrisa malévola.

—¿Te gusta la daga, pequeña? —La sacó de la funda despacio y me la tendió, apretando el extremo afilado con la mano.

—¿Qué cojones estás haciendo, hombre? ¿Quieres morir? ¡Es mortal!

—Lo que significa que es débil —comentó él por encima del hombro sin apartar esos ojos depredadores de mí.

—Esto va a ser buenísimo. —El pelirrojo se frotó las manos y cambió el peso de un pie a otro.

Temblando, miré la daga que me ofrecía y luego otra vez al

prisionero. Con un movimiento rápido, se la arrebaté de las manos y la sostuve frente a mí. El sonido de la risita del pelirrojo quedó ahogado por las escandalosas carcajadas de los otros guardias.

—Mírate, tiemblas como un pétalo al viento. ¿Crees que puedes luchar contra mí, florecilla? Sin magia. Mis puños contra tu daga.

—Me apuesto tres quintos a que te deja hecho polvo —comentó el rubio detrás del pelirrojo.

—Tres quintos... —Este resopló y lo miró—. ¡Con eso no me puedo comprar ni una jarra de mors!

—¿Mors? Los únicos que beben eso son los que tienen sangre feérica.

Alternando la mirada entre los dos guardias y el prisionero que me acorralaba, esperé a ver si se peleaban. Eso habría supuesto una distracción, lo cual habría significado escapar.

—¿Ahora me estás llamando feérico? —El pelirrojo empujó al otro en el pecho y el ruido de la armadura resonó por toda la sala.

El rubio le dio un codazo en la nariz y este cayó contra la pared.

Cuando el hombre que estaba delante de mí miró hacia ellos, me abalancé sobre él y le hice un corte en el brazo con el cuchillo. Lo esquivé y giré sobre mí misma, interponiéndome entre él y los guardias de la puerta.

—¡Joder! —gruñó, examinándose la herida—. Esto te saldrá caro, florecilla. ¡De todas las estupideces que podías hacer, vas y haces esta! —gruñendo, se abalanzó sobre mí y me defendí lanzando un tajo al aire. Perdió el equilibrio y cayó, acompañado por el ruido del metal que hicieron los grilletes al chocar contra la grava.

—Tengo la sangre contaminada. Casi pierdo la vista por la enfermedad. —Me clavé la punta de la hoja en el dedo, haciendo una mueca de dolor por el pinchazo, y apunté el cuchillo hacia él.

Abrió mucho los ojos, se echó hacia atrás y se estremeció, con la frente bañada en sudor.

«¿Tiene miedo? ¿De mí?».

Me invadió una oleada de victoria, me acerqué y volví a amenazarlo con la daga.

—¡Vamos, cerdo de mierda! —grité, burlándome de él como una loca, pero me daba igual. Me negaba a dejarme violar por aquel cochino asqueroso—. ¡Los gérmenes de mi sangre te van a comer vivo!

Estaba exhausta y furiosa. Y aún tenía que enfrentarme a los guardias...

Fue entonces cuando me di cuenta: llevaba un rato sin oírlos hacer ningún ruido.

Los labios del prisionero se curvaron en un gemido mientras levantaba las manos en señal de rendición. Despacio, desvié la mirada hacia la pétrea pared a su espalda, donde las titilantes antorchas del pasillo mostraban mi silueta, que lentamente se vio engullida por una sombra monstruosa que bloqueaba la luz.

Un destello negro pasó por encima de mí con un silbido silencioso y vi con horror cómo algo enorme y plateado le atravesaba el pecho al hombre.

Las piernas del prisionero temblaban, tenía la boca abierta y los brazos extendidos, como si estuviera aturdido por el impacto. Entonces el objeto de acero retrocedió, derramando sangre y trozos de órganos por el suelo. Abrí la boca para gritar, pero no pude más que respirar con rapidez y dificultad, expulsando bocanadas de aire frío.

Con los músculos agarrotados, me obligué a darme la vuelta, mareada por el rápido ritmo de mi respiración. En la puerta, cerniéndose sobre mí, había un escorpión gigantesco con el aguijón alzado y las pinzas preparadas para arrancarme la cabeza con un solo movimiento.

Entré en un estado de estupor tal que no podía moverme. No podía respirar. No podía hacer otra cosa que mirar a la criatura con un horror absoluto.

Algo me goteó sobre la cara y, aún sin aliento, bajé la mirada hacia la sangre que se derramaba sobre las palmas de mis manos abiertas.

—Dios —susurré—. Dios mío, desgraciado y mísero seas, llévame rápido y sin sufrimiento.

El chasquido de las garras del insecto contra el suelo me hizo volver a fijarme en la aterradora criatura que pasaba por encima de los dos guardias que yacían destripados a ambos lados.

La negrura se cernió sobre mí.

Y todo se sumió en un dichoso silencio.

28

Maevyth

Me invadió un aroma a tierra y a cuero que me sacó de la oscuridad en la que me había sumido. Algo se movía entre mis muslos con una cadencia constante. Era húmedo. Como algo que salpica agua. Tacatá, tacatá, tacatá.

Una neblina espesa se había apoderado de mi cerebro y no lograba darle sentido ni al sonido ni a la sensación. Abrí los ojos y vi... pelo. Pelo negro que cubría un ancho y musculoso cuello oscuro.

Logré unir la imagen al sonido. Un caballo.

¿Un caballo?

Levanté la cabeza y parpadeé dos veces. La niebla se disipó y distinguí unas orejas negras como el azabache, un destello metálico y unas bridas.

«¿Qué está pasando?».

Migajas de recuerdos cruzaron mi mente, frustrándome.

«El bosque. Una celda. Un símbolo. Bichos».

«El escorpión».

Jadeé, di un respingo y choqué contra una superficie dura. Algo me rodeó por el vientre. Me revolví, arañando lo que me sujetaba. ¿Se trataba del escorpión?

No, eso no tenía sentido.

—¡Suéltame! ¡Déjame ir!

—Quédate quieta si no quieres acabar en la ciénaga negra. —La voz del hombre, grave y amenazadora, me provocó un escalofrío en la nuca.

Observé el sombrío paisaje que me rodeaba. Incluso en medio de la oscuridad, distinguía ramas de árboles podridos que sobresalían del suelo cubierto por la niebla. Había muros de roca a ambos lados y, al inclinar la cabeza hacia atrás, vi el cielo nocturno. Dos lunas brillaban en un cielo salpicado de estrellas, iluminando el camino a través de lo que parecía ser un profundo barranco.

Había un vacío entre lo último que recordaba y ahora. ¿Qué había pasado entre el ataque del escorpión y este momento?

—¿Quién eres? —pregunté—. ¿Qué es este lugar?

No hubo respuesta.

—Había… un escorpión. Un escorpión… enorme. —Odiaba que sonase así de ridículo e inverosímil. Hablé con la voz rasposa, con la garganta seca por la sed.

Aun así, él no dijo nada.

—Tengo que volver. Mi hermana… está en peligro.

—¿Te siguió al bosque? —preguntó, hablando al fin, y yo me centré en su voz. No la reconocí como la de ninguno de los guardias con los que me había cruzado. Tenía un tono inquietante y cada palabra que salía de sus labios sonaba a advertencia.

—Sí.

—¿Cruzó el arco?

—No.

—Entonces está muerta. —En su tono no había ni una pizca de emoción ni empatía.

—No está… muerta. —A pesar de las lágrimas que me llenaban los ojos, contuve las ganas de romperme. Todavía no. Me negaba a derrumbarme hasta saber con certeza qué le había pasado—. Llévame de vuelta.

Silencio.

—Te estoy pidiendo que me lleves de vuelta. Regresaré al lugar del que vine. No le contaré nada a nadie sobre este sitio. Ni sobre ti. Solo llévame de vuelta.

Nada.

Él tiró de las riendas y detuvo el caballo. Me fijé en el escorpión que llevaba tatuado en el dorso de la mano.

—Puedes dejarme aquí y... —Solo con pensar en volver caminando, en moverme lo más mínimo, estando tan agotada que apenas podía mantener la cabeza erguida, me entraron ganas de llorar, pero, aun así, añadí—: Puedo andar... —Cortó mis palabras al taparme la boca súbitamente con una mano enguantada.

Se la arañé, con una réplica furiosa quemándome en la lengua.

Del silencio que nos rodeaba surgió un sonido chirriante.

A través de la oscuridad, busqué de dónde venía y lo encontré agazapado junto a un tronco caído. Se trataba de una criatura del tamaño de un zorro y que me recordó a un sapo demasiado grande, corpulento y rechoncho, con los ojos grandes y saltones y el morro chato. De la cabeza le sobresalían unos cuernos largos y con puntas, y, cuando levantó el hocico para olisquear el aire, vi que le asomaban unos colmillos en la boca.

—Te huele —dijo mi captor, y entonces me di cuenta de que los ojos de la criatura eran blancos como la leche y, por la forma en que olisqueaba el aire con su nariz chata, parecía estar ciega—. Los mortales son un tentempié delicioso. Mucho más emocionante que su habitual comida a base de serpientes y arañas de pantano.

—¿Serpientes... y arañas de pantano? —Seguí con la mirada la superficie negra y cristalina del agua que teníamos debajo.

—Están por toda esta ciénaga. ¿Todavía te apetece un paseo de vuelta al bosque?

Antes de responder, la bestia ante nosotros soltó un rugido, abrió sus fauces y mostró cientos de dientes más. Volvió a olfatear el aire y se acercó.

Más todavía.

—¿No deberíamos marcharnos?

—Esas cosas corren más rápido que un caballo. No tienen una vista muy aguda, pero sí olfato de sabueso. Y, si te atrapan... Bueno, imagina esos dientes desgarrando tu delicada piel mortal.

—Entonces ¿qué hacemos?

—Estoy dándole vueltas a esa cuestión mientras hablamos.

No me atrevía a girarme para mirarlo. Su voz ya era lo suficientemente amenazadora sin necesidad de verle la cara.

—¿Puedes pensar más rápido? Parece bastante interesado.

—Tenlo por seguro. No se ven muchos mortales en este lado. Es afortunado por haberse tropezado contigo.

Se movió a mi espalda y me volví lo suficiente para ver a mi captor deslizarse de la silla de montar. Sus botas apenas provocaron un pequeño chapoteo al aterrizar en el agua.

—¿Qué haces? —susurré. Aunque no quería tener nada que ver con él, tampoco me apetecía que me dejase sola.

—Quédate callada. —Su voz tenía un tono extraño y uniforme que no encajaba con los frenéticos latidos de mi corazón.

—¿Cómo puedes estar así de tranquilo?

—No es a mí a quien quiere comerse.

La capucha de la capa que llevaba lo hacía parecer más sombra que hombre, pero vislumbré algo negro y metálico sobre su boca; era como si estuviera cubierta por una máscara. Antes de que pudiera estudiarlo con más detenimiento, la bestia volvió a rugir. La miré y estuve a punto de ahogarme de pánico cuando agachó el hocico y empezó a correr hacia nosotros.

El caballo no se encabritó ni relinchó ni se movió sobre las patas. Se quedó quieto, como si la criatura no le afectara. Me giré y vi que mi captor había desaparecido. Se había esfumado.

—¿Qué? ¿Adónde...? Ay... ¡Mierda! —Le pateé el costado al caballo con la esperanza de que se moviera, pero la imperturbable criatura no se inmutó—. ¡Muévete, maldita bestia! ¡Galopa! —Le di otro golpe con el pie y soltó un gruñido profundo y gutural.

¿Un gruñido? Nunca había oído a un caballo gruñir.

La bestia se lanzó hacia nosotros entre chapoteos y los músculos se me quedaron bloqueados. Dejé escapar un grito cuando saltó en el aire hacia mí.

Un objeto negro lo ensartó en pleno ataque, atravesándole la cabeza y saliéndole por el pecho tan rápido que la bestia aún seguía suspendida en el aire. El sapo del demonio trastabilló, cayó sobre el agua y dejó al descubierto la brillante espada negra que lo había atravesado antes de chapotear en la ciénaga junto al caballo.

Mi captor apareció de entre una humareda negra y espesa, con la mano enguantada agarrada a la empuñadura de dicha espada.

Antes de procesar lo que acababa de suceder, el caballo se inclinó hacia delante y le arrancó un trozo de carne a la criatura muerta, que masticó como si hubiera metido inocentemente la cabeza en un cubo de zanahorias.

Con la boca abierta, me quedé sentada, en silencio, segura de que tenía que estar soñando. O algo peor.

Tal vez había muerto en ese bosque. Tal vez Moros me había atrapado y esto era una especie de extraño purgatorio.

Él limpió la espada con un pañuelo blanco, dejando una mancha verde en la tela.

—Bueno, si quieres, eres libre de irte.

Estuve a punto de decirle que él era libre de irse a la mierda, pero entonces levantó la cabeza y vi su cara por primera vez. La luz de la luna lo iluminaba lo suficiente para que distinguiera sus rasgos incluso ocultos por la capucha. Una máscara negra con adornos metálicos le cubría la parte inferior del rostro, pero, incluso con ese disfraz, lo reconocí. Ya había visto antes, en lo que me había parecido un sueño, esos ojos tan poco comunes: ese naranja tostado y ese dorado brillante que le rodeaban las pupilas, como una explosión de luz, casi resplandeciendo desde las profundidades de su capucha.

—Tú —susurré—. Tú... Te he visto antes. En mi habitación.

No dijo nada mientras se metía la espada en una funda oculta en la espalda.

—Pensaba que eran imaginaciones mías, pero... ¡eres tú! ¿Por qué?

Sin contestar, agarró las riendas y, cuando se colocó junto al caballo, me di cuenta de su estatura. Calculé que debía de medir casi dos metros.

—Te doy dos opciones: puedes bajarte de este caballo y volver al bosque por tu cuenta o puedes quedarte callada y no hacerme más preguntas.

—¿Al menos puedo saber tu nombre? Para que no tenga que referirme a ti mentalmente como «el de la mirada furibunda».

Soltó un ruido de desaprobación.

—Zevander.

—Zevander —repetí—. Yo soy Maevyth.

—No te he preguntado. —Esperó un rato y, cuando no me moví, se dio la vuelta y le dio un ligero tirón a las riendas, guiando al caballo hacia delante, a través de la ciénaga.

—Supongo que aquí no bebéis agua, ¿no? —me atreví a preguntar una vez salimos de esa horrible ciénaga y él se detuvo a limpiarse las botas en un bulto mullido y con forma de seta, justo al lado del camino de piedra.

Soltó un resoplido, metió la mano en una bolsa que había detrás de mí y sacó la cantimplora más elegante que jamás había visto. En el metal tenía un grabado de lo que parecían fases lunares sobre la silueta de un castillo. En el reverso había una inscripción: «Que nunca pases sed. Con amor, Rykaia».

No me molesté en preguntar quién era porque asumí que no me lo diría. Supuse que se trataba de alguna amante. Quité el tapón e incliné la botella para humedecerme la garganta con un torrente de líquido frío que prácticamente chisporroteaba mientras lo tragaba. Cielos, ¿alguna vez había probado un agua tan rica? A diferencia de la del pozo de la cabaña, que a menudo olía a azufre, esta estaba limpia y cristalina. Helada, como si hubiera permanecido junto a la nieve en invierno.

Una vez satisfecha, me limpié la boca con el dorso de la muñeca y le devolví la cantimplora. No se molestó en beber ni un trago antes de volver a guardarla en la bolsa. Una lástima. Esperaba que en algún momento se quitara aquella terrorífica máscara para ver algo más que sus ojos.

—¿Qué es este sitio?

Al principio no respondió y yo me resigné a no saberlo, porque empezaba a pensar que a aquel hombre no se lo podía persuadir de forma alguna.

—Etiria. El mundo más allá del Valle Umbrío.

—¿El Valle Umbrío?

—La barrera brillante que atravesaste para llegar hasta aquí.

También era la barrera brillante que me había impedido volver a por mi hermana.

—Otro mundo… —dije, incrédula. Muy incrédula. Seguramente, en algún momento me había dado un golpe muy fuerte en la cabeza—. Una última pregunta: ¿queda mucho para llegar a nuestro destino? Porque…, bueno, lo cierto es que desconozco si los etirios tienen necesidades, pero… solo hay un camino de salida para el agua que acabo de beber.

Gruñó mientras ajustaba la silla del caballo.

—No, no queda mucho.

Tenía otra pregunta en la punta de la lengua suplicando que la formulara. La misma que me había hecho una y otra vez mientras nos guiaba por la ciénaga, sin duda más lejos del bosque por el que había llegado.

«¿Adónde me llevas?».

Sin embargo, estaba convencida de que me tiraría del caballo si se lo preguntaba. Y ¿acaso importaba adónde me estuviera llevando? No tenía intención de darme la vuelta para atravesar la ciénaga yo sola.

Me recorrió un hormigueo de ansiedad cuando se subió a la montura detrás de mí y me rodeó con los brazos. Prácticamente me engulló al agarrar las riendas, y me di cuenta de lo pequeña que era en comparación con él. Con un ligero golpe en el costado del caballo, puso al animal de nuevo en movimiento.

Intenté no pensar en lo grande y sólido que sentía su pecho contra mi espalda ni en el olor que desprendía, a cuero y a humo, mezclado con un toque de algo delicioso que no identificaba. Era un aroma que me hizo preguntarme cuándo había sido la última vez que había comido.

La noche se me hizo eterna. Interminable. Los ojos me ardían por las ganas de dormir, pero no me atrevía a cerrarlos. En medio del silencio, pensé en mi hermana, desnuda y agazapada, sangrando. Me había esperado. Podría haber atravesado ese arco con facilidad sin mí, pero ¿entonces qué? ¿Habría estado más segura si la hubieran encontrado los guardias? ¿La habrían capturado? ¿La habrían llevado a la celda para que los prisioneros hicieran lo que quisieran con ella antes de arrojarla a la fosa?

Y, si así hubiera sido, ¿alguna vez me habría enterado de lo que había sido de ella?

—Te equivocas en lo que respecta a mi hermana —susurré, luchando por contener las lágrimas—. Está viva.

—Entonces me equivoco —respondió con desinterés. No sonó nada convencido.

Apreté los dientes, furiosa por su indiferencia.

—Eres despreciable por insinuar que está muerta así de buenas a primeras.

—Y tú eres una estúpida por haber cruzado el arco.

—No tuve elección. Algo nos perseguía por el bosque. Algo horrible. —Volví a pensar en Moros, convertido en una extraña versión bestial de sí mismo, y, aunque él no había sido la criatura más aterradora que me había encontrado esta noche en cuanto a aspecto, sin duda sí se trataba de una de las más siniestras—. Le arrancó la piel a mi tío Riftyn... —añadí sin pensar, perdida en el recuerdo.

—¿Cómo era esa criatura del bosque?

—Mi abuelo solía contarme cuentos antes de dormir sobre el ferovor. Una bestia mitad hombre, mitad venado que devora carne. Ese era el aspecto que me pareció que tenía. Da lo mismo, el hecho es que nos persiguió hasta el arco. Era la única salida.

—Parece que tienes suerte de estar viva.

—Lo que tengo es agotamiento. No sé cuáles son tus intenciones, pero me vendría bien descansar.

Al pronunciar esas palabras, la culpa se abalanzó sobre mí. No sabía si Aleysia estaba sufriendo a manos de Moros y de lo que fuera que lo había poseído, ni si le había ofrecido una muerte rápida y su cuerpo yacía en el suelo helado. Pensar en cualquiera de las dos posibilidades mientras tenía en cuenta mi propia supervivencia me parecía una tarea ardua. Me sentía superada. No tenía ni idea de qué tenía en mente este tal Zevander para mí, si planeaba hacerme algo peor que los hombres que me habían atrapado antes... Me tensé, y el deseo de cerrar los ojos y evadirme de todo aquello me hizo regañarme en silencio para no dormirme.

Entonces él habló de nuevo.

—Bien, deseo concedido.

Delante de nosotros se extendía un estrecho sendero que ascendía por la ladera del monte hasta un castillo oscuro que había más adelante. Aunque su aspecto, siniestro y abandonado, debería haberme inquietado, me infundió una curiosa sensación de seguridad. Aquella era el tipo de fortaleza que espantaba incluso a los monstruos; resultaba lo bastante imponente como para garantizarme protección y permitirme cerrar los ojos.

Mientras el caballo avanzaba al galope por la senda, distinguí unas antorchas encendidas en el exterior de los muros del castillo que iluminaban las paredes negras y cubiertas de musgo.

—*Ith'tu somninis profundiet* —me susurró Zevander con su profunda voz al oído.

La imagen que tenía ante mí empezó a desvanecerse.

29
Zevander

Zevander llevó en brazos a la chica, inerte debido al hechizo que le había lanzado, escaleras arriba hasta la entrada de Eidolon. El aroma a naranjas que desprendía le hacía la boca agua y provocó que una oleada de puro instinto inundara sus sentidos. Había experimentado una ligera tregua cuando la ciénaga había enmascarado la esencia de la chica con el olor a podredumbre y azufre, pero, una vez fuera, se había apoderado nuevamente de sus pensamientos, haciéndole enloquecer de anhelo. Ni siquiera el leve olor rancio que desprendía le quitaba protagonismo a la abrumadora fragancia de lo que fuera aquello.

Era dulce a más no poder.

Cruzó la entrada del castillo y se dirigió escaleras abajo hacia el largo corredor que conducía a las mazmorras.

—¿Qué está pasando aquí, hermano? —El tono intrigante de Rykaia irritó al letalisz cuando la joven bajó y se colocó a su lado.

—Métete en tus asuntos.

—Tus asuntos también son los míos. Así van las cosas cuando me obligas a vivir bajo tu mismo techo.

Aunque había superado la peor parte del síndrome de abstinencia en los dos últimos días confinada en su habitación, aún presentaba la evidencia que el agotamiento tras pasar varias noches en vela había dejado en ella. Los ojos enrojecidos y la palidez de su piel delataban las horas que había pasado junto al orinal expulsando los restos tóxicos del flamapul y los tónicos.

Lo siguió y, cuando lo agarró del brazo, Zevander se detuvo.

—Ese olor... —Le recogió el pelo a la chica, se lo llevó a la cara e inhaló—. ¿Qué es? Quiero comérmelo.

Por desgracia, él estaba familiarizado con ese sentimiento.

—Es mortal, ¿no? ¿Qué demonios estás haciendo con una mortal?

—Llevarla a las mazmorras.

Rykaia se estremeció.

—¿A las mazmorras? ¿De verdad crees que es seguro?

—Estará bien. Dolion lleva allí unos días.

—Vale, pero la curiosidad mató literalmente a nuestro gato, por si no te acuerdas.

Lo recordaba. Había sido él quien se había encargado de limpiar los restos de su cadáver hacía ya muchos años.

—Estará encerrada. Y, si tocas las llaves, lo sabré, así que nada de trucos.

Su hermana se burló y se cruzó de brazos.

—Disculpa, pero no son trucos. Solo estás enfadado porque a veces voy un paso por delante de ti. —Jugueteó con los largos mechones de la chica, dejándolos caer entre sus dedos, lo que dejó a Zevander con la curiosidad de saber cómo sería tenerlos enredados en su puño—. Es preciosa y huele a gloria. ¿Cuánto tiempo crees que estará a salvo en una celda? ¿Eh?

—He dicho que estará bien. Descansa. Haré que te envíen un poco de caldo a tu habitación.

Rykaia dejó caer el pelo de la joven y soltó una risita.

—Si dependiera de ti para alimentarme, ya sería un cadáver putrefacto. Gracias a los dioses que tenemos a Magdah, o me habría consumido.

En lugar de responder, Zevander gruñó y siguió su camino hacia la torre sur, alejándose de su hermana, quien parecía excesivamente interesada en la muchacha. En realidad la mortal era problema de Dolion, no suyo. Mejor que estuviera con el viejo brujo que en cualquier otra parte del castillo, donde seguro que se metería en líos. Ya tenía bastante con su hermana. No quería tener que preocuparse por otra joven que, además, intuía que se llevaría a las mil maravillas con Rykaia.

Cuando Zevander llegó al sótano del castillo, pasó junto a las estatuas conmemorativas, cambiando el peso de la chica de sitio para hacer el signo de los dioses por su madre, y llegó a las mazmorras.

Dolion se acercó y abrió de un empujón la puerta de su celda, con los ojos muy abiertos por la fascinación. No parecía suponer una gran amenaza, así que Zevander le había concedido libertad para salir de su celda.

—Es ella —dijo el brujo.

—Es ella.

—¿La has dormido con un hechizo?

—No paraba de hablar.

—Eres un bruto —murmuró en voz baja el anciano—. La hija de los córvicos... —Le acarició el pelo con la mano e inclinó la cabeza para admirar su rostro—. Está bastante sucia, ¿no? Su aroma es delicioso, pero está claro que le vendría muy bien un baño.

—No me comprometí a bañarla.

Zevander se la echó al hombro y abrió la puerta de una celda, la misma que de vez en cuando asignaba a Rykaia cuando sufría síndrome de abstinencia, ya que su hermana siempre encontraba la forma de escaparse de su dormitorio. Con sábanas de seda, un colchón de plumas y almohadas de felpa, no resultaba nada incómoda. También había hecho instalar un orinal privado para sus numerosos episodios de vómitos. Zevander tumbó a la chica en la cama, intentando no hacer caso de la forma en la que los oscuros mechones le caían alrededor del rostro de un modo que la hacía parecer casi angelical. Una diosa.

—Tiene que estar agotada tras lo que sea que haya sufrido para estar tan... desaliñada.

—Un monstruo la persiguió por el bosque. El mismo que vi cuando me adentré en las tierras mortales. Un hombre que parecía más bien una bestia, con cuernos y pezuñas.

—¿Dices en las tierras mortales? —Por un momento, Dolion se mostró pensativo—. Me pregunto si podría ser...

Al ver al brujo elucubrar, Zevander también cayó en la cuenta.

—Crees que es Cadavros —dijo, y no era una pregunta.

—En mis visiones, lo veía regresando de la misma llama que se dice que lo consumió. Resucitado de la muerte. Pero ¿y si no se consumió? ¿Y si solo se le arrebató su poder? ¿Y si se lo negaron y lo desterraron a un lugar donde no existe el vivicanto? ¿Y si ha estado allí, durmiendo, todo este tiempo?

—Yo diría que, si fuera a causar problemas, ya lo habría hecho. Siglos sin vivicanto... Estaría muy cerca de ser mortal.

—Sí, aunque puede nutrirse de sangre y carne. —Dolion sacudió la cabeza y agitó una mano con desdén—. Da igual, es imposible. Vi la Plaga Negra. Fuegoscuro, muerte y sufrimiento...

—En su estado, ¿podría cruzar de vuelta a Etiria?

—Haría falta un poder enorme para destruir las barreras. Si está allí, y no estoy del todo convencido de que sea así, en su estado actual, sin vivicanto..., desde luego que no. La pregunta es... ¿por qué? ¿Por qué le habría perdonado la vida el rey? ¿Por qué no destruirlo?

Parecía que sí lo habían destruido. Un brujo al que se le había privado de su poder durante siglos era básicamente inútil.

—¿Qué clase de poder destrozaría las barreras de protección?

—Solo hay dos formas de hacerlas añicos: la sangre de los siete y una veta. Donde se encuentre una veta, habrá grandes cantidades de vivicanto y fuegoscuro, y Cadavros sabe cómo hacer uso de ambos.

—Y ¿estás seguro de que no hay una veta en Mortasia?

Enarcando las cejas, Dolion se encogió de hombros.

—Los mortales no necesitan vivicanto. No veo por qué habría de existir una allí.

—Entonces está débil. Cruzaré, lo buscaré y lo mataré.

El viejo frunció el ceño y se llevó la mano a la mandíbula.

—Sí. Pero, si está vivo, me temo que hay una razón para que así sea. Eso es lo que me preocupa.

—Está vivo porque nadie lo mató. Me alegraría acabar con ese problema.

—Teniendo en cuenta la visión que tuve, no creo que sea buena idea. Tú, en especial, tienes el poder que él busca. El mismo que él sabe controlar. Admito que no estoy tan familiarizado como Cadavros con el fuegoscuro, pero lo que sí sé de él es que puede ser muy manipulador. Quién sabe qué control podría ejercer sobre ti.

Zevander se burló:

—¿Un simple mortal con poder sobre mí? No lo creo. —Nada más pronunciar las palabras, casi se ahoga con ellas. Alguien mortal había ejercido cierto poder sobre él. Y eso lo cabreaba—. Entonces ¿esperamos hasta que muera? ¿O a que tu visión se haga realidad?

—Puede que podamos tomar algunas... precauciones mientras tanto.

—Tal vez reunir la última piedra del septomir y, de paso, acabar con mi maldición.

Dolion soltó un resoplido de frustración.

—Pediste pruebas de su poder. Veremos si vale la pena salvarla. Ponla de lado, hazme el favor.

A regañadientes, Zevander obedeció y la giró como le había pedido, sin dejar de fijarse en la suave curva de sus caderas.

Dolion le apartó los largos mechones de pelo para dejarle al descubierto la nuca y le pasó un dedo.

—La pobre chica tiene un poco de frío. Estas mazmorras no son las más cálidas.

Con la mano extendida, Zevander soltó un quejido y envió sobre ella un calor radiante que hizo que su piel, por lo demás pálida, adquiriera un brillo rosado.

Dolion apoyó el interior de la muñeca en el pliegue de su cuello y asintió.

—Mucho mejor. —De su abrigo sacó un cuarto de vial de vivicanto—. Este es el último de mis suministros. Crucemos los dedos. —Lo dejó caer sobre su nuca y lo extendió antes de que goteara sobre las sábanas.

Ella dejó escapar un gemido silencioso y, maldita sea, ese sonido hizo que le temblaran los músculos igual que tiembla una telaraña.

Cerró la mano en un puño a su lado por el efecto que la chica tenía sobre él. Le enfurecía dejarse llevar por esas sensaciones cuando toda su estirpe dependía de romper aquella maldición, la cual exigía sacrificarla.

En cuestión de segundos, un suave brillo metálico apareció en el antiguo sello de la muerte que había visto en el crisol.

—¿Es suficiente prueba para ti? —Estaba allí. Su sello. Su línea de sangre—. Ven. Permíteme mostrarte algo.

Zevander se colocó junto a Dolion, que estaba encorvado sobre su escritorio. A su lado, un candil parpadeaba sobre el libro más extraño que él había visto jamás. Parecía estar hecho de huesos y plumas, tallado en una madera que olía a viejo y que tenía unos grabados extraños en la superficie.

Dolion pasó los dedos por él, como si se tratara de un tesoro precioso.

—En los pergaminos que leí, la sacerdotisa de los córvicos hablaba de un grimorio que pertenecía a su pueblo. En él explica que los ancianos transmiten sus poderes a los jóvenes. Bautizados por la muerte.

—¿Y cómo se bautiza a los mortales sin magia de sangre?

—En la era del corvugón se utilizaba la sangre del ave rapaz, que creaba un vínculo entre el niño y la bestia. Servía como protector.

Zevander se acarició la mandíbula, pensativo.

—El huevo de corvugón que vi no había eclosionado.

—Quizá haya algo más. Aún no conozco sus circunstancias, pero estoy deseando saber más sobre ella. Y abrir este maldito libro, que podría darme aún más información.

—¿Por qué no puedes abrirlo? —Fue entonces cuando Zevander se dio cuenta de que los cantos parecían sellados, lo cual se confirmó cuando Dolion le dio un pequeño tirón a la tapa.

—Es un libro enigma, pensado solo para los córvicos. Está sellado con una especie de hechizo.

—Así que, para que ella haya adquirido poder, alguien tuvo que transmitírselo. ¿Eso significa que puede haber más y que matarla no acabará con su linaje?

—Es un ciclo. Si muere antes de pasarle sus poderes a alguien, se perderán para siempre. Y sus dones pueden resultar más beneficiosos que su muerte.

Mofándose, Zevander negó con la cabeza.

—Perdona que lo dude. Esta noche ha estado a punto de ser víctima de un boggyr. Me cuesta imaginármela siendo útil contra el poder más peligroso de Etiria.

—No podemos ser egoístas con esto, Zevander. Estamos hablando de la vida de una chica.

—Deja que te enseñe algo también.

Con el ceño fruncido, Dolion se levantó de su escritorio y lo siguió fuera de la celda, adentrándose en los recovecos sombríos del final del pasillo. Zevander lanzó una ráfaga de llamas a una de las antorchas, que iluminaron las paredes de piedra que los rodeaban y la trampilla de hierro. Había una cadena colocada sobre el tirador de aquella, impidiendo cualquier huida.

—¿Qué es esto? —preguntó Dolion, bajando la mirada para observarla.

Algo la golpeó y sonó la cadena.

Con la mirada clavada en el brujo, Zevander tiró de una llave que colgaba de un gancho en la pared y se arrodilló para abrir la cadena.

—N-n-no irás a abrirla, ¿no?

Sin responder, Zevander la soltó y dio un paso atrás.

No se movió nada.

La trampilla crujió despacio y una araña negra del tamaño de un gato adulto salió arrastrándose.

Dolion abrió los ojos de par en par.

El arácnido se abalanzó hacia el anciano y Zevander lanzó un rayo de llamas negras que se enroscó alrededor de la criatura. La araña siseó, todavía arrastrando las patas por el hormigón. De repente estalló en un montón de vísceras negras que salpicaron a Dolion. Con una mueca, el viejo brujo se limpió los restos de la cara.

Zevander agarró un espejo de la pared y un candelabro encendido, que bajó justo dentro del agujero. La luz iluminó una pared de telarañas y en la esquina estaba agazapado Branimir. Por supuesto, ya no parecía el hermano que Zevander había llegado a conocer. Su rostro se había endurecido hasta adquirir una textura similar a la corteza y sus ojos eran negros como el ónice. Le habían crecido tres cuernos en la parte superior de la cabeza.

Dolion se quedó mirándolo; parecía fascinado.

—Por todos los dioses antiguos… ¿Qué es esto?

—Mi hermano. Está maldito con el mismo fuegoscuro que hay dentro de mí.

El reflejo de Branimir se volvió hacia el espejo y siseó, mostrando una boca llena de dientes afilados. Unas pequeñas arañas negras se acercaron a toda prisa.

—¡Cierra la trampilla! —Dolion retrocedió de un salto mientras Zevander retiraba el espejo y la llama, y cerraba de golpe.

Con la bota apoyada en la superficie, notó un fuerte impacto al otro lado y volvió a colocar la cadena en su sitio.

—No es un interés egoísta lo que me obliga a librarme de esta maldición. Lo he visto evolucionar hasta convertirse en esa criatura desde que era un niño. —Se quitó la máscara y reveló las venas negras de su cara, que habían empezado a ramificarse a lo largo de la mandíbula—. Antes me clavaría una daga en el corazón que correr su mismo destino.

Dolion frunció el ceño con el tipo de empatía que Zevander ya no podía sentir por su hermano. Desvió la mirada hacia la araña y él envió una llamarada hacia ella para prenderle fuego.

—¿Por qué no…?

—¿Mato a las arañas? Lo he hecho. Cada vez que las elimino, el nido se hace más y más grande. También intenté matarlo una vez.

—No pudiste hacerlo.

—Él no pidió esto. Ninguno de nosotros lo hizo.

Dolion señaló con la cabeza el montón de ceniza.

—Sospecho que esas arañas pueden causar una infección. Se arrastran bajo la piel. En un bebé cuya magia no ha madurado, el daño es menor. En un brujo como yo, la mutación sería catastrófica. El fuegoscuro es un poder excepcionalmente peligroso.

—Es la voluntad del portador. Branimir no anhela poder. Anhela morir.

—Pero su deseo podría cambiar, y entonces ¿qué?

—Exacto, entonces ¿qué? —Apoyado con una mano en la pared de piedra, Zevander se pasó la otra por la cara—. Esperaba curarlo. Eso es lo que me prometiste con las piedras.

—La plaga de mis visiones no es la primera de este tipo que hayamos visto. La sacerdotisa habló de una durante la era egrogriana. Fue una plaga que se extendió y convirtió a los mánticos en bestias carnívoras.

—Si me estás pidiendo que mate a mi hermano…

—Los córvicos fueron los únicos que sobrevivieron.

—¿Cómo? —preguntó Zevander, intrigado.

—No lo sé. No sabemos hasta dónde llega su poder ni lo que esta chica puede ofrecer si la mantenemos con vida.

—Si tiene poderes, desconoce completamente su existencia. —Zevander pasó por su lado, dirigiéndose hacia las celdas, y Dolion lo siguió.

—Tendrá que aprender a utilizarlos, y eso requerirá entrenamiento —comentó, con un irritante y expectante arqueo de cejas que parecía sugerir que debería ser Zevander quien la entrenara.

—No. —Él resopló y sacudió la cabeza—. No sé nada sobre los córvicos ni su poder.

—Ni yo apenas. Solo lo que logro dilucidar de estos pocos tomos. Sin embargo, sé de alguien que puede sernos de ayuda. Es una escriba de huesos de la Ciudadela. Su tío era famoso por su trabajo.

—Una historiadora. —El tono de Zevander no podía ser más despectivo—. ¿Cómo va a ayudarnos si no existen registros algunos sobre los córvicos, aparte de los que ya has robado?

—Los he tomado prestados, como en las bibliotecas. Y todavía no lo sé, pero al menos sabe leer huesos. Quizá haya historia enterrada bajo la piel de la chica. Mientras tanto, puedes entrenarla para que invoque su poder. Esa es una habilidad básica para cualquier brujo, ya sea de nacimiento o formación.

—Así que ahora también he de buscar a una escriba de huesos. —Zevander quería reírse de lo ridículo que resultaba que tuviera que abrir de par en par las puertas del castillo que había pasado años protegiendo, como si de una puta posada se tratara. En lugar de eso, gruñó—. Esto parece mucho más complicado que limitarnos a convertir su sangre en piedra, lo cual nos llevaría tan solo unos segundos. Tardaremos meses en formarla y entrenarla. Puede que años.

—Piensa en lo que podríamos perder. Sí, poseeremos las siete piedras del septomir, pero tú mismo lo has dicho: es demasiado poder para una sola persona.

—Basta de este altruismo fingido, viejo. ¿De verdad ha pasado tanto tiempo como para que no te acuerdes de que tú mismo ordenaste su muerte?

—Yo también tengo curiosidad por una cosa respecto a eso. ¿Alguna vez has dudado a la hora de matar? —Con la barbilla levantada, Dolion le devolvió la mirada, desafiante. Zevander no se molestó en responder. Su reputación hablaba por sí sola—. Sin embargo, no pudiste hacerlo. ¡Ojalá hubieras sido capaz! Supongo que entonces las horribles visiones que me acosan se acabarían y encontraría la paz en el sueño. Pero los dioses intervinieron y nos exigieron que sigamos otro camino. —El viejo brujo se encogió de hombros—. ¿Quién soy yo para desafiarlos?

—Me dijiste que en tu visión me unía a Cadavros en su destrucción. ¿Por qué confías en mí entonces? Si este poder me convierte en una amenaza, ¿por qué no me lo arrebatas ahora?

—No es en ti en quien confío, sino en las señales de los dioses.

—Me temo que te llevarán por mal camino. —Zevander señaló la trampilla con la cabeza—. ¿Todavía deseas quedarte en las mazmorras después de haber visto eso?

—Viví entre los carnificados en un castillo abandonado. Unas cuantas arañas me parecen algo manejable. Pondré un hechizo de protección para mantenerlas alejadas de ambas celdas.

—De acuerdo. Haz lo que quieras.

Con esas palabras como despedida, Zevander salió de la celda de Dolion. Tras detenerse para echar otro vistazo a la chica, que dormía tranquila, gruñó de frustración y se marchó.

30

Maevyth

«Despierta, Maevyth —susurró Aleysia—. Tienes que despertarte».

Abrí los ojos y vi a mi hermana de pie a mi lado. Medio dormida, me confundió profundamente verla con el pelo rapado. Me concentré en ella: examiné los moratones, los cortes y las mordeduras de su cuerpo desnudo, y un temor inquietante se apoderó de mí.

«La Ceremonia del Destierro. La carrera por el bosque. El arco».

Por mi mente pasaron imágenes fugaces, como si fueran una vívida pesadilla.

Recorrí lo que me rodeaba con la mirada, asimilando las paredes grises con manchas de humedad, el suelo de tierra y los barrotes que me encerraban. Una jaula. A mi lado había una mesita de noche con una lámpara cuya luz tenue que iluminaba la mirada llorosa de mi hermana.

«Ven conmigo».

—¿Cómo es que estás aquí?

Me incorporé de golpe, evocando la noche anterior. Los últimos detalles que recordaba eran ir a caballo hacia un castillo, una fortaleza siniestra, un hombre encapuchado con una máscara de cuero...

—Crucé por la noche. Ven. —Aleysia hizo un gesto con la mano, instándome a levantarme de la cama—. Pretende matarte, hermana. —Extendió la mano hacia mí y miré hacia abajo; entonces vi la sangre y los cortes que tenía en la palma.

Algo no iba bien y, a medida que me iba despertando, se hacía más evidente qué era lo que no tenía sentido. Era imposible que Aleysia me hubiera encontrado. El camino hasta el castillo era largo y estaba plagado de criaturas terribles.

Fue entonces cuando el miedo que había sentido unos minutos antes se apoderó de mí, y me caló hasta los huesos.

—Estoy sufriendo alucinaciones. —Los ojos se me llenaron de lágrimas que desdibujaron su forma—. Dios, Aleysia... Te ha... te ha matado. —Con el labio inferior temblándome, la agarré de la mano y, a pesar de lo fría y entumecida que estaba, sentí la mordedura helada de su piel—. Pobre hermana mía...

Me agarró con más fuerza y, al levantar la vista, vi cómo los ojos le pasaban de su habitual azul brillante a un color ónice negro. Tiró de mí con ímpetu, atrayéndome hacia ella, abrió la boca y me mostró unos dientes afilados.

Me eché hacia atrás con un grito, y entonces ella se convirtió en humo blanco. Cuando por fin se me pasó el susto, noté un dolor asfixiante en el pecho: una honda tristeza en la que deseaba ahogarme. Los ojos se me llenaron de lágrimas vacilantes mientras me obligaba a asimilar lo que significaba su visita. La agonía me destrozaba el alma, dejándome sin aliento. No podía respirar. No podía coger aire suficiente para ahuyentar la sensación de que mis pulmones se estaban llenando de una angustia asfixiante.

Él la había matado.

—Menudo sueño. —Un desconocido habló a mi izquierda y me sobresalté. Me golpeé la columna vertebral contra la pared de piedra al echarme hacia atrás.

Recomponiéndome, me arrastré a gatas hasta el borde de la cama y encontré a una chica de pelo largo plateado sentada en el suelo al otro lado de la celda, apoyada en la pared. La juventud resplandecía en su piel de alabastro, que brillaba con un matiz plateado. Sus ojos me recordaron al azul de los bajíos del mar de

Abyssius. Llevaba un vestido largo de terciopelo color burdeos; el dobladillo le llegaba hasta las espinillas porque tenía las piernas dobladas. En una mano sostenía una manzana roja, y en la otra, un pequeño cuchillo de pelar.

Parpadeé para apartar las lágrimas y la estudié, intentando recordar si la había visto en algún momento de la noche anterior.

—¿Dónde estoy? ¿Y quién eres tú? —No pude evitar mirar fijamente la manzana. A pesar de la confusión y la angustia, no podía ignorar el hambre que tenía.

—Hablas nyxterio. —Cortó un trozo de fruta y se lo metió en la boca—. Qué interesante —comentó con la boca llena—. Me llamo Rykaia y estás en el «lujoso» castillo de Eidolon, hogar del dolor, el sufrimiento y la decadencia absoluta.

—Me trajo un hombre... que llevaba una máscara.

—Ah, sí, mi hermano. El temido lord Rydainn, o, como me gusta llamarlo a mí: el monstruo tiránico.

Su hermano. Me tambaleé hacia delante, sacando los pies por el borde de la cama.

—¿Puedes sacarme de esta celda? No sé por qué me ha traído aquí, pero debo volver al bosque.

—Entonces, sí que eres mortal. Por los huevos de Castero... Sabía que ese olor no era normal. Es delicioso. Si fuera una caníbal, te daría un mordisco. —Agitó el cuchillo delante de ella—. Por suerte para ti, no lo soy. Y, respondiendo a tu pregunta: no. Me temo que no puedo ayudarte.

Mi esperanza de escapar se apagó. Miré a mi alrededor y me fijé en el candado que había en la celda.

—¿No hay una llave que lo abra?

—Sí, claro. —Señaló algo y yo seguí su mirada hasta la pared de piedra, donde había un manojo de llaves colgado de un clavo, completamente fuera de mi alcance.

—¿Me lo acercas? Así podría salir yo sola.

—Me temo que no. —Cortó otro trozo de manzana y se lo metió en la boca—. Verás, se me ha sentenciado a quedarme en esta tumba putrefacta y, por desgracia para ti, estoy muy intrigada por tu presencia —comentó, hablando a trompicones por los trozos de manzana que masticaba—. Zevander no trae mujeres al castillo. Nunca. —Con las cejas alzadas, suspiró—. Además, en el momento en que ponga la llave en esa cerradura, mi hermano lo sabrá y se desatarán los siete infiernos. Es una situación espantosa, lo sé. Yo he estado en esa misma celda.

—¿Tu hermano te encerró aquí?

Otro vistazo a mi alrededor me permitió ver una estructura en forma de caja, como un armario, con una puerta estrecha que me hizo preguntarme qué podría haber dentro. Por supuesto, aquella era un poco más lujosa que la mayoría de las mazmorras; definitivamente, más que en la que me habían metido esos guardias, pero, desde luego, no era un sitio en el que obligaría a mi hermana a pasar la noche.

Aleysia.

Me obligué a desterrar su imagen de mi mente. No había tiempo para lágrimas ni para lamentos. Mi prioridad era huir.

—Ya te he dicho que es una monstruo tiránico. —Le dio otro mordisco a la manzana y mi estómago rugió por las ganas de un bocado.

Un escalofrío me recorrió y un vaho ligero me salió de entre los labios. Me abracé, temblando. El persistente miedo por mi reciente pesadilla no ayudaba con los escalofríos.

—Hace un poco de frío aquí abajo —comentó ella—. Es peor en pleno invierno. Parece una cámara de hielo.

—¿Quién es Castero? —pregunté, intentando distraerme de la punzada que sentía en el estómago y el temblor de los huesos—. Lo has mencionado antes.

Resopló y mordió la base de la manzana, el trozo que la mayoría solía tirar, y se llevó también la mitad del corazón. Con semillas y todo.

—Ah, solo es un dicho. Era un antiguo guerrero que, según los historiadores, mató a diez dracos a la vez. —Hizo una pausa y se quedó pensativa durante un rato—. No estoy segura de que sus huevos fueran importantes, la verdad. Me encantaría encontrar alguna fuente que me lo confirmara.

De la izquierda llegó un sonido gutural que parecía el gruñido de un animal.

—¿Qué es ese ruido tan horrible?

—Dolion. El otro prisionero de mi hermano. Ronca como si intentara aspirar a un niño pequeño, ¿a que sí?

Por mucho que quisiera reírme, solo pude esbozar una pequeña sonrisa.

Dio otro mordisco a la manzana y le quitó el corazón, dejando solo el tallo.

En ese momento, teniendo en cuenta que había empezado a notar que mi estómago se consumía a sí mismo, yo también me la habría comido entera.

—Parece que a Zevander le ha dado por acumular prisioneros últimamente. Por lo general, estas celdas están vacías, salvo cuando yo estoy encerrada en una.

—Tiene que ser increíblemente aterrador estar aquí abajo sola.

—No suelo estar consciente. —Se encogió de hombros—. Entonces... ¿el sueño que has tenido era bueno o malo?

Su pregunta me hizo retroceder a los últimos minutos, justo antes de que Aleysia intentara atacarme, y me estremecí al recordar la negrura de sus ojos y lo desalmada que parecía.

—No ha sido un sueño. Al parecer, puedo ver a los muertos.

—Bueno, seguro que no estabas viendo gran cosa con los ojos cerrados.

Me sobresalté al oír eso.

—¿Los tenía cerrados?

—Hasta que le diste una patada a un monstruo invisible. —Levantó el pie, calzado, para hacer una demostración.

—Quizá solo haya sido una pesadilla. Una pesadilla horrible. —Y tal vez mi hermana seguía con vida.

—Por todos los dioses, tiene que ser espantoso ver a los muertos. ¿Están intactos cuando los ves? Quiero decir, si cortaron a alguien en pedazos, ¿te visitaría una pila de miembros? ¿O la persona de una pieza?

Mientras me hacía la pregunta, me encontré pensando qué le pasaba a esa chica en la cabeza.

—Nunca... Nunca me he encontrado con una pila de miembros amputados.

Asintió y sonrió.

—Tiene sentido. Al fin y al cabo, ¿cómo vas a hablar con un montón de miembros amputados?

—¿Hablaba en voz alta en mi sueño?

—Sí. Soñabas con tu hermana.

Aquel era un detalle que no hubiera compartido adrede, ya que no tenía ni idea de cuáles eran las intenciones de su hermano conmigo.

—Tengo que volver a por ella. Está en apuros.

—Lástima que estés aquí atrapada. Zevander no es conocido por tener compasión. —Con los ojos entrecerrados, apoyó los codos en las rodillas—. Lo cual me lleva a preguntarme... qué estás haciendo aquí.

—No lo sé... Me atacaron y me desperté en su caballo. Lo último que recuerdo antes de desmayarme es un... —Dudé por miedo a sonar igual de ridícula que en mi cabeza—. Un escorpión enorme. —Mi estómago emitió un rugido, similar al de un animal moribundo, que resonó en la celda como si se tratara de un último grito de guerra. Me rodeé la cintura con los brazos, con las mejillas encendidas—. Disculpa. Me muero de hambre.

Rykaia soltó una risita y me di cuenta de que me estaba pasando una bandeja cuando escuché el sonido del metal al arrastrarse por el suelo.

—Te he traído algo de comer. Espero que no te importe, pero he robado la manzana... Has tardado mucho en despertarte.

Deslizó la bandeja por debajo del hueco estrecho que había entre los barrotes y el suelo y, aunque debería haber sido más cauta al aceptar comida de una completa desconocida, el instinto de supervivencia para no morir de inanición no me lo permitió.

Me lancé descaradamente sobre lo que parecía un estofado contundente, cuyo vapor desprendía un delicioso aroma de lo más sabroso, y un trozo de pan recién horneado.

—Tendrás que recordarle a Zevander que te alimente, porque a veces parece que se olvida de que los seres vivos comen. Por eso no tenemos plantas ni animales, aparte de los malditos dracos que hay por el terreno.

—¿Tenéis dracos? —pregunté con la boca llena de comida, parte de la cual escupí sin querer antes de volver a engullir. Bastó un bocado para calentarme por dentro y ahogar el frío que me agarrotaba los músculos. El sabor me estalló en la lengua y casi puse los ojos en blanco por lo celestial que era. Los guisos de casa tenían poca carne, demasiada agua y mucha más cebolla. Aquello era lo más delicioso que había probado en toda mi vida—. ¿Esa especie de dragones lagarto sin alas?

—Sí, y son despiadados. A menos que seas Zevander o uno de los otros canallas que a veces merodean por aquí.

—¿Canallas?

—Sí. Los hombres con los que mi hermano fue encarcelado.

—¿Encarcelado? —Engullí una buena cucharada de estofado, casi ahogándome con la palabra. ¿Se habían fugado y me habían llevado con ellos?

—¡Oh, estás despierta! —La voz de un hombre atrajo mi atención hacia un anciano de piel oscura, pelo cano y una espesa barba blanca, que se asomaba desde el otro lado de mi celda.

—Y tú también —añadió Rykaia con poco entusiasmo—. Ya me parecía a mí que esto estaba demasiado tranquilo.

Él bajó la mirada y se aclaró la garganta.

—Mis disculpas por los ronquidos. Son cosas de la edad.

—Vamos, Dolion. ¿Cuántos años tienes? ¿Cuatrocientos? ¿Quinientos?

Era imposible que estuvieran hablando de su edad en serio.

El hombre juntó las manos e hizo una reverencia.

—Seiscientos treinta, pero gracias por el cumplido.

—¿Tienes seiscientos treinta años? —No pude ocultar la incredulidad en mi tono de voz.

—Más o menos, sí.

—¿Cómo es posible?

Él levantó las cejas y se encogió de hombros.

—Me gusta pensar que me cuido bien, en general. Me gusta un poco el mors, aunque me temo que es demasiado fuerte para mí, y la cerveza. Parece que no puedo dejarla.

—No. Me refiero a que cómo es posible que tengas esa edad. De donde yo vengo, es excepcional llegar a los ochenta.

—¿Ochenta? —se mofó Rykaia—. Pero si eso es un crío.

—¿Cuántos años tienes tú, si no te importa que te pregunte?

—Doscientos seis.

¿Doscientos seis? No parecía mucho mayor que yo.

—Pues... no lo parece, definitivamente.

—Ay, que los dioses te bendigan. Eres un encanto.

—No soy un experto en la materia —dijo el anciano—, un académico sabría decirlo mejor, pero, según tengo entendido, el tiempo avanza de forma un poco diferente aquí que en Mortasia.

Empapé un trozo de pan en el caldo y me lo llevé a la boca.

—Creía que tú también eras un prisionero.

—Sí, bueno, supongo que lo soy, técnicamente. En realidad, no eres una prisionera, señorita... —Alzó las cejas como si quisiera que yo respondiera.

—Maevyth.

—Maevyth. Permíteme decir que es todo un placer conocerte.

—Entonces, si no soy una prisionera, ¿me dejarás salir?

—Ah, yo no he dicho eso. Es complicado. Quizá sea un poco abrumador intentar explicártelo todo a la vez. —Con las manos a la espalda, se paseó frente a mi celda—. Seguro que todo esto te resulta extraño y confuso.

—Es frustrante. —Tomé otra cucharada de estofado para sofocar la rabia que se agitaba en mi interior—. Mientras hablamos, alguien que me importa mucho está en grave peligro.

—Se trata de su hermana —añadió Rykaia, a lo que Dolion asintió con un gesto empático que se transformó en una expresión pensativa.

—¿Tienes una hermana?

—Sí. Es mi hermanastra, pero podríamos ser hermanas de sangre. Intentamos cruzar por un arco en el bosque. Yo lo logré, pero... —La voz me tembló y me detuve antes de echarme a llorar—. Ella no.

—¿Intentó atravesarlo? —preguntó.

—No. Nunca tuvo la oportunidad.

Dolion suspiró y bajó la mirada.

—Si te sirve de consuelo, si lo hubiera intentado, se habría precipitado al abismo y habría muerto.

—Eso no tiene sentido. Yo lo atravesé sin problemas.

—No tiene tu sangre. —Respiró hondo, frunció el ceño y volvió a pasearse de un lado para el otro—. Tu preocupación es comprensible y la respeto, señorita. No obstante, la razón por la que te encuentras aquí, en el castillo de Eidolon, es que corres grave peligro. —Dolion se aclaró la garganta y levantó un dedo cuando yo fruncí el ceño ante sus palabras—. Discúlpame un segundo.

—Espera. ¿Cómo que estoy en peligro?

—Responderé a eso en un momento —insistió, y se marchó como si aquello no fuera lo más importante que tenía en la cabeza en ese momento.

—Mira —dijo Rykaia, poniéndose en pie—, esos bosques están vigilados a todas horas. No hay manera de burlar a la guardia, y, aunque lo lograras, tendrías que atravesar el Valle Umbrío de alguna forma. Pero, antes de todo eso, tendrías que darle esquinazo a mi hermano. Y él… Como te he dicho, no trae a *nadie* a Eidolon. El hecho de que estés aquí no augura nada bueno para tu libertad.

—¿Qué podría querer de mí?

—Llevo horas dándole vueltas a esa misma pregunta.

—¿Puedo hablar con él?

Con los labios fruncidos, negó con la cabeza.

—Me temo que no. El rey ha solicitado su presencia esta tarde. Está de camino a Costelwick ahora mismo.

No tenía ni idea de qué era Costelwick ni de dónde quedaba respecto a mi ubicación en ese momento.

Dolion volvió a aparecer con una bolsa marrón en la mano.

—Baste decir que el señor de Eidolon planea retenerte aquí una temporada. Mientras, podrías matar el tiempo con un libro.

«¿Un libro?».

—No quiero leer. No puedo distraerme mientras la persona que más quiero quizá esté viviendo sus últimos momentos. Quiero irme a casa.

—A lo mejor también quieres un baño. —Rykaia agitó la mano delante de su cara y se pellizcó la nariz—. No te ofendas, pero las naranjas empiezan a oler un poco maduras de más —dijo con un tono nasal.

—Te comprendo. —Dolion apretó las palmas de las manos—. De verdad. Quizá lord Rydainn tenga la amabilidad de localizar a tu hermana por ti.

Rykaia resopló y negó con la cabeza.

—Zevander no es un hombre de favores.

—No, supongo que no, pero hay otras formas... —Con la mirada perdida, se rascó la barba—. ¿Por casualidad no tendrás algo que perteneciera a tu hermana?

—¿Como qué?

—Cualquier cosa. Un mechón de pelo, una prenda, joyas... Alguna posesión suya que hayas guardado.

No tenía nada de eso y, cuanto más pensaba en ello, más me dolía en el alma. Si mi hermana había muerto, no tendría nada para recordarla.

—No. No tengo nada.

—Ah, es una lástima. Puedo intentarlo con su nombre, pero así nunca resulta preciso.

—¿El qué?

—Hablo de usar un espejo clarividente. Es mucho más eficaz si se tiene algo que pertenezca a la persona que deseas encontrar.

Recogiendo con la cuchara los últimos restos de estofado, negué con la cabeza.

—Entonces, por lo que parece, debo permanecer aquí atrapada, leyendo, mientras el destino de mi hermana continúa siendo un misterio.

—A mí no me parece que leer libros sola sea el peor escenario. —Rykaia se guardó el pequeño cuchillo que había utilizado para cortar la manzana en el cinturón de su vestido—. Voy a buscar un poco más de comida. Volveré a ver cómo te encuentras dentro de un rato. —Y, con eso, se alejó por un largo corredor que acababa en penumbra.

—El libro en cuestión no es un ejemplar cualquiera, señorita —comentó Dolion.

De la bolsa marrón extrajo un extraño libro de madera, con franjas que parecían de hueso a lo largo del lomo, y lo metió por el hueco entre los barrotes. La cubierta envejecida, adornada con plumas negras, estaba decorada con un ojo pálido y plateado bajo una protuberancia óseo que le daba el aspecto de un dragón feroz… o de un pájaro. Sí, tal vez se parecía más a un cuervo. Me recordó mucho a Raivox, a quien también había perdido en aquellos bosques.

El ojo estaba dividido por unas pequeñas aberturas diagonales que se unían en el centro en una pupila negra como el carbón. A lo largo de los márgenes había tallados, mediante pequeños agujeros, símbolos en profundos surcos negros. En el borde exterior, un extraño patrón que recordaba a un laberinto recorría todo el libro.

Con él entre las manos, me senté en el extremo de la cama e intenté abrir la tapa, pero no cedía. Le di la vuelta y examiné las páginas, bien pegadas a lo largo del canto.

—Es un libro enigma —explicó Dolion—. Eran muy populares cuando yo era pequeño. Cada solsticio de invierno, mi abuela me regalaba uno. Cada página, incluida la cubierta, es un rompecabezas mecánico que funciona con magia. Si resuelves uno, desbloqueas esa página.

—¿Es una historia? —pregunté y forcé la cubierta, en vano.

—Sí. Y muy interesante, estoy seguro. Aunque yo no he conseguido abrirlo.

Resoplando, dejé el libro sobre la mesa, ya sin ningún interés.

—¿Y qué te hace pensar que a mí me irá mejor?

—Estoy seguro de que, si lo intentas, conseguirás abrirlo. De nuevo, solo es una forma de matar el tiempo, hasta que este malentendido sobre tus circunstancias quede aclarado con lord Rydainn.

Dudaba mucho que hubiera malentendido alguno por parte de lord Rydainn. De hecho, mi secuestro parecía muy intencionado.

—Has dicho que estoy en grave peligro. ¿Por qué? ¿Quién me busca?

Una expresión de incertidumbre le cruzó el rostro, como si no quisiera decírmelo.

—Hay brujos buscándote. Hechiceros muy poderosos.

—¿Por qué? ¿Porque he cruzado?

—De momento no saben que estás aquí —respondió, y volvió a pasearse por el exterior de mi celda—, pero, cuando se enteren, y sospecho que no tardarán, puedes estar segura de que harán todo lo posible para darte caza.

«¿Darme caza?».

—¿Por qué? ¿Qué he hecho?

—No es lo que has hecho, sino lo que posees, Maevyth. —Dolion se detuvo—. Creen en una profecía que... Bueno, una que puede que yo comenzara... —Con el ceño fruncido, se pasó un dedo por los labios—. No quiero asustarte, pero resulta que tienes habilidades extraordinarias. ¿Es posible que hayas descubierto algo extraño sobre ti? ¿Cosas que no puedes explicar?

La primera que me vino a la mente fue lo que había sucedido justo antes de que Aleysia se adentrara en el bosque.

—Eh... —dudé, porque admitir algo así en Foxglove habría despertado sospechas de brujería.

—No temas decirlo. Estábamos ansiosos por saber qué maravillosos dones posees.

—La gente de la aldea... quería hacerle daño a mi hermana. Se acercaron y, cuando extendí las manos, apareció un montón de huesos en el suelo.

La preocupación grabada en el rostro de Dolion se suavizó hasta convertirse en una sonrisa radiante. Me instó a acercarme a los barrotes de la celda con un movimiento ávido de los dedos.

—Ven. Permite que te vea la palma de la mano.

Me la miré y fruncí el ceño al ver el mismo símbolo extraño que había visto en el cielo justo antes del Destierro, grabado como una débil cicatriz en mi piel. Con todo lo que había pasado, no me había dado cuenta hasta ese momento. Al frotarla con el pulgar, no conseguí borrarla y me puse en pie. Sin dejar de mirar la marca, crucé la celda y, con cierta reticencia, introduje la mano entre los barrotes.

Dolion sonrió mientras pasaba el pulgar por el símbolo, y este parpadeó bajo su caricia.

—Osflagulle... Por todos los dioses, nunca había visto esta magia en particular.

—¿Magia?

—Posees un poder increíble, Maevyth. Este, en concreto, no se ha visto en siglos.

La emoción de su voz contrastaba con el creciente miedo que yo sentía ante la posibilidad muy real de que hubiera perdido por completo el juicio y estuviera sufriendo una elaborada alucinación.

—Quién sabe qué otros están ligados a tu línea de sangre...

—Entonces, esos brujos que dices ¿me persiguen por estas habilidades? —pregunté, todavía en un estado de incredulidad.

—Me temo que quieren tu sangre.

Definitivamente había perdido la cabeza. Cuanto más inverosímil me resultaba la historia, más preguntas hacía, porque ya no tenía sentido contenerme.

—¿Mi sangre? ¿Igual que los murciélagos? —No era una pregunta: era una negativa a aceptar su explicación.

—No. La quieren para hacer renacer un arma antigua.

Lo que empezó como una pequeña risa en mi garganta se convirtió en una carcajada, y me reí tanto que se me saltaron las lágrimas.

Dolion bajó la mirada y asintió.

—Imagino que todo esto suena bastante ridículo para ti. —Su comentario me hizo reír más y me limpié los ojos, lo que hizo que me diera cuenta de lo irritados y doloridos que los tenía. Me sonaba absurdo. Imposible—. Te aseguro que todo es verdad.

De repente dejé de reír y me entraron ganas de echarme a llorar, pero me contuve.

—Conque me lo aseguras... —comenté, seria—. Entonces ¿cómo voy a estar a salvo en esta celda? A mí me parece que lo que tendría que hacer es volver al bosque antes de que descubran que estoy aquí.

—Si se enteran de quién eres, me temo que no dudarán en perseguirte sin importar en qué lado del valle te encuentres. Aquí, el castillo está protegido por una barrera muy poderosa. También hay cuatro de los mejores asesinos del rey dispuestos a protegerte. Dime, ¿cuentas con ese nivel de seguridad en tu hogar?

Ni siquiera me atrevía a asegurar que aún tuviera un hogar, y mucho menos alguien dispuesto a protegerme, aparte de Aleysia.

«Aleysia».

Mientras perdía el tiempo con aquellas extravagantes explicaciones, la probabilidad de que estuviera viva se desvanecía, ya que, si Moros no la había matado, seguro que el gobernador y Sacton Crain se habían encargado de ejecutarla.

—¿Por qué iba a creerme todo esto?

—Porque me interesa mucho verte vivir una vida larga y próspera, Maevyth. Si el resto te resulta difícil de creer, créete al menos esto.

—No te conozco, y tú tampoco sabes nada de mí.

—Sé más de lo que crees.

31

Zevander

Obsidyen galopaba debajo de Zevander rumbo a un cruce. Un camino conducía a la Casa de los Sabios de la Ciudadela, una academia dedicada a la ciencia, la medicina, la historia y los ancestros. Allí también se formaba a algunos brujos, pero la mayoría eran jóvenes escribas entusiastas, sin otra ambición que leer y estudiar.

El otro camino llevaba hacia el castillo de Costelwick.

Kazhimyr frenó su caballo junto al de Zevander.

—¿Cómo se llamaba esa escriba de huesos que me has pedido que busque?

—Allura Marabe. —Zevander se quedó mirando el largo camino que tenía por delante—. Su tío se llama Odion. Según tengo entendido, es célebre entre los eruditos. No deberías tener problemas para encontrarla, pero es importante que no llames demasiado la atención.

—Por supuesto. ¿Me la llevo a la fuerza? —preguntó el otro, pasándose la mano por el guante de cuero.

—Primero pídele que te acompañe. Si se niega, entonces sí.

—Y tengo que decirle que hemos encontrado unos pergaminos y que necesitamos su ayuda para interpretarlos, ¿no?

—Sí, pero con discreción. Sospecho que la mera mención de Eidolon despertará su interés.

—Eso espero. Sería una pena recurrir a la violencia cuando se me conoce por mi encanto. —Acariciándose la mandíbula, soltó una risa—. En cuanto a los materiales que pidió Dolion...

Zevander le entregó un pergamino a su compañero letalisz.

—Ha hecho una lista. Aunque afirma que nadie vigila su laboratorio, te aconsejo que busques los suministros en otra parte. Quizá en otro laboratorio.

—¿Quieres que robe, hermano? —Su tono era divertido. El robo era el delito por el que los soláceos habían encarcelado a Kazhimyr hacía tantos años. Sus habilidades como ladrón eran extraordinarias..., hasta que lo atraparon.

—Quiero que lo tomes prestado. Te veré en Eidolon.

—Sí, dale un beso al rey Sagaerin de mi parte.

Zevander resopló, riéndose, y negó con la cabeza; luego siguió su camino hacia el palacio del rey. Como líder de los letalisz, se reunía con el soberano con mucha más frecuencia que los otros tres asesinos, y había establecido una mejor relación con él. Aun así, Zevander no tenía muchas ganas de lo que sin duda sería una tarde larguísima.

Una vez dentro de las puertas de la Ciudadela, los aldeanos le abrieron paso y guio a su caballo por los adoquines, pasando por delante de mercaderes, herrerías y tabernas. Subió por las estrechas y sinuosas calles, repletas de altos edificios cuyas puntiagudas agujas se alzaban hacia el cielo, hasta llegar a las puertas de los terrenos del castillo. El sabroso aroma de la carne ahumada, las especias exóticas y el incienso quemado apagaba el tenue olor a piedra y madera húmedas. Los toldos, púrpuras y verdes, se extendían sobre los atestados callejones, protegiendo los carros llenos de frutas y verduras del cielo encapotado, donde las nubes oscuras se tragaban el sol. Este casi nunca brillaba en Nyxteros, gracias a la posición de las lunas; al contrario que en Solácea, donde necesitaban la luz del sol para sus productos, en el continente meridional lo que ayudaba a que los alimentos crecieran era la luz prilunar.

Los mercaderes gritaban desde sus puestos de madera, ofreciendo sedas y cueros de primera calidad, cerámica de lujo, pipas de fumar y joyas. Otros, ataviados con capas y talismanes de colores apagados, vendían artefactos arcanos —tomos encantados y orbes de cristal, péndulos de zahorí y dagas rituales—, y observaban a Zevander con recelo a su paso.

En una plaza, una gran multitud se reunía en torno a un escenario donde actores y actrices representaban una obra. Las risas de los espectadores se oían por encima de la música que recorría las calles, creando un ambiente festivo mientras los juglares tocaban sus instrumentos y cantaban.

La Ciudadela, con sus bulliciosos callejones y su moda ecléctica, le permitía pasar inadvertido con más facilidad que en las afueras, donde los ciudadanos sabían su nombre y la maldición que lo perseguía. Como era de día, vestía un traje de lino y cuero con una capa con capucha. La máscara, que llevaba sobre todo para ocultar sus reconocibles cicatrices, le proporcionaba un poco más de anonimato.

Cuando llegó a la entrada de palacio, la Guardia Imperial lo dejó pasar. Dentro de los muros, para ellos Zevander no era más que el tutor de combate y el guardián del hijo del rey, el príncipe Dorjan. Aquella fachada le permitía caminar libremente con sus armas sin que nadie sospechara. No tenían ni idea de los kilómetros que había viajado, de los años en los que se había entrenado en secreto, perfeccionando las habilidades para matar en nombre de su rey. Nadie lo sabía, pues el rey había hecho todo lo posible por ocultar esa parte de las obligaciones de Zevander. Aunque era consciente de que detestaban a los letalisz por la forma en que el rey siempre les daba un trato de favor, lo cierto era que para él tampoco tenía sentido, sobre todo porque Sagaerin no era famoso por ser un hombre benevolente. Incluso sin la maldición que pesaba sobre Zevander, el apellido Rydainn nunca había sido lo bastante noble como para merecer el favor del rey. Su madre era la única que les había dado un poco de estatus.

Una vez dentro de la muralla, Obsidyen trotó hacia la segunda entrada y allí Zevander desmontó y entregó las riendas a uno de los mozos de cuadra que lo esperaban. Como en la puerta de fuera, le concedieron permiso para cruzar el puente de piedra que se cernía sobre el foso de Aguasnegras y, mientras se abría paso, echó un vistazo por encima del borde y divisó el lomo con escamas de una serpiente de agua cuya longitud debía de alcanzar por lo menos los seis metros. Las llamaban «koryn»: monstruos despiadados y carnívoros que no dudarían en devorarlo entero, independientemente de su posición ante el rey.

Ya al otro lado del puente, atravesó otra puerta. Daba al patio del castillo, mucho más pequeño, repleto de arbustos y flores bien cuidadas, fuentes desgastadas y estatuas enormes. Pocos tenían la oportunidad de atravesar aquellos jardines, ya que la entrada solía estar restringida. La mayoría eran oficiales, brujos y algún que otro miembro de la realeza; aquellos del círculo de confianza del soberano.

Aunque casi todos los monarcas tendían a mantenerse aislados del público por seguridad, el rey Sagaerin era todavía más estricto al respecto.

Zevander subió las escaleras de piedra, flanqueadas por grotescas antorchas apagadas, hasta la majestuosa entrada del castillo, casi oculta por el musgo y las enredaderas que cubrían sus imponentes muros grises. Unas gárgolas que escupían agua se asomaban entre los contrafuertes, destacando sobre la elaborada piedra tallada de la fortaleza. Las puertas de hierro se abrieron con un chirrido cuando se acercó. Estaban flanqueadas de más guardias que no le hicieron ningún gesto de bienvenida ni reconocimiento, lo cual le pareció muy bien a Zevander, pues no había ido a buscar cumplidos.

De camino a la torre Hemwell, donde el rey solía reunirse con sus consejeros, un hombre cuyo rostro le resultó conocido se acercó a él. Iba ataviado con una elegante túnica de seda y un abrigo de brocado adornado con el escudo de armas de los Sagaerin. Tan solo era aproximadamente una década más joven que Zevander, pero se comportaba con la clase de elegancia regia de la que estaba claro que el letalisz carecía.

—Príncipe Dorjan —saludó él, inclinando la cabeza con respeto, pero sin molestarse en aminorar el paso mientras él lo seguía.

—Asumo que mi padre te ha hecho llamar para una reunión.

—¿Asistiréis?

—Preferiría arrancarme los ojos y echárselos de comer al koryn.

Zevander sonrió bajo la máscara.

—Entonces ¿a qué debo el placer de vuestra compañía?

Manteniendo el paso, el príncipe se ladeó para observarlo.

—Tengo entendido que has ido a la Fortaleza Corvus hace poco —comentó en voz baja—. ¿Cómo eran?

—¿Los carnificados? Unos desalmados, pálidos como la nieve recién caída y demacrados: exactamente vuestro tipo.

El príncipe soltó una risotada y golpeó a Zevander en el brazo.

—Tu monstruosa reputación no decepciona una vez más. —Pocos conocían su preferencia por los hombres, aparte de Zevander, quien a veces había escoltado a los amantes del príncipe desde y hacia el castillo. Su padre, el rey, se hacía el loco, siempre y cuando Dorjan accediera a cumplir con su deber de engendrar un heredero—. Tengo entendido que a veces juegan con sus presas antes de darse un festín con su carne.

—Sonáis muy intrigado.

—Lo que me intriga es el estado mental que obligaría a alguien a consumir carne.

El príncipe Dorjan poseía el extraño poder de leer los pensamientos, aunque en su caso requería de algún tipo de contacto con la otra persona.

—Si valoráis vuestra mano, no os aconsejo que toquéis a uno para averiguarlo.

—No tenía intención de hacerlo, pero ¿eres capaz de imaginar semejante… caos? ¿Desear la carne y la sangre de otro con tanta… violencia? Es algo tan macabro que casi resulta romántico.

Zevander lo miró con el ceño fruncido.

—Os aseguro que no tienen en mente romance alguno mientras le arrancan la carne a sus víctimas.

—Ya. Bueno, hablando de roer huesos: disfruta de tu reunión. —Riéndose, el príncipe le dio una palmada en la espalda—. Me voy a pintar a los jardines.

—Disfrutad —refunfuñó Zevander mientras avanzaba por el corredor en dirección a los dos guardias imperiales que estaban apostados frente a la sala de reuniones del rey.

Uno extendió la mano cuando él se acercó. Con un suspiro, se quitó el tahalí y la espada, las dos dagas que portaba en el muslo, la otra pequeña que llevaba sujeta al brazo y el frágor que guardaba en el bolsillo del traje. Zevander sonrió tras la máscara, al ver que el guardia miraba la piedra con miedo y se la arrancaba de la mano como si le ofreciera una serpiente venenosa. Un solo cántico habría bastado para activar la roca, que podría haber arrasado fácilmente toda la torre Hemwell de golpe. La mayoría se cagaba en los pantalones al verlas.

La larga mesa que había dentro solía estar atestada de personas de distintas disciplinas: el general de guerra, el maestro del tesoro, la cohorte del rey, que incluía a sus consejeros tanto para asuntos tácticos como sociales... En aquella ocasión solo estaban sentados Akmyrios —el lord Brujo—, el capitán imperial y una mujer que Zevander no reconoció. Detrás del rey estaba su copero, un chico que, según sus estimaciones, no tendría más de dieciséis años.

La tensión le recorrió los músculos al contemplar la posibilidad de que el monarca estuviera al tanto de las piedras de sangre y de que esa reunión, que de otro modo habría sido rutinaria, sirviera de pretexto para una inquisición y un arresto.

El rey Sagaerin encabezaba la mesa, bebiendo de una copa de plata que levantó cuando se acercó el letalisz para saludarlo.

—Ah, Zevander. Siempre es un placer.

A este la mención de su nombre le pareció extraña, teniendo en cuenta que el rey tomaba medidas para garantizar su anonimato. De hecho, él solo sabía quién asistía a las reuniones habituales porque se ocultaba entre las sombras como guardia invisible del soberano. Aquellas a las que asistía al descubierto eran estrictamente entre Sagaerin y él: ni siquiera su copero tenía permitida la entrada.

Sin decir nada, Zevander tomó asiento a dos metros del monarca.

—Pensaba que se trataba de una reunión privada.

—Lo era, pero nos hemos encontrado con un problemilla. —El rey Sagaerin se tragó el vino y le tendió la copa al chico, que no tardó en llenársela—. Han desaparecido varios guardias del Ejército Imperial. El capitán Zivant ha recorrido la ciudad en busca no solo de sus hombres, sino de quienquiera que sea responsable de sus desapariciones.

—Y, entonces, ¿por qué estoy aquí?

—Uno de los guardias te mencionó —intervino el capitán Zivant, observándolo con odio desde el otro lado de la mesa, donde estaba sentado. La hostilidad de su mirada aumentó con la acusación—. Le preguntamos si había visto algo raro. Solo llegó a decir tu nombre antes de sufrir un ataque de algún tipo.

El escorpión. Lo habría picado hasta matarlo por haber pronunciado el nombre de Zevander.

—Después, uno de nuestros médicos lo examinó —comentó el lord Brujo, que estaba junto al capitán—. No sabemos cómo, pero se le habían disuelto todos los órganos.

—Así que ¿sería tan amable de decirnos quién asesinó a mis hombres?

—¿Asesinar? ¿Cómo sabéis que no han abandonado sus deberes y se han marchado de la Ciudadela? —Era una pregunta estúpida, pero Zevander no tenía intención de confesar que los había reducido a cenizas.

—¿Para qué? —El capitán Zivant escupió las palabras como si algo le supiera agrio en la boca—. ¿Qué podría haber fuera de los muros que interesara a militares condecorados? —Era cierto que los soldados del rey disfrutaban de una vida de privilegios que no se concedía a la mayoría. También se los odiaba más allá de los muros de la Ciudadela.

—Entonces ¿qué os lleva a la conclusión de que les pasó algo?

—Alguien dejó atrás un aura —respondió el lord Brujo.

Imposible. Zevander se había entrenado durante siglos para evitar dejar restos de magia. Se reducía a quemar de forma eficiente y a una temperatura lo bastante alta como para que el aura quedara chamuscada e incompleta. Indetectable incluso para los forensicarios más hábiles, cuya magia captaba el elemento más tenue. De ahí los órganos derretidos. Después de picar al guardia, el escorpión habría estallado en llamas negras dentro de él.

—Hemos determinado que el aura es córvica —dijo la mujer que estaba al lado de Akmyrios.

—Zevander, esta es Melantha, la discípula del lord Brujo. —Con un poco de apatía en la voz, el rey Sagaerin hizo un gesto con la mano hacia la dama de pelo castaño.

¿Una discípula? Por lo que él sabía, históricamente, a las mujeres se les negaba formar parte del Magestrado.

—Es un placer conocerlo. Su Majestad habla muy bien de usted.

Había algo en aquella mujer que le parecía sospechoso y, con toda la sutileza que pudo, se quitó el guante que llevaba bajo la mesa y extendió una barrera invisible de protección a su alrededor, por si ella intentaba escudriñarle la mente. Sin responder a su comentario, Zevander volvió a mirar al capitán Zivant.

—Me temo que no sé nada de esos soldados desaparecidos. Ni de lo que quiera que sea una córvica.

El lord Brujo se aclaró la garganta y se recolocó en la silla.

—Los córvicos son una antigua civilización que existió hace siglos. Un pueblo muy hostil: asaltaban aldeas, saqueaban, violaban... Propagaron enfermedades por todo Nyxteros.

Era todo mentira. Y menudo despropósito, el falsificar la historia de un pueblo casi extinto.

La magia palpitó alrededor de Zevander cuando algo intentó traspasar sus defensas. Una mirada a Melantha reveló que lo estaba mirando fijamente, sin pudor alguno.

—¿Con «una civilización antigua» quiere decir que ya no existe? —preguntó Zevander.

—Sí —respondió Akmyrios—. Sin embargo, tenemos entendido que uno de nuestros compañeros, un brujo corrupto, pasó algún tiempo en la Fortaleza Corvus. Creemos que es posible que adquiriera ciertos pergaminos y que practicara algo de demutomancia.

Fue entonces cuando Zevander supo con certeza que sabían de las piedras, y se dijo a sí mismo que debía andar con cuidado.

—¿Qué tiene que ver la demutomancia con los guardias desaparecidos? O con mi última presa, para el caso, viendo que ya me he deshecho de él.

—Tal y como he dicho —dijo el rey Sagaerin, que se echó hacia delante y apoyó las palmas de las manos sobre la mesa—, Zevander es mi mejor letalisz. No falla.

—Aun así, nos gustaría confirmarlo —insistió el capitán.

El rey suspiró y tamborileó con los dedos sobre la mesa.

—Zevander, el capitán y el lord Brujo Akmyrios han pedido que tomes nilmirto. Personalmente, me gustaría poner fin a este asunto y comenzar la búsqueda de nuestros hombres desaparecidos.

El nilmirto era una toxina conocida porque, cuando se ingería, garantizaba que solo se dijera la verdad. Si al acusado mentía, pasaba la hora siguiente sufriendo un dolor insoportable mientras el veneno hacía efecto en su organismo. Si la ofensa era lo bastante grave, sería ejecutado con rapidez. Mentir al rey y a sus consejeros sin duda habría añadido a Zevander a la lista de las próximas ejecuciones programadas.

Por suerte, también se había entrenado para tolerar el nilmirto. Aunque le daba náuseas, no le provocaba dolor, por muchas mentiras que dijera.

—Si le complace a Su Majestad, lo haré encantado.

—Así es y te agradezco la cooperación.

—Muy bien. —El lord Brujo metió la mano en una bolsa que llevaba colgada y sacó un frasco de líquido negro. A Zevander se le revolvió el estómago al verlo, pero controló su expresión y aceptó la sustancia tóxica—. Si es tan amable, consúmalo todo.

A lo largo de un siglo había tenido que ir aumentando la dosis hasta llegar a tolerar un vial entero y Zevander había sufrido dolores muy fuertes durante el proceso. Desde luego, no le apetecía tragárselo en aquel momento. Tras descorchar el frasco, lo inclinó hacia delante y sintió en la lengua el horrible sabor de la madera carbonizada y las cenizas. Le dejó un regusto insoportable en la boca que le hizo desear un sorbo de cerveza para deshacerse de él.

—Ahora, empecemos... —dijo la mujer, que curvó los labios en una sonrisa—. Diga su nombre completo.

—Zevander Rydainn.

—¿Y dónde nació, Zevander Rydainn?

—En el castillo de Eidolon, al norte del río Aeramere.

—¿Y cuál es su sello? —siguió husmeando, irritándolo.

—¿Puedo saber el porqué de tantas preguntas banales?

—Para comprobar que la toxina funciona, señor —repuso ella, que se volvió hacia el rey, quien hizo una sutil inclinación de cabeza hacia Zevander.

Resoplando, el letalisz volvió a mirar a la mujer.

—El escorpión.

—Ah, el sello del dolor y el miedo. Se dice que está usted maldito.

—Sí. —Apretó la mandíbula, cada vez más molesto con sus preguntas.

—¿Quién le echó esa maldición?

—El antiguo lord Brujo del rey. Cadavros.

La forma en que se movió en su asiento hizo que Zevander se preguntara si el nombre la incomodaba.

—Y lo esclavizaron a causa de esa maldición, ¿es correcto?

—Sí.

—Fue el buen rey Sagaerin quien lo liberó y lo convirtió en uno de sus letalisz de élite.

Zevander había pasado años asegurándose de que solo aquellos que estaban a segundos de morir en sus manos conocieran esa información. Y nadie más, sin importar su posición. De nuevo lanzó una mirada al rey, que le devolvió un asentimiento.

—Sí.

—¿Le ordenó el rey que matase a Dolion Gevarys?

—Así es.

—¿Y llevó usted a cabo esa petición?

—Sí. —El veneno burbujeó en su estómago, revolviéndose como si quisiera salírsele por la boca, pero Zevander se lo tragó.

—¿Está absolutamente seguro de que Dolion está muerto?

—Sí. —Le subió otro gorgoteo, esta vez al pecho, y respiró como pudo por la nariz para contenerlo.

—¿Cómo acabó con él?

—Con mi espada.

Un sudor frío se apoderó de él y las manos le temblaron contra los muslos, donde las tenía apoyadas bajo la mesa.

—¿Sabía que el brujo estaba intentando recolectar piedras de sangre?

—No.

Una opresión en el pecho se le expandió por las costillas, y Zevander respiró hondo.

—¿No sabe absolutamente nada de esas piedras?

—No. —La bilis le subió por la garganta y se agarró a la silla, tragándose la toxina.

—¿Conocía al guardia que mencionó su nombre?

—Sí. —Esa vez, Zevander respondió con sinceridad, no quería arriesgarse a vomitar lo que tanto estaba esforzándose por contener en ese momento.

—¿De qué?

—Lo vi en la taberna una o dos veces. —Un calambre profundo y doloroso le revolvió las entrañas. Las manos continuaron temblándole mientras se le revolvía el estómago con fuerza.

Aun así, la insufrible bruja siguió con sus preguntas.

—¿Y por qué cree que mencionaría su nombre en relación con los guardias desaparecidos?

—Creo que no le caía muy bien. —Aquella vez no pasó nada y Zevander lo agradeció.

—¿Mató usted a los guardias?

Mierda.

—No.

Un dolor agudo y punzante hizo que otra oleada de bilis le subiera por la garganta. Se tensó y se agarró a los brazos de la silla, con los ojos casi llorosos. Sin duda, debía de haber palidecido. Por suerte, eso no era del todo inusual con el nilmirto, ni siquiera con los que decían la verdad.

—Interesante. —La mujer se reacomodó en la silla y se pasó la lengua por los labios mientras daba golpecitos con la uña en la superficie de la mesa—. ¿Sabe qué es lo que podría haber dejado ese aura en Guardahueso?

—Basta. Por todos los dioses, ¡no es adivino! ¿Qué clase de pregunta es esa? —El rey volvió a dar un sorbo a su copa de vino y la estampó contra la mesa, claramente enfadado—. Ha respondido a tu interrogatorio con creces. Dolion está muerto. Tal vez no te vendría mal perfeccionar tus habilidades para identificar auras.

El lord Brujo Akmyrios se incorporó envarado en su silla. No obstante, incluso después del insulto del rey, la mirada de la mujer no vaciló y siguió observando a Zevander.

—Le ruego que me disculpe, mi señor, pero las habilidades de Melantha no tienen rival. Es excepcional.

—Bien. Tal vez pueda ponerlas en práctica y rastrear al verdadero culpable de todo esto. Has puesto a Zevander en un gran riesgo al solicitar esta reunión. Y juro por los dioses que si alguno de vosotros divulga que forma parte de mis letalisz, me encargaré de interrogaros a fondo en las mazmorras. ¿He sido claro?

—Sí, Su Majestad —respondieron los tres al unísono.

—Bien. Os ruego que despejéis la sala.

Los aludidos se levantaron y se inclinaron en señal de respeto hacia el rey; Zevander apoyó la mano en la mesa para no caerse mientras se unía a ellos.

—Tú no, Zevander. Me gustaría que te quedases un momento.

—Como deseéis. —Por lo general, la idea de una reunión más larga habría dejado al letalisz refunfuñando por dentro, pero agradeció poder sentarse y respirar un rato más.

Cuando los otros por fin abandonaron la sala, el rey sacudió la cabeza.

—Mis más sinceras disculpas. No pretendía poner tu lealtad en entredicho. Simplemente quería demostrar tu integridad, sobre todo ante esta nueva discípula... Según tengo entendido, va a tomar el relevo como lady Bruja en algún momento.

—¿De dónde viene?

—Parece ser que del norte. Como sabes, no suelo permitir que una mujer asista a las reuniones de mi consejo, pero Akmyrios habla muy bien de ella. Aunque debo decir que a mí no me ha impresionado —confesó el rey, pasando el dedo por el borde de la copa antes de beber otro sorbo.

Zevander se tragó otra ronda de bilis y se aclaró la garganta.

Haciendo un gesto en el aire con la mano, como para concluir con la reunión, el rey Sagaerin se levantó de la silla.

—Faltan quince días para la Ceremonia del Devenir de la princesa Calisza y se espera que el palacio acoja a un gran número de invitados. Detesto estos asuntos sociales, pero ¿qué clase de rey sería si le negara a mi hija su ceremonia?

Cuando las mujeres llegaban a la edad de la fertilidad, más o menos a los diecisiete años, se organizaba una ceremonia y los jóvenes luchaban por el derecho a reclamar su virginidad. En ocasiones, el encuentro desembocaba en matrimonio, pero la mayoría de las veces se trataba de un rito de iniciación para homenajear a la diosa de la fertilidad, que irónicamente había sido raptada y violada de muy joven. Zevander había pensado durante mucho tiempo que se trataba de una tradición cruel, sobre todo cuando Rykaia había pasado por ella. Después de la ceremonia había llorado durante días, pero se creía que una virgen traía mala suerte y provocaba el ocaso de un linaje.

—Me gustaría que asistieran todos los letalisz. Esperamos a los soláceos y son unos salvajes. Todos ellos.

Solo con oír que los mencionaba se le pusieron los nervios a flor de piel.

—¿Habéis invitado a los soláceos?

—No ha sido elección propia. Me repugnan, pero es una cuestión de respeto social. —Hizo un gesto al copero para que se acercara y, cuando el chico colocó una segunda copa delante de Zevander, este la rechazó con educación—. Estuve en la ceremonia de su princesa hace muchos años, y sería un insulto negarle una invitación de vuelta al rey Jeret. Me gustaría que tus hombres y tú protegierais tanto a Dorjan como a Calisza. Asegúrate de que no haya complicaciones. —Miró a Zevander directamente—. Pero, sobre todo, vigila a Dorjan.

—Por supuesto.

—Aprecio tu lealtad, al igual que espero que tú aprecies mi hospitalidad. Hace tantos años, cuando me enteré de que esos despiadados soláceos tenían retenido a un joven con tanto talento, supe que debía traerte de vuelta a Costelwick. Mi esperanza es que, cuando la general Loyce vuelva a verte, recuerde cuán estúpido fue tratar de acabar con un lunáceo tan prometedor.

Zevander se tensó.

—¿También se espera que asista Loyce?

—Sí, por algo es la comandante de más alto rango de Jeret. Ella dirigirá a los guardias soláceos que acompañan al rey. ¿Te resultará difícil?

Solo escuchar su nombre provocaba un rayo de ira en la sangre de Zevander.

«De rodillas, chico. Ahora, traga...».

—En absoluto —respondió y soltó un gruñido silencioso cuando una molestia punzante le revolvió el estómago. «Puto nilmirto».

—Bien. Si lo deseas, tu hermana también puede asistir.

Las palabras del rey no eran más que un sonido muy lejano comparado con los pensamientos que resonaban en su cabeza.

—Me temo que últimamente Rykaia no se encuentra demasiado bien.

—Lo comprendo. —El rey se levantó de la silla y bebió otro sorbo de vino—. Si no te importa, quítate la máscara para que vea la progresión.

Tragándose su reticencia, Zevander obedeció y permitió que el rey lo examinara, como a veces le pedía.

El monarca frunció el ceño con expresión de preocupación.

—Ha empeorado.

—Cada día.

—¿Qué es este mal que te consume? —El rey Sagaerin se dirigió hacia una caja que había sobre un baúl y, con una pequeña llave, la abrió. De su interior sacó una bolsa con monedas y algo más, y volvió a cerrarla antes de regresar a la mesa—. He hablado con brujos y sacerdotisas de todos los rincones de Etiria. Ninguno ha podido ayudarme a dar con una cura.

Por amable que fuera el gesto, Zevander ya era consciente de la inexistencia de un remedio. Durante siglos había buscado en todos los rincones de Nyxteros, en los desiertos de Eremicia y en los confines de Solácea, y había consultado a sacerdotisas, curanderos y religiosos. Hasta que Dolion no sugirió las piedras de sangre, Zevander no sintió la más mínima esperanza de encontrar una cura.

El rey le colocó una mano sobre el hombro y le entregó las monedas y un pequeño frasco con un líquido blanco.

—¿El vivicanto hace que avance más despacio?

—Eso parece. —Zevander ya había visto a su hermano sufrir el avance de la enfermedad en una época en la que su familia no podía permitirse vivicanto, y sabía que ralentizaba el proceso—. Muchas gracias.

—Es solo una pequeña muestra de gratitud por haberte ocupado de ese brujo tan escandaloso y detestable.

Zevander quiso reírse ante la imagen de Dolion descansando en su celda, comiendo y bebiéndose su cerveza mientras estudiaba los pergaminos prohibidos de la Fortaleza Corvus.

—La locura absoluta es lo que más me cuesta entender —prosiguió el rey—. Dolion era un amigo muy querido antes de que empezara a obsesionarse con Cadavros. ¿Te lo imaginas? ¿Por qué iba a ver que esa bestia resucitaría de entre los muertos?

—Antes de que le atravesara la garganta con mi espada, habló de una presencia en las tierras mortales. —Un nuevo gorgoteo se agitó en el estómago de Zevander y las ganas de vomitar le provocaron pinchazos en el pecho por la mentira—. Al parecer, creía que Cadavros residía allí. Que fue desterrado.

Con una sonrisa tranquila, el rey negó con la cabeza.

—Me siento obligado a enseñarte algo, amigo mío. —La sonrisa de su rostro se desvaneció cuando se sacó un objeto del cuello alto de su jubón de brocado. Un amuleto negro, o eso parecía, dada la pequeña garra de dragón que colgaba junto a él y que creía que aseguraba un conjuro. Sujeta a una pequeña cadena negra, la brillante piedra llevaba una araña grabada en el metal del que estaba hecho el amuleto—. ¿Sabes qué es esto?

—Algún tipo de talismán siniestro.

—Siniestro es, eso sin duda. —Se rio entre dientes, sosteniéndolo en la palma de la mano—. Es el caos contenido. Una auténtica caja de horrores: pena, enfermedad, violencia, locura, muerte... —De un modo que parecía más de admiración que de temor, acarició el objeto con el pulgar—. Lo mandé hacer el día que nació Dorjan. Recuerdo perfectamente que lo tuve en mis brazos y sentí la acuciante necesidad de protegerlo. Me enfurecía la idea de que alguien le hiciera daño o me lo arrebatara. —Había un destello de rabia bajo la tristeza de su mirada—. Si alguien me quitara a mi hijo... —Movió la mandíbula y curvó los labios en un gruñido—. Su sangre está ligada a este amuleto. Si algo le ocurriera, se desataría una plaga que destruiría todo Nyxteros. No sobreviviría nada. —Una tensión contenida recorrió a Zevander mientras asimilaba la información en silencio—. No se lo he contado a nadie. Mi conciencia me ha empujado a intentar destruirlo varias veces a lo largo de los años, pero no se puede romper un hechizo así. Ni siquiera acabando con la persona que lo llevó a cabo. Lo he intentado. —Acarició la garra con un pulgar—. Es una magia tan oscura que proviene de las mismas profundidades en las que residen el miedo y la venganza. —Volvió a guardarse el amuleto en la túnica y se quedó un momento pensativo—. Fue Cadavros quien ligó el amuleto a mi hijo recién nacido. Él era el único que sabía que llevaba la sangre de Dorjan y no la mía. Ni siquiera el capitán Zivant está al tanto de este lazo. Después de todo, un rey no es nada sin su legado. ¿Entiendes por qué Cadavros tenía que morir? ¿Entiendes por qué es absurdo imaginar que le perdonaría la vida?

—Sí —respondió Zevander.

Tenía sentido que el rey lo hubiera mandado matar por algo así, así que no se molestó en hablarle de las sospechas que tenía sobre Cadavros en las tierras mortales. Hacerlo habría sido como darle un guantazo en la cara. De lo poco que los letalisz habían llegado a saber de Sagaerin a lo largo de los años, una cosa era cierta: al rey no le gustaba que lo desafiaran. Le habría hecho investigar asuntos que desvelarían secretos.

—Por eso es esencial que vigiles a Dorjan de cerca.

—¿Y qué hay de Calisza?

Con una expresión dolorosa, se agarró al respaldo de su silla y suspiró.

—Vería antes a mi amada hija devorada por hambruna e insectos que sufriendo a manos de mis enemigos, pues con toda seguridad harían algo peor. Me inunda de pena imaginar algo así. —Dejó la copa en la mesa y le dio una palmada en el hombro a Zevander—. Razón de más para estar agradecido por que te hayas ocupado de ese maldito brujo. Supondrá una preocupación menos, ahora que se acerca el Devenir de Calisza. Mientras tanto, mantén los ojos y los oídos bien abiertos ante cualquier mención de lo que pueda haber ocurrido con los guardias desaparecidos. Aunque nunca he dudado de que te hubieras hecho cargo del brujo, es una curiosa coincidencia que el aura de Guardahueso resultara ser córvica.

—Puede que Dolion estuviera trabajando con alguien.

—Quizá. Me gustaría que te ocuparas de averiguarlo, pero que quede entre nosotros. No quiero que el lord Brujo Akmyrios piense que estoy menospreciando su esfuerzo.

—Por supuesto.

Hizo un gesto a Zevander hacia la puerta.

—Eso es todo. Buen viaje de vuelta a Eidolon.

Él asintió con un gesto cortés y se levantó de la silla, con las náuseas de antes volviéndole a irritar la garganta.

Apoyado en un poste debajo del puente, Zevander expulsó al foso lo que esperaba que fuera lo último que quedaba de toxina. Cerró los ojos, sacudió la cabeza y se limpió la boca con el brazo.

—Joder —murmuró, con el estómago al fin asentado.

Habían pasado años desde la última vez que tuvo que ingerir tanto nilmirto y su cuerpo se había asegurado de recordarle cuánto le disgustaba. Volvió a meterse el frasco de vivicanto en el traje (el catalizador por el que habría logrado vomitar los últimos restos) y se cubrió la cara con la máscara.

—¿Desde cuándo eres inmune al nilmirto? —Una mujer le habló desde atrás.

Se giró y vio a Melantha salir de detrás de uno de los postes, con la cabeza cubierta bajo la capa morada de terciopelo que llevaban todos los brujos del rey.

—Me parece que no estaba en buen estado.

—No lo creo. Lo hice yo misma.

Él, con un movimiento sutil, movió la mano para invocar una barrera.

—No te molestes, no tengo intención de husmear en tu mente. Al menos no ahora. Sospecho que tu cabeza es un complicado laberinto a la espera de que lo exploren. Tal vez en otro momento.

—Mientras tanto, a lo mejor te apetece darte un baño con el koryn.

Ella cruzó los brazos y se acercó, esbozando una sonrisa.

—¿Esta actitud se debe a que soy una mujer en el consejo o a que de verdad te disgusto?

—Me importa más el vómito que acabo de expulsar que quién forma parte del consejo del rey.

La mujer ensanchó la sonrisa e inclinó la cabeza.

—Me ofende que no te interese mi persona cuando yo me he esmerado en estudiarte, Zevander Rydainn. El Escorpión de Nyxteros, el señor de Eidolon. ¿Cómo es que nadie se ha dado cuenta de que eres uno de los infames letalisz del rey?

—He procurado no llamar mucho la atención. Hasta hoy.

Ella soltó una risita, pero su mirada coqueta no le afectó lo más mínimo.

—Me cuesta creerlo. Un hombre con un aspecto tan feroz como el tuyo debe de atraer bastantes miradas.

Él no se molestó en responder. Observó que ella se dirigía hacia el borde del foso, no lejos de donde él acababa de vomitar.

—¿El rey está al tanto de tu secretito? —Extendió la mano y agitó el agua con su poder, fuera cual fuese—. Cree que tu sello, el escorpión, es la propia maldición. Una mera aflicción que propagó Cadavros. No tiene ni idea de su origen, ¿verdad?

Zevander se mantuvo atento y tranquilo, negándose a confirmar nada.

—No tiene ni idea del poder antiguo que hay en ti, esa mística llama negra que podría causar estragos en su reino si hicieras un simple movimiento con la mano.

Se trataba de una acusación atrevida, ya que los brujos más sabios creían firmemente que nadie se había sometido con éxito a la Forjaoscura sin perder sus poderes. Aun así se mordió la lengua y rechazó sus manipuladoras provocaciones.

El koryn salió del agua, con los ojos brillantes en señal de amenaza.

Los escorpiones de Zevander se agitaron al ver a la bestia que se cernía sobre él, preparados para atacar en cualquier momento. Melantha extendió una mano y acarició el escamoso hocico de la serpiente; luego se dio la vuelta para mirarlo a él, dándole la espalda a la criatura, que retrocedió despacio hacia el foso.

—Mis disculpas por lo de antes. Por un lado, quería aclarar las cosas. Por otro, esperaba tener la oportunidad de conocer las habilidades del hombre maldito por el fuegoscuro.

Con los ojos entrecerrados, Zevander la estudió, intentando averiguar si había escudriñado sus pensamientos.

—Tenemos conocidos en común entre los soláceos. Hace tiempo sufrí en las mismas minas en las que te tuvieron prisionero.

Aquello no lo sorprendió. Los soláceos eran unos cabrones despiadados y no habrían tenido reparos en mantener prisionera a una mujer.

—Y mírate ahora: discípula del lord Brujo.

—Sí. He tenido una vida interesante. —Con las manos detrás de la espalda, se acercó a él—. Aunque no sin padecimiento. Quizá podamos intercambiar historias un día de estos.

—No lo creo. —Pasó junto a ella en dirección a la colina.

—Zevander —lo llamó, y él se detuvo a regañadientes—. No mencioné en la reunión que tres magestrados también han desaparecido.

—Me resulta extraño que no lo contaras delante del rey.

—El rey tiene bastante con la desaparición de sus soldados y la ceremonia de su hija. Se dice que esos tres brujos se dirigían a la Fortaleza Corvus.

No le dio la satisfacción de reaccionar y se mantuvo estoico.

—¿Tan poca confianza tenían en que yo mismo me encargara de Dolion? —preguntó.

—Creían que Dolion había llevado allí las piedras de sangre. Supongo que no las recuperarías antes de matarlo, ¿no?

—Ya he respondido a todas tus preguntas. No sé nada de las piedras. —Mil agujas le recorrieron el abdomen, demostrando que no había expulsado todo el nilmirto.

—Es una pena. Se dice que son lo único que puede destruir el fuegoscuro.

—Qué interesante.

—Sí. Muy interesante… Nos vemos en la ceremonia. —Al decir esto, pasó junto a él, rozándole el pecho con los dedos, y la llama de Zevander se extendió, como si de algún modo se sintiera atraída por ella.

Gruñendo, logró contenerla.

Para cuando Zevander regresó a Eidolon, la noche había caído y le dolía todo por los restos de la toxina que aún circulaban por su sangre. Había vomitado dos veces más en el viaje de vuelta y estaba listo para irse a dormir. En cuanto entró en el castillo, se encontró a Rykaia sentada en las escaleras, con un vaso de vino en la mano.

—¿Por qué tienes a la mortal en las mazmorras? —le preguntó cuando él se acercó.

—Esta noche no estoy de humor.

—Preferirías ir a buscarme al Arrabal otra vez, ¿no? Porque en esto consiste estar sin elixires, hermano: tengo que distraerme con la vida.

Él se detuvo y suspiró, pellizcándose el puente de la nariz.

—Es una persona de interés. Ya está.

—Ya, está claro que sí. No sé de ninguna otra ocasión en la que hayas traído a una mujer al castillo. Me resulta curioso.

—Me alegra complacer tu curiosidad.

—Las mujeres no están hechas para estar enjauladas, hermano. Tal vez podrías ofrecerle un alojamiento mejor a nuestra invitada.

—No es nuestra invitada.

Ella levantó las cejas e inclinó la cabeza.

—Entonces ¿es tu prisionera?

—No tengo ni idea de lo que es y no me interesa esta discusión. Ha sido un viaje muy largo. —Pasó junto a ella para dirigirse a la escalera.

—Sí, estás un poco pálido.

—Nilmirto —explicó por encima del hombro.

El ruido de las botas de tacón de su hermana lo hizo refunfuñar por dentro cuando lo siguió.

—¿Quién te ha obligado a beberlo?

—La nueva persona a cargo del lord Brujo.

—¿Un aprendiz? ¿Es guapo?

—Una discípula. Y va a ser un grano en el culo.

—¿Una discípula? —Rykaia frunció el ceño—. Lo siento, ¿acabas de decir que es una discípula? Así que, ¿la siguiente persona en la lista para convertirse en lord Brujo es una mujer?

—Supongo que sí, si deja de molestarme. De lo contrario, será la siguiente en la lista de mi espada.

Su hermana por fin llegó hasta él, con el vino agitándose en el vaso mientras caminaba a paso ligero a su lado.

—Si no te tomaras tantas molestias para ayudarme a mí, casi pensaría que detestas a las mujeres.

—Lo que detesto es el tormento al que me sometéis. —Zevander empujó la puerta de su despacho, desesperado por un trago.

—Al menos deja que Maevyth se bañe. —Rykaia lo siguió, rodeó su escritorio y se dejó caer en uno de los sillones frente a él—. Huele fatal. Y tienes que cuidar mejor la alimentación de tus prisioneros. No soy tu carcelera… De hecho, va a tener que cenar pronto, así que lo dejo en tus manos.

—De acuerdo. —Gruñó en voz baja—. Puede bañarse, pero te pondré de guardia para asegurarme de que no intenta nada raro.

—Está preocupada por su hermana. Podría estar en peligro.

—No me importa lo más mínimo su hermana. —Zevander se sirvió una copa y se la bebió de un trago; el ardor del licor le calentó los músculos entumecidos—. Debería darme las gracias por haberme molestado en traerla aquí. Cuando la encontré, tres guardias imperiales y un prisionero estaban a punto de violarla.

Rykaia dejó el vino sobre la mesa, como si ya no le interesara.

—Dime que se lo hiciste pagar.

—Ardieron todos y cada uno de ellos.

—Bien. —Su hermana asintió y echó los hombros hacia atrás—. Se dará un baño. Y le dejaremos pasar algo de tiempo fuera de esa celda de mala muerte.

—Un baño, sí. Tiempo fuera de la celda, no. —Zevander aún no confiaba en que la mortal vagara a sus anchas por el castillo.

—Me ha pedido hablar contigo. Si vas a tenerla encerrada ahí abajo, por lo menos podrías dedicar un momento a escucharla.

—No me interesa.

—Entonces ¿por qué la retienes?

Él se había hecho la misma pregunta varias veces. La chica era lo más cerca que había estado de una cura, y el hecho de que no pudiera matarla no hacía más que aumentar su intriga.

—Tengo mis motivos.

—Tienes tus motivos —repitió su hermana en un tono de burla—. ¿Acaso este no es también mi hogar, Zevander? ¿O solo soy una de tus *invitados*? —Como él no se molestó en contestar, se bebió el vino de un trago—. Al menos dime si planeas... matarla. Me gustaría saberlo, para no encariñarme demasiado con tu próxima presa.

—Guarda las distancias con ella, Rykaia —se limitó a decir él y se levantó del escritorio, abandonando su bebida.

Tenía demasiadas cosas en la cabeza y no necesitaba a su hermana para avivar el fuego. Salió del despacho y, en lugar de dirigirse a sus dependencias, siguió el tintineo del metal a medida que se acercaba a la sala de entrenamiento.

Ravezio y Torryn se batían en duelo, ambos igualados en velocidad y destreza. Sin embargo, como el segundo había nacido sin sello, había perfeccionado su fuerza, lo cual le hacía ser invicto con la espada. Incluso sin sello, poseía uno de los poderes más peligrosos de los cuatro letalisz: la capacidad de absorber grandes cantidades de vivicanto de otros, lo que lo hacía el doble de fuerte que cualquiera de ellos, pero también el doble de inestable. En lo mental, Torryn era un desastre, su mente era un caos constante, siempre luchando contra los efectos del vivicanto, una sustancia tóxica que, en cualquier otro caso, lo habría convertido en un carnificado.

Con un movimiento rápido, Torryn golpeó a Ravezio en los pies y derribó a su oponente.

Este yacía en el suelo, tosiendo y jadeando, cuando Zevander entró en la sala, riendo entre dientes.

—¿Es el basilisco dorado el que te provee de semejantes reflejos? —preguntó.

Ravezio lo miro con cara de pocos amigos y se puso en pie.

—Lo que tendría que haber hecho mi basilisco es envenenar su sangre.

Aunque Ravezio no tenía el poder de invocar una criatura real, como Zevander con los escorpiones, su sangre era portadora de un veneno muy potente. Un mordisco, arañazo o pinchazo de las púas que le sobresalían de las escamas cuando se sentía amenazado hacía que su enemigo muriera en cuestión de segundos.

—No antes de que Torryn hubiera agotado todo tu vivicanto.

Bastaba con que Torryn te tocase, algo tan simple como un apretón de manos, para debilitar a su oponente. No obstante, la magia siempre conllevaba un coste, y agotar a más de una persona a la vez lo conducía al delirio.

Torryn se ajustó las vendas que se ponía en las manos durante los combates cuerpo a cuerpo para evitar hacerle algo sin querer a su oponente.

—¿Has venido buscando pelea?

—Quizá en otra ocasión. He venido a deciros que tengo a una joven en las mazmorras.

Ravezio alzó las cejas con un interés enfermizo.

—¿Que tienes a una mujer, dices? ¿Aquí?

Zevander se molestó un poco y frunció el labio.

—No la toques —advirtió, con más brusquedad de la que pretendía, y se aclaró la garganta para librarse del monstruo de ojos verdes que había hablado por él—. Es una prisionera. Se trata de la mortal que cruzó el Valle Umbrío.

—Ah, sí. ¿Por eso la tienes encerrada en una jaula? —se burló Ravezio, avivando la frustración de Zevander.

—No es una maldita jaula. —Una vez más, Zevander tuvo que contener su ira—. ¿Has olvidado cómo es una jaula de verdad?

—No y por eso no le deseo ninguna a una joven mortal asustada que seguramente no tenga ni idea de por qué la han traído aquí.

—¿Por qué está aquí? —preguntó Torryn, yendo al grano de la interrupción.

—Está aquí para que la entrenen —refunfuñó Zevander, aún cabreado con el tema.

—¿Para que la entrenen? ¿Y para qué necesitaría entrenamiento una mortal? —Si Torryn hubiera visto con qué facilidad había resistido la joven la llama de Zevander, tal vez no le habría parecido tan sorprendente la pregunta.

—Según Dolion, posee un poder único.

—¿Cómo va a tener una mortal poder alguno? —se burló Torryn—. Son frágiles y débiles.

—Al parecer, es córvica.

—¿Qué es una…?

Antes de que Torryn terminase la pregunta, Zevander negó con la cabeza.

—Os lo contaré más tarde —zanjó, demasiado cansado para una lección de historia en ese momento—. El caso es que puede que tenga algo único. Pero no es consciente de ello y tampoco sabe cómo utilizarlo.

Torryn se echó a reír.

—Lo siento por el desgraciado que tenga que entrenar con ella.

—Tiene gracia que lo comentes, porque el desgraciado vas a ser tú.

—¿Qué? —La diversión de su expresión se desvaneció y frunció el ceño—. ¿Por qué?

—Eres el mejor en defensa. Si empieza con algo instintivo, como la lucha, puede que la ayude a explotar sus poderes, igual que se manifestaron los tuyos.

Torryn frunció aún más el ceño.

—No creo que sea la persona más adecuada para esto. —Sin embargo, él le había dado lecciones a Rykaia hacía años a petición de Zevander y ella había llegado a ser bastante competente defendiéndose.

—Eres muy hábil con la espada —añadió Ravezio—. Aunque te mueves como un mulo.

—Debería haberte apuñalado antes.

—¿Hay novedades sobre el flamelita del Arrabal? —Zevander hizo un gesto con la cabeza hacia Torryn e interrumpió la discusión.

—Lleva días sin atacar. Todavía no hay pistas. Estoy persiguiendo a un puto fantasma.

—Me uniré a la búsqueda.

El plan de Zevander era propagar un rumor en el Arrabal sobre un posible asesino, para quitarse a Melantha de encima y desviar su investigación sobre los guardias desaparecidos, cuyos cuerpos hacía tiempo que se habían dispersado en el viento.

—Sobre esa mujer a la que quieres que entrene... ¿Sabe algo de lucha?

Una vez más, Zevander recordó la inmunidad de la mortal ante su llama.

—Muy poco, pero yo no diría que es débil. Intentó enfrentarse a tres guardias imperiales.

Torryn enarcó una ceja.

—Ya me gusta.

—Si pretendes enseñar a combatir a la chica y que controle la magia, quizás debería considerar ofrecerle un alojamiento más agradable. No querrás que vaya a por ti por haber dormido como una mierda, ¿verdad? —Ravezio se rio, desenvainó un puñal y lo arrojó al otro lado de la habitación, hacia un tronco de madera que contenía media docena de cuchillos arrojadizos.

—Es posible que intente huir. Al parecer, su hermana está en peligro.

—Tú mejor que nadie deberías entender cómo se siente —comentó Ravezio y se alejó a por su cuchillo.

Gruñendo, Zevander se volvió hacia la puerta.

—No tengo nada en común con la mortal.

—Aun así, te habrás acordado de darle de cenar, ¿verdad? —gritó Ravezio tras él.

Zevander cerró los ojos y gruñó en voz baja mientras salía de la sala.

32

Maevyth

Con las rodillas contra el pecho, observé a través de la diminuta ventana de mi celda cómo salía la luna y la oscuridad se tragaba la luz del día como una llama que se desvanece. Acaba de pasar otra jornada durante la que mi hermana podría haber estado sufriendo sola, helada y aterrorizada.

Odiaba estar agradecida por encontrarme a salvo y protegida, aunque el persistente frío de las mazmorras siguiera calándome los huesos.

Pero, sobre todo, odiaba que, aunque hubiera querido ayudarla, no habría sabido ni por dónde empezar.

El hambre hizo que me rugiera el estómago, apoyé la cabeza en las rodillas y respiré por la nariz para reprimir el dolor. Por mucho que mi corazón lamentara las circunstancias de mi hermana, mi cuerpo me recordaba que disponía de tiempo para centrarme solo en el dolor de otros.

Unas pesadas botas resonaron contra el hormigón, a diferencia de los delicados pasos de Rykaia, y me alertaron de que alguien se acercaba. Por instinto, retrocedí hasta la pared. El recuerdo del miedo a los guardias que me atacaron aún me ponía los nervios a flor de piel. Contuve la respiración cuando una forma oscura se acercó a los candelabros titilantes, cuya luz me reveló que se trataba Zevander.

El porqué seguía conteniendo la respiración al verlo era todo un misterio.

Aunque llevaba la misma máscara que la última vez que lo vi, se había quitado la capucha y había dejado al descubierto una cabellera tan negra como la mío que se le ondulaba en la nuca. Llevaba el pelo apartado de la cara y solo algunos mechones le caían por la frente, lo que le daba un aspecto rudo y desaliñado.

Sostenía dos cuencos de madera y pasó junto a mi celda con ambos. El intenso olor a carne me hizo la boca agua. Unos segundos después apareció ante mi celda con uno de ellos en la mano, pero, en lugar de meterlo entre los barrotes, como había hecho Rykaia, abrió la puerta.

Toda yo permanecí en guardia al verlo entrar, con su enorme envergadura devorando el reducido espacio. Imaginé que mi estatura, aunque no era tan pequeña, me habría dejado a la altura de la mitad de su pecho.

Sin decir nada, me entregó el cuenco, hacia el que me lancé con una gratitud que nunca antes había sentido al ver comida. El delicioso aroma del estofado de pollo me inundó las fosas nasales y volví a sentarme en el borde de la cama con el recipiente, sorprendida cuando mi captor no se marchó inmediatamente. En lugar de eso, cogió la silla de madera que había en la esquina de mi celda, que era tan pequeña que más bien constituía un taburete, y aún más cuando se sentó en él.

Sin atreverme a mirarlo, le puse un poco de verdolaga al guiso, que estaba en el borde del cuenco, y mordisqueé una de las suculentas hojas. Un delicioso y ácido sabor a limón me hizo fruncir los labios y probé una cucharada de la sopa caliente. Y otra más. Otra más me llenó la barriga, aunque la carne no acababa de suplir el vacío de mi apetito. Si bien el desayuno me lo había quitado, no había saciado del todo el hambre que seguía devorándome.

La culpa me revolvió el estómago. ¿Habría probado mi hermana un solo bocado en el tiempo en el que a mí me habían ofrecido dos comidas?

—Has pedido hablar conmigo —dijo él, interrumpiendo mis pensamientos.

Había olvidado lo grave que era su voz y la facilidad con la que me generaba escalofríos en la espalda. Me tragué otra cucharada y me aclaré la garganta.

—Me preguntaba… cuánto tiempo piensas retenerme aquí. Y por qué.

—¿Dolion no te ha dado ninguna información?

—Bueno…, pensé en lo mejor era ir poco a poco en ese frente.

Ambos nos giramos y lo vimos espiando desde la entrada de la celda.

—Puedes buscar otro sitio en el que cenar —comentó Zevander, molesto—. Ahora después me tocará hablar contigo.

—Claro, claro. —Con el cuenco entre las manos, Dolion pasó de largo y desapareció por el mismo pasillo por el que había venido Zevander.

—No es tu prisionero, y, sin embargo, lo tienes aquí abajo. ¿Por qué?

—Le gusta la soledad.

—Y, entonces, ¿a qué información te refieres?

Mientras picoteaba, eché un vistazo a mi captor, sentado frente a mí, y esas miradas fugaces resaltaron las diferencias que había entre su aspecto y el de la hermana que había conocido antes. La forma en que su pelo negro y su piel bronceada contrastaban con el cabello plateado y la tez pálida de ella. Una observación que me hizo preguntarme si compartían sangre.

—¿Por qué has parado de comer?

—¿Por qué respondes a cada pregunta que hago con otra? —La ira en mi voz era una mera chispa de la rabia que me corroía por dentro. No tanto por estar confinada en una celda, sino porque, aunque me concedieran la libertad, no tendría ni idea de cómo volver con mi hermana ni de qué atrocidades podría encontrarme por el camino. Como no respondió, bajé la mirada y removí el guiso con la cuchara—. Me cuesta comer sabiendo que mi hermana puede estar hambrienta.

—Y, si no lo está, eres una estúpida por morirte de hambre por nada. —El tono seco de su voz me puso de los nervios.

—Se llama tener empatía, y veo que es algo de lo que careces por completo.

Él se inclinó hacia delante y apoyó los codos en sus musculosos muslos.

—A lo mejor ya te has olvidado de los tres hombres que intentaron violarte, así que, por si acaso: yo soy el puto empático que los mató por ti.

Resoplé y negué con la cabeza.

—¿Cómo que fuiste tú quien los mató? Recuerdo perfectamente que lo hizo un escorpión del tamaño de un pueblo pequeño.

Zevander giró la mano hacia arriba. Una nube de humo negro le brotó de la piel y se transformó en la figura de un escorpión que se posó en su palma como una criatura viva.

Se me escapó un grito ahogado y, al contemplar aquella rareza, se me erizaron todos los pelos de la nuca.

—¿Qué es eso?

—Es magia. —Le dio la vuelta a la mano y el escorpión siguió el movimiento, correteando por sus nudillos, y vi con horror cómo se le enterraba bajo el dorso, dejando una pequeña huella de sí mismo en la superficie que se mezcló con las llamas oscuras. La tinta parecía haberse quedado grabada a fuego en su piel—. Y es mi maldición.

—¿Los mataste... tú? —Negué con la cabeza, intentando comprender cómo era posible y sin lograrlo—. No te pedí que mataras a nadie.

Bajó la mirada, supuse que hacia la gargantilla que llevaba yo en el cuello.

—No. Tú le pides a un dios que no te escucha y te sorprendes cuando no viene a salvarte.

—¿Y tú qué eres, entonces? ¿Un amable y benévolo ciudadano que recorre las calles de noche en busca de violadores y asesinos? ¿Qué estabas haciendo allí?

—Amable y benévolo... —Se burló—. Me importan bien poco los demás, e incluso menos los mortales.

Me pasé la lengua por la parte de atrás de los dientes.

—¿Por qué?

—Sois una plaga —dijo con una voz cargada de repulsión—. Iguales que los débiles roedores que propagan enfermedades.

—En ese caso, si soy tan repugnante, ¿por qué me salvaste? ¿Por qué me has traído a tu casa?

La máscara que llevaba hacía imposible saber si lo había enfadado más. Parecía que sus ojos estaban siempre llenos de malicia.

—Me eres de utilidad. Esa es la única razón por la que sigues con vida.

—¿De qué utilidad? —Había oído rumores sobre jóvenes chicas, fuera de Foxglove, a las que secuestraban con abominables intenciones. Las encadenaban a una cama y las forzaban a satisfacer a innumerables hombres a cambio de unas monedas—. ¿Qué es lo que quieres de mí?

—Algo que estoy seguro de que no me darás de buena gana.

Por segunda vez desde que había llegado a este lugar me pregunté si me violarían brutalmente al final de la noche. Fruncí los labios al pensar en ello, pero, antes de que me diera tiempo a decirle que preferiría morir a considerar algo así, él habló:

—Por la mañana te entrenarán.

Me quedé pasmada y parpadeé dos veces.

—Perdona, ¿qué? ¿Has dicho que me van a entrenar?

—Sí.

—¿Qué clase de entrenamiento?

—Empezaremos por lo básico: concentración, invocación de glifos simples…

—¿Glifos? ¿Te refieres a símbolos? —Con el cuenco en el regazo, me pasé las yemas de los dedos por la extraña cicatriz que le había enseñado antes a Dolion.

—Sí. Así es como funciona la magia.

Salvo que yo no había logrado convencerme de que poseía magia desde mi conversación con Dolion aquella misma mañana.

—No… No lo entiendo. Has matado a tres hombres que intentaron… hacerme daño. Me has traído hasta aquí, a tu castillo, y me has encerrado, todo con el fin de entrenarme para que aprenda glifos.

—Si carece de lógica, la culpa es de Dolion.

—¿Por qué tengo que aprenderme los glifos? ¿Eso me ayudará contra los supuestos brujos que me persiguen?

—Parece que ya has estado hablando con Dolion.

—Y nada de esto tiene sentido. —Aún no estaba convencida de no haber muerto en aquellos bosques y de que aquello no fuera una especie de purgatorio—. ¿Por qué te tomarías la molestia de entrenar a tu prisionera?

—Porque eres débil...

—Y repugnante, sí, eso ya lo hemos dejado claro —le contesté, impaciente—. Creo que me has comparado con una rata.

—Con un roedor.

—Lo mismo es. —Con los ojos entrecerrados, le devolví la mirada. Golpeé rítmicamente la cuchara contra el cuenco; ya no tenía tanta hambre como antes—. ¿Qué es lo que no me estás contando?

Volvió a sentarse en su silla.

—Le dejaré los detalles a Dolion. De momento, te sugiero que descanses y que comas. El entrenamiento comienza al amanecer y te aseguro que necesitarás fuerzas. Puede ser muy intenso.

—¿Intenso? ¿Y voy a realizarlo con esto? —Me miré a mí misma y el vestido mugriento y hecho jirones que llevaba desde hacía dos días, que aún tenía las tripas resecas del bicho que había aplastado—. ¿Con un vestido hecho jirones?

—Lo de tu ropa se lo dejo a Rykaia. —Se puso en pie, claramente harto de la conversación.

Sin embargo, yo no había terminado.

—Veo que lo has delegado casi todo.

—Me gusta la eficiencia.

—Y a mí la libertad. Llévame de vuelta al bosque y te prometo que nunca volverás a saber de mí. No hace falta que delegues nada. No te daré ningún problema.

Él dejó escapar un sonido de desaprobación.

—Eres incansable.

—Si mi hermana fuera la tuya, ¿no harías lo mismo?

—No intentes apelar a mi bondad. Ya hemos dejado claro que no la tengo.

La sensación de impotencia me invadió de nuevo.

—Entonces rogaré. Si es necesario, suplicaré que me lleves de vuelta.

—Suplica todo lo que quieras. —Dejó escapar una risita sardónica—. No me importaría verte de rodillas.

Sin ningún tipo de premeditación, me levanté de la cama y le lancé el cuenco. Le dio de lleno en el pecho y el guiso chorreó por su traje de cuero.

Por un instante me entró pánico. Si hubiera hecho algo así en casa, me habrían dado una bofetada como mínimo. Los soldados vonkovyanos habrían aumentado la colección de cicatrices de mi espalda y mis piernas.

—Tu hermana tenía razón. ¡Eres un monstruo tiránico!

Gruñó mientras se limpiaba trozos de guiso de la cara.

—Y tú eres insoportable, y, sin embargo, por algún misterio de los dioses, aún conservas la lengua.

Me invadió un arrebato de locura y corrí hacia la puerta abierta de la celda. Una ráfaga de aire me salió disparada de la boca mientras algo me rodeaba por el vientre. Con poco esfuerzo, me elevó. Me hundí contra el colchón en una explosión de plumas que flotaron a mi alrededor.

Clavó sus enormes brazos en la mullida cama a ambos lados de mi cabeza mientras me enjaulaba debajo de él y, para mi horror, me sujetó los brazos y me inmovilizó las muñecas por encima de la coronilla. Su intimidante figura me engulló mientras se cernía sobre mí como una tormenta negra, con sus ojos infernales brillando de furia.

—Quizá debería liberarte. A ver cómo te las arreglas por tu cuenta, con todas las criaturas y bestias que captarían tu rastro y te darían caza por todo el camino hasta esos bosques.

—Hazlo, ¡adelante! —mascullé con los dientes muy apretados—. ¡No se me ocurre nada peor que ser tu prisionera!

—Está claro que no has considerado mi punto de vista. ¿Te crees que te quiero aquí? ¿Que he pedido ser tu maldito guardián? —Incluso la cama tembló con la flexión de sus músculos. O tal vez éramos yo y la furia que había despertado dentro de mí—. ¡Preferiría arrojarte a las dracos!

—¡Pues venga! —Retorciéndome para liberarme, levanté la rodilla y le golpeé con fuerza en la ingle.

Quizá con demasiada fuerza.

Retrocedió y contrajo los músculos. Gruñó, furioso, y con un fuerte apretón en la garganta me hizo ver las estrellas.

—No me toques los cojones, mortal. Hay muchas formas dolorosas de morir.

Su paciencia se deshilachó como si fueran puntadas sueltas que recorrían las furiosas venas que le sobresalían del cuello; se le dilataron las pupilas, tragándose el ardiente dorado y ocre de sus ojos, y la destreza con la que me agarró del cuello me confirmó con qué facilidad podía romperme la tráquea.

Le miré la mejilla por encima de la máscara, donde la sopa se le había secado en la piel.

—Tal vez deberías limpiarte mi cena de la cara para que me tome tus amenazas en serio —solté entre dientes, obligándome a no escupirle.

Con otro gruñido me soltó y, cuando se dio la vuelta, capté cómo se limpiaba con sutileza la mejilla mientras se dirigía a la entrada de la celda.

—Descansa. El entrenamiento empieza al amanecer.

Entonces salió de mi celda y cerró la puerta, como había hecho antes.

33

Zevander

Con los músculos en tensión, Zevander apretó los dientes y subió la escalera de piedra, pasándose la mano por la cara una vez más. Gruñó cuando cayó otro trozo de guiso reseco.

En el piso de arriba encontró a Dolion mirando un cuadro de la pared mientras se llevaba a la boca una cucharada de su cena.

—Tengo que hablar contigo —refunfuñó Zevander al pasar por su lado—. En mi despacho. Ahora mismo.

—Por supuesto. —El sonido de sus pasos lo siguió a través del gran salón y por otra escalera.

Pasada la sala, Zevander condujo a Dolion a un despacho con un gran escritorio de madera eremicia roja, donde Rykaia seguía sentada con los pies apoyados en la tabla. Esbozó una sonrisa cuando él entró, lo que avivó la ira que ya latía en su sangre.

—¿Quién te ha meado encima, hermano? —Se rio entre dientes, y dejó a un lado el libro que estaba leyendo.

Un gruñido retumbó en la garganta de Zevander.

—Déjanos.

—Por supuesto. Justo iba a ir a las mazmorras a llevar a Maevyth a bañarse.

Él apretó los dientes con más fuerza al oír su nombre, porque odiaba el placentero torrente de placer que su mera mención le enviaba a la polla.

—Perfecto, porque su olor se ha vuelto repulsivo.

La bilis le subió a la garganta y Zevander se dio cuenta de que el nilmirto aún no había desaparecido del todo de su organismo. Con las palmas de las manos sobre el escritorio, se tomó un momento para tragárselo, con los ojos llorosos por el ardor en la nariz.

—¿Todo bien? —preguntó Dolion, dejándose caer en una de las sillas que había dispuestas delante de la mesa.

—Sí. —Zevander tropezó una vez al acercarse a la silla y cayó en el asiento de cuero ya caliente—. Esta tarde me he reunido con el rey Sagaerin. —Se quitó la máscara y respiró por la nariz mientras los últimos restos de bilis le bajaban por la garganta—. Parece que el lord Brujo tiene una nueva discípula. Una mujer joven.

—¿Una mujer? Por todos los dioses... —Dolion se quedó pensativo un rato y dejó caer el cuenco sobre el regazo—. ¿Sabes cómo se llama?

—Melantha.

Una mirada pensativa cruzó el rostro del brujo, que negó con la cabeza.

—No la conozco. Qué extraño...

—Bueno, pues está decidida a demostrar que estás vivo. Y parece que también lee auras.

El otro hizo una mueca, captando lo que eso implicaba.

—Detectó el aura córvica.

—Sí, y me he visto obligado a responder a bastantes de sus preguntas —espetó Zevander.

Con los ojos muy abiertos, Dolion se llevó una mano al pecho.

—¿Nilmirto?

—No les dije nada.

—¿Nada? ¿Acaso tienes inmunidad? —El brujo se rio con aire de incredulidad.

—No, pero sí tolerancia.

—Por todos los dioses... No creía que eso fuera posible. ¿Cómo?

—Da igual. Hoy he descubierto algo que podría ser la raíz de esas visiones que has estado teniendo. —Zevander se relajó en su silla—. El rey Sagaerin me enseñó un amuleto que lleva encima. Lo creó Cadavros. Si algo le ocurriera al príncipe Dorjan, desataría una plaga mortal en Nyxteros.

—¿Lo viste? —Antes de que él respondiera, Dolion se acercó con los ojos llenos de intriga—. ¿Cómo era?

—Negro, con una cadena negra y una araña grabada en la superficie. Lo sella una garra de dragón.

—Un amarre de almas. —Con el ceño fruncido, se acarició la larga barba blanca—. No puede ser, aunque…, bueno…, vi a Cadavros en esa visión. Lo vi con claridad. Estaba sentado en el trono.

—Puede que tu visión sea un poco más abstracta.

—Puede ser. —Respiró con resignación y se dejó caer en la silla—. Aunque siempre han sido bastante directas. —El brujo soltó un suspiro y negó con la cabeza—. Si se desatara la plaga, eso significa…

—Que alguien, o algo, matará al príncipe. Lo que me lleva a preguntarme… ¿Cuántas de tus visiones se hacen realidad?

El viejo brujo apretó los labios hasta formar una fina línea.

—Todas. Por el momento. Tengo un par que están en proceso.

—¿Cuáles son?

Dolion hizo un gesto con la mano, como para restarle importancia.

—Desde luego, no tienen nada que ver con una plaga. Así que hay que proteger al príncipe a toda costa —dijo, cambiando de tema.

—Sí. En quince días, la Ceremonia del Devenir de la princesa Calisza atraerá a la nobleza de toda Etiria. Incluidos los soláceos.

—Por Dios, ¿por qué iba a arriesgarse a que su hija acabara pasando la noche con una de esas bestias salvajes?

Los soláceos no parecían bestias salvajes. Más bien lo contrario: con el pelo rubio, la piel bronceada y los ojos azules, la mayoría los consideraba excepcionalmente atractivos.

Zevander no era la mayoría.

—Convenciones sociales —murmuró Zevander—. Mientras tanto, seguirás pasando inadvertido y mantendrás a buen recaudo las piedras de sangre.

—Claro. Aunque lo más prudente sería esconderlas en otro sitio.

Zevander resopló y agarró la copa vacía de antes, la rellenó de nuevo y le dio un largo trago.

—No estarás pensando en las tierras de los mortales.

—Por supuesto que no —repuso el brujo—. Si Cadavros está allí, le estaríamos entregando seis de las siete piedras. Tenía en mente mi tierra natal, Calyxar.

Una isla del sur donde reinan los elvynirios. Un mundo de montañas y hielo. Si Zevander pensaba que los inviernos de Nyxteros eran fríos, no eran nada en comparación con aquellos.

—¿Y qué hay de Cleaving? —preguntó Zevander.

—Me temo que eso está demasiado lejos. Pero, aunque fuera una opción, los elvynirios se preocupan mucho de que nadie entre en sus dominios sin que ellos lo sepan. Si intentara algo así, acabaría despedazado. Lo que, de nuevo, no es sino una prueba de lo seguras que podrían mantener las piedras. De hecho, el primer septomir estuvo durante un milenio entre los elvynirios, hasta que el antiguo rey lo robó.

—Entonces ¿podrías decirme cómo conseguirás permanecer oculto en este viaje a Calyxar? Ya que es mi cabeza lo que el rey pediría por mentirle descaradamente. —Zevander luchó por contener el enfado que lo consumía ante la mera posibilidad de que Dolion se arriesgara a algo así.

—Me he enterado de un hechizo de camuflaje muy eficaz. Requeriría una cantidad considerable de vivicanto. Si me lo consigues, te garantizo un viaje sin incidentes.

Con el lord Brujo y el capitán Zivant pendientes de él, tenía sentido deshacerse de las piedras. Zevander buscó en su bolsillo el vivicanto restante que el rey le había dado y se lo pasó al brujo, que examinó su contenido.

—Debería bastar para llevarnos a Wyntertide —dijo Dolion, guardándose el vial en un bolsillo de la túnica.

—Tienes intención de viajar a pie.

—Bueno, a caballo, si eres tan amable. Luego me embarcaré en Wyntertide.

—¿Y qué pasa con lo de romper esta maldición?

—Calyxar es el hogar de las mentes más brillantes de nuestro mundo. Lo consultaré con ellos y regresaré.

Zevander soltó una risa burlona antes de beber otro sorbo de licor.

—Pensaba que tú eras uno de los más brillantes.

—Desde luego que no. De hecho, últimamente estoy empezando a cuestionarme mis visiones. —Señaló con la cabeza la bebida de Zevander—. ¿Puedo pedirte un poco?

El letalisz abrió un pequeño armario que tenía a su lado y sacó un vaso que llenó con el ardiente licor de color naranja.

—Quiero una garantía de que volverás.

Dolion bebió un poco y alzó las cejas.

—Está un poco fuerte, ¿no? —Cuando Zevander no se molestó en contestar, todavía esperando una respuesta a su petición, el viejo brujo se levantó la manga de la túnica y dejó al descubierto tres bandas de oro enrolladas con fuerza alrededor del bíceps. Reliquias familiares que servían de protección a los elvynirios. En el mundo de Dolion no había nada más valioso—. Llevo estas bandas desde que era niño. Mi propio padre me las puso en el brazo. —Se las quitó y se las entregó a Zevander—. Por favor, cuídalas. Son lo único que me queda de mi linaje.

—¿Eres el último?

—Sí. Todo mi poder muere conmigo.

De repente tenía sentido por qué estaba tan en contra de matar a la chica.

—¿Y si te encuentras con problemas por el camino?

—Tengo seis piedras del septomir. Seguramente, eso debería ser suficiente para evitarlos.

—¿Quién entrenará a la chica mientras no estés?

Dolion lo miró por encima del borde del vaso antes de dar un sorbo.

—Confío en que hayas mandado llamar a Allura, la de la Ciudadela.

—Sí. Kazhimyr volverá con ella.

—Le explicaré lo básico y le dejaré mi códice para los glifos. Tengo la sensación de que necesitará muchísima práctica con los primeros. —Dolion resopló, dando vueltas a la bebida en su vaso—. O podría llevarme a la chica conmigo. Estaría más segura en Calyxar que aquí.

—Si no tuviera un mínimo de confianza en ti, diría que es un plan muy sospechoso. Tú, con las siete líneas de sangre a tu alcance.

—He dejado clara mi posición. Mientras yo respire, la joven vivirá.

Zevander reflexionó sobre la idea de enviarla lejos. Sin duda, eso le haría la vida más fácil. Se aferró a ese pensamiento mientras luchaba por ignorar una intrusa pizca de desilusión que quería atravesar con una espada.

—Sospecho que el rey hará que sus brujos asistan a la Ceremonia del Devenir como medida de protección —dijo—. Considera la posibilidad de partir esa noche, y así los dos tendréis menos problemas en el camino.

El brujo asintió, entrelazando los dedos.

—Una decisión sensata. A menos, por supuesto, que prefieras que la chica se quede contigo. Estoy seguro de que serías un buen maestro.

—No tengo ningún interés en jugar a enseñar a una mortal sin talento. —Otra oleada de náuseas le hizo cerrar los puños con fuerza mientras el nilmirto volvía a hacerse notar.

Dolion se rio.

—Ha perdido a su familia y su hogar, Zevander. ¿Qué tiene que hacer esa pobre chica para que seas amable con ella?

—Coserse los labios. Eso sería un buen comienzo. —Bebió otro trago y dejó que el ardor lo distrajera de las muchas cosas que le habría gustado hacer con aquellos labios.

—Tal vez seas la criatura más irascible que he conocido. Me compadezco de ella, de verdad. —Dolion se puso en pie y agarró su cuenco vacío del escritorio—. Así pues, comenzaremos el entrenamiento por la mañana.

—Le he pedido a Torryn que trabaje con vosotros.

—Disculpa mi elvynirio, pero Torryn no tiene ni puta idea de glifos. Tú eres la persona más capacitada para entrenarla, ya que no adquiriste el poder del fuegoscuro por sangre. —Era cierto que, a diferencia de la mayoría de los lunáceos, que normalmente adquirían sus habilidades de sus padres y preveían qué glifos heredarían, él había tenido que aprender por su cuenta. Y, como la mayoría de los brujos no sabían mucho sobre el fuegoscuro, o lo temían por completo, no había tenido un maestro—. Hasta Torryn, que no tiene sello, sabe qué poderes tiene. Pero tú, Zevander, eres una singularidad, igual que ella.

—¿Y a mí que cojones me importa? Si yo aprendí por mi cuenta, ella también puede.

—¿No tienes ni un poco de curiosidad? No fuiste capaz de matarla. ¿Por qué? —Cuando Zevander no contestó, Dolion continuó hablando—: Tal vez su poder encierre las respuestas para librarte de tu maldición.

—He cedido una y otra vez a tus peticiones, viejo. No voy a doblegarme más.

—Sí, es cierto. Y tú no eres un hombre que atienda a los deseos de los demás, así que debo creer que no has cedido ante mí, sino ante tu propia curiosidad.

Una vez más, las palabras de Dolion eran ciertas. Desde la noche en que se había colado en la habitación de la chica con toda la intención de matarla, un torrente de delirio había invadido su mente. ¿Por qué no podía matarla? ¿Por qué la llama que había conocido toda su vida se había vuelto contra él?

—Entrenarla podría llevar años —se quejó Zevander—. No es una carga que desee llevar.

—Dos semanas. Entrénala durante dos semanas para dotarla de los mínimos conocimientos para defenderse antes de que me vaya con ella a Calyxar. Puede que en ese tiempo consigas algo. O puede que no logres nada, salvo satisfacer tu curiosidad.

—Cada día que pasa, esta maldición amenaza con consumirme al igual que ha hecho con mi hermano, y queda poco tiempo antes de que me vea obligado a atender la única petición de Branimir. —Matarlo era el único camino para él, ya que las arañas nunca le permitirían quitarse la vida—. Incluso yo mismo tengo momentos en los que no puedo controlarlo. Es como si anhelara liberarse.

—Es un poder forjado por los dioses. No está hecho para que lo controlen ni lo utilicen los mánticos, pero, aun así, no sé de lo que es capaz el septomir. Si mataras a la chica hoy, me llevaría mucho tiempo entender una magia tan antigua que ni siquiera está por escrito en los pergaminos. Y, entonces, ¿qué? ¿Y si no pudiera ayudarte, y ella hubiera muerto en vano?

—Has perdido la confianza en ti mismo. —Zevander miró fijamente su bebida. El conflicto hacía que le doliera la cabeza.

—Si vieras lo que yo he visto en mis visiones, no tendrías ninguna duda. Dos semanas, Zevander.

Ya le había resultado humillante verse obligado a salvar a la joven y a protegerla de los brujos, pero que le pidieran que, además, la entrenara era como recibir una bofetada en el orgullo.

—No. Me he hartado de complacerte. Le perdoné la vida y renuncié a la única esperanza que tenía de encontrar una cura para Branimir y para mí. La he traído hasta aquí, le he dado un techo. La chica es problema tuyo, no mío —gruñó.

Una expresión afligida le cruzó el rostro al anciano.

—Por favor, Zevander. Te lo suplico. Yo soy solo un viejo brujo cuya mente está fallando. No puedo entrenarla yo mismo. No sé nada de magia defensiva, soy un simple erudito. Y ella necesita protección. Tú eres la única oportunidad que tiene de sobrevivir.

Zevander apretó la mandíbula hasta que le rechinaron los dientes y cerró el puño con fuerza. Lo único que le hacía dudar era la enorme curiosidad que sentía por la joven. Que fuera inmune a su llama tal vez significaba que podía controlarla, lo cual podría ayudarle a frenar los efectos secundarios.

—Te doy dos semanas, y después te la llevarás lejos. Muy lejos. No volverá nunca, ¿me entiendes?

—Sí. Dos semanas.

34
Maevyth

—Seré imbécil.

Sentada aún en la cama, con el rostro entre las manos, me reprendí a mí misma por el ridículo arrebato de antes. Aunque no era un secreto que de vez en cuando perdía los estribos, nunca había sucedido tan de repente como con Zevander. Qué idiota había sido. Si existía una remota esperanza de que me llevara de vuelta junto a Aleysia, mi pequeña rabieta sin duda la había truncado por completo.

El peso de todo había sido demasiado para mí y, entonces, me había venido abajo. Su comentario tampoco había ayudado mucho, claro.

La libertad se me antojaba el doble de lejos que antes.

De pronto sonó un ruido metálico y, al levantar la mirada, vi a Rykaia en la puerta de mi celda mostrándome una llave. Ni siquiera la había oído acercarse.

—¿Vienes a liberarme?

—No exactamente. —Abrió la puerta con un leve chasquido y me hizo señas de que saliera.

Frunciendo el entrecejo, me levanté y me dirigí hacia ella con pasos sigilosos.

—¿Qué pasa?

—Un baño. Eso es lo que pasa.

Pese al sentimiento de culpa que me producía aceptar comida y comodidades mientras me moría de preocupación por mi hermana, la idea de un baño me parecía maravillosa en ese momento. La seguí por un corredor oscuro y subí tras ella por unas escaleras de piedra hasta otro pasillo que desembocaba en una enorme sala con suelos de piedra ornamentada y tapices colgados en las paredes, también de piedra. Una escalera iluminada por el brillo titilante de los apliques conducía al piso superior.

Nunca había estado en un castillo. En Vonkovya, el rey Alaric ocupaba el trono, pero no era más que la cara visible de la tradición. El país estaba gobernado en su mayor parte por el lord del Parlamento y su ejército vonkovyano, con sede en la capital. Aunque nunca había estado ahí, había oído que era un sitio de gran opulencia con servicios modernos que no existían en las zonas rurales como aquella en la que había vivido desde que nací.

Mientras atravesábamos lo que parecía un suntuoso vestíbulo, avisté a mi derecha los imponentes portones de la entrada, pero no recordaba en absoluto cruzarla cuando me habían llevado al castillo.

Rykaia me guio escaleras arriba y a lo largo de otro corredor hasta una habitación con una pesada puerta de madera con bisagras de hierro negro. En cuanto la abrió, percibí un olor masculino muy familiar y paseé la mirada por la espaciosa estancia con magníficos arcos de piedra y preciosas vidrieras. Numerosos candelabros ardían con llamas trémulas sobre la repisa de la chimenea de piedra, que desprendía un calor tan agradable que me estremeció hasta los huesos. Frente a ella había un sofá de terciopelo negro atestado de libros. En un recoveco de la sala estaba la cama más gigantesca y recargada que había visto jamás, justo delante de unas ventanas ojivales que llegaban hasta el techo y ofrecían una vista preciosa de la inmensa oscuridad del exterior. A lo lejos se erguían unas tenues torres blancas tras las que se atisbaban las montañas.

Deslicé la mano sobre la superficie de ébano y las sábanas de seda negras, tan suaves al tacto como agua caliente. Repartidas por toda la estancia había pinturas de unos espectrales animales blancos. De un soporte metálico colocado al pie de la cama colgaban una armadura negra y un traje de cuero. Fruncí el ceño al reconocer las prendas.

—La cama es un regalo del rey Sagaerin. Supongo que le remordía la conciencia el haber obligado a mi hermano a dormir en el suelo de piedra durante tantos años —comentó Rykaia a mi espalda.

—Me has traído a su dormitorio… —Retiré la mano, de pronto consciente de que estaba tocando nada menos que la cama donde dormía Zevander. El hormigueo de una sospecha se me coló en la mente—. ¿Por qué?

—Porque su cuarto de baño es el mejor del castillo. Y, en mi opinión, nuestros invitados merecen lo mejor.

Sonriente, se acercó a una puerta doble dos veces más alta que yo, la abrió y entró en otra estancia abovedada con elevadas ventanas ojivales de piedra que daban al mismo bello paisaje que las del dormitorio. En el techo estaba pintada la imagen de unos seres etéreos, parecidos a ángeles, con extrañas marcas plateadas en la piel que relucían contra el telón de fondo estrellado con dos lunas resplandecientes. El asombro que sentía debió de reflejarse en mi rostro, pues Rykaia sonrió y alzó la vista.

—Los lunadei. Dioses lunares. —Se arrodilló junto a una estructura de piedra tan grande como mi cuarto en Vonkovya, llena de agua cristalina, y removió la superficie con la mano—. Está a la temperatura perfecta.

Dirigí la mirada hacia atrás antes de posarla de nuevo en ella.

—¿Y si aparece él?

—Mi hermano se pasa las horas metido en su salón de reuniones, bebiendo y leyendo.

—¿Lee? —pregunté con una voz que disimulaba muy mal mi sorpresa.

—Nada muy emocionante, la verdad. En su mayoría son pergaminos sobre temas históricos y glifos. Estoy convencida de que se ha leído toda la biblioteca de Eidolon, y, sin embargo, siempre está fascinado por algún códice críptico.

Me pareció una contradicción interesante en aquel hombre que se comportaba como un animal rabioso.

—Bueno, te traeré una toalla calentita y ropa para dormir. Hay una esponja en el borde de la bañera, junto a un poco de jabón de bayas y aceite de jazmín. —Señaló los objetos que ya había dispuesto ahí para mí.

—¿Por qué haces todo esto? —Me reñí en mi fuero interno por haber dicho aquello y por la incomodidad que me producía que alguien me cuidara de ese modo. Tal vez fuera porque, aparte de mi hermana, nadie se había preocupado tanto por mí.

—¿A qué viene esa pregunta?

Agaché la vista.

—Disculpa, no iba con mala intención.

Como si percibiera mi repentina inquietud, Rykaia entrelazó las manos y atravesó la habitación hacia un armario para coger una toalla doblada que estaba en una pila.

—Este lugar… a veces resulta agobiante. Me gusta tener algo en que ocuparme.

—Agradezco tu amable hospitalidad.

—Ya. Bueno, pues te dejo. Que lo disfrutes.

—Gracias, Rykaia.

Se volvió hacia la puerta, pero de pronto se giró de nuevo hacia mí.

—¿Por qué estás aquí? —dijo. Desconcertada por la pregunta, me detuve a considerarla—. ¿Qué te llevó a atravesar el Valle Umbrío? —precisó.

—Ya te lo he dicho: a mi hermana y a mí nos persiguieron por el bosque.

Rykaia cambió el peso de un pie a otro y cruzó los brazos.

—O sea que, si pudieras regresar y encontrar a tu hermana, ¿te quedarías en tu mundo?

Era una buena cuestión. ¿Qué haría? ¿Qué me esperaba ahí? No mi familia ni un hogar ni la aldea en la que me había criado. Nadie quería saber nada de mí.

—No lo sé. En mi mundo creían que estaba maldita. Era una marginada.

—¿Te maldijo tu familia?

—No, fueron los vecinos de la aldea. Me encontraron en el bosque cuando era pequeña. El gobernador consideró que acogerme era un acto caritativo, pero los aldeanos me veían como una aberración. Y luego, claro, ocurrió el accidente... —Bajé la mirada hacia mis manos inquietas.

—¿Qué accidente? —inquirió.

Aunque seguía siendo una mancha en mi conciencia, incluso después de tantos años, aún no tenía claro hasta qué punto debía haber cargado yo con la culpa de lo ocurrido.

El remordimiento hincó sus afilados dientes en mis palabras cuando rememoré aquel día en que Lilleven y su hermano se habían metido conmigo, burlándose de mi ropa y llamándome «expósita». No sé por qué me molesté en contárselo con todo detalle. Tal vez fue porque me había pasado toda la vida escuchando las versiones de los demás sobre el incidente y resultaba reconfortante contar la verdad. O quizá me hacía falta recordármela a mí misma. Fuera como fuese, proseguí con mi relato.

—Me dijo que quería verme arder en la hoguera, así que, como represalia, yo le dije que quería verla arrollada por caballos. —Torcí el gesto ante la dureza de mis palabras. Daba igual que ella me hubiera amenazado también. Lo que más me había molestado era que había dejado que sus provocaciones me sacaran de quicio—. Cuando estaba cruzando la calle, un carro la embistió. Podrían haberme quemado viva o desterrarme por su muerte, pero supongo que la aldea prefirió castigarme de otras maneras.

—Me parece interesante cómo la gente da por hecho que las mujeres poco comunes, o incluso me atrevería a decir únicas, son perversas o están malditas. —Rykaia cogió uno de los frascos que había en la repisa junto a la bañera y lo destapó para olisquearlo—. Yo también he aprendido a sobrevivir a base de las migajas de la sociedad. Por eso estoy consumida y cansada, como tú —dijo con una expresión triste que no me esperaba, antes de dejar el frasco en su sitio—. Lo siento, Maevyth. Siento que te hayan tratado de forma tan horrible. Pero no lamento la muerte de esa chica. —Dicho esto, salió del cuarto y cerró la puerta. Me quedé un momento reflexionando sobre su fría afirmación y la facilidad con que la había formulado.

Para distraerme, volví a mirar alrededor, maravillándome con los exquisitos detalles de la vidriera que tenía encima, los frescos pintados en torno a las ventanas y en las paredes, el lujo desbordante del que yo nunca había disfrutado. La bodega del abuelo nos había permitido vivir con comodidad, pero no como reyes.

La puerta se abrió de golpe, lo que me sobresaltó de tal manera que estuve a punto de caerme de espaldas en el agua. Rykaia irrumpió en el baño con una prenda blanca en las manos.

—Casi me olvido de tu camisón. —Pasó por mi lado y lo dejó junto a la toalla.

Solo conseguí balbucir un breve «Gracias» antes de que se escabullera de nuevo del baño.

Tras quedarme mirando un momento la puerta que ella acababa de cerrar, en espera de otra posible interrupción, me desvestí a toda prisa y dejé el vestido negro y la gargantilla al lado de la bañera. Bajo el tembloroso y tenue brillo de las velas, me metí con cuidado en el líquido tibio, que me envolvió las piernas como una manta calentada al fuego de la chimenea. Me senté en una losa de piedra que estaba justo bajo la superficie y aspiré el vapor que emanaba del agua. No entendía cómo era posible que se mantuviera caliente, pero no tenía fuerzas ni curiosidad suficientes para desentrañar el misterio. Aun así, agradecía aquella magnífica calidez que aliviaba mis músculos doloridos.

Las llamas titilaban a mi alrededor y el agua se me antojó oscura e insondable cuando bajé la vista hacia mis manos sumergidas. A Aleysia no le habría gustado nada bañarse sin otra iluminación que la de las velas. Siempre había tenido miedo de la oscuridad, al contrario que yo, que me sentía demasiado expuesta cuando había mucha luz.

Exhalando un largo suspiro, recosté la cabeza en el borde de la bañera y cerré los ojos un momento. En el silencio de mi mente vi a mi hermana, muerta de frío, magullada y golpeada.

El picor del llanto en la nariz me llevó a incorporarme y doblé las rodillas contra el pecho. Por primera vez desde que me separé de ella, me vine abajo. Todos los recuerdos horribles de aquella noche se cernían sobre mi conciencia y me desgarraban el corazón. Deseaba poder alargar la mano hacia el vacío y librar a mi hermana del sufrimiento que debía de estar soportando, compartir una parte de la carga para darle un momento de respiro. Aunque no éramos parientes de sangre, la quería como si fuera mi otra mitad. Mi gemela.

La memoria me atormentaba con el momento fatídico en el que había saltado a través del arco. Había sido un acto precipitado y estúpido.

—Lo siento —susurré—. No debería haberte abandonado, hermana.

Lloré durante lo que me pareció una eternidad, aunque en realidad solo fueron unos minutos. Todo el dolor y la congoja estallaron en un torrente de lágrimas ardientes que caían al agua como una lluvia venenosa. Dejé que la pena que había estado reprimiendo se adueñara de mí y me arrastrara hacia el abismo de posibilidades que no quería imaginar, de la cuales la peor era su muerte. Lloré hasta agotar el llanto, hasta que no me quedó nada dentro.

Contemplé las montañas a lo lejos, tras las que asomaba media luna en forma de «U» invertida. Nunca había visto nada igual. La segunda estaba a un lado, de modo que solo alcanzaba a ver una pequeña parte de ella a través de la ventana. Me pregunté qué aspecto tendría el cielo si alguna vez se cruzaban las dos.

Esta distracción mitigó el dolor y el sentimiento de culpa de los me resistía a desprenderme.

Una voz en mi interior me repetía que Aleysia había tomado sus propias decisiones y que yo no era responsable de lo que le hubiera sucedido. Tenía el inconfundible tono de Zevander, que venía a reproducir lo que me había dicho antes sobre mi resistencia a comer. Aunque detestaba a mi irascible carcelero, a pesar de la hosquedad con la que me trataba, había algo de verdad en sus palabras.

Levanté la cabeza de las rodillas y desplacé la mirada por aquel espacio sagrado que le pertenecía y que yo estaba invadiendo con mi angustia y mis lágrimas.

Cogí la pastilla de jabón que estaba en la repisa más cercana y, al olerla, percibí un delicioso y cálido aroma a vainilla y bayas picantes con un toque de canela. Al lado de los jabones que Rykaia había dejado para mí había un ornamentado recipiente de latón que me recordaba una crismera para óleos. Lo agarré y tiré de la fina cadena que iba unida al tapón de corcho. De la botella emanó un olor maravilloso que reconocí de inmediato, una fragancia como a bosque y ámbar que me despertó los sentidos.

Tras dejar a un lado el jabón de bayas, impregné la esponja con el otro y me limpié la mugre y la suciedad que se me habían acumulado en la piel durante los últimos días.

Una vez embadurnada de aquel jabón de olor almizcleño, bajé de la baldosa en la que estaba sentada y me sorprendió descubrir que el fondo estaba a una profundidad mucho mayor de lo que parecía, pues el agua me llegaba hasta el cuello. Cuando sumergí la cabeza, la enormidad de la bañera me recordó las ocasiones en que Aleysia y yo nos bañábamos en el río, aunque ahí el agua no estaba ni por asomo tan caliente ni resultaba tan reconfortante.

Después de lavarme el cabello y aclararme el jabón, me acerqué caminando al borde de la bañera y cogí la toalla que Rykaia había dispuesto para mí.

La puerta volvió a abrirse de golpe y me apresuré a envolverme con ella para taparme lo más posible. Me dispuse a reprender a Rykaia por su descortesía.

Sin embargo, en vez de ella, una figura alta y musculosa ocupaba todo el vano de la puerta. Con una mano se cubría la parte inferior del rostro y la otra estaba crispada en un puño a su costado.

—¿Qué haces aquí? —preguntó el hombre con voz ronca y profunda, cuyo áspero timbre me aceleró el corazón. Me quedé paralizada ante él, desnuda bajo la toalla.

—Rykaia... me ha... Lo siento. No era mi intención invadir tu espacio.

—Rykaia... —refunfuñó, apretando aún más el puño. A pesar de todo, mantenía la otra mano sobre la barbilla, como para ocultarse el rostro, y caí en la cuenta de que estaba tan turbado como yo en ese momento.

Qué raro. Por lo poco que sabía de él, no me parecía una persona a la que fuera posible sorprender con la guardia baja. De hecho, recordaba que, en el trayecto hacia el castillo, me había impresionado lo alerta y atento a su entorno que estaba. Como un cazador.

Y, no obstante, ahí estaba, reacio a mirarme.

—Me voy. —Recogí la ropa que Rykaia me había dado y solo entonces me percaté de que lo que había tomado por un camisón blanco era en realidad una túnica de hombre.

Él pareció reparar en ello también, a juzgar por la expresión ceñuda con que miró la prenda que colgaba de mis dedos. Era igual que la túnica medio desabrochada que llevaba remetida en su pantalón de cuero negro. Habría dedicado un momento a recrearme la vista con ello de no ser porque lo poco que había comido estaba amenazando con acabar desparramado en el suelo.

—Me pondré la ropa que llevaba cuando...

—No —dijo con brusquedad—. Me aseguraré de que tu vestido quede bien lavado y luego te sea devuelto.

—No quisiera abusar...

—No es abusar. —Sin embargo, sus contestaciones cortantes y ariscas parecían denotar irritación.

Que se negara a apartarse la mano de la cara me incitó a buscar el origen de su aparente inseguridad, pero apenas veía nada en la penumbra del cuarto de baño.

No obstante, un detalle extraño me llamó la atención. El escorpión que se le había incrustado bajo la piel de la mano ya no estaba ahí, sino en el antebrazo, justo debajo de la manga enrollada. Para asegurarme, bajé la vista hacia su otra mano, donde tampoco había ningún tatuaje. ¿Se había movido de sitio?

—Has usado mi jabón. —El comentario me arrancó de mis pensamientos y advertí que había desviado la mirada, supuse que hacia la pastilla intacta que Rykaia me había proporcionado, antes de fijarla de nuevo en mí.

—Si he hecho mal, te pido disculpas. El jabón de bayas está muy bien, pero... resulta que me gusta este olor en particular. —Su falta de reacción me llevó a pensar que le había disgustado que hurgara entre sus efectos personales—. También siento mucho lo de antes. He perdido los estribos y no era mi intención... A veces actúo sin pensar.

Él continuó callado, mirándome por encima de la mano con ojos escrutadores y a la vez curiosos, lo que me pareció una mezcla inquietante. Quizá fue un efecto de la tenue iluminación, pero me parecieron más dorados, menos iracundos. Cuanto más me observaba, más consciente me volvía de la reacción de mi cuerpo: las leves contracciones en la parte interior de los muslos, el suave cosquilleo que notaba en el bajo vientre. Me temblaba el pulso mientras aguardaba a que él dijera o hiciera algo. Un silencio exasperante flotaba entre nosotros y el aire estaba tan cargado de tensión que resultaba casi irrespirable.

—Quisiera vestirme, si no te importa —dije al fin.

Su mirada se tornó más atenta cuando mis palabras lo sacaron de golpe de sus reflexiones mudas. Se dio la vuelta como para salir, pero se detuvo y volvió la cabeza hacia un lado, revelando un perfil tan atractivo como había imaginado. El contorno cincelado de la mandíbula, poblada por una barba incipiente, la intensidad que reflejaba la inclinación de las cejas y la elegante forma de la nariz le conferían, en conjunto, un aspecto imponente. Eran los rasgos letales de un hombre que podía tener a la mujer que quisiera.

—Yo no debería haberte agarrado del cuello —dijo con un tono sereno que me descolocó.

Esta vez fui yo quien se quedó sin saber qué decir, rebuscando en mi mente en busca de alguna respuesta. El silencio se prolongó, acentuando el diálogo incómodo que acabábamos de mantener. «Di algo». Me quedé totalmente en blanco y me sorprendí contemplando sus anchos hombros, preguntándome qué aspecto tendría sin camisa.

—Tienes un cuerpo impresionante. —Las palabras brotaron sin más de mis labios y me llevé la mano a la boca demasiado tarde para contenerlas.

Aparté la vista, tapándome los ojos y el humillante sonrojo que afloraba en mi rostro.

—¡Cuarto! Quería decir que tienes un cuarto de baño impresionante.

Antes de que se marchara a paso veloz sin decir una palabra y cerrara la puerta, alcancé a ver un hoyuelo en su mejilla.

—Eres tonta de remate. —Oculté la cara entre las manos con una vergüenza implacable martilleándome. ¿Qué tenía ese hombre que me hacía comportarme como una absoluta idiota?

Me vestí a toda prisa, lamentando no tener un cammyck que ponerme debajo. Bajé la vista hacia la malla de cuerpo entero con la que solía cubrirme las partes íntimas y me planteé la posibilidad de ponérmela sin lavar, hasta que recordé que en el bosque me había orinado encima.

Madre mía. Qué sensación tan antinatural me producía ir por ahí sin él. Aleysia siempre se había negado a llevar uno y lo llamaba «instrumento de tortura opresivo». Aunque sentía los pechos pesados y desprotegidos sin el soporte, era un alivio poder respirar con facilidad, para variar.

Encima de la malla estaba la gargantilla con la cruz y, aunque me entraron ganas de tirar el maldito chisme, en cierto modo me sentía desnuda sin él. Me habían obligado a llevarla durante toda la vida, pero en ese lugar ya no se me antojaba un castigo. A pesar de sus connotaciones negativas, era como un vínculo que me unía con mi hogar. Con mi hermana. Suspirando, me la puse.

Al salir del baño me encontré a Zevander de pie frente a la pared de las ventanas, con el rostro cubierto por la máscara que llevaba siempre. No tenía sentido, considerando el fascinante perfil que había vislumbrado hacía un momento. Me recorrió lentamente con la mirada y algún pensamiento que le pasó por la cabeza lo llevó a apretar de nuevo los puños. ¿Era rabia? ¿Indignación? No había manera de saberlo, con esa maldita máscara tapándole la cara.

Notaba un hormigueo que me recorría el cuerpo. Ni siquiera ser consciente de mi desnudez bajo la túnica me distraía por completo de lo atractivo que estaba con su ropa informal; del modo en que los pectorales asomaban por el cuello de su camisa y los prominentes bíceps se le marcaban bajo la tela. Tenía el cabello negro como la noche alborotado en torno al rostro, con mechones perezosos que se resistían a alisarse. Nunca había tenido delante a un hombre tan viril, de una masculinidad tan salvaje. Había algo peligrosamente seductor en él que me provocaba un calor excesivo bajo la túnica; un atractivo mortal, propio del tipo de hombre capaz de susurrar dulces palabras al oído de una mujer mientras le clavaba un puñal en el corazón.

—Te acompaño a tus aposentos —dijo, pero, cuando dio un paso hacia mí, sacudí la cabeza.

—No, no hace falta. Sé regresar sola. —Nada me apetecía menos que caminar hasta el calabozo a su lado, aturullada como una adolescente bobalicona.

—No puedes volver a la mazmorra vestida así. Te alojarás en una de las alcobas del piso superior. La puerta se cerrará con llave, por supuesto.

—¿Para proteger mi privacidad o porque sigo siendo tu prisionera?

Al ver un relámpago en los ojos de Zevander, me atreví a pensar que le habría encantado calificarme como tal.

—Yo no hago prisioneros, Lunamiszka. —Su tono de voz me dio a entender lo que sus palabras callaban: los mataba—. Entonces ¿prefieres dormir en la mazmorra?

—Preferiría que me dejaras en libertad, al margen de donde duerma. Tengo entendido que hay dracos de fuego en la propiedad y que con gusto me echarías a sus fauces, así que ¿cómo podría escapar?

—Con lo testaruda que eres, seguro que acabarías por encontrar un modo.

—Apenas te conozco, pero estoy convencida de que harías lo mismo si estuvieras en mi situación. Por cierto, ¿qué narices es «Lunamiszka»?

Él soltó un resoplido.

—Es una palabra en un idioma que por lo visto no hablas, para variar.

¿«Para variar»?

—Hablo el idioma que he utilizado durante toda mi vida, lo que sin duda significa que compartimos el mismo.

—¿Y cómo lo llamas?

—Vonkovyano.

—Estoy familiarizado con el vonkovyano. Es una de nuestras múltiples lenguas muertas. —Cruzó los brazos, lo que atrajo mi mirada hacia el profundo surco que se le formó entre los músculos del pecho, visible tras los cordones de la camisa—. No estás hablando en vonkovyano, sino en un perfecto nyxterio. ¿Cómo es posible? Si me respondes a esta pregunta, me sentiré más inclinado a dejarte deambular a tu aire por el castillo.

¿Una lengua muerta?

—Eso no tiene sentido. Nunca he aprendido otro idioma aparte del vonkovyano. —Ni siquiera el lyveriano.

—Pues entonces tu puerta seguirá cerrada con llave. —Saltaba a la vista que me había tomado por alguien mucho más interesante, una espía… o, peor aún, una amenaza. Era algo tan alejado de la realidad que resultaba casi ridículo.

—No me has contestado. ¿Qué quiere decir «Lunamiszka»?

Apoyó la espalda en la pared de piedra que tenía detrás, en una postura más relajada. Despreocupada. Era apabullante que presentara un aspecto tan salvaje y aristocrático a la vez.

—Significa que eres de lo más exasperante y haces demasiadas preguntas.

—¿Todo eso expresado con una sola palabra?

—Nos gusta la concisión. Y el silencio.

—¿Hablas en nombre de todas tus personalidades? —le espeté. Por el modo en que se le movía la máscara, noté que estaba rechinando los dientes—. Si voy a estar encerrada todo el día, prefiero tener al menos un poco de compañía. Me quedaré en el calabozo con Dolion.

Quería que el hombre mayor me explicara más a fondo los glifos y el símbolo de la mano que me había examinado. Al menos él parecía dispuesto a tomarse en serio mis preguntas. No soportaba la idea de pasarme todo el día aislada en una habitación. Aunque la vista fuera preciosa, imaginarme todas aquellas horas de soledad me aterraba.

—Entonces te acompañaré hasta allí. Sin discusión.

—De acuerdo.

Se me acercó con paso decidido y los nervios se me pusieron al rojo vivo cuando se detuvo a solo unos palmos de mí, y su altura y su corpulencia se hicieron más evidentes al contemplar el centro de su ancho y fornido pecho. Me recordaba a un robusto roble que crecía frente a la cabaña en Foxglove, y a la sombra que proyectaba sobre todo el jardín cuando el sol estaba alto en el cielo.

Un ligero movimiento de sus dedos atrajo mi atención hacia la mano, curtida y cubierta de cicatrices, que me tendía. Las marcas en su piel conformaban el contorno desdibujado de figuras extrañas. Me pregunté si eran glifos.

—Le daré tu ropa a Magdah para que la lave.

Aferré mi atuendo sucio con más fuerza al recordar que mis prendas íntimas estaban enterradas bajo las demás.

—¿Magdah?

—Sí. Es quien prepara esa comida que tanto te gusta tirarle a la gente —dijo con la voz rebosante de sarcasmo.

Aclarándome la garganta, arrebujé más el fardo para asegurarme de que mi ropa interior quedara lo más oculta posible antes de entregárselo.

Me hizo una seña con la cabeza para que lo siguiera y, cuando salimos de sus aposentos al pasillo, intenté no fijarme en sus anchos hombros, que se estrechaban hacia la esbelta cintura, ni en aquel trasero musculoso que se movía con una cadencia perfecta al andar. Nunca me habían llamado mucho la atención las caderas de un hombre, pero, por algún motivo desesperante, no podía dejar de mirarlo. Era como si cada palmo de su cuerpo hubiera sido esculpido por Dios..., hasta su puñetero culo. Destilaba tal sensualidad que Aleysia seguro que se habría quedado embelesada. Esto me llevó a preguntarme qué habría hecho mi hermana si hubiera estado en mi lugar.

Sin duda alguna lo habría seducido, y no necesariamente para ganarse la libertad.

En la aldea la había visto desplegar sus encantos varias veces, sobre todo con los guardias vonkovyanos aficionados a interrogar sin motivo a chicas jóvenes. Era algo que le salía de manera natural, con su cabellera dorada y aquellos ojos brillantes que parpadeaban con coquetería. Estoy convencida de que Zevander le habría removido las entrañas como una tempestad.

Cuando echó un vistazo hacia atrás, levanté la cabeza tan deprisa que estuve a punto de caer de espaldas.

—Deberías caminar a mi lado, a menos que desees ir mirándome el culo durante todo el camino.

Sentí un calor abrasador en las mejillas, templado solo por la fría rabia de la humillación.

—Quizá tú deberías dejar de andar como si llevaras dos tortugas mordedoras pegadas.

Crispé el rostro ante lo subido de tono del insulto.

Me miró de nuevo, entornando ligeramente los ojos, y me pregunté si había sonreído o hecho una mueca de desprecio bajo la máscara. Lo de la sonrisa no me parecía muy probable. Dudaba que el hombre retirara nunca los labios más que para enseñar los dientes de forma amenazadora. Sin embargo, percibí un deje socarrón en su voz cuando volvió a hablar.

—Quién me iba a decir que me toparía con alguien incluso más impertinente que mi hermana.

Lo más curioso era que normalmente no me comportaba así. Había algo en él que sacaba una parte de mí que en general reprimía por temor a las consecuencias. Siempre había tenido una lengua afilada, pero los hombres en particular encontraban la manera de acallarla, ya fuera por medio de una bofetada o de varios latigazos.

Pese al aire imponente y amenazador de Zevander, su presencia no me intimidaba tanto. Por el contrario, me envalentonaba. Aunque quedaba claro que era capaz de recurrir a la violencia, no me daba la impresión de que disfrutara ejerciéndola de forma gratuita.

Me guio a través del salón principal y por otro pasillo hasta una cocina el doble de grande que la que había visto en la mansión del señor Moros. Varios candelabros colgaban de altos techos abovedados con gruesos contrafuertes de madera que reforzaban los muros. En la pared del fondo había una hilera de ventanas ojivales con hermosas rejas de hierro forjado, y la madera negra de las encimeras y alacenas estaba desgastada por el tiempo.

Una persona se encontraba ante una elaborada cocina también de hierro forjado, removiendo un puchero humeante. Llevaba una capucha que le ocultaba el rostro y un vestido marrón de lino ajustado a las curvas de su rechoncha figura. Cuando nos acercamos se volvió, revelando que se trataba de una mujer mayor de pelo cano. Dos cuernos negros sobresalían de lo alto de su cabeza y se curvaban hacia atrás por debajo de la capucha.

Desvié la vista para no quedarme mirándola.

—Magdah, te traigo algunas prendas para lavar.

—Sí, milord, faltaría más —dijo con un acento marcadamente rótico, extendiendo unos dedos largos y huesudos, de los cuales le faltaban dos, para coger la ropa.

Me aseguré de nuevo de que mis prendas íntimas sucias no corrieran peligro de acabar en el suelo.

La mujer le dedicó una sonrisa radiante a Zevander, la cual se desvaneció en cuanto posó los ojos en mí.

—Gracias por el guiso —dije, sintiéndome culpable por haberlo desperdiciado.

—Ah, ¿lo dices por los dos bocados que probaste antes de lanzarlo a la otra punta de la habitación? —A pesar de que la vergüenza que me producían sus palabras me corroía por dentro, estaba fascinada, casi cautivada por su acento—. Gracias, querida. Ha sido un placer alimentar tu pataleta.

Zevander se inclinó hacia mí.

—Magdah ve todo lo que ocurre en esta casa.

Tragué saliva, sintiendo en las costillas el ansia de encogerme en un rincón y ponerme a gritar. La conciencia de mi desnudez bajo la túnica no me hacía sentir mejor.

—Ya me pondré con estos harapos apestosos cuando termine el estofado.

Estaba claro que no le había caído bien.

Tras dejar que aquel momento incómodo se alargara un poco más, pues no me cabía duda de que lo estaba disfrutando, Zevander me condujo de vuelta hacia el pasillo. Lo seguí escaleras abajo. Aunque estaba acostumbrada a que me detestara casi todo el mundo, por alguna razón me molestó que Magdah no tuviera una buena opinión de mí.

—Supongo que eso lo has hecho a propósito —dije, sin prestar atención al aire que me corría entre los muslos mientras avanzábamos a paso veloz—. Para que lo sepas, fue tu comentario lo que provocó mi reacción.

—¿Mi comentario?

—Lo de que te gustaría verme de rodillas. —El recuerdo aún me mortificaba.

—Te ofendí.

—Supongo que habría ofendido a casi cualquier mujer. Da a entender que…

—¿El qué? —preguntó y me entraron ganas de quitarle la diversión de la voz de un guantazo.

—Da a entender que me tienes a tu merced. Y no es así.

Soltó un bufido y continuó caminando por el pasillo.

—Y, sin embargo, me estás siguiendo hasta tu celda. Vestida con mi túnica.

—La celda la he elegido yo, ¿o no? En cuanto a la túnica, habría preferido dormir con un saco de patatas si me hubieras dado opción.

—Puedes quitártela, si quieres.

Su comentario me dejó estupefacta y me provocó un ligero espasmo en los helados muslos. Carraspeé.

—Lo que quiero decir es que nunca me pondré de rodillas por ti ni por ningún otro hombre, si eso es lo que esperas.

—Nunca he dicho que lo espere. —Echó un vistazo rápido por encima del hombro—. Solo que me gustaría verlo.

—Pues siento mucho decepcionarte. —Capté un movimiento con el rabillo del ojo y, al volverme, vi que una silueta oscura desaparecía como absorbida por el muro de piedra. Me paré en seco, lo que pareció atraer la atención de Zevander, que se dio la vuelta—. Acabo de ver algo. Una sombra que se fundía con la pared.

—Los deimosis —dijo con indiferencia antes de reanudar la marcha.

Me quedé inmóvil unos instantes y, al no percibir más movimientos, eché a andar a toda prisa tras él para alcanzarlo.

—¿Qué son?

—Miedos que dejan los muertos. No hay lugar para ellos en Nethyria.

—¿Nethyria?

—La muerte. Cuando alguien fallece, sus miedos no tienen adónde ir, así que se incrustan.

Tragando saliva, miré hacia atrás y vi varias sombras que entraban y salían con rapidez de los muros de piedra.

—¿Se… se incrustan en otros seres?

—Solo si los invitan. Te recomiendo que no lo hagas. Algunos resultan paralizantes.

Se movían con una fluidez que me recordaba la de las serpientes y me ponía los nervios de punta.

—¿Cómo se los invita?

—Mirándolos durante demasiado tiempo.

Volví la vista al frente de inmediato, negándome a ceder al apremiante impulso de echar otra ojeada.

—¿Y se quedan para siempre?

—Por regla general, no. Pero parece que les gusta rondar por este castillo.

Cuando llegamos a las mazmorras, Zevander sacó la llave y abrió la puerta de mi celda.

—¿Estás segura de que prefieres dormir aquí abajo?

—¿Cuál es la alternativa? ¿Dar vueltas por una habitación vacía sin más compañía que las sombras? Sí. Si voy a ser una prisionera, dormir en los calabazos es lo que me corresponde.

Con un gruñido, se apartó para dejarme entrar en la minúscula celda.

—Pues que lo disfrutes. —En cuanto estuve dentro, cerró la puerta.

—¿No sientes ni siquiera un poco de remordimiento por encerrarme?

—No. —El chirriante ruido de la llave al girar en la cerradura subrayó su respuesta.

—Dudo que tengas un órgano más pequeño que el corazón.

—Y yo que tú tengas uno más grande que la boca.

¡Ay, lo que habría dado en aquel momento por poder pegarle un puñetazo en toda la cara!

Colgó la llave en el gancho que estaba frente a la celda. Permaneció un momento ahí de pie, mirándome de tal manera que me dieron ganas de esconderme bajo las mantas. Nunca había conocido a un hombre con una mirada tan inescrutable. A decir verdad, tampoco me había cruzado a ninguno que llevara una máscara durante la mayor parte del día.

Sin decir una palabra, se alejó con grandes zancadas y subió las escaleras.

Con un resoplido y poniendo los brazos en jarras, recorrí con la vista el reducido espacio al que había elegido regresar.

—Seré imbécil.

35
Maevyth

Las estrellas titilaban mientras yo yacía de costado, mirando entre los barrotes de la ventana. Del batiburrillo de recuerdos de mi hogar que quería olvidar, los más preciados para mí eran los de las noches en que le cantaba a Aleysia mientras contemplábamos el cielo nocturno. Me asomaron lágrimas a los ojos y, tras cerrar los párpados, me puse a tararear su canción favorita, pugnando por contener el llanto. Mi voz apenas se oía por encima de los ronquidos de Dolion, que dormía en la celda contigua. Tapándome los oídos para amortiguar el ruido, alcé el tono y, por un breve instante, volví a estar en mi cama, con mi hermana tendida a mi lado.

Al terminar la canción, abrí los ojos y percibí un leve movimiento entre las sombras que solo resultaba visible bajo las velas de los apliques que ardían frente a mi celda. Con el ceño fruncido, me incorporé e intenté dilucidar qué había visto.

Aguardé en silencio.

¿Había sido un ratón? Me sentía capaz de lidiar con eso. Incluso con una rata, pese a lo mucho que me repugnaba la idea.

Sin atreverme a levantarme de la cama, observé ese rincón de la celda durante lo que se me antojaron minutos. Pero nada aparecía.

Exhalando un suspiro, me recosté de nuevo en la almohada. Tal vez me lo había imaginado.

Me puse a tararear de nuevo y, cuando estaba a punto de cerrar los párpados, algo volvió a moverse en mi visión periférica. De entrada, supuse que se trataba de alguno de los deimosis de los que Zevander me había hablado y tardé unos segundos en decidirme a mirar. Entonces volví la cabeza y el aire se me escapó de los pulmones. Una araña negra, más o menos del tamaño de una hogaza, me miraba fijamente desde el otro lado de los barrotes. Cuando me fijé en sus largas patas peludas, un escalofrío me bajó por la espalda. Con la respiración temblorosa, desplacé la vista alrededor en busca de algún objeto que lanzarle, pero lo único que tenía a mano era el libro que me había dado Dolion y el candil que estaba en la mesa, junto a la cama.

Me vino a la memoria la celda en la que me habían metido los guardias y donde los bichos se habían multiplicado, dando lugar a centenares de ellos, pero más pequeños, y me estremecí de nuevo. Alargué el brazo lo más lentamente posible hasta agarrar el libro, consciente de que cientos de ojillos redondos y brillantes estaban atentos a cada uno de mis movimientos.

Justo en el momento en que lo levanté, la araña retrocedió hacia las sombras.

—¡Mierda! —Cambié de posición y gateé hacia los pies de la cama para intentar ver por dónde se había escabullido. Como no ocurría nada, me puse a tararear otra vez con la esperanza de hacerla salir de su escondrijo, suponiendo que eso era lo que la había atraído en las dos ocasiones anteriores.

La araña volvió a emerger de entre las sombras hacia un lado y, quizá fueran imaginaciones mías, pero me pareció que se meneaba al compás de mi canturreo.

Arrugando el entrecejo, levanté el mamotreto sin dejar de tararear, dispuesta a lanzárselo a la araña si intentaba entrar en la celda.

Sin embargo, se quedó donde estaba, mirándome como en trance.

El libro se me resbaló de las manos cuando noté un pinchazo en el dedo. Al instante me imaginé unos colmillos arácnidos clavados en la piel y entré en pánico.

—¡Ay! ¡Joder! —Dejé caer el volumen para buscar al responsable y dirigí de nuevo la mirada hacia la araña, que se alejaba corriendo otra vez.

Me apresuré a coger el candil y subir al máximo la intensidad de la llama, pero no encontré nada en ese rincón de la habitación. Exhalando, me fijé en el dedo y advertí que una minúscula gota de sangre resbalaba por la piel hasta caer sobre la cubierta del libro. Se deslizó por el laberinto con rapidez, como una perla de mercurio dotada de movimiento propio, hasta llenar lo que parecía un vial muy estrecho, no más grande que un grano de arroz. Cuando un chasquido resonó en la celda, di un respingo y, con los músculos aún en tensión, volví la vista hacia donde se encontraba la araña solo un momento antes. Por fortuna, no se había molestado en reaparecer.

Al instante resultó evidente que el mecanismo del libro se ponía en marcha, pues pequeños engranajes comenzaron a girar y el ojo del pájaro se abrió, dejando al descubierto una palanca. La contemplé un momento, intentando adivinar para qué servía, antes de llevar la mano al ojo y accionar la palanca, que hizo clic.

La tapa del libro se desbloqueó de golpe.

No sé por qué me quedé dudando, pero, al cabo de unos instantes, la abrí y descubrí una elaborada ilustración con dibujos de personas, seres similares a aves y dragones que abarcaba dos páginas. Era tal la riqueza de detalles que me costaba enfocar la mirada. En el centro de la imagen se alzaba un castillo impresionante con muros de piedra recubiertos de enredaderas. A su lado había grabados en relieve unos signos plateados ilegibles, pero, cuando deslicé el dedo por ellos, empezaron a cambiar de forma en la página.

Se me cortó el aliento y, al apartar la mano con brusquedad, observé que la palabra se desvanecía hasta recuperar su aspecto original. Tras un momento de vacilación, toqué de nuevo los signos, que volvieron a componer una serie de letras inteligibles para mí: «Fortaleza Corvus». Se me escapó una carcajada silenciosa cuando lo probé dos veces más, maravillada ante aquellos movimientos místicos en la página.

Estudié los dibujos de las personas, que iban vestidas con gruesas pieles y llevaban el cabello recogido hacia atrás en trenzas apretadas. Sobre los ojos tenían pintada la sombría figura de un pájaro negro. Un cuervo. Cada una empuñaba un arma que parecía una guadaña corta y algunas llevaban un carcaj sujeto a la espalda.

Al pie de la página había otros símbolos y, cuando pasé el dedo por encima de ellos, cambiaron de forma, como los primeros.

«Las cenizas de nuestros muertos nos protegen durante la batalla; la diosa, tras la muerte».

Al desplazar los ojos hacia la derecha vi la imagen de una mujer con una larga cabellera negra, envuelta en una bruma blanca y rodeada de pájaros negros que revoloteaban alrededor. Al tocar los extraños símbolos que había a un lado, apareció la palabra «Morsana».

—Morsana —susurré, fijándome en el llamativo tono plateado de sus ojos, que me cautivó.

Sobre su cabeza volaban unas aves semejantes a dragones, bestias colosales al lado de las cuales los humanos parecían minúsculos. Algunas surcaban el cielo en círculos, escupiendo llamaradas de color de plata, mientras que otras atacaban figuras cubiertas con armadura, cuyas cabeza y extremidades yacían dispersas sobre charcos rojos. En cada uno de los seres se apreciaba una marca plateada, como la que había visto en Raivox: una luna creciente.

La misma que yo tenía en el ojo.

Arrastré el dedo por los curiosos caracteres trazados al lado de los seres, que, como los anteriores, me recordaban runas grabadas.

Apareció la palabra «corvugón».

—Corvugón. —Fascinada, acaricié con la yema el pájaro, que batió las alas.

Otro jadeo se me escapó de los pulmones al ver cómo el ave cobraba vida en la página para arremeter contra un hombre con armadura usando el pico y los cuernos, que atravesaron el metal con facilidad. Los extraños movimientos de los dibujos prestaban realismo a la representación del ataque, como si me encontrara en medio de la batalla.

Cuando toqué la parte inferior de la imagen, uno de los guerreros caracterizados como cuervos echó a correr hacia una figura con armadura sentada a lomos de un caballo. Esta levantó la mano y el hombre salió despedido hacia atrás hasta volver a su posición original, como impulsado por una fuerza invisible.

¿Cómo...? ¿Cómo era posible? Los dibujos no se movían así; capturaban un instante único en el tiempo.

Noté un hormigueo en la punta de los dedos y al colocar las manos sobre la imagen la escena entera se animó, como si la presenciara desde primera fila.

El cúmulo de signos situado a la derecha parpadeó hasta transformarse en palabras que yo entendí: «Los hombres de cabello rubio y armas de acero cayeron sobre nosotros durante la noche. Buscaban la veta, pero no nos amilanamos, pues esta tierra nos pertenece. La defendemos con el poder de Morsana».

Contemplé horrorizada cómo las personas cuervo combatían con menos armas y eran masacradas por los hombres con armadura. Un brillo violáceo atrajo mi mirada hacia una grieta que discurría a lo largo del castillo y, cuando deslicé el dedo por ella, un aguijón candente me hirió la yema de los dedos.

—¡Ay! —Retiré la mano, frunciendo el ceño.

En el interior de la sima oscura y abrasadora, unas llamas negras centelleaban y se ondulaban, y una figura se erguía entre ellas, como si el fuego hubiera devorado a algún ser que había pasado a formar parte de él. Acometió a los hombres con armadura, que quedaron reducidos a cenizas. Con cuidado de no tocar la llama, pasé el pulgar por los símbolos que había al lado y apareció la palabra «Deimos».

Ese nombre me provocó un escalofrío. Estudié la figura llameante unos momentos más y, por alguna razón que no supe identificar, se me encogió el corazón.

En el cielo, dragones emplumados luchaban con bestias de escamas doradas que arrojaban fuego por la boca, pero no eran rivales para las aves rapaces que atravesaban volando esas llamas. Los monstruos se enfrentaban entre sí y se herían con las zarpas. Las llamas plateadas de las aves dragón negras derribaban a los jinetes de los dragones, que se precipitaban a su muerte en una ardiente bola de fuego.

De pronto, todo quedó inmóvil y la imagen parpadeó. Acto seguido, todas las figuras volvieron a la misma posición en la que se encontraban cuando abrí el libro.

Me vinieron muchas preguntas a la cabeza. ¿Quiénes eran los hombres con armadura? ¿Qué les había sucedido a los guerreros cuervo? ¿Habían sobrevivido? ¿Qué era aquello que estaba atrapado en el fuego negro?

Y, por los ojos de Dios, ¿cómo había cobrado vida la imagen?

Volví a mirarme la punta de los dedos, donde aún notaba un hormigueo bajo la piel.

Pasé a la siguiente página y me encontré con un nuevo rompecabezas: un círculo en relieve, de madera, con signos grabados tanto en su interior como a su alrededor. Había otros símbolos extraños tallados con incisiones profundas y negras a lo largo del borde, que le conferían el aspecto de un reloj de varias esferas. Deslicé los dedos por ellos, pensando que quizá se transformarían en letras comprensibles para mí, como los otros caracteres, pero nada cambió. Y, por más que lo intentaba, me resultaba imposible descifrar el significado individual de cada uno de ellos.

Me ardían los ojos, de modo que, suspirando, parpadeé varias veces para mantener a raya el agotamiento que me pesaba en los párpados. Necesitaba dormir. Más valía que dejara el rompecabezas para el día siguiente.

Cuando bajé la tapa del libro, el círculo de madera se sumió en un hueco, de modo que la página quedó plana y pude cerrarlo. Era un diseño genial, algo que sin duda maravillaría a los eruditos de una universidad y que me llevó a preguntarme cómo había conseguido Dolion algo así.

Antes de apoyar de nuevo la cabeza en la almohada, dirigí la vista a donde había visto la araña por última vez y realicé un rápido recorrido visual por la celda. Aunque la presencia de ratones no me habría inquietado, las arañas me aterraban.

Cuando por fin me acosté de nuevo, obligué a mi mente a pensar en otra cosa, algo que ahuyentara la imagen de esa araña hincándome los colmillos.

Lo primero y último que me pasó por la cabeza fue Zevander.

36
Maevyth

Un ruido metálico me llegó a través del vacío y, al abrir los párpados, vi que una luz tenue bañaba la celda. Soltando un gruñido, me protegí los ojos con la mano y levanté la cabeza de la almohada.

—¡Despierta, Bellitula!

Centré la vista, aún nublada, en Rykaia, que estaba abriendo la puerta con una bandeja entre las manos sobre la que había algo que olía de maravilla.

Con un quejido, moví la cabeza de un lado a otro para sacudirme los últimos vestigios de sueño.

—¿Qué es eso de Bellitula?

—Un cuento clásico que me contaba mi madre cuando era pequeña. —Depositó la bandeja en la mesa junto a mí y el tentador aroma me estimuló las papilas gustativas. Fue entonces cuando me percaté de que había ropa doblada sobre la silla—. Bellitula era una bailarina que soñaba con ser la mejor de Etiria, así que hizo un pacto con un malevol…

—¿Un malevol?

—Eeeh…, un espíritu maligno.

—¿Un demonio? —Al ver su expresión desconcertada, precisé—: Un ser con cuernos y pezuñas que colecciona almas…

—Ah, sí, eso: un demonio. El caso es que ella quería atraer

todas las miradas en el Grandetalar que se avecinaba y en el que se interpretarían las danzas más exquisitas. Quería ejecutar un baile tan hermoso que hiciera llorar al público.

Mientras ella relataba la historia, me incorporé en la cama para coger una rebanada de un pan denso y untarlo con una extraña mermelada rosa. Mojé el meñique en ella para probarla. Un delicioso sabor floral a rosa mosqueta con un toque de miel y baya estival me inundó la lengua. Aún no había probado nada en ese lugar que no me deleitara el paladar. Todavía medio dormida, devoré el pan con mermelada mientras Rykaia continuaba parloteando.

—El malevol…, es decir, el demonio, le prometió que los hombres llorarían, las mujeres se desmayarían y el mundo jamás olvidaría su nombre. A cambio, la joven debía entregarle su corazón. —Se llevó la mano al pecho para dramatizar el relato—. Ella accedió, creyendo que se refería al amor. Pero los malevoles son muy arteros. Se dice que, la noche de la actuación, bailó con tal elegancia que no se oía otro sonido que los ágiles movimientos de sus pies y los susurros de su vestido. —Rykaia giró torpemente sobre las botas e hizo ondear su vestido, de un color burdeos más intenso que el que llevaba la última vez, con cordones negros en el corsé—. Bailó de un modo tan bello que los hombres lloraron y las mujeres se desmayaron. Cuando terminó, se tendió en el suelo para descansar, pero ya nunca despertó. Tenía en el pecho un agujero enorme, pues, al parecer, una fuerza invisible le había arrancado el corazón.

—Qué historia tan terrible —comenté mientras masticaba un trozo de pan que tragué ayudándome con un poco de agua.

—Pues te he llamado tres veces por tu nombre y no había manera de despertarte. En fin, es hora de empezar el entrenamiento. —Dejó caer la ropa sobre la cama y depositó unas botas negras junto a la silla.

Cuero. Todo era de cuero.

Levanté una de las prendas, de la que pendían unas largas perneras.

—¿Y esto qué es?

—Tu ropa para entrenar.

—¿Un pantalón de cuero? —Me recordaba los pantalones de montar que llevaban los más ricos en Vonkovya.

—¿Qué esperabas? ¿Un vestido de gala?

—Claro que no. Pero el cuero se pega… a todo. —Hice una mueca de dolor solo de imaginarme aquella piel adhiriéndose a mis pechos y caderas—. No puedo ponerme eso.

—No te queda más remedio. Por eso el cuero es perfecto para entrenar. No se engancha en las espadas ni los puñales.

—¿Qué tienen que ver las espadas y los puñales con los glifos? —Agarré el vaso de agua que tenía al lado para tomar un trago que me ayudara a bajar el pánico que me ascendía por la garganta.

Ella cruzó los brazos y se encogió de hombros.

—A veces, lo mejor para invocar tu poder es temer por tu vida.

—Un momento. —El corazón dejó de latirme y tosí, escupiendo agua—. ¿Me estás diciendo que… se supone que debo luchar? —No tenía idea de luchar. Había apuñalado al guardia que se llevaba a Aleysia en el antebrazo, nada menos—. ¿Contra qué?

—Torryn. De todos los letalisz, es el mejor en combate físico.

—¿Letalisz? ¿Y eso qué es?

—Asesinos entrenados al servicio del rey. Hace siglos, fueron a buscar a Torryn, a mi hermano y a otros dos presos de la cárcel de Solácea para que llevaran a cabo asesinatos secretos ordenados por el rey. —Su tono despreocupado, como si ser un asesino secreto al servicio del rey fuera una profesión de lo más normal, me dejó sin habla por unos instantes.

—Genial. Es absolutamente fantástico. Entonces, yo soy la rival perfecta para él. —Solté una risotada, sacudiendo la cabeza—. Es una idea absurda.

—Eso puedes agradecérselo a mi hermano. Y, ahora, vístete.

Dirigí la vista al exterior de mi celda.

—¿Y Dolion?

—¿Qué pasa con Dolion?

—No quiero cambiarme delante de él.

—Créeme, no le interesas para nada. No tienes polla.

—¿Le…?

La otra ladeó la cabeza, con la frente arrugada.

—Le gustan los hombres, ya lo creo que sí. Y, ahora, cámbiate. Rápido, que Torryn está de mal humor.

Estupendo. Me moría de ganas de conocer al hombre malhumorado con el que se suponía que debía luchar.

Frunciendo el ceño, lancé otra mirada por detrás de ella para asegurarme de que Dolion no estaba ahí, no solo porque era un hombre, sino porque en realidad me incomodaba vestirme delante de otras personas, incluida Rykaia. Lamentablemente había decidido renunciar a mi privacidad al elegir las mazmorras en vez de uno de los dormitorios que Zevander me había ofrecido.

Al no ver el menor rastro del viejo brujo, aparté la manta, me levanté y cogí el pantalón que estaba sobre la cama. Me quedé contemplando aquella prenda que me colgaba del dedo.

—¿Qué pasa? —preguntó Rykaia, que me observaba—. ¿Tienes miedo de que no te quede bien?

—No... Es que nunca he llevado pantalones.

—¿Nunca?

—Nunca.

Arrugó el entrecejo.

—¿Me estás diciendo que solo has llevado vestidos... —Me miró de arriba abajo—. Y túnicas?

—Sí. Por cierto, gracias por lo de tu hermano... No le hizo gracia encontrarme en su baño ni que me pusiera su túnica.

Sus facciones se tornaron en una mueca perversa que hizo que me rechinaran los dientes.

—Ah, ¿así que al final sí regresó a su habitación?

—Sí. Parecía enfadado.

—¿Solo enfadado o más enfadado de lo normal?

—Más de lo normal.

Con expresión pensativa, se acarició el labio inferior con el pulgar.

—Supongo que tal vez fue culpa mía. Le dije que había visto algo raro en su baño.

Enderecé la espalda de golpe.

—¿Tú lo mandaste a su habitación?

—Dicho así, suena como un castigo.

—¡Estaba desnuda, Rykaia!

—Ya, por eso no me cuadra lo de que estuviera más enfadado de lo normal —dijo, dándose unos golpecitos con el dedo en el mentón—. ¿Estás segura? No es fácil saberlo, con esa máscara que lleva siempre.

—¿Por qué lo mandaste ahí, si te había pedido privacidad?

—Porque se me da fatal obedecer órdenes. Deberías tener eso presente de ahora en adelante. Si me dices que haga algo, lo más probable es que te falle de un modo u otro. —Con un suspiro, se dejó caer en la silla donde antes estaba la ropa—. Aclarado ese asunto, aún me cuesta hacerme a la idea de que nunca has llevado pantalón.

—En el lugar de donde vengo, las únicas mujeres que llevan pantalones son las que viven en la calle.

—¿Has entrenado alguna vez en tu vida? —Caí en la cuenta de que su pregunta solo me parecía ridícula porque desde que nací me enseñaron que las mujeres éramos débiles e incapaces de luchar; que solo las salvajes, corrompidas por el demonio, deseaban adquirir habilidades como la caza o el combate.

Negué con la cabeza, preocupada.

—Ay, dioses. Torryn te va a hacer picadillo. —Se frotó la frente y, de pronto, lo que había comido se me revolvió en el estómago.

—Maravilloso. Gracias. Me muero de ganas de vestirme para enfrentarme a él.

—Vale. —Se apoyó las manos en los muslos y, con un bufido, se puso de pie—. Voy a enseñarte un glifo muy básico que toda mujer debería conocer. Tal vez eso te ayude para empezar.

Se arrodilló en el suelo, desenfundó el puñal que llevaba en el ancho cinturón de cuero y trazó tres rayas onduladas en la grava que quedaron marcadas en la tierra compacta como arañazos blancos.

—Aeryz. —Tras guardarse el arma, se levantó ayudándose con las manos y alzó la palma hacia mí, como para detener mi avance. Inspiró por la nariz, cerró los ojos y exhaló despacio.

Un sonido como de succión me hizo mirar alrededor..., hasta que de pronto una fuerza me acometió, como si un caballo me asestara una coz en el pecho, y me derribó de espaldas sobre el colchón.

Veía objetos flotando ante mis ojos mientras yacía tosiendo, con los pulmones pidiendo a gritos un sorbo de aire.

—Podrías haberme avisado —gruñí.

—Ahora, pruébalo tú —dijo, haciendo caso omiso de mi irritación—. Cierra los ojos e imagínate el glifo. Luego abre la mano y proyéctalo hacia el universo.

La curiosidad me impulsó a levantarme de un salto de la cama. Respiré hondo, cerré los ojos y visualicé las líneas garabateadas en el suelo. Tal como le había visto hacer a ella, extendí la palma.

Una brisa débil le meció las puntas del cabello, pero no la movió un milímetro.

—Eso ha sido muy flojo. Prueba otra vez.

Cerré los párpados de nuevo e imaginé las rayas que había trazado. Cuando volví a alargar la mano abierta, nada ocurrió, salvo que sonó un gemido sordo, como de un gato al asfixiarse.

—Bueno, al menos esta vez ha hecho ruido.

—Eso ha sido mi estómago. —Rykaia se llevó la mano al vientre—. Me muero de hambre.

Eché los hombros hacia atrás y me aclaré la garganta.

—Vale. —Apreté los ojos, cada vez más contrariada por los intentos fallidos. Esta vez, cuando estiré la mano hacia delante, salí despedida hacia atrás, como antes, y me desplomé sobre la cama.

Con una carcajada, Rykaia se tapó la cara.

—Eso nunca lo había visto.

—Pues dejémoslo. Esto de la magia no es lo mío.

—Empiezo a pensar lo mismo.

—Entonces, tal vez deberíais dejar que vuelva a mi lugar de origen, como llevo pidiéndoos desde que llegué.

—O tal vez deberías esforzarte un poco más, mortal. Eres débil. Tienes que fortalecer esos músculos.

—¡No soy débil! —Con las manos crispadas en puños, dejé que la frustración y el cansancio se apoderaran de mí—. ¡Perdona que no esté interesada en jugar con símbolos, cuando mi hermana podría perfectamente estar muerta!

—Si lo está, ¿por qué narices estás tan ansiosa por volver con ella? ¡Tú misma lo has dicho, allí no te quiere nadie! —Sus palabras me sentaron como una bofetada y me ardieron las mejillas.

—No lo entenderías. ¡Eres una inmortal sin corazón, como tu hermano!

Clavó en mí sus ojos relampagueantes y llenos de ira.

—¡Si yo fuera mi hermano, ya te habría echado a los dracos!

Me levanté como un resorte y agité la mano hacia ella.

—¡Pues hazlo!

Rykaia se vio lanzada contra los barrotes. Hizo un gesto de dolor al impactar y luego resbaló hasta el suelo.

—Ay, madre. —Me abalancé hacia ella y me arrodillé a su lado—. Lo siento mucho. ¿Estás bien?

Se frotó la nuca con una risita.

—Por fin. ¿Lo ves? A veces, aprender los glifos puede ser una actividad muy física.

—¿Qué ha pasado? —Noté una sensación de ardor en la palma. Al girar la mano, advertí que las tres rayas onduladas me habían aparecido como cortes abiertos en la piel.

—Enhorabuena, mortal. Te has ganado un nuevo glifo.

Deslicé el dedo por las heridas, embadurnándome de sangre toda la palma.

—¿Así es como funciona?

—Sí. La primera vez que consigues utilizar un glifo, se te queda grabado para siempre en la mano. —Alzó las suyas para mostrarme siete símbolos; cuatro en la izquierda y tres en la derecha—. Estos son los poderes que poseo.

—¿Siete?

—Solo puedes invocar un glifo basado en tu línea de sangre. Por eso hace falta el entrenamiento. Necesitas averiguar cuáles son tus poderes. Algunos son básicos y se conocen como glifos menores. Todos los mantinatos consiguen dominarlos con facilidad. —Meneó los dedos de la mano izquierda—. Otros resultan mucho más complicados de invocar y requieren una gran concentración. Esos son los glifos mayores.

—¿Puedo preguntarte qué glifo es ese? —Señalé una cicatriz, un símbolo complejo formado por curvas, rectas y puntos encerrados en un círculo.

—Soy empática. Mi madre también lo tenía.

—¿Experimentas las emociones de los demás? —inquirí mientras examinaba el símbolo.

—Las absorbo, pero solo cuando quiero. Es más una carga que un don. —Con un gesto despectivo, cerró los dedos sobre él.

Me vinieron a la mente las horribles cicatrices que le cubrían las manos a Zevander.

—Tu hermano… tiene muchos.

—Ya, bueno, el suyo es un caso bastante especial. La mayoría de los lunáceos tiene solo uno o dos glifos mayores; algunos tres, como yo. Podría aprender más, pero eso lleva años y solo los que estudian en la Casa de los Sabios obtienen acceso a los otros glifos.

—¿Qué es un lunáceo?

—Ah…, veo que toca clase de historia. —Se pasó los dedos por los largos y plateados mechones—. Los lunáceos son la raza a la que pertenecemos. Los mánticos somos como los humanos, en algunos aspectos, pero inmortales y…, para serte sincera, más interesantes. Nos dividimos en lunáceos y soláceos. El poder de los lunáceos procede de la luna. El de los soláceos, del sol.

Frotándome la frente con la mano, intenté en vano ordenar en mi cabeza toda la información que acababa de proporcionarme.

—Creía que vuestro poder procedía de la sangre.

—Y así es, pero es algo que requiere nutrientes y energía. Sin la luna, mis poderes se debilitan.

—Entiendo. ¿Dolion es lunáceo también?

—No. Él es elvynirio. Su poder es un poco misterioso, pero en su mayoría pueden adquirir glifos, como los mánticos. Para ellos no se trata de algo basado en la sangre, sino en el conocimiento y la nexumis, una conexión espiritual que los elvynirios tienen con el glifo. —Se puso de pie y se sacudió el polvo de la falda antes de ofrecerme la mano para ayudarme a enderezarme—. Nuestro lord Brujo maneja casi todos los glifos, aunque no son tan poderosos como los que se heredan. Piensa en mi hermano, por ejemplo. Obtuvo su poder del fuegoscuro. El lord

Brujo también posee la capacidad de utilizarlo, desde luego, pero no con tanta destreza como Zevander.

—¿Qué es el fuegoscuro?

—Una llama negra tan caliente que puede desintegrar un cuerpo en cuestión de segundos.

Se me secó la boca al imaginarlo. Me asaltó la imagen de las marcas negras que Zevander tenía en la piel.

—Entiendo. ¿El fuegoscuro es vuestra línea de sangre?

—No. Es una maldición que pesa sobre mi hermano.

—¿Y los escorpiones?

—Son su prodozja —dijo, cogiendo una rebanada de pan que aún estaba en la mesa. En vez de optar por la mermelada rosa, abrió un segundo tarro de una sustancia negra y espesa que untó en el pan antes de darle un mordisco—. Mmm. No hay mejor mermelada de escarabajo que la de Magdah.

El estómago me dio un vuelco.

—¿De escarabajo? ¿Te refieres a los bichos?

—Está muy rica. —Levantó la rebanada para tomar otro bocado—. La crujiente es mi favorita.

Tragué saliva pese al nudo que se me había formado en la garganta.

—¿Y la rosa?

—Son las tripas.

El ácido me subió por el esófago y creo que palidecí tres tonos.

Se rio por la nariz.

—Es broma. La tuya es de baya amarga. —Mordió de nuevo la rebanada—. Por todos los dioses, Maeve, parecías a punto de vomitar.

Aunque sonreí, me quedé pensando en el nombre.

—Me has llamado Maeve.

—Ah, ¿no te gustan los diminutivos?

—No, no es eso. Es que Aleysia siempre me llamaba así. —Una oleada de emoción me recorrió y me aclaré la garganta—. En fin. Pro... do... sa. ¿Qué es eso?

—Se pronuncia «prodoya». Es la forma protectora de la magia de sangre, un ser que se manifiesta siempre encarnando el tipo de magia que maneja una persona.

—¿Cuál es tu prodozja? —pregunté.

Se encogió de hombros.

—No tengo. En algunos casos, nunca llega a manifestarse. Zevander tuvo suerte de descubrir la suya a una edad temprana. —Se quedó mirando al vacío, como si la historia no acabara ahí. Sin embargo, en vez de dar más detalles, sacudió la cabeza—. El caso es que ahora tienes algo con que defenderte. Así que vístete.

Me fijé de nuevo en la ropa y reparé en que no incluía un cammyck.

—¿Sabes si Magdah ha terminado de lavar mi ropa?

—¿Lavar? La he visto tirar tu viejo vestido al fuego.

—¿Al fuego? Está claro que no le caigo bien.

Rykaia se llevó a la boca el último trozo de pan.

—Ya te irá cogiendo cariño. A decir verdad, apestaba, y no solo por tu olor a mortal.

Aunque debería haberme ofendido por su comentario, estaba mucho más preocupada por otra cosa.

—¿Por casualidad usáis cammycks aquí?

—¿Cammycks? ¿Y eso qué narices es?

—Una prenda de una sola pieza, ceñida al cuerpo, que se lleva debajo del vestido, por ejemplo.

—¿Te refieres a ropa interior?

—Bueno, supongo que se la podría llamar así.

—Sí. ¿No te di una anoche?

—No...

—Ah, lo siento mucho. —Salió de la celda a paso veloz y se encaminó hacia el muro de piedra que había justo delante. No fue hasta que se puso de rodillas que advertí que había una puertecilla en la pared, prácticamente invisible, pues se confundía con la piedra manchada de humedad. Rykaia llamó tres veces, cruzó los brazos y soltó un bufido. La puerta se abrió de repente y apareció un humanoide que semejaba una rata sin pelo, de poco más de un palmo de alto, con la piel rosada y arrugada y unos ojillos negros y redondos. Sin embargo, iba vestido: pantalones raídos y un andrajoso chaleco verde sobre una túnica marrón con cordones que se le pegaba al delgado cuerpo.

Sentí que se me descoyuntaba la mandíbula lentamente.

—Necesito que me hagas un favor, cielo. En mi cuarto hay dos flamantes prendas interiores sobre el tocador. ¿Podrías traérmelas?

—No faltaba más. —El hombre rata asintió y, no sé si fue cosa de mi imaginación, pero me pareció que se le ruborizaban un poco las rosadas mejillas.

Rykaia le apuntó con el dedo.

—Y nada de hurgar en mi lencería. Lo digo en serio. —Le dio un golpecito a la pequeña criatura en la nariz.

—Jamás haría algo así, ama.

—Más te vale. Y, ahora, corre.

La puerta se cerró de golpe cuando él se marchó, pero Rykaia permaneció delante.

—¿Qué es…? ¿Era…?

—Un golvyn. ¿Tú no tienes uno? Son seres maravillosos, pero a veces un poco taimados. Le gusta olisquear la ropa interior. Pero, tranquila, nunca me he puesto la que te voy a dejar.

Cuando empecé a desatarme la túnica prestada para ponerme la ropa de cuero, ella alzó el dedo.

—Si te da cosa que te vean vestirte, tal vez será mejor que esperes un momento. Regresará en cualquier momento.

—¿Tan rápido?

No bien había pronunciado estas palabras, la puerta se abrió de nuevo. El hombre rata le entregó a Rykaia dos prendas negras, demasiado pequeñas para ser cammycks.

—Gracias, cielo. —Le estampó un beso en la coronilla a la criatura, que me pareció que volvía a ponerse colorada antes de entrar de nuevo por la puertecilla y cerrarla a su espalda—. ¿Lo ves? Son seres de lo más útiles. —Rykaia se me acercó con aire despreocupado.

Al coger las prendas que me ofrecía, no pude evitar fijarme en lo minúsculas que eran; apenas me taparían nada. Al contrario que el cammyck, que me llegaba hasta la mitad del muslo, parecían pequeños trozos de tela unidos por cordones.

—Dudo mucho que esto impida que me roce la ropa.

—Te sorprenderá lo suave que puede resultar el cuero de caligosi, sobre todo entre los muslos. Y, ahora, date prisa. Te espero en lo alto de las escaleras.

—¿Y si nada me queda bien?

—¿Por qué no habría de quedarte bien?

—A lo mejor no usamos la misma talla.

Alargó la mano hacia la ropa tendida sobre la cama y me hizo una seña con la cabeza.

—Pon las prendas interiores con las otras.

Las coloqué encima de la pila, como me había pedido.

—*Fitilia quantya.* —Sin decir una palabra más, giró sobre los talones y salió de la celda.

Me volví hacia la ropa, intentando entender qué acababa de ocurrir. Presa de la curiosidad, la recogí y me retiré al rincón más oscuro de la habitación, donde me vestí a toda prisa, empezando por la prenda íntima, que se me aferraba a las caderas como si le fuera la vida en ello. Aunque la talla parecía correcta, intenté tirar de los bordes de la tela por la parte de atrás para que me tapara un poco más las carnosas nalgas, pero no conseguí moverla un milímetro. Cómo echaba de menos mi cammyck.

A continuación metí una pierna en el pantalón y me lo subí por encima de la pantorrilla, desconcertada por la sensación. Calentito y ajustado, se me pegaba a la piel como las medias y no podía negar que resultaba… agradable. Me enfundé la otra pernera y até el cordón de modo que la cintura me ciñera el talle a la perfección. Admirando cómo me quedaba, deslicé la mano por la pierna y sonreí. Con razón la señora Chalmsley siempre usaba pantalón. Abrigaba mucho más que un vestido de vuelo amplio.

Cuando me aparté de los barrotes y me quité la túnica, la sensación del aire en los pechos desnudos me provocó una punzada de apremio. Después de introducir los brazos en las mangas largas y ceñidas de la túnica de cuero con capucha, me até los numerosos cordones de la parte delantera, apretándolos con fuerza sobre el busto. Me quedaba tan entallada que me alegré de no llevar cammyck, pues me asfixiaría. Un corsé de cuero negro me ceñía el torso justo debajo de los pechos, con pequeñas argollas y bolsillos, en los que supuse que se guardaban dagas, aunque los míos estaban vacíos.

Después de calzarme las botas de cuero, me miré de arriba abajo, acariciando el suave material del pantalón y la chaqueta.

—¡Ah! Estás… vestida. —Me volví al oír la voz de Dolion, sin saber muy bien si me sentía arropada o totalmente expuesta, por el modo en que las prendas me marcaban todas las curvas del cuerpo.

—Es ropa de entrenamiento. Para… entrenar. Contra un asesino del rey. —Al decirlo en voz alta me sonó peor que en mi cabeza, así que se me escapó una risita nerviosa.

—Ya. Te alegrarás de llevar eso. —Señaló mi atuendo con la cabeza—. Recuerdo mi primer día de aprendizaje de glifos en la Casa de los Sabios. Mi mentor me había pedido que lanzara el conjuro *intorquiusz*, y no sé qué hice, que acabé enredándome con mis vestiduras. Sospecho que esa era su intención. —Rio entre dientes, lo que me arrancó una sonrisa.

—Es curioso. Yo he usado el mismo estilo de vestido toda la vida.

—¿Como el negro que llevabas cuando llegaste?

—Sí. Me obligaban. Igual que la gargantilla —añadí, pasándome la mano por el cuello y percatándome de que no me la había quitado para vestirme.

—Pero ¿por qué?

—Todas las mujeres malditas tenemos que llevarlos.

—Pues, entonces, parece que tienes algo en común con lord Rydainn.

Me vino a la mente una imagen de su apuesto perfil.

—La máscara.

—Sí. Aunque está obligado a ponérsela en público, creo que ha optado por llevarla casi todo el tiempo.

—¿Por qué?

—Eso tendrías que preguntárselo a él, supongo.

—Me da la impresión de que no le gustan mucho mis preguntas.

—Es verdad, tiene un carácter bastante áspero. Creo que con el tiempo empezará a tratarte de forma más amable. —Abrió más la puerta y me indicó con señas que saliera de la celda—. Bueno, ¿empezamos con el entrenamiento?

—¿Tú también vas a entrenarme?

—Sí. Bueno, no sería capaz de dejar que te enfrentaras a lord Rydainn tú sola.

El estómago me dio un vuelco.

—¿Lord Rydainn? Tenía entendido que entrenaría con Torryn.

—Ha habido un cambio de planes. Lord Rydainn ha manifestado su interés en entrenarte personalmente.

Por algún motivo, me costaba creerlo. Lord Rydainn me veía como una verruga en el culo que esperaba quemar en algún momento.

—Me temo que en este caso solo puedo oficiar de escriba. Estos glifos son territorio inexplorado para mí. Zevander está mejor preparado para someterte a un entrenamiento físico.

Los nudos que ya tenía en el estómago se apretaron aún más.

—Dolion, no creo que sea buena idea. Agradezco la oportunidad, pero…

—Dos semanas. Aprende los glifos. Gánate tu poder y, dentro de dos semanas, te llevaré lejos de este lugar.

—¿Dos semanas? ¡No dispongo de tanto tiempo!

—La alternativa es que te quedes aquí. No te abandonaré en el bosque sin medios para defenderte. Los brujos que te buscan son bastante despiadados, Maevyth. No tienes ni idea de lo que son capaces, y acabarán por encontrarte, ya sea aquí o en tu mundo. Poseen poderes que escapan por completo a tu comprensión. ¿Quieres poner a tu hermana en peligro?

Por supuesto que no.

—Si tengo que esperar dos semanas, voy a volverme loca.

Él, soltando un resoplido, asintió.

—Intentaré localizarla. Tal vez verla te tranquilice un poco.

Un brote de esperanza me floreció en el pecho.

—Te lo agradecería mucho. Gracias.

—Muy bien. —Inclinó la cabeza en dirección a mi celda—. Dime, ¿has hecho progresos con el libro?

Miré por encima del hombro hacia el mamotreto, que descansaba sobre la mesilla, junto a mi cama.

—He conseguido abrir la cubierta. Dentro había una imagen. —Obvié el detalle de que las figuras se movían en las páginas, pues no había vuelto a abrir el volumen desde la noche anterior para confirmar si había sufrido alucinaciones o no.

—¡Excelente! Me encantaría saber cómo desentrañaste el funcionamiento de los mecanismos. ¿Te parece bien después del entrenamiento?

—Claro —respondí, aunque la curiosidad me reconcomía por dentro. Según Dolion, me lo había dado para que pasara el rato, pero me olía que lo movía otra intención—. ¿Qué es ese libro y por qué me has asignado exactamente la tarea de resolver los rompecabezas?

—Eres la única persona capaz de hacerlo.

—¿Por qué?

Apretó los labios mientras parecía meditar la pregunta, como si se debatiera entre contestarme o no.

—Tengo motivos para creer que es una de las pocas reliquias que quedan de tu pueblo.

—¿Mi pueblo? Pero si soy vonkovyana. Nací en Vonkovya.

—Tal vez eso sea cierto, pero tu sangre bien podría ser córvica.

La palabra me recordó a la Fortaleza Corvus y el corvugón que había visto la noche anterior en el libro.

—¿Qué son los córvicos?

—Una raza de mortales que existió aquí hace siglos.

—¿«Existió»? ¿Eso significa que ya no existe?

Juntando las cejas, movió la cabeza de un lado a otro con solemnidad.

—Los exterminaron. Los arrojaron a la fosa de Crussuria.

—Entonces ¿cómo es posible que yo, una humana del mundo mortal, sea descendiente suya?

Soltó un bufido.

—Para serte sincero, aún no lo sé muy bien. Por eso estás aquí, para que aprendamos más sobre tu línea de sangre y tus facultades.

Respiré hondo para aplacar la frustración creciente que me consumía.

—Te lo agradezco, y en otras circunstancias me prestaría a ello, pero estoy muy preocupada por el bienestar de mi hermana. Mientras ella sea mi prioridad, no tendré tiempo ni capacidad mental para participar en vuestros estudios y experimentos.

—Te aseguro que intentaremos ponernos en contacto con ella, de un modo seguro, por medio de un espejo clarividente, lo que no supondrá el menor peligro para ti. —Me posó una mano en el hombro y ladeó la cabeza, enarcando las cejas, pero me resistí a mostrar mi conformidad—. Y ahora, si no te importa, voy a echar un vistazo a la imagen que has mencionado. Nos vemos en la sala de entrenamiento.

—De acuerdo —dije.

Él asintió y me dio unas palmaditas en el hombro, y yo enfilé el pasillo hacia el funesto destino que me esperaba.

37
Maevyth

Cuando llegué a lo alto de la escalera de piedra, me encontré a Rykaia hablando con un hombre vestido con un atuendo similar al mío, todo de cuero negro. Una hilera de puñales envainados en fundas de piel le recorría el muslo izquierdo. El cabello castaño oscuro, casi negro, le llegaba hasta los hombros y unos mechones desordenados flanqueaban las comisuras de sus ojos, de color borgoña intenso. Su rostro mostraba una expresión contradictoria, entre divertida y sombría. Supuse que se trataba de Torryn, pero Rykaia se volvió hacia mí y dijo:

—Maevyth, te presento a Ravezio.

Mientras lo saludaba con una cortés inclinación de cabeza, me tomó la mano. Por el modo en que acercó los labios a mis nudillos, me imaginé que iba a besarme el dorso, pero, en vez de eso, realizó una larga aspiración, con los ojos apretados.

—¿Ves lo que te decía? —comentó Rykaia con socarronería—. Su aroma es un arma en sí mismo. Es imposible concentrarse con ese olor.

—En efecto. —Me bajó la mano y, con la cabeza ladeada, me escudriñó el rostro. Había algo de salvaje en él, una fuerza que acechaba en su interior como un felino negro. Advertí que, en la base del cuello, justo encima de las clavículas, tenía grabadas unas marcas, un intrincado entramado de cicatrices que semejaban soles unidos entre sí y que era imposible que estuviera hecho a mano. Inclinó aún más la cabeza, claramente consciente de mi mirada curiosa, y, tras apartarla de golpe, me aclaré la garganta.

Sonrió, lo que le modificó el semblante por completo. Aparecieron una dentadura blanquísima y un brillo de picardía en los ojos. Era un tipo moreno y atractivo, como los que fascinaban a las mujeres de Foxglove que eran acusadas de brujería por los hombres locales. Me recordaba a los visitantes fugaces que pasaban por los pueblos como sombras, sin quedarse mucho tiempo en ningún sitio.

Vi de reojo un movimiento y desvié la atención hacia Zevander, que descendía lentamente las escaleras hacia nosotros. Clavó los ojos en mí por encima de la máscara que le cubría la parte inferior del rostro y de pronto me sentí tan desnuda como en el cuarto de baño la noche anterior.

—¿Y adónde se dirigen hoy, nobles caballeros? —preguntó Rykaia, sin conseguir que su hermano apartara la mirada de mí.

—Al Arrabal. Por lo visto, hay alguien jugando con flamapul. —Cuando Ravezio se inclinó hacia delante para guardarse una daga en la bota, alcancé a ver varias flechas negras que sobresalían de un carcaj de cuero negro que llevaba a la espalda.

—Torryn irá contigo al Arrabal. Yo hoy me quedo a entrenar. —Zevander desplazó su atención de Ravezio a mí y se me aceleró el pulso al pensar en luchar contra él.

—¿Vas a entrenar tú a Maevyth? —inquirió Rykaia, alternando la mirada entre su hermano y yo—. ¿Y envías a tus perros a la caza del flamelita?

—Oye, eso me ofende —dijo Ravezio, pero la otra ni se dio por enterada.

Cruzó los brazos sobre el pecho y puso los ojos en blanco.

—Por todos los dioses, Zevander, déjalo estar. Solo te buscarás problemas.

—¿De verdad pensabas que dejaría que quedara impune después de lo que hizo? —dijo al fin él con un rencor en la voz que me provocó vibraciones extrañas bajo la piel. Se volvió hacia Ravezio—. Cuando lo encontréis, traedlo. Entregádmelo a mí.

—Por supuesto.

—¿Y encima vas a traerlo? Eso significa que, sea quien sea, no saldrá de aquí por su propio pie. —Rykaia cambió el peso de pierna—. No tienes que matar a todo bicho viviente que haya cometido algún agravio contra mí, ¿sabes?

—Y tú no tienes que preocuparte. El rey ha encargado su asesinato.

Ella soltó una risotada amarga.

—Si el rey Sagaerin cree que va a acabar con todos los brujos que tienen escarceos con la demutomancia, se equivoca. Encontrarán una manera de seguir practicándola. Siempre lo hacen.

Zevander fijó de nuevo la vista en mí, pero, con el rostro embozado, resultaba difícil saber qué pensamientos le pasaban por la cabeza.

—No me importan los otros brujos. —Mantuvo su cuestionable mirada puesta en mí unos instantes más antes de volverse hacia su hermana—. Te hizo daño, fin de la historia. Para él. —Le dirigió una inclinación de cabeza a Ravezio—. Quiero hablar contigo un momento.

Los dos se apartaron a un lado y se pusieron a conversar en voz baja e ininteligible a causa de los bufidos y refunfuños que soltaba Rykaia junto a mí.

Después de despedirse de Ravezio con un breve apretón de hombro, Zevander pasó con grandes zancadas por nuestro lado, pero se detuvo para mirarme por encima del hombro.

—¿Vienes?

Por alguna razón, la pregunta enrareció el aire que me rodeaba mientras el corazón me latía a un ritmo constante y cargado de ansiedad, y, por un momento, sentí que me ahogaba.

Después de dirigir la vista a Rykaia, que miró a su hermano con mala cara, eché a andar tras él.

—¿Qué es un flamelita? —pregunté cuando nos encontrábamos lo bastante lejos de ella.

Él lanzó una mirada fugaz hacia atrás.

—Una persona a la que el control le produce una intensa excitación. El nombre proviene de la sustancia que inyectan a las víctimas, el flamapul. Es un veneno que te inutiliza por completo, lo que permite al abusador, o flamelita, hacer contigo lo que le dé la gana.

—Suena… terrible. ¿Alguien le hizo eso a Rykaia?

—Sí.

Solo de pensarlo sentí una punzada de rabia, pese a que ella ni siquiera era mi hermana.

—No me extraña que quieras hacerle daño al responsable. Es más, me muero de ganas de hacerle lo mismo al ser que se llevó a Aleysia.

—¿Has luchado alguna vez?

—No. —Siempre había querido ejercitarme en algún tipo de lucha, sobre todo para defenderme de los chicos de la aldea, que me metían mano sin pedir permiso. Sin embargo, a mi abuelo le parecía algo impropio de una dama. Le preocupaba que una afición tan poco femenina suscitara más rumores y desprecio hacia mí—. Pero apuñalé al guardia que intentó llevársela.

—¿Puedo preguntarte con qué?

—Con un cuchillo que llevaba siempre, más que nada para tallar madera y pelar fruta. Forcejeé un poco con el prisionero que intentó agredirme antes de que apareciera tu escorpión.

—¿También te enfrentaste a un prisionero de Guardahueso? ¿Cómo?

—Con un cuchillo. —Avivé la marcha para acomodar mi paso al suyo.

—¿Cómo te las arreglaste para hacerte con un cuchillo en la prisión?

—Bueno, me lo dio él. Creo que estaba jugando conmigo.

—O te subestimó. —El sutil cumplido me obligó a reprimir una sonrisa.

—No es que parezca una amenaza, precisamente.

—No necesitas parecer una amenaza para serlo. La debilidad aparente es tu arma más peligrosa. No lo olvides; te dará ventaja. Eres pequeña, pero tu poder compensará tu estatura si aprendes a utilizarlo bien.

Llegamos a una amplia sala, del tamaño de la cabaña en la que vivía en Foxglove.

Ocupaban una pared entera varias ventanas ojivales que daban a un impresionante paisaje de árboles bajo un cielo invernal. Candelabros como los que había visto en la cocina colgaban del techo abovedado y en la pared opuesta había toda clase de armas: espadas, puñales y otros utensilios aterradores que no fui capaz de identificar, además de armaduras, guanteletes y escudos. Al fondo de la sala, un cuadro de un dragón negro y cubierto de escamas que abarcaba el ancho de la pared estaba iluminado por unos apliques encendidos debajo.

La imagen me fascinó.

—¿Hay dragones alados en Etiria?

—Cada vez menos. Se encuentran sobre todo en Draconysia, salvo cuando deciden alimentarse de los aldeanos locales.

—¿Son agresivos?

—En extremo. —Zevander me guio hasta el centro de la sala, se quitó el jubón y lo tiró en una silla cercana, quedándose solo con un chaleco de cuero negro sin una túnica debajo.

En sus torneados y musculosos brazos se apreciaban imágenes que parecían dibujadas con tinta: figuras de escorpiones y llamas negras que le cubrían desde el dorso de la mano hasta el bíceps. Su tono de piel y el negro azabache de su cabello contrastaban marcadamente con el pelo plateado y la tez marfileña de su hermana. Tenía ambas muñecas ceñidas por unos brazaletes de metal negros con intrincados grabados que antes quedaban ocultos bajo las mangas largas de su jubón.

Al contemplarlo, no me vinieron a la mente otras palabras más que «brutal» y «fiero».

Era un hombre de aspecto tan imponente que me resultaba casi imposible desviar la mirada. Cuando se me acercó con paso decidido, el corazón comenzó a latirme con un ritmo frenético contra las costillas, como una bestia ansiosa por escapar de su jaula. La máscara que llevaba no hacía sino estimular aún más la curiosidad que me corroía por dentro. Me irritaba el modo en que consumía mi atención. No me hacía falta ser experta en combate para saber que eso constituía uno de mis puntos débiles.

«Concéntrate», me insté.

—Empezaremos por un glifo básico: Aeryz.

—Ese me lo ha enseñado Rykaia. —Alcé la mano para enseñarle las heridas en la palma, que empezaban a cerrarse.

—Muéstramelo.

Un retortijón en las tripas me advirtió que no lo hiciera. ¿Y si salía disparada hacia atrás, como me había ocurrido en la celda? Por motivos que no habría sabido explicar, me angustiaba más la perspectiva de quedar como una inepta delante de Zevander que de Rykaia.

Arqueó la ceja con expectación y ladeó la cabeza.

—Vamos —me apremió.

Respiré hondo y extendí una mano temblorosa con la palma hacia arriba. Al cerrar los ojos, me vino la imagen de las rayas onduladas que había trazado Rykaia y me preparé para exhalar y proyectarla hacia el espacio que nos separaba, pero, en el último momento, otro dibujo se abrió paso: las líneas entrecruzadas que había visto en mi sueño.

—¡Oh, no! —Antes de que pudiera evitarlo, una avalancha de huesos salió propulsada y golpeó a Zevander en el pecho antes de caer al suelo y formar un montón sin gracia. Con las mejillas ardiendo de vergüenza, me tapé la cara con las manos.

Apretando los labios, él bajó la vista hacia la colección de columnas vertebrales desparramadas en el suelo.

—Eso sí que no me lo esperaba.

—¡Es el Osflagulle! —Sonriente, Dolion entró en la sala cargado de libros y con unos rollos de pergamino que llevaba bajo el brazo y semejaban documentos antiguos—. Ni un solo brujo en toda Etiria, ni siquiera el mismísimo lord Brujo, posee ese glifo en particular.

—¿Y para qué se supone que sirve exactamente? —pregunté, contemplando la pila de huesos.

—Es un látigo óseo. Un arma muy potente, si hemos de fiarnos de los pergaminos que he estado leyendo. Un solo golpe podría destrozarle los huesos a un adversario.

¿Destrozarle los huesos?

—¿Y si no quiero destrozarle los huesos a nadie?

—¿Ni siquiera al ser que se llevó a tu hermana? —Zevander se cruzó de brazos y tuve que apartar la mirada. Nunca había visto a nadie marcar tantos músculos a la vez y el ansia por comérmelo con los ojos me enfureció, sobre todo después de haber hecho el ridículo unos momentos antes—. Empezaremos por los glifos defensivos más sencillos y luego veremos si podemos pulir eso de antes, fuera lo que fuese.

—Ah, muy buen plan —convino Dolion.

—Vuelve a probar con el Aeryz —dijo, y echó el montón de huesos a un lado con el pie, lo que me recordó mi pifia.

—Creo que deberías saber que estoy un poco nerviosa —confesé en voz baja y tensa.

—Y no es para menos. Vete tú a saber qué infiernos saldrá volando esta vez. —Tuve que contener una risita ante el humor mordaz de su comentario. Me pareció algo totalmente impropio de él, y, sin embargo, me gustó descubrir esa faceta suya.

Levanté la mano marcada, que me temblaba más que antes. «Inspira». Al espirar empujé hacia el exterior, con la imagen del glifo muy clara en la cabeza, y Zevander se deslizó hacia atrás, con las suelas de las botas derrapando por el suelo de mármol.

Me mordí el labio para intentar controlar un grito de triunfo.

Asintiendo en señal de aprobación, él se enderezó y se me acercó de nuevo.

—Prueba otra vez.

—¿Lo he hecho mal?

—¿Sabes lo que significa Aeryz? —Como negué con un gesto, añadió—: En la lengua antigua quiere decir «la venganza del viento». Dime, ¿eso te ha parecido una ráfaga vengadora? —Sacudí la cabeza de nuevo—. Pues vuelve a intentarlo.

Una vez más, alcé la palma, visualicé el glifo y exhalé. Con un leve susurro, una racha de viento brotó de ella con la fuerza de una roca al golpear la superficie y noté el impacto en el esqueleto.

Zevander salió despedido hacia atrás a mayor velocidad que antes, pero consiguió mantener los pies en el suelo. Regresó caminando hacia mí, con un suspiro.

—Imagina por un momento que estás delante de la cosa que se llevó a tu hermana.

Un recuerdo acudió a mi memoria. Aleysia de pie, al otro lado del arco. Moros agarrándola por detrás. Sus gritos resonando a mi alrededor.

Con los dientes apretados, alargué el brazo hacia delante sin avisar. Noté en la mano el retroceso de la ráfaga y los huesos me vibraron, y lancé a Zevander hacia atrás, aunque logró conservar la firmeza de su postura.

—Otra vez.

—¿Otra vez? —pregunté como un eco.

—Vas a repetirlo hasta que esté satisfecho con el resultado. Y, ahora, extiende la palma.

Me ordenó que ejecutara el pase tres veces más. En todas las ocasiones cayó de pie, aunque la intensidad iba en aumento. Me dolía la palma por la fuerza de los ataques y empezaba a acalorarme bajo la ropa de cuero. Él, en cambio, no se cansaba. Nunca sonreía, ni mostraba su aprobación, ni daba la menor indicación de que había mejorado después de mi primer intento.

Las palabras de aliento de Dolion llenaban la evidente ausencia de las de Zevander.

Cumplí la orden una decena de veces y luego varias decenas más, con un cansancio creciente a medida que transcurría la tarde.

Cada error exasperaba a Zevander, y su impaciencia minaba mi seguridad. Se sucedieron las horas y yo tenía la palma dolorida y los músculos debilitados. Me sentía como si hubiera dado una decena de vueltas corriendo alrededor de un pueblo.

—¡Concéntrate! —bramó él, y tuve que morderme la lengua para no decirle que se fuera al infierno.

—¿Qué es lo que intento conseguir con este glifo? —pregunté, aguantando la respiración, desconcertada por mi falta de energía. Aunque no había hecho más que estar de pie y repetir una orden, me sentía como si se me hubieran reblandecido los huesos.

—El objetivo es desarmar o aturdir al adversario.

—¿No sería más útil para eso el látigo óseo?

—No cuestiones mis métodos.

—No son tus métodos lo que cuestiono —contraataqué—, sino tu empeño en alcanzar una meta invisible que aún no he entendido.

—Entonces tal vez deberías callarte. Y, ahora, vuelve a intentarlo.

Armándome de valor, lo fulminé con la mirada.

—No. Estoy cansada. No he bebido agua en toda la tarde y falta poco para que me escurra dentro de este puñetero traje de lo sudada que estoy.

—¡Otra vez! ¡Ahora!

Se me heló la sangre.

—¡Ni hablar!

—¡Entonces estoy perdiendo el tiempo contigo! —Su intimidante voz atronó en torno a mí y torcí el gesto ante la dureza de sus palabras. Crispando los labios con rabia, me sostuvo la mirada, con los ojos convertidos en ardientes esferas de fuego.

—Zevander, dale un respiro a la pobre chica. —La voz de Dolion, mucho más serena, supuso un alivio. Me hizo señas para que me acercara y me sirvió un vaso del agua que había ido a buscar para mí hacía una hora—. La magia es agotadora, ¿verdad?

—Sí. —Cuando me llevé el vaso a los labios, me percaté de que me temblaban las manos, no por miedo, sino por la adrenalina. Volví la vista hacia Zevander, que se frotaba la nuca, caminando de un lado a otro como un lobo enfurecido—. Creo que está perdiendo la paciencia conmigo.

Dolion soltó una risita y lo señaló con la cabeza.

—Conocí al hombre que lo entrenó después de que lo liberaran los soláceos. Se llamaba Solvyn. Era el maestro de magia de guerra para el Ejército Imperial cuando yo trabajaba como magestrado. —Bajó la mirada y, por el modo en que fruncía los labios, como para disimular una sonrisa, me entró la sospecha de que Solvyn y él se conocían íntimamente—. Cuando vivía en la Ciudadela, pasaba por el patio de entrenamiento camino de la biblioteca. Los dos se ejercitaban ahí durante horas. Cuando yo salía de estudiar, bien entrada la noche, me encontraba a Zevander entrenando solo. —Mientras hablaba, yo tomaba sorbos de agua, observando cómo el susodicho se deslizaba el pulgar por la palma, con los músculos menos marcados que antes—. Un día le pregunté a Solvyn por qué torturaba al pobre muchacho, obligándolo a entrenar tantas horas al día. —Cuando posé de nuevo la vista en el hombre mayor, este sonrió con expresión nostálgica—. Me dijo: «No soy yo el que exige largas horas de entrenamiento, es el chico».

Me resultaba extraño imaginarlo así, como un joven ávido de aprender. Me preguntaba cuál era su motivación en ese entonces.

Dolion bebió un poco de su vaso.

—Supongo que te entrena así porque se niega a verte fracasar. En su cabeza, eso representaría un fracaso para él mismo.

Suspirando, tomé un trago largo de agua antes de volver a la palestra y plantarme ante Zevander.

—Podemos dejarlo por hoy. —Su tono tranquilo contrastaba con la brutalidad de su envergadura y la energía intimidante que irradiaba sin esfuerzo—. No era mi intención...

—No, ya estoy bien. Solo necesitaba rehidratarme.

Carraspeó y rotó los hombros hacia atrás.

—Ya, bueno. Sigamos por donde lo hemos dejado.

Aunque su aturullamiento repentino me desconcertó, inspiré a fondo y me obligué a centrarme. En cuanto bajó el brazo, exhalé y la fuerza que me impactó en la palma me lanzó hacia atrás. Me golpeé la espalda contra el suelo de mármol y vi las estrellas. Me incorporé con un suave gemido, parpadeé varias veces y advertí que Zevander estaba en el otro extremo de la sala, tumbado boca arriba. Con un estremecimiento de alarma, hice un esfuerzo por ponerme de pie y me tambaleé hacia él. Cuando llegué a su lado, tenía los ojos cerrados y el pecho inmóvil.

El pánico se apoderó de mí.

—¡Dolion! ¡Me parece que no respira! —Un movimiento en la periferia de mi visión atrajo mi mirada hacia las sombras que entraban y salían frenéticamente de las paredes. Deimosis. Devolví mi atención a Zevander de inmediato.

El viejo brujo se levantó con dificultad y cruzó la sala en dirección a nosotros, arrastrando los pies. Justo cuando llegó junto a mí, Zevander inspiró una gran bocanada de aire, lo que ocasionó que se le formara una pequeña concavidad en la máscara. Se tendió de costado, dándome la espalda, y se la quitó.

Solo distinguí unas venas negras que le surcaban la parte de la mejilla que tenía a la vista; la mitad del perfil que intentaba ocultar.

Tosió y jadeó hasta que por fin consiguió respirar con normalidad.

—Bueno, eso sí que ha sido una ráfaga vengadora.

Aliviada, me senté sobre los talones, exhalando.

—Por un momento... he pensado que... —Bajé la mirada hacia la mano y descubrí que el glifo de Aeryz emitía un fulgor azul plateado—. ¿Y esto?

Se cubrió de nuevo con la máscara y posó la vista en mi palma.

—Interesante... Nunca había visto el Aeryz convertido en un glifo mayor.

Dolion se inclinó hacia delante, haciendo ademán de cogerme la mano.

—¿Me permites?

Mientras se la ofrecía, alcancé a ver a Zevander mirándome fijamente antes de desviar su atención hacia el brujo.

—¿Un glifo córvico? —pregunté.

—Es posible. Siempre ha sido un glifo menor, una orden muy sencilla, pero, por lo visto, esta vez ha pegado fuerte.

—¿O sea que los glifos mayores brillan así? —Contemplé el resplandor azul plateado que iluminaba la forma del símbolo.

—Son los más poderosos, sí. —Cuando Dolion me soltó la mano, el brillo se apagó, dejando solo las tenues líneas blancas en la palma—. Debo registrar esto en las crónicas. Disculpa.

Mientras el brujo regresaba a paso veloz hacia los libros que había dejado apilados en el suelo, me volví hacia Zevander.

—Lo siento. No era mi intención hacer... lo que fuera que haya sido eso.

—Nunca te disculpes por incapacitar a un enemigo.

—Pero tú no eres mi enemigo.

—Ah, ¿no?

—A ver, eres un poco desconsiderado a veces. Y gruñón. Y tremendamente impaciente. —Sonreí al ver que fruncía el ceño—. Pero eres un buen maestro, eso hay que reconocerlo.

—Ya, bueno, vamos a dejarlo por hoy. —Soltando un gruñido

y, ayudándose con las manos, se puso de pie y me ayudó a levantarme.

Cuando me encontraba erguida frente a él, no me soltó, sino que se quedó mirando el punto en el que nos tocábamos.

Bajé la vista hacia nuestras manos entrelazadas y, por primera vez, reparé en las gruesas cicatrices que él tenía bajo los brazaletes; unas marcas horribles, como si algo candente se le hubiera metido debajo de la piel.

—¿Cómo te las hiciste?

En vez de responder, apartó la mano, lo que hizo que me arrepintiera de inmediato.

—No debería habértelo preguntado. Perdona.

—Nos vemos mañana a primera hora.

Haciendo caso omiso de mis disculpas, echó a andar con paso decidido hacia Dolion. Tras intercambiar unas palabras que no alcancé a oír desde donde estaba, me dirigió una última mirada y salió de la sala.

Suspirando, me acerqué a Dolion y le ayudé a recoger sus libros y pergaminos.

—Antes has mencionado a los soláceos.

—¿De veras? ¡Ah, sí! He comentado que tuvieron preso a Zevander. —Cojeó hacia el montón de huesos que yo le había lanzado a este hacía unas horas y se puso a examinarlos uno a uno mientras se los ponía en la túnica.

—¿Por qué? —Recogí un par de ellos, intrigada por saber para qué los quería, pero mucho más interesada en la historia de Zevander como para preguntárselo.

—El rey Sagaerin ejecutó de forma sumaria a todos los discípulos de Cadavros y a quienes tenían tratos con él. Sin embargo, lady Rydainn, por su linaje, siempre había mantenido una buena relación con el monarca, así que este les perdonó la vida a Zevander y a su padre y, en vez de matarlos, decidió encarcelarlos. —Sostuvo en alto unas vértebras conectadas y frotó con el pulgar una marca grabada en el hueso antes de apresurarse a agarrar otro—. Pero lord Rydainn tenía muchos enemigos. El más destacado era el capitán del ejército de Solácea, que le exigió a nuestro soberano que le entregara al padre y al hijo. Y, bueno, el rey Sagaerin no quería ponerse a malas con él, así que se los entregó.

—¿Y los soláceos liberaron a Zevander?

—No exactamente. Por razones que no acabo de comprender, el propio rey Sagaerin los compró a él y a otros tres presos de Solácea. Me parece que ya has conocido a Ravezio. Los otros dos son Torryn y Kazhimyr. Los mandó entrenar para convertirlos en sus asesinos personales.

Cuando hubimos recogido todos los huesos, me enderecé, abarcando media docena de ellos con el brazo.

—¿Me estás diciendo que el rey los encerró a él y a su padre y luego los entregó a los soláceos, que después vendieron a Zevander al mismo rey?

Dolion caminaba a mi lado, con los huesos en la túnica, mientras dejábamos la sala de entrenamiento y enfilábamos el pasillo.

—Sí. Los soláceos son un hatajo de salvajes. Tengo entendido que ejecutaron a su padre delante de Zevander y que luego lo mandaron a él a trabajar en las minas.

—¿Lo mataron delante de él? —Yo sabía que a mi padre lo habían ejecutado cuando estaba de misión en Lyveria, pero no quería ni imaginar lo que habría sido verlo en persona. Se me encogió el corazón al pensar en que habían obligado a un niño a presenciar algo tan cruel y traumático—. Qué barbaridad. ¿Qué le ocurrió a su madre?

—Es una historia terrible. Los soláceos regresaron a Eidolon. Como castigo adicional contra lord Rydainn, le hicieron… cosas atroces a su esposa. —Inspirando a fondo, Dolion cerró los ojos y sacudió la cabeza. En cuanto vi su expresión, me quedó claro que no quería conocer los detalles de lo sucedido.

—¿Y Rykaia?

—Pretendían hacerle daño también, pero, de algún modo, se salvó.

Me abstuve otra vez de pedirle más detalles. Su semblante lo decía todo.

—Con razón está tan enfadado.

—Sí. La vida no ha sido fácil ni justa para los Rydainn. —Cuando llegamos al salón principal, Dolion se detuvo—. Zevander lleva encima un enorme cargo de conciencia. Lo que le ocurrió a su familia fue una tragedia espantosa y creo que se culpa por ello.

—Pero si solo era un niño.

—Sí. Somos muy crueles con nuestro yo más joven, ¿no crees? —La pregunta de Dolion reflejaba mi propio sentimiento de culpa y me quedé pensando en cuántas veces me había sentido culpable por algo que era demasiado joven para entender.

Un chasquido atronador retumbó en torno a mí y me giré a tiempo para ver abrirse la puerta de la entrada. Un hombre con un traje de cuero negro y el pelo plateado, como Rykaia, entró con grandes zancadas. A su lado iba una mujer con la tez de un cálido ocre oscuro, la cabellera cana, de un tono similar a la de Dolion, e iris que semejaban amatistas brillantes. Cuando nos avistó, abrió mucho los ojos.

—¡Dolion Gevarys! —Se quitó la capucha de su capa azul marino y atravesó a paso veloz el vestíbulo hacia nosotros. Sus orejas puntiagudas, como las del viejo brujo, asomaban entre largos y rizados mechones. Su porte era tan bello y elegante que pensé que pertenecía a la realeza. O tal vez fue porque la diadema bañada en plata que lucía sobre la frente me recordaba una corona. Abrazó a Dolion con una risa de alegría—. ¡Me habían dicho que habías muerto! ¡Dioses, cuánto me alegro de verte! —Retrocedió un paso para mirarlo de arriba abajo—. ¡No me creo lo que veo! —Su acento, a diferencia del de Magdah, era muy claro y remarcaba cada sílaba.

—Te has convertido en la viva imagen de tu madre, que los dioses la guarden. —Dolion le acarició la mejilla con delicadeza y sonrió—. Bueno, ¿debo dirigirme a ti como preceptriz Makabe?

—Ah, todavía no. Me falta presentar un trabajo de investigación convincente. —Posó la vista en mí y la sonrisa que le adornaba la cara le iluminó los ojos—. Y tú debes de ser Maevyth.

—Sí —dije, mirando con indecisión a Dolion, sorprendida de que la mujer supiera mi nombre.

Le ofrecí la mano y, en cuanto me la estrechó, la sonrisa cedió el paso a una expresión de intensa concentración.

—Has venido de Mortasia. A través del Valle Umbrío.

—¿Lees las líneas de la mano?

—No. Los huesos de los mortales suelen ser más pequeños y mucho más frágiles. —Le dio la vuelta a mi brazo y fijó la vista en la zona donde tenía la cicatriz, como si la viera a través de la manga de cuero que la tapaba.

Me arremangué para mostrarle la marca que semejaba una pluma.

Deslizó los fríos dedos por los surcos y pliegues.

—Te cortaste con el hueso.

La exactitud de sus observaciones me heló la sangre.

—¿Cómo lo has sabido?

—Allura es escriba de huesos. Posee el poder de invocar visiones con solo tocarlos. —Dolion agitó su túnica y sonaron los que portaba en ella—. ¡Tenemos mucho que estudiar, querida! ¡Fíjate en todos estos increíbles especímenes!

Allura cogió una vértebra del montón y cerró los ojos. Antes de que pasara un segundo, los abrió de golpe.

—Este hueso tiene dos mil años de antigüedad. Perteneció a una mujer llamada Verena.

—¿Qué? ¿Y cómo demonios he...? —No me molesté en terminar la frase. ¿Cómo demonios podía arrojar huesos por las manos, para empezar? Aunque era obvio que habían formado parte de otro ser, no tenía muchas ganas de pensar en ello—. Nada de esto tiene sentido para mí.

—Bueno, por eso he hecho llamar a Allura. Ella puede ayudarnos a comprender mejor.

El hombre de cabello plateado y ojos de oro fundido se nos acercó, con una bolsa marrón que se disponía a entregarle a Dolion, hasta que reparó en los libros, pergaminos y huesos que sostenía en los brazos.

—¿Dónde dejo esto? —preguntó con un gemido, clavando en mí los ojos dorados.

—¿Es el material que pedí de mi laboratorio?

—Son las cosas que me han encargado que recoja en la Ciudadela.

—Ah, pues... en mi habitación. Es decir, en las mazmorras.

Allura lo miró con el ceño fruncido.

—¿Las mazmorras?

—Me alojo ahí por decisión propia —le aseguró él con una sonrisa—. No me gustan las alturas y temo que las vistas desde el castillo me despierten ansiedad.

—¿No hay cortinas en las ventanas? —preguntó la mujer.

—Tengo una percepción muy aguda de las alturas, incluso sin la confirmación visual.

—Entiendo… En ese caso, yo también me alojaré en las mazmorras.

—No, no, querida —dijo Dolion, dándole palmaditas en el brazo—. Zevander me ofreció una habitación en la torre. Tal vez podrías quedarte ahí. —Inclinó la cabeza hacia mí—. En cuanto a ti, Maevyth, no me cabe duda de que te proporcionará un alojamiento mucho mejor ahora que se siente un poco más cómodo contigo.

—Estoy bien donde estoy. —Aunque esperaba no volver a ver jamás a esa araña.

—Estupendo. Bueno, ¿qué te parece si nos vamos a leer estos huesos? —Los agitó de nuevo, lo que me produjo una sensación extraña, ahora que era consciente de que habían pertenecido a seres vivos.

—Dolion…, no dejarás de intentar contactar con mi hermana, ¿verdad?

Su expresión de entusiasmo se tornó más seria de repente.

—Por supuesto. Pero, Maevyth…, debes entender que, sin un objeto personal, resulta mucho más difícil localizar a alguien. —Apretó los labios—. No te hagas demasiadas ilusiones.

—No lo haré. —Ya había perdido toda brizna de esperanza en el momento en que había visto a Moros agarrar a Aleysia.

38

Maevyth

Contemplé en el sombrío espejo mi imagen, inquietante y fantasmagórica a pesar del candil que iluminaba la celda de Dolion. Allura, el viejo brujo y yo estábamos sentados en torno a una pequeña mesa de madera en el centro del reducido espacio mientras él quemaba una hierba que olía a ajedrea en un crisol negro y exhalaba sobre el humo blanco que despedía para que quedara flotando encima del espejo.

—*Vetusza deosium invocasteus visionestaz.* —Repitió la frase media docena de veces y solo hizo una pausa para volver a soplar el humo blanco sobre el espejo clarividente.

Una inquietud extraña se me arremolinó en el estómago y se me aceleró el pulso, como si estuviera nerviosa. O impaciente. No era de extrañar, en el fondo. Dolion estaba invocando una visión de mi hermana y la posibilidad de verla muerta me oprimía el corazón.

Respiré por la nariz, intentando ahuyentar esa sensación, pero permaneció en mi interior, arañándome el pecho, como un animalillo desesperado por salir.

—*Vetusza deosium invocasteus visionestaz e sapientaz.*

«Dioses antiguos, invocamos vuestra visión y sabiduría», susurró una voz femenina en mi cabeza.

Arrugué el entrecejo, con el corazón golpeándome las costillas, y miré alrededor para identificar quién lo había dicho. Allura, sentada a mi lado con los párpados cerrados, giraba la cabeza sobre los hombros. Como si hubiera percibido mi mirada insistente, abrió los ojos y me dedicó una sonrisa fugaz.

—¿Me has dicho algo? —pregunté en voz muy baja para no distraer a Dolion.

Presa de un visible desconcierto, negó con un gesto.

Entonces ¿qué había sido esa voz en mi cabeza? Era imposible que yo hubiera entendido esas palabras, pronunciadas en un idioma que no había oído nunca.

Mientras Dolion seguía concentrado en el humo y los cánticos, apreté las manos contra la mesa para que dejaran de temblar.

—*Vetusza deosium invocasteus visionestaz e sapientaz.* —Su voz adquirió un tono cavernoso y aterrador, como si hablara desde las profundidades del vientre de un monstruo—. *Vetusza deosium invocasteus visionestaz e sapientaz.*

El pánico se adueñó de mis pulmones y mi respiración se volvió trémula e irregular. Mi mente me instaba a decir algo para detenerlo, pero mis labios se negaban a obedecer.

Los músculos se me contrajeron en un nudo tenso y eché la cabeza hacia atrás con violencia. El techo se desvaneció bajo un fuerte destello. A través de él vislumbré a Aleysia, con la cabeza casi rapada, y varios cortes y rasguños encima de la oreja. Tenía la piel pálida y magullada. Tras ella ardía el fuego en una chimenea. No alcanzaba a distinguir si estaba viva o muerta, hasta que se movió bajo la manta que la arropaba.

La visión desapareció en la negrura y convulsioné cuando me sacudieron el brazo bruscamente.

—¡Maevyth!

Al abrir los párpados, vi dos figuras de pie ante mí. Al principio estaban borrosas, pero poco a poco cobraron nitidez hasta convertirse en los semblantes preocupados de Dolion y Allura.

Intenté entender la visión y los pensamientos se me agolparon en la cabeza, serpenteando y girando fuera de control. Tras ellos se encontraban la mesa y las sillas en las que estábamos sentados hacía un momento. Unas punzadas intensas me martilleaban el cráneo. Con las facciones crispadas, me froté la parte de la cabeza que más me dolía.

—¿Qué ha pasado?

Dolion enlazó el brazo con el mío y me ayudó a levantarme del suelo, donde al parecer me había desplomado de golpe.

—Estaba invocando la ayuda de los dioses cuando, de repente, se te han puesto los ojos en blanco y te has caído de la silla.

Una vez de pie, regresé a mi asiento y advertí que el cristal del espejo se había agrietado.

—¿Has visto algo relacionado con mi hermana?

—Lamentablemente, no. Ni siquiera he llegado a completar la invocación.

—Has apelado a la visión y la sabiduría de los dioses antiguos. He entendido lo que decías. —Frotándome la frente, sacudí la cabeza, esforzándome por recordar los detalles de lo que parecía un sueño.

Dolion elevó las cejas.

—El sistema educativo en Mortasia debe de ser impresionante si os enseñan primyriano.

—Nunca he aprendido primyriano. ¿Dónde se originó?

—Se cree que lo hablaban los dioses hace miles de años.

Sentía un dolor palpitante en las sienes, así que me las apreté con los dedos.

—¿Cómo es posible que lo haya entendido? Es más, ¿cómo puedo saber nyxterio, que yo juraría que es idéntico al vonkovyano, un idioma que he hablado durante toda mi vida?

—He de reconocer que es todo un misterio. Dicen que el primyriano es una de las lenguas más difíciles de aprender.

—Yo he estudiado vonkovyano —terció Allura— y te aseguro que no estás hablando esa lengua muerta ahora mismo.

Solté una risita tensa.

—Empiezo a pensar que he perdido la cabeza. O tal vez... Tal vez me golpeé la cabeza tan fuerte allí en el bosque que no lo recuerdo y estoy inconsciente. Y todo esto no es más que un intento de mi mente por asimilar el dolor.

—Si es así, tienes una imaginación muy potente, desde luego, pues yo me siento bastante vivo. —Dolion suspiró—. Y viejo.

Tapándome el rostro con las manos, respiré hondo tres veces.

—He visto a mi hermana.

—¿Ahora mismo?

—Cuando os ha parecido que perdía el conocimiento y me he caído de la silla. Estaba acostada bajo un montón de mantas. Había una chimenea encendida.

—¿Parecía estar sufriendo? —preguntó Dolion.

—En absoluto. —Al desviar la mirada, la imagen me volvió a la mente—. Se la veía muy en paz.

—O sea que al final los dioses sí que han compartido su visión.

Arrancada de mi trance, sacudí la cabeza y fruncí el ceño.

—¿Cómo puedo fiarme de que es así? Según tú, la imagen aparecería en el espejo, no en mi cabeza.

—Los dioses no se rigen por las normas sobre cómo deberían ser las cosas, Maevyth.

—Entonces ¿es posible? ¿Puede ser que esté viva? —Quería creer con todas las fibras de mi ser que Aleysia había conseguido de alguna manera llegar a un lugar seguro.

—Si tiene un espíritu tan terco como el tuyo, yo diría que sí.

Cerré los ojos con fuerza y forcé a mi mente a aceptar la visión, a convencerse de que la escena que acababa de contemplar no era producto de mi imaginación.

—Pero la vi... Moros la... Se la llevó a rastras.

—A lo mejor escapó —aventuró Dolion, pero él no había sido testigo de cómo aquel monstruo había cazado tanto a Moros como al tío Riftyn. No había visto la facilidad con que le había arrancado la carne al último. Tuve que sacudir la cabeza para borrar de mi mente el horror, la eficiencia con que lo había matado. ¿Qué motivo podría tener para perdonarle la vida a Aleysia?

—No puedo ni expresar lo mucho que desearía creerlo.

Alguien me posó la mano en el hombro y, cuando levanté los ojos, vi a Allura mirándome desde arriba.

—Pues entonces, créelo.

Allura estaba sentada a mi lado cuando abrí el libro rompecabezas por la primera página que había descubierto. Frente a nosotras estaba sentado Dolion, garabateando en un diario con tapas de piel, con los huesos que había analizado Allura desperdigados sobre la mesa. Ella había llegado a la conclusión de que cada uno de ellos había pertenecido a una persona distinta, lo que significaba que los huesos de al menos una docena de personas fallecidas habían salido disparados de mi mano, cosa que aún me resultaba incomprensible.

El brujo cogió una de las muestras y la estudió antes de dejarla de nuevo en la mesa y seguir garabateando.

—Parecen ilustraciones de la historia de Deimos y Morsana —dijo Allura, devolviendo mi atención al libro.

Deslicé los dedos por las figuras, que volvieron a cobrar vida, como en la ocasión anterior.

—¿Quiénes son?

—Morsana era una diosa de la muerte. Según decían, tenía los ojos de un plateado tan impresionante que ningún ser mortal se atrevía a mirarla. Excepto Deimos. —Examinó la página, tan concentrada que el brillo de sus iris color amatista se atenuó—. Era un guerrero temido de una tribu antigua que conquistaba tierras y mataba sin remordimiento. Algunos creían que estaba poseído por el Dios del Caos, y que Morsana lo buscaba de forma tan incansable que lo seguía a todas las batallas, disfrazada como una bandada de cuervos. Con cada victoria, sus esfuerzos por apoderarse del alma del guerrero se malograban. No tardó en enamorarse del valiente mortal que no se inmutaba en su presencia. —Bajó la vista hacia el dibujo, con la mano en el aire por encima de la figura borrosa atrapada entre las llamas. Cuando ella tocaba las imágenes, estas no se movían, sino que permanecían estáticas—. Él empezó a presentarle sus víctimas como ofrendas y su pueblo comenzó a rendir culto a la diosa, antes tan temida. Sin embargo, Magekae, el Dios de la Alquimia Oscura, estaba obsesionado con ella, desde los albores de los tiempos. Así pues, decidió intervenir. Armó a los enemigos de Deimos con una magia poderosa que los hizo inmortales. Los fortaleció con la luz del día, lo que los volvió invencibles ante los humanos. Así fue como creó a los soláceos. Y se adueñaron de tierras que Deimos había conquistado para su pueblo. —Dirigió su mirada a la mujer bañada en un resplandor plateado—. Por desgracia,

Magekae y sus inmortales resultaron vencedores. Arrojaron a Deimos al fuegoscuro para que ardiera por toda la eternidad y exterminaron a su pueblo. Hizo prisionera a Morsana durante muchos años. Resuelta a no casarse jamás con el dios corrupto, ella adoptó la forma de un cuervo y escapó. Por eso se dice que el cuervo transporta el alma de los muertos a Nethyria. —Sin despegar los ojos de la página, posó la palma sobre los huesos que había a lo largo del lomo del libro—. Nunca nos enseñaron la historia del pueblo de los córvicos. Creíamos que todos estos relatos no eran más que fábulas de dioses y mortales. —Centró su atención en mí y sonrió—. Pero no es así, ¿verdad? Si tú existes, sin duda ellos son reales también.

—Son muy reales. —Dolion levantó la vista de sus estudios—. Tenemos mucho que aprender de ti, Maevyth.

Me arrellané en mi asiento, intentando absorber toda esta información.

—Tengo la impresión de que me queda mucho que aprender de mí misma.

—Y lo aprenderás —me aseguró Allura con una sonrisa.

—Sí, pero tal vez mejor por la mañana. —Dolion bostezó y estiró los brazos—. Ya empiezo a estar cansado de examinar huesos.

—Y hoy ha sido una larga jornada de viaje para mí —suspiró Allura.

Al oír unos golpes en la puerta que resonaron por todo el calabozo, los tres alzamos los ojos y vimos a Rykaia de pie frente a la celda de Dolion con los brazos cruzados.

—Bueno…, se supone que debo acompañar a nuestra nueva invitada a sus aposentos. —Fijó la mirada en Allura, como evaluándola—. Supongo que esa eres tú.

—No tengo inconveniente en dormir aquí abajo si…

—Lo siento, solo hay dos celdas con cama. Si te quedas en una de las otras, tendrás que dormir en el suelo de cemento. —No quedaba el menor rastro de la amabilidad con que me había tratado Rykaia cuando acababa de llegar al castillo. Junté las cejas, preguntándome por qué no le había causado muy buena impresión la mujer.

—Muy bien. Pues me despido de vosotros. —Tras dirigirnos una inclinación de cabeza, Allura se levantó de la mesa y echó a andar con paso elegante hacia Rykaia, que la fulminó con la mirada, como si la hubiera ofendido de algún modo.

Rykaia se volvió hacia mí.

—En cuanto a ti, sospecho que querrás darte otro baño y una muda limpia.

—Me conformo con una jofaina y una esponja. Aunque tal vez una muda no sería mala idea. Me imagino que Zevander querrá que le devuelva la túnica.

Ella torció los labios en una sonrisa socarrona.

—No me ha pedido que la recupere.

—En ese caso, bastará con la esponja y la jofaina.

—Muy bien.

Dicho esto, las dos comenzaron a alejarse por el pasillo.

39

Maevyth

Mientras esperaba a que Rykaia me trajera la jofaina y la esponja, abrí el libro rompecabezas por la página donde se encontraba el mecanismo siguiente, la caja que parecía un reloj con varios símbolos. Tras mirar cada uno por encima, le di la vuelta al libro y me fijé en el que había visto antes: el dibujo que semejaba una columna vertebral y que había hecho que me salieran huesos disparados de la mano. Frunciendo el ceño, lo estudié con más detenimiento y descubrí en el borde del reloj las tres líneas onduladas del Aeryz que Rykaia me había enseñado.

Glifos. Los símbolos eran glifos.

Giré la parte superior de la caja hasta que encajó en su sitio con un clic y reparé en que cada glifo de arriba se correspondía con uno de los de abajo, aunque no se trataba de los mismos símbolos. Además se alineaban con lo que parecían fases distintas de cada luna, talladas en el borde de la parte superior, a lo largo del perímetro de la esfera del reloj.

Mi duda era cómo encajaban los glifos de la parte de arriba con los del lado.

Se lo habría preguntado a Dolion, de no ser porque ya oía sus ronquidos a través de la pared.

Un agujero diminuto en el centro de la esfera del reloj me llamó la atención. Volví a la página anterior, saqué la palanca que había usado para abrir el libro e introduje un extremo en el agujero minúsculo. La otra punta sobresalía como una manivela y, cuando la giré, algo tintineó en el interior. La giré de nuevo y los tintineos se sucedieron dando lugar a una melodía preciosa cuyas notas sonaban con el cálido timbre de un arpa. Seguí dándole vueltas y vueltas hasta que la música cesó y la caja emitió un clic más fuerte que el anterior. Estudié la disposición de los glifos. La columna vertebral estaba alineada con un escorpión; Aeryz, con una llama; las dos mitades de las lunas quedaban unidas en las partes superior e inferior del reloj y formaban una luna llena. Levanté la tapa de la caja con facilidad. Dentro había una rosa negra intacta, como recién cortada. La saqué y admiré los bellos bordes plateados de cada pétalo. Después de inspeccionar la flor, volví la hoja para ver la continuación de la historia.

Una figura que debía de ser la de Morsana, pues era igual que la que aparecía en la primera página del libro rompecabezas, se encontraba de pie frente a un bebé en un capazo, con una rosa en la mano muy parecida a la que yo sujetaba en ese momento. Cuando deslicé los dedos por la página, la escena se animó. Morsana depositó la flor sobre el pecho del bebé y varios cuervos revolotearon en torno al capazo.

Con otro roce del dedo revelé unas palabras escritas al pie de la ilustración: «Surgimos de la muerte. Así nació una nueva generación».

Me vino a la memoria la conversación que había mantenido con la Arpía cuando me había dicho que ella me había encontrado y que no había visto quién me había abandonado. ¿Había dejado ella la rosa? ¿Qué significaba?

Al pasar la página me encontré con otro rompecabezas: un objeto circular con varias líneas y una clavija en el centro. Debajo había lo que parecía un laberinto formado por incisiones profundas. Demasiado cansada para descifrarlo en ese momento, dejé el libro con un suspiro. Entre el entrenamiento de antes y el estudio de los huesos, tenía la cabeza muy espesa.

Las estrellas que se divisaban a través de la ventana captaron mi atención cuando me acurruqué bajo las mantas. Como en las noches anteriores, mis pensamientos volaron hacia Aleysia. Pensé en la visión que había tenido de ella un rato antes, donde yacía viva y serena al calor de una chimenea. ¿Alguien la había encontrado y acogido? Me parecía inconcebible que algún habitante de Foxglove hiciera eso por ella después de su Destierro.

Salvo uno.

La Arpía.

Era la única a quien no debían de preocuparle los rumores o la supuesta maldad que achacaban a mi hermana. Sí, recé por que la Arpía hubiera encontrado a Aleysia y esta estuviera a salvo con ella.

Las lágrimas me ardían en los ojos.

Vi de soslayo que algo se movía y me incorporé de golpe.

Unas patas finas y larguiruchas aparecieron en mi campo visual.

La araña que había visto la noche de la víspera estaba justo delante de mi celda.

Con el pulso acelerado y el corazón desbocado, busqué de nuevo algo que tirarle. No sé si eran imaginaciones mías, pero me pareció que la araña había crecido desde su visita anterior. Fue entonces cuando se me ocurrió que tal vez todo había sido una puñetera alucinación.

No se acercó más, como si por alguna razón no pudiera.

—¡Fuera! —exclamé, haciendo gestos para ahuyentarla, sin atreverme a levantarme de la cama.

Con una pata larga y delgada agarró un objeto que llevaba sobre el peludo lomo y lo dejó en el suelo de piedra, al otro lado de los barrotes. Con expresión ceñuda, me incliné hacia delante para intentar discernir de qué se trataba.

La araña se escabulló hacia un lado hasta desaparecer de mi vista. Entonces me puse de pie, con los ojos fijos en el objeto que había dejado. A juzgar por la superficie brillante que alcanzaba a vislumbrar, era un espejo.

Como no la veía por ninguna parte, me acerqué con cautela a la puerta de la celda, desplazando la mirada de un rincón al otro. Con un nudo de tensión en el estómago, abrí la puerta, que al parecer nadie se había molestado en cerrar con llave, sin dejar de escudriñar las sombras en busca de la condenada araña.

Mi reflejo me miraba desde el espejo cuando lo recogí del suelo. Al bajarlo avisté el brillo de otra cosa que estaba delante de mí. Me encaminé hacia allí sin hacer ruido, con los ojos bien abiertos, por si captaba algún movimiento.

Pasé frente a la celda de Dolion, cuyos ronquidos resonaban entre las paredes, y seguí adelante hasta que encontré un segundo objeto. Una llave.

De repente, a lo lejos, se encendió un candelero, lo que de entrada me sobresaltó. Entonces otro objeto más me llamó la atención.

En el suelo.

Una cadena con un candado.

Bajé la vista hacia la llave que sostenía en la mano y la posé de nuevo en la puerta. La araña seguía sin aparecer. La parte lógica de mi cerebro me suplicaba que lo dejara estar y regresara a mi celda, porque no podía salir nada bueno de ir en pos de arañas gigantes. De niña, había seguido a una tarántula a lo largo de la orilla del bosque y acabó por picarme, lo que me dejó una roncha enorme en la pierna.

La mitad ilógica y exasperantemente curiosa de mi cerebro necesitaba saber qué estaba guardado bajo llave. Dudaba que nos hicieran dormir a Dolion y a mí cerca de algo que pudiera representar un peligro para nosotros. Era muy posible que no se tratara más que de arañas.

Un escalofrío me recorrió el espinazo solo de pensarlo.

Dudando de mi cordura, me acerqué de puntillas y, con las manos trémulas por la imprudente decisión de abrir la puerta, introduje la llave en el candado. Se desbloqueó con un leve chasquido y solté la cadena de los soportes que mantenían la puerta asegurada. Me temblaban todos los músculos cuando levanté la portezuela, que se abrió con un chirrido de madera vieja y bisagras herrumbrosas. Agarré el candelero de la pared y lo sostuve por encima de la trampilla abierta para echar un vistazo dentro. No vi más que oscuridad y una escalera de mano que descendía hacia las tinieblas.

Desplacé el candelero hacia el otro lado de la puerta y el resplandor alumbró una telaraña de un tamaño espeluznante que ocupaba toda la pared.

Un estrépito me hizo desviar la mirada de la trampilla.

—¡Maevyth! ¿Qué haces? —Rykaia estaba al final del pasillo, delante de mi celda, con varios trozos de porcelana a sus pies y los ojos desorbitados de miedo—. ¡Apártate de ahí ahora mismo!

Una fuerza me rodeó la cintura y me arrastró hacia el agujero. El impacto me provocó fuertes punzadas a lo largo de la espalda y destellos irregulares en los ojos que convergieron en un estallido de dolor en la parte posterior del cráneo. Unos metros más arriba, la portezuela se cerró.

El candelero, tumbado a mi lado sobre el suelo terroso, seguía encendido. Temblando, me volví boca abajo. Por encima de mí oía que Rykaia y Dolion aporreaban la puerta.

—¡Branimir! —El grito ahogado de ella atravesó la trampilla mientras yo alargaba la mano hacia el candelero y lo levantaba en el aire.

En el recoveco más oscuro, algo se movió. Lo poco que vislumbré me indicó que no era una araña, aunque sentí que unos ojos me observaban atentamente desde todos los rincones de aquel reducido espacio. Un repugnante olor a putrefacción y moho me invadió las fosas nasales y tosí, presa de arcadas, tragándome los ácidos que me subían por la garganta. Me levanté de rodillas y desplacé la vela encendida adelante y atrás.

—¿Hola?

Me respondió un gruñido profundo y gutural, y fue entonces cuando comprendí que había cometido un grave error al abrir la portezuela.

Retrocedí despacio hacia la escalera de mano, pero, al notar un cosquilleo en la pantorrilla, me paré en seco y volví la cabeza lentamente.

Ante mí estaban los colmillos más grandes que había visto jamás y, encima, cientos de ojillos brillantes clavados en mí.

Proferí un chillido y me aparté lo más rápido que pude a cuatro patas tras dejar caer el candelero.

—¡Que alguien me ayude!

—¡Maevyth! —Percibí un deje de pánico en la voz de Dolion.

—Calla —dijo una voz cavernosa y áspera a mi espalda.

Me volví hacia el rincón en que había visto moverse algo hacía solo un momento.

—¿Hay alguien ahí?

—No les gustan los gritos —respondió.

No me atreví a mirar de nuevo a la bestia colosal que me bloqueaba la salida.

—¿Q-q-quién eres?

—Canta. Eso las tranquilizará.

¿Que cantara? ¿Se había vuelto loco? ¿Cómo demonios iba yo a cantar en esas circunstancias?

—No... no sé si puedo. Estoy... temblando.

—No dejaré que te hagan daño. —Aunque ronca y aterradora, su voz desprendía cierta sinceridad.

—V-v-vale —dije con una inspiración larga y temblorosa seguida de una exhalación no menos temblorosa. «No pienses en las arañas».

Cerrando los ojos, me imaginé a mi hermana y las noches que me pedía que cantara. Visualicé las estrellas, mi cama y todas las cosas que me proporcionaban consuelo. Empecé tarareando para comprobar si era capaz de emitir al menos una sola nota con la garganta tensa y los músculos agarrotados. Por fortuna, el cuerpo no me falló y pude entonar la canción que mejor me sabía. La que me recordaba aquella ocasión en que había visto a mi padre llorar la muerte de mi madre.

Tan enfrascada estaba en la canción y los recuerdos que me venían a la cabeza que no me percaté de que la figura se aproximaba.

Hasta que abrí los ojos.

Ante mí se encontraba agazapado un ser monstruoso, con una piel que parecía corteza de árbol surcada de venas oscuras, mirándome fijamente con unos ojos semejantes a dos esferas negras. Le sobresalían de la cabeza unos cuernos retorcidos y sus labios retraídos dejaban al descubierto unos dientes afilados.

Un alarido brotó de mi boca al tiempo que me impulsaba hacia atrás con las piernas. El pavor me hundía los colmillos en el estómago y el pecho, paralizándome, mientras la bestia se me acercaba, acechante.

¡El ferovor del Bosque Voraz!

—Por favor, canta —dijo el otro, llevándose a los labios un dedo huesudo que me recordó la rama de un árbol.

Todas las células de mi cuerpo se estremecían y rebotaban entre sí, enloquecidas por el pánico que me atenazaba los pulmones. El labio inferior me temblaba por el ansia de gritar, pero logré reprimirla y asentí, porque estaba atrapada y no tenía ningunas ganas de que me arrancaran el pellejo. Cerré los párpados de nuevo y forcé a mi mente a transportarse a otro lugar. Cualquiera que no fuera este.

Algo me arañó los muslos y al abrir los ojos vi que la criatura humanoide tenía apoyada la cabeza en mi regazo, y el cuerpo delgado y pálido hecho un ovillo.

La contemplé, casi sin poder respirar, esperando el momento en que le diera un arrebato y me sujetara en alto con una mano esquelética mientras me desprendía la piel con las uñas de la otra.

Sin embargo, eso no ocurrió.

En vez de eso, permaneció recostado en mis piernas y sentí que una gota me caía en la espinilla.

Lágrimas. Eran lágrimas. Estaba llorando mientras le cantaba.

Mi pulso volvió a la normalidad. Se me calmó la respiración.

Ya no me parecía tan aterrador.

En ese momento, me recordaba a un niño triste y desesperado que anhelaba contacto.

Sin dejar de cantar, bajé la mano hacia su rostro y me detuve un instante, vacilante. Deslicé el dedo con delicadeza por su hombro y él dio un respingo, pero se quedó quieto. Mientras seguía cantando, posé la mano en él y noté que se convulsionaba con un sollozo. Me asomaron lágrimas a los ojos. El corazón se me encogió y se me rompió ante aquel pobre ser que no quería otra cosa que una caricia amable.

Ya no estaba asustada.

Estaba furiosa con quienquiera que le hubiese hecho daño.

40
Zevander

Ni siquiera el potente licor logró aplacar la frustración que embargaba a Zevander, quien, reclinado en su butaca, contemplaba por la ventana el extenso valle cubierto de árboles que se extendía hasta las lejanas montañas.

Había tardado horas en enseñarle a Maevyth a manejar un solo glifo. Le llevaría años de entrenamiento conseguir que dominara los más poderosos, y no disponía de tanto tiempo. Quién en los siete infiernos sabía cuándo Branimir perdería la cabeza por completo y Zevander tendría que acabar con la vida de su propio hermano.

O hacer algo aún peor.

Aun así, no podía negar lo grato que le resultaba mirarla. El brillo de férrea determinación en sus ojos lo endurecía del modo más exasperante imaginable.

La puerta se abrió de golpe con un desagradable estrépito y al volverse vio a Rykaia en el vano, jadeando.

—¡Zevander! ¡Tienes que venir! ¡Maevyth...!

—¿Qué ocurre? —Curiosa la manera en que se le tensaron todos los músculos.

—¡Branimir la tiene! —La voz de su hermana rezumaba terror.

Él, tras dejar su copa sobre el escritorio, se levantó y cruzó la habitación con grandes zancadas. Recorrió el pasillo y bajó las escaleras a toda velocidad antes de enfilar otro corredor que lo condujo hasta las escaleras que descendían a las mazmorras.

A lo largo del camino, Rykaia le refirió lo que había visto con una histeria creciente.

—¡Estaba llevándole una jofaina y una esponja para que se lavara cuando he visto que una de las arañas de Branimir la arrastraba hacia dentro! ¿Crees que le hará daño?

Zevander se atrevió a imaginarlo y la escena que visualizó le provocó oleadas de rabia por todo el cuerpo.

—No —dijo, para tranquilizar a su hermana. Una vez en las mazmorras, se dirigió rápidamente hacia la trampilla, sobre la que estaba encorvado Dolion.

—He probado con un hechizo paralizante, pero parece inmune a él.

Haciendo caso omiso del hombre mayor, Zevander asió el tirador de la portezuela e intentó abrirla con todas sus fuerzas. No lo consiguió. Soltando un gruñido, retrocedió un paso e invocó la llama negra en la palma de la mano. La proyectó y la lanzó hacia la trampilla como un lazo que se cerró alrededor del soporte. La llama venció la resistencia de la puerta, que se abrió con un chasquido de los goznes, y Zevander recogió el espejo mientras caminaba con cautela hacia el agujero.

Lo bajó a la celda de Branimir y le dio la vuelta: a la luz del candelero encendido, vislumbró dos figuras sentadas contra la pared del fondo. El sonido que procedía de abajo le traspasó el corazón. Era una canción que despertó en él un recuerdo lejano que no acertaba a precisar; una voz angelical que le rasgueaba el alma. El sonido más bello que había oído jamás.

En la imagen del espejo, Branimir yacía en el regazo de Maevyth, que le acariciaba el rostro con delicadeza. Por primera vez en siglos, su hermano parecía totalmente en paz. Verlos juntos le produjo una melancolía profunda, junto con otro sentimiento. ¿Celos? No era capaz de identificar esa emoción. Hasta ese momento, no había sentido por Branimir más que lástima.

Su hermano echó la cabeza hacia atrás y, al avistar el espejo, soltó un siseo y se apartó de la chica.

—¡No, espera! —Maevyth le tendió la mano mientras él se refugiaba entre las sombras.

Zevander dejó el espejo a un lado y bajó por la escalera. Cuando ella lo miró, él le hizo una seña con los dedos.

—Ven.

—No —dijo ella y él maldijo su cabezonería y aquel tono desafiante que le encendió la sangre—. ¿Por qué está encerrado aquí abajo?

—Es su decisión.

—Mentira.

—No —intervino Branimir con voz áspera—. Es verdad. Vete con él.

Confundida, ella miró alternativamente a uno y otro hermano.

—Ven conmigo. No tienes por qué estar aquí encerrado.

—Maevyth —le advirtió Zevander—, ven aquí ahora mismo.

Como ella no obedeció su orden, le lanzó una ráfaga de energía que la elevó del suelo.

Branimir profirió un gruñido desde el rincón donde estaba, encogido de miedo.

—Quieto —gruñó a su vez Zevander— o te paralizo el corazón con mil descargas de veneno. —En cuanto las palabras escaparon de sus labios, se arrepintió de haberlas dicho. Hacía mucho que no amenazaba así a su hermano.

Depositó a Maevyth con cuidado en el suelo y la instó a acercarse a él.

Tras volverse por última vez hacia Branimir, ella se dirigió a la escalera y procedió a ascender, sin dignarse siquiera mirar a Zevander.

Con un suspiro, él la siguió y, una vez fuera de la celda, cerró la portezuela y la aseguró con la cadena.

—Dormirás en una de las habitaciones de la torre.

—¿Quién es?

—Nuestro hermano —respondió Rykaia por él—. Branimir.

—¿Y por qué...? ¿Por qué lo tenéis encerrado ahí abajo? Es muy... cruel.

—No lo conoces ni sabes de lo que es capaz —espetó la otra.

—Rykaia, ¿puedes darnos un minuto mientras recoges la porcelana rota? —Zevander mantuvo un tono sereno, a pesar de la rabia y la adrenalina que le corrían por la sangre.

Fue entonces cuando se le ocurrió que tal vez fuera otra cosa la que le circulaba por las venas, aunque no habría sabido precisar qué lo alteraba tanto. Era un sentimiento más profundo que los celos. Más oscuro.

Posesivo.

Ver a Branimir recostado sobre sus piernas le había revuelto los pensamientos en un irritante batiburrillo de ira y rencor.

—Como quieras. Te avisé de que no era buena idea que ella se quedara aquí abajo. —Rykaia giró sobre los talones y se alejó por el pasillo hacia donde estaba la jofaina hecha añicos, frente a la celda de Maevyth.

Dolion echó a andar tras ella, dejando a Zevander y Maevyth de pie sobre la trampilla cerrada con candado.

—¿Qué le sucedió? —inquirió ella.

Él volvió a colgar el espejo en el gancho.

—Compartimos la misma maldición. —Al verse reflejado, cayó en la cuenta de que, con las prisas por bajar a las mazmorras, no se había acordado de taparse la cara.

—Pero… no tienes el mismo aspecto que él.

—Branimir era mucho mayor que yo cuando lo sometieron al ritual. Yo era un bebé, por lo que no sufrí tantos efectos secundarios como él.

—Pero sí algunos —señaló Maevyth, que claramente se había fijado en la cicatriz que le surcaba el rostro y las grotescas venas en las que se ramificaba.

—Sí. Es posible que acabe como él.

—¿Y por qué lo mantienes ahí abajo? —dijo en un tono acusador que, aunque le pareció comprensible a Zevander, lo molestó.

No estaba seguro de si debía responder a sus preguntas. Al fin y al cabo, no era asunto suyo. Era ella quien se había metido donde no la habían llamado. Pero, por motivos que no habría sabido explicar, no le gustaba que tuviera esa imagen de él. Lo inquietaba.

—Él quiere permanecer oculto. Yo no lo obligo.

—¿Qué come? ¿Cómo vive ahí abajo?

—Sus criaturas cuidan de él.

Soltando un bufido, ella se volvió hacia la puerta.

—Creo que me volvería loca si me pasara todo el día encerrada en ese sitio oscuro. Pero si él lo ha decidido así…

—¿Por qué has bajado? —preguntó él apretando los dientes, recorrido por una nueva oleada de furia.

—Me… me ha guiado hasta ahí una araña gigantesca que iba dejando un rastro de cachivaches, incluida la llave.

Por lo visto, los arácnidos se habían vuelto astutos. No había manera de saber si la habían atraído hacia la trampilla por iniciativa propia o siguiendo las órdenes de Branimir. Pero ¿con qué fin?

—El deseo de encontrar un remedio y dejarlo vivir en paz los años que le quedan se está desvaneciendo en el horizonte.

—¿Me estás diciendo que lo suyo no tiene cura?

A Zevander le entraron ganas de reír ante la ironía de que el remedio a su mal estuviera justo delante de sus narices, preguntándole al respecto. Sin embargo, optó por no expresarlo, por temor a que ella se ofreciera a sacrificarse en ese mismo momento.

—Lo siento si ha parecido que te estaba acusando. —Agachó la mirada y se mordisqueó el labio inferior, insufriblemente hermosa con sus pequeños e irritantes gestos que subyugaban a Zevander y lo llevaban a preguntarse a qué sabría su boca, si sería dulce como las bayas o amarga como su licor—. He pensado que…

—Ya sé lo que has pensado. Como ya te he dicho, a partir de hoy dormirás en el nivel superior. Y a él lo dejarás en paz.

—¿Es peligroso?

—Ya ha matado alguna vez.

—¿A inocentes?

En los pensamientos de Zevander se colaron las imágenes, grabadas en su mente años atrás, de su hermano haciendo pedazos a los saqueadores soláceos que habían ido a por su madre y su hermana; la sangre y las vísceras de los cuerpos destrozados, como si los hubiera atacado una fiera salvaje.

—No.

—Entonces, o mucho me equivoco o es menos peligroso que tú.

—Supongo.

Su intuición no iba desencaminada. Zevander había matado muchas veces sin dudas ni remordimientos. Le daba igual a quién o por qué. Si el rey se lo ordenaba, él cumplía con rapidez y eficiencia. Incluso había intentado matarla a ella en una ocasión y quizá por eso Branimir se le antojaba menos peligroso.

—Bueno, ¿me explicas por qué estoy más a salvo cerca de ti que aquí?

—Porque no te estoy dando a escoger. Aunque, bueno, si prefieres dormir fuera con...

Ella puso los brazos en jarras y arrugó aún más el entrecejo en lo que esperaba que fuera un gesto implacable y aterrador. A Zevander le pareció curiosamente excitante y adorable a la vez.

—¿Algún día dejarás de amenazarme con los feroces dracos de fuego? —preguntó Maevyth.

—No.

—De acuerdo, dormiré en el nivel superior, con la condición de que me dejes bajar a traerle comida y cantarle.

¿Quién era esa extraña criatura?

Aunque a Rykaia le dolía mantenerse alejada de Branimir, siempre lo había evitado por miedo. Por otro lado, para ser justos, había que reconocer que ella lo había visto en sus momentos más violentos.

—¿No te da ni una pizca de miedo? —preguntó él.

—Bueno, un poco sí, claro. Pero no es culpa suya.

A Zevander no le gustaba la idea de que ella se quedara a solas con su hermano y, aunque una parte de él lo reprendía por los ridículos pensamientos que le pasaban por la cabeza, la otra parte insistía en rechazar la petición de Maevyth. Pese a la naturaleza generalmente afable de Branimir, lo cierto era que poseía una fuerza bruta que lo convertía en una amenaza.

—Solo si vas acompañada.

—¿Es posible que Rykaia...?

—Ella no. Tampoco Dolion. —Le indicó con la cabeza que lo siguiera y, cuando pasaron por delante de su celda, ella entró corriendo para coger un libro que estaba sobre la cama. Era el que le había mostrado el brujo hacía unos días, con los huesos en el lomo y el ojo de dragón plateado.

—¿Y tú?

Zevander soltó un gruñido.

—¿Te crees que tengo todo el tiempo del mundo para ti? —refunfuñó—. No puedo pasarme el día entrenándote y haciéndote de niñera.

—Esto no es por mí, sino por tu hermano. Seguro que puedes dedicarle un poco de tiempo.

Él apretó las mandíbulas, entrecerrando los ojos.

—Estás pensando otra vez en echarme a los dracos, ¿a que sí? A lo mejor debería conocer a esas temibles bestias, para tomarme más en serio tus amenazas.

—Una canción —dijo él con rotundidad, pese al endurecimiento que su comentario descarado le había provocado en la polla—. Ni una más. —Inclinó la cabeza a un lado y la guio escaleras arriba hasta el nivel superior, alejándola de su hermano.

—Y de comer... ¿qué le gusta? —preguntó ella a su espalda.

—Carne. Cruda. —Miró hacia atrás a tiempo para verla torcer los labios en una mueca de asco, y una sonrisita asomó a su cara cuando volvió la vista al frente.

—¿Por casualidad no tendrás un chuletón a mano?

Por toda respuesta, él abrió la puerta de la habitación de ella.

Tras vacilar unos instantes, Maevyth se giró y se le iluminaron los ojos ante la visión de la alcoba que había pertenecido a la madre de Zevander. En medio del amplio espacio había una cama con dosel, cuyos postes estaban tallados de modo que parecían torres. La estructura de madera formaba una bóveda de la que colgaba un candelabro que emitía un resplandor suave en la penumbra que reinaba en la habitación, pues las cortinas se encontraban cerradas. La cama estaba cubierta con una colcha de terciopelo color burdeos sobre unas sábanas de seda negras. Había decenas de velas repartidas por aquel dormitorio que la madre de Zevander siempre había considerado lóbrego y sombrío.

Desde unas altas ventanas ojivales se divisaba una extensión de bosque, el mismo paisaje que él veía desde sus aposentos, pues daban al mismo pasillo que aquella habitación.

—¿Aquí voy a dormir? —preguntó ella, con un deje de incredulidad.

—¿Te parece demasiado lúgubre?

—No, para nada. —Cerca de la puerta había una mesa de madera primorosamente labrada con un jarrón lleno de asfódelos que Magdah, por iniciativa propia, cambiaba con frecuencia en recuerdo de su madre. Maevyth acarició un delicado pétalo con el pulgar.

—Creía que los asfódelos eran flores de primavera.

—Magdah los cultiva en un invernadero en terrenos del castillo.

—Flores del más allá. —Esbozando una sonrisa, ella se acercó con paso tranquilo a la ventana y su oscura silueta recortada contra aquella vista brumosa y sin sol, rodeada de velas titilantes, como si la luz anhelara tocarla, le causó una sensación opresiva en el pecho. Era preciosa.

No, esa palabra se quedaba corta.

Era embriagadora. Exquisitamente divina.

De nuevo le vino a la cabeza el momento en que la descubrió acunando la cabeza de su hermano, prodigándole las delicadas caricias que a él se le habían negado durante casi toda su vida. Apretó los puños, luchando contra aquel ahogo en el pecho, el ansia de arrancarse aquella imagen de la cabeza y prenderle fuego.

Frustrado por su extraña reacción, se dio la vuelta para marcharse.

—Zevander —dijo ella, y al oírla pronunciar su nombre con soltura, un escalofrío le bajó por la espalda.

Giró la cara para que ella no viera el anhelo que prácticamente le centelleaba en los ojos. Qué aspecto tan ridículo debía de ofrecer, un hombre con un entrenamiento y una disciplina estrictos como él bebiendo los vientos por esa chica como un puto escolar preadolescente.

—Buenas noches.

—Buenas noches, Lunamiszka.

—¿Sigo pareciéndote exasperante?

—No te imaginas cuánto.

41
Maevyth

Como había hecho la víspera, me reuní con Zevander y Dolion en la sala de entrenamiento, acompañada por Rykaia, que me había dado una buena reprimenda por haber abierto la trampilla del sótano de su hermano la noche anterior.

«No es que represente por sí mismo un peligro para ti —me había dicho mientras yo engullía la avena con leche y manzana que me había llevado—. Lo que pasa es que…, bueno, está peor que antes. Y hay veces que no puede controlar sus emociones. En una ocasión lo visité sin avisar a Zevander y estuve a punto de morir estrangulada. Me salvé gracias al Aeryz».

Cuando llegamos a la sala de entrenamiento, le había prometido por lo menos tres veces que no volvería a bajar ahí sola. Sin embargo, aunque la cama en mis nuevos aposentos era mucho más cómoda que la de la celda, apenas había pegado ojo, pues en mi cabeza se agolpaban las dudas, no solo sobre la visión que había tenido de Aleysia, sino también sobre lo que había descubierto respecto a Branimir.

De pie en el centro de la sala, Zevander volvía a llevar la máscara que parecía empeñado en usar, a pesar de que yo ya había visto lo que ocultaba debajo. Con o sin ella, presentaba un aspecto tan excepcionalmente fiero y atractivo como el día anterior. Y, como entonces, me dio rabia haberme fijado en eso.

Lo normal habría sido que no tuviera ganas de entrenar, pero, por el contrario, estaba llena de curiosidad sobre lo que me deparaba la clase del día. Aunque el método resultaba agotador, el interés que, muy a mi pesar, sentía por los glifos me impulsaba a ignorar el dolor que sentía detrás de los ojos.

Rykaia apretó el paso para caminar junto a mí.

—¿Hoy te vas a quedar? —pregunté, alegrándome de su presencia.

—Me han asignado ayudar en el entrenamiento. —La falta de entusiasmo en su voz me dejó claro que dicha tarea no la entusiasmaba precisamente. Ni siquiera llevaba ropa adecuada, sino un vestido verde esmeralda.

—¿Otra extenuante jornada dedicada a la venganza del viento? —pregunté, acercándome a Zevander con paso despreocupado.

—No. Hoy voy a enseñarte un nuevo glifo, con la ayuda de Rykaia. Se trata de otro mecanismo de defensa que podría resultarte muy útil y es bastante sencillo de aprender.

—Pues menos mal.

Cuando él abrió la mano, un glifo le brilló en la piel.

—Propulszir. Sirve para repeler intrusiones.

Di la vuelta y me coloqué a su lado para adoptar su punto de vista y examiné el glifo, un cuadrado pequeño encerrado en otro mayor, cuyas esquinas tocaban los lados de la figura más grande, de los que sobresalían unas rayas cortas.

—Propulszir —susurré, esforzándome por grabarme la figura en la mente—. Este parece un poco complicado. —Los otros glifos que había aprendido tenían formas más simples que me había resultado más fácil memorizar.

—Los glifos más poderosos son los más complicados. Hay brujos que nunca llegan a asimilar su complejidad. —Tal vez estaba hilando demasiado fino, pero su voz me pareció más serena, menos irritada que el día anterior.

Cuando me aprendí el glifo de memoria, regresé a mi posición original, frente a él. Una vez ahí, bajé la mirada por casualidad y vi el bulto enorme en su pantalón de cuero.

Madre de Dios.

Solo había visto uno antes, el del hijo del minero que me había enseñado a tocarlo ahí, y no era ni por asomo tan grande.

—Este glifo no se proyecta —continuó perorando Zevander, totalmente ajeno a la distracción visual que estaba acaparando mi atención—. Se agarra. —Levantó la mano y la cerró en un puño. La visión de su musculoso brazo me obligó a reprimir un escalofrío, pues me lo imaginé sujetando su enorme masculinidad—. Es útil para impedir que alguien te lea la mente o sondee tu energía. Haremos la prueba con Rykaia.

Un estremecimiento de horror me bajó por el espinazo. Tragué saliva y me volví hacia la susodicha.

—¿Puedes leer la mente?

—Por desgracia, sí —respondió Zevander en su lugar—. En su caso, es necesario el contacto físico.

Pugné por expulsar de mi cabeza todos los pensamientos sobre él y su paquete, fijando la vista en el suelo de mármol, desesperada por concentrarme en cualquier otra cosa.

«No pienses en él».

—Piensa en una palabra —dijo Zevander, y su voz profunda volvió a evocar esa imagen en mi mente—. La que sea. Y Rykaia la dirá en voz alta.

Una palabra. Una palabra. ¿Cuál? Mi cabeza buscaba desesperadamente mientras ella me tomaba del brazo.

En cuanto sus labios se curvaron en una sonrisa, supe que se había dado cuenta.

—Vaya, vaya, Maevyth. Menuda pillina estás hecha —dijo en un tono burlón.

Sentí un intenso ardor en las mejillas y la cabeza empezó a darme vueltas, aturullada por la vergüenza, mientras me afanaba por pensar en otra cosa. No me atrevía a alzar los ojos hacia Zevander.

—Di la palabra —ordenó él y la curva en los labios de Rykaia se hizo más pronunciada.

Mirándola con expresión suplicante, le rogué en silencio que no la pronunciara en voz alta.

—Naranjas —dijo, relamiéndose.

Asentí, exhalando un suspiro de alivio.

—Naranjas.

—Bien. Ahora, cierra los ojos y visualiza el glifo en tu mente. Imagínatelo claramente, con todo detalle. —Al ver mi gesto afirmativo, prosiguió—: Piensa en otra palabra. Y no olvides cerrar el puño. —Volvió a alzar el suyo y, una vez más, la cabeza me traicionó.

Me mordisqueé el interior de la mejilla, bregando por encontrar otra palabra. En cuanto noté el sabor a cobre en la lengua, ella me agarró del brazo.

—Sangre —dijo.

—Sangre —asentí.

Me soltó de nuevo.

«Concéntrate, Maevyth».

Cerré los ojos y apreté el puño con tanta fuerza que las uñas se me clavaron de forma dolorosa en la palma de la mano. Por lo visto, mi cabeza había decidido que no había un pensamiento más importante y se me tensaron los músculos a causa de mi frustración creciente.

Concentración. ¡Concentración!

«¡Enséñame otra cosa!», aullaba mi cabeza. La tenue claridad que percibía a través de los párpados cerrados cedió el paso a una negrura absoluta.

Se hizo el silencio.

—Hola, Maevyth —dijo una voz femenina y, al volverme, vi una figura esbelta que caminaba despacio hacia mí, con la silueta recortada contra una fuente de luz inidentificable que brillaba detrás de ella.

Cuando se encontraba más cerca, sus rasgos cobraron definición: una cabellera larga y negra como el plumaje de un cuervo y unos ojos plateados.

Oí que Rykaia me llamaba a lo lejos y la mujer se volvió, como si la hubiera oído también.

Me sonrió.

—Tranquila, ella no puede oírnos aquí.

—¿Quién eres?

—¿Quién crees que soy?

Su aspecto coincidía en todo con el de la diosa de la muerte de cuya existencia me había enterado hacía muy poco.

—Morsana. ¿Me he muerto?

—No, dulce niña. Te queda mucho por hacer antes de morir. Pero, si alguna vez me necesitas, estaré aquí. Me encontrarás en este espacio oscuro.

—¡Maevyth! —La voz imperiosa de Zevander atronó en torno a nosotras y ella miró alrededor, sonriendo de nuevo.

—Es irresistiblemente provocativo, ¿verdad? —Le centellearon los ojos, como impresionada por la vehemencia del hombre—. Hay algo que debes saber de él, Maevyth.

—¿Qué?

—¡Maevyth! —Una fuerte sacudida me arrancó de la visión y abrí los ojos; vi a Zevander, Dolion y Rykaia de pie frente a mí. Un vistazo rápido alrededor me reveló que estaba tendida en el suelo.

—¿Otra vez? —Sentía destellos de dolor en la parte posterior de la cabeza, que por lo visto había vuelto a golpearme al caer, y un sabor amargo me inundaba la boca y tenía la lengua recubierta de una capa como de tiza.

—Parece que esto se está convirtiendo en una mala costumbre. —Dolion se apartó mientras Zevander me tendía la mano para ayudarme a levantarme—. He tenido que despertarte con un hechizo. Te pido disculpas por el regusto desagradable.

—Me... he sumido en las tinieblas. Como en un sueño.

Zevander y Dolion intercambiaron una mirada y este me ofreció un vaso de agua del que bebí con avidez.

—Has caído en la caligorya. El espacio oscuro. Es interesante; algunos nunca alcanzan ese estado mental.

—Es ahí donde aprenderás los glifos que son exclusivos de tu línea de sangre —terció Zevander—. Yo descubrí los míos ahí. Pero te sugiero que vayas poco a poco. La caligorya es peligrosa.

—¿Por qué?

—En ese espacio reside tu lado oscuro. —Fue Dolion quien me respondió—. Un ente que se alimenta de la ira, la sed de venganza, la apatía. Todo ser viviente posee esa faceta oscura, tanto si lo reconoce como si no, pero desde pequeños nos enseñan a reprimirla. Al entrar ahí abres una puerta, por así decirlo, y, si no tienes cuidado, puede resultar bastante difícil cerrarla.

¿Mi lado oscuro? ¿Un ente?

—He visto a la diosa de la muerte.

—¿A Morsana? —preguntó Dolion, juntando las cejas.

—Sí.

Se encogió de hombros, sacudiendo la cabeza.

—Tal vez se trate de una facultad única de los córvicos. Al fin y al cabo, tienen un vínculo con ella. Razón de más para extremar precauciones. Es una deidad poderosa que tiende a inclinar la balanza moral hacia el lado más oscuro. —Se rascó la barba con la mirada perdida, como de costumbre—. Por el momento, será mejor que nos ciñamos a los glifos más sencillos e intentemos evitar la sobrecompensación. Propulszir debe fluir de manera natural, sin esfuerzo.

—De manera natural y sin esfuerzo. Entendido —dije, frotándome una vez más la nuca.

Rykaia, que estaba de pie delante de mí, me preguntó sin voz, solo moviendo los labios: «¿Estás bien?».

Asentí con un carraspeo.

—Bueno, ¿por dónde íbamos? Una nueva palabra. —Cerré los ojos y me concentré en otra, una que Morsana había empleado para referirse a Zevander.

Provocativo.

La palabra quedó sepultada bajo la imagen del símbolo que Zevander me había mostrado. Lo visualicé con tal nitidez en la cabeza que casi no reparé en que Rykaia me asía la muñeca, hasta que me la apretó con más fuerza.

Y luego más todavía.

Con un quejido, me soltó.

—Nada.

Sonriendo, abrí los ojos y bajé la vista hacia una quemadura que me ardía en la palma de la mano, donde brillaba con suavidad el nuevo glifo que había quedado grabado de forma permanente en la piel.

—Otra vez —dijo Zevander sin la menor muestra de entusiasmo.

—¿Alguna vez celebra los triunfos? —gruñí, bajando la mano e imitando su expresión ceñuda mientras él se alejaba con paso decidido hacia una de las armas colgadas en la pared.

Rykaia dejó escapar un resoplido.

—Solo cuando mata.

Zevander, a cierta distancia de nosotras, empuñaba un bastón largo rematado en dos puntas. De pronto, con un restallido como de látigo, lo giró en torno a su cuerpo, por encima de su cabeza, tras la espalda y a los costados. El palo se movía con tal rapidez que formaba un círculo perfecto.

Boquiabierta, contemplé la soltura con que lo manejaba. Se detuvo un momento para lanzarlo al aire y luego atraparlo con una coordinación impecable.

—Sigue practicando —me ordenó sin aflojar el ritmo.

—¿Cómo quieres que me concentre con todo ese jaleo?

—Creo que de eso se trata justamente —respondió Rykaia, toqueteándose la palma de la mano—. No siempre que necesites repeler una intrusión te encontrarás en condiciones óptimas y tranquilas. Tienes que ser capaz de hacerlo mientras suceden otras cosas a tu alrededor. Eso es lo bonito de esta técnica para repeler: nadie se da cuenta cuando la usas.

Asentí y volví la vista hacia Zevander, mirando cómo blandía el bastón a su alrededor, cómo contraía los músculos de los brazos y se le perlaba la piel de sudor. Qué aspecto tan majestuoso y despiadado debía de ofrecer frente a un adversario. Cerré los dedos sobre la palma y medité un momento sobre el glifo que había quedado marcado ahí.

Esta vez mi mente vagó hacia un espacio distinto. Reviví lo ocurrido dos noches antes, cuando él apareció ante mí con la túnica y el traje de cuero desabrochados, y un profundo surco marcado entre los músculos del pecho. Imaginé que me atraía hacía sí para besarme, que sus ásperos labios rozaban los míos mientras me posaba sus fuertes manos sobre la parte baja de la espalda.

—Te gusta mi hermano, ¿verdad?

Solté un jadeo de pánico. Tragué saliva y reculé un paso, liberándome de su agarre.

—Tranquila, no he visto nada. —Con una risita, Rykaia dirigió la mirada hacia su hermano antes de fijarla de nuevo en mí—. Se te nota todo en la cara.

—Solo… buscaba una distracción, eso es todo.

—Pues al parecer la has encontrado. —Me dedicó un guiño y una sonrisa antes de devolver su atención a Zevander—. Hermano, estoy cansada. Ha conseguido impedir que le leyera el pensamiento. ¿Podemos dejarlo ya?

Al oír esto, él bajó por fin el bastón.

—Vete a descansar —le dijo a Rykaia, apoyándose en el palo con una pose dolorosa e irritantemente sugestiva—. ¿Quieres volver a practicar el Aeryz o pasamos a un glifo nuevo?

—¿Qué glifo? —pregunté y, tras darme unas palmaditas en el hombro, Rykaia echó a andar hacia Dolion, que estaba sentado con su pila habitual de libros y pergaminos.

—Erigorisz. Permite elevar objetos con la mente. Sin embargo, requiere una concentración intensa.

La idea de dedicarme a otra cosa no me atraía en absoluto, aunque no me sentía tan cansada como Rykaia había asegurado estar.

—¿Por qué no me enseñas a girar ese bastón como tú?

Arqueó una ceja.

—¿Quieres aprender técnicas de lucha?

—¿Ahora me vas a decir que esas técnicas no son cosa de chicas?

Apoyado en el bastón, se encogió de hombros.

—Qué va. Simplemente me sorprende que te interesen.

—Si voy a regresar en busca de mi hermana, que es lo que planeo hacer, necesitaré saber defenderme —dije, sacando el mentón, como para retarlo a replicarme.

—Pronto dominarás una magia muy poderosa a la que podrás recurrir.

—¿El látigo de huesos?

—Sí. No es algo a lo que un enemigo querría enfrentarse.

—¿Eres mi enemigo?

Con la frente arrugada con un gesto introspectivo, bajó la mirada.

—Soy enemigo de todo el mundo. La magia que utilizo no tiene nada de loable.

—Y, si la mía está relacionada con la muerte, tal vez yo también sea enemiga de todo el mundo.

Él clavó sus mercúricos ojos de nuevo en mí, con una chispa de amarga ironía.

—Vaya dos estamos hechos... —Hizo una seña con la cabeza—. Ven, Lunamiszka.

—Empiezo a dudar de tu interpretación de esa palabra. Por como suena, diría que es algo relacionado con la luna.

—Me parece que tienes razón —dijo él por encima del hombro mientras me guiaba de nuevo al centro de la sala.

—Bueno, ¿y qué tengo yo que ver con la luna?

Cuando se señaló la comisura del ojo, lo comprendí de golpe.

—La marca plateada que tengo en el iris. ¿Y «miszka»?

—Quiere decir «bruja».

—O sea que me estás llamando bruja lunar. Supongo que resulta adecuado ahora que he aprendido magia. Lo que, por cierto, sería razón suficiente para que me quemaran en la hoguera en el lugar donde crecí.

—Los mortales temen lo que no entienden. —Con un movimiento rápido de muñeca, me indicó que me colocara frente a él.

Nerviosa, me situé en el lugar que me había señalado, lo que me dejó con la espalda contra su robusto pecho. A diferencia de lo que sucedió la noche que me llevó en su caballo, cuando varias capas de ropa y el frío se interponían entre nosotros, lo sentí a través del cuero fino y suave, como si estuviéramos piel con piel.

—¿Crees que Rykaia se ha aburrido con el entrenamiento? —pregunté, desesperada por desviar mi atención hacia cualquier otra cosa.

—No. Se cansa enseguida. Su poder consume bastante vivicanto. —Me rodeó con los musculosos brazos. Los tatuajes de llamas y escorpiones contrastaban con mis extremidades más delgadas y enfundadas en cuero, que él hizo que extendiera ante mí.

Dios, su olor..., esa deliciosa mezcla de cuero y clavo..., aunque había algo más que no había sido capaz de identificar: un toque dulce de almizcle ambarino que me hacía salivar.

—¿Qué es el vivicanto? —pregunté de forma automática, intentando no perderme en ese aroma que constituía una distracción tan excepcional.

—Es un elemento. —Aparentemente ajeno a mis cuitas, depositó el bastón sobre mi palma abierta—. Del mismo modo que el organismo de los humanos necesita ciertos nutrientes, como hierro, calcio, potasio y demás, nuestra magia de sangre requiere vivicanto.

—Pero tú no pareces cansarte.

—No necesito tanto.

—¿Lo necesitaré yo también?

—Considerando que estás pidiendo entrenamiento físico después de la sesión de aprendizaje de glifos, yo diría que no. —Posó la mano callosa y surcada de cicatrices sobre la mía—. Coge el bastón por aquí —dijo, deslizándomela hacia el centro—. Empezaremos con unos giros de calentamiento. —Mientras torcía el palo con una mano, me agarró de la otra y la posicionó de manera que completara el arco—. Ahora lo pasas por debajo, lo coges y le das la vuelta. —Flexionaba los brazos en torno a mí mientras me guiaba las manos por el bastón.

Cuando empecé a pillarle el truco, me soltó y se colocó frente a mí para observar.

—¿Cuánto te llevó aprender a luchar? —pregunté, girando el palo con torpeza.

—Casi toda mi vida. Aún estoy aprendiendo.

—O sea que todavía tardaré un poco en hacer molinetes con esto por encima de la cabeza, ¿no? —Me centré en la posición de las manos, decidida a mantener el bastón en movimiento.

—Dale un poco más de velocidad —ordenó él, haciendo caso omiso de mi pregunta.

Obedecí y el palo se me resbaló y cayó al suelo. Cuando los dos nos agachamos para recogerlo, casi nos tocamos las mejillas.

Retrocedió un paso y dejó que lo cogiera yo. Tras empuñarlo de nuevo, continué girándolo, cada vez más deprisa.

Él detuvo de golpe el palo con la palma de la mano.

—Y ahora, hacia el otro lado.

Irritada porque había interrumpido mis perfectas evoluciones, fruncí el ceño y comencé a rotar el bastón en la dirección contraria.

—Con fluidez.

El movimiento borroso del arma me hizo entrar en trance.

—Más rápido.

Aceleré el ritmo.

—Con fluidez. Más rápido.

Acabé centrándome en él en vez de en el palo, fijándome en lo atento que estaba a la posición de mis manos. Posó la mirada en mí a través del círculo que describía el bastón. Y ahí estábamos, cara a cara, separados por una vara que giraba a toda velocidad.

—Más rápido.

Hice lo que pedía y giré el arma más deprisa, tanto que la veía como una forma desdibujada que pasaba zumbando ante mí.

Me rodeó, como acechándome. Me aferró la cintura firmemente con ambas manos. Apretó el ancho pecho contra mi espalda.

—Más rápido —me susurró al oído y noté que curvaba los dedos sobre mis costados. Una oleada de calor me corrió por las venas y me sonrojé al darme cuenta de lo que quería que hiciera con esos dedos.

No supe qué ocurrió en ese momento, pero el corazón me latía con fuerza y sentí un tirón en el estómago. La necesidad apremiante de cruzar los muslos me tensó los músculos. Respiraba de forma agitada y trémula.

—Suéltalo, Lunamiszka.

¿Me estaba pidiendo que soltara el bastón?

En cuanto abrí los dedos, el palo empezó a caer, pero él me apretó enseguida las manos y noté un pulso abrasador en las muñecas. Un humo negro brotó de esa unión mientras el bastón continuaba girando en el aire.

Se me escapó una carcajada jadeante mientras el arma flotaba delante de mí, dando vueltas más y más deprisa.

—¿Esto es cosa mía o tuya?

—Yo aporto la energía, pero eres tú quien la dirige.

Estaba dirigiendo su energía.

Cerré los ojos y me concentré en el calor de mi palma, casi sin percatarme de que estaba deslizando la mano hacia mi cadera, hasta que me asió los huesos. Las sinuosas y ardientes lenguas de fuego negro serpentearon a través de mí, alargándose y enrollándose en torno a los músculos. El calor se intensificó y me recorrió la extremidad al tiempo que palpitaba entre los muslos, y, en ese momento, me asaltó el impulso irrefrenable y exasperante de meterme la mano por los pantalones de cuero.

En la oscuridad de mi mente, veía bailar a mi alrededor volutas negras que ondeaban por mis venas como cálidas cintas que me hacían vibrar los músculos.

—¿Qué haces? —musitó él con voz temblorosa.

La pregunta me segó los pensamientos. El palo salió volando de mis manos hacia mi izquierda, dando vueltas en el aire, hasta caer al suelo con gran estrépito.

Zevander me soltó al tiempo que Dolion levantaba la vista de su lectura con brusquedad.

Me quedé respirando trabajosamente, intentando descifrar lo que sentía en ese instante.

—Lo dejaremos por hoy. —Zevander se apartó de mí y, sin molestarse en decir una palabra a Dolion, salió de la sala de entrenamiento.

Cuando recuperé el aliento, crucé la estancia para recoger el bastón y lo colgué en su sitio de la pared. Me acerqué a Dolion, que me tendió un vaso de agua con expresión desconcertada.

—¿Qué ha pasado?

Contemplé el líquido y reparé en la superficie agitada y burbujeante, como si estuviera puesta al fuego.

—Estaba canalizando su energía sin ninguna malicia y de repente he sentido que la estaba trasvasando a mi interior. —Un ardor en la palma atrajo mi atención hacia un símbolo brillante que tenía tallado en la piel. Me goteaba sangre de los diminutos cortes.

Se lo mostré a Dolion.

—¿Qué es esto?

Tras calarse los anteojos, me tomó de la mano y la inclinó sobre la suya para examinarla.

—No estoy familiarizado en absoluto con este.

Se apresuró a coger un papel y el tintero, y comenzó a copiar el glifo con trazos rápidos. Le temblaba el pulso, preso de lo que supuse que era un entusiasmo intenso que yo no compartía.

—¡En efecto, es asombroso! Dime, ¿qué estabais haciendo justo ahora?

—Girar un bastón en el aire. Zevander me ha pedido que lo soltara y ha canalizado su poder a través de mí.

Mientras yo hablaba, Dolion garabateaba notas a toda prisa, deteniéndose solo para mojar la pluma.

—¿Y has notado algo?

No tenía la menor intención de confesarle lo que había sentido en ese momento.

—Bueno, sí. He notado que… que yo tenía el control.

Interrumpió su garabateo para levantar la vista hacia mí.

—¿Has sentido que te apropiabas de su poder?

—Sí, pero no es fácil describirlo. Era como si…

—¿Sí?

Me ardían las mejillas, pero la preocupación que había visto en su rostro hacía unos instantes me hizo pensar que debía decir algo.

—Era como si el poder estuviera intentando seducirme. La llama misma me atraía hacia algo.

Con los ojos muy abiertos, se acarició la barba.

—Me temo que esto escapa a mis conocimientos. Quizá sea mejor que os observe más de cerca la próxima vez.

—Por curiosidad, ¿qué implicaría que yo controlara su poder?

—Tu nuevo glifo se convertiría en un peligro considerable. Y, si los brujos se enteraran, seguramente intentarían destruirte por ello.

Asentí, con los labios apretados.

—Estupendo.

42
Zevander

Zevander bajó la mirada hacia sus manos trémulas, intentando entender qué demonios acababa de suceder. No era la primera vez que canalizaba su poder; cuando la magia de sangre de Rykaia empezaba a manifestarse, él empleaba la técnica en ocasiones para ayudarla. Era una práctica habitual y, por lo general, inofensiva.

Nunca en la vida había experimentado una pérdida de control semejante. Era como si la llama la obedeciera a ella.

Y nunca había sentido un zumbido de entusiasmo como el que había vibrado en sus venas en la sala de entrenamiento. Todas sus terminaciones nerviosas habían cobrado vida, desesperadas y ansiosas por conectar con cada palmo de la piel de Maevyth. Solo de pensar en ello, en ella, rompió a sudar de nuevo. No sabía qué tipo de hechizo venenoso le había lanzado, pero había despertado en él el oscuro y peligroso deseo de más.

Y, al mismo tiempo, lo enfurecía.

A Zevander le había llevado siglos aprender a controlar la llama. Había entrenado horas y horas, forzándose a dominar la faceta de sí mismo que más temía. Y de pronto había venido una mortal sin entrenamiento formal y se había apropiado de ella como si siempre hubiera formado parte de su ser.

Como si su energía ansiara estar dentro de ella.

Zevander sentía un dolor punzante e incesante en la entrepierna. Agarró los brazos del sillón rechinando los dientes. Se negó a follarse la mano imaginando lo que sentiría si el firme cuerpo de ella envolviera su polla hambrienta.

En vez de eso, alargó el brazo hacia su copa de licor, tomó un buen trago y se obligó a imaginar otra cosa, algo que no le tensara todos los músculos del cuerpo, listos para acometer a alguien.

Al oír unos golpes en la puerta, Zevander se sacudió estos pensamientos de la cabeza.

—Sí —dijo y entonces entró Ravezio.

—Lo tenemos. Está en las mazmorras.

El flamelita.

Por fin, una excusa para descargar la agresividad acumulada, que lo tenía desesperado por destrozar algo.

Qué mejor que el hombre que había hecho daño a su hermana.

Flanqueado por Ravezio y Torryn, Zevander, con un candelero encendido en la mano, miraba a través de los barrotes de la celda a un hombre pálido agazapado en un rincón. A diferencia de las mazmorras amuebladas donde habían dormido Dolion y Maevyth, en aquella no había cama, ventanas ni luz.

—¿Dónde lo habéis encontrado?

—Hemos preguntado por ahí. Estaba escondido en uno de los túneles subterráneos de Costelwick. —Torryn dio unos golpecitos con el dedo en la empuñadura de su acero, tensando la mandíbula—. Si no lo he matado ahí mismo ha sido por respeto a ti.

El escuálido hijo de puta mostraba una mueca de suficiencia que hizo que a Zevander le entraran ganas de arrancarle la cara. Le costaba creer que Rykaia hubiera accedido a tener tratos con alguien tan zarrapastroso, pero tal vez estaba tan intoxicada con los elixires que había ingerido que le dio todo igual.

—¿Y el flamapul?

Ravezio le entregó una ampolla llena de un líquido rojo. Las minúsculas burbujas que flotaban en su interior formando un espacio negativo confirmaban la naturaleza del contenido.

—¿Quién eres? —Zevander se guardó la ampolla en el bolsillo de la túnica.

El desconocido sacó la barbilla sin dejar de sonreír en ningún momento.

—Podría haberla matado si hubiera querido. Pero no lo hice.

—Si crees que voy a perdonarte la vida por eso, sobreestimas mi carácter compasivo.

—Quería matarla. Ese es mi carácter. Quería ver en sus ojos cómo se le apagaba la vida mientras la estrangulaba. Quería que su dolor se me filtrara en la piel con un delicioso hormigueo.

De pronto, Zevander lo comprendió.

—Eres un guardamales.

Su magia consistía en absorber el dolor de sus víctimas. Aunque algunos luchaban por contener ese poder, otros lo encontraban excitante, una fuente de placer sexual.

La imagen que había sembrado en la mente de Zevander había avivado las llamas en su interior. Un humo negro y denso le emanó de la piel y adoptó la forma de un escorpión en la palma de la mano. Se arrodilló para dejar que el arácnido entrara en la celda del hombre. En cuanto cruzó el umbral, creció hasta alcanzar el tamaño aproximado de un gato y comenzó a rondar por el reducido espacio.

El hombre seguía al escorpión con la mirada, pero la sonrisa no desapareció de su rostro, ni siquiera en presencia de una amenaza.

—¿Quién te suministra el flamapul? —preguntó Torryn con su voz bronca.

El hombre soltó una risita, desplazando la vista entre el escorpión y Zevander.

—¿Crees que tu bicho me asusta tanto como para que desembuche todo lo que sé?

El animal volvió a crecer hasta alcanzar las dimensiones de un perro.

—En ese aguijón hay veneno suficiente para paralizarte mientras te arranca la carne trocito a trocito con las pinzas. Verás, yo también quiero matarte. Oír tus gritos de dolor me producirá una gran alegría.

El prisionero dio un respingo y se rascó el brazo.

—¿Tan inconcebible te parece que haya elaborado el flamapul yo mismo?

Zevander hizo un movimiento rápido con la mano y el escorpión irguió la cola, listo para atacar en cuanto recibiera la orden.

—¿Quieres saber un secreto? —susurró el hombre y la inquietante risita que soltó después resonó por todo el calabozo—. Penetré a tu hermana con el mango de la espada mientras estaba colocada. ¿Te lo contó? Quería gritar, pero no podía. —Levantó la nariz y olisqueó el aire—. Percibo su olor aquí. A lo mejor cuando acabe contigo la busco para un último revolcón antes de irme.

Con un gruñido, Zevander le ordenó al escorpión que atacara y, en cuanto el aguijón empezó a descender, se desvaneció en una nube de humo negro.

El hombre soltó una ruidosa carcajada que le hizo rechinar las quijadas.

—Alguien más listo que tú me lanzó un hechizo. No puedo morir a manos de un letalisz, tenga el poder que tenga.

—¿Quién? —preguntó Zevander con los dientes apretados.

Una sonrisa se desplegó en los labios del desconocido, que rodó la cabeza contra la pared.

—¿Tan loco estás que crees que te revelaré un secreto así?

—Creo que le tienes miedo, sea quien sea.

Un brillo de demencia asomó a los ojos del flamelita.

—¿Dónde está tu hermana, letalisz? Quiero embestir su encantadora florecilla.

Torryn emitió un gruñido y Zevander lo asió del brazo para impedir que llevara a cabo lo que él mismo ansiaba hacer en ese momento: desollarle la cara hasta que se le borrara esa sonrisa.

—¿Te gustan las adivinanzas? —Como él no respondió, el flamelita continuó—: ¿Qué anhelan todos los hombres a lo largo de su vida que no empieza hasta que exhalan el último suspiro?

—El más allá —respondió Ravezio, al lado de Zevander.

—He de confesar una cosa. —Se rascó el brazo de nuevo y él advirtió que tenía una marca: una serpiente negra, por lo que alcanzaba a ver—. Aunque hubieras dado la respuesta correcta, solo te habría servido como orientación. No habrías podido deducir de ella la información que buscas. Pero, lamentablemente, te has equivocado.

Zevander dejó escapar una risita siniestra mientras le sostenía la mirada a su presa. Cuando abrió la puerta de la celda, el hombre desorbitó los ojos, pero mantuvo su aire de suficiencia, lo que no hizo más que azuzar la ira del letalisz, que lo agarró por el cuello del jubón, lo sacó a rastras y luego lo llevó por el pasillo entre los candeleros que titilaban en las paredes de piedra.

—Torturarme no os servirá de nada. Todos sois letalisz.

—No temas, no voy a torturarte. —Zevander le indicó con un gesto a Ravezio que descolgara la llave del gancho de la pared y abriera la trampilla del sótano.

—Tampoco podéis matarme de hambre, pues el hechizo me proporcionaría alimento.

Sin soltar el jubón del hombre, Zevander se inclinó ligeramente para abrir la portezuela.

—No voy a privarte de comida, ni a torturarte ni a intentar matarte con mis propias manos.

—Entonces, tal vez lo mejor será que me dejes marchar. Sospecho que a tu hermana le encantaría que la visitara.

—Es posible. —De no ser por la magia que protegía al hijo de puta, Zevander le habría arrancado la lengua por volver a nombrar a Rykaia—. Pero al que te lanzó ese hechizo se le pasó un detalle. —Empujó al hombre, que cayó por el agujero y se golpeó con violencia contra el suelo—. Tengo un hermano mayor.

El desconocido soltó una serie de quejidos y toses, pues el impacto debió de dejarlo sin aire. Se tendió de costado y se quedó jadeando, hasta que de pronto se echó hacia atrás apresuradamente, sin duda por haber vislumbrado a Branimir y sus mascotas.

Zevander vio cómo el hombre se abalanzaba hacia la escalera de mano y subía media docena de peldaños antes de cerrar la trampilla de golpe y asegurarla con la cadena.

Los alaridos del flamelita atravesaron la madera y el hierro de la portezuela hasta que cesaron, y abajo no se oía más que el ruido húmedo de la carne al desprenderse de los huesos.

—Creo que deberías haber intentado sacarle la respuesta a la adivinanza —dijo Torryn, que estaba junto a él.

—Ya sé la respuesta. No nos ayuda a identificar a su proveedor.

Ravezio se rascó la parte de atrás de la cabeza.

—Solo por curiosidad, ¿cuál es?

—El legado.

43

Maevyth

El cuarto de baño de mis aposentos no era tan grande como el de Zevander, pero sí igual de bonito. Tenía una bañera circular, de mármol y piedra, con velas encendidas a lo largo de la base, frescos en el techo y una pared entera de ventanas ojivales con vistas a un paisaje impresionante. Aunque era media tarde, las grises nubes de nieve y la eterna neblina proyectaban sombras que sumían la habitación en penumbra, a pesar del tenue resplandor de las numerosas velas.

En la repisa había una botella de latón que reconocí enseguida: era la que había visto en el baño de Zevander y que me recordaba una crismera para santos óleos. Sonriendo, la destapé para olerla y el exquisito aroma confirmó mis suposiciones. Me imaginé que se trataba de un regalo.

Mientras me aplicaba el jabón ambarino en el hombro con la esponja, me contemplé la palma de la mano, donde los glifos que me había ganado, al cicatrizar, se habían convertido en símbolos blancos apenas perceptibles.

—Qué sueño tan raro —susurré, no muy convencida aún de que todo aquello fuera real. Mi mente retrocedió unas horas, al momento en que había canalizado la energía de Zevander durante el entrenamiento. Me había sentido totalmente consumida.

El agua de la bañera me envolvió con su calidez mientras

recordaba cómo me había rodeado con sus robustos brazos, cómo me había guiado las manos con las suyas. A su lado me había sentido pequeña pero poderosa a la vez. Cerrando los ojos, evoqué la imagen de los dos y un calor mareante me recorrió mientras me enjabonaba, esparciéndome la espuma por la piel, imaginando que unos dedos me acariciaban con delicadeza. El roce fantasma de sus labios me cosquilleó en el cuello y, en cuanto noté el primer mordisquito, abrí los ojos con un fuerte jadeo.

«Basta». Si quería seguir entrenando con él, tendría que librarme de los pensamientos impuros que me provocaba.

Dejé la esponja en el borde de la bañera y comencé a enjabonarme el cabello, hasta que topé con algo que me sobresalía de la nuca. Era una serie de bultos dispuestos en una configuración extraña que al tacto no parecía una costra ni un corte. Pasé la yema por encima con suavidad y, en el reflejo del agua, vi que un resplandor plateado centelleaba en mi espalda, cerca del hombro.

Frunciendo el ceño, me torcí hacia un lado para examinarlo en el reflejo que me devolvían las ventanas oscuras, iluminadas por lo que fuera que tenía detrás. No alcanzaba a distinguir la forma en medio de aquel resplandor tan intenso. Quizá se trataba de un glifo. Qué raro que hubiera aparecido en la espalda y no en la mano, como los otros.

Cuando deslicé el dedo por el símbolo, percibí una ligera vibración bajo la piel. «¿Qué es esto?». Si me hubiera sucedido estando en Foxglove, me habrían manoseado, pinchado, desterrado o quemado en la hoguera, porque el gobernador no siempre confiaba en que el Bosque Voraz se encargara de los casos más malignos. Hasta a mí me alteró la presencia de aquellas extrañas marcas cuyo significado desconocía, pero al menos no me dolían. Me preocupaban más los pequeños cambios que estaba experimentando.

Durante el tiempo que llevaba ahí no me había parado ni un momento a respirar, a reflexionar sobre cuán distinto era todo desde que había abandonado mi mundo. Pese a que el nuevo era muy reducido a causa de mi reclusión en el castillo —y, a veces, en mi habitación—, tenía la sensación de que, aun así, era más grande que Mortasia. Me parecía fascinante, a pesar de los seres extraños y peligrosos que lo habitaban. Me entristecía pensar que Aleysia era la única razón por la que me plantearía regresar al lugar donde había vivido siempre.

Después de aclararme el jabón y escurrirme el cabello, me sequé rápidamente con la toalla y me vestí con las prendas que Rykaia había sacado del guardarropa para mí: un vestido de terciopelo negro con capucha, un corsé con cordones y un corpiño escotado que me realzaba los pechos. Sentí un fuerte impulso de quitármelo y buscar algo más recatado, pero entonces me pregunté de quién era la voz que me exigía eso.

Mía no, desde luego.

Agatha me habría tachado de ramera si me hubiera vestido así en casa. La había oído llamar «pérfida zorra» a otras mujeres de la aldea. Sonreí al pensarlo y decidí que el vestido era perfecto, aunque añadía aún más negro a mi guardarropa. Había empezado a odiar menos ese color durante mi estancia en el castillo. De hecho, se había convertido en causa de cierto orgullo para mí, como si por fin hubiera abrazado mi naturaleza aberrante.

Me acerqué a la puerta con sigilo y me sorprendió que el pomo girara sin dificultad. Cuando había regresado sola a mi habitación después del entrenamiento, no sabía si Zevander se molestaría en encerrarme con llave mientras me bañaba.

Por lo visto, no.

Me asomé al pasillo y miré en ambas direcciones. No había nadie. Salí del dormitorio y me encaminé a paso veloz hacia las escaleras. Las bajé y seguí el mismo camino por el que me había guiado Zevander dos noches atrás. Me detuve un momento al llegar al salón principal, que estaba vacío. Nadie custodiaba la salida.

«Dracos de fuego», me advirtió mi cabeza, pero ¿y si solo eran un invento para asustarme, un cuento para evitar que intentara fugarme?

Daba igual. No tenía idea de dónde estaba ni de adónde podía ir, y, tras mi experiencia con los guardias, no me atrevería a preguntarles nada a los desconocidos con los que me cruzara si decidía a escapar.

En vez de eso, seguí adelante en dirección a la cocina. Ahí me encontré a Magdah, que estaba picando verduras.

—¿Qué quieres? —inquirió, sin dignarse mirarme.

—Me gustaría ayudarte.

Emitió un sonido gutural de desaprobación, pero aun así me acerqué.

—Por favor. Si quieres, puedo cortar esas patatas.

—¿Patatas? —se mofó—. No son patatas, muchacha. Se llaman pahzats. Son raíces.

—Pahzats —repetí, imitando su marcado acento—. ¿Me permites? —Tendí la mano hacia el cuchillo, lo que me valió una mirada recelosa.

—Te advierto que, como intentes algo raro con el cuchillo, serviré estofado de niña mortal para la cena. —Desde luego, no se mordía la lengua a la hora de amenazar.

—Eso no suena muy apetitoso.

Sus labios se curvaron en una sonrisa. Me puso la parte ancha del cuchillo en la mano con un movimiento contundente.

—Tú corta las pahzats, yo me encargo de la carne.

Asintiendo, dejé el cuchillo en la superficie de madera y me acerqué al fregadero, un elaborado grifo de metal labrado unido a una pila de porcelana negra llena de agua. Después de lavarme las manos, regresé a mi puesto y piqué las raíces mientras Magdah tajaba en silencio la carne, que atrajo mi atención.

—Magdah, ¿puedo llevarle un poco de carne a Branimir?

Juntó las cejas, como si la entristeciera oír ese nombre. Por toda respuesta, asintió y puso algunos de los trozos que había cortado en otro plato. Cuando terminé con las pahzats, me puse a picar cebollas, zanahorias y otra verdura rara cuyo nombre no era capaz de pronunciar.

A continuación, Magdah me alargó el plato de carne.

—Gracias —dijo mientras yo lo cogía—. Te agradezco la ayuda.

Tras esbozar una sonrisa, me dirigí a paso rápido hacia los calabozos con la cena de Branimir en las manos. Bajé las escaleras y enfilé el pasillo. Por el camino pasé junto a hermosas estatuas de ángeles y, al doblar la esquina del calabozo, advertí que la celda de Dolion estaba vacía. Debía de estar estudiando huesos y pergaminos con Allura. Por ir distraída, me di de bruces contra un pétreo muro de músculos y, aunque conseguí evitar que el plato se me resbalara de las manos, unos pedazos de carne cayeron al suelo con un ruido húmedo.

Cuando alcé la vista, vi los ojos airados de Zevander clavados en mí. Como no llevaba la máscara, al fin pude contemplar de cerca su cicatriz, que parecía un tajo mal curado, con pequeñas grietas desde las que unas venas negras se ramificaban por los labios y la barbilla. El contraste con su tez color miel era de una belleza lúgubre y le confería un aspecto fiero, junto con el relampagueo de sus ojos, en los que parecía arder un fuego abrasador. Mis dedos se morían por cometer una imprudencia, como tocarlo.

—¿Qué crees que estás haciendo? ¿Acaso no te dejé claro que no debes visitar a Branimir sola? —Su tono destilaba una tensión furiosa.

Retrocedí un paso, aclarándome la garganta.

—Pensaba que no querrías acompañarme, después de lo sucedido esta tarde. Creía que tal vez estarías enfadado conmigo. —A diferencia de él, yo hablaba en un tono suave. Tal vez demasiado.

Bajó la vista hacia el plato.

—Llegas tarde. Ya ha cenado.

—Ah. —Me agaché para recoger los trozos de carne que se habían caído y volví a colocarlos en el plato—. Pues sería una pena tener que tirar esto. ¿Crees que a los dracos de fuego les gustaría? —Se lo tendí y reparé en el temblor de mi mano.

Cogió la carne sin molestarse siquiera en mirarla, con una determinación inflexible en los ojos.

—¿Me dejas que le cante, al menos?

—Ahora mismo está ocupado.

Frustrada, puse los brazos en jarras.

—O sea que sí estás enfadado conmigo, ¿no? Por eso no quieres permitir que lo vea.

—¿Por qué te preocupa tanto? —Dejó el plato en una repisa de piedra cercana y se abalanzó hacia mí, haciéndome recular.

—¿Y por qué a ti no? —repuse, devolviéndole una mirada ceñuda.

—No sabes nada de mí. —Avanzó de nuevo, obligándome a retroceder.

—Ni tú de mí. —Era una réplica penosa, pero la rabia en sus ojos y su estatura intimidante me embotaban el ingenio. Topé de espaldas con el muro de piedra que tenía detrás, una advertencia de que no había escapatoria.

Levantó un musculoso brazo para impedirme el paso y no me hizo falta mirar de reojo la descomunal extremidad para saber que podría haberme aplastado el cráneo como una nuez con la parte interior del codo si así lo hubiera querido. La intoxicante mezcla de olor a especias y ámbar me inundó los sentidos.

—Tal vez podrías aclararme qué es lo que ha ocurrido en la sala de entrenamiento —me preguntó.

—No tengo la menor idea. Todo esto es nuevo para mí. La magia, los poderes... No sé qué ha pasado.

Crispando la mandíbula, apoyó el otro brazo en la pared, de modo que quedé como enjaulada, y acercó el rostro a solo un palmo del mío.

—No has sentido nada.

Su proximidad me hacía vibrar la sangre y el calor que irradiaba ahuyentaba el frío del aire. Fue entonces cuando recordé qué vestido llevaba, con ese corsé que realzaba el busto, pero no pareció reparar siquiera en mi escote. Y no hubiera tenido que fijarse mucho: lo tenía casi delante de las narices.

—No he dicho eso.

—¿Qué has sentido? Dímelo. —Posó la vista en mis labios.

Muerta de vergüenza, giré la cara.

—Prefiero no hablar de eso.

Me tiró del mentón con el dedo para obligarme a mirarlo de nuevo.

—Que me lo digas.

Por alguna razón, lo sucedido lo inquietaba. Tal vez pensaba que yo había intentado robarle su poder, como había comentado Dolion, pero no había sido así en absoluto. No habría tenido la menor idea de qué hacer con esa llama... ni con los escorpiones, para el caso. Por otro lado, tal vez él había sentido lo mismo que yo.

Por muy bochornosa que resultara la confesión, tal vez era preferible a enfrentarme a su hostilidad.

—Me he sentido... excitada. —No me atreví a alzar la mirada hacia él. En lugar de eso, me concentré en el movimiento regular de su pecho al respirar y en el martilleo de mi corazón mientras con su robusto cuerpo me mantenía presa como un pájaro atrapado entre los dientes de un lobo.

Al principio se quedó muy quieto y me pregunté si no habría sido mejor guardarme la confesión para mí. Quizá no le hacía gracia que yo me hubiera excitado en medio de un entrenamiento que él se tomaba tan en serio.

—Puedes cantarle más tarde, al anochecer. Yo te acompañaré. Y ahora, por favor, vuelve a tu habitación. —Empujándose con las manos, se apartó del muro.

Tras asentir, me giré para irme por donde había venido, pero él me detuvo agarrándome del brazo con tal fuerza que creí que me iba a romper los huesos.

—Y, como vuelva a pillarte sola por aquí, me aseguraré de cerrar tu puerta con llave la próxima vez.

Sentada en la cama, con el estómago calentito y lleno del delicioso pastel de carne de Magdah, me centré en el siguiente rompecabezas del libro, pero, justo cuando giraba el dial superior para alinearlo con uno de los surcos del laberinto que tenía debajo, alguien llamó a mi puerta. Cuando crucé la habitación hacia allí y abrí, Zevander apareció en el vano. Su cabeza casi tocaba el dintel del marco. Después de lanzar una mirada descarada a mi corpiño demasiado ajustado, me indicó con un gesto que lo siguiera. Caminé tras él hasta las mazmorras, donde me esperaba una silla junto a la portezuela abierta del sótano de Branimir.

—Una canción —dijo Zevander, recostado en la pared adyacente, mientras yo me acomodaba en el asiento. Al bajar la mirada, vi que una de las arañas me observaba fijamente con sus cientos de ojillos brillantes. Reprimiendo un escalofrío, me aclaré la garganta y entoné una canción llena de humor negro sobre la hija de un gobernador que se enamoraba de un demonio.

Cuando llegué al alegre estribillo, acompañándome con palmadas en las rodillas, vislumbré a Branimir, que me miraba desde abajo, con los maltrechos labios desplegados en una sonrisa. El ritmo de la canción se avivó y me costaba recordar bien la letra, por lo que se me escapaba la risa entre las estrofas. Al terminar, el tempo acelerado y mis carcajadas me habían dejado sin aliento.

Cuando me volví hacia Zevander, lo sorprendí mirándome con una cara que me llevó a preguntarme qué pensamientos le pasaban por la cabeza. ¿Estaba enfadado porque había descubierto a su hermano? ¿Frustrado por mi insistencia en cantarle? ¿O se trataba de otra cosa y lo estaba malinterpretando?

Mientras Branimir se refugiaba de nuevo entre las sombras, Zevander bajó la trampilla y la cerró con las cadenas y el candado.

—Entiendo que él haya elegido estar ahí abajo, pero ¿lo de las cadenas también es decisión suya?

—Sí. —Sin más explicaciones, colgó la llave y me hizo una seña para que lo siguiera.

Recorrimos un trecho del largo pasillo en silencio.

—¿Quién te enseñó a cantar? —preguntó al fin.

Me encogí de hombros, sonriendo.

—Yo misma, supongo. ¿Y a ti quién te enseñó a arrugar el entrecejo? —inquirí con aire divertido.

Le temblaron los labios, como pugnando por reprimir una sonrisa.

—No dejas pasar una, ¿verdad?

—Es que no conozco otros talentos tuyos aparte de la lucha, los gruñidos y los refunfuños.

Volvió a tensar la mandíbula y carraspeó. No había forma humana de que el hombre se desmelenara un poco y sonriera.

—Bueno, dime alguno —dije, jugueteando con un cordón del corsé—. Te pasas toda la noche leyendo. Seguro que tienes otras aficiones.

—Así es. El rastreo y la caza.

—De aquellos a quienes te ordenan que caces.

—En ocasiones, sí.

—¿Disfrutas matando?

—En ocasiones, sí.

—¿Alguna vez piensas en matarme?

—En ocasiones, sí.

Soltando una risita, le pegué un codazo en el brazo y lo miré a la cara justo a tiempo para ver una sonrisa esquiva. Qué guapo estaba, con su dentadura radiante y su hoyuelo en la mejilla sin cicatrices.

Cuando pasó el momento jocoso, agachó la vista.

—Pero creo que el mundo sería bastante más aburrido.

Esta vez fui yo quien giró la cara para ocultarle mi sonrisa.

—Por lo visto, sí que sabéis ser encantador, lord Rydainn.

—Supongo que tengo mis momentos. Entre racha y racha de racionalidad.

Volví a reír entre dientes y aflojé el paso conforme nos acercábamos a la escalera que subía al piso superior.

—¿Te arrepientes de haber matado a alguien?

—Tal vez sea mejor que no responda a esa pregunta, para no romper tu inocente visión del mundo.

La sonrisa se me borró de los labios.

—No soy tan inocente como te imaginas.

—Estoy seguro de que mi definición de inocencia no coincide con la tuya.

Aunque no debería haberme tomado sus palabras como un reto, tampoco quería que pensara que era una ingenua por haber llevado una vida de pureza sin mácula.

—En Mortasia elaboraba venenos. Al principio intentaba convencerme de que eran para sabandijas y roedores, pero con el tiempo... —Vacilé en terminar la frase. Al expresar mis pensamientos en voz alta me sentía como si estuviera confesándome, pero Sacton Crain siempre decía que la confesión purificaba el alma—. Empecé a pensar que tal vez ni siquiera me importaba que no fuera así.

—La capacidad de matar no te convierte en asesina.

—Se trataba de brebajes bastante mortíferos.

—En la dosis adecuada, cualquier cosa puede ser un veneno. Hasta tú.

Me mordí el labio para contener una sonrisa.

—No tengo claro si eso es un insulto o un cumplido —dije, evitando mirarlo, pese a que sabía que la respuesta a mi duda debía de estar escrita en su semblante en ese momento—. ¿Insinúas que una dosis excesiva de mí puede ser letal?

Se encogió de hombros.

—Depende de la tolerancia al veneno que tenga cada uno.

Asentí, entrelazando los dedos a mi espalda.

—Mmm. Supongo que la mayoría optaría por evitar del todo el riesgo. Qué desgracia para mí.

—Más que una desgracia, yo lo consideraría una forma de descartar a los candidatos más débiles. Aunque algunos temen coquetear con la muerte, a otros nos resulta de lo más apasionante.

Llegamos ante la puerta de mi alcoba y yo seguía sin animarme a alzar la vista hacia él mientras daba vueltas a sus palabras, que me parecían inusualmente galantes, a menos que las estuviera diciendo en un sentido literal.

—Entonces, si un peligroso asesino no teme a la muerte, ¿a qué le tiene miedo? —pregunté con un deje irónico y, al atreverme a mirarlo, vi que tenía los ojos clavados en mis labios.

—Tú primero —contraatacó—. No parecen asustarte las cosas que deberías temer: la oscuridad, las arañas gigantescas, los seres que desean quitarte la vida. Por los siete infiernos, ¿a ti qué te da miedo?

Componiendo una sonrisa, abrí la boca para contestar, pero se me atragantaron las palabras, ahogadas por mi inseguridad. Tenía la sensación de que, si respondía, me pondría en una posición demasiado vulnerable; de que estaría revelando algo demasiado íntimo. Aun así, por alguna extraña razón, algo me impulsó a decírselo de todos modos.

—Estar sola. —La verdad que encerraban estas palabras me ardió en la boca—. Me da miedo estar totalmente sola en el mundo. —Me esforcé por no pensar en Aleysia, pero, cuando me vino a la mente una imagen de su rostro, las lágrimas asomaron a mis ojos y me aclaré la garganta, desesperada por buscar una distracción—. Ahora te toca a ti.

Jugueteó con uno de mis rizos sueltos, frotándolo entre el pulgar y el índice.

—Temo lo desconocido —dijo, con una expresión de preocupación fugaz—. Los fragmentos de tiempo que escapan a nuestros cálculos y quedan en manos del destino.

—Nunca me habría imaginado que un hombre como tú creyera en el destino.

La suave caricia que me hizo con el pulgar en el cuello me cortó la respiración.

—Y no creo. Eso es lo que me inquieta. Tanto la precisión como la predictibilidad son fundamentales para mí. —El modo en que contemplaba mis labios despertó en mí un deseo lascivo y ansioso que me hizo apretar los muslos—. Los caprichos del destino constituyen una intrusión fastidiosa, y, sin embargo... —Se inclinó hacia mí como para besarme y sus labios quedaron a solo unos centímetros de los míos—. ¿Quién iba a predecir que sentir tu pulso palpitante bastaría para desarmarme de este modo? —Noté su cálido aliento en la piel y el corazón se me aceleró con expectación cuando me deslizó los dedos por la curva del cuello—. Qué hechizos tan perversos tejes, bruja.

Nunca había anhelado tanto un beso. El embriagador aroma a cuero y especias me hizo salivar, ávida por probar sus labios.

—Y, aun así, no te sientes inclinado a actuar de forma impulsiva —dije, tal vez con una osadía excesiva, dada mi absoluta falta de experiencia con hombres como él, que sin duda arrancaban placer con el mismo arrojo y tenacidad con que arrancaban vidas.

Torció los labios en una sonrisita diabólica.

—Considéralo un acto de bondad. Mi inclinación es la de romper todo lo que estimule mi impulsividad. —Dejó el pulgar en mi garganta unos instantes más y luego, sin decir una palabra más, me soltó y se alejó con grandes zancadas.

44
Zevander

Un ave negra se posó en la rama curtida de un árbol que crecía justo delante de las puertas de la muralla de Eidolon en el mismo momento en que Zevander se acercó a Ravezio, que apuntaba al pájaro con el arco enflechado.

Era un ventriervo, de eso no cabía duda.

Fue dando saltitos a lo largo de la rama en dirección a las puertas, pero regresó a su posición original de un brinco cuando chocó con la barrera, que titiló a causa del impacto. El pájaro soltó un graznido y batió las alas.

—Traigo un mensaje del rey.

Zevander cruzó los brazos.

—¿Qué mensaje?

—Requiere tu presencia esta tarde. Con urgencia.

Reprimiendo un gruñido o cualquier otro sonido de desaprobación que el ave sin duda habría transmitido después a Sagaerin, Zevander echó los hombros hacia atrás.

—¿Ha dicho para qué?

—¿Ha dicho para qué? —repitió el cuervo y esta vez el letalisz dejó escapar el gruñido, pues al parecer el ave ya no tenía más instrucciones que comunicar.

—Partiré de inmediato.

—Partiré de inmediato —remedó el pájaro, agitando de nuevo las alas—. ¿Ha dicho para qué? Partiré de inmediato. —Dicho esto, el cuervo remontó el vuelo y Ravezio bajó el arco.

Los dos echaron a andar de vuelta a Eidolon en un silencio deliberado, por si había otro ventriervo cerca.

—Cuando fuiste al Arrabal, ¿hiciste lo que te pedí? —preguntó Zevander en cuanto consideró que ya no había peligro.

—¿Lo del rumor sobre un desconocido que atacó a los guardias? Sí. Parece haber causado bastante revuelo. Oí que alguien hablaba de ello en la plaza del mercado. Por lo visto, está cobrando vida propia —dijo Ravezio con una risita, guardándose en el carcaj que llevaba a la espalda la flecha con la que había apuntado al ventriervo—. Aseguran que es un nómada peligroso de los páramos eremicios. Un mercader incluso ha dicho que lo vio discutir con un guardia días antes de que desaparecieran.

—Muy bien. —Cuando se encontraban cerca del castillo, Zelos, uno de los dracos de fuego, comenzó a rondarlos. Procurando no asustarlo, Zevander tendió la mano y la bestia bajó las gigantescas fauces, con las que podría haber devorado a los dos letalisz de un bocado, para dejar que le acariciara la cabeza. Él notó la aspereza de las escamas en la palma y la energía que emanaba del draco le produjo un hormigueo en los glifos que tenía grabados en la piel. Se las había arreglado para mantener a los monstruosos seres bien alimentados con los animales salvajes que vagaban por los alrededores, sobre todo osos y alces, por lo que aún no se habían comido a ninguna persona, que él supiera.

El draco, al parecer satisfecho con sus muestras de afecto, soltó un bufido de complacencia y se alejó caminando pesadamente.

Al notar en la nuca la sensación de que alguien los observaba, Zevander volvió la mirada hacia la torre, desde donde Maevyth lo contemplaba a través de la ventana de su alcoba. Sus largos y perezosos rizos se derramaban sobre los esbeltos hombros y curvó los labios en un incitante mohín que acentuó la belleza de su rostro, ya de por sí dolorosamente bello. El suave brillo de su pálida tez la envolvía en un aura etérea y espectral.

Parecía tan delicada, tan frágil...

Sintió una opresión en el pecho al verla y su encanto fantasmagórico le invadió todos los pensamientos. Se maldijo a sí mismo por no haber aprovechado la oportunidad para saciar su exasperante curiosidad aquella noche. Ella había arrojado el guante con aquel vestido, retándolo a darse el gusto, pero besarla habría sido beber un veneno dulce, un elixir intoxicante, tan mortífero como adictivo.

Noche tras noche, la había visto cantar a su hermano, reír con su hermana y devolver poco a poco la vida a Eidolon. La había espiado cuando estudiaba con Dolion y Allura, y cuando intercambiaba pullas con Magdah mientras cocinaban. Y esas malditas tejederas que colgaba por todas partes le recordaban constantemente su presencia, incluso cuando no la tenía a la vista. No obstante, a pesar de la irresistible atracción que le producía, él había optado por distanciarse de ella la última semana. La decisión le quemaba las entrañas cada vez que oía su voz procedente de otra habitación o la sorprendía mirándolo, como en ese momento.

—La oí preguntar por ti —dijo Ravezio, a su lado.

Tras unos instantes de silencio, Zevander dejó escapar un resoplido y se volvió hacia su amigo.

—¿Vas a dejarme en ascuas? —preguntó con sarcasmo.

El otro letalisz rio entre dientes.

—Le preguntó a tu hermana si estabas enfadado con ella.

En vez de responder, Zevander le lanzó otra mirada furtiva y silbó para llamar a Obsidyen. Al punto, un golpeteo de cascos atrajo su atención hacia una esquina del castillo tras la que apareció el caballo, que trotaba hacia ellos.

—No te estarán viniendo ideas a la cabeza sobre esa mortal, ¿verdad? —fisgoneó Ravezio.

Zevander soltó una risotada mientras ajustaba la silla que le había puesto a la montura un rato antes, para salir a patrullar el perímetro del castillo, en otro intento fallido de distraer su mente de la chica.

—Me vienen muchas ideas a la cabeza —masculló, sin molestarse en añadir que casi siempre por la noche, cuando estaba en la cama.

—Es que te noto ansioso por marcharte.

—Simplemente estoy ansioso por acudir a la llamada de mi soberano.

—Sí, claro, lo habitual en ti. —Ravezio puso los ojos en blanco y dio unas palmaditas en el flanco a Obsidyen; cuando este se dirigió al trote hacia la puerta de la muralla, gritó—: Ya le daré un beso de despedida de tu parte.

—Solo si quieres pasarte el resto de la eternidad en el Reino de las Sombras —contestó Zevander por encima del hombro, rechinando las muelas solo de imaginar los labios de Ravezio en contacto con los de ella. Al lanzarle una última mirada, advirtió que no se había movido de la ventana y lo observaba alejarse.

El camino a Costelwick se le antojó más largo que de costumbre. Mientras guiaba a Obsidyen por las calles de la ciudad, se percató de que habían comenzado los preparativos para la Ceremonia del Devenir de la princesa. Vio banderines morados y plateados, los colores del escudo de Sagaerin; estandartes y farolillos colgados entre los edificios; una larga fila de carretas de mercaderes cargadas de provisiones en la vía que conducía al castillo.

Al traspasar la muralla, Zevander se vio atrapado en medio del ajetreo de guardias y criados que se afanaban en dejarlo todo listo para los numerosos invitados que se esperaba que llegaran de todos los rincones de Etiria en los siguientes días.

Se abrió paso hasta la sala de reuniones del rey, donde encontró a Sagaerin caminando de un lado a otro, con los hombros encorvados de tensión.

—¿Me habéis hecho llamar, Su Majestad? —dijo él, dirigiéndose con paso resuelto hacia la larga mesa de conferencias.

—Sí, sí. —Le hizo un gesto a su copero, que se apresuró a llenar dos copas—. Por favor, siéntate —dijo y Zevander se acomodó en la silla más cercana.

—Hay murmullos de descontento. —Sin interrumpir sus idas y venidas, Sagaerin se frotó las manos, más alterado de lo que lo había visto nunca—. El público insiste en que Dorjan presida el Initios. —El Initios marcaba el comienzo de las festividades y bendiciones para el torneo, que reunía a aguerridos combatientes de toda Etiria para luchar por la gloria de hacer mujer a la princesa. Todas las ceremonias importantes solían empezar con esta formalidad, que consistía en prender fuego a una rueda mientras giraba—. Temen que su ausencia durante los últimos años sea una señal de la debilidad de la monarquía, de que estamos ocultando algo. —Hizo una pausa para coger su copa de vino, de la que cayeron varias gotas en el camino hacia la boca—. ¡Si lo envío ahí, quedará expuesto frente al público! ¡Se convertirá en una presa fácil!

—Me estáis pidiendo que lo escolte.

El rey dejó la copa con tal violencia que el vino se derramó sobre la mesa.

—¡Te estoy pidiendo que protejas su vida como si fuera la tuya propia o correrá peligro la de todos! —Agachó la mirada y respiró hondo, con el rostro colorado como una remolacha—. Estoy fuera de mí por culpa de esta tontería. —Dio unas palmaditas en el hombro a Zevander—. Confío en ti. Sé que pondrás todo de tu parte, pero ¡por los huevos de Castero! ¿Por qué no se conforma el populacho con la bendición de su rey? ¿Por qué insisten en poner en peligro la vida de Dorjan? —Tras tomar un último trago, le tendió la copa al sirviente y señaló con una inclinación de cabeza la de Zevander—. Tómate el vino. No me gusta beber solo.

De mala gana, agarró la copa y se quitó la máscara para tomar un sorbo. Aunque no aborrecía el vino, estaba lejos de ser su bebida favorita.

—¿Cuándo empieza la ceremonia?

—Al anochecer. Te agradezco que hayas llegado con antelación, Zevander. Como siempre, has demostrado que eres un súbdito de lo más fiable y leal.

No era una cuestión de lealtad. Simplemente agradecía la excusa para pasar tiempo fuera del castillo y la distracción que suponían las nimiedades reales ayudaría a evitar que se pasara el día acechando a la joven. Si se encontrara ahí en ese momento, seguro que estaría pendiente de sus interacciones con Ravezio. A pesar de todo, asintió en señal de agradecimiento por el elogio del rey.

—Ordenaré que inspeccionen y preparen el carruaje de Dorjan ahora mismo.

—Lo inspeccionaré yo personalmente.

—No tienes ni idea de cuánto te lo agradezco. —Dándole otra palmada nerviosa en el hombro, apuró su vino de un trago.

Zevander se terminó el suyo mientras el monarca le pedía al copero que hiciera traer el carruaje, antes de levantarse y salir de la estancia. Se dirigió a la entrada principal del castillo, frente a la que se encontraban el carruaje y tres lacayos que lo examinaban palmo a palmo. Zevander se unió a ellos para buscar cualquier indicio de sabotaje, ya fuera un frágor explosivo o una piedraciaga maldita ocultos en algún recoveco del vehículo.

Tras un concienzudo registro, no encontró nada.

A continuación se encaminó hacia la armería para hacerse con una armadura que le permitiera pasar inadvertido entre los otros guardias. Aunque detestaba el peso de la coraza y que entorpeciera sus movimientos, le servía para ocultar su identidad y al mismo tiempo permanecer cerca del príncipe en todo momento. Una vez cubierto con la armadura, regresó al carruaje.

El príncipe Dorjan salió a recibirlo, ataviado con ropajes de seda morada y color plata, y zapatos de piel recién lustrados.

—Según me ha informado mi padre, te ha encomendado que me acompañes en mi encuentro con la muerte. —El príncipe sonrió, arreglándose el puño del jubón.

—Qué raro, yo creía que iba a acompañarte al acantilado más cercano para que practicaras saltos.

El joven rio entre dientes y esperó a que el lacayo le abriera la puerta del carruaje.

—Te aseguro, Zevander, que eres la única persona a la que le permito hablarme en ese tono, y solo porque sé que podrías machacarme a golpes si quisieras.

—Machacar a la gente a golpes es cosa de salvajes. —Subió al vehículo y se sentó frente al príncipe—. Es mucho más elegante el veneno.

—En efecto. Por fortuna, eres un negado para la alquimia, según tengo entendido. —El comentario suscitó una leve sonrisa en el rostro de Zevander, aunque su mente seguía irritantemente obsesionada con una belleza mortal.

La puerta se cerró y el carruaje se puso en movimiento.

El atardecer cayó sobre la ciudad y los farolillos festivos colgados en lo alto brillaban en la claridad agonizante. Por la ventana del coche, Zevander vio a un hombre mayor subir por una escalera de madera y encender la primera lucerna con la chispa de un pedernal. La llama prendió en la segunda y luego en la tercera, hasta que la ristra entera de lamparillas quedó iluminada. El ambiente se animó en la ciudad mientras la luna ascendía en el cielo y una multitud se juntaba en torno a un estrado instalado en la plaza de la Cicuta.

A lo lejos se divisaba la palestra donde pronto se celebrarían las justas, con las columnas de piedra de la entrada adornadas con flores, luces y los banderines morados y plateados que ostentaban los blasones y el linaje del rey.

El carruaje se detuvo junto a donde se había reunido la Guardia Imperial, que rodeó al príncipe mientras subía la escalera hacia el centro del estrado, sobre el que se encontraba la elaborada rueda de filigrana de plata.

Dorjan se colocó frente al público y ejecutó una reverencia.

—Mi amado pueblo —comenzó—. Esta noche en que las lunas se han juntado en una sola, honraremos a mi hermana anunciando tres noches de torneos y festividades.

Zevander recorría la multitud con la vista desde su puesto al lado del príncipe, escudriñando a cada uno de los asistentes en busca de cualquier señal de hostilidad. La Guardia Imperial estaba apostada a lo largo del perímetro del estrado y una segunda fila formaba una barrera entre el príncipe y el gentío. Esta disposición denotaba cierta falta de confianza, pero el rey estaba decidido a no escatimar gastos ni esfuerzos para mantener a su hijo a salvo.

Al escrutar de nuevo la muchedumbre, Zevander se fijó en un hombre situado hacia la parte de atrás, con buena parte del rostro oculto por una capucha. Levantó un arco y apuntó con él al príncipe.

—¡Dorjan! ¡Apártate! —gritó y, con un respingo, el príncipe se agachó y se echó a un lado.

Una flecha se clavó en el armazón de madera de la rueda, a menos de un palmo del rostro del príncipe.

Zevander se colocó rápidamente ante él para protegerlo con su cuerpo. Desenvainó su espada de Venetox, y buscó con la mirada al hombre, que se había esfumado.

Una vibración en el estrado atrajo su atención hacia una masa temblorosa de color rosa claro. Manteca de cerdo. Un símbolo de la codicia.

Unos gritos de protesta en las primeras filas de la multitud dieron paso a un clamoroso cántico. Zevander, incrédulo, distinguió el nombre que coreaban.

—¡Cadavros vive! ¡Cadavros vive! ¡Muerte al rey! Muerte al rey!

Un grupo de encapuchados se abalanzó hacia el estrado desenfundando sus armas y atacó la primera línea de guardias imperiales.

—¡Llevad al príncipe al carruaje! —gritó Zevander a los hombres apostados cerca de las escaleras, que se arremolinaron en torno a Dorjan mientras descendía. Una flecha en llamas impactó en la rueda y encendió las astillas que la ponían en marcha.

Los cánticos se intensificaron.

Uno de los asaltantes se coló entre los guardias y se abalanzó hacia el príncipe blandiendo un mayal sobre la cabeza.

Zevander saltó desde el estrado y le asestó una fuerte patada en el pecho al hombre pálido y delgado, que salió despedido hacia atrás.

Era un nilivir.

Un grupo más grande se abrió paso entre la guardia, obligándola a formar un cerco alrededor del carruaje. Los protectores del príncipe estaban en clara inferioridad numérica respecto a los habitantes de la ciudad, que de otra manera no habrían representado una amenaza.

Uno de los escoltas controlaba un halo, un hechizo de protección que mantenía a raya a los agresores, mientras otros dos se servían del Aeryz para impedir que lo traspasaran. Zevander subió al vehículo detrás del príncipe, agobiado por el peso de su armadura.

—¡Al castillo! ¡Vamos! —ordenó y el carruaje se puso en movimiento con una sacudida.

La guardia lo seguía mientras serpenteaba por las calles de Costelwick. Cuando se detuvo con un chirrido, Zevander se asomó a la ventana y vio que otro grupo de ciudadanos les bloqueaba el paso.

—¡Me cago en la sangre de los dioses! —masculló, apeándose.

La manteca de cerdo llovía sobre los adoquines. La muchedumbre guardaba las distancias hasta que uno de ellos saltó hacia delante y arrojó contra el coche unos puñados de algo marrón que Zevander supuso que era mierda de cerdo. Los agresores estrecharon el círculo, sin dejar de corear sus cánticos mientras los rodeaban blandiendo sus antorchas y armas.

Frustrado y con la paciencia agotada, Zevander invocó al escorpión en la palma de su mano y lo dejó en el suelo adoquinado. La criatura creció y se ensanchó, y la turba contempló boquiabierta cómo se erguía sobre sus cabezas, chasqueando las pinzas. Algunos se dispersaron, gritando. Un audaz hijo de puta se atrevió a alzar la espada y cargar contra ellos, pero, antes de que Zevander tuviera la oportunidad de cortarle la cabeza de un tajo, el escorpión atacó con el aguijón metálico y lo rajó por la mitad.

Los asaltantes retrocedieron al tiempo que el arácnido avanzaba por delante del carruaje en dirección al castillo, hasta que se retiraron del todo. Entonces él retrajo su magia.

Tras subir de nuevo al vehículo, ocupó el asiento frente a Dorjan, que sacudía la cabeza, con la vista fija en la ventana.

—Esto es obra de mi padre. —Con los dientes apretados, respiraba con furia por la nariz, con el rostro encendido—. ¿Los mata de hambre y espera que nos hagan reverencias? ¿Qué lógica tiene eso?

Zevander no podía discutírselo. Nunca había visto con buenos ojos la codicia del monarca ni que a los ricos se les proporcionara el indispensable vivicanto mientras los pobres se atrofiaban y su línea de sangre se marchitaba como una parra congelada.

A Dorjan se le humedecieron los ojos.

—Me odian tanto como a él.

—No saben que no eres como tu padre.

—Y lo odio por eso. —Las lágrimas le resbalaban por la mejilla—. Lo odio.

Zevander se quedó callado hasta que el carruaje se detuvo dentro de las murallas y los guardias que esperaban su regreso escoltaron al príncipe al interior del castillo. El rey Sagaerin, de pie en la escalinata de la entrada, le tendió la mano, pero Dorjan la apartó de una palmada y siguió andando.

Cuando Zevander llegó a su lado, el monarca arrugó la frente, consternado.

—Atacado por mi propio pueblo. —Movió la cabeza de un lado a otro—. ¿Cómo puedo enderezar la situación? ¿Cómo puedo arreglar este desastre?

—No soy consejero, pero un gesto de caridad me parecería buena idea.

—Vivicanto.

—Están famélicos. Débiles. Furiosos.

—Solo me queda suficiente para un ciclo lunar más, y, ahora que se avecina la Ceremonia del Devenir de Calisza, me harán falta mis reservas. —Para repartirlas entre sus invitados ricos, por supuesto. Crispó las facciones—. Qué vergüenza. Lo último que necesitaba ahora mismo era una revuelta. Dioses míos, ¿qué pensarán los soláceos cuando vean que no puedo ni caminar por las calles de mi ciudad?

Que su única preocupación fuera la humillación que sufriría minó el poco respeto que aún le tenía Zevander.

—Te agradezco que estuvieras ahí. Otra vez. —Se sacó del bolsillo un talego con monedas y un vial de vivicanto líquido, lo que a él le sentó como una bofetada—. Puedes pasar la noche aquí, si quieres. Eidolon queda muy lejos como para partir a estas horas de la noche.

—No hace falta. —Sin una palabra más, se encaminó hacia la armería para deshacerse de la sofocante y excepcionalmente engorrosa armadura. Una vez que se vio libre de ella, se dirigió al patio exterior y llamó a Obsidyen con un silbido. Alerta y con cautela, salió de las murallas y cabalgó por las calles de Costelwick. Como no iba en compañía del príncipe ni llevaba la armadura que lo identificaba como Guardia Imperial, cruzó la ciudad sin que lo molestaran. La gente se había entregado a las celebraciones, bebiendo, comiendo y cantando. Aparte de la sangre que salpicaba los adoquines, apenas quedaban rastros de los disturbios que se habían producido.

Zevander dejó atrás el centro de la ciudad y siguió adelante en dirección a las afueras, hasta llegar a La Sal Negra.

Desmontó del caballo y entró en la pequeña y tranquila posada, donde podría pedir una habitación en el piso superior si decidía pasar la noche allí. Al fondo del establecimiento vislumbró un rostro familiar, el de un viejo herrero que se había retirado de su trabajo de toda la vida. Encorvado sobre una jarra de cerveza, no se dignó levantar la mirada mientras Zevander se acercaba hasta detenerse al lado de la mesa.

El viejo, de cabello rojo entrecano y un ojo de plata, pues el natural se lo había saltado una esquirla de metal candente, soltó un bufido.

—Vaya, mira qué ha traído el viento.

Zevander se desprendió del tahalí y se sentó en el banco. Al cabo de un minuto, una tabernera depositó dos jarras en la mesa antes de alejarse con paso tranquilo.

Oswin apoyó un musculoso brazo en el respaldo de su asiento y ladeó la cabeza.

—¿Qué te ha hecho salir de esa cripta de castillo en la que vives?

—El Initios.

El hombre arqueó las cejas.

—Ah, ¿has estado ahí? Menudo espectáculo.

—Los he oído corear el nombre de Cadavros. —Zevander agarró su jarra y se soltó la máscara para beber un sorbo.

—Corre el rumor por el Arrabal de que Cadavros volverá. Los nilivires creen que los salvará del sufrimiento en el que viven.

—¿Cómo?

Oswin tomó otro lingotazo de cerveza y se enjugó la boca con el dorso de la mano.

—Concediéndoles el poder del fuegoscuro.

Con expresión ceñuda, Zevander ahogó sus pensamientos en otro trago de su bebida.

—El fuegoscuro es peligroso. Causa deformidades terribles.

—Solo en quienes tienen magia. Los nilivires no la tienen. Tampoco tienen control sobre ella, así que la cosa no pinta bien, de todos modos, y menos aún habiendo brujos que saben manejar la llama. Cadavros era el peor de todos. —Oswin era lo bastante mayor para haber vivido los años en que Cadavros representaba una amenaza para la Corona.

—¿Tienes idea de quién está detrás de la revuelta?

—Yo pensaba que era el Brujo Loco, pero me dicen que lo sacrificaron como a un perro cojo.

No fue así exactamente, pero Zevander no se molestó en corregirlo.

—¿Y cuándo creen que regresará?

—Me parece que ni ellos lo saben. —Sacudiendo la cabeza, levantó su jarra para echarse más cerveza entre pecho y espalda—. Costelwick se va a la mierda, entre la revuelta y las placedoras asesinadas…

A Zevander le tembló el ojo al oír la impactante noticia.

—¿Ha habido otro asesinato?

—Pues sí. Esta misma noche, hace un rato.

—¿Qué ha pasado?

Oswin se encogió de hombros y sacudió la cabeza.

—No conozco los detalles. Solo sé que los burdeles ahora escatiman mucho el tiempo. Últimamente ya solo se pueden echar polvos rápidos. —Se señaló a sí mismo con un gesto—. Un semental viril como yo necesita una hora larga. Tal vez dos.

Zevander soltó una risotada y, cuando desvió la mirada, vio a un muchacho pálido y delgado escondido tras una mesa cercana. Mientras el cliente que estaba sentado ahí coqueteaba con la tabernera, el chico rodeó una esquina con un huesudo brazo y vertió un polvo cristalino en la jarra del hombre. Cuando salió gateando de su escondite, estableció contacto visual con Zevander.

Era Gavroche.

El letalisz frunció el entrecejo, dejó sobre la mesa una moneda para pagar su cerveza y, tras despedirse brevemente de Oswin, siguió al muchacho, que salió a toda prisa de la taberna.

—¡Eh! —lo llamó Zevander—. ¡Gavroche! —Como el chico no se molestó en parar, añadió—: ¿Así tratas a quien te salvó el escuálido pellejo?

Resoplando, el muchacho aflojó el paso, de modo que él lo alcanzó.

—¿Qué era ese polvo?

Gavroche dirigió la vista hacia la taberna antes de posarla de nuevo en él.

—Cardubera.

¿Cardubera? Era algo que se les daba a los pobres desgraciados que no podían conseguir una erección decente, un potente afrodisiaco que despertaba ciertos impulsos en los hombres, en particular.

—¿Y qué haces tú con cardubera?

—Ayudar a madame Lazarine con su negocio.

Zevander cruzó los brazos.

—¿Sigues alojándote en el burdel?

El chico asintió.

—Me ocupo de la ropa de cama y de atraer clientes, y a cambio ella me deja dormir en la bodega.

—Hay que ver… —Un estrépito a su espalda hizo que Zevander se volviera.

El hombre que había estado flirteando con la tabernera salió corriendo, con las manos ahuecadas en la entrepierna, y se dirigió a su caballo, que estaba atado frente al establecimiento. Después de montar, partió a medio galope en dirección al Arrabal.

Zevander se rio por lo bajo.

—¿Sabes algo de la placedora a la que han asesinado hace un rato? ¿Tienes idea de cómo ha muerto?

El muchacho se encogió de hombros.

—Con flamapul, creo. Madame Lazarine está bastante afectada.

—Quiero que me hagas un favor, Gavroche. —El letalisz desató una bolsita que llevaba al cinto y extrajo el vial de vivicanto que el rey acababa de darle. Cuando se lo mostró al chico, este abrió mucho los ojos—. Quiero que te conviertas en mis ojos y mis oídos en la taberna y en el burdel. Si te enteras de algo relacionado con las placedoras o con la persona que les está haciendo daño, no se lo cuentes a nadie más que a mí. ¿Te ves capaz?

El crío asintió enérgicamente, tendiendo los flacos dedos hacia el vial, pero Zevander lo retiró de golpe.

—Sabes que no hay que tomarlo todo de un trago, ¿verdad?

—Sí. Solo una gota cada vez.

—Una gota —repitió él, entregándoselo—. No quiero que acabes como los carnificados.

Con manos temblorosas, el muchacho destapó el vial y dejó caer una gota del nutriente sobre su lengua. Cerrando los ojos, sonrió y se estremeció.

—Hace cosquillas. —El rojo de sus ojos centelleó y perdió intensidad hasta adquirir un tono rosado. Si ingería el vial entero a lo largo de la semana, acabarían por recobrar su aspecto natural. Lamentablemente había perdido su magia de sangre para siempre. Recuperar su poder requeriría siglos de consumo constante y, por desgracia para Gavroche, lo más probable era que nunca volviera a tener acceso a vivicanto puro. Además, seguro que no aguantaría tanto tiempo. Aunque la esperanza de vida de los niños entecos era muy superior a la de los humanos, no tenía punto de comparación con la de un mántico sano, que podía llegar a vivir casi mil años. Como mínimo, el vivicanto les devolvía la vitalidad y la energía.

—¿Sabes algo de Cadavros?

El chico volvió a encogerse de hombros.

—Algunos lo consideran un dios. Dicen que volverá de un momento a otro.

—¿Tienes idea de quién está difundiendo ese rumor?

Negó con un gesto mientras se guardaba el vial en el bolsillo del pantalón, que le quedaba mejor que el que llevaba la última vez.

—No oigo hablar más que de la llama negra, que se supone que va a salvar a los nilivires y a restituir nuestro poder.

Zevander soltó un bufido.

—Créeme, chico, el fuegoscuro no va a salvar a nadie. —Le dio unas palmaditas en el hombro—. Saluda de mi parte a madame Lazarine.

45

Maevyth

Después del baño, cogí la taza de té caliente que Magdah me había traído a la habitación, una tisana de hierbas que insistió en que probara después de que le dijera que había tenido problemas para dormir. Con la taza en la mano, me acerqué a la gruesa puerta de caoba decorada con tallas de dragones y elaboradas bisagras. Daba a un balcón de piedra curvo que sobresalía de la fachada del castillo.

El aire era frío, así que me ajusté bien la pesada bata que encontré en mi armario. Era de terciopelo negro, con elaborados bordados de rosas carmesí y ribetes de pieles negras, así que confiaba en que abrigaría.

Unas antorchas que parecían haberse encendido por sí solas proyectaban sombras sobre la balaustrada. Me asomé y por debajo vi gárgolas y figuras grotescas en las corinas, y, más allá, el vacío hasta el suelo, que apenas se veía del otro lado de la espesa niebla. Las dos lunas brillaban en lo alto, trazando curvas en sentido opuesto e iluminando las oscuras siluetas de las montañas a lo lejos. Me pregunté qué estaría haciendo Aleysia en ese momento, suponiendo que la visión que había tenido fuera real y siguiera viva. Tenía que creerlo, porque pensar cualquier otra cosa me habría destrozado.

Unos bichitos brillantes revoloteaban en el aire a mi alrededor;

tendí la palma y uno aterrizó en ella. En cuanto entró en contacto con mi piel, los glifos de la mano emitieron un brillo plateado. El insecto me recordó las pequeñas luciérnagas que había visto en el Bosque Voraz, con su largo tórax y su rostro casi humano, y me sonrió antes de reemprender el vuelo.

—Se dice que da buena suerte coger a uno.

Al oír aquella voz profunda, me giré y vi a Zevander de pie en el balcón contiguo. Levantó la vista y el grupito de luciérnagas se le acercó revoloteando.

—¿Qué son?

—Celistrioces. Hay quien cree que llevan en su interior la esencia de los dioses. —Extendió la mano y uno se posó encima—. Cuando era niño, los usaba como alimento para mis escorpiones.

Me imaginé la escena y quedé horrorizada.

—¿Y por qué hacías eso?

—Se sabe que los celistrioces invaden los nidos de los nóxidos. Aunque algunos los consideran una molestia, esos pájaros son inocuos. No obstante, los celistrioces envuelven a las madres y a sus crías, y las devoran vivas. —Dio la vuelta a la mano y el insecto trepó hasta el otro lado—. Una vez vi cómo lo hacían. Cuando se ve amenazada, la madre canta una canción a sus polluelos para calmarlos. Se llama «Le'Susszia». La canción de la muerte. —Retiró la mano y el insecto emprendió el vuelo, revoloteando con el resto del grupo un momento más antes de fundirse con la oscuridad—. El escorpión es el único depredador que soporta el veneno de su picadura.

—¿Pican?

—Sí —dijo, contemplando la nube luminosa que iba desapareciendo a lo lejos—. Y en la mayoría de los casos la picadura es mortal. Detectan la hostilidad y atacan instintivamente. Por eso se considera de buena suerte conseguir atrapar uno.

—¿Y no detectaban ninguna hostilidad cuando se los dabas de comer a tus escorpiones?

Torció los labios en una sonrisa socarrona.

—Supongo que siempre mantengo ocultas mis intenciones.

No resultaba extraño que ya de niño hubiera sido enigmático.

—Nunca habría pensado que algo tan encantador pudiera ser tan peligroso.

—Yo casi nunca me fío de lo encantador. —Me echó una mirada y le dio un trago a su bebida—. Mucho menos si es algo tan bonito.

—Yo diría que un hombre como tú no debe de confiar en nada. Ni en *nadie*.

Le di un sorbo al té, caliente y reconfortante, observándolo por encima del borde de la taza. Tenía un aspecto muy seductor, con su túnica negra y su traje de cuero.

—Sin embargo, ahí estás, en un balcón no muy lejos de donde duermo yo.

—Sí. Dado lo *peligrosa* que soy, probablemente fue un error asignarme esta habitación. Podría ocurrírseme saltar a tu balcón una noche y ponerte un cuchillo en el cuello mientras duermes —bromeé, pero el tono chistoso de mi voz se convirtió en una exclamación contenida cuando se me ocurrió asomarme al balcón y vi los cuarenta metros de caída o más que había por debajo.

De ninguna manera.

Él se giró, pero vi el hoyuelo que se le había formado en la mejilla.

—Quizá deba cerrar mi puerta con llave. No quiero que creas que tengo ningunas ganas de convertirme en blanco de tus ataques.

—Ni yo quiero que te lleves la impresión de que mi visita puede tener ninguna intención que no sea letal. —Escondí mi sonrisa en la taza y le di otro sorbo al té.

—Cuidado —dijo él, paseando la vista por el oscuro paisaje—. Las amenazas contra mi vida las considero una invitación.

Solté una risita.

—¿Una invitación para qué? ¿Para devolver el ataque?

Alzó una ceja, dejó su bebida y, sin aviso previo, se subió a la balaustrada de un salto, haciendo equilibrios con una agilidad impensable para alguien de su tamaño.

Conteniendo la respiración, me eché adelante y a punto estuvo de caérseme la taza de las manos.

—¿Qué estás haciendo?

Acompañado de una ráfaga de aire, saltó a mi balcón, sin duda jugándose la vida. Aterrizó sin hacer ningún ruido, con un sigilo en todos sus movimientos que me hizo preguntarme si sus víctimas lo verían o lo oirían siquiera al acercarse. Si fijarían la mirada en la del demonio antes de que les arrebatara el alma o si era como si el mundo de pronto se fundiera a negro sin motivo aparente. Ni un sonido ni un aviso.

Sin quitarme la vista de encima, bajó de la barandilla y se me acercó, haciéndome retroceder un paso. Y otro. Y luego otro. La pared a mi espalda se me clavó en la columna mientras él se aproximaba y sacaba un cuchillo de su funda, a la altura del muslo.

—Tal como te decía, considero las amenazas contra mi vida como una invitación. —El lado ancho de la hoja me rozó la tela de la bata, acercándose lentamente hacia mi estómago encogido—. Deberías usarlas con más cuidado —me advirtió con su profunda voz de barítono.

La espalda se me tensó de golpe al notar la presencia del cuchillo entre los dos y las salpicaduras de té en la mano me hicieron tomar conciencia de cómo temblaba toda yo. Pero no de miedo. Sabía que no me haría daño.

Una emoción inexplicable me atravesó de arriba abajo al mismo tiempo que fijaba sus ojos cautivados, de una intensidad arrebatadora, en mis labios. Era imposible no darse cuenta de lo que le pasaba por la mente, de su deseo, de las ganas que tenía de devorarlos a besos.

Me quitó la taza de la mano, la apoyó en la barandilla y luego me puso el cuchillo en la palma de la mano, apretándome los dedos hasta rodear la hoja. Me apartó un mechón de cabello del hombro y su aliento cálido, que olía a especias y caramelo, me recorrió la piel cuando acercó la boca a mi cuello.

Sentí los muslos rígidos y me quedé casi sin aliento. Era muy consciente de que tras aquel encanto letal y aquella mirada hipnótica se ocultaba un depredador implacable. Y, aunque el instinto me decía que agarrara con fuerza el puñal, al mismo tiempo sentía un cosquilleo en la piel, que anhelaba el roce de sus labios.

Entonces susurró:

—Por si decides llevar a cabo tu amenaza, dejaré la puerta de mi balcón abierta.

Un frío amargo llenó el espacio entre los dos cuando se apartó y, con una sonrisa socarrona, se giró hacia la puerta.

Los músculos aún me temblaban cuando bajé la mirada hacia la daga que tenía en la palma de la mano, con el mango en forma de cola de escorpión.

Por mucho que intentara negarlo, aquel hombre me tenía fascinada. Su carácter desafiante y su encanto natural despertaban en mí unas ansias, un oscuro deseo que no conseguía calmar.

La daga estaba sobre la cama, a mi lado. Yo la contemplaba, con las piernas cruzadas, haciendo un esfuerzo por imaginar las vidas que habría arrebatado con su hoja. «Es un hombre malvado», me decía, porque necesitaba algo que me apartara de los pensamientos lujuriosos que despertaba en mí. Pensamientos que desde siempre me habían enseñado que eran las semillas de la maldad del diablo.

«Es un asesino. Mata por dinero».

Y sin duda a gente inocente. Algo que debería suscitarme repulsa. Aun así mi cabeza se negaba a aceptar la inmoralidad, porque me había salvado la vida en aquella prisión, y, por egoísta que fuera poner eso por delante, era algo que no podía ignorar. Ni tampoco podía negar sus impresionante habilidades, que debían de haberlo convertido en alguien excepcionalmente peligroso para sus presas. Ahora lo único en lo que podía pensar era en aquella imagen de él saltando de su balcón al mío. En su elegancia letal y en los movimientos ágiles y furtivos de su musculoso cuerpo.

Con un suspiro dejé la daga sobre la mesita de noche y me recosté en la almohada, ladeando el cuerpo y haciéndome un ovillo, contemplándola. Vi una sombra en la periferia de mi campo visual y levanté la cabeza. La única luz de la estancia era la del fuego del hogar, pero, al no haber añadido más troncos, se estaba volviendo cada vez más tenue. La vista se me fue a una figura en la esquina, una forma negra que se fundía con las sombras.

Estaba sentada, agazapada, y las protrusiones óseas de la columna me recordaron la cresta espinosa de un lagarto. Unos reflejos oscuros danzaban en torno a su silueta espectral. Deimosis.

El corazón se me aceleró, latiendo con fuerza, cuando se giró hacia mí y me miró con aquellos ojos negros sin alma. En torno a su rostro gris y anguloso caía una melena de cabello blanco enmarañado.

Fue entonces cuando se me ocurrió pensar que no había visto visiones de los muertos desde la pesadilla de Aleysia que había tenido nada más llegar.

—*Nonei le confidezsa.* —Una voz rasposa atravesó la habitación y solo de oírla sentí un escalofrío—. *Mortiz a dae et punire.*

—No entiendo.

Con un gruñido se acercó gateando, a cuatro patas, y yo agarré la daga y se la planté delante con una mano temblorosa, cerrando los ojos de miedo.

La voz rasposa se convirtió en otra que ya había oído antes dentro de mi cabeza.

—No confíes en él. La diosa de la muerte castigará.

Abrí los ojos de golpe, respirando agitadamente.

—¿En quién? ¿En quién no debo confiar?

Pero el fantasma ya había desaparecido. Lo único que quedaban eran las sombras que proyectaba el fuego. Con la daga de Zevander aún en la mano, me metí entre las sábanas, respirando por la nariz para intentar calmarme.

«¿Quién?». La advertencia del fantasma resonaba en mi cabeza. «¿Zevander u otra persona?».

¿Y quién era la mujer que acababa de ver? Desde luego, no la reconocía.

Metí la daga bajo la almohada, pero no solté el mango. Cerré los ojos, y recé por conciliar el sueño.

46

Maevyth

Un intenso haz de luz se extendió sobre mi rostro. Tras un parpadeo, abrí los ojos y fijé la vista en el reloj que había sobre la repisa de la chimenea.

Eran más de las doce del mediodía.

«¿Qué?».

Me levanté de un salto. En la mano tenía algo agarrado. La daga.

—¡Oh, no! —Crucé la habitación a la carrera y saqué del armario mi ropa de entrenamiento. Dudaba mucho que Zevander siguiera esperándome en la sala de entrenamientos cinco horas después. Aun así, no tenía intención de bajar a comprobarlo en camisón. Una vez vestida, oculté la daga en uno de los cierres de las calzas, en las que no llevaba ninguna otra arma, y recorrí a toda prisa el pasillo, donde me crucé con el mayordomo.

—Vendryck, ¿has visto a Zevander?

Él me miró con la barbilla bien alta, por encima del largo puente de la nariz.

—Creo que lord Rydainn está en su estudio.

—¿Puedes indicarme en qué dirección está?

Extendió un dedo largo y delgado hacia el salón principal, que trazaba una curva en torno a una torre y daba a otro largo corredor.

—La cuarta puerta a la derecha.

—Gracias.

A pesar de los intensos pinchazos que sentía en el estómago por el hambre, recorrí el pasillo a paso ligero hasta llegar a la cuarta puerta.

El corazón me golpeaba el pecho, desbocado, provocándome un temblor en las manos que se hizo evidente cuando levanté el puño para golpear con los nudillos en la madera.

—Sí. —Su irritación era patente en el tono de voz y, cuando abrí, avergonzada, me lo encontré sentado frente a un escritorio, pasando las páginas de un libro. Al oírme entrar emitió un gruñido gutural de desaprobación.

La lluvia repiqueteaba contra los amplios ventanales en arco, en la pared que tenía detrás, y la luz que se filtraba por entre las nubes apenas bastaba para iluminar la estancia. Había unas cuantas velas encendidas sobre la repisa de la chimenea y en una mesita, y las llamas temblaron a mi paso. Aquella estancia tenía un encanto misterioso, una belleza nostálgica; no me costaba imaginarme en ella, leyendo tranquilamente durante horas.

—Lo siento. No sé cómo he dormido tanto —dije, y tomé asiento frente a él, agarrándome a los brazos de la silla para controlar los nervios.

Otro gruñido gutural y siguió leyendo. Ignorándome.

Pasó un minuto, aunque a mí me pareció un siglo.

Y luego otro.

Al final miré al otro lado del escritorio y me fijé en su libro.

—¿Puedo preguntarte qué estás estudiando?

Él lo cerró con un dedo dentro para no perder la página y leí el título en la vieja cubierta de cuero: *Códice alquímico etirio*.

—Eso debe de ser muy antiguo. Da la impresión de que el cuero de la cubierta se va a caer en pedazos.

—No es cuero. Es piel humana.

—Oh —exclamé, con una mueca de asco, y me aclaré la garganta—. ¿Es una especie de manual de medicina? Debe de ser el libro más grueso que he visto nunca.

—Más o menos —respondió, sin molestarse siquiera en levantar la vista mientras pasaba la página.

La sequedad de sus respuestas me tenía de los nervios: no podía dejar de mover la pierna bajo la mesa al tiempo que me mordisqueaba la mejilla.

—Por si quieres saberlo, en parte es culpa tuya que me despertara tarde.

Al oír aquello torció el gesto. Se recostó en la silla y ladeó la cabeza.

—¿Y en qué consistiría exactamente mi responsabilidad?

—La daga. —La saqué de la funda y la apoyé con cuidado sobre la mesa—. Hacía días que no dormía bien. Entre la infusión de Magdah y la tranquilidad que me ha dado tenerla junto a la cama, he dormido como un tronco. —Por no hablar del momento justo antes, cuando había recibido la visita de los muertos.

Él posó la mirada en la daga y luego me miró otra vez, pero no mostró ninguna intención de cogerla.

—¿Y qué es lo que tiene que te ha hecho dormir bien?

—No lo sé. Siempre me he sentido algo vulnerable cuando duermo.

Emitió un largo suspiro y empujó el arma, acercándomela.

—Quédatela.

—¿Confías en mí, yendo por ahí con una daga?

—El hecho de poseer un arma no te convierte en una amenaza. Es la mente la que la gobierna.

—La mente puede ser caprichosa —repliqué—. En un momento dado está tranquila y al siguiente está buscando la violencia.

Sus ojos se oscurecieron y sentí un cosquilleo en la piel.

—¿Eso es otra amenaza?

—Sé que no es así, pero a veces tengo la impresión de que disfrutas con los desafíos.

Percibí un ligero temblor en sus labios, pero, por lo demás, su expresión se mantuvo tan impasible como siempre.

—Eso depende de quién empuñe la daga. —La mirada se le fue a la hoja del arma, que ya tenía en mi mano—. Hoy nos saltaremos el entrenamiento. Quizá puedas ayudarme a comprender algo.

—¿Yo? —Frunciendo el ceño, guardé de nuevo la daga en su funda—. ¿Cómo?

—Ese día, en la sala de entrenamiento, cuando giraste el bastón…, mencionaste que sentiste cierta excitación. Dime con exactitud qué viste mentalmente.

Aquella petición hizo que me agitara en mi asiento, al recordar las sensaciones de aquel día. Llamarlo excitación era simplificar al extremo.

—De hecho, noté una pérdida de control total. No sentía que yo controlara el bastón. Más bien era él el que me controlaba a mí. O… algo dentro de mí.

—¿Cómo te afectó por dentro?

Me encogí de hombros.

—No lo sé, pero era una sensación de… familiaridad. Protección. Como una manta cálida.

—Una manta cálida —repitió, ceñudo.

—Quiero decir que era una sensación reconfortante. Que me daba confianza. La imagen mental que vi fueron unas suaves cintas de fuego. Resultaba tranquilizador.

Se aclaró la garganta y se frotó la mandíbula con la mano, escrutándome atentamente, como siempre.

—La cantidad de magia que extrajiste de mí habría matado a cualquiera consumiéndolo desde dentro. Si mi propia hermana hubiera intentado algo así, habría acabado vomitando sus propios órganos. —Sus palabras me sacaron de mis ensoñaciones y supusieron un duro baño de realidad—. Tienes un don muy peligroso, Maevyth. Si fueras otra persona, te consideraría una amenaza, y yo elimino las amenazas sin pensármelo dos veces.

—Te juro que todo esto no tiene ningún sentido para mí. No te mentiría.

Zevander relajó la postura y suspiró.

—Te creo, aunque eso me convierta en un estúpido.

—Prometo que no volveré a hacerlo.

—Oh, claro que sí. Porque quiero entender la mecánica que se esconde detrás.

—¿Ahora mismo?

—Ahora mismo.

Se levantó de la silla, rodeó el escritorio y se situó al lado de la mía. Con los dedos me indicó que me pusiera en pie y yo obedecí, con la mirada puesta en su pecho musculoso, evitando mirarlo a los ojos. Levantó la mano.

—Apoya la palma contra la mía.

Sin dudarlo, hice lo que decía y no pude evitar observar lo grandes y fuertes que se veían sus dedos en comparación con los míos. La facilidad con que podría haberme aplastado los huesos de haberlo querido.

—Voy a canalizar la llama y a introducírtela en el cuerpo. Tanta como puedas soportar. No obstante, si ves que es demasiado, quiero que me lo digas.

—Vale.

—Prométeme que me lo dirás, Maevyth.

Asentí.

—Te lo prometo.

Se humedeció los labios y tuve que apartar la mirada para contener ese cosquilleo que me recorría, tentándome con la imaginaria sensación de lo que sería tenerlos rozándome la garganta.

—Iremos despacio.

Asentí de nuevo, conteniendo la emoción.

Sentí calor en el centro de la palma de la mano, un calor radiante que me recorrió la muñeca, el antebrazo y el codo, pasando por el hombro y alcanzando el pecho. Cerré los ojos, y sentí aquel calor por dentro, parecido al que me producía el vino del abuelo cada vez que bebía de más. Un agradable zumbido de energía me sonrojó las mejillas.

—Dime lo que sientes, Maevyth. —Qué voz. Dios, su voz me encendía la imaginación mientras esa sensación maravillosa viajaba por mis venas.

—Es... agradable. —Esas breves palabras eran la única barrera que contenía los pensamientos carnales que corrompían mi imaginación.

—Voy a darte un poco más.

—Sí. Por favor. —Abrí los ojos y vi los suyos clavados en mí, la fascinación en su intensa mirada.

El calor vibró y aumentó, y los músculos me temblaron, ablandándose, cediendo ante la energía que palpitaba en mi sangre y en los propios músculos, en eróticas oleadas de placer. Con los labios entreabiertos, eché la cabeza atrás mientras las lenguas de fuego penetraban en mis venas, como si buscaran entrar en contacto con cada rincón de mi cuerpo. Aumentando y disminuyendo la tensión alternativamente, con contracciones lentas y sensuales.

—Un poco más, ¿sí? —Su voz tenía un tono grave y profundo, como si estuviera haciendo un esfuerzo por contener su poder.

Una vez más, asentí, cerrando de nuevo los párpados.

—Sí. Está bien. Dame más.

Otra oleada de calor ardiente me invadió, como un flujo de lava abrasadora, pero, Dios, era agradable. Muy agradable. Como aquellas veces que me había tocado en el silencio de la noche, sintiendo cómo se me tensaban los músculos, temblando y calentándome ante la promesa del clímax.

—Maevyth, ¿estás bien?

—Sí. Por favor. No pares.

Entrelazó los dedos con los míos y otro torrente de fuego me atravesó entera.

—¿Qué es lo que sientes?

La tensión febril que nos unía se convirtió en algo salvaje, desbocado, que me abría las carnes con sus afiladas garras.

—El caos —dije casi sin aliento—. Es como el caos. —Apreté los dientes, con los músculos tensos y temblorosos, aferrándole la mano, dejando que su poder fluyera por mi interior. Un gemido se me escapó de entre los labios y sentí que aumentaba la presión de los dedos sobre los míos, aplastándome la extremidad.

Cuando abrí los ojos, le vi el cabello pegado a la frente húmeda, perlada de sudor. Tenía las venas del cuello hinchadas y se humedecía los labios, con la mirada fija en mí. Yo me pasé la lengua por los míos lentamente y él levantó la otra mano, que no dudé en agarrar.

—Más —dije con la voz ronca. La intensidad del calor que me llenaba por dentro me hizo echar la cabeza atrás y grité, clavándole las uñas en las manos—. No pares. Por favor. ¡Por favor, no pares!

El calor se tornó de pronto en frío cuando me soltó.

Abrí los ojos y lo vi dar un paso atrás, con el sudor cayéndole por las sienes. Oí mi propia respiración entrecortada mientras lo miraba, con la sensación de que acabábamos de entrar en batalla.

—¿Qué demonios eres? —exclamó entre jadeos—. Cualquier persona ajena a esta terrible maldición temería la llama, pero tú... —Frunció el ceño y meneó la cabeza—. ¡Tú disfrutas con ella como un espiritino ebrio!

El repentino desdén en su voz me pilló por sorpresa.

—No sé lo que ha ocurrido. Solo...

Se lanzó hacia mí, me agarró de la nuca y me calló con la boca. Mi gesto de sorpresa se perdió en aquellos labios carnosos que me embriagaron de pronto con un delicioso sabor a tofe acompañado de notas de brasas candentes y un toque de algo cálido y especiado, como canela. Por debajo percibí el rastro de su licor. Un regusto que me trajo a la mente imágenes de largas y plácidas noches junto a la chimenea. Un calor que lo envolvía todo, la piel sudorosa. Dedos titubeantes y lenguas húmedas. El desdén que mostraba un momento antes había desaparecido por completo, fundido con el calor de su beso.

Yo estaba sin palabras, con los labios entreabiertos, dejándole que ejerciera el control, devorando el aire de mis pulmones al tiempo que me mordisqueaba la piel. Un ansia incontrolable me debilitaba las rodillas mientras él me besaba con la decisión de un hombre que no había sido rechazado nunca por ninguna mujer. Alguien con un catálogo de oscuros placeres igual de voluminoso que el libro que estaba estudiando un momento antes. La forma en que se abría paso con la lengua a través de mis labios y mi boca, buscándome, conquistándome, me advertía de los peligros de aquella pasión desbocada. Aquel hombre podía arruinarme la vida en una noche.

—Eres un puto tormento, *Lunamiszka* —dijo apretando los dientes, como si estuviera enfadado. ¿Conmigo? Antes de plantearle la pregunta, me clavó los dedos en la nuca y me sujetó con fuerza para darme otro beso, dejando escapar un gruñido contra mis labios.

Sentí una curiosa sensación en el pecho, como si unas cuerdas tiraran de mí hacia el interior de su cuerpo. El estómago me flotaba en el vientre. Los muslos me temblaban. Un calor pulsante que se extendía por entre las piernas, un hambre voraz que me activó todos los nervios, hasta que todo se interrumpió de pronto al sentir su mano presionándome la garganta, poniendo fin al beso.

Abrí los ojos y lo vi respirar agitadamente, con un gesto de desconfianza en el rostro, como un animal acorralado.

Mis labios ardían en respuesta a su asalto a mis defensas, ansiosos de seguir recibiendo sus besos.

—¿Qué es esto? —preguntó con la voz rasposa y un punto de perplejidad en su tono. Sus pupilas dilatadas habían engullido el color dorado de los iris y tenía el ceño más fruncido aún que antes. Se tocaba el labio con el pulgar—. No puede... —No acabó la frase; tenía la mirada dispersa y parecía perdido en sus pensamientos.

—No pasa nada. Yo quiero esto.

—Tú no sabes lo que es *esto*.

Me acerqué a él y a punto estuvo de caerse al suelo al retroceder precipitadamente. Sentí un pinchazo de humillación en el vientre y se me encendieron las mejillas, ya enrojecidas.

—¿Es que...? ¿He hecho algo malo?

—Necesito que te vayas. Enseguida.

—No hasta que me digas si he hecho algo malo.

—No has hecho nada malo. Ahora vete.

Sin decir nada más, me dirigí hacia la puerta, con ese sabor cálido y especiado de sus labios grabado en los míos.

—Maevyth —dijo y yo me detuve, con la mano apoyada en la manija de la puerta—, esto no podemos hacerlo nunca más.

Sin mediar palabra, me fui de su estudio.

Sobre el canapé había unas bolsitas de tela blanca, junto a un cuenco de madera con hierbas variadas que había recogido de la cocina. Lavanda y manzanilla, anís estrellado y tomillo, artemisa y menta. En un cuenco separado había asfódelos secos que Magdah tenía siempre a mano como protección contra los deimosis.

Ensarté los tallos de gipsófila seca y alquemila a través de la tela de la bolsita, sin dejar de dar vueltas a mi atormentada mente, que solo pensaba en unas manos fuertes recorriéndome la piel, en unas yemas frotándome, acariciándome las carnes inflamadas, sal en la lengua y dientes sobre la garganta. Sus labios y aquel delicioso sabor que se me quedó en el paladar, como una delicia imposible de olvidar. Qué ganas tenía de sentirlo otra vez, de disfrutar aquella sensación.

Resoplé y me concentré en la tarea, borrando de mi mente la imagen de ese beso que evidentemente lo había turbado, por motivos que yo no alcanzaba a entender.

«Concéntrate».

Llené la bolsita con las hierbas y luego la colgué con un cordel del dosel de mi cama.

Alguien llamó a mi puerta, sacudiéndome todos los músculos, que aún me temblaban tras la experiencia. Se entreabrió y apareció Rykaia, que cruzó la habitación y fue a sentarse en el otro extremo del canapé, para contemplar el jaleo que tenía montado.

—¿Qué es todo esto?

—En casa lo llamamos «tejederas». Es una combinación de hierbas y especias para facilitar el sueño y evitar las pesadillas.

Ella se giró hacia mi cama, donde había ya colgadas media docena de bolsitas.

—¿Puedo hacer una?

Yo asentí y le entregué una, junto con el cuenco de hierbas.

—¿Qué hay ahí? —preguntó, señalando los asfódelos.

—Eso es para los muertos.

—¿Los ves aquí? ¿En este castillo?

Se me quedó mirando mientras yo ensartaba flores secas, prendiéndolas en la tela, y le puse un tallo de gipsófila en su bolsita.

—Pues no, hasta anoche. Es raro. En Mortasia los veía a menudo.

Seguí entretejiendo las bolsitas de hierbas con los tallos de las otras plantas, haciendo todo lo posible por ahuyentar de mi mente la imagen de aquella mujer espectral que me había acechado la noche anterior hasta que por fin me dormí.

—¿Vosotros quemáis a vuestros muertos?

—No. A menos que puedan transmitir enfermedades o que se crea que están poseídos por los demonios.

Rykaia soltó un resoplido.

—¿Poseídos por los demonios? ¿Un malevol dentro de un cuerpo mortal? No se me ocurre peor elección. Desde luego, tú eres la excepción, pero los mortales sois criaturas sin ningún poder y no vivís mucho tiempo.

—Supongo que, visto de esa manera, puede parecer una tontería que elijan vivir en nuestro interior.

Se hizo el silencio entre las dos, hasta que ella dejó de entretejer plantas y la falta de movimiento atrajo mi atención.

—Pero tú viste uno anoche. En esta habitación.

—Sí. Una mujer.

Se mordisqueó el labio inferior.

—¿Y qué aspecto tenía?

Yo suspiré, recordando los seres que había visto en mis pesadillas, junto al desterrado y a la muchacha lyveriana. Y a Aleysia.

—Cabello blanco, piel pálida. Ojos negros.

Los párpados le temblaban de tal modo que me pregunté si conocería a aquella mujer.

—¿Te dijo algo?

—Me dijo que no confiara en *él*.

—¿En quién?

Yo meneé la cabeza y me encogí de hombros.

—No lo sé. Solo la vi un momento. ¿Por qué me has preguntado si quemamos a nuestros muertos?

—Nosotros los quemamos a todos. Los cuerpos se convierten en piedras sanguíneas, que con el tiempo se transforman en vivicanto. Simplemente me preguntaba si quizá era esa la razón por la que no los ves tanto ahora que estás aquí.

—Tal vez. Pero, entonces, ¿por qué iba a recibir esa visita anoche?

Ella apartó la mirada y se puso a ensartar los tallos de las plantas más rápido, con menos atención, atravesando la tela con torpeza.

—Algunos no se queman. Tienen una muerte horrenda.

—Tú conocías a esa mujer.

Rykaia tensó la mandíbula y asintió.

—Cada piedra de este castillo alberga una historia de dolor.

—¿Puedo preguntarte quién era?

Haciendo caso omiso, con el ceño fruncido, prosiguió con su tejido. Cuando acabó, levantó la bolsita para que la viera.

—¿Qué tal?

Yo no quería insistir más, así que alcé la vista hacia la bolsita y sonreí.

—Perfecta. Está perfecta.

47

Maevyth

De algún modo, pasaron once días.

Yo dedicaba la mayor parte del tiempo a estudiar huesos y pergaminos con Dolion y Allura, cocinando con Magdah y enseñándole a Rykaia a hacer tejederas, algo para lo que realmente no tenía demasiada paciencia. Y, los pocos días en que Zevander no había tenido que acudir a algún lugar misterioso del que nunca quería hablarme, entrenaba con él. Por las noches me llevaba a la mazmorra a dar de comer a Branimir y cantarle. Alguna vez Rykaia venía con nosotros y las dos entonábamos canciones tontas mientras Zevander observaba desde las sombras. No obstante, cuanto más me iba acostumbrando a su familia, más reticente parecía él. Unas cuantas veces lo pillé observándome. Esas miradas largas, directas, me despertaban recuerdos de ese día en su estudio, pero no habían desembocado en nada más.

Los otros letalisz —que, por lo que supe, también vivían en Eidolon— solían ir a lo suyo. Solo vi un par de veces a uno que se llamaba Kazhimyr, y aún tenía que conocer a Torryn. Rykaia me contó que había estado enamorado de ella durante mucho tiempo y que, según parecía, tenía cierta inclinación a matar a todo lo que la mirara con la mínima animadversión.

Con un suspiro de aburrimiento, abrí el libro que me había dado Dolion. Era uno de esos días que Zevander estaba fuera, así que decidí pasar el tiempo intentando buscar la solución a un rompecabezas de laberinto. Por lo menos aquello me ayudó a calmar la ansiedad, esa sensación de nervios que me atenazaba el estómago cada vez que pensaba en mi hermana y en volver a Vonkovya. Aunque Aleysia ocupaba gran parte de mis pensamientos, las perspectivas de volver a verla parecían poco halagüeñas. No tenía esperanzas.

Dolion había intentado buscarla con sus conjuros por segunda vez, pero no había encontrado nada. Lo único que tenía era un interrogante que planeaba sobre mi cabeza. Que me obsesionaba día sí y día también.

Al oír que llamaban a la puerta levanté la cabeza del libro de rompecabezas y crucé la habitación. En el umbral me encontré a Allura, que sostenía dos humeantes tazas de té. Me ofreció una.

—Pensé que querrías beber algo caliente.

Los últimos días había bajado la temperatura y, aunque yo no había pasado mucho tiempo en el exterior, el frío también se sentía en los muros del castillo, aunque al caer la tarde yo solía alejarme de las piedras y las grietas; prefería sentarme cerca de la chimenea.

—Gracias —dije, con una sonrisa, y ella miró detrás de mí.

—¿Aún estás dándole vueltas a ese rompecabezas?

Sonreí y asentí. Allura y yo habíamos pasado un par de horas con aquel acertijo el día anterior y me dio la impresión de que disfrutó con el reto, tanto o más que yo.

—¿Quieres ayudarme?

Ella levantó las cejas y asintió. Yo me hice a un lado para que entrara.

—Anoche pensé un poco en ello. ¿Ya has aprendido algo sobre la proyección de la mente?

—No.

—Ven. Te voy a enseñar cómo funciona.

—¿Es otro glifo?

—No, no. Emplea el poder que ya has empezado a descubrir. —Apoyó la taza de té en la mesita de noche y se sentó en la cama, frente al lugar donde estaba yo solo hacía un momento. Yo me situé enfrente y ella apoyó una mano sobre el rompecabezas y cerró los ojos. Chasqueó la lengua y se quedó inmóvil un momento. Luego movió un poco la mano y chasqueó la lengua otra vez. Suspiró y meneó la cabeza.

—Bueno, no lo veo.

—¿Qué es lo que estás intentando ver?

—La imagen del otro lado. La ficha del centro parece seguir un patrón definido. Si pudiéramos visualizar la imagen, sabríamos dónde mover las fichas. Dada la complejidad de las ranuras, imagino que crea alguna forma. Yo no veo más que oscuridad, pero inténtalo tú.

Me agarró la mano y me la apoyó con suavidad en la parte superior del rompecabezas.

—Ahora, chasquea la lengua.

—¿Qué tiene que ver la lengua con la mano?

—Al chasquearla creas un ruido benigno que rebota en los objetos circundantes. Es como la ecolocalización. Si te concentras en el sonido, pero de verdad, debería proyectar la imagen en tu mano. Entonces el poder de los glifos comunicará esa imagen a tu mente.

—Eso me parece excepcionalmente complicado.

Allura se rio.

—No lo es, te lo prometo. Pero asegúrate de cerrar los ojos.

Con los párpados bien cerrados, chasqueé la lengua igual que ella.

Nada. Solo oscuridad.

Volví a intentarlo, y, aun así, no me vino nada a la mente. Me encogí de hombros y abrí los ojos.

—Tampoco debe de funcionar conmigo.

—Inténtalo una vez más. Pero ahora usa solo las puntas de los dedos, para concentrarte en las vibraciones.

De nuevo cerré los ojos y, cuando chasqueé la lengua, vi una imagen reflejada en mi mente.

—¡Oh! ¡He visto algo!

Una chispa de emoción me hizo cambiar de postura y ajusté la de la mano para obtener una imagen mejor la vez siguiente. Volví a chasquear la lengua y la imagen permaneció en mi cabeza más tiempo. Más luminosa. Más clara.

—¿Es un… árbol? Un árbol enorme, con las ramas retorcidas y la corteza muy vieja.

—Bien. Aguanta esa imagen en la mente. No dejes que se escape. E intenta localizarla.

Usando la misma mano que había apoyado en el rompecabezas, giré la esfera de la parte superior, tal como había hecho decenas de veces antes, empujándola por la ranura del laberinto de debajo, empezando por la parte superior del árbol. Esta vez algo hizo clic y, animada por mi éxito, volví a girar la esfera, moviendo la ficha hacia abajo e introduciéndola en otra hendidura. Otro clic. Otro giro de la esfera, otro movimiento de la ficha y otro clic.

Seguí el mismo patrón, una y otra vez, por cada una de las ramas, hasta que pasé por lo que me pareció un bulto en la base del árbol, justo antes de llegar a las raíces.

Noté una presión en la mano y, al abrir los ojos, vi la parte superior del rompecabezas abierta.

—¡Lo has conseguido! ¡Está abierto! —exclamó Allura mientras aplaudía entusiasmada.

La ficha del centro era como un pequeño pomo; tiré y dejé a la vista una imagen tallada en la madera. Era el árbol que había visto en mi mente, solo que la talla resultaba mucho más inquietante, con el rostro de una mujer grabado en la corteza y las ramas en forma de brazos, que se elevaban sobre ella.

—El bosque de Grymswood. —La emoción en la voz de Allura se había vuelto más contenida—. Es el árbol maldito que se encuentra en lo más hondo de la fosa de Crussuria. El bosque de los muertos. Dicen que contiene el alma de una poderosa sacerdotisa.

—La fosa de Crussuria. Dolion me dijo que ahí es donde enviaron a morir a los córvicos.

Ella apretó los labios y asintió.

—A mí también me lo dijo.

Cuanto más contemplaba el rostro de mujer grabado en la corteza, más deseaba liberarla.

—Está sufriendo —dije, pasando un dedo por el relieve del árbol, que tenía la textura de la corteza.

—Eso parece, sí.

Levanté la imagen tallada y encontré un pequeño hueco debajo que contenía un bonito silbato plateado.

Lo levanté para verlo a la luz y contemplar la espléndida filigrana de motivos grabados en el metal. Al pasar la página no encontré ninguna historia ni explicación de para qué servía. Otro rompecabezas que resolver.

La boquilla era plana y me la quedé mirando un momento antes de volver a girarme hacia Allura, que asintió, animándome a que probara. Me coloqué el silbato entre los labios y soplé con fuerza. No emitió sonido alguno.

Con el ceño fruncido, lo examiné y, pensando que estaría roto, soplé otra vez.

Nada.

—Bueno, sea para lo que sea, parece que está ro…

De pronto oí un retumbo lejano, como un trueno distante. Por la comisura de los ojos vi una luz y me giré hacia la ventana, por donde vi una masa negra indefinida volando en dirección al castillo.

Allura y yo nos miramos, y su gesto de perplejidad reflejaba perfectamente lo que yo sentía.

Me levanté despacio de la cama, me acerqué a la ventana y vi aquella masa negra que se acercaba. Cada vez más. Y más.

—Viene hacia nosotras, pero… ¿qué es? —preguntó Allura, a mi espalda.

Yo meneé la cabeza, observando una sombra enorme que cruzaba el patio.

El retumbo se volvió más intenso. Y más aún.

El objeto no se detuvo, avanzó hacia la ventana, como si fuera a atravesarla reventándola. Allura y yo nos encogimos al ver el banco de pájaros que se nos echaba encima. Cientos de cuervos pararon junto al cristal, aleteando y rascándolo con las garras. Otra sombra colosal pasó por encima de ellos y salieron disparados hacia el cielo, donde se quedaron flotando, para dejar paso a algo enorme que se posó en la muralla del castillo.

Yo cogí aire, temblando, y asomé la cabeza para mirar por una de las ventanas ojivales. Un enorme dragón emplumado, que rascaba la piedra de las murallas del castillo, trepó al balcón de un salto.

—Por los dioses… —exclamó Allura, impresionada, acercándose a la ventana aún más con pasos lentos y cuidadosos—. ¿Eso es… lo que yo creo que es?

Me quedé mirando aquellos ojos plateados que tan familiares me resultaban.

—¿Raivox? —dije, manipulando la manija de la puerta del balcón con manos temblorosas.

—¡Maevyth, espera! No sabemos… ¿Y si es peligroso?

—Lo conozco.

Abrí y salí al balcón, donde estaba posado sobre la balaustrada. Su enorme cuerpo ocupaba casi todo el espacio. Al menos mediría ocho metros de altura y solo sus garras eran ya tan largas como media yo.

Atónita, comprobé lo inmenso que era. ¿Era Raivox? Tenía que ser él. Aunque fuera lo único que tenía igual, reconocí aquellas minúsculas marcas en media luna.

—¿Cómo… cómo has… crecido tanto? ¿Y cómo diantres me has encontrado?

Nada más hacer aquella pregunta, bajé la vista al silbato que tenía entre las manos y luego lo miré otra vez. Deslizó las garras por la piedra, dejando unos largos arañazos. Tras él revoloteaban los pájaros, que atrajeron la atención de los dracos que merodeaban por debajo de mi balcón. Esas bestias de aspecto salvaje que Zevander trataba como mascotas.

Raivox se subió al muro del castillo de un salto y escaló la pared antes de echar a volar. Se quedó flotando un momento frente a mi balcón y vi que sus alas debían de medir al menos veinte metros en cada dirección.

La simple contemplación de su colosal envergadura fue como una inyección de adrenalina, un torrente de emoción y de miedo que me comprimía el pecho.

—¿Estoy soñando? —dijo Allura, acercándose a mí—. ¿Me he golpeado la cabeza en algún momento?

—No. No es un sueño. —Me metí el silbato en el bolsillo del vestido y sonreí, aliviada de verlo—. Es de verdad.

—No había visto ninguno en toda mi vida. Se dice que son mitológicos, como los unicornios.

Un golpeo frenético en la puerta del dormitorio me sobresaltó y giré la cabeza hacia allí solo un momento. Cuando me volví de nuevo, Raivox había desaparecido. Me asomé a la barandilla del balcón, escrutando el cielo para buscarlo.

—¡Maevyth, no lo hagas!

Alguien me agarró desde el ventanal y di con los huesos de la espalda contra el suelo de piedra del balcón. Un fogonazo de dolor me trepó por la nuca e hice una mueca.

—¿Es que has perdido la cabeza? ¿Y tú? —Rykaia miraba ahora a Allura, señalándole la cara con un dedo—. ¿Cómo te quedas ahí, mirándola sin más?

—Pido disculpas —respondió Allura, educadamente pero con intención.

—No iba a saltar. Es que he visto algo sobrevolando el castillo.

Rykaia miró al exterior, pero allí ya no había nada que ver.

—¿Y qué era?

—Un pájaro, supongo. —Aunque habría querido decirle la verdad, hasta Allura se había cuestionado si la aparición de Raivox había sido real. Una criatura que había definido como mitológica, como los unicornios.

Rykaia meneó la cabeza y se retiró de la barandilla.

—¿Todo este jaleo por un pájaro?

—Era excepcionalmente grande.

—Sí, bueno. Yo me voy a ir —anunció Allura—. Gracias por tomar el té conmigo, Maevyth. Ya nos veremos más tarde para charlar de historia. —Me dedicó una sonrisa cómplice y me guiñó el ojo.

—Por supuesto —dije yo, asintiendo, mientras ella volvía a entrar desde el balcón.

Rykaia fijó la vista en mí de nuevo.

—¿Has tomado el té con ella?

—Sí. Me estaba ayudando con un rompecabezas.

—Y habéis trabajado juntas en un rompecabezas. ¿Sois amigas?

—Su... supongo. Somos corteses la una con la otra. ¿Qué es lo que constituye la amistad, exactamente?

—No importa. Coge tu capa. Rápido.

—¿Por qué?

Ella soltó un gruñido y se fue hacia el armario, abrió las puertas de golpe y descolgó mi capa negra de una de las perchas.

—No hay tiempo para preguntas —dijo, y me lanzó la prenda—. Ni para esos pensamientos que suelen darte vueltas por la cabeza. Vamos.

Me agarró del brazo y me llevó hasta la puerta. Hizo una pausa para mirar a ambos lados del pasillo y luego me arrastró hasta las escaleras.

—¿Adónde vamos? —pregunté, a medio camino entre un susurro y un grito.

—Ya lo verás. Es una sorpresa.

Recorrimos pasillos y escaleras y por fin llegamos a las mazmorras. Rykaia me llevó hasta la celda donde en otro tiempo dormía yo.

Se detuvo junto a la pared y en ese momento esbozó una sonrisa pícara.

—Vamos a emprender una pequeña aventura.

—¿Aventura? —Confundida, observé cómo trazaba una línea vertical en la pared con el dedo índice. Cuando la recta se iluminó con una intensa luz azul, abrí los ojos como platos y me quedé mirando por la ranura que se creó, hacia lo que parecía ser un paisaje natural, al otro lado.

—¿Cómo es posible eso?

Ella metió la mano por la rendija iluminada y me quedé boquiabierta por segunda vez.

—Esto es lo que llamamos transitar.

—¿Así es como os movéis por aquí?

Rykaia soltó una risita socarrona.

—Así es como me muevo yo, que tengo un hermano tirano que controla todos mis movimientos. Afortunadamente, no todo el mundo sabe, Zevander entre ellos. Es como silbar. Hay quien sabe y hay quien no.

Mientras hablaba, yo gesticulé en silencio con la boca:

—¿Y qué hay de Dolion?

—Está en la biblioteca. Sin duda, esa... *intrusa* que trajo Kazhimyr habrá ido en su busca nada más salir de tu habitación, así que estoy segura de que estará ocupado. —Era evidente que no le gustaba nada Allura—. Se pasan todo el rato estudiando esos huesos. Durante horas.

—Allura no es mala persona.

—No. Es una intelectual. —Rykaia se cruzó de brazos y frunció los labios—. Una niña de clase alta. Algo altiva, en mi opinión.

—Bueno, no te la he pedido.

—Muy bien. ¿Preferirías pasarte horas o días sentada sobre un montón de huesos, descifrando su historia y tomando notas?

Me miró fijamente y tuve que hacer un esfuerzo por contener una sonrisa.

—Da la impresión de que has pasado mucho tiempo observándonos. ¿Has estado espiándolos?

—Por supuesto que no —dijo, moviendo la mano con desdén—. Esa mujer me resulta insufrible a más no poder. —Pero, dado que no pudo mirarme a la cara mientras decía eso, no la creí. De hecho, yo habría apostado a que le gustaba Allura. Bastante.

—¿Qué hay de tu hermano? Se pondrá furioso. Dolion dijo que ahora mismo alguien me está buscando activamente. No me parece muy sensato embarcarme en una aventura.

—Ah. Sí, casi se me olvida. Tenemos que hacer algo con tu olor.

—¿Qué? —Levanté el brazo y me olí con disimulo la axila. Solo olía al jabón que había usado—. Me acabo de bañar.

—Sí, pero con ese olor hasta la última alma de Nyxteros va a saber que eres mortal. —Del interior de su capa sacó un pequeño frasquito de líquido color púrpura y le quitó el corcho. Me lo echó sobre la cabeza y yo me encogí instintivamente, por si el líquido me caía por el rostro. En lugar de eso, se evaporó y creó una bruma que me envolvió—. Así mejor.

Volví a olisquearme, pero no noté ninguna diferencia.

—¿Qué es lo que está mejor?

—Ya no hueles a naranjas que todo el mundo quisiera comer.

Y, créeme, en Etiria más de uno se te querría comer. Los órgodos, por ejemplo.

—¿Órgodos?

—Unas bestias enormes, como ogros. Afortunadamente, no suelen salir del sur del continente. Aunque ha habido registros de ataques a algún pueblo.

—Bueno, y, si ahora no huelo a naranjas, ¿a qué huelo?

Rykaia se encogió de hombros.

—A mierda de cerdo.

Con los ojos desorbitados, volví a olisquearme.

—¿Lo dices en serio?

—Créeme, es mejor. Un último detalle antes de salir. —Levantó la palma frente a mi rostro y sentí un calor radiante en las mejillas, intenso.

—¡Ay! —Retrocedí y me llevé la mano a la cara para asegurarme de que no me había dejado ninguna quemadura. Solo que mi nariz no parecía mi nariz. Era más grande, más redondeada y áspera. Mi rostro también tenía una textura áspera y, cuando me levanté un mechón de pelo, ya no era negro, sino gris. Perpleja, me giré hacia ella, pero al bajar la palma de la mano lo que me encontré fue una persona completamente diferente: una mujer con el cabello castaño recogido sobre la cabeza y con ojos avellana. Tenía la nariz más fina y el rostro más enjuto que antes. Se parecía tan poco a Rykaia que se me escapó una carcajada.

Ella también se rio.

Las dos nos desternillamos, como histéricas, señalándonos la una a la otra.

—¿Qué es lo que has hecho? —dije, sin poder contener la risa.

—¡No puedo… dejar de… reír!

Su respuesta me dio aún más risa, dejándome sin aliento, y caí de espaldas sobre el catre.

Lo que nos hizo reír aún más.

Cualquiera que nos viera o nos oyera pensaría que éramos unas crías.

Pero qué bien me sentaba.

Al oír unos pasos a lo lejos y la voz de Dolion parloteando, Rykaia tiró de mí hacia la rendija luminosa y, un momento más tarde, nos encontrábamos en un callejón, pisando adoquines mojados. El hedor de las cloacas se me colaba a través de los orificios nasales de aquella nariz tan rara.

—No le digas a mi hermano que sé hacer esto o me corta la cabeza y, posiblemente, las manos.

Eché un vistazo a los altos edificios de piedra que se alzaban a ambos lados de la calle y vi el cielo de un gris plomizo que anunciaba la llegada de la noche.

—¿Dónde estamos? —pregunté, atónita.

—Costelwick. La calle principal —dijo ella, tirando de mí—. Ven. En este callejón huele que apesta.

—¿Es el callejón o la peste a mierda de cerdo? —pregunté, escamada.

—Un poco las dos cosas —respondió ella, presionando los labios, evidentemente para contener la risa.

Salimos del estrecho callejón a una calle muy transitada, con distinguidos carruajes negros tirados por caballos, decorados con bonitas filigranas negras y mucho más elegantes que los de Foxglove.

Mujeres, hombres y niños de todas las constituciones, tonos de piel y edades llenaban las concurridas aceras. Algunos tenían orejas largas y puntiagudas; otros, redondeadas. Había quien llevaba capa y vestido largo; también se veían pantalones de gasa y blusas encorsetadas, como si el frío no los molestara. Entre la multitud vi elvynirios, aunque algunos tenían una piel blanca, fantasmagórica, y otros azul.

A los lados de la calzada había una serie de carros repletos de frutas, verduras y flores.

Unos puentes de piedra cruzaban canales cubiertos de bruma, iluminados con antorchas que apenas se veían entre la densa niebla. A lo lejos se alzaba sobre la ciudad un magnífico castillo con una decena de torres y chapiteles.

—Es precioso —dije, empapándome de todos los detalles que capturaban mis ojos.

—Si crees que esto es bonito, deberías ver Wyntertide. —Me hizo un gesto con la cabeza para que la siguiera y echó a andar sobre los adoquines hasta una sucesión de tiendecitas—. Es donde se crio mi madre, en la mitad inferior de Vespyria. Un pueblecito nevado rodeado de montañas, bosques de cristal y unos termóforos maravillosos.

—¿Termóforos?

—Pequeños acuíferos en la nieve situados bajo cursos de agua que pasan decenas de metros por debajo de la superficie. A Zevander y a mí nos encantaba jugar en ellos cuando éramos pequeños.

—Me cuesta imaginarme a tu hermano como un niño despreocupado.

—Yo no creo que haya sido nunca despreocupado del todo. Quizá sí menos severo. Pero no lo mencionemos más. Estoy enfadada con él.

Apoyados contra la fachada de un edificio había dos críos sentados, un niño y una nina algo más pequeña que él, vestidos con harapos y con el rostro cubierto de mugre. Con los brazos, largos y huesudos, se abrazaban el pecho, tiritando. En el suelo, frente a ellos, había una taza de hojalata con una única moneda dentro. «Vagabundos». Por su aspecto flaco y pálido, no habían comido en un tiempo y deseé llevar algo de pan o caldo conmigo para dárselo.

Me desabroché la capa y me acerqué a los niños despacio para no asustarlos. Levanté la prenda, ofreciéndosela con un gesto, pidiéndoles permiso para taparlos con ella, a lo que ambos asintieron. La pesada prenda de terciopelo cubrió ambos cuerpecitos y se la ajusté por los lados, ganándome una sonrisa de la niña, que ocultó el rostro bajo la tela. Me dolió verlos así, especialmente con la cantidad de personas que pasaban por delante vestidas con ropajes caros y lujosos. Dado que no tenía nada más que ofrecer, aceleré el paso y fui junto a Rykaia, que me esperaba unos pasos más adelante.

—Entecos —dijo ella, señalándolos—. Sus familias no pueden permitirse el vivicanto, así que no tienen magia. Y, sin poderes, viven en la pobreza.

—¿El poder determina la riqueza? —dije, ruborizándome ante la simplicidad de mi pregunta. El poder siempre había ido asociado a la riqueza. Y yo lo sabía bien, después de haber visto al gobernador de Foxglove timoneando desde la comodidad de su opulenta propiedad.

—Desgraciadamente, así es. Y cuanto más útiles sean tus poderes, más riquezas adquieres.

—Eso es terrible. Entonces no tienen ninguna posibilidad.

—No. Mucho menos con esa élite tan codiciosa que despilfarra el vivicanto. Parece que mi hermano y tú tenéis debilidad por los entecos. Hace poco salvó a uno —dijo, pero de pronto se detuvo y se dio un bofetón ella misma. Su extraño comportamiento me pilló desprevenida—. Maldita sea, acabo de decir que no quería hablar de él, y aquí estoy, mentándolo.

—¿Por qué estás enfadada con él?

—¿Sabes que la princesa va a celebrar su Devenir y que él no me había dicho nada? ¡Ni una palabra! He tenido que enterarme por mi cuenta de que pensaba ir sin mí.

—¿Qué es el Devenir?

—Es una tosca celebración del paso a la edad adulta —dijo, llevándome hacia las tiendas—. Algo horrible para la princesa, de hecho.

—¿Por qué?

—Bueno, se espera que entregue su virginidad.

—¿Delante de todo el mundo?

Lo dije casi en broma, pero la respuesta me dejó horrorizada:

—Bueno, más o menos. Suele ocurrir en una estancia privada. En el castillo, sería en la sala de encuentros.

—¿La sala de encuentros?

—Es donde el rey se lleva a sus amantes, fuera de los aposentos reales. Como la reina falleció no hace tanto, el monarca aún no ha encontrado a nadie para que ocupe su lugar, así que, en realidad, lo que pasa ahí dentro no es nada escandaloso.

—Eso es terrible. ¿Por qué iba a querer nadie celebrar algo así?

—Porque no celebrarlo supone mala suerte para ella. El rey no quiere hacer nada que pueda afectar negativamente a su soberanía. No obstante, tú y yo podemos buscar algún entretenimiento mientras hacen todo eso.

Al principio no entendí muy bien qué quería decir.

—¿Tú y yo? ¿Qué quieres decir con eso?

—Pues que vamos a ir. Será la mayor celebración en todo Nyxteros. Todo el mundo estará allí.

—Sí, lo cual lo convierte en una muy mala idea.

—Mira a tu alrededor, Maevyth. Nadie ha parpadeado al verte. Ni siquiera pareces tú. —Me agarró con fuerza de la muñeca y me llevó frente a los escaparates, donde vi mi reflejo en el cristal. Tenía exactamente el aspecto que me había imaginado al palparme el rostro en el castillo de Eidolon. El cabello gris. La nariz bulbosa y las arrugas, que me daban la imagen de una mujer de unos sesenta años. Me toqué las mejillas y la napia, incrédula, y me giré de nuevo hacia Rykaia.

—¿De quién es esta cara? —le susurré.

—Ya sabes que sé leer la mente, ¿no?

—Ajá —respondí, impaciente.

—Bueno, soy empática. También extraigo emociones, y eso me ha permitido acumular una buena colección de rostros.

—¿Pertenecen a gente de verdad?

—Bueno, sí. Pero me temo que no dura demasiado, así que vamos a tener que darnos prisa.

Sin soltarme el brazo, me llevó calle abajo, pasando por una serie de establecimientos diferentes: panaderías, una floristería, relojeros y una farmacia. Hasta que por fin llegamos a una tienda de ropa, en la que me hizo entrar.

Las paredes estaban cubiertas de expositores con elegantes vestidos. Yo no había estado nunca en un sitio así, donde podías escoger la prenda. En Foxglove, las modistas tomaban nota de nuestro pedido y luego nos entregaban cuatro o cinco iguales a la vez, para que duraran todo el año, o quizá dos.

—¿De qué color te gustaría? —preguntó, examinando los vestidos.

—La verdad es que no creo que deba asistir. Tengo un mal presentimiento.

Rykaia soltó un resoplido de hastío, puso los ojos en blanco y se giró hacia mí.

—¿Qué es lo más emocionante que has hecho en tu vida?

—Cruzar el umbral. Venir aquí.

—Tienes que disfrutar de la vida. —Sacó un vestido largo de color dorado del expositor y me lo mostró—. Este es imponente.

—Dorado no.

—¿Rojo? ¿Verde? ¿Amarillo? ¿Azul?

—Tu hermano se ha mostrado excepcionalmente hospitalario y tengo la sensación de que debería...

—Calla. Te metió en una mazmorra.

—La más lujosa que he visto nunca, seguro —repliqué.

—Aun así. No le debes nada. Eidolon también me pertenece a mí.

—¿Aquí las mujeres pueden tener propiedades *sin* estar casadas?

—Sí. Por supuesto. —Parecía ofendida, como si fuera la pregunta más ridícula que le hubieran hecho nunca—. Muchos de los castillos son propiedad de mujeres. Mujeres asquerosamente ricas. De hecho, la cara que llevas ahora es de una de ellas. Así que métete en el papel o la gente empezará a sospechar.

Se giró hacia la mujer que estaba junto al escaparate, tras el mostrador, escribiendo con una pluma de ave.

Aquello seguía pareciéndome una temeridad, pero estaba claro que Rykaia no tenía intención de dejarme salir de allí sin un vestido. Además, asistir a la ceremonia supondría salir de Eidolon. Y salir de Eidolon podría suponer una oportunidad. ¿Para huir? Llegados a aquel punto me parecía una irresponsabilidad, pero, por otra parte, me negaba a abandonar la búsqueda de mi hermana.

—Negro —dije.

—¿Qué?

—Iré de negro. —Rebusqué entre los vestidos y saqué uno muy bonito de satén con una moña negra en la falda y mangas drapeadas.

—Pues yo iré de rojo —dijo ella, sacando otro de los expositores. De ahí Rykaia se dirigió a los aparadores de joyas y le pidió a la empleada que le sacara un bonito collar con una luna y estrellas que cubrían el pecho como un cielo constelado.

Yo examiné las opciones presentes y la vista se me fue a una larga cadena negra con un escorpión.

—A mí me gusta ese —dije y la mujer lo sacó del aparador y me lo entregó. La etiqueta decía trescientos keltzig. Incliné la cabeza en dirección a Rykaia y susurré—: ¿Cómo pagamos?

—Como la nobleza —dijo ella, llevándome frente a la mujer que escribía en el mostrador junto al escaparate—. Querría que me cargaran estos dos vestidos a mi cuenta.

La otra levantó la vista y se apresuró a cogernos las prendas de las manos.

—Oh, sí, claro, lady Gwyeth. —Se giró hacia mí y me saludó con la cabeza—. Mis disculpas, lady Festwyn, no me he dado cuenta de que tenía una cita con nosotros hasta esta tarde.

—Necesitamos estos enseguida. El Devenir, ya sabe —dije yo, con una risita nerviosa.

—Oh, por supuesto. Hemos estado muy ocupados con eso. —Metió ambas prendas en sendas bolsas alargadas y nos las entregó; luego puso las joyas en unas cajitas—. ¿Necesitan algún ajuste para los vestidos?

—Oh, no —respondió Rykaia—. Tenemos nuestra modista personal.

Algo se movió en la periferia de mi campo visual y, al bajar la vista, vi que las puntas de mi cabello habían empezado a volverse negras.

Me giré hacia Rykaia y bajé la voz:

—Tenemos que darnos prisa.

Ella se aclaró la garganta.

—Si puede empaquetarnos eso enseguida, se lo agradeceré, querida.

—Por supuesto, por supuesto. ¿Quiere que fijemos ya su próxima visita, ya que están aquí?

—No, gracias.

—Muy bien, pues. —Nos entregó otra bolsita con las joyas y las dos nos dirigimos hacia la puerta. Al salir nos cruzamos con una mujer que se parecía espantosamente al rostro que lucía Rykaia.

Esta levantó la vista, mirando de frente a la mujer, que se la quedó mirando con el ceño fruncido. Las dos salimos a toda prisa de la tienda y echamos a correr por la calle, hacia el callejón por el que habíamos llegado. Para cuando alcanzamos la mitad, estábamos riéndonos como dos tontas otra vez.

Pero, cuando empezó a pasársenos la risa, suspiré:

—Me siento mal.

—No te sientas mal. Lady Gwyeth luce el vivicanto a modo de joyas, mientras que los entecos y los nilivires se mueren de hambre. Lleva ese collar a todas partes y me pone enferma.

—¿A modo de joyas? —Recordé que Zevander me había dicho que el vivicanto era necesario para Rykaia—. ¿Por qué?

—Porque puede. Esas no deben darte ninguna pena. No les preocupa nadie que no sean ellas mismas.

—Y, entonces, ¿por qué quieres que nos mezclemos con esa gente en esta celebración?

—Porque nosotras también podemos. —Trazó una raya vertical en la pared del edificio que, como antes, brilló con una intensa luz azul.

—¿Tú crees que va a ser buena idea ir así a la Ceremonia del Devenir? Han estado a punto de reconocerme.

—En la ceremonia eso no debe preocuparte. Todo el mundo lleva una máscara. —Atravesó la brillante rendija y yo la seguí, pero, en lugar de encontrarnos de vuelta en la mazmorra, aparecimos en un patio ligeramente en cuesta, con hierba seca en el suelo, cubierta de bruma, y la imponente silueta del castillo de piedra negra a lo lejos. Demasiado lejos.

—Oh, no —dijo Rykaia, a mi lado—. Corre.

Salió disparada hacia el castillo y, en un acceso de pánico, recogí la bolsa de mi vestido y salí tras ella. Los pulmones me ardían con la carrera cuesta arriba y sentía los muslos débiles de la fatiga.

De pronto oí a mi lado un extraño gruñido gutural y al girarme vi tres bestias negras cubiertas de escamas y con una cresta de pinchos sobre el lomo que, a cuatro patas, se desplazaban a saltos hacia nosotras, agitando la cola. Eran los dracos que había visto desde el balcón. El instinto me decía que dejara caer el vestido, pero no lo hice. Agarré con fuerza la maldita bolsa y eché a correr como una loca.

—¡Más rápido, Maevyth! —gritó Rykaia por encima del hombro, casi sin aliento—. ¡Si nos... pillan... nos van... a comer!

¿Comernos? No sé qué había imaginado que nos harían si nos cogían, pero, por algún motivo, no había pensado que pudieran comernos.

—¿No puedes... hacerlos estallar... o algo así? —Cada vez tenía menos aliento y, cuanto más rápido corríamos, más me ardían los pulmones.

—¡No tengo... ese tipo de magia! ¡Soy empática!

Uno de los dracos dio un salto y se colocó delante de nosotras; con un chillido, Rykaia frenó de golpe. Yo choqué con ella, y casi la derribo. Las otras dos bestias nos alcanzaron, caminaban lentamente de un lado al otro, como si esperaran la orden del líder para devorarnos. Clavaban sus largas garras negras en la tierra a cada paso y tenían las púas de la cresta del lomo bien tiesas.

—Estamos demasiado lejos del castillo para llamar a Zevander —dijo Rykaia. La voz le temblaba de miedo, pero algo hizo que no quisiera creer que aquello era el fin. Negación. Ignorancia. Lo que menos entendía era que no me dominara la histeria.

Me giré y me situé espalda contra espalda con Rykaia, observando a las dos bestias, que seguían acercándose.

—¿No puedes transitar?

—Necesito una superficie. No puedo transitar en el aire.

—¿Y qué hacemos?

—No lo sé. Esto no me ha pasado nunca.

—¿Nunca?

—Bueno, no. Pero lo cierto es que no suelo recurrir al tránsito para volver. Zevander suele venir en mi busca.

Aquellas bestias, altas como un carruaje, se nos iban echando encima, como lagartos negros gigantescos y hambrientos, muy posiblemente.

—Se están acercando; tenemos que hacer algo.

Yo casi no podía ni hablar, de la tensión que sentía en la mandíbula.

—Si muestras... Si te muestras dominante, se echarán atrás. Pero tienes que desafiar al alfa. —Rykaia le rugió a uno que se había acercado demasiado y el draco retrocedió con un bufido. Aun así seguían cercándonos, mostrándonos las afiladas fauces, que goteaban saliva.

—Lo siento, Maevyth. Siento haberte arrastrado. De verdad.

—¿Estás quedándote conmigo, Rykaia? Porque, si esto es una broma, no tiene ninguna gracia.

—¿Cómo iba a bromear con esto? ¡Aprendí a transitar precisamente *para evitar* a estas bestias odiosas!

El más grande se echó adelante, rugiendo, y, aunque lo que me pedía el cuerpo era chillar y encogerme, me tragué el miedo y le aguanté la mirada con los ojos llenos de lágrimas. Sentía que había perdido la fuerza en los músculos, casi no podía respirar y me estaba quedando sin aire.

—Esto ha sido una estupidez —dijo Rykaia, golpeándose la cabeza—. ¡Idiota!

El draco ladeó la cabeza y dio un paso atrás, como si no lo entendiera.

—Sigue pegándote —le susurré—. Mucho. Y date una bofetada extra de mi parte.

Yo le gruñí a la bestia y me di una bofetada. Con ganas. El dolor del golpe me provocó aún más lágrimas, pero no me importaba. Aquello parecía confundirlos. Volví a golpearme y le mostré los dientes. Los dracos gruñían y seguían caminando a nuestro alrededor, estrechando el cerco.

—¡No funciona! —El pánico de su voz no hizo más que acelerarme el pulso aún más.

Uno volvió a lanzarme una dentellada y yo le agarré la mano a Rykaia. Por fin se hizo innegable la gravedad de la situación, con la espalda pegada a la de ella, girando para tener a las bestias delante en todo momento.

—¿Cómo hace Zevander para que no se lo coman? —le pregunté, viendo los goterones de saliva que le caían del morro a la bestia que me observaba fijamente.

—Los tiene domesticados. Siguen sus órdenes.

Como perros entrenados. Domesticados. Se me ocurrió una idea.

Me saqué el silbato del bolsillo. No había entrenado a nadie en realidad, pero, por si había funcionado la última vez, soplé con fuerza.

Rykaia giró la cabeza.

—¿Qué estás haciendo?

—Llamando a mi mascota.

El eco de un rugido distante se extendió por el cielo y tanto ella como yo nos quedamos paralizadas.

—¿Qué ha sido eso? —preguntó, agarrándome las manos sin dejar de temblar.

También los dracos parecían tener curiosidad, porque siguieron rondándonos, pero de vez en cuando levantaban la mirada al cielo.

Otro rugido en las alturas.

Esta vez se detuvieron y fijaron la vista en el alto.

Un brillo negro fue la única advertencia antes de que un ejército de cuervos se lanzaran graznando contra los dracos, que se protegían y lanzaban mordiscos al aire.

—Se ha creado una separación entre ellos —me susurró Rykaia—. Podemos correr.

Me agarró del brazo y salimos disparadas en dirección al castillo, aunque aún estábamos demasiado lejos para sentirnos a salvo.

Volvimos a oír los gruñidos a nuestras espaldas y tuvimos que parar de golpe al ver que los dracos ya se habían cansado de los pájaros y nos habían alcanzado.

Uno de ellos se lanzó hacia mí y agarró la bolsa del vestido, tirando con tanta fuerza que me la arrancó de las manos. Me enseñó los dientes y se me quedó mirando con unos ojos que casi parecían humanos.

De pronto se produjo un impacto que me sacudió los músculos e hizo que el suelo temblara.

Rykaia soltó un chillido.

A mi lado estaba Raivox y su tamaño era colosal, el doble que el de los dracos.

—¿Qué demonios...? —dijo, tirándome del brazo para que me apartara—. ¡Corre, Maevyth, corre!

Yo alargué la mano para acariciarlo y él rugió, lanzando una llamarada plateada que se extendió sobre los acobardados dracos. Uno de ellos soltó un gemido y se apartó renqueando. Raivox se echó adelante y los tres salieron corriendo.

Sacudió la cabeza para recolocarse las plumas y se nos acercó.

—¿Qué es esto? —preguntó Rykaia, manteniendo las distancias.

—Por lo que he investigado, es un corvugón. —Pasé la mano por sus ásperas escamas, prestando atención al largo cuerno curvado que le salía de lo alto de la cabeza, tan afilado que podría atravesarme—. Se llama Raivox. Eclosionó en mi dormitorio, cuando estaba en casa.

—No he oído hablar nunca de los corvugones.

—Según Allura y Dolion, se extinguieron. —Seguí acariciándolo y él emitió una especie de ronroneo que me hizo sonreír—. ¡Qué rápido ha crecido! Cuando salí de Mortasia no era más grande que un halcón.

Rykaia dio un paso adelante sin quitarle la vista de encima.

—Es curioso. Los dragones suelen crecer muy lentamente —señaló. No parecía muy interesada en acariciarlo; mantuvo las manos pegadas al cuerpo, agarrando con fuerza su nuevo vestido.

—Ya es la segunda vez que viene en mi rescate. —La enorme bestia bajó la cabeza, permitiéndome que le rascara la coronilla—. Es casi como si percibiera cuándo estoy en peligro.

—Bueno, pues se lo agradezco. —Bajó la cabeza en un gesto de reconocimiento—. Gracias, Raivox.

Pero, en el momento en que se acercó, él le mostró los dientes y echó la cabeza adelante, y Rykaia retrocedió de un salto, asustada.

—¡Eh, eh! —dije, presionándole el pecho cubierto de escamas y plumas con la mano—. Es una amiga.

Como si me entendiera, el dragón la olisqueó, mordisqueando el aire con aquellos dientes asesinos. Agitó las alas una sola vez y se elevó, haciéndome dar un respingo. Suspiré y me quedé observando cómo emprendía el vuelo y desaparecía tras las blancas nubes.

—Nunca se queda —dije. Aún algo turbada, me giré justo a tiempo para vomitar en el suelo lo poco que me quedaba dentro de mi última comida—. Ha sido horrible.

—Parte de ese mareo puede deberse al tránsito. Tiende a provocar náuseas. —Me rodeó, con cuidado de no pisar el vómito, y recogió mi vestido—. Con un poco de suerte, no habrán roto nada. —Me lo dio y alzó la vista al cielo—. Ahora mismo no me iría nada mal una copa.

—¿Volverán los dracos?

—Yo estoy bastante convencida de que tu pequeño pájaro-dragón ha dejado claro su dominio.

—No entiendo por qué demonios tiene tu hermano a esos animales tan peligrosos por aquí.

Ella resopló y pasó a mi lado, en dirección al castillo.

—Y eso que no has visto los animales que a veces pretenden colarse.

48
Maevyth

Llegué a mi habitación procurando que nadie me viera y colgué el vestido en el armario. Afortunadamente, el ataque del draco no lo había rasgado, solo la bolsa. Me llevé la cadena con el escorpión al cuello y me miré al espejo del interior del ropero.

—Va en la parte de atrás. —Al oír la voz de Allura quise ocultar la joya y estuvo a punto de caérseme al suelo—. Te he echado de menos en el estudio de la tarde —añadió, entrando en la habitación con paso alegre, las manos a la espalda.

—Sí, lo siento. Eh... Bueno, Rykaia quería enseñarme algo. Tenía que haberte avisado de que no estaría. Te pido disculpas.

—No tengo mucho tiempo para estas sesiones, Maevyth, pero quiero ayudarte mientras estés aquí. He puesto mi investigación, mis estudios, en pausa. De manera voluntaria —dijo, levantando la mano para demostrar que lo decía de verdad—. Quiero estar aquí, te lo prometo. Este es un descubrimiento extraordinario. Tú eres extraordinaria. Y tienes un deber para con las generaciones anteriores, que te concedieron estos poderes increíbles.

De pronto me sentí tremendamente culpable.

—Te prometo que no me perderé ni una sesión más.

—Te lo agradezco. —Y señaló el armario—. Esa joya... ¿es para una ocasión especial?

No quería mentir, pero tampoco quería meter a Rykaia en un lío por haberme sacado del castillo.

—No, me la he encontrado.

Ella sonrió y asintió.

—Este lugar está lleno de tesoros, desde luego. ¡La biblioteca contiene tantos libros y pergaminos...! Podría perderme entre todos esos volúmenes.

—A mí nunca me permitieron leer nada que no fuera nuestra Biblia —dije, acercándome a la cama y sentándome en una esquina—. Mi abuelo a veces nos contaba cuentos, pero, si conseguíamos algún libro, teníamos que esconderlo.

Ella tensó las cejas en un gesto de disgusto.

—Qué horror. No puedo imaginarme un mundo tan... pequeño.

—Esa es la definición perfecta de mi universo. Y este me parece tan grande que a veces me resulta sobrecogedor.

—Lo entiendo. También a mí. Es mejor tomarlo en pequeñas dosis. —Juntó las manos y puso cara de preocupación—. Y, Maevyth, perdóname si te ha sonado a reprimenda. A veces me emociono tanto ante la posibilidad de hacer nuevos descubrimientos que pierdo de vista todo lo demás.

—¿Todo lo demás?

—Sí, el hecho de que para ti todo esto es nuevo. Tienes mucho que descubrir. Disfrútalo.

Sonreí de nuevo.

—Gracias, Allura. —En el momento en que se giró para marcharse, di un paso hacia ella—. ¡Oh! Allura..., quería preguntarte por los corvugones. ¿Qué se sabe de ellos?

—Muy poco, me temo. —Cruzó la habitación y se sentó a mi lado, sobre la cama—. Hace unos años acompañé a mi tío en una expedición arqueológica por la sierra de Veritia. —Suspiró—. Encontramos huesos en una cueva que identifiqué como de ave. De un ave muy grande. Por desgracia, no dieron crédito a la expedición ni a nuestros descubrimientos. —Tensó los labios en un gesto hosco—. Pero Dolion me ha dicho que tú conseguiste que el huevo eclosionara.

La mente me dio vueltas pensando en cuándo le habría dicho

algo así o cómo se había enterado. No recordaba haber mencionado el huevo de corvugón en ninguna de nuestras interacciones.

—Pues sí. —La vacilación en mi voz era un claro reflejo del aturdimiento en el que aún estaba sumida—. ¿Tú sabes si tienden a crecer muy rápido?

—Por lo que he estudiado de las metáfisis de estos huesos, sí. A diferencia de los dragones, cuya matriz colagenosa muestra una serie de LDC, o líneas de detención del crecimiento, el hueso que yo encontré, que identifiqué como de corvugón, indicaba un crecimiento casi ininterrumpido.

Aparté la mirada, haciendo un esfuerzo para asimilar lo que me acababa de decir.

—Lo siento, no tengo ni idea de qué significa todo eso.

—Significa que son muy diferentes de sus primos dragones. Sí, crecen muy rápido, por lo que he visto.

—Interesante. ¿Y no sabrás si son capaces de..., bueno, si crean algún tipo de vínculo con quienes los empollan?

—No sería raro. Una vez leí un texto sobre una mujer que había encontrado un huevo de dragón mientras recorría la sierra de Veritia. Consiguió que eclosionara y crio a un dragón que, por lo que sé, hasta la fecha sigue yendo a visitarla y come de su mano. Y, por supuesto, los dracos parecen tener un vínculo muy estrecho con lord Rydainn. Son criaturas muy inteligentes. Hay quien cree que son capaces incluso de comunicarse. —Levantó una ceja y se encogió de hombros—. El corvugón es algo más misterioso, pero tendría lógica. Y en ese caso tendrías mucha suerte. Por lo que he leído, se mostraba muy protector con los córvicos.

Aquel último comentario me trajo a la mente historias que me había contado mi abuelo cuando era niña, sobre guerreros que montaban a lomos de dragones.

—¿Alguien ha intentado alguna vez montar en dragón?

Apretó los labios y negó con la cabeza.

—No veo por qué iba a intentar *nadie* algo así. A menos que se trate de algún insensato. Los dragones son de lo más salvajes e impredecibles. Y testarudos, por lo que yo sé.

Rykaia entró en la habitación, pero nada más atravesar el umbral se detuvo al ver a Allura.

—Oh, no sabía que estabas ocupada. *Otra vez.* Lo siento.

—No, no pasa nada. Solo estaba charlando con Maevyth. Debería retirarme —dijo Allura, poniéndose en pie—. Toda tuya.

Rykaia esbozó una sonrisa evidentemente falsa cuando Allura pasó a su lado. Hasta que no se giró para cerrar la puerta no me di cuenta de que llevaba una botella oscura y dos copas tras la espalda, cogidas solo con una mano. Le habría dicho que aquello me parecía impresionante, de no ser porque habló ella antes, frunciendo los párpados y girándose a toda prisa.

—Esa huele a jazmín todo el rato. ¿Qué mujer va por ahí todo el día oliendo a jazmín?

—Tenéis aceite de jazmín en el baño.

—Sí, así es. Pero, ya sabes, en un momento u otro las mujeres tienen que oler mal. Es perfectamente natural. Olor corporal, ya sabes. —Se acercó al armario y dejó la botella y las copas al lado.

—¿Por qué te obsesionan tanto los olores?

—Es lo que ocurre cuando te obligan a volver a la realidad después de pasar unos años deliciosos ajena a todo. Todo huele diferente. Todo suena diferente. —Tiró del corcho, pero no consiguió sacarlo—. Todo parece diferente. Lo cierto es que es algo que me hace enloquecer.

Estaba absorta viendo cómo se peleaba con la botella, pero aquel comentario me distrajo.

—¿Y por qué antes no te dabas cuenta?

—Desarrollé cierta afición a los tónicos. A los elixires para dormir, en particular.

—¿Afición? ¿Los consumías cada noche antes de acostarte?

—Los consumía para desayunar, comer y cenar. —Frunció el semblante, sosteniendo la botella entre las piernas, y tiró con más fuerza.

—Dios..., debías de pasarte todo el día dormida.

—Bueno, eso es... lo malo de tomarlos a diario. —Con la voz tensa y los músculos temblándole, sostuvo la botella de un modo que dejaba claro que se estrellaría contra el suelo en cuanto se soltara el corcho—. El cuerpo... necesita horas de vigilia..., así que, con el paso del tiempo, se va volviendo menos eficaz.

—Debías de estar pasándolo muy mal, si querías dormir todo el rato.

Detuvo sus esfuerzos por un momento y se me quedó mirando, con el ceño fruncido, como si hubiera dicho algo raro.

—Vaya, eso es nuevo.

—Perdona si he dicho algo que no debía. No se me da muy bien escoger las palabras.

—No, nada de eso. La mayoría supone que *disfruto* durmiendo todo el día. Nunca se han planteado que *no disfruto* estando triste. —Agarró de nuevo el corcho y reemprendió el forcejeo—. Así que, volviendo a todas esas cosas de las que de pronto soy tan consciente..., sí..., me molesta su olor en particular. Yo creo que lo hace adrede.

Resultaba casi cómico asistir a sus intentos por negar la atracción que sentía por Allura.

—¿Para molestarte?

—¿Por qué si no se pasearía por el castillo oliendo tan... deliciosamente? Joder, es irritante. —Echó la cabeza atrás y soltó un gruñido—. ¡Por los dioses! Estrangularía a quien haya encorchado esta botella.

—Te gusta.

—¿Qué? —Soltó un bufido y meneó la cabeza—. Acabo de decirte que esa mujer es irritante. ¿Me estabas escuchando o aún tienes los oídos tapados por el estruendo que ha hecho tu dragón? ¿Sabes? Kazhimyr antes me ha preguntado si había oído algo raro. He tenido que mentirle a la cara. Sí, bueno, se me da estupendamente, pero... a él se le da de maravilla hacerme sentir como si hubiera hecho algo malo.

—¿Puedo preguntarte qué es lo que te preocupa?

—¡Este maldito corcho! ¿Recuerdas que te he dicho que quería una copa? Lo que quería decir es que *necesitamos* una copa. Porque dos es mejor que una. —Agarró el corcho con los dientes y yo hice una mueca de dolor al ver cómo tiraba de él—. ¿Quién demonios...? Apuesto a que es cosa de Zevander. Debe de haber aplicado un hechizo a este puto tapón para que no lo abra. Pero ¿sabes qué? He aprendido a corromper sus hechizos de pacotilla. —Levantó la mano en la que sostenía la botella y fijó la vista en el tapón—. «Cualquiera que sea el hechizo sobre este corcho aplicado quede eliminado y completamente cancelado».

A continuación se oyó un ruidito y, un segundo más tarde, el corcho salió disparado de la botella y golpeó el techo.

—¡Ja, ja! ¡Lo conseguí!

—¿Así que tú también tienes tus hechizos?

—Sí. Se considera magia arcaica. Es inofensiva. La usan sobre todo los nilivires, que son los que no han nacido con magia en la sangre. Tienen sus rituales, con velas y hierbas. Es muy primitiva.

—En el lugar del que vengo yo, a eso lo llaman brujería. —Aparté la vista, pensando en lo extraño que era que todo aquello hubiera pasado a convertirse en algo normal en mi vida tras el paso al otro lado. Qué ignorante había sido el gobernador Grimsby por intentar prohibir la brujería, cuando en Etiria resultaba tan útil—. A los hombres y mujeres que formulan hechizos los queman y los destierran al Bosque Voraz.

Mientras llenaba las copas con el líquido azul transparente de la botella, Rykaia me echó una mirada de extrañeza por encima del hombro.

—¿Desterrados? ¿Qué narices es eso del Bosque Voraz?

—Un lugar donde mueren los pecadores. Envían allí a quienes lanzan hechizos, a los herejes, y la bestia que lo habita se los come.

—Por los dioses, Maeve. Tu mundo parece un lugar horrible. —Con una floritura, cruzó el dormitorio, tendiéndome una copa mientras bebía de la otra—. Mmm. Qué bueno.

—¿Qué es?

—Te va a encantar.

No muy convencida, acepté la bebida y la olisqueé un poco. Un aroma a frutas y especias, quizá a grosellas y canela, con un toque de nuez moscada, me invadió la garganta y salivé. Cuando levanté la vista, vi que Rykaia apuraba su copa y se servía otra.

Le di un sorbo a la mía, solo para probar, y el penetrante sabor me activó las papilas gustativas con un cosquilleo que se me extendió por la lengua y me calentó la garganta. Había probado el vino de cerezuela unas cuantas veces, pero ese punto amargo y alcohólico siempre me había frenado y no me daban ganas de repetir. Este, en cambio, era tan fresco y penetrante que habría querido bebérmelo de un trago.

Cuando llegué al fondo de mi copa, Rykaia me la llenó de nuevo y, aunque habría querido frenarla, no lo hice. Quería más. Me la llenó y cruzó el dormitorio con elegancia, bailando hasta llegar al armario.

—¿Sabes bailar, Maevyth?

—No muy bien.

Con la copa en una mano, me tendió la otra.

—Ven. Deja que te enseñe.

—Yo... intento no bailar delante de nadie.

—¡Uy, pero vas a tener que hacerlo! En la Ceremonia del Devenir.

—¿Hay baile? No me dijiste...

—¿Y para qué crees que hemos comprado los vestidos de baile? —Soltó una risita y me tiró del brazo—. Ven.

No muy convencida, me puse en pie y en ese momento me invadió una sensación de mareo. Pero no nauseabundo. Al contrario, me notaba suelta, tranquila.

Ella le dio otro trago a su bebida y apoyó ambas copas en el arcón a los pies de la cama.

—¿Has bailado alguna vez con un hombre?

—No. —Me ruboricé al confesarlo, pero era la verdad.

—Quienquiera que sea el afortunado caballero, te agarrará así. —Apoyó la palma en mi cadera—. Y te cogerá la mano así —dijo, levantándomela hacia un lado—. Bueno, esto es un simple vals. Puede que en la ceremonia se pongan elegantes e interpreten «La caza de la virgen», pero nosotras empezaremos con esto.

—¿«La caza de la virgen»? —exclamé, horrorizada—. Vaya nombre horrible para un baile.

—Estoy de acuerdo, aunque la danza en sí es bastante sugerente. Pero esa es otra lección, para otro momento. Para el vals... das tres pasos y en el cuarto haces una reverencia. ¿Entendido? —Asentí y se puso en marcha—. Venga: uno, dos, tres, cuatro.

Tardé en hacer la reverencia y luego tuve que apresurarme para recuperar el ritmo, sonriendo a modo de disculpa.

—Uno, dos, tres, cuatro.

Esta vez lo hice bien.

—Bien. Uno, dos, tres, cuatro. —Bajó la cabeza en lugar de hacer una reverencia—. Esto es lo que hará el hombre, a menos que escojas a una mujer. Entonces, ella hará una reverencia.

—¿Aquí no hay castigos por escoger a una mujer?

—¿Qué? No, por supuesto que no. A menos que pertenezcas a la realeza. Pero incluso a ellos se les permite tener amantes. O correrías sexuales con caballeros.

Me ruboricé otra vez. Le eché la culpa a la bebida, porque, desde que nos habíamos puesto a bailar, sentía un pálpito de euforia en todo el cuerpo.

—En el lugar del que vengo yo es pecado. Y causa suficiente para el Destierro.

—¿Pero cómo puede ser? Hay quien nace para amar a un tipo de persona o a otra, o a ambos.

Me encogí de hombros y se me escapó el hipo.

—Ellos no lo creen así.

—No escogemos a nuestras parejas, así que podría ser un hombre, una mujer... A veces, si dos personas tienen un vínculo y una muere, la que queda podría tener un compañero o compañera del otro sexo.

—¿Tenéis compañeros? —dije, cogiéndole por fin el ritmo a la danza y moviéndome con fluidez al mismo paso que ella.

—Sí, y es un vínculo muy fuerte.

—¿Cómo sabes quién va a ser tu compañero?

—No lo sabes hasta que lo besas. O eso me han dicho. —Bajó la cabeza e inició de nuevo la cuenta de pasos.

—¿Tú nunca has tenido un compañero?

—No.

—¿Y Zevander? ¿Ha tenido algún... alguna compañera?

—Alguien lo intentó una vez. Lo obligaron a través de un hechizo. Fue una experiencia terrible para él. —Por un momento se puso muy seria, pero enseguida recuperó la sonrisa—. Quizá le interesen más las mortales.

Me mordí la mejilla por dentro, conteniendo las ganas de sonreír.

—Tu hermano es demasiado serio para eso.

—Desde luego. De hecho, no lo he visto nunca con otra mujer. Nunca. Hasta que llegaste tú.

El calor contenido dentro de las mejillas emergió con un fogonazo; la cabeza me dio vueltas y tuve que soltarla y sentarme un momento.

Ella acercó la botella a la mesita de noche y volvió a llenar las copas.

Con un par de tragos largos, vacié la mía.

—Tengo que confesar que siento... mucho calor. Y que estoy algo mareada.

—Yo también tengo algo que confesarte.

—¿El qué?

Apretó los labios y carraspeó.

—Quizá esta noche quieras cerrar la puerta con llave. El licor tiene cierto efecto afrodisiaco.

—¿Qué? —Esta vez mi tono ya no era tan jovial—. ¿Qué signi...? ¿Por qué debo cerrar la puerta?

—Porque es probable que te den ganas de follar y en este castillo hay demasiados hombres que estarían encantados de hacerte ese favor. Probablemente te pases gran parte de la noche con los dedos debajo de la ropa interior.

—Rykaia... —Dios santo, me habría echado a llorar. Todo lo que hacía acababa teniendo siempre un giro pérfido—. ¿Por qué...? ¿En qué estabas pensando al darme...? ¿Por qué no me lo has dicho?

—¿Lo habrías probado si te hubiera dicho que te iba a poner caliente como un conejo en primavera?

—No, por supuesto.

—Bueno, pues por eso no te lo he dicho. —Se encogió de hombros y luego vació su copa antes de dejarla sobre la mesita—. Es delicioso y divertido. El mejor orgasmo que te vas a proporcionar tú sola.

—Ahora mismo no me parece nada divertido, sino preocupante.

—Solo se convierte en un problema si bebes demasiado.

—¿Y cuánto es demasiado?

—Una copa te dará un buen subidón. Dos puede ser demasiado.

—Yo he tomado tres.

Abrió los ojos como platos, se llevó la mano a la nuca y se rascó.

—¿Te he dado tres? Por los huevos de Castero, debo de haber perdido la cuenta.

—¿Cuánto tarda en hacer efecto?

—Normalmente una hora. Quizá algo menos.

—Oh, Dios mío.

—Relájate. Solo tenemos que quemar un poco el efecto. —Se subió de pie a la cama, cuyo colchón se hundió un poco, y me dio un golpecito en el codo—. Venga, súbete.

Fruncí el ceño y observé cómo se movía todo en los extremos de mi campo visual.

—No voy a dar rienda suelta a mis instintos contigo.

Rykaia soltó una risita.

—No eres para nada mi tipo, tranquila. Venga, sube. Rápido.

Me agarré la cabeza, desesperada, trepé al colchón y me situé junto a ella.

—¿Y ahora qué?

—¡Ahora salta!

—No soy un bebé. No voy a saltar en la cama.

—Muy bien, pues puedes quedarte ahí sentada, mareada y amargada. —Se puso a saltar y el movimiento estuvo a punto de hacerme caer.

—¿Quieres parar? Casi no puedo mantener el equilibrio.

—¡Es que no se trata de mantener el equilibrio, boba! ¡Se trata de saltar! ¡Uuu! ¡Uuu!

Me la quedé mirando un momento, meneando la cabeza y pensando en lo ridículo de todo aquello. Se me escapó una risita. Y luego otra.

Carraspeé para aclararme la garganta.

—¿Sabes? Con Aleysia también tenía que ser siempre la sensata. Es agotador.

—¡Pues deja de ser tan sensata y diviértete un poco!

Me crucé de brazos, pero el movimiento del colchón me hacía trastabillar. Al final me encontré dando botecitos, no saltos, pero desde luego era mejor que intentar mantener la posición erguida sin moverme.

—No puedo hacer esto. Me siento tan...

—¿Mayor? Yo tengo siglo y medio más que tú. —Cada vez saltaba más alto y no pude evitar soltar una risita al ver que se acercaba peligrosamente a la lámpara—. ¡Venga, anciana! ¡Mueve esas piernas! ¡Es liberador!

—¡Vas a golpearte la cabeza con la luz, inconsciente!

—¡Me queda lejísimos!

Me agarró de las manos, a pesar de que yo intentara mantenerlas junto al cuerpo, y fue una batalla que enseguida perdí cuando prácticamente me caí encima de ella.

—¿Por qué estás haciendo esto?

Por fin se detuvo y la expresión de alegría de su rostro se volvió seria de pronto.

—Me he pasado mucho tiempo dormida. Pero, desde que llegaste tú, no quiero dormir. Quiero saltar, bailar y respirar otra vez.

Sin entender muy bien por qué, aquello me llenó los ojos de lágrimas y tuve que girarme para evitar que viera aquella extraña reacción. Quizá porque en aquel momento me recordó mucho a Aleysia.

—Venga, vamos a saltar —dije y, agarrada a sus manos, di un botecito y la sonrisa volvió a sus labios.

—Pero prométeme que tu frágil corazón mortal no estallará justo en este momento.

Con una risita, salté más alto. Y más alto. Y la risita se convirtió en carcajadas.

Rykaia cogió una almohada y me golpeó con ella en la cabeza. Aquella debilidad incontrolable me hizo reír aún más fuerte. Entre bote y bote, agarré otra y le devolví el golpe, provocando una explosión de plumas.

Ella chilló, se rio y volvió a darme con su almohada.

Yo también chillé y reí con ganas.

La batalla se intensificó y las plumas volaron por todas partes, cubriendo las colchas de terciopelo borgoña. Se nos pegaron al cabello y vernos así hizo que nos riéramos aún con más ganas.

En ese momento me dejé llevar por completo y salté como Aleysia y yo hacíamos cuando éramos niñas.

49

Zevander

En el gran salón, Zevander le dio una palmadita en la espalda a Ravezio. Los otros letalisz ya estaban dirigiéndose a la puerta para marcharse, pero, cuando oyó un estruendo de gritos a lo lejos, ambos se quedaron paralizados y se miraron antes de echar a correr escaleras arriba.

Siguieron los ruidos por el pasillo, hasta detenerse frente a la habitación de Maevyth.

Zevander se quedó escuchando un momento; al oír un nuevo grito, abrió la puerta, justo en el momento en que Rykaia agitaba una almohada para darle con ella a Maevyth. No consiguió hacer diana y retrocedió un poco, desequilibrándose y cayéndose de la cama con un golpetazo sordo.

Quiso ir a socorrerla, pero ambas mujeres se estaban riendo a carcajadas, con tantas ganas que casi no podían respirar.

—¿Qué cojones es esto? —exclamó Ravezio, al lado de Zevander, sin intentar esconder su sonrisa divertida cuando este se giró a mirarlo.

Él frunció el ceño y entró en la habitación. Había algo flotando en el aire y extendió la mano para coger una muestra. Eran plumas.

Maevyth cayó de rodillas sobre el colchón y se asomó para ver a Rykaia.

—¿Estás bien, ahí abajo?

Ambas volvieron a reírse a carcajadas, rodando sobre sí mismas, aparentemente ajenas a la presencia de los dos hombres en la puerta.

—Parece que han tomado algo —dijo Ravezio, señalando hacia el armario, donde estaba la botella.

Zevander fue hacia allí y agarró el licor. Con solo acercársela a la nariz confirmó que era ambrozhyr. El néctar de los dioses. Se pasó una mano por la cara y levantó la botella para verla a contraluz. Estaba completamente vacía.

—Mierda.

Había aplicado un hechizo al corcho para evitar que Rykaia, en particular, accediera al potente licor, que solía incitarla a escabullirse y volver al burdel.

Su hermana echó la cabeza hacia atrás y, en el momento en que lo vio, soltó otra carcajada desquiciada.

—Estamos jodidas, Maevyth. El señor gobernador ha llegado y no parece muy contento.

Ravezio soltó una risita socarrona, pero enseguida carraspeó en un claro intento de contenerse. Gracias a Dios, Zevander llevaba su máscara, por lo que no podían ver que se mordía la lengua.

—Qué cansada estoy, Ry —dijo Maevyth, retorciéndose sobre la cama—. Estas sábanas son tan… suaves… —Se levantó la parte baja del vestido, dejando a la vista unas piernas largas y esbeltas que frotó contra la tela.

Por todos los infiernos… Aquella visión y el olor que se extendía por la habitación hicieron que Zevander tensara todos los músculos.

—Va a acabar mal —dijo Ravezio—. Si no ha probado antes el ambrozhyr, la primera vez siempre es la peor, y no sabemos cómo puede sentarle a un mortal. Alguien tendría que quedarse con ella. Y quizá aliviarla.

El licor era conocido por su tentador sabor, pero ese gusto tan incitador resultaba ser un potente afrodisiaco que provocaba en la mayoría de los etirios una fuerte atracción hacia alguien o la necesidad desaforada de tocar, de follarse a quien fuera o lo que fuera. Pero ¿y en los mortales? Zevander no podía ni imaginarse qué efecto podría tener en ella.

—Necesita dormir —dijo, preguntándose si su piel sería tan suave al tacto como parecía, como la seda de las sábanas que se amontonaban en torno a sus piernas—. Estará bien.

Ella siguió subiéndose el vestido, hasta dejar a la vista los muslos, y Zevander sintió un deseo irrefrenable que se tradujo en una tensión en la entrepierna.

A su lado, Ravezio se estaba relamiendo y, al ver cómo se excitaba contemplando a Maevyth, él apretó los puños.

—Por los dioses, déjame que sea yo quien le dé alivio, si tú no quieres.

—Es mortal. ¿No te dan miedo las enfermedades que te pueda transmitir? —le preguntó en tono de burla.

—No.

Zevander se giró hacia él, muy serio.

—Tú atrévete aunque solo sea a respirarle cerca y me encargaré personalmente de ensartarte el cráneo en un palo antes de prenderle fuego.

Ravezio frunció el ceño y lo miró de reojo.

—Eh, cálmate. Si me ensartas el cráneo tendrás que vivir con una sensación de culpa tremenda por haber matado a tu único amigo fiel.

—Eso es una suposición algo patética.

—Ojalá no fuera cierto.

Rykaia soltó un gemido y Zevander agitó la cabeza en su dirección.

—Llévala a su habitación, y por los dioses que si le tocas un pelo...

—Me ensartarás el cráneo en un palo, sí. Ya lo sé —dijo el letalisz, cruzando la estancia y cogiendo a la susodicha en brazos.

A pesar de la amenaza, Zevander sabía que no se atrevería a tocar a Rykaia, porque, si no era él quien lo mataba, sin duda lo haría Torryn.

Su hermana le rodeó el cuello a Ravezio con los brazos y soltó otro gemido.

—Creo... que he bebido demasiado.

—Creo que tienes razón —confirmó él, sacándola de la habitación.

Zevander echó un vistazo al dormitorio. Había plumas por todas partes y estaba todo hecho un asco. De pronto pensó en que no recordaba la última vez que había oído reír a su hermana. Reír con ganas. No una risa burlona, de rabia. Una risa genuina.

Se quedó mirando a Maevyth, que se frotaba los muslos con las suaves sábanas, probablemente con la mente fuera de control. Percibía su hambre, aquel deseo desesperado que emanaba de su cuerpo como una tempestad descontrolada. Una tormenta tan bonita como peligrosa en la que le encantaría quedar atrapado.

Sin quitarle los ojos de encima, cerró la puerta y pasó junto a la cama, en dirección a la butaca que había en la esquina del dormitorio, donde pensaba sentarse a vigilarla. Por puro egoísmo, por supuesto.

Ella seguía perdida, presa de sus necesidades corporales, porque al principio no parecía que lo viera siquiera, hasta que levantó la mirada y, por debajo del deseo carnal, apareció una súplica desesperada. Una petición de ayuda.

Aquella mirada hizo que a Zevander le flaquearan las rodillas.

Se dejó caer en la cómoda butaca, sintiendo la presión de la polla contra los pantalones, mientras ella retorcía sus esbeltas piernas entre los pliegues de la seda negra. Zevander se agarró a los reposabrazos, con el cuerpo duro como el hierro, los músculos tensos y doloridos, desesperado por darle el alivio que la haría dormir toda la noche como un gatito saciado de leche.

—¿Zevander? —El sonido de su nombre en aquellos labios, con aquel tono de sufrimiento, hicieron que clavara aún más los dedos en los reposabrazos de la butaca—. Por favor. Algo va mal. Muy mal.

—Me duele. —Cogió una de las almohadas y se presionó con ella entre las piernas—. Me duele muchísimo.

—Pasará —dijo él, a modo de patético consuelo. Tardaría horas en irse, a menos que le diera lo que su cuerpo deseaba tanto en aquel momento.

Ella emitió otro gemido, un maullido lastimero que iba erosionando cada vez más las defensas de Zevander.

Él sentía cómo se iba despertando un instinto aletargado durante mucho tiempo, una voracidad en sus entrañas que le hacía disfrutar viéndola sufrir de aquella manera. Pero, al mismo tiempo, un instinto perverso le pedía que la atara a la cama, negándole todo alivio, para que sufriera lo que había tenido que sufrir él. Solo para que viera lo depravado que podía llegar a ser.

«Tómala. No pertenece a ningún otro».

—Zevander... —Su voz, esa voz dulce y angelical, le accionaba los nervios del cerebro y tuvo que cerrar los ojos y apretar los párpados para que aquellos pensamientos desbocados volvieran a ocultarse entre las sombras—. Por favor...

Había empezado a sudar y se mordía el labio inferior.

Podría haberla ayudado. Podría haber hecho que alcanzara el orgasmo fácilmente y parte del dolor habría remitido, pero se negaba a tocarla en ese estado. Habría preferido que estuviera lúcida y sobria y que lo odiara por la agonía que deseaba infligirle. El dulce tormento que sería sentir cómo le clavaba las uñas en la espalda o los dientes en la carne.

«Ya basta, cabrón masoquista», se dijo.

Aun así, seguía atormentándose con aquella imagen. No podía dejar de visualizar el coño indecentemente húmedo de Maevyth acogiendo con placer el roce de cada uno de sus pendientes. Cálido y estrecho, presionándolo a cada empujón. Y ella arañando, mordiendo, tirándole del cabello. El deseo desaforado de sangre, de sudor, de la sal de su piel.

Joder, el mero hecho de pensarlo ya lo estaba desquiciando.

Iba a ser una noche larga y dolorosa. Para ambos.

Ella se balanceó sobre la almohada que tenía atrapada entre los muslos y —malditos todos los dioses— Zevander tuvo que apartar la mirada. Maevyth tensaba y retorcía el cuerpo de un modo que daba la impresión de que iba a quebrarse en cualquier momento. Maldita fuera Rykaia por haber provocado aquello...

Aunque apartara la cabeza, oía a la chica rozándose con las sábanas, la agonía silenciosa que vibraba en su garganta. Su necesidad. Aquella necesidad que hacía que la polla casi le estallara los cordones del pantalón.

La primera vez que le habían dado a probar aquel licor, durante su primer ciclo de la luna, tenía dieciséis años y estaba en manos de la general Loyce. Recordaba el profundo dolor, los calambres, la intensa necesidad de follarse algo. Ella le había atado las manos y las piernas y luego lo había torturado durante horas, jugando con él mientras se retorcía de dolor. Habría preferido que le azotaran la espalda en lugar de la agonía que suponía el exceso de ambrozhyr.

Cerró los ojos con fuerza y ahuyentó aquellos pensamientos por miedo a lo que pudieran sacar a la luz. Cuando volvió a abrirlos la vio de nuevo.

Con bruscos movimientos completamente antinaturales, Maevyth había conseguido darse la vuelta y situar la cabeza contra el cabecero. Con el cuerpo en posición supina, se elevó sobre la cama y las sábanas que la cubrían cayeron hacia los lados, sobre el colchón.

Frunciendo el ceño, Zevander se levantó de la silla y se acercó lentamente hacia el borde del lecho, donde se la encontró con los ojos en blanco y el cuerpo tieso como un tablón, pero temblando, como si tuviera todos los músculos contraídos. Como si estuviera poseída. Rodeó la cama, intrigado, preguntándose qué poderes la habrían hecho levitar. Desde luego, no era algo que le hubiera enseñado él.

Desde los pies del lecho vio cómo encogía los dedos de los pies y le temblaban los muslos. Agitó los brazos, rígidos a los lados del cuerpo, curvando los dedos y retorciéndolos, como si sufriera un gran dolor. Unos susurros tenues flotaban en el aire, pronunciados en un idioma que reconoció, pero que ella había afirmado que no hablaba.

—*Da'haj mihirit voluptasz.* —«Dame placer».

Con los ojos de un blanco inquietante, levantó la cabeza, sin dejar de flotar sobre el colchón, y se le acercó:

—*Da'haj mihirit voluptasz.* —La suave voz de gatita melosa se había convertido en un lamento rauco, cautivador.

¿Qué era aquella exquisita criatura? ¿Esa peculiar hechicera que le estaba revolviendo el alma?

Se la quedó mirando, hipnotizado por la misteriosa oscuridad que desprendía. «Magnífico».

—*Da'haj mihirit voluptasz.*

La petición le provocó un escalofrío que le recorrió la espalda. No deseaba otra cosa que apaciguarla. Habría querido agarrar con la mano aquellos rizos negros que le caían sobre los hombros y se le pegaban a la piel de la frente, húmeda de sudor. Su cuerpo desprendía una sensualidad hipnótica que tenía a Zevander apretando los dientes, luchando desesperadamente por no echarse encima de ella.

—*Da'haj mihirit voluptasz* —suplicaba.

Volvió a posarse en el colchón, pero seguía retorciéndose y bajándose la ropa interior sin darse cuenta. La visión de las bragas tensas en torno a los muslos hizo que Zevander tragara saliva pensando en lo que ocultaba su falda.

Con los muslos separados, arqueó la espalda.

—*Da'haj mihirit voluptasz.*

Él acercó una mano y le acarició el cabello, y el mero contacto encendió su deseo aún más. Joder, habría sacrificado su próximo aliento por poder ser el cabrón que la hiciera gemir de placer en ese mismo momento.

Levantó el brazo y sobre la palma apareció una llama negra.

—*Revelah'ret te mej* —dijo. «Revélate a mí».

Ella volvió a mirar hacia delante, pero el color negro de sus pupilas engulló el gris de sus iris, señal de que había algo que la poseía. Soltó una risita y se subió el borde de la falda aún más, pero sin mostrarlo todo.

—*Revelah'ret te mej* —repitió él.

Ella se humedeció los labios y levantó una mano. La llama saltó de la palma de él a la de ella sin que nadie se lo ordenara. Como si la hubiera invocado ella misma.

Zevander observó, fascinado, cómo se disipaba la llama, dejando un rastro de humo, para introducirse en su brazo y recorrerlo por una vena de color ónix hasta llegarle a las manos y teñirle la punta de los dedos de negro. Nadie había sido capaz de arrebatarle su poder así y Zevander no tenía claro si aquello lo inquietaba o lo excitaba.

—*Da'haj mihirit voluptasz et da'minha vitatej.* —«Dame placer y te daré vida».

Con los ojos entrecerrados, Maevyth echó la cabeza atrás al tiempo que alargaba la mano hacia el borde levantado de su falda y, en el momento en que la punta de sus dedos estableció contacto con la tela, Zevander sintió el suave tacto de la cálida seda en sus propias yemas, como si fuera él quien la estuviera tocando.

Se estremeció. «Ábrete de piernas».

Ella las separó y los muslos dieron paso a lo que él imaginó como una concha deliciosamente rosada. Por todos los dioses, lo que habría dado por arrancarle las sábanas y contemplar lo que sin duda sería la abertura más bella y desquiciante que había visto nunca. Con una caricia ligera como una pluma, deslizó el dedo corazón por entre sus labios y él sintió los cálidos pliegues sedosos que envolvían la yema.

Con la boca entreabierta, Maevyth jadeó entrecortadamente y sintió los espasmos de sus músculos del vientre. Los muslos, separados, también le temblaban mientras jugaba con su sexo. Luego la vio encoger el dedo, subiéndolo, hasta encontrar aquel pequeño haz de nervios, y de pronto cerrar los muslos con un intenso gemido.

«Fóllame».

Zevander apoyó un puño en la cama, sintiendo que perdía la fuerza de los músculos.

Ella se pasó el dedo en torno al clítoris, que, de haber sido él quien le estuviera dando placer, habría sufrido los embates de su lengua. Pero él no se atrevía a bajar la cara. Recurriendo a todas las fibras de su fuerza de voluntad consiguió resistir.

Cuando ella volvió a deslizar los dedos por el sexo y encontró la pequeña entrada, húmeda de excitación, fue él quien soltó un gemido. Maevyth los tenía bañados en los pegajosos jugos y, maldita fuera, tuvo la osadía de llevárselos a la boca y lamérselos, dejándolos limpios.

Zevander sintió el sabor dulce en la boca.

Apoyada sobre la almohada, ella cerró los ojos, curvó de nuevo los dedos y se los introdujo otra vez.

Él cayó de rodillas junto a la cama, que ahora le llegaba al pecho, ofreciéndole una visión tan íntima que podía sentir el delicioso olor a naranja que se mezclaba con el embriagador aroma a sexo. Con la boca hecha agua, apretó los dientes y la necesidad que le quemaba por dentro le tensó la columna.

«Tócala. Siente su sabor. Fóllatela».

No pudo contener los gemidos al verla introducir los dedos húmedos entre los labios de su sexo apretado, activando todos los nervios de su cuerpo como si fueran un circuito eléctrico. El sonido húmedo que hacían al tocarse le hicieron llevarse la mano a los pantalones y agarrar la bestia que suplicaba que la dejara penetrarla, abrirse paso sin contemplaciones a través de aquellas carnes hinchadas.

Maevyth se retorcía en la cama, con la otra mano apretada en un puño, como si también ella lo sintiera a él. Con la respiración entrecortada, se penetró más rápido, mojándose los dedos, gimiendo y encogiéndose de placer. Zevander sintió la tensión y el orgasmo que estallaba en su interior.

—*Veni'adj meh, Lunamiszka.* —«Ven a por mí, mi bruja lunar».

El temblor de los muslos se convirtió en una convulsión y aguantó la respiración mientras su cuerpo iba elevándose cada vez más. Y más.

Un gruñido distante resonó en los oídos de Zevander, que miró a su alrededor y vio las sombras que atravesaban las paredes. Las cortinas de toda la estancia temblaron, como si una ráfaga de viento las hubiera zarandeado, aunque las ventanas estaban perfectamente cerradas. Un repiqueteo le hizo levantar la vista en dirección a la lámpara de velas, que temblaron y cubrieron la cama de sombras. Al oír un chasquido se giró y vio que el espejo de la pared se había quebrado en dos mitades: la de abajo la mostraba a ella tendida en la cama y la otra reflejaba su imagen, al lado, con las manos hundidas en los pantalones. Zevander se quedó mirando el borroso reflejo de ella y solo distinguió la pálida silueta de su mano penetrándose furiosamente, una y otra vez. La tensión de sus músculos era un reflejo de los de él, al límite, como una goma estirada hasta casi alcanzar el punto de fractura.

Zevander se quedó maravillado ante la oscuridad que desplegaba; era como ir pelando los pétalos de una rosa negra.

Maevyth soltó un gemido de alivio mientras las paredes de su sexo palpitaban contra sus dedos. Otro espasmo y se contrajo aún con más fuerza: un segundo orgasmo.

Él apretó los dientes y emitió un gemido, agarrándose con fuerza la polla rígida, pellizcándose el metal de los pendientes de la base. Echó el cuerpo adelante, plegándose en dos con un dolor atenazador que le apretaba las bolas.

—¡Joder!

Un cálido chorro de semen lo inundó todo, bañándole el dorso de la mano. Apretó los dientes y se dejó llevar por aquella sensación pulsante *tan exquisita* que no parecía acabar.

Sin tocarse siquiera. Hacía años que no se sentía liberado hasta aquel extremo.

Ella se arqueó de nuevo y soltó un potente gemido que lo hizo eyacular de nuevo, esta vez en sus muslos.

El humo negro se elevó por el aire desde la palma de Maevyth y volvió a meterse bajo la piel de él, provocándole un espasmo de placer que le hizo soltar un gruñido.

Ella dejó caer la mano a un lado.

Volvió a poner los ojos en blanco y luego cerró los párpados.

Se quedó inerte.

Él aún sentía espasmos en los músculos y bajó la cabeza, acercándose a su rostro. Percibió su respiración agitada pero ligera contra la mejilla y suspiró, aliviado. Le acarició la cara con la mano limpia, apartándole el cabello húmedo, que se le pegaba a la piel. Sintió en la punta de los dedos una ligera vibración que lo atravesó hasta llegarle a la entrepierna y convertirse en una palpitación muy agradable. Se quedó mirando sus labios y reprimió el deseo de besarlos.

Era la imagen de la perfección.

Cómo la deseaba. Su bruja lunar…

Al día siguiente Maevyth viajaría con Dolion y las piedras a Calyxar, donde estaría segura y protegida. Lejos de los brujos que la acechaban.

Lejos de todo peligro.

Y, sobre todo, lejos de él.

50
Maevyth

Sentía un dolor pulsante en la sien e hice una mueca de dolor, clavándome los dedos justo donde me molestaba. Bostecé y me estiré como un gato, y los huesos se me colocaron en su sitio. Me giré para ponerme boca arriba. Me dolían los muslos y al levantar la cabeza me encontré con que tenía las bragas estiradas entre las piernas, como si me las hubiera bajado en algún momento de la noche.

Las sábanas estaban húmedas y pasé la mano por la cama, incrédula. ¿Me había meado encima? Me subí las bragas a toda prisa y me olí: no era pis en absoluto, sino algo más dulce y penetrante. Era un olor que reconocí de inmediato, de las noches en que me había tocado.

La mente se me fue a la noche anterior. Lo último que recordaba era saltar en la cama con Rykaia y una intensa fatiga después. ¿Me había desmayado o me había quedado dormida? Desde luego, no podía haberme tocado si estaba completamente inconsciente…, pero no recordaba nada en absoluto.

Se me pasó una idea por la cabeza, algo que había dicho Rykaia sobre la necesidad de cerrar la puerta con llave para no atraer a ninguno de los hombres de la casa. Intenté averiguar si me dolía la entrepierna, por si me habían violado de algún modo, pero nada. Ningún dolor. Ninguna molestia. Nada que no fuera una fantástica sensación de relajación, como si hubiera dormido dos días seguidos.

Erguí la cabeza y observé que el espejo de la pared de enfrente se había quebrado, como si le hubieran estampado algo encima. Había velas amontonadas en la mesita junto a la cama y la cera había ido cayendo por el borde, secándose antes de llegar a tocar el suelo. Este suelo estaba cubierto de plumas… y yo recordaba vagamente una pelea de almohadas con Rykaia.

Dios, ¿qué habíamos hecho?

Me levanté de la cama y enderecé las velas que aún quedaban. Recoger las plumas fue como perseguir una ráfaga de aire, ya que se me escapaban de las manos a cada movimiento que hacía, pero conseguí amontonar la mayoría en un rincón y luego meterlas en una cesta de mimbre cerca del canapé. Al pasar frente al espejo me paré un momento; pasé un dedo por la resquebrajadura y me pregunté cómo se habría producido.

En el baño, me fui al elaborado retrete y sentí que las paredes se me echaban encima al cerrar la puerta. Eidolon estaba lleno de detalles antiguos, pero lo que más me impresionaba era la modernidad de los sanitarios. En lugar de la cadena de la que tenía que tirar en casa, aquí había una sofisticada palanca de latón que apenas hacía ruido al accionarla.

Una vez aliviada, me desnudé y me bañé, y luego me puse mi equipo de entrenamiento. Tras un rápido desayuno de avena con leche me dirigí a la sala, pero me encontré con que Zevander no estaba allí.

Otra vez.

Decepcionada, me dirigí a la biblioteca del castillo y, por el camino, me encontré a Rykaia tirada sobre un sofá de terciopelo en uno de los salones, comiéndose una manzana. En el momento en que me vio, una sonrisa pícara le iluminó el rostro.

—¿Cómo has dormido, Bellitula? —me preguntó, claramente complacida consigo misma.

—Bastante bien, aunque no recuerdo gran parte de la noche.

—Estarás de broma. ¿No te tocaste ni un poco?

De pronto me vino a la mente una imagen: yo retorciéndome en la cama mientras la voz de Zevander resonaba en mis oídos.

—Si lo he hecho, no lo recuerdo.

—Dios, qué desperdicio. Esa es justo la función principal del ambrozhyr: tener orgasmos *memorables.*

—Bueno, quizá para los mortales sea diferente. ¿Has visto a Zevander?

—Se ha ido a Costelwick muy temprano, con los otros letalisz. Esta noche es la Ceremonia del Devenir de la princesa Calisza, no sé si te acuerdas. —Levantó una ceja, preparándose para discutir conmigo.

Se me tensó el estómago ante la perspectiva de traicionar a Zevander, de escabullirme a sus espaldas.

—Hablando de eso… No sé…

—Alto ahí. Tienes un vestido. Vas a ir.

—La última vez que intentaste esconderme en público estuvieron a punto de descubrirnos.

Le dio otro bocado a la manzana y me miró mientras la masticaba y tragaba.

—Como ya te he dicho, esta vez no hace falta que te escondas. Todo el mundo llevará máscara.

—¿Y si me ve *él*? No le hará ninguna gracia.

Rykaia resopló y puso los ojos en blanco.

—¿Con ese vestido? Yo creo que estará bastante contento de verte, aunque se diga lo contrario a sí mismo.

—¿Qué estás diciendo?

—Lo que digo es que me parece que mi hermano está prendado de ti.

Ya había hecho un comentario similar la noche anterior, y, aun así, se me encendió la piel al oírlo como si fuera la primera vez.

—Te equivocas. Ha estado evitándome toda la semana.

—Exacto. Zevander no huye de nada a menos que le provoque una gran frustración.

—Eso a mí no me suena a atracción, sino a molestia.

Se sentó muy recta y se comió el último trozo de la manzana, obligándome a esperar hasta que se lo tragó.

—Sí, bueno, es que los individuos normales se ponen tontos y flirtean cuando les gusta alguien. Mi hermano, en cambio, actúa como si le repeliera profundamente.

Fruncí el ceño y meneé la cabeza.

—Eso no tiene sentido.

—Bueno, dado que se gana la vida matando a gente, tiene enemigos por toda Etiria y fue entrenado para evitar mostrar afecto a las mujeres, así que supongo que sí tiene sentido.

Dicho de aquella manera, tuve que convenir en que quizá sí que lo tuviera.

—No creo que sepa qué hacer contigo, Maevyth —añadió, con un suspiro—. Por eso precisamente creo que deberías ir esta noche. Lo obligaré a decidir si quiere ser tu protector o tu enemigo.

—Yo no quiero que lo obligues a decidir nada.

—Pues hazlo por mí, ¿no? No quiero estar sola con toda esa gente. Los ricos me dan repelús.

—¿Y entonces por qué quieres ir? ¿Qué es tan importante de esta ceremonia como para que te arriesgues a que te vean?

Los ojos se le iluminaron de pronto.

—Que los Circ'Lunae estarán allí y no los he visto desde que era niña.

—¿Y eso qué es?

—Ya lo verás cuando me acompañes ataviada con tu fantástico vestido negro. Ahora, ratoncita, vete a examinar ese aburrido montón de huesos con Dolion y la intrusa —dijo, despidiéndome con un gesto de la mano—. Ya nos veremos esta tarde.

En la biblioteca me encontré a Dolion y Allura agazapados sobre un montón de libros y pergaminos, como siempre. Los huesos estaban en dos montones, uno de ellos dividido en grupitos que Allura había determinado que pertenecían a personas diversas.

Al acercarme, Dolion se quitó las gafas.

—Buenos días. Hoy llegas algo temprano.

—Zevander ha vuelto a saltarse el entrenamiento —dije, haciendo una mueca al oír el tono apagado de mi voz.

—Mmm. Eso suma ya cuatro veces en una semana. ¿Te ha enseñado algo nuevo?

—Últimamente no.

—Sospecho que se está distanciando un poco —dijo, y sus misteriosas palabras se me quedaron en la cabeza. Me indicó que me acomodara frente a él—. Siéntate. Necesito hablar contigo de una cosa.

Por un momento pensaba que iba a regañarme por beber con Rykaia la noche anterior, hasta que recordé que no estaba en Foxglove y que no habíamos diezmado las escasas provisiones de vino de cerezuela de mi abuelo. Y que tampoco se trataba de Aleysia. Las normas con las que me había criado aquí no existían y no me iban a castigar solo por hacer tonterías. Me senté, como me pedía, y crucé los dedos de las manos.

—Esta noche me voy a Calyxar. Y... tú vendrás conmigo.

—¿Calyxar? ¿Eso es un pueblo?

—Es una isla, en el sur. —Se giró hacia Allura y asintió—. La tierra de nuestro pueblo.

Acogí la noticia con recelo. Probablemente suponía alejarme aún más de mi hermana.

—¿Y qué hay de Zevander?

—Está de acuerdo en que vengas conmigo. Como precaución, ya que parece que en Costelwick hay cierta agitación. Aunque eso también hace que sea la ocasión perfecta para desaparecer sin llamar la atención.

—¿Está de acuerdo con esto? —insistí, sintiéndome traicionada al pensar en que hubiera hecho esos planes a mis espaldas.

—Absolutamente. Quiere lo mejor para ti.

—Ya veo —dije, y me dirigí a Allura—. ¿Y tú nos acompañarás?

Ella apretó los labios y negó con la cabeza.

—Me temo que no. Debo regresar a la Casa de los Sabios para seguir con mis estudios.

—Así que... iremos los dos solos.

—Sí. Es lo mejor. Así llamaremos menos la atención.

—Y... ¿qué hay de mi hermana? ¿Y del regreso a Mortasia?

Dolion se rascó la nuca.

—No creo que eso sea sensato, Maevyth.

—Pero... me lo prometiste. Me prometiste que, si aprendía a

usar mis poderes, tú en persona me llevarías al bosque. —Presa de la rabia, apreté los puños—. Me mentiste.

—No te mentí. Ni siquiera has empezado a aprender tus glifos más importantes. Hay estudiosos en Calyxar, las mentes más brillantes de Etiria, que pueden ayudarte con ellos.

—¡No me importan los glifos! —dije, golpeando la mesa con el puño y derribando los montones de huesos—. ¡Ahora mismo no me importa nada más que mi hermana! Es la única familia que tengo, Dolion. El único pedazo de mi mundo que quiero conservar.

—Perdóname, pero no te llevaré a donde corras peligro. Hay brujos implacables deseosos de convertir tu sangre en piedra, Maevyth. Si te encontraran...

—No voy a ir a Calyxar. No voy a abandonar a mi hermana. —Me puse en pie y salí de la biblioteca hecha una furia. La sangre me bullía de rabia. Aunque mi yo más racional comprendía los motivos de Dolion, o al menos eso pensaba, había otra parte de mí que no podía permitir que se me llevara a una isla en medio de la nada. Estudiar los glifos y los huesos y descubrir mis poderes significaba muy poco para mí mientras el destino de mi hermana siguiera siendo un misterio.

Subí las escaleras, recorrí el pasillo y me encontré frente a la habitación de Rykaia.

Llamé con los nudillos.

Apareció en la puerta con una copa en la mano y sonrió:

—¿Has cambiado de opinión?

Aún tenía los músculos tensos de la rabia.

—¿Habrá brujos? —pregunté.

—Sí. Por supuesto. Se espera que asistan los brujos del rey.

—¿Y cómo piensas esquivarlos? ¿Qué trucos tienes en mente para que pase desapercibida ante los que quieren convertir mi sangre en una piedra?

Se apoyó en el marco de la puerta, más seria que antes.

—Irás enmascarada. Tu olor. Tu rostro. Tu aura. No podrán distinguirte de cualquier otra lunácea.

—Prométeme que el plan es infalible.

—Bueno, nada es completamente infalible, pero yo no permitiría que corrieras ningún peligro.

Era una estratagema alocada, pero yo tenía mis propios motivos para aceptarla. Motivos que justificaban correr ese peligro. Porque si me quedaba, me mandarían a una isla y me alejaría aún más de mi hermana.

—Iré, pero con una condición.

—¿Sí?

—Que uses ese hechizo tuyo de tránsito para llevarme al bosque.

Rykaia soltó un bufido.

—Ni hablar —dijo, le dio un sorbito a su copa y entró en la habitación de nuevo, donde se sentó frente a la chimenea encendida.

—¿Cómo que «ni hablar»? —le pregunté, siguiéndola—. Me estoy ofreciendo a acompañarte. Me quedaré contigo. Y luego tú me ayudarás a transitar al bosque.

—¿Lo dices en serio? ¿Tú crees que puedes marcharte... sin más? ¿Dejarlo todo? —respondió, con un brillo en los ojos, como si le doliera que lo hubiera sugerido siquiera.

—Ya te dije desde el principio que era importante para mí.

—Sí, lo dijiste, Maevyth. Lo dejaste perfectamente claro. —Con la mandíbula apretada en una mueca decidida, presionó también los labios—. No voy a llevarte.

Las lágrimas me nublaron la vista; me senté en la silla de enfrente y ambas contemplamos el fuego.

—No puedo abandonarla, Rykaia. No lo haré. Tengo la extraña sensación de que sigue viva. Es difícil de explicar, pero... necesito volver con ella.

Ella seguía apretando los dientes, con la mirada fija en las llamas, y no se molestó en responder.

Suspiré, retorciéndome las manos sobre el regazo.

—Tú no quieres que me vaya. Sé que es por eso por lo que has intentado emparejarme con Zevander.

—No me pidas esto, Maevyth. No me pidas esto.

—No tengo nadie más a quien pedírselo. Todo el mundo parece tener algún motivo para que me quede, pero todos olvidáis que este no es mi hogar.

—¡Este es tu hogar! —replicó ella, apartando la mirada—. Ya

lo has dicho antes: el lugar de donde procedes es cruel e injusto. Llegaste aquí por algún motivo, Maevyth. Es tu destino. Está escrito.

—¡*No* es mi destino! —Esta vez fui yo quien estalló—. No creo en el destino. El destino no ha sido más que una maldición toda mi vida. Así que perdóname si no me importa lo que esté escrito o no.

—Yo también tengo un millón de motivos para no hacerlo, pero aun así *creo*. Y si piensas que voy a permitir que te vayas, y arriesgarme a que no regreses nunca más, es que no tienes ni idea de lo bruja que puedo llegar a ser.

Con lágrimas en los ojos y una sonrisa socarrona en el rostro, apartó la mirada.

—Te prometo que volveré en cuanto encuentre a mi hermana.

—Esa es una promesa que no puedes mantener. ¿Y si tu *presentimiento* es falso?

—Rykaia, mira. Entiendo que…

—No, no lo entiendes. Nunca lo entenderás. Porque no eres capaz. —Se limpió la mejilla, como si le avergonzaran sus lágrimas—. Yo tengo el poder de coger cada día triste que has vivido y convertirlo en poco más que un sueño distante para ti. Sin embargo, no puedo compartir mi dolor contigo. No puedo mostrarte las cosas terribles que habitan en mi interior. Cosas con las que tengo que vivir… —Cerró la boca y tragó saliva, aunque el temblor de la barbilla revelaba el esfuerzo que tenía que hacer para contener la emoción—. Pero desde que estás aquí siento que me pesan menos. Así que no me pidas esto. No puedo ser la que propicie tu marcha, porque en el momento en que te vayas volverá a empezar mi infierno. —Meneó la cabeza—. Y no me importa que sea egoísta por mi parte.

El dolor afloró una vez más en mi pecho. Conocía la soledad, el pánico de perder a alguien en la oscuridad. Lo había sentido en mis propias carnes aquella noche que había ido en busca de Aleysia por el bosque y de nuevo cuando había pasado al otro lado sin ella. Fue como si me hubieran arrancado un pedazo de corazón.

Alargué la mano a través del espacio que nos separaba.

—Cuéntame esas cosas horribles que has vivido y haré todo lo que pueda para aliviar tu dolor.

Torció el gesto en una mueca de angustia y bajó la mirada. El sonido desgarrador de su llanto me encogió el pecho. Me dejé caer de la silla y me arrodillé en el suelo delante de ella. Tiré de su cuerpo y la envolví con mis brazos. Al principio no se movió, pero luego sentí que se agarraba a mí como quien se aferra a un salvavidas.

—Cada noche, cuando cierro los ojos, lo único que veo... —El llanto le impidió seguir y me clavó los dedos, apretándome con más fuerza.

—Cuéntame, Rykaia.

—Veo... las cosas horribles que le hicieron a mi preciosa madre. Me obligaron a agarrarla de la mano durante todo el proceso. Y sentí todo lo que sintió ella. El miedo. La humillación. La desesperanza. —Tembló entre mis brazos y tuve que parpadear para contener las lágrimas, negándome a soltarla—. Yo intenté bloquear aquella sensación, pero no podía. Era lo único que sentía. —Otro sollozo la hizo estremecerse y sentí sus lágrimas mojándome el hombro—. Sentí la disculpa. Se disculpó ante mí mientras ellos la destrozaban. Cuando la desgarraban por dentro sin el mínimo remordimiento. Hasta que noté cómo se apagaba. Aún tenía su mano agarrada cuando murió.

Escuché su historia con las mejillas cubiertas de lágrimas. Aunque no tenía la capacidad de absorber el dolor y el sufrimiento, como Rykaia, sentía su angustia pulsándome por dentro, el temblor de sus músculos, la presión de sus brazos, el sufrimiento en cada palabra. La agarré con fuerza mientras derramaba lágrimas calientes y rabiosas, pero también cuando se volvieron silenciosas y tenues.

Cuando por fin me soltó, se recostó en el respaldo, con los ojos rojos y la mirada perdida, como si estuviera atrapada en otro tiempo.

—Fue Branimir quien evitó que me hicieran daño también a mí. Me arrancaron la ropa y me prometieron que me harían sufrir aún más que a mi madre. —Su tono era inexpresivo, como si estuviera relatando la experiencia de otra persona, sin sentir emoción ninguna—. ¿Alguna vez has tenido miedo de los monstruos?

—Alguna vez, sí.

—Yo no tenía ni idea del monstruo que vivía en el interior de mi hermano, hasta que lo vi con sus arañas comiéndose a aquellos soldados vivos.

Se me heló la sangre.

—¿Se los comió? ¿Vivos?

—Al principio se burló, incluso. Sus... criaturas formaron redes a su alrededor de modo que no tuvieran escapatoria. Ya estaba bien entrada la noche cuando el último dejó de chillar. Había tanta sangre... Ríos rojos que avanzaban por el suelo hacia mí, que estaba escondida bajo la cama. No quiero tener miedo de mi hermano, pero... lo que hizo fue...

—Terrible y espantoso —dije, apretándole la mano—. Pero lo que tenían pensado hacerte a ti era mucho peor. Te protegió, Rykaia.

—¿A qué precio? —Con los labios temblorosos, meneó la cabeza y me di cuenta de que lo que la atormentaba era pensar que quizá ella lo había convertido en lo que era—. Después de aquello evitaba tocarlo porque sabía que no tenía nada que darme. Era una cáscara vacía, cuyo interior se había podrido. Por mi culpa.

—No, no fue por tu culpa. Y aún tiene cosas buenas.

Ella apartó la mirada por un momento y volvió a enjugarse las lágrimas.

—Por lo que sé, ha sido un soláceo quien ha ganado el torneo. Un soldado que se llevará la inocencia de Calisza en la ceremonia. —Arrugó el rostro en una mueca y meneó la cabeza—. Quizá por eso Zevander sintió la necesidad de mantenerme alejada, pero él no lo entiende. Nunca ha sabido qué se siente estando un una sala llena de perfectos extraños visualizándote enredada con el animal que sea que te ha ganado. Es terrible que Calisza no tenga una madre que la tranquilice. No tiene a nadie más que a unos hombres que confían en que cumplirá con su deber sin objeciones. —La frente le tembló de nuevo, como si fuera a llorar otra vez—. Estoy muy familiarizada con la brutalidad de los soldados soláceos. Están siempre de juerga y se ríen de todo, como si todo fuera una broma. Por supuesto, serán mucho más amables y respetuosos de lo que fueron con mi madre, pero al final siempre se llevan lo suyo. —Hizo una pausa y frunció el ceño—. Me has preguntado por qué era tan importante para mí estar ahí. Ese es el motivo: quiero que sepa que estoy ahí, que no está sola. Pero yo tampoco quiero ir sola.

Me puse en pie y me senté de nuevo en la silla frente a ella, confusa. En el silencio que se hizo, sentí cómo apoyaba la mano sobre la mía y me giré para verle los ojos, llenos de lágrimas otra vez.

—Te lo prometo. Luego te ayudaré a cruzar el bosque.

51

Maevyth

Rykaia me abrochó la cadena de plata en torno al cuello y el frío metal me cayó por la espalda, sobre la columna.

—Por los dioses, Maeve, más vale que mi hermano no te vea... Esto... —Levantó el amuleto en forma de escorpión y lo dejó caer de nuevo, recordándome su presencia—. Bueno, yo ya te pido disculpas desde ahora por cualquier indecencia por su parte.

Me miré al espejo y contemplé las rosas negras bordadas en la espléndida tela de seda y el corpiño ceñido a la cintura. Las mangas dejaban los hombros a la vista y enmarcaban las clavículas y la espalda, la cual quedaba toda expuesta.

—¿No crees que es algo excesivo? Tengo la impresión de ir medio desnuda.

—¡De eso se trata! —Rykaia estaba de pie a mi lado, con su vestido rojo, que tenía el escote igual de bajo, aunque al menos a ella las mangas le cubrían los hombros. Aun así, estaba igual de imponente que siempre—. Estás para comerte.

Me eché el cabello a un lado y me giré para ver si veía el glifo que se había iluminado al bañarme. Pero solo vi piel desnuda.

—¿Qué pasa? —dijo ella, ladeando la cabeza y mirándome a través del espejo.

—Me he visto algo en el hombro izquierdo cuando me bañaba. —Dije, señalando hacia el lugar concreto—. Parecía un glifo, por como brillaba.

—Tu sello.

—¿Mi sello?

—El símbolo de tu linaje. Puede estar en cualquier parte del cuerpo. El mío lo tengo en la caja torácica, pero también en la nuca. —Se echó el cabello a un lado y se frotó el punto con un dedo.

—¿Y por qué ha brillado?

Rykaia se encogió de hombros, se giró hacia la cama y recogió una máscara plateada y negra en forma de insecto, con unas alas negras brillantes orientadas hacia abajo.

—El mío brilla cuando le da la luz de la luna. O cuando me enfurezco, o cuando tengo miedo. O cuando estoy incómoda. ¿Dices que estabas bañándote cuando sucedió? ¿Recuerdas si estabas pensando en algo en particular?

Las mejillas se me encendieron al recordar cómo fantaseaba con las manos y los labios de Zevander sobre mi piel.

—Nada fuera de lo común.

—Entonces, quizá fuera el calor del agua —dijo. Cuando me puso la máscara, las alas me taparon los ojos, extendiéndose hacia los lados, pero aun así podía ver. El tórax del insecto, cubierto de gemas, me cubría el puente de la nariz y sus antenas apuntaban hacia arriba como dos cuernos retorcidos.

—¿Esto qué es? —dije, pasando los dedos por ellos, que asomaban por encima de mi cabeza.

—Es una representación grotesca de la cigarra que trepó desde el inframundo con un mensaje para el venado, para convencerlo de que violara a la diosa de la fertilidad.

—¿Y por qué tengo que llevar algo así?

—Porque somos una sociedad odiosa. Y porque, técnicamente, también representa el origen de la humanidad. La diosa parió el sol y la luna. Los soláceos y los lunáceos. —Se puso una máscara similar en el rostro, también negra y plateada, con alas que le cubrían los ojos. Las únicas partes del rostro que nos quedaban a la vista eran los labios y la barbilla—. Las mujeres llevan máscaras de la cigarra, y los hombres, del venado.

—Sigo pensando que es una historia repugnante.

—Estoy de acuerdo. Pero te aseguro que la fiesta será estupenda. Y mañana te ayudaré a transitar al bosque, tal como te he prometido.

—¿Y qué es lo que ocurre exactamente en esta Ceremonia del Devenir? —Me pasé un dedo por las delicadas mangas del vestido, tan largo que casi llegaba al suelo.

—En esencia, el rey escoge a un gran grupo de hombres y mujeres para que luchen por su virginidad. El que sobrevive puede reclamarla para pasar la noche con ella. El combate ya se ha celebrado y, desgraciadamente, ha ganado un soláceo, como te he dicho, así que nosotras solo vamos a asistir a la recepción.

—¿Es como una boda?

—Bueno, no. No contraen matrimonio.

Por nauseabundo que me pareciera el ritual, yo no era nadie para hacer objeciones, viniendo de un mundo que quemaba a hombres y mujeres por decidir a quién amar.

Rykaia sacó un vial púrpura de su cómoda.

—Esto es para enmascarar tu olor —dijo y me vertió el contenido encima. Al igual que la otra vez, fue como si me cubriera un vapor blanquecino—. Te prometo que esta vez no olerás a mierda de cerdo, pero es lo suficientemente fuerte como para enmascarar también tu aura. Mientras no mates a nadie, no corres peligro.

—¿Tanto como para engañar a tu hermano?

Esbozó una sonrisa pícara.

—Más vale que guardemos las distancias. Se le da de maravilla descubrir mis trucos, pero solo porque ha vivido conmigo durante siglos. Y, además, resulta que es un asesino experimentado.

De pronto me puse seria.

—¿Ha matado a mucha gente?

—¿Quieres la verdad? —Mirándose en el espejo, se aplicó un pintalabios oscuro—. Ni siquiera lo sé. A mí no me cuenta nada.

Qué frío debía de ser todo aquello.

Cuando la niña de mi pueblo murió pisoteada por los caballos, yo tardé años en procesarlo, en reconciliarme conmigo misma, y eso que no había sido yo la que le había arrebatado la vida deliberadamente. Zevander debía de sufrir un tormento constante.

O quizá no. No podía imaginarme que no le afectara haber matado a alguien.

Llamaron a la puerta y ambas nos giramos.

—Rykaia, ¿está contigo Maevyth? —dijo Dolion, desde el otro lado—. Querría hablar con ella un momento.

—¡Lo siento! ¡No la he visto! —gritó ella, que luego se tapó la boca para contener la risa.

—La he buscado por todo el castillo y no la encuentro.

—Quizá se esté echando una siesta. O a lo mejor se está bañando. A algunas nos gusta disfrutar de un buen baño sin que se nos moleste.

Dolion se aclaró la garganta.

—Sí, claro. Mis disculpas. Si la ves, por favor, dile que la estoy buscando.

Al oír los pasos que se alejaban, le di un cachete en el brazo.

—Eres tremenda. Me siento fatal mintiéndole de esa manera.

—Tú no has mentido. Lo he hecho yo. Y te olvidas de que él te ha mentido antes.

Mientras nos vestíamos le había contado el plan de Dolion de llevarme a Calyxar.

—Y su mentira era mucho peor que la mía.

Aquello era cierto. No solo me había mentido, sino que además me había quitado toda esperanza.

—Venga. Es hora de dejar atrás toda esa tristeza y divertirnos un poco.

Igual que el día anterior, Rykaia trazó una línea en la pared y creó una ranura brillante.

—Pero, esta vez, nada de dracos —dije mientras ella introducía el brazo.

—Esperemos. Porque sería terrible tener que correr con estos vestidos. Antes de que me diera cuenta ya me habrían mordido el culo.

Por si acaso, yo llevaba el silbato que servía de reclamo para llamar a Raivox. Rykaia había intentado convencerme de que estropeaba la estética minimalista de la cadena del escorpión, pero yo insistí. Me gustaba sentir el vínculo con él.

Ella pasó delante y yo la seguí, y de pronto nos encontramos en una arboleda frente a una pared de piedra con una puerta donde media docena de soldados montaban guardia. Otra media docena flanqueaba el acceso.

—¿Por qué no podíamos entrar directas al baile, evitando a los soldados? —protesté mientras me sacudía las hojas secas de la falda.

Ella soltó una risita burlona.

—¿Sabes lo que son las guardias de protección? No hay modo de transitar directamente al interior. Tenemos suerte de haber llegado tan cerca.

Nos abrimos paso por entre los helechos y nos acercamos a la puerta.

—Nombre —dijo el guardia con un tono inexpresivo, mirándonos de arriba abajo.

Con una risita, Rykaia apoyó una mano sobre el brazo del malhumorado soldado mientras él miraba la lista.

—Lady Anadara y lady Sivarekis —dijo ella con la misma soltura que si fueran nuestros nombres de verdad.

Él agitó una mano sobre el dorso de la de Rykaia y apareció un emblema luminoso. Con los dedos me indicó que levantara la mano y, cuando lo hice, me puso la misma marca.

Sin una palabra más, se echó a un lado e hizo una reverencia.

—Señoras.

Rykaia debía de haberle leído la mente mientras pronunciaba los nombres.

Me quedé mirando la extraña señal, que no desapareció al pasarme el dedo por encima, pero ella me agarró la mano para pararme.

—Esta noche desaparecerá —me aseguró.

Las dos entramos en lo que debía de ser el patio exterior, puesto que a un lado estaban los establos. El recinto amurallado estaba lleno de invitados elegantemente vestidos, todos ellos con máscaras de cigarras y venados, y yo busqué el rostro de Zevander entre la gente que tenía a la vista, aunque no era probable que llevara la parte inferior del rostro a la vista. Yo suponía que sería el único que no llevaría una máscara parcial.

Por todo el patio brillaban unas minúsculas llamitas envueltas en bulbos de cristal, con guirnaldas de color púrpura y plateado tendidas entre ellas y cintas de los mismos colores cayendo en vertical. A un lado había una enorme carpa de color púrpura, negro y plateado, flanqueada por dos tiendas más pequeñas, una a cada lado, de las que salía la música, que se oía por todo el patio. Me quedé observando aquel ambiente hipnótico, fijando la vista en todos los detalles. Estaba tan embelesada que apenas veía los rostros enmascarados que se giraban a mirarnos al pasar a nuestro lado.

Los elegantes zapatos que llevaba repiquetearon contra las piedras del puente al cruzar el foso. Me asomé y vi una bestia serpentina negra deslizándose por debajo. Contuve una exclamación al ver lo grande que era y Rykaia me agarró del brazo.

—Es un koryn. No te acerques al borde —me advirtió.

Llegamos a otra pared de piedra con soldados en la puerta. Ella levantó la mano para mostrar la marca luminosa y yo hice lo propio. Los dos guardias asintieron y nos permitieron pasar.

Por fin llegamos al patio interior, también lleno de invitados, y yo me quedé mirando los jardines, perfectamente cuidados, con llamativas estatuas blancas, que destacaban entre los altos arbustos como animales fantasmagóricos, y una bonita fuente. Había otra tienda de color negro y púrpura, abierta al exterior, y dentro vi unos acróbatas vestidos con trajes ajustados de vivos colores que ejecutaban sus números. Había tragafuegos, payasos vestidos como marionetas, brujos y hombres sobre zancos que caminaban por entre la multitud. En el ambiente flotaban aromas a hidromiel y caramelos de jengibre, castañas asadas y pasteles de carne, alimentos que reconocí de las pocas ferias que pasaban por Foxglove. Aquella actividad tan frenética era una borrachera de estímulos para mis sentidos. Rykaia me hizo subir por una escalinata de piedra flanqueada por antorchas y gárgolas de aspecto amenazante hasta llegar a unas puertas colosales abiertas con otros tres soldados de guardia.

—Lady Anadara y lady Sivarekis —dijo Rykaia, insinuando

una reverencia. Un hombre vestido con casaca y pantalones plateados y ataviado con una máscara en forma de venado nos hizo pasar.

—¡Les presento a lady Anadara y lady Sivarekis!

Unas cuantas cabezas se giraron y me puse de los nervios, pero la mayoría siguieron charlando. Al bajar por la escalinata hasta la sala de baile incliné la cabeza hacia Rykaia y le susurré:

—¿Qué pasará cuando esas dos invitadas aparezcan?

Ella sonrió.

—Será una situación de lo más desafortunada para ellas.

Sentí mala conciencia, pero ella me agarró de la mano y me llevó hasta un gran salón de iluminación tenue, con grandes pilares de piedra y otra fuente. Del techo colgaban enredaderas que envolvían las velas de las lámparas, decoradas con cintas y brillantes. La sala estaba adornada con rosas blancas y relucientes ramas blancas dispuestas en jarrones en las sombrías esquinas, como siluetas fantasmagóricas.

Vi mujeres con máscara y llamativos vestidos de gasa que se transparentaban, dejando los pechos a la vista, y hombres ataviados únicamente con su máscara y taparrabos plateados. Tanto ellos como ellas ejecutaban danzas sensuales en torno a los invitados. Unos cuantos bailaban en parejas, con unos movimientos que me recordaron la noche en que sorprendí al tío Riftyn y a Aleysia juntos, agitando las caderas con fuerza y tanteando de forma desesperada con las manos. Al verlos contuve por un momento la respiración y sentí un cosquilleo de deseo en el vientre.

El salón parecía dividido en grupos: los que tenían el cabello rubio y la piel bronceada estaban a un lado, y los de cabello oscuro y piel pálida, al otro.

—Soláceos y lunáceos —dijo Rykaia, como si me hubiera leído el pensamiento.

Quizá lo había hecho.

No debía olvidarme de aquella desagradable habilidad suya.

Ella se rio y me soltó el brazo.

—Te preocupa que sepa lo que piensas cuando veas a mi hermano.

—No estaba pensando en eso.

—Bueno, entonces no hace falta que te diga que ya he localizado al tirano.

—¿Dónde? —pregunté, intentando no parecer demasiado interesada, aunque mi voz me traicionó.

—La única mancha negra en la esquina del fondo.

Paseé la vista por la multitud y, aunque había unos cuantos vestidos de negro, la vista se me fue a la alta silueta de un hombre situado junto a otro de aspecto regio vestido de púrpura y plateado. Zevander llevaba pantalones y chaqueta de un tejido brocado negro y con aquella ropa tan elegante parecía más un noble que un asesino. Una máscara de venado a tamaño natural, con sus cuernos y todo, le cubría el rostro por completo, tal como era de esperar. Lo curioso era que, pese a ir tan tapado, yo lo distinguí de inmediato basándome solo en la rigidez de su postura y en el modo en que destacaba entre la multitud. Observando. Siempre observando. De pronto me preocupó que él también me reconociera a mí. Quizás aquello me preocupaba más que la persecución de los brujos.

—A su lado está el príncipe Dorjan. No lo pierdas de vista y así sabrás dónde está Zevander en todo momento.

Yo sabría de todos modos dónde estaba, por mucho que intentara pasar desapercibido con aquel traje y aquella máscara.

—Si me ve aquí, se va a poner hecho una furia.

—Se da el caso de que tengo un hechizo que puede hacerle olvidarse de su rabia —dijo ella con una sonrisa—. Si te acercas a él, solo tienes que susurrar las palabras a su oído y lo olvidará todo, te lo prometo.

—Tienes un hechizo para todo —respondí, poniendo los ojos en blanco—. Bueno, ¿y cuál es?

—*Rapiuza'mej et rapellah'mej.* «Perdona y olvida».

—*Rapi-uu-zah-meh... a... rapell-ah-meh* —repetí con un acento mucho menos elegante.

—Más o menos. Tú susúrrale eso y te prometo que no recordará nada.

—Vale. Espero no tener que usarlo. —Tenía que apartar la mirada o me arriesgaba a que se diera cuenta de que lo estaba observando—. ¿Y dónde está la princesa?

Señaló al otro lado de la sala, donde había una joven con un vestido largo con capucha de un blanco cándido, con el cabello lleno de suaves tirabuzones castaños. Su rostro era el único al descubierto entre un mar de máscaras y observé que no debía de tener más de quince años. Se la veía preocupada y, por cómo movía los dedos, era evidente que estaba nerviosa.

—Qué joven es —susurré.

—Sí. Como la diosa.

—Esto no puede estar bien.

—Yo he pasado por ahí y te doy la razón. No obstante, si ahora mismo la dejaras escoger, no tengo dudas de que querría seguir adelante.

—¿Por qué?

Rykaia suspiró.

—Porque los hombres han decidido que el futuro del linaje familiar es cosa de las mujeres. Si se niega, traerá la vergüenza y la desdicha a su familia. Y, por supuesto, todo Costelwick lo verá como un problema.

Un hombre enmascarado se acercó a nosotras con una bandeja llena de flautas de champán. Rykaia cogió dos, me miró y asintió.

No muy convencida, agarré una copa.

—Después de lo de anoche, no tengo muy claro que sea sensato beber.

—El licor que te di ayer es mucho peor. En comparación, esto parece agua.

Tras olisquearlo, le di un trago a aquel fluido espumoso, que me llenó la boca de un delicioso aroma a manzanas frescas y canela.

—Mmm —dije, paladeándolo.

Entre los asistentes había unos cuantos vestidos con una túnica púrpura larga y máscara negra; todos tenían el mismo aspecto, ya que la capucha les ocultaba el cabello.

Uno de ellos pasó junto a nosotras y yo me lo quedé mirando, consciente de que también me miraba.

—¿Quiénes son? —le susurré a Rykaia.

—Los magestrados. Los brujos del rey —respondió ella, sin inmutarse.

Asentí y me quedé observando sus ropajes, que los distinguían de todos los presentes.

—¿Y tú estás segura de que estos brujos, que supongo que serán los más brillantes de tu mundo, no tendrán ni idea de que la persona a la que quieren dar caza la tienen justo enfrente de sus narices?

—Te sorprenderías. Las mentes más brillantes pueden ser increíblemente poco intuitivas. Ven, te lo enseñaré. —Me agarró del brazo, me arrastró hacia uno de los hombres con túnica y nos situamos detrás de su espalda.

Yo me zafé de su agarre y frené en seco.

—Esto es una locura. Si voy a estar aquí, más vale que procure pasar inadvertida.

—Solo intento que te quedes tranquila, para que disfrutes de la noche. Tu olor es lo que te identifica como humana —dijo bajando la voz—. Y no lo van a detectar.

—¿Pero no se esperarán que haya usado algún truco para ocultarlo?

—Quizá. Aunque, por desgracia para ellos, no hay antídoto para esta poción. No hay forma de cancelar su efecto enmascarador. Ahora ven. —Yo retiré el brazo, pero ella me lo volvió a agarrar con un tirón que me hizo derramar parte de la bebida sobre la mano. Sin bajar el paso, se acercó a hablarme al oído—. ¿Recuerdas el Propulszir?

Asentí, y ella añadió:

—Bien. Úsalo. Una capa extra de protección.

Aquello era una tremenda imprudencia. Al acercarnos al brujo, que estaba frente a la pintura de una figura etérea que sostenía dos esferas de luz en las manos, sentí la tentación de echar a correr en dirección contraria. Recordé el glifo, concentrándome en cada uno de sus detalles, pero una extraña familiaridad me invadió al contemplar la imagen de la pared, una profunda sensación de miedo que me presionaba el estómago.

En cuanto el brujo se giró hacia nosotras, la copa que llevaba en la mano se me resbaló y a punto estuvo de caerse al suelo. De no ser por los rápidos reflejos de Rykaia, habría hecho un ruido que desde luego habría llamado la atención, pero al final solo cayeron unas gotas.

El brujo, que no llevaba máscara, la miró y luego volvió a fijar la vista en el cuadro.

—Excelentes reflejos —dijo, con una sonrisa que me resultaba de lo más familiar.

El escribiente de Foxglove. El que curioseaba en el negocio del abuelo, el mismo que había visto en aquel almuerzo con Moros, cuando había preguntado por las piedras blancas.

Afortunadamente, la máscara parecía cumplir su propósito de ocultar mi identidad y mi indudable gesto de sorpresa.

—¿Están disfrutando de la noche las señoritas? —preguntó.

—Desde luego. ¡Es una velada de primera! —dijo Rykaia, dando un sorbito a su bebida y apretándome el brazo.

—Por supuesto —dije yo. Aunque seguía la conversación a medias, no podía dejar de pensar en la posibilidad de que supiera lo que le había ocurrido a mi hermana. Sin duda, el escribiente habría estado presente en la Ceremonia del Destierro. Pero preguntárselo directamente habría sido una temeridad. Por la ropa que llevaba, estaba claro que era uno de los que iba en pos de mí. Quizá no hubiera dejado de buscarme en ningún momento.

Rykaia ladeó la cabeza para contemplar la pintura.

—Magekae, el dios de la alquimia y padre de la inmortalidad.

—Sí. La personificación de la vida eterna —dijo el brujo, contemplando de nuevo la imagen—. Nuestro gran salvador.

—Tengo entendido que estaba absolutamente obsesionado con la diosa de la muerte. ¿No la apresó y la violó?

Al oír hablar de la diosa, reaccioné y abandoné mis pensamientos.

—¿Morsana?

—Sí —dijo él, con una sonrisa. Luego se giró hacia Rykaia—. Hay quien dice eso. Los radicales, sobre todo. Otros creen que fue él quien la salvó. Se dice que su amante fue en realidad el dios del miedo y la destrucción. Deimos.

—¿No era un mortal? —pregunté, recordando la historia que me había contado Allura.

—Antes de que lo tiraran al fuegoscuro, sí.

Volvió a mirarme de arriba abajo, y se detuvo un momento en el silbato que llevaba colgado del cuello.

—Llevan ustedes unas máscaras espléndidas —añadió. Solo que no tenía la vista puesta en mi máscara ni en la de Rykaia.

Me aclaré la garganta, intentando pensar en algo inteligente que decir para que contara lo que había sucedido después de que yo huyera al bosque, la noche del Destierro. Pero cualquier cosa que dijera revelaría mi identidad. Así que me quedé mordiéndome el labio por dentro, desesperada. Era una oportunidad. Una oportunidad perfecta para saber si alguien la había visto después.

Sin embargo me negaba a hacer algo tan insensato. Más insensato aún que haber ido al encuentro de uno de aquellos brujos.

Un segundo brujo se acercó, este con capucha y máscara, lo que hacía que fuera imposible verle el rostro. El pánico me atenazó la garganta, con dos de ellos tan cerca, y aparté la mirada, concentrándome más que nunca en el glifo del Propulszir.

—Ya veo que has hecho amigas, Anatolis —dijo el enmascarado con una voz profunda y elegante. El otro brujo lo saludó con una inclinación la cabeza, lo que daba idea de su categoría.

—Me temo que no recuerdo los nombres. —Anatolis inclinó la cabeza, expectante.

—Lady Anadara y lady Sivarekis —respondió el otro brujo. Extendió sus labios, a la vista por un hueco en la máscara, en una gran sonrisa—. ¿Es que te has perdido su presentación? —Soltó una risita y, al darle una palmadita en la mano a Anatolis, vi que llevaba un anillo de ónix en un dedo y las uñas largas y negras, a juego.

—Y este es nuestro más querido lord Brujo, Akmyrios —dijo el brujo de menor categoría.

—Qué amuleto tan encantador, querida —dijo Akmyrios, acercando la mano a mi cuello y frenándose de golpe cuando me tapé el silbato.

—Es un legado familiar —respondí, con una sonrisa fingida—. Mis disculpas. Soy muy protectora con él.

—Y así tiene que ser. —El lord Brujo giró el anillo en el dedo—. El mío también es un legado familiar.

Un tercer hombre se acercó, vestido con una túnica blanca y una capa negra decorada con motivos heráldicos de color púrpura. Por su barbilla alta y su pecho hinchado era evidente que se trataba de una figura de autoridad. Un hombre formal, de gestos muy rígidos, quizá un mando militar, dado que portaba armas.

—Capitán Zivant, ¿ha tenido el placer de conocer a *lady Anadara* y *lady Sivarekis*? —El énfasis que puso al decir los nombres me pareció raro.

—No —respondió aquel con tono seco, pero observé que me observaba con sus ojos de color azul pálido por los orificios de su máscara. Se giró hacia el escribiente, que tenía al lado—. ¿Quería hablarme de algo?

—Sí. A usted y a Akmyrios. En privado, si es posible.

Anatolis inclinó la cabeza, sonriendo, y se fue con el lord Brujo y el capitán por uno de los pasillos cercanos. El instinto me decía que los siguiera, por si les contaba algo de mi mundo. Pero Rykaia soltó un gritito de emoción a mi lado, distrayéndome.

—¡Son ellos! ¡Circ'Lunae!

Una vez más, me tiró del brazo para que la siguiera, abriéndose paso por entre la multitud, hasta que paró de golpe.

Una figura oscura nos cortaba el paso y en cuanto vi aquellos ojos furiosos que nos miraban desde detrás de la máscara me puse a temblar de miedo. Nos agarró a las dos del brazo y nos llevó a un rincón del salón.

—¡Por los siete infiernos! ¿Qué estáis haciendo aquí? —La rabia era patente en la voz de Zevander y, aunque tendría que haberme asustado de muerte, me sentí extrañamente atraída por su tono.

Rykaia suspiró:

—Ha sido idea suya.

Yo me giré a mirarla con tal brusquedad que la máscara estuvo a punto de caérseme.

—Ya me conoces, hermano. Por supuesto, habría preferido quedarme encerrada toda la noche en esa tumba que es el castillo, pero ella ha insistido…

Me la quedé mirando con el ceño fruncido, pero era evidente que no convencía a Zevander, ya que me soltó para llevarse a su hermana aún más lejos.

—¿Es que has perdido la cabeza? —Aunque habían bajado el tono, aún distinguía su conversación por encima del murmullo de voces. Él se giró a mirarme un momento y luego se volvió hacia ella otra vez.

—¡Los magestrados la están buscando y a ti no se te ocurre nada mejor que ponérsela delante al capitán de la puta Guardia Imperial! ¿En qué estabas pensando, Rykaia?

—¡No tienen ni idea de quién es! El capitán ha estado hablando con nosotras, sin mostrar el mínimo interés en Maevyth.

—Si se han dado cuenta tampoco iban a hacértelo notar. —Tenía la respiración agitada y resonaba bajo la máscara—. Llévatela a Eidolon. Ahora mismo.

—Sabes que no podemos marcharnos antes de la ceremonia, hermano. No seas tonto. Los guardias están observando a todo el que entra y sale. Llamaríamos más la atención que si nos quedamos. Nadie se va antes del Devenir.

Él la agarró con más fuerza.

—Entonces, os marcháis después. Y no os acerquéis a ningún otro brujo. ¿Está claro?

Con lo furioso que parecía estar, no entendía por qué Rykaia no usaba el hechizo que me había enseñado poco antes.

—Sí. Nada de mezclarnos con brujos. Nos vamos tras la ceremonia. Y pasamos otra noche absolutamente aburrida en casa. Lo pillo.

«El hechizo», gesticulé con la boca, girándome de lado para llamar su atención. Pero ella no me miraba siquiera. Se la veía furiosa y tenía los ojos puestos en su hermano.

—Si le pasara algo, por los dioses, Rykaia...

—¿Tú no deberías estar con el príncipe?

Zevander gruñó y le soltó el brazo con rabia.

Algo nerviosa, me acerqué a él, recogiéndome el vestido con la mano para evitar tropezar, y, poniéndome de puntillas, le apoyé la mano en el hombro.

Sus músculos se tensaron bajo mi palma.

Rykaia quiso detenerme.

—Maevyth, espera...

—*Rapiuza'mej et rapellah'mej* —le susurré al oído, todo lo

cerca que me permitía la máscara, y di un paso atrás para observar el efecto, con la esperanza de haberlo pronunciado correctamente.

Él se estremeció y echó los hombros atrás. Cuando se giró hacia mí yo miré a Rykaia, que se tapaba la boca con los dedos, como si quisiera contener una sonrisa.

—¿Has estado bebiendo? —me preguntó él y me planteé si habría dicho las palabras mal o si se me habrían olvidado del todo.

Sentí las mejillas encendidas de la humillación y me aclaré la garganta, dando otro paso atrás.

—Olvídalo.

Rykaia no perdió un minuto más: se me acercó a toda prisa, me agarró de la mano y tiró de mí para que la siguiera.

Yo me dejé llevar, con la mirada puesta en Zevander, que seguía observándome, y noté que relajaba los hombros y las manos, como si hubiera liberado ya toda la rabia.

Quizá fuera porque había visto el escorpión que me colgaba a la espalda. O quizá sí había pronunciado bien aquellas palabras, después de todo.

—Está claro que le produce un placer sádico arruinarme la vida.

Curiosamente, ella siempre lo percibía como una amenaza a su modo de vida despreocupado, supongo que igual que le ocurría a Aleysia conmigo.

—O quizá es que se preocupa por ti.

—Si tanto le preocupara, no me tendría encerrada en ese horrible lugar.

—¿Y aun así te parece oportuno emparejarnos? —dije, preguntándome si de verdad nos vería tan parecidos.

—Es divertido ver cómo reacciona cuando lo *provocan*. Y tú, querida Maevyth, lo provocas.

Atravesamos la multitud y me llevó en dirección a un hombre con el rostro pintado de plateado y púrpura y el cabello negro peinado hacia atrás. Llevaba un traje ajustado con los mismos colores: negro, púrpura y plata. Los invitados habían hecho un corro alrededor mientras él hacía extraños contorsionismos, flexionando y estirando el cuerpo en unas posiciones que parecían imposibles.

Las luces de todo el salón se volvieron más tenues y los invitados exclamaron asombrados al unísono al ver que algo se movía sobre ellos. Levanté la mirada y vi unas cintas que caían del techo abovedado y que quedaban flotando en el aire. Dos hombres vestidos con traje ajustado —uno con estampado de leopardo de las nieves, el otro con escamas verdes iridiscentes— se dejaron caer desde lo alto por las cintas y al verlo contuve el aliento. En la sala, por lo demás en silencio, se oyeron algunos gritos asustados. Ellos detuvieron su caída a unos seis metros del suelo, donde quedaron colgados de las tiras negras y moradas. El que iba cubierto de escamas verdes sostenía en la mano una esfera de cristal con fuego en perfecto equilibrio mientras daba vueltas sobre sí mismo. El de piel de leopardo giraba a una velocidad imposible, que mareaba al mirarlo.

El hombre que estaba en el suelo, en el centro del corro, curvó la espalda hacia atrás, echando la cadera hacia arriba, y puso en evidencia un enorme bulto entre sus esbeltos muslos. Algunos de los presentes murmuraron y soltaron algunas risitas.

—Oh, mira eso —dijo Rykaia, a mi lado, con la mirada fija en la prominencia.

Mientras todos tenían la vista puesta en su anatomía, yo iba buscando a Zevander con la vista, hasta que sentí que alguien me tiraba suavemente del brazo. Cuando volví a girarme hacia el círculo, me encontré al contorsionista delante, retorciendo el cuerpo de un modo que me provocó una mueca de incredulidad. Y, en plena contorsión, de algún modo consiguió deslizar la mano por el escote de su camisa y sacó una rosa negra con los bordes plateados.

Me quedé mirando la flor con el ceño fruncido: igualita a la que había descubierto en el libro que me había dejado Dolion.

Se irguió de nuevo y, con una reverencia, me la entregó. No tuve más remedio que aceptarla.

La multitud aplaudió y el contorsionista me apoyó la palma de la mano en el vientre, mirándome fijamente antes de alejarse dando brincos.

—Bueno, parece que no pasas desapercibida —comentó Rykaia con una risita y, cuando apareció otro criado, cambió nuestras copas vacías por otras dos llenas, una de las cuales me entregó.

La música aumentó de volumen, imponiéndose al parloteo de los invitados, y ella siguió adelante, arrastrándome hacia un claro enorme entre la gente. Por un momento se me encogió el estómago, pensando que íbamos a asistir a la Ceremonia del Devenir, porque la princesa Calisza se dirigió al centro del hueco. Su hermano fue a su encuentro, tendiéndole la mano, y los dos se pusieron a bailar.

—Como Dorjan es quien representa el futuro, será él quien la entregue —me susurró Rykaia al oído.

Otras parejas se unieron al baile del príncipe y su hermana, formando una línea de movimientos sincronizados al compás de la música. Tras el número acrobático se habían mantenido las luces tenues y el resultado era un ambiente muy sugerente que se extendió por todo el salón. Cada vez se unía más gente al baile, con lo que el espacio vacío se llenó, hasta el punto de que casi dejé de ver el otro lado, donde se encontraba Zevander. La línea se dividió en parejas, que siguieron danzando al ritmo de la música.

Por los huecos que se abrían entre la multitud vi al príncipe haciendo una señal al gruñón del letalisz, que al principio levantó la mano para declinar la oferta, pero el otro insistió, invitándolo a que se uniera al baile. El corazón me dio un brinco al verlo con sus pantalones y su chaqueta negros, una sombra entre la multitud. Un lobo entre los abedules.

Sonó una nueva canción, con un potente ritmo de tambores que me hizo vibrar el pecho con un ritmo sensual arrollador.

Zevander posó la mirada en mí y agitó los dedos para que fuera a su encuentro.

—¿Sabes cómo escoge pareja el escorpión? —me susurró Rykaia al oído—. *Promenade à deux.* Pidiéndole un baile.

Temblando de los pies a la cabeza le entregué la rosa y me abrí paso entre la multitud hasta llegar a él. Por una parte, me sorprendía que me hubiera llamado para situarme en el centro de la sala, con todo el mundo. Pero, por otra, tenía sentido. Ya quedaba menos gente en el exterior del círculo, pues cada vez eran más los que se unían al baile, lo cual habría atraído más miradas hacia mí.

—No conozco este baile —susurré, echando una mirada a los demás en busca de pistas. Rykaia me había enseñado el vals y esto era mucho más sensual.

—Tú sígueme —dijo él al tiempo que me rodeaba la cintura con el brazo y colocaba la palma de la mano contra la mía.

Acabé pisándole las botas unas cuantas veces y a punto estuve de caer hacia atrás antes de que me agarrara con más fuerza, pero supo guiarme con fuerza y delicadeza a la vez.

—He oído que quieres enviarme a Calyxar —dije en voz baja, sin dejar de mirar a las otras parejas, que parecían seguir una coreografía de guerra, rodeándose, tirando, empujando…

—Allí estarías más segura. Mucho más que ahora mismo.

—¿Qué podría ser más seguro que bailar con un asesino del rey? —Mi comentario susurrado pretendía ser gracioso, pero él no reaccionó—. A ti te ha parecido bien que me sacaran de Eidolon. Debes de tener ganas de que me vaya.

—No —respondió, dejándome caer hacia atrás suavemente y acercando su rostro enmascarado a mi garganta—. Pero es evidente que no tienes ni idea del peligro que te acecha aquí —dijo, haciéndome recuperar la verticalidad—. Si no, no habrías sido tan insensata como para venir.

—Lo siento. No pretendía hacer nada a tus espaldas.

—No eres tú quien debería disculparse.

—Pero estás enfadado conmigo. —Con las manos agarradas, giramos en torno al otro y él hizo una pausa para inclinarme hacia atrás otra vez—. Lo noto.

—¿Has aprendido un nuevo glifo para poder percibir eso? —Me dio la vuelta y cambiamos de mano.

—No he aprendido nada desde que has decidido ignorarme. —Arrastré el dedo por su pecho mientras lo rodeaba, como hacían las otras mujeres con su pareja. Encontré un momento para observar a una de las bailarinas, que ejecutaba los movimientos de un modo mucho más sensual, y añadí cierto balanceo a mis pasos.

Cuando volví frente a él, me agarró tirando de mí, igual que los otros hombres. Pero, a diferencia de ellos, él me clavó los dedos en la espalda, presionándome contra su duro pecho.

—Estoy enfadado contigo. —El timbre profundo de su voz me retumbó en el oído y me hizo girar otra vez, en sincronía con las otras parejas—. Por llevar este vestido. Por tener este aspecto tan insufriblemente exquisito, que atrae todas las miradas, incluida la mía. —Seguía presionándome la cintura con una mano y la otra la tenía levantada por encima de la cabeza con la mía. A cada giro nos mirábamos a los ojos.

Una extraña energía magnética flotaba entre los dos. Cuando lo tenía de frente sentía que con su mirada intensa, fija en mí desde el otro lado de su máscara, me desnudaba de algún modo. Como si fuera la única persona en el salón. Lo único que veía.

El deseo silenciado flotaba en el ambiente y me aceleraba el pulso, obligándome a apartar la mirada.

—Yo ya le dije a Rykaia que era demasiado. Pero ella me aseguró que pasaría desapercibida. Me ha enmascarado el olor y el aura.

—Ya lo veo. Casi no siento tu aroma, y aun así sabía que eras tú. —Esta vez me agarró con ambas manos y hundió la cabeza en el hueco de mi cuello—. Tú no puedes pasar desapercibida, Maevyth. —Una vez más, nos encontramos con las palmas enfrentadas, repitiendo los mismos pasos—. ¿Y el escorpión?

—Me gusta la sensación que me provoca al contacto con la columna.

Deslizó la mano por mi espalda y su caricia me provocó un revoloteo de mariposas en el estómago.

—Maldita sea Rykaia por haberte traído aquí. Y, sin embargo, la mera idea de no verte nunca así vestida es un tormento en sí misma.

Igual que antes, arrastré la mano por su pecho, rodeándolo.

—Entonces ¿me perdonas?

Me envolvió con su cuerpo, pegando el pecho a mi espalda y rodeándome con los brazos.

—Si no hablas con nadie más mientras estés aquí, sí.

—Pues hay alguien con quien me muero por hablar. El brujo sin máscara con el que charlábamos antes. Anatolis. Lo conozco.

Sin perder el paso, recorrió todo el salón con una mirada rápida.

—¿Te ha reconocido?

—No, no lo creo.

—Entonces ¿por qué te interesa tanto?

Con las manos agarradas por encima de la cabeza, sentí la presión de sus dedos, que casi aplastaban los míos.

—Si fuera más taimada, me imaginaría qué es lo que te preocupa —dije, girando entre sus brazos y luego apartándome, sin soltarle la mano, sonriendo para mí al imaginar su gesto airado. No era muy dada al flirteo, pero cuando Zevander se hacía el ofendido me salía natural—. Es atractivo, sin ser gruñón.

—Sí, si te gustan los *niñatos* que apenas son capaces de levantar el peso de su propia espada —replicó, refunfuñando—. Esas palabras que me has susurrado antes... ¿dónde las has aprendido?

Bajé la mirada y apreté los labios. No quería crearle más problemas a su hermana.

—Rykaia, seguro —dijo muy serio, y cambiamos de mano y dimos un paso en direcciones opuestas—. No las has usado con nadie más, ¿no?

Fruncí el ceño, confusa.

—¿Por qué iba a hacerlo?

Curvó las comisuras de los labios, medio sonriendo, y tiró de mí, como si quisiera ejercer su dominio al agarrarme con ambas manos.

—Ese brujo joven que has mencionado antes... ¿Qué es lo que te interesa de él?

Solté una risita y lo rodeé siguiendo la música.

—Es escribiente en Foxglove. Coincidimos en un almuerzo en casa del señor Moros.

Él giró la cabeza hacia el lado por el que me acercaba, situándome de nuevo frente a él.

—¿Quién es Moros?

—El tipo con el que me prometieron. Al que me vendió mi abuelastra.

Soltó un sonido gutural y me rodeó de nuevo con el brazo.

—¿Sois pareja?

—*¿Pareja?* —La garganta se me llenó de bilis solo de pensar en que Moros y yo pudiéramos ser pareja—. No. Escapé. Al bosque. Pero tiene minas en Lyveria y afirmaba que había encontrado una sima llena de piedras blancas.

Zevander se quedó paralizado. Me agarró del brazo y me sacó de la pista de baile hasta la pared. No muy lejos había una pareja con poca ropa ajena a todo, moviéndose al ritmo que marcaba el sexo. Zevander se me puso delante y me miró fijamente.

—¿Qué aspecto tenían las piedras? —preguntó con urgencia, pero sin alzar la voz; era evidente que no quería que nadie nos oyera—. ¿Tú las viste?

—Sí. Eran blancas y brillantes. Tenía dos, pero le dio una al capitán y se convirtió en una bestia de aspecto horrible. La otra se la dio al monstruo del bosque.

Vi cómo se le tensaban los músculos.

—¿Es Anatolis a quien has reconocido?

—Sí.

—Entonces, hablaré con él.

—Voy contigo.

—No, de eso nada —dijo y, a pesar de que la máscara le cubría todo el rostro, tuve claro que estaba apretando los dientes—. Quédate con Rykaia hasta que empiece el Devenir y luego desaparece. Nadie se dará cuenta de que os habéis ido.

Ladeé la cabeza para ver por encima de su corpulento hombro y vi a la susodicha bailando con un hombre.

—¿No estaría más segura contigo?

Por el rabillo del ojo vi que los bailarines entregados al sexo se movían más rápido y al girarme observé que el hombre tenía levantado el taparrabos. Aparté la mirada enseguida al percatarme de que efectivamente estaban en pleno acto sexual. Se me inflamó el rostro y, como si se hubiera dado cuenta, Zevander se me quedó mirando un momento, hinchando y deshinchando el pecho.

—Muy bien. Vienes conmigo, pero no digas ni una palabra.

—No diré ni una palabra, siempre que le preguntes por Aleysia.

—Si lo hago, tendré que matarlo.

—¿Qué? ¿Por qué?

—Porque al preguntarle sobre ella haré que piense en ti.

—Ninguno de nosotros conoce sus motivos. Pensar no es hablar.

—Un brujo hábil puede penetrar en los pensamientos de la gente.

—¿Incluso si son pasados?

—Incluso si son pasados. Pero yo sospecho que ese hombre no habrá dejado de pensar en ti desde que te ha visto con este vestido. Si te relaciona con Mortasia, el vínculo será demasiado claro.

Suspiré. Aunque lo que decía tenía sentido, no tenía ninguna intención de dejar que matara a aquel tipo.

—Tengo que saberlo, Zevander. Me está consumiendo por dentro.

Me pasó el pulgar por los labios y me recorrió toda la mandíbula de un modo que resultaba íntimo, cariñoso.

—En un rato acompañaré al príncipe a sus aposentos. Entonces podré escabullirme.

—Diciéndolo así parece algo escandaloso.

Bajó la mano que tenía sobre mi rostro para agarrarme la muñeca con fuerza.

—Hasta entonces, vuelve con Rykaia —me ordenó, haciendo caso omiso de mi comentario—. Me encargaré de que Torryn os vigile.

Los gemidos de la pareja que teníamos al lado me suscitaban una gran curiosidad, pero me negué a girarme. Zevander pareció darse cuenta de la tentación que suponían para mí, porque los miró y luego volvió a mirarme a mí.

—¿Te incomodan?

—No diría que me incomodan, exactamente —dije y tragué saliva—. ¿Cómo es que a ti no te afecta en absoluto?

—Yo no diría que no me afecta en absoluto. —Bajó la mirada y se separó, liberándome de su imponente presencia y de la presión de sus manos—. Te buscaré después de la ceremonia.

Zevander echó a caminar, pero enseguida le salió al paso una mujer vestida con una armadura dorada, más baja pero igual de musculada. Era evidente que era solácea, con aquellos tirabuzones rubios y la piel bronceada.

A través de la ceñida chaqueta de él vi cómo se le tensaban los músculos de la espalda.

La mujer esbozó una sonrisa y Zevander pasó de largo. Cuando la mirada de la solácea se cruzó con la mía, me dirigí a paso ligero hacia Rykaia, que estaba hablando con la princesa.

—Ah, princesa, esta es lady Anadara —dijo, agarrándome del brazo, y al oírlo tuve que hacer un esfuerzo para evitar que se me notara en el gesto que me había presentado con el nombre equivocado.

No me había encontrado nunca con la realeza y no tenía ni idea de cómo debía saludar, pero incliné la cabeza y ella respondió con una sonrisa amable.

—Es un placer conocerla. Rykaia me ha hablado muy bien de usted, lady Anadara. —El tono delicado de su voz apenas se oía entre el ruido de las conversaciones que nos rodeaban, lo que hizo aún más patente su inocencia.

Saltaba a la vista que su relación con Rykaia era mucho más estrecha de lo que me había imaginado en un principio, puesto que la llamaba por su nombre. En mi mundo, la princesa era intocable y raramente se dejaba ver en público. Ahora tenía aún más sentido que quisiera estar presente en la ceremonia.

—El placer es mío, alteza —respondí, sonriendo, pero aún con los nervios de punta tras mi encuentro con Zevander—. No tenía ni idea de que Rykaia fuera amiga vuestra.

—Cuando éramos más jóvenes me la asignaron para que me cuidara. Era una especie de niñera, pero se le daba fatal. —La princesa Calisza soltó una risita—. Más bien era yo la que la cuidaba a ella la mayor parte del tiempo.

Rykaia le dio un golpecito con el codo y sonrió.

—Mentirías si dijeras que no vivimos aventuras increíbles.

—Echo de menos esas aventuras inocentes —dijo ella. La sonrisa de su rostro desapareció y eso me recordó de nuevo el inminente ritual—. ¿Estaréis aquí para la ceremonia?

—Por supuesto. Yo no me la perdería —mintió Rykaia.

O quizá me hubiera mentido a mí.

—Bien. Me sentiré mejor sabiendo que hay una cara familiar entre tanta gente. —Le besó el dorso de las manos—. Me temo que debo seguir con mi ronda de saludos —añadió y se alejó.

—Nos iremos antes de que empiece —me dijo Rykaia, acercando la cabeza y bajando la voz—. Solo quiero que me vea, para que sepa que estoy aquí. —La solemnidad de su tono me dejó claro que ella tampoco se sentía a gusto con la ceremonia—. Una vez haya empezado, dudo que tenga ganas de mirar al público.

—Aún no puedo creerme que la pobrecilla tenga que hacer esto como si fuera un espectáculo.

—¿Cómo fue tu primera vez?

Aparté la mirada y carraspeé.

—Aún no ha habido una primera vez, ¿no? Si es así, quizá mi hermano no sea la mejor opción para ti. Por lo que me han dicho las otras chicas del burdel, parece que puede ser algo bruto.

—¿Podríamos cambiar de tema? —dije, paseando la mirada por el salón al tiempo que intentaba sofocar la curiosidad que acababa de suscitar su comentario—. ¿Él va a burdeles? —No era que aquello tuviera nada de malo, pero no me parecía que Zevander fuera de los que se pierden en las frivolidades del sexo.

Ella se encogió de hombros y miró a la multitud.

—Sobre todo durante su ciclo lunar. Aunque, por lo que sé, hace mucho que no los visita.

—¿Ciclo lunar?

Soltó un suspiro y meneó la cabeza.

—Es cuando más te conviene estar lejos de él. Si ahora te parece gruñón, no lo has visto cuando se cruzan ambas lunas.

Seguía sin entender de qué estaba hablando, así que fruncí el ceño.

—¿Y por qué iba a ponerse gruñón?

—Imagina que tu cuerpo te insistiera en follar la mayor parte del día. Todos los hombres lunáceos sufren el temido ciclo lunar; por eso tenemos tanta población y muchos más nilivires que ningún otro país —dijo, levantando la copa—. Un plan perfecto de la naturaleza —añadió, echando un trago—. ¿Quieres estrenarte?

Al oír aquello me eché atrás.

—¿Qué? Por supuesto que no. ¿Qué significa eso?

—Los hombres con taparrabos se ofrecen a cualquiera que se sienta… excitado.

—¿Excitado por el espectáculo de una joven obligada a acostarse con un hombre frente a cientos de personas? Eso es repulsivo.

—Como la gente. Pero tu razonamiento sería diferente.

—No siento esa necesidad, pero gracias por tu oferta.

Rykaia soltó una risita y bebió de su copa.

—He visto que te acorralaba. ¿Qué es lo que quería?

—El brujo con el que hemos hablado antes. Anatolis. Lo he visto en Mortasia.

—¿Lo dices en serio?

—Muy en serio. Tu hermano va a hablar con él.

—Mi hermano va a matarlo. Acuérdate de lo que te digo.

—¿Por qué? —Desde luego, había amenazado con hacerlo, pero tenía curiosidad por saber por qué pensaba eso su hermana.

—Por haberte mirado de ese modo.

—¿Cómo iba él a…? —Pero se me ocurrió que era perfectamente posible. De hecho, podía ser que Zevander nos hubiera visto justo en el momento en el que entrábamos.

—A mi hermano no se le pasa nada por alto. Créeme.

—Entonces, siguiendo esa lógica, sabías que nos encontraría aquí y lo has hecho para darle en las narices.

Rykaia soltó una risita.

—Me sobrevaloras, pero no te equivocas del todo. Es cierto que insistió en que eliminaran mi nombre de la lista de invitados —dijo, ofendida.

—En cualquier caso, no ha sido más que una mirada. Inocua.

—Esa no ha sido una mirada inocua, Maeve. Esa mirada decía: «Quiero arrancarte el vestido y follarte hasta que se te salten las lágrimas». Si yo me he dado cuenta, puedes estar segura de que Zevander también.

—Espero que no decida matar a alguien solo por haberme mirado.

Rykaia soltó una risita socarrona y volvió a fijar la vista en los invitados.

—Agradece que no heredara el don de nuestra madre para leer la mente. Sospecho que ahora mismo la mitad de los presentes estaría chapoteando en un charco de sangre.

—¿Qué es lo que te hace estar tan segura de que tu hermano me ve así?

—Lo conozco desde siempre y, aunque son muchas las mujeres que se han encariñado con él, nunca lo he visto comportarse como contigo. Zevander es conocido por su carácter huraño, frío y despiadado. Sin embargo, desde tu llegada le he visto un lado que no sabía que existiera siquiera.

—Supongo que eso es *aversión*. Repulsa. *Odio.*

Suspiró y me agarró del brazo.

—Yo creo que se llama lujuria y atracción irrefrenable, pero ¿qué sabré yo? No soy más que la pesada de su hermana, que ha vivido con él casi dos siglos.

52
Zevander

Era raro que Zevander, que siempre procuraba estar alerta, bebiera mientras estaba de guardia, protegiendo al príncipe, pero sentía una tensión insoportable que le atenazaba tanto la mente como el cuerpo. Entre la impresión que le había provocado ver a Maevyth con aquel vestido tan peligrosamente tentador y el posterior encuentro con la general Loyce, que le había amargado la noche, necesitaba algo para relajarse.

Se bebió la primera copa de un trago y luego la rellenó con el vino que brotaba de la elegante fuente —una escultura en forma de rosa blanca— y también se la bebió. Bailar con Maevyth quizá hubiera sido una insensatez, con los ojos que él tenía encima, pero, afortunadamente, todo el mundo había visto que era el príncipe quien lo había hecho salir a la pista. Negarse habría resultado sospechoso y, si hubiera tenido que verla bailar a ella con otro, habría acabado mordiéndose el puño para evitar estampárselo en el rostro a alguien.

—¿Te parece ese el modo de saludar a una vieja amiga? —Solo con oír la voz de aquella mujer las tripas se le revolvían, suscitando una oscura reacción violenta en su interior.

—¿Quién ha dicho que nosotros fuéramos amigos? —dijo él, al tiempo que llenaba la copa por tercera vez, sin molestarse siquiera mirarla.

La general Loyce soltó una risita que a Zevander le provocó una mueca de repulsa.

—La última vez que te vi no eras más que un muchacho flacucho. Mírate ahora, convertido en todo un hombretón.

Él era un crío cuando la general lo había convertido en su juguete. Por aquel entonces no tenía ni idea del poder que poseía ni había recibido entrenamiento para combatir. La última vez que se habían visto efectivamente era un muchachito patético, flaco, hambriento y asustado. Asolado por una rabia desaforada que la general Loyce había intentado sofocar y controlar.

—También sabes arreglarte bien. Esas ropas son dignas de alguien de alta sangre. Si no te conociera bien, diría que intentas mimetizarte. Por desgracia para ti, cariño, yo podría encontrarte incluso con los ojos vendados.

—Si valoras tu columna vertebral y tus órganos internos, te sugiero que esta noche mantengas las distancias, general.

Ella echó la cabeza atrás y soltó una carcajada.

—Ojalá pudiera decir que tus amenazas me enfurecen, pero lo único que hacen es excitarme. —Dio unos pasos adelante, se situó frente a él y levantó la copa, como si quisiera dejar claro que solo pretendía llenarla—. ¿Me creerías si te dijera que pienso en ti casi cada hora de cada día?

—Te decepcionará saber que yo no he pensado en ti en ningún momento.

—Oh, eso lo dudo. —Dio un sorbo a la copa y se acercó aún más, haciendo saltar todas las alarmas en Zevander, que habría querido desenvainar la espada y silenciarla para siempre.

Pero eso habría supuesto el inicio inmediato de una guerra.

Así que apretó los dientes y vació otra copa.

—Yo creo que oyes mi voz cada vez que te agarras la polla. Que percibes el olor de mi coño cada vez que te corres. Y que, en algún lugar muy dentro de ti, disfrutas recordando el tormento al que te sometí.

Un espasmo de dolor le atravesó el cráneo al apretar las muelas, dominado por el deseo de arrebatarle la vida a aquella mujer. De prenderle fuego y contemplarla mientras chillaba de dolor y sus vísceras se convertían en líquido. Pero no dijo nada y posó la copa en la mesa de al lado para combatir la tentación de usarla como arma.

—Estoy segura de que esa bella jovencita disfruta con el roce de tus deliciosos pendientes. Tiene un cuerpo exquisito. Quizá le pida que venga a mi habitación más tarde, para jugar un poco juntas. Será divertido ver su delicado cuerpo tomado al asalto por una jauría de voraces soláceos.

En un instante Zevander desenvainó el puñal y se lo apoyó en la garganta, hecho una furia.

—Tú mírala siquiera y te arranco los ojos de las putas órbitas y te los meto en la garganta.

—Osadas palabras. —Unos ruidos metálicos a sus espaldas le indicaron que otros guardias soláceos habían avanzado posiciones. Ella tragó saliva y la hoja le hizo un pequeño corte en la piel, del que salió una pequeña gota de sangre que le cayó por el cuello—. Solo tengo que abrir la boca y atacarán como una jauría.

Con una mirada rapidísima, Zevander vio que Ravezio y Kazhimyr se habían acercado sigilosos a los guardias de la general por detrás, sin que estos supieran el peligro al que se enfrenaban. Aunque los hombres de armadura eran imponentes, no habían sido entrenados como los letalisz en belicería, una técnica de combate que incorporaba glifos espeluznantes y hechizos de sangre. Los soláceos no eran más que una panda de brutos que seguían las órdenes de ella.

Zevander se pasó la lengua por los dientes, disfrutando de la evidente humillación de aquella mujer. Aunque el resto de los invitados aún no se habían dado cuenta, sería cuestión de tiempo antes de que el rey lo pillara amenazando a la general y entonces se desatarían todos los infiernos.

La soltó y dio un paso atrás.

—Bien. Entonces, quizá quieras acompañarme a mis aposentos. Por los viejos tiempos.

—Preferiría despellejarme la polla con un cuchillo mellado que dejar que te acercaras a ella.

—Eso sería una lástima.

—Mantén las distancias, general. O mañana por la mañana estarás muerta. Acuérdate de lo que te digo.

Ella estiró sus labios en una mueca pérfida.

—Aunque echo de menos al muchacho flacucho de años atrás, debo decir que no has perdido tu atractivo sexual, Zevander Rydainn. Pensaré en ti esta noche, mientras algún pobre sustituto me dé placer, pero no será lo mismo. No he tenido un buen orgasmo desde que te fuiste.

Sin decir nada, él se alejó, sintiéndose como si se hubiera quitado de encima una enorme sabandija. De no haberse tratado de la general del ejército soláceo, no habría dudado en convertir su sangre en piedra.

Kazhimyr se acercó, con una bandeja en la mano y vestido de criado, con una simple túnica y pantalones, como si quisiera ofrecerle una bebida, y Zevander cogió una copa.

—Veo que estás recuperando antiguas amistades.

—Si cuando acabe la noche aún respira, será por gracia de los dioses, no por mi voluntad.

—Si los dioses tienen piedad de ella, será más de lo que se merece —dijo Kazhimyr, dándole una palmadita en el hombro—. No dejes que te afecte, hermano. Es justo lo que quiere.

Zevander asintió y el otro se perdió por entre la multitud, interpretando el papel de criado solícito.

En el otro extremo de la sala había una tarima donde se había subido el rey Sagaerin y desde la que esperaba a que la gente se callara.

Zevander vio a Dorjan de pie detrás de la tribuna y se dirigió hacia allí. Por el camino se encontró con Torryn, que tenía la misión de controlar a los asistentes, y se paró a su lado.

—Quizá podrías echarles un ojo a mi hermana y a Maevyth.

—Llevo vigilándolas desde el momento en que han llegado —respondió. Al parecer, su camuflaje tampoco había funcionado con él.

Zevander asintió y siguió adelante, hasta llegar junto a Dorjan, que se movía inquieto, evidentemente por efecto del vino. En realidad, era algo inevitable. El príncipe casi nunca conseguía aguantar toda una noche de fiesta sin emborracharse y lo ocurrido en el pueblo no había hecho más que aumentar su resentimiento y su rabia.

Haciéndolo beber más.

—*Zev'der*... quizá *podríash* ir a *bushcar* a mi amigo... —Quería pedirle que informara a su amante de que ya estaba listo para irse a la cama.

Pero él ya había previsto cómo iba a ir la noche y le había pedido al joven que fuera a sus aposentos antes, para evitar cualquier sospecha.

—Ya te está esperando.

—Ah, buen *dchico*... —Le dio una palmadita en la espalda y se encaminó hacia sus aposentos.

Zevander lo siguió, escrutando los pasillos en busca de cualquier indicio de un posible ataque por el camino.

El príncipe avanzó trastabillando, golpeándose con las paredes, hasta que por fin llegaron a la puerta de su dormitorio. Dorjan la abrió y en el interior se encontraron a su amante, masajeándose la polla.

Mientras el príncipe se desnudaba, Zevander salió y cerró. Aunque habría tenido que hacer guardia en el pasillo, se negaba a oírlo follando toda la noche cuando podía estar vigilando a Maevyth y Rykaia. Así que se limitó a invocar a su escorpión y lo situó en el suelo, frente a la puerta. Si alguien intentaba ir a por el príncipe, el arácnido atacaría.

Cuando regresó a la pista de baile, el rey se estaba dirigiendo a sus súbditos.

—Mis honorables invitados, es con gran placer que os invito a presenciar la Ceremonia del Devenir de mi preciosa hija. —El temblor de su sonrisa dejaba clara su decepción—. Ya se ha proclamado el ganador del combate de esta tarde. La princesa Calisza se emparejará con el capitán Avith, del ejército soláceo.

Un estruendo de vítores y expresiones de mal gusto estalló al fondo de la sala, donde estaban los soláceos, y una bestia de hombre se adelantó. Los guardias imperiales trazaron un perímetro, listos para actuar en caso de que el capitán no tratara con la suficiente delicadeza a la princesa.

Zevander escrutó al público con la vista en busca de Rykaia y Maevyth y las localizó en el lado contrario de la tarima.

Por la sangre de los dioses, el vestido que llevaba Maevyth le despertaba un instinto oscuro... El modo en que se movía por la sala, con esa candidez, sin darse cuenta siquiera de las pasiones que desataba a su paso, de los ojos que observaban todos sus movimientos, porque apartar la mirada sería una terrible tragedia.

Ella era el caos atrapado en una cubierta de fina seda. La personificación del conflicto que a punto había estado de someterlo, dejándolo inerme en el mismo momento en que la había visto al otro lado del salón de baile. Tan terriblemente bella que le dolía el pecho al mirarla.

Volvió a pensar en la noche anterior, cuando la tuvo allí, retorciéndose y gimiendo. El recuerdo de su piel de satén tensa al alcanzar el orgasmo le provocó un escalofrío que le recorrió la columna. A la hora de volver a su habitación lo había hecho trastabillando, duro como una piedra. Había requerido tres dosis de su hoja envenenada para calmarse: tres cortes rabiosos que aún le ardían bajo los pantalones con solo mirarla.

Y esas palabras que le había susurrado antes..., pidiéndole que la tomara y básicamente que la violentara, aunque en primyriano la traducción no era tan literal. Era evidente que no sabía lo que estaba diciendo, lo que le estaba pidiendo, y su acento era un poco tosco, lo cual le había parecido algo raro, teniendo en cuenta la facilidad con que había pronunciado el idioma antiguo la noche anterior. Aunque, desde luego, eso no había impedido que sintiera el deseo de cargársela al hombro y buscar la cama más cercana, ni le había aliviado la presión de la entrepierna.

El sonido de las cornetas lo devolvió a la realidad y empezó la ceremonia: la princesa Calisza subió por la escalera en espiral, seguida de su séquito, hasta la galería superior, donde la esperaba la sala de encuentros. Acompañado de soeces gritos de ánimo de los otros soláceos, que iban quitándole la armadura a medida que avanzaba, el capitán Avith fue tras ella y también subió las escaleras.

—¡Hazla sangrar! —gritó uno de los hombres.

Aquel comentario hizo que Zevander arrugara el labio. Esos cabrones presuntuosos... Le habría encantado hacerlos callar a todos dándoles un tajo en la garganta.

Apartó la mirada y la posó en Maevyth, que se observaba las

manos, con la cabeza gacha. Cuando volvió a fijarse en los presentes, localizó al brujo con el que había hablado ella antes, Anatolis, que se dirigía hacia la salida.

Mientras los invitados observaban embelesados a la princesa y al capitán, que entraban en la cámara, Zevander se abrió pasó por entre la multitud y fue con Maevyth. El simple roce de manos fue la señal para que lo siguiera. Para no suscitar sospechas, ella evitó hacerlo de inmediato y se puso en marcha cuando él ya estaba rodeado de gente.

Chica lista.

Parte del público había empezado a dispersarse. Otros, que querían ver la prueba de la cópula, prefirieron quedarse hasta el final.

Rykaia se dirigió hacia la fuente de vino, con Torryn siguiéndola.

Los guardias de la puerta se hicieron a un lado y Zevander salió al patio siguiendo a Anatolis. El brujo giró la esquina y él le indicó a Maevyth con un gesto que se ocultara en un hueco entre las sombras. Se quitó la máscara de venado y en su lugar se puso la habitual de cuero, y se levantó la capucha para cubrirse la cabeza antes de ir a por el brujo.

Anatolis, con Zevander a sus espaldas, tenía la cabeza gacha; el sonido de una aspiración le reveló al letalisz lo que estaba haciendo. Entre los brujos de alta sangre había quien mezclaba el vivicanto con otros estimulantes y luego molía la mezcla en un polvo fino que se decía que potenciaba la excitación sexual.

Al acercarse Zevander, el otro se giró de golpe y se encogió al tiempo que se limpiaba la nariz.

—Por la sangre de los dioses, me has dado un susto de muerte con esa máscara.

—Anatolis, ¿verdad? —No conocía a todos los brujos por su nombre; solo a los que tenían relación directa con el rey. Este para él no era más que el cabrón que se había comido a Maevyth con los ojos.

—Sí. ¿Y tú eres…?

—Un curioso, sin más. ¿Por qué no llevas máscara?

—Eh…, sencillamente, no me gustan nada.

Zevander asintió y, antes de que el brujo se diera cuenta, le apoyó un puñal en la garganta.

—A mí, en cambio, lo que no me gusta nada son los mentirosos.

El otro se lo quedó mirando con la barbilla bien alta y el labio inferior temblando.

—¿Qué te hace pensar que estoy mintiendo?

—Aparte de la princesa, eres el único que ha decidido no taparse el rostro.

El brujo esbozó una sonrisa socarrona.

—Te habrán visto salir detrás de mí.

—Estoy seguro de ello. —Sin apartar la vista de Anatolis, Zevander giró la cabeza hacia un lado—. Maevyth. —El mero hecho de que hubiera pronunciado su nombre frente a él era garantía de que el brujo no estaría vivo al final de su encuentro.

Ella se asomó por la esquina y, cuando aquel intentó girar la cabeza, el letalisz presionó con más fuerza y le clavó aún más el cuchillo.

—No se te ocurra mirarla, cerdo.

Cuando Maevyth llegó a su lado, Zevander creó una niebla negra que los envolvió.

Se quedó en silencio, mirando al brujo, con una sonrisa en el rostro, pensando en cómo iba a acabar con él. Arrancándole aquellos ojos tan indiscretos, para empezar.

Un momento más tarde aparecieron dos brujos tras la esquina cuyos rostros, ya sin máscaras, mostraban confusión. Dieron unos pasos vacilantes, sin duda preguntándose dónde habría ido a parar Anatolis. Uno de ellos se acercó peligrosamente y, cuando Anatolis cogió aliento para llamarlos, Zevander le deslizó el cuchillo por la garganta lo justo para hacerle una herida. Los dos brujos volvieron a entrar al baile y él, cuando tuvo la certeza de que no iban a volver, levantó la niebla.

—Estuviste en Mortasia. Eras escribiente.

El brujo los miró a él y a Maevyth alternativamente, pero no se dignó responder.

—Puedo hacer esto por las buenas o por las malas. —Levantó la palma de la mano para invocar a un escorpión, que se puso a caminar por la capa del brujo. El hombre tembló, siguiendo con la vista al arácnido, que pasó a la túnica. Cuando le llegó al cuello, soltó un gemido.

Zevander le tapó la boca para amortiguar el grito del brujo en el momento en que el escorpión le penetró la piel.

—Bueno, como iba diciendo, estabas en Mortasia. Eras escribiente.

Él asintió, angustiado, y Zevander le levantó la mano de la boca.

—¡Me quema! Por favor, me quema —susurró, con la respiración agitada.

—Sí. Y quemará mucho más si no respondes a mis preguntas. ¿Qué hacías en Mortasia?

El otro frunció el labio inferior, en un claro gesto de que no quería divulgar esa información.

—Me enviaron los brujos.

—¿Por qué?

Apretando los labios, negó con la cabeza. Pero el escorpión debió de pellizcarle con las pinzas, porque apretó los dientes y por las comisuras de los ojos empezaron a caerle lágrimas.

—Una veta. Los mortasianos habían encontrado una veta. Me enviaron a que me asegurara y confirmara la noticia.

—¿Y Cadavros? ¿Está vivo?

Hinchó las aletas de la nariz, respirando con dificultad.

—Me estás pidiendo información muy confidencial. Ni siquiera sé quién eres.

—Mi nombre es irrelevante. Responde a la pregunta.

—Sí. Cadavros está vivo. Y sabe de la existencia de la veta.

—Los magestrados mintieron sobre su muerte. ¿Por qué?

—A eso no puedo responderte. —Gimoteó y, al recibir un nuevo pellizco del escorpión, soltó un grito que Zevander amortiguó con la mano.

—No me supone ningún problema destriparte aquí mismo.

Los gritos del brujo se convirtieron en sollozos.

—Los magestrados no hacían más que seguir órdenes.

—¿De quién?

—De Akmyrios.

—¿Sabía él de la existencia de la veta cuando desterraron a Cadavros?

—No. Los exploradores enviados a Mortasia no informaron de ninguna veta. Llevaba milenios muerta. Enterrada bajo los montes de Lyveria. —Tembló y Zevander bajó la vista para verle la mano, que sacudía violentamente junto al cuerpo—. Un hombre llamado Moros la descubrió.

La mención a aquel hombre hizo que algo retumbara en su mente, pues recordaba que Maevyth había estado prometida con él.

—¿Y en qué estado está ahora Mortasia?

—No lo sé. Me fui en cuanto descubrí lo de la veta. Había... rumores de... mutaciones. —El rostro se le oscureció y la frente se le cubrió de sudor—. Criaturas terriblemente deformadas.

—¿Estabas allí cuando desterraron a una joven llamada Aleysia?

Él se giró hacia Maevyth, que aún llevaba la máscara puesta.

—Sí.

—¿Y viste lo que le ocurrió después del Destierro?

—Sé... que salió del bosque con Moros. —Un espasmo lo sacudió y soltó un gruñido—. No sé si está viva.

—¡Pero la viste! —dijo ella, lanzándose hacia él, y Zevander soltó un gruñido.

—Sí que la vi. Pero no sé qué fue de ella.

—¿Y cuál es el plan de los magestrados?

Una vez más, dirigió la mirada a Maevyth, que contenía la respiración.

—Aparta la vista de ella —le advirtió él de nuevo y el brujo volvió a mirarlo—. Responde la pregunta.

—Destruir a Cadavros y reforzar su poder en el Valle Umbrío. El único modo de conseguir algo así era proteger el septomir.

—Querías que ella te reconociera. ¿Qué te ha hecho pensar que vendría esta noche?

Por tercera vez el brujo dirigió la mirada a Maevyth y fue demasiado prolongada para el gusto de Zevander. Furioso, empuñó el cuchillo y apoyó la hoja contra el globo ocular de Anatolis.

—Una vez más. —Presionó, pinchándole el párpado y obligándolo a abrirlo para ver sus pupilas, dilatadas por el miedo—. Mírala una vez más y a partir de esta noche lo único que verás será un vacío infinito de remordimientos. —Los músculos le temblaron al pronunciar su amenaza. Aunque no era propio de él perder la compostura, había algo en la mirada de Anatolis que lo inquietaba desde el primer momento en que lo había visto mirando a Maevyth.

—No tenía ninguna certeza. De hecho, hasta esta noche no pensaba siquiera que hubiera cruzado al otro lado.

—Pero cuando llegó aquí lo supiste.

El brujo cerró los ojos, respirando agitadamente por la nariz, cada vez más pálido.

—Tu hermana... Le tendieron una trampa.

La rabia desbocada que sentía Zevander reverberaba en sus músculos y cada vez sentía más ganas de cortarle la lengua a aquel tipo.

—¿Cómo?

—Los nombres. No hay ninguna lady Anadara ni Sivarekis. Sabían que Rykaia lee la mente.

Lo que significaba que los guardias los habían informado en cuanto su hermana pronunció los nombres.

—¿Por qué el rey no mató a Cadavros?

Anatolis meneó la cabeza, con los ojos llenos de lágrimas. Se encogió y soltó un chillido estremecedor. Se agitó con unas convulsiones agónicas. Los gritos se sucedieron y Zevander apretó aún más los dientes.

—¡Habla y parará! —gruñó.

Pero no paró. Retiró a su escorpión, que salió reptando por la túnica del brujo, y aun así Anatolis seguía chillando. Con los ojos en blanco, cayó de rodillas. Entre arcadas, una masa gelatinosa roja le salió por la boca y acabó en el suelo.

Maevyth contuvo un grito y se apartó de un salto.

Otro trozo de carne siguió al primero y cayó sobre las piedras mojadas con un chapoteo.

Órganos. Algo se los estaba atacando. Un hechizo para evitar que hablara.

Anatolis cayó al suelo de bruces, babeando sangre.

—¿El escorpión lo ha matado? —preguntó Maevyth con voz temblorosa.

—No. Pero no importa. Igualmente pensaba matarlo. —Zevander se arrodilló junto al brujo y le metió la mano en el bolsillo, para coger el vivicanto en polvo.

De pronto se oyó un estruendo a lo lejos y se giró hacia el lugar de donde venía el ruido, paralizado.

Agarró a Maevyth de la mano y se la llevó a la parte delantera del castillo, donde los guardias imperiales corrían para asegurar la entrada. Sobre la muralla de piedra volaron objetos en llamas, que prendieron las tiendas y la paja dispersa por el patio.

—¡Los aldeanos! —gritó uno de los guardias—. ¡Están atacando!

La revolución.

—¿Qué pasa? ¿Qué está sucediendo? —exclamó Maevyth y Zevander se giró y vio a gente corriendo a su alrededor mientras ella levantaba las manos para protegerse de los impactos de las armaduras y de las armas. Los soldados soláceos fueron hacia la puerta con la Guardia Imperial mientras los invitados al Devenir corrían hacia el castillo en busca de protección.

Aquello era un caos.

Zevander la cogió en brazos y se la llevó al interior, que ya estaba llenándose de invitados procedentes del patio. Agarrada a su cuello, Maevyth buscó con la vista a Rykaia y Torryn y los localizó atrincherados en una esquina.

Con paso decidido, Zevander avanzó entre la gente, con ella en brazos, hasta llegar a ellos.

—Id el pasillo hasta la torre oeste y de ahí transitad a Eidolon —dijo levantando la voz para hacerse oír sobre el griterío de fondo y dejó a Maevyth en el suelo con cuidado.

—¿Y tú qué? —respondió Rykaia, también gritando.

—Tengo que encontrar a Dorjan. No os separéis de Torryn. ¡Venga, en marcha!

Los tres siguieron sus instrucciones y enfilaron el pasillo. Maevyth se giró a mirarlo, pero Rykaia ya le tiraba del brazo.

Zevander emitió un suspiro de exasperación y se dirigió hacia la alborotada muchedumbre.

—Mierda.

53
Maevyth

Rykaia tiró de mí mientras veía a Zevander desaparecer entre la multitud. Una voz me decía que me quedara con él, que estaría más segura. En lugar eso, corrí detrás de su hermana y Torryn mientras ellos buscaban un lugar tranquilo donde abrir un portal, para ir lejos de cualquiera que intentara seguirnos.

Rykaia corrió hacia un rincón oscuro y, en cuanto puso el dedo en la piedra, el sonido de unos pasos acercándose nos alertó de que venía alguien desde la otra dirección. Cuatro figuras con armaduras doradas se dirigían hacia nosotros: guardias soláceos.

—Id —dijo Torryn, rodeándola en dirección a los pasos—. Yo me encargo. —Caminó hacia ellos, se quitó los guantes, los arrojó a un lado y se apartó la capa para sacar un alfanje corto, pero con aspecto feroz, que llevaba atado a la espalda. De algún modo, se las había arreglado para ocultarlo bajo la prenda y, cuando tiró de la empuñadura, reveló su verdadero tamaño.

Con mano temblorosa, Rykaia trazó una línea brillante en la pared y la atravesó.

Cuando levanté la pierna para seguirla, algo me agarró del brazo. Antes de identificar el qué, alguien me tapó la boca y tiró de mí hacia atrás, alejándome de ella. Hundí los dientes en la piel de mi captor, que gruñó y me soltó. Una vez libre, me lancé hacia aquella costura brillante con la firme determinación de volver a Eidolon.

Noté las piernas débiles, como si hubiera corrido por un lodo espeso, y caí de rodillas justo antes de llegar al portal, observando cómo se desvanecía el resplandor. Se me aceleró el pulso cuando una sensación aterradora me subió por los muslos hasta llegar al vientre. Extendí la mano hacia la grieta, que estaba sellándose poco a poco, y abrí la boca para lanzar un grito que se convirtió en un jadeo.

El sonido de Rykaia llamándome a lo lejos se desvaneció bajo una estática punzante en los oídos. Dejé caer las manos a los lados y me quedé paralizada contra mi voluntad.

Me di en el pómulo contra el suelo de piedra y una descarga de dolor me recorrió la mandíbula. Dejé escapar un gruñido al ver una bota negra aparecer ante mí, con el dobladillo morado de una túnica flotando justo encima. La figura se agachó y agarró el silbato que llevaba colgado del cuello. Me lo arrancó de un tirón.

Todo se volvió negro.

Me llegó el aroma a hierbas quemadas y al abrir los ojos me encontré con el resplandor incandescente de velas. Cientos de ellas iluminaban un techo abovedado y blanco. El rumor de unos cánticos silenciosos atrajo mi atención hacia la derecha, donde unas figuras vestidas con máscaras negras y doradas formaban filas. Al notar presión en las muñecas, miré hacia abajo y me vi los brazos encadenados con grilletes de cobre. La cadena estaba sujeta a una losa de cemento que había debajo de mí. Tiré de ella, confusa, y, cuando moví los pies, tampoco logré moverlos mucho.

El pánico, intenso y glacial, me recorrió el pecho, me oprimió los pulmones y apenas me dejó soltar un gemido.

Giré la cabeza hacia la izquierda y vi un brasero dorado, desde el que una llama negra se retorcía y temblaba en una danza hipnótica. Parecía que estaba hambrienta y ansiosa por convertirse en un incendio, deseando consumirlo todo.

Junto al brasero había otra figura, vestida con la vistosa túnica morada y negra propia de un brujo, con el rostro oculto bajo una máscara negra.

Tenía las manos extendidas, una a cada lado.

—¡He aquí la última hija de los córvicos! La antítesis de todo lo que representamos. —Alzó una palma hacia el techo—. El padre de la alquimia. De la vida, la magia y la creación. —Levantó la otra—. Y la hija de la muerte y la decadencia. Su sangre, cuando se convierta en piedra, provocará la transformación alquímica más pura. A través de su muerte, viviremos. Con su esencia, fortaleceremos el Valle Umbrío para protegernos de nuestros enemigos; para ahuyentar la enfermedad y el hambre, como profetizó la divina diosa de la anticipación. Juntos, con las seis piedras que aún tenemos que reclamar, no seremos presa de la Peste Negra.

—¡Soltadme! ¡Por favor! No soy lo que creéis. —Me retorcí a pesar de las esposas—. ¡Por favor! ¡Os lo suplico! ¡No lo hagáis!

Alzó el incensario, que despedía el aroma a hierbas secas que había olido antes, y lo colocó sobre mí haciendo círculos que dejaban a su paso bocanadas de humo blanco.

—Magekae, señor de la alquimia y el conocimiento, invocamos tu sabiduría y tu habilidad para domar el fuegoscuro, la fuerza que creaste, para que podamos ser portadores de tu espíritu incorpóreo. —Bajando el incensario, inclinó la cabeza hacia atrás—. *¡Egrezeder deosz! ¡Da'haj'mihirit teviras!*

Una voz femenina que no era la mía habló dentro de mi cabeza: «¡Ven, dios de la alquimia! ¡Dame tu fuerza!».

Con los ojos clavados en la llama negra, tiré de las cadenas, desesperada por soltarme, y miré a mi alrededor en busca de algún rostro conocido. Me topé con un mar de máscaras carentes de emoción. Algunos llevaban una capa púrpura como la del brujo que estaba a mi lado.

Usando el brasero, el brujo encendió un pequeño manojo de ramas. Lo depositó en un crisol de porcelana y, mientras lo sostenía sobre mí, me quedé mirando el anillo de ónice negro que llevaba en el dedo. Era el lord Brujo que había conocido antes.

—Arderá en fuegoscuro y su sangre se convertirá en piedra. ¡Y la piedra nos dará inmunidad contra la plaga!

—*Covis honet et obedisz, petimirsj ze noz eripeh* —coreaba la multitud con voz ronca y entrecortada, aterradora.

«Con honor y obediencia, te pedimos que nos liberes», tradujo la voz de mi mente.

—¡No, por favor! ¡No lo hagáis! —Me temblaban los músculos por el esfuerzo inútil de intentar liberarme de las cadenas.

Sin decir nada, el brujo pasó la mano por la llama e hizo una mueca de dolor al recoger el fuego con la palma. Sin previo aviso, me tapó la boca, obligándome a tragármelo.

Pataleé y forcejeé, el aire de mis pulmones crepitaba con cada bocanada de aire que expulsaba por la nariz. En la periferia de mi visión estalló un resplandor plateado que me nubló la vista. Me pareció que la sala se iba estrechando cada vez más.

«¡Parad!», grité mentalmente de agonía, pues las palabras se quedaban atrapadas en el fuego. «¡Por favor, parad!». Los grilletes me hacían daño en las muñecas mientras me sacudía y me retorcía para liberarme.

Una quemadura abrasadora marcó el camino de la llama, que se me arrastró desde la garganta hasta el pecho, y arqueé la espalda, lanzando un grito desgarrador mientras el fuego me carbonizaba las entrañas. Unos temblores me sacudieron los músculos y la oscuridad que veía por el rabillo de los ojos me arrastró hacia lo más profundo.

«No pasa nada, Maevyth. Ven a mí. No dejes que vean tu miedo», dijo aquella reconfortante voz.

La habitación se volvió más pequeña, todavía más que antes, hasta que me sumí en una completa oscuridad.

Una luz radiante brilló detrás de mí y me volví hacia ella. Entrecerrando los ojos ante el doloroso resplandor, vi la figura esbelta de antes. Morsana.

—Me busca. —Levantó la vista, como si algo se cerniera sobre nosotras, pero, cuando miré, solo estaban los rayos de luz que se desvanecían y la negrura más allá de ellos—. Quiere destruirte.

—¿Qué debo hacer?

—Tú controlas la llama. Recuérdalo.

Un calor abrasador bailó sobre mi piel, pero, cuando miré hacia abajo, no vi nada. No había rastro de dolor ni de fuego.

—Deja que la llama cumpla tus deseos. Ahora, vete. Vete antes de que sea demasiado tarde.

La oscuridad se desvaneció, convirtiéndose en el resplandor plateado de antes, y me quedé mirando al brujo, que se había quitado la máscara, con el rostro retorcido por el miedo y la confusión.

—¿Quién eres...? —preguntó, a punto de soltar un jadeo.

Algo oscuro y escamoso se movió a través de mí, removiéndose en mi pecho. Una neblina blanca se deslizó sobre mis ojos y una sensación fría me entumeció la piel y me caló hasta los huesos. Fruncí los labios y arrojé un torrente de llamas negras a la cara del lord Brujo.

Los brujos que estaban detrás de mí soltaron un grito colectivo que resonó en toda la estancia. Cuando su líder levantó las manos para protegerse, otra llama abrasadora me salió de la boca y el olor a carne quemada se expandió por el aire.

Tropezó hacia atrás. Se le desprendió la piel del dorso de las manos, dejando al descubierto la carne cruda y reluciente, y, cuando se las apartó de la cara, vi cómo dos masas blancas y lechosas se deslizaban desde las cuencas de los ojos y caían al suelo con un sonido húmedo ensordecedor. El brujo se arrodilló y se precipitó hacia atrás, convulsionando.

Los gritos de terror de la multitud se intensificaron y, cuando me volví hacia ellos, una de las figuras enmascaradas levantó la palma de la mano y su glifo brilló con intensidad. Me recorrió un dolor cegador y grité, arqueándome contra la losa. Otro brujo levantó la mano y una fuerza invisible me oprimió la garganta; la presión hizo que se me llenaran los ojos de lágrimas. Me retorcí, intentando deshacerme de las ataduras, desesperada por parar aquello. La luz menguó, cada vez más escasa, y vi todo oscurecerse.

«Deja que la llama cumpla tus órdenes», repitió la voz dentro de mi cabeza.

Arriba, vi algo negro moverse por el techo: eran como sombras que se cernían sobre mí. Las lágrimas me corrían por las sienes. El dolor me desgarraba los músculos con unas zarpas en forma de garfio y la presión que sentía en la garganta me dejaba sin aire.

El mundo se oscureció.

En lo más profundo de mi mente tuve una visión de mí misma bailando, con la larga melena oscura cayéndome sobre los hombros, en un prado cubierto por una neblina blanca y asfódelos. Qué raro e inquietante era verme a mí misma a través de los ojos de otra persona. El eco lejano de la risa de mi gemela me hizo sonreír. Dio vueltas entre las flores altas y blancas antes de pararse a mirarme y la alegría de su rostro se transformó en miedo. «¿Qué has hecho?». Su expresión de horror se ensombreció y un miedo escalofriante me recorrió la espalda. «¡Qué has hecho!».

Abrí los ojos de golpe y oí gritos. Gritos fuertes y guturales llenos de miedo. Al girar la cabeza hacia un lado, vi cuerpos que se chocaban entre sí, un revuelo aterrador. Los brujos se reunieron cerca de la puerta, pero algo les impedía salir: un muro de llamas negras. Observé cómo rodeaba por completo la sala, como si se hubiera adherido a un camino de leña y hubiera formado una barricada a nuestro alrededor, acorralándonos.

Me miré las esposas de metal: se me habían deshecho sobre las muñecas y los tobillos. Era libre. Al levantar las manos, examiné las marcas rojas que tenía en la piel: quemaduras. Los brujos se apiñaron en un grupo, mirándome horrorizados. ¿Me tenían miedo? ¿A mí?

En el suelo de piedra había dos montones de ceniza donde antes habían estado los dos que me habían hecho daño. Confundida, me llevé la mano a la garganta, con la sensación fantasma de una presión que aún persistía. ¿Qué había ocurrido?

Detrás de mí y al otro lado de la sala se alzaban varios arcos de piedra y, más allá, unos pasillos oscuros bloqueados por la llama negra. No había salida.

Entré en pánico.

«¿Qué has hecho?».

La llama negra se negaba a morir y ardía con fervor en un círculo, rodeándonos. Estábamos atrapados en aquella sala. Respiré superficialmente, dentro y fuera, me bajé del altar y busqué una forma de escapar.

No la había. El fuego, implacable, bloqueaba todas las salidas posibles. El calor era insoportable y me mareaba a pesar del frío que me oprimía el pecho.

Uno de los brujos corrió a toda velocidad hacia la llama; los jadeos y gritos de los otros no consiguieron enmascarar el repugnante sonido de la carne quemándose en el momento en que entró en contacto con el fuego. Algo golpeó el suelo, rodó hacia mí y se detuvo a mis pies. Una roca de color carmesí. «Una piedra de sangre».

Con los músculos temblorosos, retrocedí para alejarme de ella, rodeé el altar y se me enganchó el talón en algo que había detrás de mí. Caí hacia atrás y di con las manos en el suelo al caer de espaldas sobre una masa que había debajo de mí: un cuerpo tendido cuyas cuencas oculares vacías me revolvieron el estómago. Se me escapó un sollozo ahogado y me alejé de él de un salto, llevándome las rodillas al pecho.

«Ay, Dios mío, ¿qué he hecho? ¡Qué he hecho!».

Una luz azul plateada brilló sobre el altar, donde yo había estado tumbada unos minutos antes, y solté un quejido horrorizado cuando una mano salió disparada hacia arriba desde el centro, seguida de otra.

Me alejé, con el pulso acelerado, y observé cómo una figura salía del altar.

Apareció una cabeza y, al ver la cara de Rykaia, solté una carcajada en medio de las lágrimas. El alivio hizo que me flaquearan los músculos al intentar ponerme en pie.

Ella se deslizó por el lateral del altar y la siguió otra mano de piel oscura.

—¡Maevyth! —Rykaia corrió hacia mí y me envolvió en un abrazo que en ese momento necesitaba con desesperación—. Pensaba... Ay, por todos los dioses, pensaba que...

—Estoy bien —la interrumpí con la voz entrecortada.

Detrás de ella, Dolion cayó al suelo y se puso en pie, colocándose bien la túnica. Se caló la capucha de la capa para cubrirse la cabeza. Frunció el ceño y echó un vistazo a la sala.

—Por todos los dioses, ¿qué...?

—Tenemos que volver a Eidolon. No hay salida. —Cuando

me zafé del abrazo de Rykaia y me lancé hacia el portal, ella me agarró del brazo.

—No. No debes bajar nunca. —Su voz contenía una advertencia sombría.

—¿Qué? —Confundida por la angustia, busqué en su rostro cualquier señal de que estuviera bromeando.

—Puedes atravesar paredes hacia arriba, pero nunca hacia abajo. Es la puerta de Nethyria. El inframundo.

—Entonces no hay escapatoria. El fuego está bloqueando todas las paredes y corredores para salir de esta sala.

Dolion se acercó a mí y me agarró del brazo con una mirada seria.

—Tú controlas la llama, Maevyth. Sigue tus órdenes.

Negué con la cabeza, recordando con claridad la fuerza invisible que se había apoderado de mí cuando arrojé las llamas a la cara del lord Brujo. La negrura que me consumió después, cuando, de algún modo, me liberé. Todo aquello estaba fuera de mi control.

—No soy yo quien la controla.

—Sí, eres tú. Posees la habilidad de controlar el fuegoscuro. —Con un delicado empujón, me alentó a acercarme al fuego que teníamos detrás, pero me resistí y me negué a dar un solo paso.

—Acabo de ver cómo alguien se convertía en cenizas al intentar tocarla. ¡No quiero tener nada que ver con ella!

Él tensó el agarre.

—Ellos no tenían el poder que tú posees, Maevyth. Ahora levanta la mano y ordénale a la llama que te permita el paso.

—¿Cómo?

—Levanta la mano.

La alcé, como me había ordenado, con la palma hacia el fuego.

—Cierra los ojos e imagina que se separa.

Con la respiración entrecortada, cerré los párpados y me vino a la mente la imagen de la llama negra abriéndose como una cortina. El calor me recorrió la palma de la mano y la aparté de golpe, abriendo los ojos para ver un hueco entre las llamas y el oscuro pasillo que había más allá.

La euforia me invadió y solté una carcajada, que enseguida

quedó sofocada, cuando los guardias soláceos aparecieron de las oscuras profundidades del pasadizo: una media docena, o más, se abalanzaron hacia nosotros. Dolion y yo retrocedimos hacia el altar cuando atravesaron el hueco entre las llamas.

Antes de que pudieran alcanzarnos, Dolion extendió la mano y se materializó un muro resplandeciente, como las piezas de un rompecabezas que encajan en su sitio, subiendo hacia el techo y separándonos de los soldados, que lo golpeaban con los puños.

—¡Vamos! ¡Rápido!

Me di la vuelta, me arrodillé junto al lord Brujo y rebusqué en sus bolsillos mientras me esforzaba por no mirarlo.

—¡Qué estás haciendo, Maevyth! ¡Tenemos que irnos ya! —La voz de Rykaia estaba llena de pánico.

—¡Necesito mi silbato! —Rebusqué desesperadamente en su túnica, metiendo la mano temblorosa en los bolsillos que encontraba.

—¡No hay tiempo! —Dolion me agarró del brazo y, a regañadientes, dejé que me pusiera en pie y los tres corrimos hacia otro pilar arqueado en el lado opuesto de la sala.

Cerré los ojos y extendí la mano igual que antes, solo que esta vez imaginé una cortina mucho más ancha que cruzaba la habitación, abriendo más la salida, lo que permitió a los otros brujos escapar a través de ella. En lugar de seguirlos, los tres corrimos a través de uno de los pilares arqueados hasta un pasillo interior.

—Cuanto más me aleje de esa barrera de protección, más rápido se desvanecerá. Tenemos que volver a Eidolon cuanto antes. —Dolion se detuvo y apoyó la punta del dedo en el muro de piedra adyacente. Antes de trazar una línea, tropezó y cayó de espaldas con la barbilla inclinada hacia arriba.

Una mujer estaba de pie a su lado, vestida con la reveladora túnica de brujo negra y púrpura de los magestrados, sosteniendo una daga en su garganta.

—Hola, Dolion Gevarys. Encantada de conocerte por fin —dijo con voz divertida.

—Y tú debes de ser Melantha.

—Me halaga que sepas mi nombre.

—Tú. —La confusión en la voz de Rykaia me hizo volverme y vi una expresión de preocupación deslizándose por su rostro—. Me acuerdo de ti. —Frunció el ceño—. Me acuerdo de todo.

—Sí, bueno, ahora no es momento para eso.

Melantha levantó la mano, pero no antes de que yo levantara la mía y cerrara los ojos ante la imagen del glifo Aeryz. Cuando lo empujé hacia ella, voló hacia atrás lo bastante lejos como para que los tres pudiéramos correr en dirección contraria. A mitad del pasillo, nos quedamos quietos y algo nos elevó del suelo con facilidad hasta una altura en la que podía patalear.

De alguna manera, Rykaia consiguió liberarse y cayó, pero, antes de llegar a escapar, se desplomó hacia un lado.

—¡Rykaia! —grité—. ¡Rykaia!

—Está bien. Solo es un hechizo para dormir. —Melantha caminó hacia ella, con una sonrisa de satisfacción.

—¡Déjala en paz!

Volvió a prestarme atención.

—No tengo ningún interés en ella.

—Estás cometiendo un grave error, Melantha. Convertir su sangre en piedra no evitará lo inevitable —advirtió Dolion con la voz tensa, como si le doliera el hechizo que nos mantenía paralizados.

—Sin embargo, fuiste tú quien deliró sobre ello durante años. Fuiste tú quien persiguió en un primer lugar convertir su sangre en piedra, ¿no es así? Enviaste a Zevander a matarla.

Frunciendo el ceño, me volví hacia Dolion tanto como me permitía el movimiento.

—¿Eso es cierto?

Melantha se rio entre dientes.

—¿No se lo has dicho? Qué maldad.

Una expresión de remordimiento le contorsionó el rostro a Dolion, lo que avivó el dolor en mi pecho. La traición hizo que los ojos se me llenasen de lágrimas y las contuve.

—Estaba equivocado. Estaba muy equivocado. Maevyth tiene más que ofrecer viva que muerta.

—Por supuesto. Yo no tengo ninguna intención de convertir

su sangre en piedra. No soy como los cerdos que sueñan con un poder que no pueden controlar. —Su comentario desvió mi atención de Dolion.

—Entonces ¿qué quieres de mí?

—Quiero que vuelvas a Mortasia. Con tu hermana.

—¿Qué? —La inesperada respuesta me golpeó como si fuera una bofetada.

—Te está esperando en el arco.

—No la creas —me suplicó Dolion—. Créeme a mí, Maevyth.

«No lo creas». Las palabras del fantasma que había visto en Eidolon resonaron en mi cabeza.

—Prométeme que los dejarás ir si me voy contigo. —No era una petición, sino una exigencia.

Melantha hizo un gesto de desdén con la mano.

—No tengo interés alguno en estos dos ni en las piedras.

—¡Está mintiendo!

Dirigió sus ojos de víbora al brujo.

—Tú eres el que le mintió, Dolion. Yo digo la verdad. Ven conmigo, Maevyth. Aleysia está deseando volver a verte.

Quería creerla, pero me había cansado de que me engañaran. No tenía ni idea de a quién creer. En quién confiar.

—¿Qué quieres de mí? ¿Por qué me ayudarías? Ni siquiera te conozco.

—Entiendo que no tienes ningún motivo para creerme o confiar en mí. Pero tus opciones disminuyen con cada minuto que pasa. —Deslizó un dedo por la pared y tiró de ambos lados de la grieta, ampliando la imagen que mostraba el arco al otro lado. Más allá, mi hermana se paseaba de un lado al otro.

—¡Aleysia! —La llamé y ella se detuvo en seco y se volvió hacia mí, como si me hubiera oído.

La confusión se dibujó en su rostro.

—¿Maevyth?

—¡No es real, Maevyth! —insistió Dolion.

—Es real —aseguró la mujer.

El sonido de unos pasos acercándose y el ruido metálico de las armaduras me alertaron de que los guardias habían superado la barrera y se dirigían hacia nosotros.

—Ve con tu hermana o quédate y arriésgate a que te capturen los soláceos. Tú eliges.

La cabeza me daba mil vueltas. Dolion. Rykaia. Eidolon. Y Zevander. ¿Irme significaría que nunca volvería a verlo? Sin embargo, quedarme los pondría a todos en peligro. No sabía cuál era la respuesta correcta. Levanté la mirada hacia Aleysia. Mi hermana. Viva.

—Me voy, pero libera a Rykaia del hechizo.

Con la mirada clavada en mí, movió la mano hacia la susodicha, que soltó un gruñido y rodó por el suelo, liberada del conjuro.

—¡Maevyth! No lo hagas. No confíes en ella. —Las patadas y los aspavientos de Dolion a mi lado no eran más que una pequeña distracción: yo tenía la atención fija en otra parte.

Al otro lado del portal, Aleysia seguía paseando, mordiéndose las uñas, como siempre. Seguí sin molestarme en mirar a Dolion cuando le dije:

—Por favor, lleva a Rykaia de vuelta a Eidolon. Prométemelo.

—¡Claro que la llevaré, pero no puedes fiarte de esta mujer!

Aunque eso fuera cierto, necesitaba una salida. Deprisa.

54
Zevander

Una hora antes…

Entre la agitada muchedumbre, Zevander divisó a Kazhimyr y Ravezio, que en un principio estaban allí para vigilar a los soláceos —en concreto, a los guardias rebeldes—, pero que ahora custodiaban al rey y a la princesa Calisza en medio del pánico.

Cuando por fin llegó a los aposentos de Dorjan, llamó al escorpión que había dejado montando guardia y atravesó la puerta de golpe: se encontró al príncipe desnudo e inconsciente junto a su amante, con el embriagador hedor del sexo en el ambiente. Con pasos rápidos, se acercó a la cama y se sacó del bolsillo el polvo de vivicanto que le había robado a Anatolis. Zevander se echó un poco en el dedo y le puso la mano sobre la boca al príncipe. Este inspiró con fuerza, echando la cabeza hacia atrás. La sustancia era un potente aleccionador, incluso mezclada con otros estimulantes.

—¡Por todos los dioses! —Dorjan parpadeó tres veces y levantó la vista hacia Zevander—. ¿Qué pasa?

—Los aldeanos están atacándonos. Te voy a llevar al sótano. Ya.

Aquel se levantó de la cama y le dio un empujón a su acompañante.

—Es hora de que te vayas. Deprisa.

El otro hombre gruñó, pero Zevander no tenía intención de

esperarlo. En cuanto el príncipe estuvo vestido, lo sacó de la habitación y lo llevó hacia la torre oeste. A través de su estrecha ventana, distinguió a los soláceos con su armadura dorada y a la Guardia Imperial con la plateada, defendiéndose de los aldeanos que cargaban hacia ellos en masa. Habían roto la empalizada que el rey había ordenado construir tras el ataque a Dorjan y habían causado estragos en las puertas del patio exterior. Las llamas destructoras bañaban el cielo nocturno con espesas columnas de ceniza y brasas de los incendios de las casas y tiendas.

—Una vez, mi padre me dijo que necesitamos a los nilivires para recordar la crueldad de los dioses. —Dorjan se asomó a la ventana; la furia de sus ojos de hace unos momentos se apagó y se convirtió en pena—. No son los dioses los que son crueles.

—Vamos —ordenó Zevander, con la cabeza puesta en salvar al príncipe si no quería aventurarse a un destino mucho peor que el de los nilivires.

Dorjan lo siguió y bajaron varios tramos de escaleras empedradas, hasta que llegaron al sótano, un vasto espacio iluminado por candelabros y braseros, con techos arqueados de piedra y pilares de diez metros de altura. Una compleja red de túneles se expandía por debajo de todo Costelwick, era una vía de escape en caso de asedio.

Pasaron junto a estatuas de piedra y fuentes, hasta que por fin llegaron al vestíbulo del torreón de Validyne, que albergaba los aposentos reales. Había guardias imperiales apostados ante la puerta y a lo largo del pasillo, ofreciendo un paso seguro al príncipe.

Aun así, en su afán por garantizar su seguridad, Zevander siguió a Dorjan hasta la entrada y sus ropas formales le sirvieron para disimular ante los guardias soláceos que se encontraban entre los hombres del rey Sagaerin.

Reprimió las ganas de darle un puñetazo a uno que lo miró de arriba abajo, sin duda criticando la ridícula vestimenta, que lo hacía sentir como si fuese un jabalí ataviado con volantes en una bandeja de carne. El príncipe y él se dirigieron a la entrada de los aposentos, donde, justo en el umbral, Ravezio y Kazhimyr seguían disfrazados de sirvientes. Dorjan los saludó con una inclinación de cabeza y luego dirigió su atención al rey Sagaerin, que se paseaba de un lado a otro. A su lado, bebiendo de unas copas, estaban el rey Jeret y su esposa, la reina Sonnehild. La princesa Calisza estaba sentada con el capitán Avith en el sofá y, con un rápido vistazo, Zevander vio que había otros dos guardias de Solácea y unos cuantos sirvientes más. Sin duda, el monarca estaría aterrorizado por tener a los soláceos tan cerca de su hijo en esa proximidad forzada. Por desgracia, lo correcto era que su invitado se refugiara con él.

Al ver a su hijo, el rey Sagaerin abrió los ojos de par en par y se acercó a él con los brazos abiertos.

—¡Gracias a los dioses!

Dorjan apartó de un manotazo las manos de su padre, con los dientes apretados.

¡Esto lo has hecho tú! ¡Es culpa tuya!

El rostro del rey enrojeció por la humillación.

—Cuidado, hijo mío. No me gustaría pensar que te opones a tu padre en estos asuntos.

—Claro que me opongo: has cebado a los ricos mientras los nilivires se morían de hambre. Era solo cuestión de tiempo.

—Guardias —dijo el rey con los dientes apretados—. Por favor, guiad al príncipe Dorjan a sus aposentos. —Alisándose el jubón, respiró hondo y bebió un sorbo de vino—. Gracias por escoltarlo hasta un lugar seguro —agradeció, alzando la vista hacia Zevander.

—¿Es habitual que le pidáis hacer recados a vuestros nobles invitados? —El rey Jeret caminó hacia ellos, dirigiendo una mirada de sospecha al letalisz. Aunque este no lo había visto desde que era niño, no dudaba de que su general pudiera haber informado al rey de su identidad.

—Leoric es amigo de la familia y el maestro de combate del príncipe Dorjan desde hace muchos años. —El rey soltó el nombre falso con una enorme facilidad.

—¿Maestro de combate? —Recorrió al letalisz con la mirada y, por instinto, Zevander tomó nota mental de todos los soláceos de la sala, por si acaso—. Tal vez podrías quitarte la máscara. Es de mala educación llevar el rostro cubierto en presencia de la realeza.

—Leoric puede prescindir de ciertas formalidades —respondió el rey por él—. Sufre de una rara enfermedad bastante contagiosa. Es posible que deseéis dar un paso atrás.

Con el ceño fruncido, el otro rey dio un paso atrás.

—¿Naciste en Costelwick? —le preguntó, haciendo todo lo posible por levantar la tapadera de Zevander.

—Sí. Mi padre era herrero. —No era del todo mentira. De no haber sido por los negocios turbios que llevó a cabo con los soláceos, lo más probable era que su progenitor hubiera seguido los pasos de su abuelo y se hubiera hecho cargo del oficio de herrero.

—Herrero... —repitió el otro—. Un oficio importante en tiempos de guerra. ¿Es una destreza que hayas adquirido?

—Por desgracia, no. De niño elegí jugar con las espadas, en lugar de forjarlas. —Zevander se había esforzado por tener buena labia, ya que suponía un medio de ocultarse bajo las miradas escrutadoras, aunque con gusto se habría arrancado la máscara y le habría mostrado al rey Jeret el lado más salvaje de sí mismo.

—Entiendo. Sería interesante ver cómo un maestro experto en combate se enfrenta a nuestra general Loyce.

Al oír su nombre, a Zevander se le pusieron los pelos de punta, pero contuvo su rechazo.

—Tal vez cuando no estén atacando el castillo.

—Por supuesto. Solo son tonterías para matar el tiempo.

—Puedes retirarte, Leoric. Gracias. —El rey Sagaerin asintió, ordenándole en silencio que se mantuviera alerta.

Zevander le devolvió el gesto y abandonó los aposentos.

Los guardias le dedicaron miradas de asco a sus espaldas cuando pasó junto a ellos. Una osadía, dado que podría haberlos calcinado a todos en lo que hubieran tardado en desenfundar sus armas. Giró por un pasillo adyacente y, al oír unas voces a lo lejos, se pegó a la pared y se ocultó entre las sombras. Dibujando una espesa niebla a su alrededor, camufló su presencia a medida que se acercaba a dos figuras que se encontraban en una alcoba muy estrecha. Frente a él estaba el capitán Zivant, de la guardia del rey, pero la otra no se veía desde su posición.

—Quiero una garantía de que no me traicionarás, sellada con

sangre. —El temblor en la voz del capitán le despertó la curiosidad.

—Sellada con sangre... No seas ridículo. —El sonido de la voz de la general Loyce se deslizó por su piel como si fuera una cuchilla de afeitar y lo distrajo de lo extraño que resultaba que esos dos, que eran rivales, se vieran en secreto—. No hay juramentos de sangre en la traición.

—Si el rey se entera, me despellejan vivo. Sin duda, se encargará de hacerlo el despreciable asesino que ha mantenido oculto todo este tiempo. —La malicia en la voz del capitán confirmó lo que Zevander había sabido desde el principio: estaba claro que no era de su agrado.

El sentimiento era mutuo.

—Déjame a Rydainn a mí. En cuanto a que el rey se entere, eso da igual. El rey Jeret ha prometido perdonar a cualquiera que le jure lealtad.

—¡Una promesa no es suficiente! —gruñó Zivant—. No confío en los caprichos de ningún rey ambicioso. Menos aún ahora, cuando no tenemos ni idea de lo que pretende Cadavros. ¡Hemos perdido al único brujo dispuesto a cruzar el Valle Umbrío y espiar a los mortales!

—No, has perdido a un traidor. Y que le vaya bien, ¡mejor así! Por suerte para ti, nos hemos llevado a la chica antes de que cruzase el portal.

A Zevander se le heló la sangre ante la mención a la que estaba seguro de que era Maevyth.

—Entonces, la tenéis en vuestro poder —comentó Zivant.

—Sí, se están haciendo los preparativos. ¿Confías en las habilidades de tu lord Brujo para manipular la llama?

—Sí. Pero ¿qué hay de las otras piedras? Siguen en paradero desconocido.

—No, no es cierto. Zevander sabe dónde están. Tu estúpido rey se tragó sus mentiras, pero sé de primera mano cuán retorcida puede ser su mente. Y cuán... leal. —Su comentario lo habría hecho reír si no estuviera tan enfadado en ese momento—. Por eso también nos hemos llevado a su hermana. Tendrá que elegir entre ella y la fijación que tiene por esa zorra.

Una rabia glacial le recorrió las venas a Zevander y las manos le temblaron por el esfuerzo de evitar que su escorpión le desgarrara la piel.

—No era mi intención traicionar a mi rey, pero es un necio si confía que el Valle Umbrío puede protegernos. Anatolis lo ha confirmado: hay una veta en Mortasia.

—Tu rey selló su destino cuando decidió no destruir a Cadavros hace tantos siglos. El rey Jeret no está dispuesto a arriesgar la vida de su pueblo, como Sagaerin ha elegido hacer.

¿Cuántos años llevaba el rey Sagaerin haciéndole creer que Cadavros había sido ejecutado, igual que todos los demás brujos y civiles que lo habían seguido? ¿Por qué? ¿Por qué lo había mantenido con vida?

—Le advertí que esto ocurriría. Incluso sin una veta en Mortasia, ese lunático habría encontrado la forma de destruirnos. —Zivant se pasó una mano por la cara—. Y ahora tiene acceso al fuegoscuro. Quién sabe cuánto vivicanto alberga.

Loyce le puso una mano en la mejilla.

—Ten paciencia. Conseguiremos las siete piedras y poseeremos un poder superior a cualquier otro. La llama incluida.

—¿Y si los registros históricos están en lo cierto sobre los córvicos? ¿Y si son inmunes a la peste? ¿Y si se puede hacer un elixir para prevenir la propagación?

—¿Estás dispuesto a cometer el mismo error estúpido que cometió tu rey? ¿A malgastar vidas por la promesa de un cuento de hadas que lleva tiempo sumido en el olvido?

—Por supuesto que no.

—Por supuesto que no —repitió ella, y le dio una palmada juguetona en la mejilla—. Cíñete al plan.

—¿Y el levantamiento?

—Aunque deteste los motines, esto puede jugar a nuestro favor. La atención de Sagaerin estará dividida. Se verá obligado a ocuparse de su pueblo, y de la rebeldía que le demuestra su hijo. —Se inclinó hacia delante y lo besó—. Ahora, simplifiquemos la decisión de Zevander convirtiendo la sangre de la chica en piedra. Él nos proporcionará las otras para salvarle la vida a su hermana y todo saldrá bien.

—Y, después, ¿qué pasará con él?

—Tengo mis propios planes para Zevander Rydainn. —Si no hubiera sentido curiosidad por saber adónde habían llevado a Maevyth, Zevander habría tirado por tierra dichos planes cortándole la garganta con su espada.

—Todavía le tienes cariño.

—Para ser exactos, «cariño» no es la palabra para describir lo que siento. Ahora, vete. Tenemos mucho que hacer.

Después de otro beso, el capitán Zivant se escabulló de la alcoba. Aunque Zevander solo quería atravesar a la general con su espada, lo siguió, oculto por la niebla.

Tres miembros de la Guardia Imperial se acercaron por el camino y Zivant les hizo una señal para que lo siguieran. Los soldados se colocaron detrás de Zevander.

La violencia bullía en su sangre mientras miraba la espalda del capitán. Avanzaron por un laberinto de túneles que parecía no tener fin hasta que se toparon con una ominosa puerta al final de un oscuro pasadizo en forma de caverna. Sobre ella, un dintel esculpido y arqueado mostraba la escena de un brujo encapuchado sosteniendo un cetro. El desgaste y los desconches de la superficie hacían que pareciera tener siglos de antigüedad.

Zivant golpeó la puerta con el puño y el sonido resonó en el pasillo.

Zevander se acercó. Tanto que vio cómo se le erizaban los pelillos de la nuca al capitán.

Este giró la cabeza, como si lo notase allí, y, una vez más, él tuvo que contenerse, pues el impulso de estamparlo contra la pared de piedra le cosquilleaba en los dedos.

Un postigo se abrió y dejó ver una figura encapuchada con el rostro oculto por la oscuridad.

—*Pre dominisz nozi Magekae, da'haj mihirit liberih iteriusz.* —«Por nuestro señor Magekae, concédeme la libertad de entrar».

El postigo se cerró de golpe y, con un chasquido de cerraduras, se abrió la puerta grande. Zivant instó a sus guardias a pasar primero y luego la atravesó él. Cuando la figura encapuchada intentó cerrarla, la hoja golpeó la bota oculta de Zevander. Se asomó y, aprovechando su distracción, él se deslizó como una oscuridad invisible que seguía a Zivant.

Durante lo que le pareció una interminable caminata por un pasadizo poco iluminado, Zevander se vio envuelto en una violenta tormenta de pensamientos: las cosas se habían complicado con Maevyth. Tener que liberar a Rykaia de las garras de la general Loyce ya era grave, pero la idea de verse obligado a elegir entre una y otra lo enfurecía. Era precisamente la razón por la que había deseado mantenerse alejado de ella. En su mundo, la más mínima muestra de afecto por alguien constituía una peligrosa debilidad, y cuantas menos tuviera Zevander, mejor.

En el pasillo resonó el agudo sonido de unos gritos lejanos, y se le heló la sangre en las venas. Se oyeron más alaridos.

El capitán aceleró el paso y los soldados trotaron tras él. Una multitud de figuras vestidas con túnicas corrió hacia ellos, casi pisoteándolos a su paso. La mayoría vestía las túnicas moradas y negras de los magestrados del rey Sagaerin, pero había otros con prendas de diversos colores y escudos de armas de toda Etiria. Parecía un concilio de brujos.

—¿Qué está pasando? —les preguntó Zivant.

—¡La llama! —gritó alguien de la multitud, sin molestarse en detenerse—. ¡Nos ha atacado!

—¿Que les ha atacado...? —repitió Zivant, frunciendo el ceño.

Siguieron adelante hasta que llegaron a la entrada de una enorme sala con techos abovedados y pilares. Todavía oculto, Zevander introdujo la mano en el parpadeante fuegoscuro que la flanqueaba y entró en la estancia.

Los restos de las llamas negras bloqueaban algunos pasillos mientras recorría con la mirada los destrozos. En el centro de la sala, el humo negro ascendía y Zevander se encontró con dos montones de ceniza que habían empezado a fundirse entre sí, medio esparcidos por el suelo. Se arrodilló en busca de las pequeñas piedras de sangre que yacían entre el polvo y alzó una de ellas a la luz, aliviado al no ver ninguna marca plateada en su superficie que indicara que era de Maevyth.

En la parte frontal de la sala había una especie de altar y se dirigió hacia la losa de piedra que había allí, donde encontró gotas de sangre esparcidas por su superficie. Al otro lado del altar yacía lo que parecía ser el lord Brujo Akmyrios, aunque su falta de globos oculares hacía difícil estar seguro. La carne roja le cubría dos cuencas vacías y a su lado descansaban los restos blancos y lechosos de sus ojos. Debajo de su túnica había un objeto que Zevander reconoció: el silbato que Maevyth había llevado puesto esa misma noche. Se arrodilló y se lo guardó en el bolsillo, buscando cualquier otra pista sobre su paradero.

Un vapor negro surgió de la piel del lord Brujo y Zevander se volvió hacia el brasero que tenía detrás, donde la llama que contenía lo alcanzó. Rápidamente, le palpó el pulso a Akmyrios y este jadeó, convulsionándose en el suelo.

—¿Quién es? ¿Quién anda ahí?

En lugar de responder, Zevander pasó junto a él, dirigiéndose hacia el brasero.

—¿Qué ha pasado aquí? ¿Dónde está la chica? —El capitán Zivant corrió hacia el lord Brujo y se dejó caer a su lado.

—¡Ha... ha escapado! ¡Es... la maldad en estado puro! —exclamó Akmyrios con voz seca y rasposa—. Por favor... Agua...

—No —respondió el capitán Zivant con frialdad—. ¿Adónde ha ido?

—¡No lo sé! ¡No veo, idiota! ¡Por favor! Llévame a un sanador.

Con los labios apretados y un gruñido, el otro asintió hacia sus hombres.

—Sacadlo de aquí.

Zevander escudriñó la habitación y, en la esquina opuesta, vio una apertura inusual en el fuego. Una rápida mirada hacia Zivant le mostró que se dirigía hacia el corredor de detrás del altar con tres de sus hombres.

Caminó en dirección opuesta, hacia la brecha, y al acercarse se fijó en el muro brillante que cruzaba la entrada. Una barrera. Sintió un cosquilleo en la piel al atravesarla y, una vez envuelto en la oscuridad del pasillo, la niebla que había a su alrededor se disipó.

Cuando franqueó la protección se percató de una figura tendida en el suelo más adelante, ataviada con un vestido burdeos.

Rykaia. Gruñía y se revolcaba en el suelo, agarrándose la cabeza. Junto a ella yacían tres soldados soláceos con su armadura dorada.

Se acercó a ella a toda prisa y, al llegar a donde estaba, vio los charcos de sangre que rodeaban a los guardias, con la armadura aplastada en la parte del pecho.

Antes de llegar hasta ellos, alguien lo agarró del brazo.

Dándose la vuelta, sacó su daga y la sostuvo en la garganta de Dolion.

—Te prometo que está bien. Solo está saliendo de un hechizo para dormir. Vete. Encuentra a Maevyth. Llevaré a tu hermana de vuelta a Eidolon.

Zevander gruñó y envainó su daga.

—¿Qué ha pasado aquí?

—Los guardias de Solácea vinieron a por nosotros. Al principio no podía moverme. Cuando la parálisis desapareció, luché contra ellos.

Sin perder un instante más, se lanzó en dirección a su hermana, pero Dolion volvió a agarrarlo. Gruñendo, se dio la vuelta.

—Viejo, suéltame o te quedas sin manos.

—¡Zevander, tienes que ir tras ella!

—Pretenden torturar a Rykaia para encontrarte a ti y las piedras de sangre —gruñó él y se liberó de un tirón del agarre del brujo—. No voy a apartarme de mi hermana hasta que sepa que está a salvo.

—Me entregaré a los soláceos yo mismo si eso significa salvarla.

Él levantó la mirada hacia Rykaia y recordó las palabras que había dicho antes la general Loyce: que lo obligarían a elegir entre su hermana y Maevyth. Mantenerla salvo había sido su prioridad desde el día en que regresó de aquella maldita prisión en Solácea. Se había convertido en un asesino por ella. Por mucho que Maevyth le importara, por mucho que la deseara, no podía abandonar a Rykaia. No ahora. No cuando sabía que tanto los soláceos como la Guardia Imperial la estaban buscando.

—La mortal es problema tuyo. No mío. —Joder, qué maldita punzada sintió en el pecho cuando sus frías palabras traicionaron su corazón. El impulso de arrancarse la lengua hizo que cerrara los puños con fuerza.

—Te aseguro que es problema tuyo.

Él lo ignoró y siguió avanzando hacia Rykaia.

—A la mierda, maldito testarudo... ¡Es tu compañera, Zevander!

Al oír las palabras de Dolion, Zevander se detuvo en seco y, con los ojos entrecerrados, se volvió para mirarlo.

—¿Qué acabas de decir?

—He dicho que es *tu compañera*. Lo vi en una visión. Llevaba tu sello, la marca de tu escorpión. Tu hijo también.

Las palabras de Dolion serpentearon por la sangre de Zevander con una ardiente veracidad que se negaba a aceptar. Sacudiendo la cabeza, soltó una risa seca.

—Esto es un golpe bajo hasta para ti, viejo. O quizá de verdad estás tan loco como dicen.

—Hablo totalmente en serio. Dime que no sientes nada por ella, y las mentiras te quemarán la lengua.

Zevander apretó los dientes, negándose a admitirlo. Por mucho que una pequeña parte de él rechazara la idea, todo en ella le había parecido diferente desde el momento en que la había visto.

—Esta es la razón por la que cambiaste de opinión sobre las piedras, ¿verdad? Nunca se trató de salvar a la última hija de los córvicos.

—Ojalá hubiera sido así. Al menos, entonces, podría redimirme. —Bajó la mirada y suspiró—. Lo vi antes de enviarte a matarla. Desde el principio supe que era tu compañera. ¿Y qué importancia tenía una mortal, después de todo, cuando había millones de vidas en juego? —Soltó una carcajada sin gracia—. No había tenido en cuenta la posibilidad de que fueras una amenaza mucho mayor como resultado. La visión que tuve en la que te unías a Cadavros llegó después de que te enviara a por la piedra y fue entonces cuando me di cuenta de que matarla te dejaría sin nada por lo que vivir. Nada por lo que luchar. Y eso nos pondría a todos en peligro. Cometí un grave error.

Echando humo, Zevander se llevó las manos a los costados, intentando no darle un puñetazo a algo.

—Eres un puto mentiroso. Debería haber dejado que te pudrieras en la Fortaleza Corvus.

—Sí, deberías haberlo hecho. —El cabrón arrogante tuvo el maldito descaro de levantar la barbilla—. Prácticamente te lo supliqué. Sin embargo, no soy un mentiroso: es tu compañera. Por eso no pudiste matarla y por eso la llama negra se niega a tomar su vida.

—¿Qué tiene que ver el fuegoscuro con todo esto?

—Todo. Pero no hay tiempo pàra eso. Vete. Encuéntrala.

—Ya te lo he dicho. No voy a dejar a Rykaia aquí contigo. No me iré hasta que esté de vuelta en Eidolon.

Dolion asintió.

—Lo entiendo. ¿Tienes algo de vivicanto para reanimarla?

Zevander, con los labios apretados, se dirigió hacia ella, sacándose la sustancia en polvo del bolsillo. Sí, llevaba estimulantes, pero solo haría falta un poco para despertarla por completo del hechizo de sueño. Se arrodilló junto a ella y se puso unos granitos en el dedo. Igual que había hecho con Dorjan, le colocó la mano sobre la boca y Rykaia inspiró con brusquedad.

Abrió los ojos de golpe y parpadeó, saliendo de su letargo.

—¡Zevander! —Se sobresaltó y lo abrazó. Con la voz temblorosa por las lágrimas, enterró la cara en su hombro—. Es ella, Zevander. ¡Es ella!

—¿Quién?

—La flameliana del Arrabal. Melantha es la flameliana que me hirió. No me cabe duda de que ha estado matando a las placederas —dijo atropelladamente, soltando una frenética retahíla de palabras—. Se ha llevado a Maevyth. Tienes que encontrar a Maevyth. ¡Encuéntrala!

Zevander frunció el ceño y se quedó mirándola, sin asimilar lo que acababa de decirle. ¿La flameliana? ¿Melantha?

—Estás segura de esto. —No era una pregunta y no dudaba de la acusación de Rykaia. Lo que pasaba era que no podía imaginarse un motivo, a menos que hubiera intentado llegar a él.

—Sí. Y no sé qué quiere de Maevyth, pero no puede ser bueno.

—Quedarse conmigo tampoco es bueno para ella. A mi lado

no está a salvo. Menos aún ahora que la general Loyce la tiene en el punto de mira.

—¿No está segura contigo? ¿O tú no eres seguro si ella está contigo? —Rykaia frunció el ceño con la mirada firme que siempre le dirigía cuando estaba a punto de ponerse cabezota. La suave caricia en la mitad destrozada de su cara lo pilló desprevenido. Incluso con la máscara puesta, se estremeció ante la idea de que ella lo tocara, pero, en aquel momento, parecía su madre mirándolo fijamente—. Algunas mujeres, una vez se te meten en el corazón, te hacen sentir como si tuvieses fuego en las venas, como si todo tu ser estuviese ardiendo por dentro, hermano. Acepta que Maevyth nunca estará a salvo, y que, por eso, nadie estará a salvo de ti. Ahora ve a buscarla o te juro que haré de cada día de tu vida un calvario

Un movimiento a lo lejos captó su atención, distrayéndole de sus pensamientos. Los guardias imperiales estaban junto a la barrera, pasándole las manos por encima. La golpeaban con los puños y la protección brillaba con cada golpe.

—Vete con Dolion. Regresad a Eidolon de inmediato. —Sin decir nada más, se zafó de sus brazos.

El brujo se acercó y la ayudó a levantarse con cuidado. En cuanto estuvo de pie, retrocedió un paso y se quejó.

—Vamos, querida. Debemos llevarte a casa enseguida.

Rykaia se aferró a Dolion mientras este la ayudaba a acercarse a la pared de piedra, donde trazó una línea en el centro. Al otro lado, Zevander vio el gran salón de Eidolon esperándolos.

Una vez su hermana lo atravesó, dejó escapar un suspiro.

—Encuéntrala, Zevander —dijo el brujo, que aún no había seguido a Rykaia.

—¿Dónde?

—Ya sabes dónde. —Dolion abrió un segundo portal en la pared, este con vistas al bosque—. Melantha prometió llevarla hasta su hermana.

Soltando un suspiro entrecortado, Zevander se pasó una mano por la cara.

—Llévate a Rykaia y huid a Calyxar esta noche. Júramelo.

—Lo juro. Me la llevaré conmigo esta noche. Estará protegida por las piedras.

—Torryn os acompañará.

—Allura también. Parece que no es seguro para ella retomar sus estudios con lo que está pasando. Ha elegido volver con su familia.

—Ve. Y te juro por los dioses que si mi hermana sufre daño alguno, te quemo vivo.

—Está a salvo conmigo. —Sin decir nada más, Dolion atravesó el mismo portal que Rykaia había franqueado unos segundos antes.

La sala al final del pasillo se abrió y los guardias imperiales corrieron hacia él.

—¡Tú! ¡Alto ahí! —gritó el capitán Zivant.

Los ignoró; el eco de las palabras de Dolion le había calado los músculos y los huesos y había despertado a la bestia que ansiaba clavarle las garras. Era una criatura posesiva y vengativa que lo urgía a buscar aquello que era suyo. A su alrededor escuchó el susurro metálico de un gran número de puntas de flecha, una de las cuales se le clavó en la pantorrilla, y Zevander se volvió hacia uno de los guardias, que avanzaba hacia él, con el glifo brillándole en la palma de la mano. Gruñendo, tiró de la flecha y, con una ráfaga de llamas, la lanzó contra el guardia, que estalló en cenizas al recibir el impacto. Sorprendidos, los demás dudaron y luego cargaron contra él. Con un movimiento de mano, Zevander se llevó a la palma dos flechas caídas y las lanzó contra sus atacantes envueltas en un torrente de fuego negro.

Dio en su objetivo cuando otros dos guardias quedaron reducidos a cenizas.

Los demás aminoraron el paso, y Zevander atravesó el portal.

En busca de su compañera.

PARTE III

55

Maevyth

El resplandor azul plateado me atrajo cuando me detuve ante el arco.

Ni siquiera el ruido de las ramas y los trozos de madera pisoteados a lo lejos consiguió desviar mi atención de mi hermana, que se paseaba al otro lado como si hubiera estado esperándome todo este tiempo.

Las luciérnagas danzaban a su alrededor y me fijé en su aspecto: el pelo le había vuelto a crecer. Los moratones habían desaparecido. Tenía la cara brillante e iluminada por el resplandeciente reflejo del arco, y la chispa de la vida volvía a iluminarle los ojos. El vestido recién confeccionado que llevaba demostraba que había encontrado refugio en algún lugar.

Parecía irreal. Muy irreal.

Las pisadas sobre el lecho del bosque aumentaron en número.

—Soldados de Solácea —advirtió Melantha desde donde estaba, a mi lado—. Nos han seguido.

Aquella advertencia debería haberme animado a atravesar el portal para llegar hasta donde me esperaba mi hermana, pero no podía deshacerme de la sospecha que notaba en la boca del estómago. Se trataba de una sensación de traición y escepticismo que había empezado a fraguarse en el momento en que la había visto a través del portal. ¿Era real? A pesar de la duda, no podía dar marcha atrás. No cuando existía la más mínima posibilidad de volver a abrazarla. No cuando la posibilidad de reunirme con ella estaba literalmente al alcance de la mano.

—¡Aleysia! —la llamé y ella miró a su alrededor, como si no distinguiera de dónde venía el sonido—. ¡Aleysia! ¡Estoy aquí!

Corrió en la dirección opuesta, hacia el bosque que tenía al lado.

—¡No! —golpeé la superficie con las manos; la barrera acuosa del arco era tan impenetrable como el día en que había tratado de volver a través de ella—. ¡Aleysia!

—¡Por aquí! —gritaron los soldados a lo lejos, como si los hubiera alertado mi escándalo.

—Pon la mano en la barrera, Maevyth. Y repite lo que yo diga. —En la periferia de mi visión, Melantha ladeó la cabeza. Estaba claro que intentaba captar mi atención, pero yo no podía salir de mis pensamientos.

La ansiedad se apoderó de mí mientras miraba el bosque vacío que había al otro lado. ¿Podía confiar en aquella mujer? Ya no sabía de quién fiarme. ¿Y si me había llevado hasta allí para arrojarme al abismo con la excusa de ayudarme? A través de una nube de dudas, intenté encontrar un motivo para creerla.

—Maevyth, por favor. No tenemos tiempo —me insistió y, sin pensar, hice lo que me ordenaba: apoyé la palma de la mano contra el extraño escudo acuoso—. *Zi da'dignio, septimiusz me liberih iteriusz*.

—*Zi da'dignio, septimiusz me liberih iteriusz* —murmuré en voz baja, con la duda atormentándome la conciencia. Un segundo después deslicé la mano a través de la barrera.

—Ve a buscar a tu hermana.

Fruncí el ceño y me miré el brazo medio extendido. No. Algo no iba bien.

«Corre».

Una flecha se hundió en el suelo a escasos centímetros de donde yo estaba y di un salto hacia atrás, retirando la mano. Los soldados se aproximaban entre los árboles y uno de ellos preparaba otro proyectil mientras los demás desenfundaban sus armas.

—¡Vete ya!

Una fuerza poderosa me golpeó la espalda y atravesé el arco resplandeciente hacia el otro lado, donde al caer al suelo di con las palmas en el frío lecho del bosque.

Al instante la atmósfera cambió.

El resplandor se había atenuado hasta convertirse en una oscuridad absoluta y los árboles de los alrededores solo estaban iluminados por la luna llena. Un silencio espeluznante flotaba en el ambiente, denso y sofocante. No había luz en el arco. Ni luciérnagas bailando. Solo un frío glacial que me caló los huesos al ponerme en pie.

Había cruzado, había vuelto a Mortasia.

Un vistazo al arco no me mostró más que mi reflejo en la negrura del bosque, una visión inquietante que me hizo apartar la mirada.

Temblando, escudriñé los arbustos de espinas en busca de alguna señal de mi hermana.

—Aleysia —la llamé, en voz más baja que antes, pero solo me encontré con el silencio.

La escalofriante certeza de que podría no haber sido más que una ilusión, un engaño, me subió por la nuca. Y, aun así, debajo de esa traición supuraba un resquicio de posibilidad infundada. Una especie de sexto sentido que me impedía dar marcha atrás.

Me puse a andar en la dirección en la que la había visto correr, caminando con cautela entre las zarzas. La propia oscuridad era un depredador que me observaba con sus ojos infinitos y su aliento frío sobre el cuello me recordaba su presencia. Las imágenes del tío Riftyn siendo desollado se burlaban de mí a medida que buscaba entre los árboles a la criatura que había visto aquella noche.

Se me erizaron los pelos de la nuca: no había nada de vida en el bosque. Ni malvahadas ni pájaros ni murciélagos; ni siquiera había rastro de depredadores acechando entre la espesura. Y, así y todo, notaba unos ojos observándome mientras avanzaba por la maleza y la vegetación muerta, que me destrozaban las plantas de los pies. Los delicados zapatos que me había puesto para la Ceremonia del Devenir no me servían de nada en aquel terreno irregular. Un miedo inquietante me recorrió la piel y fui cada vez más consciente a medida que me adentraba en el bosque sin ver rastro de Aleysia.

Parecía que me había engañado.

La luna me observaba desde lo alto; su ojo luminoso era el único faro que tenía para guiarme.

—¡Maevyth! —me llamó mi hermana con una voz demasiado dulce para pertenecerle a ella.

En cuanto abrí la boca para responder, me vino a la mente la regla del bosque y las palabras se me marchitaron en la lengua. «Nunca respondas a tu propio nombre». En lugar de eso, seguí adelante, observando los árboles con cautela.

Después de lo que me pareció una hora, o más, por fin divisé el segundo arco delante de mí.

Un alivio abrumador florecía en mi pecho a medida que me acercaba a él. No importaba cómo había dejado las cosas con Agatha: si Aleysia seguía viva, la perdonaría. Mientras me acercaba a la entrada de casa, me prometí que no le guardaría rencor a mi abuelastra. Después de todo, había sido el tío Riftyn quien me había ayudado a escapar aquella noche. Sin él, no podía ni imaginar lo que me habría pasado.

En el umbral, introduje la mano y noté la marcada diferencia de temperatura, más fría fuera del bosque. Con pasos cuidadosos, lo atravesé y me encontré en terreno familiar, sin una cálida bienvenida.

Al mirar el patio de la casa vi que el invierno había llegado y el suelo era un manto blanco. No salía humo de la chimenea. No había luces en las ventanas. Nada más que una oscura quietud que me hizo preguntarme si todavía vivía alguien allí.

Miré hacia el bosque.

¿Podría volver si quisiera o era demasiado tarde?

—¡Maevyth! —me llamó Aleysia y yo presté atención a la cabaña.

Sin pensarlo mucho, troté por el camino de tierra con los ojos clavados en las ventanas en busca de cualquier señal de movimiento, hasta que llegué a la puerta y entré en el oscuro salón. Un frío glacial me recorrió la piel; crucé los brazos sobre el pecho y miré a mi alrededor en busca de signos de abandono. La taza de té de Agatha estaba sobre la mesa baja, con moho en el borde y en el platillo. Su querido sillón de lectura estaba inclinado hacia un lado. Las cortinas, hechas jirones, bailaban con la brisa que entraba por la ventana rota.

No me atreví a llamar a Aleysia, por miedo a que solo respondiera el silencio.

U otra cosa.

Después de recorrer la planta baja sin encontrar rastro de ella, subí las escaleras hasta la planta superior, escudriñando las habitaciones en busca de Agatha o del tío Felix. No me importaba con quién me encontrara, siempre y cuando tuviera pulso. Cuando esas estancias no dieron señales de vida, fui hasta el desván.

Probablemente, mi antigua habitación era la más cálida, pero lo bastante fría como para avivar los escalofríos que hacían que me temblaran los huesos. Al estar ante los restos de lo que recordaba, de repente añoré la cálida cama de Eidolon, el fuego de la chimenea y el té de Magdah. Tras echar un vistazo al pequeño espacio, no vi indicios de que nadie hubiera estado allí desde el fatídico día en que se llevaron a Aleysia. Las camas seguían intactas y bien hechas, con mis zapatillas de estar por casa guardadas debajo. Las tejederas pendían inmóviles del techo y me pregunté si esos vientres llenos de hierbas estarían colmados de pesadillas presenciadas en mi ausencia.

¿Qué había pasado aquí?

¿Adónde había ido todo el mundo?

Crucé la habitación hasta llegar a la cómoda y pasé la mano por encima de una gruesa capa de polvo demasiado espesa para el par de semanas que llevaba desaparecida. Tenía los dedos cubiertos, fruncí el ceño y me lo froté con el pulgar para quitármelo. Al levantar la mirada vi unas marañas opacas de telarañas en el techo, como si hiciera mucho tiempo que nadie vivía allí.

¿Qué había ocurrido tras la noche del Destierro?

Un suave golpeteo me llamó la atención y me giré, buscando la fuente del ruido en la oscura habitación.

Sin previo aviso, por la cabeza me pasó una imagen del Desterrado que me provocó un escalofrío. Con los ojos entornados, la alejé, por miedo a que mi mente materializara con facilidad la aterradora visión que estaba teniendo. Cuando volví a abrirlos, un ratón correteó desde debajo de mi cama hasta la de Aleysia y respiré aliviada.

Aun así, me apresuré a salir de la habitación y bajé las escaleras hasta la primera planta. La puerta del sótano estaba abierta y sacudí la cabeza, negándome a investigar allí. «No seas idiota». En lugar de eso, me dirigí hacia la entrada.

Algo me golpeó en la nuca con fuerza. Vi las estrellas y sentí una oleada de dolor. La presión me recorrió el cráneo y la nariz y todo se volvió borroso. Me tambaleé sobre los pies, desesperada por mantenerme erguida, y, mientras la habitación daba vueltas, busqué algo a lo que aferrarme para volver a orientarme.

En el centro del mareante torbellino, una figura alta y sombría me vio caer al suelo.

56

Maevyth

Ploc. Ploc. Ploc.

Notaba palpitaciones en la cabeza. Gemí e hice una mueca de dolor. Frío… Hacía mucho frío. Un temblor implacable me recorría los huesos, mi cuerpo no encontraba calor. El frío desgarrador que sentía me bloqueaba cada uno de los músculos en un escalofrío interminable. Un hedor horrible me llegó a la nariz, como a animal en descomposición, y abrí los ojos ante una pantalla de cristal, más allá de la cual vi unas vigas de madera y sombras que parpadeaban sobre ellas. Las paredes que me rodeaban se cerraban sobre mí, asfixiándome.

Ploc. Ploc. Ploc.

La cámara de hielo. Lo que Aleysia y yo solíamos llamar «el ataúd helado», porque el tío Felix lo utilizaba para mostrar y guardar los cadáveres antes de embalsamarlos.

La mordedura del frío se me clavó todavía más en la piel.

Encima de mí había unos diez kilos de hielo esparcidos sobre una tapa metálica con una abertura por la que se podía ver. Se mantenía frío gracias a una cubierta de madera con una capa de cristal que había sobre la superficie, a menudo cerrada con llave.

Solté una respiración temblorosa y me impulsé contra el metal que tenía encima.

—¡Ayudadme! ¡Ayuda! —El entumecimiento me estaba hinchando los dedos de las manos y los pies de una forma dolorosa. No obstante, peor que eso era el miedo atroz que me despertaban los espacios cerrados. Notaba punzadas en el pecho y el pánico apoderándose rápidamente de mí.

Me hice daño en la muñeca cuando golpeé con más fuerza la tapa del ataúd.

—¡Ayudadme!

Una sombra pasó por delante de mí y me callé, con la respiración agitada mientras miraba a través del cristal intentando averiguar qué había fuera.

—¿Tío Felix?

La figura apareció despacio al otro lado y el corazón se me subió a la garganta. La mitad de su cara parecía estar fundida, como la del capitán que Moros había encadenado en su sótano. No era más que un lienzo en blanco de piel pálida. El cuello se le había acortado, la cabeza se le fundía con los hombros y vislumbré lo que me recordó a unas largas y delgadas patas de araña que le salían de la espalda, unas extremidades sombrías que se le veían por encima de la cabeza. Parecía que alguien le había arrancado los labios, dejando al descubierto unos dientes escuálidos. Golpeó el cristal con un dedo; tenía el hueso expuesto, como si en esa zona algo también le hubiera desprovisto de la piel y la carne.

Solté un grito desgarrador y, retorciéndose, él golpeó la caja con el puño, soltando un gruñido. Respiré con dificultad cuando volvió a desaparecer de mi vista, y el caos de apoderó de mi mente mientras buscaba con desesperación una escapatoria.

Oí el chasquido de lo que supuse que era la cerradura y la tapa de madera voló súbitamente hacia atrás. Se me retorció el estómago por la tensión y el terror. «No», sollocé. Luché por mantener cerrada la cubierta mientras una fuerza brusca tiraba en dirección opuesta. Con todas mis fuerzas, me aferré a la tapa llena de hielo, tan fría que un dolor abrasador me recorrió la mano.

El tío Felix gruñó y me golpeó los dedos con el puño.

Dejé escapar un grito cuando la agonía aplastante me recorrió la mano, y me llevé los dedos al pecho. El hielo cayó al suelo cuando él rompió la tapa metálica y yo miré horrorizada hacia arriba, contemplando el conjunto de sus deformidades: las costillas expuestas en la mitad del pecho, el estado pálido y huesudo de su cuerpo, como si hubiera pasado hambre durante meses. Y tenía los genitales expuestos, colgando entre los muslos.

Se inclinó sobre mí y me pasó el dedo roído por la mejilla, una suave caricia, pero toda yo me estremecí por el frío y el miedo. Siguió bajando la mano hasta el corpiño de mi vestido.

Se me llenaron los ojos de lágrimas y mis pensamientos volvieron a la noche en que lo encontré manoseando el cadáver de la chica lyveriana. Me pasó la palma mutante por el pecho y apreté los dientes.

—¡No! —Se la aparté de un manotazo.

Un rugido aterrador salió de él y le vibraron sus costillas huesudas. El sonido me recorrió la columna vertebral. Me agarró del pelo, haciéndome daño en el cuero cabelludo.

Estuvo a punto de arrojarme fuera del ataúd de un fuerte tirón, pero me aferré al borde, luchando contra él. Le di puñetazos en los brazos, intentando que me soltara, lo que solo pareció enfurecerlo, porque rugió y me enseñó los dientes.

—¡Tío Felix! ¡Para! —grité, forcejeando con él hasta que caí al suelo. El impacto le hizo soltarme el pelo y retrocedí, observando el estado de sus piernas: le sobresalían los huesos en lugares extraños, como si se las hubieran roto.

Se abalanzó hacia mí y, por instinto, levanté la mano y visualicé el glifo en forma de columna vertebral. Solo salieron disparados un montón de huesos que repiquetearon contra el suelo.

El tío Felix se quedó mirándolos un momento y, aprovechando su distracción, me puse en pie y retrocedí. Tambaleándose, se acercó a mí. Más.

Desesperada por escapar, recorrí la sala con la mirada en busca de algún sitio por el que huir. No había nada más que paredes llenas de estantes de especímenes y fluidos extraños, y sus grotescas herramientas, que imaginé que había planeado utilizar conmigo. La única salida estaba detrás de él.

Tenía que conseguir esquivarlo como fuera.

Volvió a tambalearse y levanté la palma de la mano en busca

del glifo Aeryz. Una fuerza invisible lo lanzó hacia atrás y se estampó contra la pared lateral.

Aprovechando la oportunidad, me lancé hacia la puerta, saltando por encima de él.

Un fuerte tirón en la garganta me hizo retroceder mientras que la cadena con el escorpión se me clavaba con fuerza en la piel. Caí al suelo y me golpeé el coxis contra el cemento. Un relámpago de dolor me ascendió por la nuca y volví a ver las estrellas mientras la agonía me recorría la columna vertebral. Con un gemido, me giré a tiempo para ver cómo se me echaba encima.

Grité con tanta fuerza que me hice daño en la garganta seca y di una patada hacia atrás. Me arañó las piernas con sus manos huesudas y, con un fuerte apretón, me las separó y me apartó la falda del vestido. Su miembro colgaba peligrosamente cerca de mí y, presa del pánico, miré a mi alrededor en busca de un arma. Suspendida sobre mí estaba la aguja de embalsamar, colocada junto al borde del ataúd. Al forcejear, levanté la mano e intenté agarrarla, pero entonces me acercó más a él y se metió entre mis rodillas. Me tensé y volví a estirar la mano, con la punta de la aguja bailando entre mis dedos temblorosos.

El sonido de la tela desgarrándose cuando me arrancó la ropa interior me aterrorizó.

—¡Por favor! —Ahogué un sollozo. Por fin, agarré la aguja y, con un golpe rápido, se la clavé en la oreja hasta el fondo y tiré de la punta curvada hacia abajo.

Soltó otro rugido que echó por tierra mi valor, pero, cuando se apartó de mí, agarré la bomba manual y la aplasté para que salieran los fluidos. Volvió a chillar, tirando de la aguja con la que normalmente se perforaba la carótida. Me aparté a patadas y lo vi arrancársela de la oreja con un sonido húmedo.

Se abalanzó sobre mí, sorteando mi pierna, y cayó hacia delante.

La urgencia se apoderó de mí. Me puse en pie y salí corriendo de la habitación por el largo y oscuro pasillo. Lo oía perseguirme, oía el ruido sordo de sus pisadas acercándose a mí.

Para mi horror, se arrastró por las paredes que tenía junto a mí con la facilidad de una enorme araña. Las patas que le sobresalían de la columna vertebral eran una imagen absolutamente aterradora. Me detuve en seco cuando saltó delante de mí, bloqueándome la salida una vez más.

Se me llenaron los ojos de lágrimas; el cansancio hacía que me pesaran las extremidades.

Estiró los labios en una sonrisa, con la oreja supurando un líquido negro que le goteaba por la cara. Cojeó de nuevo hacia mí, pero no había salida en el otro lado del pasillo.

Estaba atrapada.

Por segunda vez en la misma noche.

«Déjame ayudarte», dijo la voz familiar dentro de mi cabeza y cerré los ojos para dejarme llevar por la negrura. Oí el pesado ruido de sus pisadas avanzando hacia mí.

Cuando abrí los párpados, a través de la bruma blanca que me nublaba la vista, el glifo del látigo en forma de columna vertebral ardió en mi mente. Extendí la mano y una fusta larga y huesuda salió disparada con un chasquido salvaje, sin llegar a darle en el cráneo.

Me quedé perpleja, mirando la tira ósea, que debía de medir cinco metros, con el extremo en mi palma temblorosa. Retiré el brazo y los huesos rozaron el suelo de cemento al volver a mi mano.

El tío Felix se detuvo apenas un segundo antes de volver a cojear hacia mí.

Una vez más, desplegué la columna hacia él a la velocidad del rayo y chasqueó contra su pecho.

Se detuvo, tembloroso. Ni un suspiro después, un fuerte ruido, como de astillas, recorrió el pasillo y se desplomó en un montón de piel suelta, con la cabeza sobre ella. Se me disipó la niebla de los ojos y tiré del látigo de huesos para hacerlo retroceder. Se retrajo en mi mano con un pálpito doloroso y el glifo en forma de columna vertebral brilló con una intensidad imposible en la penumbra del entorno. Un gélido ramalazo de incredulidad me recorrió la nuca y levanté la mirada hacia donde yacía el tío Felix gruñendo, convertido en un montón de huesos rotos y piel.

Las lágrimas me resbalaron por las mejillas y el frío se apoderó de mi pecho en forma de cosquilleos helados a medida que avanzaba a trompicones hacia él. Solo movía los ojos y la boca, sin dientes, ya que yacían esparcidos a su alrededor.

Con la respiración entrecortada, me dirigí hacia la escalera, pero, a medio camino, un fuerte golpeteo me llamó la atención y me detuve una vez más.

Quería ignorarlo con todas mis fuerzas y escapar de la casa, pero lo único que podía imaginarme era a Aleysia atrapada dentro de otra cámara de hielo, suplicando que la dejaran escapar. Seguí el sonido hasta el depósito de cadáveres principal, donde el tío Felix solía guardar los cuerpos embalsamados en los pequeños compartimentos alineados en las paredes. Aquellos que estaban listos para ser enterrados.

Todavía temblando, me acerqué con cuidado hacia ellos.

—¿Aleysia?

—¿Maeve? —respondió y, con un brote de esperanza agitándose en mi pecho, abrí de un tirón los compartimientos, buscándola.

Una de las compuertas se abrió sola y yo retrocedí, con el ceño fruncido. Un cuerpo salió arrastrándose; su piel blanca y pálida se extendía sobre huesos afilados y puntiagudos. El pelo gris plateado le caía sobre los hombros mientras bajaba por la pared de los compartimentos. En el brazo llevaba los restos putrefactos de lo que parecía ser una cabeza. Solo le quedaban algunos rasgos intactos (dientes, nariz y pelo a parches), que me indicaban que pertenecía a un gato.

Retrocedí hacia la puerta cuando el cuerpo se arrastró hacia mí y, cuando por fin levantó la cabeza, contuve la respiración.

Agatha.

Un aullido espeluznante salió de sus labios, surcados por largas grietas negras.

Se acercó a mí a cuatro patas y extendí la palma de la mano hacia ella. El látigo de huesos le rodeó el cuello y, antes de que lo agarrara, lo retraje y le arranqué la cabeza del cuerpo, del que salió un chorro de líquido negro y viscoso. Cuando retiré la fusta, su cabeza rodó por el suelo hacia mí y el resto de su cuerpo se desplomó.

Me quedé paralizada al contemplar su rostro destrozado y algo negro arrastrándose por sus globos oculares, blancos como la leche. Con unas patas largas y negras, se acercó al puente de la nariz y vi que era una araña negra.

Cuando retrocedí hacia la puerta, se deslizó poco a poco por la nariz hasta el suelo. Más arañas negras salieron de sus fosas nasales, de sus ojos, de su boca. De su torso decapitado.

Giré sobre los talones y corrí por el pasillo hacia la escalera. Cuando me agarré a la barandilla, miré hacia atrás y respiré con dificultad al ver cientos de arañas correteando hacia mí. Subí veloz los escalones y cerré la puerta de golpe.

Retrocedí, respiré hondo y, para mi horror, las arañas se deslizaron por la rendija de la puerta.

¡No! Agotada, salí corriendo de la casa, a la oscuridad, pero apenas recorrí unos pocos metros cuando sentí que algo me subía por el dobladillo de la falda y el tobillo.

Solté un grito, pateé el suelo y me levanté la falda para quitarme la araña de encima. Con los ojos muy abiertos, estuve a punto de atragantarme cuando al mirar al frente vi cientos de arácnidos correteando hacia mí, una horda negra sobre la blanca nieve. Antes de que pudiera levantar la mano para lanzar el glifo Aeryz, saltaron sobre mi vestido y treparon hasta el corpiño. Entre gritos ahogados, les di manotazos y me revolví, sintiendo sus diminutas patas y su cuerpo bulboso deslizándose por mi piel.

«¡Maevyth!», gritó la voz dentro de mi cabeza, pero era inútil. Cualquier glifo que usara para defenderme acabaría sofocado por el grupo de arañas que se escurría por mis brazos.

Cuando noté el primer empujón de una pata contra los labios, cerré la boca con fuerza y estallé en un frenesí salvaje. Me golpeé la cara y los brazos, y caí al suelo, pataleando y rodando. Cuanto más luchaba por deshacerme de ellas, más me acosaban.

Estaba tan sumida en el pánico que ni siquiera me di cuenta de que habían dejado de moverse.

No fui consciente hasta que todas las arañas salieron disparadas hacia arriba, por los aires, y me quedé quieta, jadeando al ver que ya no me cubrían la cara. Intenté comprender lo que estaba viendo.

Sobre mí se cernía una horrible nube de caparazones negros, como si estuvieran suspendidos por una fuerza invisible. No me molesté en investigar por qué ni cómo, sino que me puse en pie y corrí a ciegas en dirección contraria. Cuando miré hacia atrás, me estampé contra algo duro e inamovible.

Se me escapó un grito y, por instinto, golpeé con los puños un cuerpo que parecía un muro.

—¡Suéltame! ¡Déjame ir! —Levanté la vista y vi a Zevander mirándome fijamente, y, en ese momento, relajé los músculos, aliviada. Un fuerte sollozo me sacudió y lo rodeé con los brazos. Pero solo duró un segundo, antes de que me invadiera otra oleada de pánico.

Antes incluso de que dijera una sola palabra sobre las arañas que teníamos detrás, una ráfaga de calor me calentó la espalda y me giré a tiempo para ver cómo Zevander enviaba un torrente de llamas negras hacia el grupo flotante de arácnidos, que debía de haber mantenido suspendido todo el rato.

Soltaron un chillido cuando ardieron y él dirigió las llamas hacia la cabaña, que prendió como leña seca.

Vi arder la casa en la que había crecido con titilantes llamaradas de negro y violeta, una pira hipnotizante que la reducía a cenizas a medida que devoraba la estructura en cuestión de segundos.

—¿Estás herida? —La pregunta me hizo concentrarme en cualquier parte de mi cuerpo en la que pudieran haberme picado las arañas. Lo único que sentía era un frío que me recorría las extremidades y me llegaba al pecho, paralizándome.

Al percibir mi angustia, me pasó las manos por la piel expuesta, palpando a conciencia, como si buscara alguna lesión. Mientras me examinaba, se detuvo en un corte que me había hecho cuando el tío Felix me sacó de la cámara de hielo.

Notaba la leve irritación en el cuero cabelludo de los tirones de pelo y los moratones en los muslos de cuando me los había separado. Los arañazos de la espalda se encendieron al recordar cómo, al luchar contra él, la arena del suelo me había rasgado la piel. Con una mueca de dolor, aparté esos pensamientos y me concentré en el suave movimiento de las manos de Zevander.

Una vez terminó, me agarró la barbilla con el dedo, atrayendo mis ojos hacia los suyos.

—Maevyth, ¿estás bien? —preguntó, como si viera a través de las sombras de mis pensamientos.

Las emociones se quebraron en mi interior cuando asentí. Ahogué un sollozo mientras la cabeza me atormentaba con imágenes de aquellas arañas rodeándome, listas para acabar conmigo. Él me envolvió con sus fuertes brazos y me fundí en el calor y la seguridad de su abrazo. Luchando por calmar la respiración, temblé, pegada a él, aferrándome con fuerza, negándome a soltarlo.

—Tenía mucho miedo.

Se quitó la capa y me envolvió con ella el cuerpo tembloroso, y su reconfortante olor fue como un bálsamo calmante para el miedo.

—Vamos. Volvamos.

Yo quería. Cada parte de mí quería volver a Eidolon con él, pero negué con la cabeza y di un paso atrás.

—No puedo. Lo siento. Tengo que encontrarla, Zevander. Está aquí. Lo sé. —No me atrevía a mirarlo. Quizá pensaba que había perdido el juicio por aferrarme con tanto ahínco a la creencia de que volvería a verla, pero no me importaba. Lo único que me imaginaba era a Aleysia en el mismo lugar en el que yo había estado hacía unos segundos, pero sin fuerzas para luchar—. Lo siento. Sé que pensarás que soy… una idiota por hacer algo así.

Me colocó un mechón de pelo ondulado detrás de la oreja.

—Creo que eres la mortal más valiente que he conocido. Y puede que también la más testaruda. —Su comentario me hizo sonreír entre lágrimas—. En cualquier caso, me quedaré y te ayudaré a encontrarla.

El alivio que sentí al oír sus palabras hizo que me flaquearan las rodillas, pero, entre lágrimas, volví a sacudir la cabeza.

—No puedo pedirte que hagas eso. Rykaia te necesita.

—Mi hermana siempre va a necesitarme. —Me pasó un pulgar por la mejilla para capturar la lágrima que había derramado—. Esto es por ti.

Todo lo que no estábamos diciendo se extendió entre nosotros y sentí una descarga eléctrica cuando se quitó la máscara y se inclinó hacia mí. Las mariposas me revolotearon en el estómago cuando me rodeó las mejillas y se detuvo un segundo, como para pedirme permiso.

Eché la cabeza hacia atrás y vi algo por el rabillo del ojo que me llamó la atención. Distraída, me aparté de él y me centré en la tenue luz de la cabaña que había al otro lado del terreno y en las nubes de humo blanco que salían de la chimenea.

—La Arpía... —susurré, arrepintiéndome al momento de la distracción cuando me soltó y dio un paso atrás.

Se volvió hacia la cabaña y asintió.

—Nos hará falta un refugio para pasar la noche.

La decepción llenó el frío espacio que había entre nosotros, pero él hizo un gesto con la cabeza y tomó la iniciativa, dirigiéndose hacia la cabaña.

57
Maevyth

Me rodeé con los brazos para resguardarme del frío y seguí a Zevander hacia la cabaña de la Arpía, recorriendo con la mirada el corral vacío que antes había estado ocupado por muchos animales. Caminamos en silencio hacia la puerta principal, para intentar no asustarla, si es que se encontraba dentro. Él miró por las ventanas a hurtadillas, en la parte más oscura de la cabaña, mientras yo me quedé observando la chimenea, que crepitaba con un resplandor anaranjado. Solo el hecho de verlo me provocó un escalofrío. Tenía los dedos de los pies entumecidos y palpitándome dentro de los zapatos desgastados. Sin embargo, no parecía que hubiera nadie dentro.

Mientras Zevander rodeaba la casa, me acerqué sigilosamente a la puerta, donde observé las largas líneas de símbolos que habían tallado en la madera. Fruncí el ceño y pasé el dedo por ellos. En cuanto toqué el pomo, noté un objeto puntiagudo presionándome en la espalda.

—Yo que tú me lo pensaba dos veces, niña.

Levanté las manos.

—Soy yo. Maevyth.

—Me da igual quién seas. La gente ya no es lo que era. Date la vuelta y déjame verte la cara.

Antes de que tuviera la oportunidad, ella jadeó y me giré para ver a Zevander materializarse de la nada como una sombra monstruosa, detrás de la anciana, con una espada en su garganta.

—Yo que tú me lo pensaría dos veces antes de amenazarla —advirtió y, en el momento en que ella dejó caer el arma en el porche, él la soltó.

—Sé que han pasado un par de semanas, pero ¿te acuerdas de mí? —le pregunté.

Frunció el ceño.

—¿Un par de semanas? El Destierro de tu hermana fue hace meses.

Parpadeé al oír eso, sorprendida, y miré a Zevander, quien envainó su espada.

—¿Hace meses? No puede ser. Solo he estado fuera..., bueno, dos semanas.

Me lanzó una ojeada insegura, mirándome de arriba abajo.

—Ya que no parecéis estar infectados, supongo que podéis entrar y calentaros. —Pasó cojeando junto a mí hacia la puerta y, cuando la abrió, me recorrió una oleada de calidez.

Zevander alzó una ceja y yo asentí, siguiendo a la bruja. Bajó la cabeza, obligado a agacharse por el arco mientras me seguía.

Cuando entré en la estancia, la alta temperatura me inundó.

La Arpía agarró un cucharón y removió una olla de estofado que tenía al fuego. El sabroso aroma de la carne y las especias me hizo la boca agua.

—Creo que nunca te he preguntado tu nombre.

—¿Temes llamarme Arpía? —Resopló, riéndose y golpeando con el cucharón el borde de la olla—. Me llamo Elowen.

—Elowen —repetí, echando un vistazo a su casa, pequeñita pero limpia. Al lado de la chimenea había dos sillas y, junto a ellas, una mesa de madera con otras dos, donde se sentó Zevander. La madera crujió bajo su peso y parecía casi cómico debido a su tamaño.

—¿Qué pasó después del Destierro?

—Mmm... —La anciana lo meditó al tiempo que se rascaba la cara hundiendo sus largas y amarillentas uñas en las arrugas—. Al final el tumulto se calmó. Algunos sugirieron ir a buscarte al bosque, para asegurarse de que habías muerto, pero no lo hicieron. Tenían demasiado miedo. Moros os había seguido y parecía que llevaba horas allí dentro. Más tarde, muchos se fueron a casa asumiendo que había muerto. Yo no. Yo esperé. Necesitaba ver si alguien salía del bosque. —Se sentó y, de la mesita que tenía al lado, agarró su pipa, ya llena de lo que hubiera machacado en ella. Se inclinó hacia delante para encender una fina ramita de madera en el fuego y aspiró para prender las hierbas. Recostada en su asiento, se quedó mirando el fuego—. Moros regresó.

—¿Con Aleysia?

—Sí. La trajo con él.

Le lancé una mirada de preocupación a Zevander.

—Entonces, ahora podría estar en su casa.

—Ahora podría estar en cualquier parte. Moros no se quedó mucho tiempo. Dejó la aldea una semana después, más o menos. Y, cuando volvió, la gente empezó a enfermar. Se quejaban de picaduras de araña. —Le dio otra calada a su pipa y frunció el ceño—. Entonces empezaron a cambiar. Como si las arañas se les hubieran metido dentro. No pasó mucho tiempo hasta que todo el maldito pueblo enloqueció. Se mataban los unos a los otros y se comían a los que encontraban con vida.

—¿Cómo sobreviviste?

—Haciendo lo que he hecho siempre: manteniéndome al margen. En silencio. No les gusta mucho el ruido. Les afecta al cerebro o algo así. Es entonces cuando se ponen violentos.

Mis pensamientos retrocedieron al momento en el que grité para pedir ayuda y el tío Felix me atacó.

—¿Dónde están ahora los aldeanos?

—Durmiendo. —Fumó y se relajó en su silla—. En casa. En la aldea. Es como si estuvieran esperando a algo.

—¿Y Moros?

—No estoy segura. No lo he visto. No he ido al pueblo. —Señaló con la cabeza la olla de estofado—. No podía sacar carne del bosque, así que tuve que sacrificar mi cabra. Pero da igual; si no lo hubiera hecho, la habrían atrapado. —Dio otra larga calada y bajó la pipa—. No sé cuánto tiempo más podré quedarme aquí. No sé hasta dónde se ha extendido la enfermedad.

Otra mirada de reojo a Zevander le mostró que la estaba observando de cerca. Estaba claro que no se fiaba de la anciana.

—¿Dónde has estado que crees que solo han pasado dos semanas, niña? —preguntó Elowen.

—En el bosque —mentí.

—Mmm. —Hizo un gesto con la mano para desestimarlo y negó con la cabeza—. Nada sobrevive en ese bosque. Ni siquiera la criatura que una vez habitó allí. —Me echó una rápida mirada y añadió—: Y menos tú.

No quise decirle dónde había estado por miedo a que cuestionara mi cordura. Hasta yo dudaba de ella a esas alturas.

—La noche del Destierro vi a esa criatura tragarse a Moros.

Mirándome con los ojos entrecerrados, se pasó la lengua por los dientes.

—Entonces lo que salió del bosque no era él.

—No creo.

Con los labios apretados, asintió despacio y me pregunté si sospechaba que había algo más allá de aquellos bosques. Si era capaz de imaginar otro mundo.

—¿Qué os parece si compartimos un poco de estofado? Hace mucho que no tengo compañía. Después de cenar os prepararé una cama. —Enarcó una ceja, mirando de reojo a Zevander—. Si os va bien.

Tragué saliva ante la idea de compartir lecho con él.

—Te lo agradeceríamos. —Miré a Zevander de reojo y comprobé que me observaba con una pizca de diversión escondida en su oscura mirada.

Ella asintió, se levantó de la silla y cruzó cojeando la pequeña estancia hasta llegar a una alacena, donde solo había unos cuantos cuencos y tazas. Cuando regresó a la chimenea, sirvió estofado para tres y me dio un ración a mí y otra a Zevander.

—¿Queréis agua para acompañarlo?

—Sí, por favor —respondí, dándome cuenta de que tenía la garganta seca.

Se giró hacia Zevander y enarcó una ceja.

—¿Y tú?

—¿Tienes algo más fuerte?

Con una sonrisa, asintió.

—Depende de lo que te parezca fuerte. La mayoría no puede con mi licor casero.

—Tomaré eso.

Tras otro viaje a la alacena, regresó junto a la chimenea con dos tazas, una de las cuales derramaba agua por el suelo mientras volvía cojeando. La otra la puso delante de Zevander, junto con una botella oscura con corcho. Después de dejar el agua en el suelo, al lado de mi silla, tomó asiento y, tras verla darle vueltas al estofado, esperé a que ella probara una cucharada.

Como si percibiera mi mirada, levantó la vista hacia mí y me aclaré la garganta, removiendo el guiso con la cuchara.

—Huele de maravilla.

—¿A la envenenadora le preocupa que yo la envenene? —Dejó escapar una risita sombría y se llevó una cucharada a la boca—. Ya no me preocupa tanto. Ni siquiera tu Diente de Serpiente.

Levanté una ceja al oír eso.

—¿Has consumido veneno?

—De una forma u otra. Pero el estofado no está contaminado. —Se metió otra cucharada en la boca y me volví hacia Zevander, que lo olfateó arrugando la nariz antes de probarlo. En su mundo, los estofados eran sustanciosos, con verduras frescas y carne. En Foxglove, los guisos de invierno siempre eran ligeros, con solo las raíces de lo que se había cosechado y guardado el verano anterior.

Mirándolo, yo también tomé una cucharada. Su delicioso sabor me llenó la barriga.

—Entonces ¿no has visto a mi hermana?

—No. —Se comió otra cucharada de estofado y bajó el cuenco a su regazo—. ¿Dónde conociste a tu compañero de viaje? Parece bastante fuerte para estas tierras. —Aunque no se molestó en mirarlo, estaba claro que se refería a Zevander—. No habla mucho, ¿verdad? Excepto cuando amenaza.

El aludido levantó la botella de alcohol, quitó el corcho y la olió, igual que con el estofado. Aparentemente satisfecho, vertió un poco en la taza que tenía al lado.

—Tal vez podrías explicarme cómo es que sabes hablar nyxterio —comentó él, apurando el licor sin siquiera una mueca, antes de volver a dejarlo en el suelo y servirse otra ronda.

Antes de que pudiera defenderla, ya que creía que había estado hablando vonkovyano todo el tiempo, una sonrisa se dibujó en el rostro de Elowen.

—Uno podría pensar que después de siglos viviendo aquí habría olvidado mi lengua materna.

Me quedé con la boca abierta y apreté los dedos alrededor de mi cuenco para que no se me cayera.

—¿Eres lunácea? —preguntó Zevander, dándole otro sorbo a su bebida.

—Nilivir. Fui rechazada por los lunáceos —dijo con amargura—. Así que abandoné mi hogar y viajé al norte. —Después de otra cucharada, masticó la carne lentamente y deslizó su mirada hacia mí—. Fueron los córvicos quienes me acogieron.

—Eso tuvo que ser hace casi un milenio, dado el tiempo que lleva abandonada la Fortaleza Corvus. Eso te convierte en la nilivir más anciana con la que me he cruzado. —Zevander se inclinó hacia delante; la intriga en su expresión era inconfundible—. Así que conociste a los córvicos.

—Sí. Pasé con ellos gran parte de mi vida. No les importaban el poder o el estatus. Me aceptaron por lo que era. Una etiria.

Zevander apoyó los codos en las rodillas.

—¿Estabas allí cuando abandonaron la fortaleza?

Con una risita carente de humor, ella negó con la cabeza.

—¿Es eso lo que dice la historia que te han enseñado, joven? ¿Que renunciaron a sus tierras así como así?

—La historia dice que nunca existieron —contestó Zevander—. He estado en la Fortaleza Corvus. He visto lo que hay escrito en la pared.

Ella levantó la ceja y se revolvió en la silla.

—Entonces sabes la verdad. Yo escribí esas palabras con tinta hecha con sangre. —Se quedó pensativa—. Los forzaron a abandonar su hogar y marcharon a la fosa de Crussuria.

—Ahí es donde se encuentra el bosque de Grymswood, ¿no? —pregunté, recordando la historia que me había contado Allura.

—Así es. —Me miró con los ojos entrecerrados—. Obligaron

a la sacerdotisa a ver morir a su pueblo antes de convertirla en un árbol en medio del infierno, consumida por las horribles criaturas que habitan en el fondo de esa fosa.

—¿Quién lo hizo? —La pregunta de Zevander pareció repugnarla, ya que torció los labios con asco.

—Los de la armadura dorada. Unos salvajes llenos de codicia que ansiaban reclamar la veta que recorría la Fortaleza Corvus.

—Los soláceos... ¿Y cómo sobreviviste al ataque? —preguntó.

—Escapé. La sacerdotisa me dio la última rosa de Morsana; un obsequio de la propia diosa. —Me dedicó una sonrisa—. Solo florecen en Nethyria. Me dijo que huyera a las tierras de los mortales, pues había tenido una visión de que nacería un bebé que un día vengaría a nuestro pueblo y lideraría una nueva generación de córvicos.

Un escalofrío me recorrió al escuchar su historia, preguntándome si se refería a mí. Si, de algún modo, yo había sido la protagonista de esa visión de hacía mil años.

—No la creí, pero me fui igualmente. Crucé el Valle Umbrío, donde esperé al bebé. Y esperé durante siglos. Observé a los mortales y su vida banal, luchando los unos contra los otros y combatiendo por su único dios, esperando al día en que pudiera volver a casa. —La tristeza se apoderó de su expresión—. Cómo anhelaba regresar... —La melancolía de su voz se agudizó hasta convertirse en un tono serio cuando dijo—: Entonces otra criatura cruzó el valle. Una despiadada y vengativa.

—La criatura del bosque.... —aclaré.

—Se hace llamar Cadavros, antiguo lord Brujo del rey. —Resopló y sacudió la cabeza—. No es más que una careta que oculta lo que hay dentro de él.

—¿Y qué es lo que hay? —preguntó Zevander, poco impresionado por la mujer y sus crípticas palabras.

—Pestilios, el dios de la enfermedad y el hambre. El tío de la diosa Morsana.

Zevander frunció el ceño.

—Solo un dios masoquista podría elegir vivir dentro de un simple brujo.

Con una uña larga, demasiado crecida, ella se hurgó entre los dientes de forma vulgar.

—La fe en los dioses ya no es lo que era, ¿sabes? La fe es poder. Sin ella, los dioses no existen de verdad. Por eso, algunos han optado por una presencia más corpórea.

—Si es un dios, ¿cómo pudieron desterrarlo unos simples etirios? —Con la voz cargada de escepticismo, Zevander negó con la cabeza—. Ni siquiera el septomir posee el poder para rivalizar la divinidad.

—Incluso un dios solo posee el poder del cuerpo que habita. —Se inclinó hacia delante, agarró el atizador que había junto al fuego y avivó las llamas—. Una vez que haya adquirido fuerzas suficientes, poco podrá hacer vuestra barrera para evitar que regrese a Etiria.

En todas sus explicaciones había un detalle, una incoherencia, que me chirriaba.

—Me contaste que tenías un hermano. Que los dos os adentrabais juntos en el bosque en busca de comida.

—Ah, sí, te conté eso, ¿verdad? —Sonrió, frotándose las manos, y luego las extendió para que se calentaran—. No es del todo cierto, querida. —Levantó la cabeza y suspiró—. Como he dicho, ansiaba volver a casa. Así que saqué a ese chico de la aldea a cambio de un pasaje gratis a través del arco.

Mientras asimilaba lo que decía, un inquietante horror se apoderó de mí.

—¿Sacrificaste un niño?

—No te angusties, los dioses me castigaron bien por ello. —Levantó el brazo para mostrar una extraña marca que parecía ser la cicatriz de una horrible quemadura—. Le ofrecí el muchacho a Cadavros a cambio de que él me permitiera pasar sin hacerme daño. Excepto que, cuando llegué al arco, tuve la terrible sensación de que ya no era digna de cruzar. Estoy segura de que sabes lo que les pasa a los que no son dignos.

En una ocasión, Dolion me había dicho que Aleysia no habría podido atravesarlo. Que habría muerto, ya que no compartíamos la misma sangre.

—Cuando introduje la mano, algo que ardía como el fuego

me agarró del brazo y tiró de mí hacia atrás. Entonces regresé aquí… y esperé para cumplir mi promesa.

—Me dejaste la rosa. —A esas alturas, no era una pregunta—. Te lo volveré a preguntar, ¿viste a mi madre esa noche?

—No. —Se levantó de la silla y recogió nuestros cuencos. El mío estaba a medio comer y ella pareció darse cuenta, observando los restos—. Lo que vi fue la señal que la sacerdotisa me había prometido. Un bebé en una cesta. Cuervos en bandada. Ojos plateados. —Después de recoger el cuenco de Zevander, se acercó cojeando a la olla que había sobre la chimenea y echó en ella los restos de cada uno.

Me habría dado asco de no ser porque su comentario me distrajo.

—Mis ojos son grises —dije.

—No habría sido muy inteligente permitir que una niña con ojos plateados se paseara por aquí, ¿verdad? Imagínate qué rumores despiadados habría despertado algo así. —Girándose para mirarme, pareció fijarse en el borde de mi iris; supuse que estaba observando la pequeña media luna que tenía—. No logré ocultar tu verdadera naturaleza por completo. Claro que siempre he sido un desastre con los hechizos. Si hubiera sabido que igualmente armarían tanto alboroto por ti, los habría dejado como estaban.

Levanté la mano hacia mis ojos, imaginándomelos plateados.

—¿Puedo verlos? ¿Qué aspecto tienen?

Se encogió de hombros.

—El hechizo es vinculante. Solo la muerte revelará su verdadera forma. Supongo que no te mueres de ganas de verlos, ¿verdad? —Al negar con la cabeza, ella suspiró y señaló a Zevander—. Quizá debería acompañaros a vuestra cama.

La anciana nos hizo señas con la mano para que la siguiéramos mientras agarraba una jarra de cerámica con agua y nos conducía a una puerta en la parte de atrás de la cabaña. La abrió y accedimos a una habitación pequeña, con una cama que no dejaría mucho espacio entre Zevander y yo, y se dirigió cojeando hacia un palanganero.

—Intentad descansar —dijo, volviendo a la puerta—. A la hora de las brujas, esas cosas se despiertan para alimentarse. —Con esas palabras como despedida, cerró la puerta.

58
Maevyth

Se me aceleró el pulso al ver a Zevander quitarse la chaqueta que había llevado en la Ceremonia del Devenir, quedándose con la túnica y los pantalones negros.

Nunca había dormido con un hombre.

Sin dejar de mirarlo, me quité la capa que me había prestado y la coloqué sobre una silla de madera que había al lado de la ventana. Un candil parpadeaba sobre la mesa junto a la cama, proyectando nuestra sombra en la pared, y, cuando levanté la vista hacia Zevander, vi cómo se quitaba las botas.

—Dormiré en el suelo —dijo.

Con una pequeña sonrisa, me volví hacia él, observando cómo se desabrochaba los pantalones. Me aclaré la garganta y me giré de nuevo, con los ojos muy abiertos por los nervios.

—No seas tonto. Las tablas están duras. Estoy segura de que es incómodo.

—He dormido en sitios peores.

—¿Te refieres a cuando fuiste… prisionero de los soláceos? —Recordé la historia que Dolion me había contado.

—Sí. —El tono cortante de su voz me indicó que no siguiera indagando.

—Aun así, insisto en que la compartamos. Me sentiría mal con toda la cama para mí sola.

Me desabroché la cadena con el escorpión y me quedé mirando la larga y elegante túnica que llevaba él, que seguramente ocuparía casi todo el espacio de la cama. Como si leyera mis pensamientos, enganchó los dedos bajo el dobladillo de la prenda, tiró de ella y se la quitó por encima de la cabeza. El corazón se me aceleró al ver su marcada musculatura. Cada surco estaba esculpido a la perfección. Aquel era el cuerpo de un guerrero, con la piel poblada de las cicatrices de las armas que imaginé habían usado en su contra.

Me pedí a mí misma apartar la vista, pero otras cicatrices me hicieron detener la mirada. Las que indicaban una intención más sombría. Marcas maliciosas que se entrecruzaban, como si le hubieran asestado golpes violentos.

Me entregó la túnica y se dio la vuelta; quizá quería ofrecerme intimidad mientras se despojaba de las armas que llevaba en el muslo y en la cintura, desabrochándose las fundas que las mantenían sujetas.

Desvié la mirada solo un segundo antes de volver a fijar los ojos en su cuerpo. Tenía tatuado un enorme escorpión que iba de un hombro al otro, pero que no cubría la multitud de cicatrices que también tenía grabadas en la espalda. Cuando se movió, los músculos se flexionaron y me hormiguearon los dedos por las ganas de acariciarle la piel.

Tragando saliva, le di la espalda y estiré los brazos para desprenderme del vestido destrozado que me tenía atrapada. Cayó hasta la mitad del cuerpo, sujeto por el estrecho corpiño que me ceñía la cintura. Me tomé un rato para limpiarme el líquido negro que había salido del tío Felix. Sumergí uno de los paños en la palangana y me lavé los hombros y el pecho. Cuando me pasé el trapo por los brazos, noté que el corte de antes, el que Zevander me había tocado, ya había cicatrizado, dejando solo una pequeña marca sellada en la piel. Por fortuna no tenía picaduras de araña. Con los brazos cruzados sobre los pechos, miré fugazmente por encima del hombro y lo vi apartando la vista con rapidez; en su perfil observé cómo bajaba las cejas con el ceño fruncido.

Fue entonces cuando recordé mis propias cicatrices.

—Alguien te hizo daño —dijo con su voz rasgada y llena de tensión.

—Cuando era pequeña. Unos soldados de mi aldea. Al parecer, me metí en problemas por hablar, otra vez.

Emitió un sonido ronco de desaprobación con la garganta, pero no dijo nada más y yo me metí en la enorme túnica, que me llegaba hasta las rodillas.

Empujándome el corpiño por las caderas, dejé que el vestido cayera bajo la túnica; el frío de la desnudez me recordó que no llevaba ropa interior porque el tío Felix me la había arrancado. Tiré de la colcha de la cama y me subí al delgado colchón, arrimándome todo lo que pude a la pared para dejarle espacio. Una vez acomodada bajo las sábanas, me puse de cara a la pared y me atreví a señalar lo obvio.

—A ti también te han hecho daño.

—Los soldados soláceos. —Se subió a la cama a mi lado y su enorme presencia, muy cerca de mí, me erizó la piel.

Cuando apagó el candil, la luz de la habitación se redujo a las plateadas franjas de luna que entraban por la ventana.

La habitación quedó en silencio, solo se oía el sonido de mi respiración entrecortada.

—Parecía que tampoco les gustaba que hablara —dijo, rompiendo el silencio que reinaba entre nosotros.

En la oscuridad, sonreí.

—Bueno, quién lo iba a decir: tenemos algo en común.

—Tal vez. Aunque me atrevería a decir que tu lengua es más afilada que la mía. —Su comentario me hizo reír.

Otro rato de silencio se estableció entre nosotros.

—¿Te pone nerviosa que esté aquí tumbado?

El delicioso tono de su voz grave no calmó la bandada de mariposas que revoloteaban en mi estómago.

—No —mentí.

—¿Te has acostado con algún hombre?

La pregunta me ruborizó, y me puse más nerviosa.

—Si tanto quieres saberlo, no. No me he acostado con ningún hombre.

—Bien.

Fruncí el ceño y giré la cabeza.

—¿Bien?

—Sí —respondió, despreocupado, y cuando se movió en la cama me rozó con su enorme pierna.

Me di la vuelta y me quedé pensando en sus palabras mucho más tiempo del que debería.

—¿Por qué eso es algo bueno? —pregunté cuando, al cabo de unos dos minutos, la curiosidad acabó por volverme lo bastante atrevida.

Gruñó.

—¿Siempre tienes que pedir explicaciones?

—Sí. Me gustan las cosas claras. ¿Por qué no te atreves a responder?

—Sí me atrevo.

—Bueno, pues no me has contestado.

Un gruñido resonó en su pecho.

—Porque soy un cabrón celoso que se niega a imaginarte con otro hombre. ¿Es explicación suficiente?

No me imaginaba que fuera a decir algo ni remotamente parecido a eso. Ni apretando los labios pude contener la sonrisa que se me dibujaba en la boca. Porque, por estúpido que fuera por mi parte, resultaba que disfrutaba con el tira y afloja que había entre nosotros, y esa tensión que siempre me dejaba expectante.

Me aclaré la garganta, disipando mi diversión.

—Sí, tan celoso que te colaste en mi habitación para asesinarme mientras dormía.

Soltó un suspiro de resignación.

—Sí, lo hice.

—¿Y por qué no me mataste?

—¿Acaso te decepciona que no lo hiciera?

—Solo tengo curiosidad por saber por qué.

—¿Quieres la verdad?

—Siempre, sí.

—Estabas roncando.

—¿Qué? —Me sonrojé—. Yo no... Yo no ronco.

—Sí que roncas. Esa noche roncabas muchísimo. Me cagué de miedo.

Apreté los labios, medio enterrando la cara en la almohada para ocultar una carcajada al imaginármelo.

—Te estás riendo. Noto cómo se mueve la cama. —Su comentario me hizo reír más y, cuanto más intentaba ocultarlo, más temblaba por el esfuerzo.

—Yo... no ronco. —Mi tono se negaba a ser serio, por mucho que luchara para contener la risa.

—Sinceramente, no me habría sorprendido que hubiera salido fuego por la nariz.

Un amago de risa me obligó a hundir la cabeza en la almohada y se me saltaron las lágrimas.

—No me extraña que puedas ver muertos. Con semejantes ronquidos, seguro que los despiertas.

Ni siquiera la almohada pudo amortiguar por completo la carcajada que me arrancó.

Él dejó escapar una risa y, entonces, me di cuenta de que era la primera vez que lo oía reír de verdad. El sonido, profundo e inesperado, me distrajo de la mía.

Sus carcajadas cesaron y volvió a reinar el silencio. Qué raro era encontrar una pizca de alegría cuando el mundo parecía desmoronarse a nuestro alrededor. Mis pensamientos volvieron a la conversación de antes con Elowen y a la posibilidad de que Aleysia estuviera muerta.

—Zevander.

—¿Sí?

—Tal vez deberíamos volver a Nyxteros mañana. Porque... Visto lo visto, no me imagino que Aleysia... —No podía decirlo. Claro que sabía que era fuerte, pero no podía imaginármela sobreviviendo en un mundo así—. No quiero rendirme... —Se me quebró la voz y me aclaré la garganta.

—Si sigue viva es gracias a los dioses, Maevyth. Ningún mortal tiene posibilidades contra Cadavros.

—Pero ¿y si hay alguna?

—Decídelo por la mañana. Suponiendo que el infierno no se desate esta noche, claro.

Parpadeé para contener las lágrimas y asentí.

—Vale, entonces esperaremos hasta que amanezca. —Girándome hacia un lado, dejé escapar un suspiro de alivio—. Gracias por venir a buscarme. —Pensar en estar allí sola hizo que se me llenaran los ojos de lágrimas de nuevo.

Hubo un silencio largo.

—De nada.

La habitación volvió a quedar sumida en un silencio ensordecedor mientras yo fijaba la mirada en las paredes de adobe, que desprendían olor a tierra.

Zevander se movió a mi espalda y su voluminoso cuerpo me empujó. Me incliné hacia él y, cuando algo me rozó el trasero, noté cómo me tensaba. Me moví hacia delante a toda prisa, estiré la pierna y le di en el muslo.

—¡Ay! Lo siento —me disculpé, acercándome a la pared.

—¿No llevas ropa interior?

Fruncí el ceño y me giré hacia un lado.

—¿Me has tocado ahí a propósito?

—No ha sido a propósito. —Por el rabillo del ojo, lo vi doblar un brazo y apoyar la cabeza en él—. Pero no voy a decirte que me arrepienta.

Me pasé la lengua por detrás de los dientes, un poco molesta y muy avergonzada.

—Bueno, no es que no lleve ropa interior aposta.

—¿Te la has olvidado sin querer?

—Me la… arrancó la criatura que solía ser mi tío. Estaba intentando… —Me ahorré la última parte, negándome a volver a aquel momento de pesadilla. Se me subió la bilis a la garganta al pensar en su miembro colgando sobre mí.

Zevander emitió otro sonido de desaprobación, gruñendo.

—¿Ardió con la casa? —preguntó, con los dientes apretados.

—Sí.

—Qué pena. Me hubiera gustado cortarle las manos.

—Bueno, primero habrías tenido que recomponérselas.

Lo oí moverse detrás de mí.

—¿Y eso?

—Parece que dominé el glifo del látigo de vértebras en un abrir y cerrar de ojos cuando mi honor estuvo en peligro. —Miré por encima del hombro y capté el hoyuelo de su mejilla, como si la idea lo complaciera. Era extraño lo mucho que me gustaba la idea de complacerlo.

—¿Cómo te sentiste?

—No lo sé. En ese momento estaba aterrada. Aliviada, pero también… desconcertada. —Tumbada, alejada de él, notaba el aire que se colaba por las paredes, y no supe si era frío intenso o el recuerdo de aquel momento lo que me hizo temblar.

—Estás helada —dijo.

—Un poco.

La cama volvió a moverse con él y un calor abrumador me envolvió cuando me rodeó con el brazo, atrayéndome hacia su cuerpo.

—¿Qué haces? —pregunté, nerviosa por la dureza de su pecho contra mi espalda y el bulto en sus pantalones, que notaba contra las nalgas.

—Calor corporal. Es la mejor forma de calentarse.

El orgullo me empujaba a resistirme a su abrazo, pero me sentía muy bien. Era demasiado íntimo, pero aun así no protesté. Con los ojos fijos en la pared, asimilé la sensación de su brazo alrededor del vientre, su ancho pecho pegado a la espalda como un escudo. Qué pequeña y segura me sentía a su lado. Era como si nada ni nadie pudiera tocarme.

Aunque ya no tenía frío, seguía temblando. Por mucho que intentara calmarme, no podía evitar imaginarme sus manos deslizándose bajo el dobladillo de la túnica, y pensar en ello hacía que me estremeciera más.

—Te preocupa que te toque. —Al oír su perezoso barítono, me recorrió otro temblor y cerré los ojos, imaginando palabras oscuras y perversas en aquel mismo tono—. Prometo ser un caballero, a pesar de que, sin querer, no lleves ropa interior.

—¿Te resulta difícil acostarte al lado de una mujer de esta forma?

—Por norma general, no. Pero, cuando esa mujer eres tú, sí.

Como cuando se frota con fuerza una cerilla para prenderla, sus palabras me encendieron. El nudo que tenía en el vientre se apretó más y crucé las piernas. El deseo de que me tocara y la curiosidad de saber cómo sería tener las yemas de sus dedos en la piel eran insoportables. Necesitaba algo. Una distracción. Ira. Cualquier cosa que me impidiera imaginarlo explorándome en la oscuridad, tomándose su tiempo.

Solté un suspiro tembloroso.

—Seguro que has disfrutado de los placeres de otras mujeres —comenté, apretando más las piernas cuando me vino a la mente una deliciosa imagen suya en pleno acto, con los músculos cubiertos de sudor y aquellos ojos encendidos y clavados en la otra persona.

—Sí —respondió y la frustración de su indiferencia enfrió el fuego que había en mi interior.

—¿Cuántas? —Cuanto más me enfadase con sus respuestas, más rápido se desvanecería el deseo.

—No las suficientes como para calmar los impulsos que siento ahora.

Me invadió un anhelo insaciable y me agarré a la almohada para no hacer una tontería, como estirar la mano para comprobar lo grande que era el bulto de su entrepierna.

—Entonces quizá deberías ocuparte de eso.

Dejó escapar una risa burlona y su sonido no consiguió aplacar lo que fuera que me estaba arañando por dentro en ese momento.

—¿Estás sugiriendo que me masturbe aquí, a tu lado?

—Por supuesto que no —respondí enseguida, aunque la imagen estuvo a punto de acabar conmigo—. Solo sugiero que, si estás incómodo tumbado a mi lado, quizá deberías hacer lo que sea que hagan los hombres para ponerle remedio.

—Así que nunca lo has visto. —El aire de diversión en su voz me comía por dentro.

—¿Disfrutas haciéndome sentir incómoda?

—Si te soy sincero, sí. Estás guapa cuando te sonrojas.

Con los dientes apretados y sintiendo una tensión insoportable que, junto con la vergüenza, hizo que me ardieran las mejillas, empujé su brazo de acero, que seguía rodeándome.

—Muy bien, pues me voy a dormir junto a la chimenea. Al menos no se burlará de mi ingenuidad, o de lo que sea que te parece tan divertido.

Cuando me impulsé para levantarme a gatas de la cama, él me agarró con más fuerza, me arrojó de nuevo contra el colchón y me dejó sin aire en los pulmones. El gesto me activó las defensas y me retorcí para liberarme, arañándole el brazo con el que me tenía aprisionada.

—¡Suéltame! —gruñí, pero Zevander me cubrió una pierna con la suya, que era muy musculosa, y me atrapó debajo de él.

La forma en que me sujetaba sin ningún esfuerzo, como si no fuera más que una cría debilucha, no hizo más que avivar el fuego que sentía. Enfurecida, di una patada hacia arriba y le golpeé sin querer en lo que supuse que era la ingle, y él reprimió un gruñido. Enseguida, el pequeño remordimiento que sentí quedó sofocado cuando me apretó contra su cuerpo, aprisionándome entre sus musculosos brazos.

Retorciéndome para liberarme, le rocé las piernas con las mías y la camisa se me subió por los muslos.

—¡Que me sueltes!

El forcejeo continuó, apreté los dientes y arqueé la espalda para zafarme de su agarre, pero era inútil y me estaba cansando.

—Calla —me susurró al oído, acercándome más a él, y enterró la cara en mi pelo—. No pretendía disgustarte.

Me quedé inmóvil ante el tono hipnóticamente tranquilo de su voz. Dejé de luchar, con la respiración entrecortada.

Su pecho subía y bajaba mientras respiraba de manera agitada y soltó una carcajada seca.

—Joder, eres como una rosa. De un momento a otro pasas de ser suave y hermosa a hacerme sangrar con tus espinas.

—¿Sangrar?

Levantó el brazo donde lo había arañado y vi unos pequeños riachuelos rojos recorriéndole la piel sobre el escorpión y las llamas. Una vez más, sentí un pinchazo de remordimiento.

—Si no te hubieras burlado de mí con tu… —Me aguanté lo que quería soltarle—. No soy tan inocente como crees. Soy muy consciente de que tienes toda esa… experiencia con las mujeres. Y sé que crees que soy solo una estúpida mortal que…

Sus labios se apoderaron de los míos y me silenció.

Me quedé paralizada entre sus brazos, con la contestación

muriéndose en la garganta. Mi carácter obstinado me instó a apartarlo y a cruzarle esa cara insoportablemente perfecta que tenía por atreverse a callarme de aquella manera, pero la batalla que estaba librándose en mi cabeza no tardó en desaparecer. Me derretí cuando se incorporó sobre el codo y me enterró los dedos en el pelo. Despacio y perezosamente, me pasó la lengua por los labios, lamiendo, saboreando, explorando.

Probé el sabor del licor amargo que Elowen le había dado y que aún seguía en sus labios. La sensualidad de las especias y el alcohol se mezclaban con el almizcle y el clavo ambarino de su piel. La combinación, embriagadora, me consumía.

Posó las manos en la parte baja de mi espalda y me agarré a sus gruesos bíceps mientras él me acercaba aún más. Con la lengua, profundizó el beso y jadeó contra mi boca. Incluso estando tumbada, sentí que me mareaba y abrí los ojos, preocupada por si me desmayaba. Unas volutas sombrías danzaban a nuestro alrededor, entrando y saliendo de mi piel en ráfagas placenteras, y gemí de tal forma que el sonido vibró entre nuestros labios unidos.

Me estrechó y me besó con más fuerza, robándome el aliento. Deslizó sus palmas callosas hasta el dobladillo de la túnica que me había prestado y, sin romper el beso, me agarró el muslo con fuerza y soltó un gruñido cuando presionó su entrepierna contra mí.

El calor me recorrió la piel y las manos. El corazón me latía a un ritmo extraño, que me provocó una oleada de pánico. Me aparté de un empujón de su pecho para interrumpir el beso y, al apoyar la palma en él, sentí sus latidos palpitando al mismo ritmo que los míos, como si estuvieran perfectamente sincronizados. Su cadencia me tranquilizó y noté que me debilitaba, que flotaba, que salía de mi cuerpo. ¿Qué era esta sensación tan extraña?

Me rendí a ella. A él.

Deslizó la mano más arriba. Y más arriba. Hasta que encontró las nalgas de mi trasero desnudo y las apretó. El bulto de sus pantalones me presionaba con fuerza en el mismo punto en el que me moría por que me tocara.

Como si hubiera oído mis pensamientos, me deslizó la palma

por la cadera, recorriendo los huesos y las curvas con una paciencia que me exasperaba.

Levanté la vista y lo vi mirándome fijamente, y el corazón se me aceleró cuando bajó las yemas de los dedos hasta el vértice de mis muslos. Con la respiración entrecortada, separé las piernas, una invitación que esperaba con desesperación que aceptase.

Se relamió y, en cuanto me tocó la piel desnuda, cerró los ojos. Un sonido profundo y gutural retumbó en su interior, como el de un animal peligroso, y despertó en mí una obscena necesidad sexual.

Agarrándome a sus bíceps, solté un suspiro trémulo y los muslos me temblaron cuando me los separó más. Dentro de mi cabeza se mezclaban la excitación y el miedo y, al agarrarlo con fuerza para que explorara mi piel, me temblaron los brazos.

Con movimientos largos y lentos, recorrió con el dedo mi húmeda abertura y su tacto, peligrosamente experto, me provocó sacudidas en los músculos, tensos y temblorosos por sus caricias. Era como si supiera lo que necesitaba, como si poseyera algún conocimiento íntimo de mi cuerpo que yo desconocía. Con la otra mano encontró mi pecho y, a través de la fina túnica, me rozó el pezón, haciendo que se endureciera. La enloquecedora combinación me consumió los sentidos y me engulló en una oleada de puro éxtasis.

De mi boca se escapó un gemido cuando hizo que me tensase y presionó los labios contra los míos.

—Calla. No quiero que la vieja piense que te estoy haciendo daño.

Sonreí y asentí, moviendo las caderas descaradamente contra él, desesperada por que me tocase con los dedos, con la lengua. Cualquier cosa que aliviara el implacable deseo que había despertado. Un anhelo salvaje se retorcía en mi pecho, trepándome por las costillas como si fuese un animal atrapado. Con el labio inferior entre los dientes, apreté la coronilla contra la almohada y sentí el impulso de morder algo.

Empujó dentro de mí, curvando un perverso dedo hacia delante, y tocó un punto sensible que hizo que me arqueara contra él.

—Por todos los putos dioses. Estás empapada. —Me hizo cosquillas en la curva del cuello con los dientes y, al aumentar la presión, me arqueé más, arrastrando los talones sobre el colchón. Por encima de la tela de la camisa, tiró del pezón y me hundió los dedos aún más antes de sacarlos con movimientos largos y resbaladizos.

—¿Quieres que pare, Lunamiszka?

Negué con la cabeza, desesperada.

—No, por favor. No pares.

Arrastró la nariz por mi garganta y me lamió el pulso acelerado.

—Tu olor me está despertando el apetito. —En el momento en que deslizó los dedos fuera de mí, mis músculos se desplomaron, decepcionados.

Abrí los ojos y vi cómo se los metía en la boca y succionaba el fruto brillante de mi excitación, y, al verlo, sentí una necesidad profunda y desesperada entre los muslos.

Se colocó sobre mí; su cuerpo era una enorme sombra que eclipsaba la luz de la luna, y se lamió los labios antes de inclinar la cabeza para besarme. La cama crujió cuando se sentó y tiró de mis piernas, subiéndome a su regazo con facilidad, su bulto duro y enorme apretado contra mi entrepierna dolorida.

—Tu belleza no tiene rival, Maevyth.

Agarrándome del culo, enterró la cara en mi cuello y me plantó besos en la garganta y la clavícula. Se me puso la piel de gallina cuando me pasó la lengua por el centro. Perdida en la sensación, dejé que me atrajera hacia el éxtasis, hasta que, como un relámpago, me hundió los dientes en la base de la garganta, no con la fuerza suficiente para hacerme sangre, pero sí para que todo mi cuerpo se tensara a su alrededor. La dicha de hacía un momento se convirtió en algo más oscuro. Algo crudo y primitivo que hacía que la sangre me ardiese. Un deseo perverso y hambriento que se hinchaba en mi interior y suplicaba que lo alimentara.

Le rodeé la espalda con las piernas y me agarré a sus hombros mientras él me besaba y me mordisqueaba la garganta.

Volvió a deslizar la mano entre mis muslos y, mientras me sentaba a horcajadas sobre él, me introdujo dos dedos.

La monstruosa agonía que latía en mi vientre volvió a despertarse y acogió la penetración con un alivio abrumador. Incliné la cabeza hacia atrás, con la boca abierta, y el aire entró entrecortadamente en mis pulmones mientras me entregaba a ella.

Sabía justo dónde tocarme. Cómo tocarme. Lento y perezoso, apoyó una mano en el colchón y acompañó con las caderas cada embestida de sus dedos, como si me introdujera la polla mientras con sus fuertes muslos me mantenía abierta y clavaba los ojos en mí. Observándome. Notaba sus músculos flexionados contra mis manos y quise capturar el instante y enmarcarlo en mi memoria para siempre. En ese momento me pareció arrebatador y poderoso. Elegantemente brutal, pero con un brillo de fascinación juvenil.

Aumentó el ritmo y yo giré las caderas, apretando el culo contra sus muslos; el deseo solo se aliviaba cuando me penetraba. Más fuerte.

Se me escapó un gemido y le clavé las uñas en los bíceps, arañándolo una y otra vez, hambrienta de lo que fuera que me revoloteaba en el estómago. La necesidad que despertaba en mí se tensaba y se retorcía, contrayéndome los músculos.

—Por favor —le rogué, aunque no tenía ni idea de lo que estaba suplicando, de lo que acechaba al otro lado de aquella deliciosa tensión. La agonía y el placer me recorrieron, la desesperación era tan abrumadora que le mordí el hombro con la respiración entrecortada y gemí.

—Por todos los dioses, eres una criatura feroz cuando estás hambrienta. —La oscura diversión de su voz reflejaba el brillo diabólico de sus ojos—. Me pregunto qué sonidos saldrán de tus labios cuando tus muslos tiemblen bajo mis manos y tu dulce néctar me empape la lengua. —Sus palabras me arrancaron un sollozo sin lágrimas mientras la sangre me ardía más. El implacable deseo que sentía era insoportable.

Cambiándonos de posición, volvió a tumbarme contra la almohada, apoyándose sobre mí, y sus dedos hambrientos entraban y salían al ritmo de unos sonidos húmedos que me habrían hecho sonrojar si no hubiera estado tan ebria de lujuria.

Me arqueé hacia él, sintiendo su fuerte pecho contra el mío, su cuerpo duro e implacable; una prisión de la que no quería escapar jamás.

Un calor abrasador me recorrió y me giré para ver unas llamas negras bailando en el límite de la cama.

La parte racional de mi cerebro me pedía que huyera si no quería quemarme viva, pero estaba tan ebria y tan ida que no me importaba. Fuese cual fuese la magia que Zevander ejercía entre mis muslos en aquel momento, me dejó dócil y sin fuerzas por el placer.

La frágil y desgastada madera de la estructura de la cama seguía intacta, resistente, mientras chirriaba en silencio con sus movimientos; la llama se limitaba a bailar sobre su superficie como si se deleitara con el espectáculo que estábamos dándole. Con una embestida del dedo, Zevander tocó un sensible nudo de nervios que había en el centro de mi ser y giré la cabeza contra la almohada, con la mente en blanco y el placer ardiéndome en el vientre. Lo retorcía y lo tensaba mientras jugueteaba con él, lo masajeaba sin piedad, volviéndome loca. Antes de que pudiera soltar el grito que tenía en la garganta, me tapó la boca con la mano, atrapando el sonido contra la palma.

El tormento se esfumó cuando sacó los dedos de mi interior y, al levantar el dobladillo de la túnica, dejando al descubierto mi piel, se echó hacia atrás, soltando un largo suspiro, sin apartar la mirada de entre mis muslos.

—Joder —soltó; el asombro de su voz disminuyó los nervios que sentía. Se pasó la mano por el pelo y por la cara—. Me he imaginado este momento miles de veces y, aun así, no esperaba que serías así de perfecta.

Sin mucho esfuerzo, me rodeó los muslos con los brazos y se llevó mi entrepierna a la cara, colocándome las piernas por encima de sus hombros mientras se sentaba sobre los talones. Se acercó más a mí y apoyé la nuca en el colchón. Desde ese ángulo, veía todo mi torso y cómo me miraba. Con los ojos clavados en mí, bajó la cabeza y, cuando me arrastró la lengua por la piel, se me curvaron el vientre y los dedos de los pies. Un sabor metálico me cosquilleó en la lengua cuando me mordí el labio inferior con fuerza, luchando contra las ganas de gritar mientras lo veía observarme, devorándome con voracidad. No necesitaba experiencia para saber que aquel hombre era un maestro en lo suyo. Cada pasada y cada movimiento de lengua llegaban con un ritmo y una cadencia perfectos, creciendo y subiendo.

Gimió y gruñó, clavándome los dedos en los muslos y acercándome a su cara, dándose un festín, como si fuese un animal famélico. Al verlo, me volví hambrienta, como él había dicho, y me aferré a las sábanas, desesperada por clavar las uñas en algo mientras la tensión que había en mi interior se intensificaba.

—Por favor —susurré y agarré la almohada que tenía debajo, que me aplasté contra la cara para sofocar un gemido largo y ahogado que solté en el algodón húmedo.

Tenía los músculos ardiendo y, con los ojos entrecerrados, me rendí al caos que me atravesaba los huesos. Una sensación de ingravidez se apoderó de mí y, apartando la almohada, abrí los ojos. El techo estaba más cerca que antes y, al girar el cuello, vi la cama debajo de mí. Jadeé al darme cuenta de que estaba suspendida en el aire, con las llamas negras crepitando a mi alrededor. Cuando miré a Zevander, sin duda sorprendida, una sonrisa le curvó los labios y estudió mi reacción con aquellos ojos maliciosos y cómplices.

Levantó las palmas y, con un solo movimiento de dedos, floté hacia él hasta que estuve a horcajadas sobre su cara en el aire.

—Erigorisz —explicó y se relamió—. Tal vez uno de los glifos más útiles.

Me agarró los muslos con sus manos fuertes al reanudar su tormento y mis preocupaciones, todas mis dudas silenciosas, ardieron y se desvanecieron con el delicioso barrido de su despiadada lengua. Su boca me consumía la mente con la misma voracidad con que devoraba mi piel hinchada.

Retorciéndome y gimiendo, abracé la almohada contra el pecho, mi cuerpo se agarrotó, me tensé a medida que el calor se intensificaba y mis músculos se retorcían por el placer. Cada vez más. Los muslos me temblaban a su alrededor, curvaba los dedos de los pies y se los clavaba en sus fornidos hombros, y una necesidad palpitante me hacía rozar el límite del dolor con cada taimada caricia de su lengua.

Todos los pensamientos que me rondaban por la cabeza se concentraron en el agarre inflexible de sus manos, el roce de la barba incipiente de sus mejillas y la humedad de sus labios cuando succionó mi carne tierna y sensible.

El mundo se desvaneció a mi alrededor, los sonidos húmedos, los gemidos y los besos me arrastraron a un espacio oscuro e hipnótico en el que solo existíamos él y yo.

La tensión que me latía en las venas aumentó, luego se quebró en mi interior y, llevándome la almohada a la cara, moví las caderas hacia delante en un grito que quedó ahogado en la barrera afelpada y llena de plumas.

Apenas noté el crujido de algo fracturándose a lo lejos por las palpitantes oleadas de placer que me recorrieron los muslos y me llegaron hasta los brazos y las piernas en forma de cálidos cosquilleos.

Cuando me calmé, me bajó a la cama y me quitó la almohada de la cara, mirándome con un brillo reverente en los ojos, con un destello de adoración que hizo que se me formase un nudo en la barriga.

«¡Te reto a que la mires a los ojos!». Unas voces inesperadas brotaron del rincón más oscuro de mis recuerdos. «¡A los ojos a la expósita mirarás y todos a los que amas morirán!». Las rimas burlonas de otros niños y el desprecio de sus padres, que se reían en silencio junto a ellos. Años de rechazo y marginación grabados en mis pensamientos por lenguas viperinas.

Zevander me miró como si yo fuera algo más que las palabras despectivas con las que me habían acribillado desde que me encontraron en la linde del bosque: «Abandonada». «Desgraciada». Me miró como si yo fuera digna de que me vieran.

La emoción se apoderó de mí y me aparté de él, dispuesta a contener las lágrimas, que seguro que acabarían con este momento que estábamos viviendo.

—Ahora mismo pareces una diosa —susurró, enterrando la cara en mi cuello, besándome. Me pasó la boca por la mandíbula, por la mejilla, hasta que acabó pegando los labios a los míos—. Y sabes igual.

Pensamientos venenosos me apuñalaron la mente, empujándome a no confiar en sus palabras. «Está mintiendo». Un miedo silencioso se arrastró por debajo de mi piel, enroscándose alrededor de los huesos. De algún modo, Zevander había conseguido clavarme los dedos entre las afiladas costillas y dar con el rincón más gélido de mi corazón. Un lugar que muy pocos habían habitado. No confiaba en sus muros ni en su fuerza. No cuando me habían arrebatado a todas las personas que había llegado a amar. ¿Qué significaría para nosotros haber traspasado esa frágil frontera para llegar a algo más íntimo?

Con los ojos cerrados, aparté esos pensamientos. Porque, incluso si estaba mintiendo, incluso si esto no era más que temporal, daba igual. En este lugar, donde la muerte se cernía sobre las paredes, nada importaba. Estábamos dibujando una ilusión de normalidad en un mundo que resultaba demasiado oscuro como para imaginárselo. Un lugar que ansiaba devorarnos. Aquí, en esta pequeña cabaña, enredados y con el corazón latiendo al unísono, trascendimos la muerte y existimos en nuestro propio plano.

En nuestro propio terreno inexplorado.

La magia y el calor entre nosotros advertían de algo explosivo. Algo que nunca encontraría en otra persona mientras viviera. Una sensación que acabaría consumiéndome, como esas perversas llamas negras que él dominaba. Mejor haber experimentado esa pasión y verla desvanecerse como una estrella moribunda que no haberla conocido nunca.

—En pleno clímax eres destructiva.

Todavía disfrutando de las secuelas, sonreí a pesar de mis preocupaciones.

—¿Por?

Echó la cabeza hacia atrás y al levantarme sobre los codos descubrí que las llamas se habían extinguido, lo que me permitió ver perfectamente una larga grieta en el cristal de la ventana al otro lado de la habitación.

—¿Yo he hecho eso?

—Cuando gritaste. —Me atrajo hacia él y me besó en la frente—. No es que me queje. Es un sonido que nunca me cansaré de oír.

—Ni que lo hubieras oído antes —me burlé.

—Pues sí —respondió, con la mirada clavada en la mía y horrorizándome—. La noche que bebiste demasiado ambrozhyr —añadió con un descarado aire de diversión. Una sonrisa se le dibujó en las comisuras de los labios, como si recordar aquella noche fuera divertido, y, una vez más, la imagen hizo que me muriese de vergüenza.

—¿Hicimos...?

—No. Por muy dispuesta que parecieras a la idea, me niego a una mujer en ese estado. —Dejó escapar un suspiro—. Pero disfruté viéndote, eso sin duda.

—¿Viéndome hacer qué? —Nada más pronunciar las palabras, recordé que aquella mañana me había despertado con la ropa interior a mitad del muslo y las sábanas mojadas. La humillación me encendió las mejillas y por la mente me pasaron algunos recuerdos. Susurros y respiraciones entrecortadas. El seductor sonido de su voz en mi oído. Volví a notar cómo una sensación excitante se apoderaba de mí, entre los muslos.

Apreté los dientes, mortificada, pensando en la imagen que había dado aquella noche.

—Es un placer haberte entretenido —espeté.

—Solo estaba allí para asegurarme de que no sufrieras ningún daño. Aunque, por lo visto, yo fui el único que sufrió.

Hice una mueca, recordando que la única razón por la que tendría que haberse preocupado era porque había consumido demasiado ambrozhyr aquella noche.

—Lo siento si fue culpa mía.

Apoyó la cabeza sobre su brazo doblado.

—Por desgracia, es un dolor con el que estoy bastante familiarizado.

Con el gesto más sutil que me fue posible, miré hacia abajo, hacia el enorme bulto que se le notaba en los pantalones.

—¿Ese dolor es de naturaleza sexual?

Frunció los labios.

—Así es.

Apoyé la mano en su pecho y tracé una pequeña cicatriz que tenía bajo la clavícula. Aunque sabía muy poco del cuerpo de un hombre, me pregunté cómo podría aliviarlo. Por capricho de la locura, deslicé la mano por su pecho hasta los profundos surcos de su vientre, que se estremeció con mis caricias. El dobladillo de sus pantalones me hizo cosquillas en la palma y me atreví a meterla. A dejar volar mi incansable curiosidad.

Se quedó quieto, con el cuerpo tenso, cuando pareció darse cuenta de mis intenciones.

Metí la mano más abajo, rozándole solo la punta.

De repente, Zevander se alejó de mí, apartó la cara de la mía y respiró con fuerza. Desenredó los dedos de mi pelo y se tumbó a mi lado. Al principio pensé que había buscado un ángulo mejor para facilitarme el acceso en los pantalones, pero, cuando intenté continuar con mis exploraciones, me agarró de la muñeca.

—Por favor —suplicó, con los dientes apretados.

Los pensamientos venenosos de hace unos segundos burbujeaban como un caldero en mi cabeza y, con un asentimiento, aparté la mano.

—Si no deseas que te toque, lo respetaré.

Enseguida agarró la mano que estaba alejando de él y se la llevó al pecho, como para asegurarme que no era un rechazo.

—Te deseo. Te deseo tanto que mataría a cualquier cosa con pulso solo por tenerte una noche. Este deseo insaciable que siento… —Se le tensó un músculo de la mandíbula con esas palabras y me dio un apretón en la mano—. No puedo respirar. Me muero por ti, Maevyth. Créeme.

Pero no se molestó en explicarme por qué dudaba.

Y yo no me molesté en preguntar.

59

Zevander

Zevander se quedó tumbado, mirando a Maevyth en medio de la oscuridad. Sus suaves ronquidos le confirmaron que se había dormido con la espalda pegada a su pecho. Pasó las yemas de los dedos por sus largos y suaves rizos. Su mente volvió a lo que había pasado antes, a cuando ella había estado tendida ante él, temblorosa y necesitada. Perfecta. Aún oía el eco de sus gemidos; un sonido que despertaba su instinto de poseerla.

Observó la parte baja de su espalda, donde había visto las tenues cicatrices de los azotes. Se negó a examinarlas con detenimiento, porque los dioses sabían que habría sido capaz de atravesar los pliegues del tiempo para castigar a quien le hubiera puesto las manos encima. En lugar de hacer eso, juró en silencio que castigaría con crueldad a todo aquel que la tocara a partir de ese día.

Su compañera.

No se lo podía creer. Las almas gemelas eran para aquellos que creían en el destino, que miraban a las estrellas con el deseo de capturarlas. Él había vivido demasiado tiempo con la practicidad de saber que las estrellas estaban demasiado lejos de su alcance, y, sin embargo, entre sus brazos estaba la más brillante de todas ellas.

Una chica con la luna en los ojos y fuego en el alma.

Malditos los dioses por enviarle una mujer hermosa, con un corazón demasiado puro. Demasiado frágil.

Dormida, rodó sobre su espalda y giró la cabeza hacia él, pero sus ronquidos se convirtieron en respiraciones largas y tranquilas.

«Tócala. Es tuya».

Zevander cerró los ojos y sacudió la cabeza. ¿Qué había hecho en su vida, llena de crueldad, para merecer algo así de bueno e inocente? El mundo nunca le había dado nada así de forma gratuita. Cualquier cosa que le hubiera importado había tenido un coste muy alto, así que ¿por qué iba a confiar en que el destino no lo apuñalaría por la espalda?

Al mismo tiempo, aunque cada oscuro rincón de su mente se resistía a esa posibilidad, la realidad era que la visión de Dolion era indiscutible. Los videntes no poseían el poder de soñar con lazos de apareamiento por sí mismos. Al margen de las visiones que el viejo brujo hubiera tenido a lo largo de los años y que hubieran resultado falsas, los compañeros siempre eran de verdad. Sobre todo porque, cuando lo había soñado, Dolion aún no conocía a Maevyth. Y, aunque Zevander tuviera la osadía de poner en duda una visión de los dioses, aquel primer beso en su despacho había despejado todas las dudas. Fue entonces cuando sintió el primer tirón de su vínculo. Un estremecimiento que le llegó hasta los huesos y que despertó a la bestia posesiva que llevaba dentro.

El primer latido de su corazón muerto.

Sin embargo, menudo destino cruel le había tocado a ella. Y, hasta cierto punto, a él también. Tener una mortal como compañera significaría sufrir la agonía de verla morir demasiado pronto.

Pero quizá era lo más apropiado. El castigo final de los dioses, porque una eternidad con ella parecía igual de inalcanzable que las estrellas. La negrura de su horizonte, esa franja incolora de la nada, siempre le había dejado preguntándose si existía algo más allá. O tal vez había sido el mismo vacío que lo llamaba en las noches en que había sostenido esa daga con la punta envenenada sobre su propia garganta.

Sin embargo, sabiendo que la vida de Maevyth sería corta, ¿podría sacrificar siquiera un momento con ella para evitarle la posibilidad de que él se convirtiera en Branimir? ¿Para que se viera obligada a ver cómo su mente se deterioraba y caía en la locura?

Apretó los dientes cuando la verdad lo golpeó.

No. No podía perder ni un minuto. Ese tipo de altruismo era para hombres mejores. No para aquellos cuya alma estaba reseca y sedienta de una gota de vida.

El corazón marchito de Zevander llevaba demasiado tiempo enjaulado como para dejarla marchar tan desinteresadamente. Por mucho que detestara su codicia y egoísmo, pensar en dejarla ir era un acto de bondad que se negaba a considerar.

Lo que había dicho Rykaia era verdad. ella era como tener fuego en las venas. Un tormento por el cual despreciaba a los dioses.

Durante siglos había vagado como nada más que una sombra, como el maldito hijo del fuegoscuro. Maevyth irradiaba un calor irresistible que él ansiaba tener en su fría y calculada existencia. Era como unos rayos de sol dispersos que llegan hasta las profundidades más oscuras del mar. La promesa de una redención por todas las cosas viles que había hecho. Por todas las vidas que había arrebatado.

Muchas vidas.

Pero reclamarla significaba darles otro objetivo a sus adversarios, y una compañera era mucho más peligrosa que una hermana. Ella era una debilidad, un peón que podían utilizar para hacerlo obedecer como un perro. Porque se decía que perder una compañera era más doloroso que quemarse vivo. Una de las pocas torturas que había logrado evadir hasta ese momento.

Se pasó una mano por la cara, con la cabeza hecha un lío de pensamientos que le martilleaban el cráneo. Un vendaval de confusión en torno a lo que quería y lo que hubiera preferido evitar amenazaba con arrancarle el corazón. Y en el centro de esa tormenta estaba Maevyth. Su única constante. Un faro en medio de un mar negro y sombrío. Una luz demasiado brillante para sus ojos, pero, malditos fueran los dioses, aunque tuviera que mutilar y matar por toda la eternidad para mantenerla a salvo de sus enemigos, un hecho sería siempre cierto:

Ella era suya. «Lunamiszka, mi bruja lunar».

Era una posesividad cruel y egoísta, pero no le importaba. Cuando los dioses ofrecían expiación por una vida en el infierno, lo mejor era aferrarse a ella. Deslizó una mano en torno a ella, arrastrándola, dormida, más cerca de él.

Maevyth murmuró algo y se movió, pero no se resistió ni se despertó. Con ella de espaldas a su pecho y la cara hundida en su pelo, Zevander aspiró hondo, deseando volver a devorarla. Probarla una vez no había sido suficiente. Podría haberse pasado la noche explorando cada centímetro de su cuerpo, aprendiéndose qué le daba placer y qué la asustaba aún, familiarizándose con las fantasías más oscuras de su compañera. Sin embargo, aún no la tomaría. No en aquel lugar, donde no tenía nada a su disposición para calmar su apetito. Porque, una vez que se sumergiera en ese abismo celestial, sabía muy bien que no querría parar nunca. La general Loyce había entrenado a Zevander para que se comportara como un animal salvaje con el objetivo de dejar exhaustas a las brutales Bellatryx, que disfrutaban del sexo duro y, a menudo, también el dolor. Era perfectamente capaz de follarse a Maevyth contra todas las paredes y superficies, sin nada que frenara su apetito, e incluso entonces querría más. Al fin y al cabo, lo habían obligado a fornicar durante horas mientras alimentaba el apetito depravado de las Bellatryx.

Se estremeció ante la idea de hacer algo así con Maevyth.

«No. A ella no». Aunque necesitara todo el poder de su cuerpo o las más mortíferas tinturas de veneno para calmar sus impulsos, iría con cuidado. Por ella.

Por mucho que deseara estar en su interior, por mucho que fantasease con ella hasta la obsesión, esperaría a un momento y un espacio más adecuados para reclamarla. Un lugar en el que pudiera echar mano de su cuchillo venenoso en caso de necesitarlo; una medida de seguridad que no había incluido en el arsenal de armas que había traído al otro lado del valle.

Un crujido le hizo desviar la atención hacia la ventana que tenía detrás. Observó en silencio la luz fluctuante que indicaba que había una presencia en el exterior. Se separó de Maevyth, se sentó en la cama con cuidado de no molestarla y chasqueó la lengua en silencio. Una imagen se materializó en su mente: la ventana y el porche.

Y una figura de pie justo al otro lado del cristal.

No la veía muy bien, pero Zevander distinguió unos cuernos largos y ramificados, un cuerpo encorvado y pezuñas.

Se acercó a la ventana, sin hacer ruido al pisar las viejas tablas del suelo, y apoyó la espalda en la pared, en el lado opuesto a donde había visto la figura. Desde ese ángulo, la vio pasar: era una criatura con la piel parecida a la corteza de un árbol y brazos largos y escuálidos. Estaba olfateando el aire.

«Te veo observarme —dijo una voz en su cabeza, y Zevander frunció el ceño, retrocediendo hacia las sombras . Ven. Quiero hablar contigo».

«Entonces, habla», pensó él.

«No sabes que puedo sacarte de ese cuchitril con nada más que mi mente, ¿verdad?».

«En ese caso, te enfrentarías a mi espada. Muéstrate y dime qué quieres».

El ruido sordo de unas pezuñas en el porche desgastado delató que había movimiento y se puso delante de la ventana. Tal y como Zevander había visto en la oscura imagen de antes, los largos y puntiagudos cuernos de la criatura le sobresalían de la cabeza y rozaban el cristal. Sus ojos brillaban en la oscuridad como los de un animal y su cuerpo estaba cubierto por una piel áspera que formaba un patrón con surcos profundos similares a los de la corteza de un árbol. Aunque parecía más un animal que un hombre, se apoyaba sobre las patas traseras, ligeramente encorvado.

Era la misma bestia que había visto en el bosque la primera vez que se había aventurado a cruzar a Mortasia.

—Cadavros —dijo Zevander en voz baja y se puso frente a él, cara a cara, separados solo por el cristal—. La criatura que vi en el bosque aquella noche eras tú.

«Sí. Desde entonces he tomado una apariencia más aceptable como mortal, pero pensé que preferirías verme con un aspecto conocido, pues estos rasgos tan espantosos son algo que tengo en común con tu hermano. —Saludó a Zevander a través de la ventana, con sus dedos en forma de rama rozando el cristal—. Te has adaptado a la llama negra bastante bien con los años. Mucho mejor que yo».

Zevander no se molestó en responder a eso y, en su lugar, se fijó en lo que parecía una mancha de sangre en la barbilla de la bestia.

«Me he visto obligado a consumir carne mortal para no perder mi fuerza. —Inclinó la cabeza hacia un lado, Zevander supuso que hacia Maevyth—. Parece que tú también has consumido tu ración de carne». Incluso en sus pensamientos, esa voz contenía diversión y su atención hacia ella avivó una furia oscura en Zevander.

Con el movimiento más sutil que pudo hacer, obligó a su escudo a bloquear su mente, recordando que sus espadas estaban sobre la mesa que tenía al lado.

«Es inútil. Te maldije y, por lo tanto, no puedes ocultarme tus pensamientos. —Aquellos ojos negros y brillantes se desviaron hacia la izquierda, hacia la mesa—. Ni siquiera tus ganas de acabar conmigo. Y, en realidad, ¿para qué? No tengo ninguna intención de matarte».

«Entonces ¿por qué estás aquí?».

«Para proponerte una especie de trato. Mi poder aumenta a medida que la Peste Negra se propaga. Ofréceme tu lealtad, tu fidelidad, y gobernarás Mortasia a mi lado».

Zevander hizo una mueca despectiva.

«¿Y convertirme en una de tus criaturas sin rostro? ¿En una de tus grotescas mutilaciones?».

Con los labios arrugados, siseó, como ofendido.

«Ellos son los que se negaron a jurarme lealtad. Los que eligieron su orgullo por encima de todo».

«Ya he jurado lealtad».

«Tu rey ya te ha traicionado. De hecho, si supiera que estás aquí ahora, te encerraría en sus mazmorras por regicidio».

«¿Por regicidio?».

«Eres consciente de que, si Dorjan pereciera, se desataría una

Peste Negra y toda Etiria estaría a mi merced. Pero el príncipe y yo también estamos unidos por magia de la sangre —continuó diciendo—. Si yo muero, él también».

A Zevander se le heló la sangre. Fue entonces cuando comprendió por qué Sagaerin había optado por desterrar a Cadavros en lugar de matarlo. Por qué había prohibido a todo el mundo cruzar el Valle Umbrío. La vida de su hijo estaba ligada a su alma. No solo al amuleto, sino al propio Cadavros.

«O puedes unirte a mí. A mi lado tendrás más poder del que imaginaste. Todo lo que anhelas».

Zevander gruñó:

—No quiero nada de ti.

«¿No?».

Una imagen inesperada se materializó en su mente. Maevyth desnuda sobre él, con la cabeza inclinada hacia atrás, en pleno éxtasis. Le recorrieron oleadas de placer y se tensó.

No podría controlarlo.

«Imagínate tenerla sin reservas. Sin esos recuerdos entrometidos nublándote el juicio. —Cadavros continuó provocándolo—. Imagina que pudieras tenerla, tomarla, tal y como has soñado. Imagina que pudiera tocarte sin causarte dolor».

Zevander cerró los ojos para ahuyentar la imagen, pero se le grabó en la mente con tanta nitidez que pudo sentir cómo hundía su polla empalmada en su interior, deslizando dentro y fuera de ella cada uno de sus pendientes. La rapacidad ardiendo en sus músculos mientras devoraba su prieto cuerpo. Cuando abrió los ojos, ella estaba allí, desnuda y húmeda, con la piel resbaladiza mientras le golpeaba el vientre una y otra vez con las caderas.

«Joder».

La agarró por las caderas, guiándola más abajo, desesperado por hundirse en aquella estrecha calidez, en aquella entrada hinchada y empapada que suplicaba que la llenaran. Un hambre voraz se le clavó en los huesos y diluyó su contención. Por todos los dioses, la deseaba más que a su próximo aliento.

Las ondas negras del pelo de Maevyth se le desparramaban sobre los delgados hombros, entreabría sus labios carnosos en torno a una respiración entrecortada mientras cerraba los ojos y lo mojaba con su excitación. Los instintos depredadores se despertaron en ella como un montón de tiburones en un mar lleno de sangre. Le clavó las uñas afiladas en los pectorales mientras ondulaba las caderas contra las de él. Dejó escapar un gemido que era música para los oídos de Zevander y que hacía que le entraran ganas de tragárselo. El embriagador aroma a sexo que flotaba en el ambiente le hizo la boca agua.

Alargó la mano hacia sus pechos, ignorando un sutil pensamiento, la advertencia que le decía que algo no iba bien. Ansiaba poner las manos sobre la piel de Maevyth y se aferró a ella, levantando la cabeza para chuparle un pezón. Un hambre feroz se movía dentro de él. Quería más. La quería entera.

La locura se le extendió por las venas como un incendio y, con un gruñido, mordió la suavidad de su pecho. Ella soltó un grito ahogado y Zevander le apretó la garganta para silenciarla, agarrándola con fuerza y maravillándose por la forma en que su pulso le martilleaba contra la palma. Tenía su vida en las manos. Maevyth estaba a su merced. Con los dientes apretados, le clavó los dedos en las caderas, obligándola a moverse más deprisa. Con más fuerza.

El placer de sus ojos se transformó en miedo y arañó la mano que aún la sujetaba por la garganta, dejando escapar una bocanada de aire.

Él apretó con más fuerza. Más fuerte.

«Mátala», le ordenó la voz.

—¡No! —gruñó Zevander, queriendo apartar la mano de su garganta, pero no se movía.

«¡Zevander! —Los gritos de Maevyth resonaban en su cabeza—. ¡Zevander!».

El sonido de una risita oscura le recorrió la columna vertebral.

«Me jurarás lealtad… o te arrebataré todo lo que te importa».

60

Maevyth

La luz bailó sobre mis párpados y me estremecí por la claridad del día mientras me estiraba y bostezaba. Una extraña vibración sacudió la cama y oí un gruñido a mi espalda. Abrí los ojos y me volví para ver a Zevander tumbado a mi lado, con todo el cuerpo convulsionándose. Una gruesa capa de sudor le humedecía la piel y le pegaba el pelo a la cara. Tenía los brazos flexionados a los lados y los puños apretados.

Con el ceño fruncido, me levanté de la cama y lo miré fijamente a los ojos, negros como el carbón, con unas pequeñas venas negras que sobresalían de las cuencas. Sentí un escalofrío en el pecho al verlo, y la caricia fantasmal del terror me puso la piel de gallina.

—¿Zevander? —Me atreví a tocarlo y, cuando lo hice, un calor abrasador me quemó las yemas—. ¡Ay! —Retiré la mano y escondí los dedos en un puño. El pánico me subió por la garganta. Me levanté de la cama con cuidado de no molestarlo y abrí la puerta. Al otro lado, Elowen tenía una expresión curiosa en el rostro—. ¡No sé qué le pasa! Me he despertado y él... No me responde. Está ardiendo.

Ella inclinó la cabeza, entró cojeando en la habitación y se detuvo junto a la cama. Puso la palma de la mano sobre su cuerpo tembloroso sin llegar a tocarlo y cerró los ojos.

—Una sujeción abisal.

—¿Qué es eso?

—Algo se ha apoderado de su mente y se niega a liberarlo. Puede suceder cuando caes en un estado de caligorya.

Caligorya. Recordé el término que había mencionado Dolion el día que me desmayé en la sala de entrenamiento. Lo había llamado «el lado oscuro de la mente».

Miré a Zevander, cuyos músculos estaban tan tensos que era un milagro que no se le salieran de la piel.

—¿Cómo podemos hacer que pare?

—No hay forma de detenerlo, por eso se llama «sujeción». No podemos llegar hasta él, pero tenemos que bajarle la fiebre.

—Su poder es una llama negra. ¿Puede que eso tenga algo que ver?

La mujer se encogió de hombros y volvió a pasar junto a mí, cojeando.

—Puede ser. Sin duda, eso explicaría lo de los ojos.

—He... He controlado la llama negra antes. —La seguí mientras se dirigía a un cuenco en la encimera de la cocina.

—Seguro. —Se burló y fue hacia la puerta.

Vestida solo con la túnica de Zevander, corrí por la habitación en busca de la capa que me había prestado y me detuve a contemplar su cuerpo afligido. Me dolió en el alma y, con cuidado de no tocarle la piel, le aparté un mechón de pelo de la frente.

—Quédate conmigo —susurré y me eché la capa por encima.

En lugar de optar por el calzado plano que me había puesto con el vestido, metí los pies en sus enormes botas, que me llegaban hasta los muslos. Con pasos torpes, perseguí a Elowen por la nieve, temblando por el frío glacial que me abrasaba la piel expuesta. Un ruido metálico atrajo mi atención hacia el otro lado de la cabaña y troté tan rápido como me lo permitieron las botas.

La encontré junto a la bomba de un pozo, llenando el cuenco y una jarra de agua.

—Es cierto: he controlado su llama antes —dije, viéndola cambiar la jarra por el cuenco, que empujó contra mi pecho, salpicándome un poco el brazo.

—Nadie puede controlar el fuegoscuro. Es salvaje, caótico y

hace lo que quiere. —Movió la palanca unas cuantas veces para llenar la jarra y la llevó junto a mí.

—Bueno, lo que hay dentro de mí puede con él.

La anciana se dio la vuelta.

—¿Y qué hay dentro de ti?

No tenía ni idea y, cuanto más me quedase discutiendo con la mujer, más sufriría Zevander.

—Nada.

Ella suspiró y volvió hacia la cabaña. Una vez dentro, sacó unos frascos de boticario del armario —de hierbas, supuse— y las dos volvimos junto a él.

Allí, se puso a desabrocharle los pantalones, que él se había aflojado la noche anterior, pero que nunca se había quitado. Mientras intentaba bajárselos de un tirón, puse el brazo de barrera.

—¿Qué estás haciendo?

—Le quito toda la ropa que puedo. —Sus cejas pobladas prácticamente crujieron cuando las levantó—. ¿Nunca le has bajado la fiebre a nadie, niña?

Di un paso atrás y me aparté cuando le bajó los pantalones hasta la mitad de los muslos con otro tirón, liberando su miembro viril.

—Dios mío… —La alteración en la voz de Elowen me hizo volverme hacia él y el corazón se me encogió.

Mientras Zevander yacía allí, convulsionándose, su pene estaba rígido contra el estómago. Tenía unos pendientes, en forma de barras de metal gruesas, que le recorrían la base a lo largo de toda su longitud. Unas cicatrices le marcaban los muslos y la ingle, como si hubiera sufrido una tortura inimaginable en algún momento. Unas delgadas líneas blancas se le extendían de cadera a cadera; me imaginé que había recibido un latigazo en la ingle. Algunas eran más profundas, como si lo hubieran cortado con un cuchillo.

Elowen le pasó el dedo por un muslo.

—Veneno. Se nota por el hilo de carne violeta que hay ahí —dijo, señalando una cicatriz torcida donde la carne se había sellado.

Se me saltaron las lágrimas, me di la vuelta y tragué saliva.

—¿Qué monstruo le ha hecho esto? —Elowen negó con la cabeza, mirándolo fijamente—. Cuánto dolor ha pasado este joven...

—Los soláceos —respondí, con los dientes apretados para no llorar. Solo con ver el maltrato que había sufrido me daban ganas de despedazarlos a todos—. Lo esclavizaron. —Parpadeé y me aclaré la garganta—. ¿Podríamos respetar un poco su dignidad?

Elowen asintió y yo le agarré los pantalones por el otro lado y la ayudé a subírselos con cuidado hasta las caderas para cubrirlo, como antes.

Me dio un paño y lo sumergí en el agua fría que había recogido.

—Intenta bajarle la temperatura un poco. Voy a ver si tengo algún hechizo para detener las convulsiones —dijo, dirigiéndose a la puerta.

Asentí y le puse el paño en la piel; los músculos se estremecieron al contacto. Presionando con suavidad, se lo pasé por la garganta y por la mandíbula. Volví a sumergirlo en el agua, escurrí el exceso en el cuenco y se lo pasé por las mejillas y la frente.

Aun así temblaba con mi tacto, cada músculo parecía estar en tensión.

—Zevander —susurré—, si me oyes, vuelve, por favor.

Seguí mojando el paño, añadiendo agua fresca y fría a la piel. Cuando llegué al pecho, me estremecí al ver la rigidez de los músculos, lo doloroso que debía de ser tenerlos crispados sin descanso. Me dolía el corazón solo de mirarlo.

—¿Qué te ha ocurrido? —Le pasé el paño por el nacimiento del pelo, con cuidado de evitar los ojos. Al examinarlo más de cerca, ni siquiera le vi los iris: toda la superficie de los globos oculares estaba negra. Puse la mano con cuidado sobre sus párpados para cerrárselos.

Elowen apareció en la puerta.

—Tengo que recolectar algunas hierbas del bosque. Cepaoscura y vulpalina.

—¿Quieres que vaya contigo?

—No. Quédate con él. No tardaré.

Me volví hacia Zevander y continué pasándole el paño, preguntándome qué habría hundido las garras en su mente después de que yo me hubiera dormido.

Habría pasado una hora y le pasé el paño por centésima vez por el cuerpo, atenta a ver si venía Elowen. Debía de resultar difícil encontrar las hierbas y raíces que necesitaba.

Zevander seguía convulsionándose, con los músculos aún contraídos, pero al menos pude tocarle la piel sin quemarme.

Me puse en pie y resoplé, mirando por la ventana. Sin señales de Elowen, salí de la habitación a ver si encontraba algo que ponerme para buscarla en medio del frío. La habitación frente a la nuestra estaba ordenada y limpia, la cama hecha, las mantas dobladas y con una pequeña cómoda contra la pared. En los tres primeros cajones no había nada. En el cuarto cajón encontré un par de pantalones viejos con agujeros y parches. Me los puse: me quedaban dos tallas grandes y me enrollé los cordones dos veces para ajustármelos. Debajo de la cama encontré un par de botas de cuero. Aunque seguían quedándome grandes, me iban mejor que las de Zevander, así que me las cambié antes de agarrar la capa.

Después de comprobar una vez más cómo estaba, salí por la puerta a buscarla.

La temperatura debía de haber bajado unos diez grados desde que ella saliera aquella mañana. Vonkovya siempre había sido conocido por sus duros inviernos, pero no recordaba ninguno tan frío.

Tras una larga caminata por la nieve, me encontré ante el temido arco. Era extraño que, incluso después de haberlo atravesado una vez, aún dudara en adentrarme en aquel bosque.

Me vino a la mente la imagen de Zevander en la cama y me apresuré a cruzar la barrera, buscando a la anciana con la mirada. El cielo cubierto de nieve reflejaba una luz brillante que me nublaba la vista.

Incapaz de llamarla, me adentré más en el bosque sin perder el arco de vista.

A lo lejos vi una figura oscura en la blancura. Me aproximé con cuidado y me mantuve cerca de los árboles, por si acaso. A medida que avanzaba, distinguí la forma corpulenta de Elowen tendida en el suelo y, con un grito ahogado, corrí hacia ella.

—¿Elowen?

No se movía y tenía los ojos cerrados, como si estuviera durmiendo. A su lado, en el suelo, había un cesto tirado con hierbas y raíces, y sobre la nieve, esparcidas, unas reveladoras gotas de sangre.

Levanté la mirada hacia el bosque que me rodeaba, haciendo un barrido rápido para asegurarme de que no había animales ni criaturas escondidos entre los árboles. Al no ver nada, la zarandeé por los hombros.

—Elowen.

No se movió ni se inmutó.

Le subí las mangas de un tirón y le bajé el pañuelo de la garganta en busca de la herida por la que había sangrado. No había nada. No tenía nada en la cara. En su falda tampoco había rastros rojos. Seguí con la vista el reguero de gotas de sangre hasta la nuca. La empujé para ponerla de lado y vi que tenía un buen trozo de carne desgarrada. Al darme cuenta de que podían ser marcas de mordiscos, volví a examinar los árboles y, cuando la tumbé de nuevo en el suelo, abrió los ojos de golpe.

Unos brillantes orbes negros me devolvieron la mirada y, mientras la observaba, horrorizada, se le hinchó la frente, cada vez más grande, y los huesos le crujieron al desplazarse y se tragaron los ojos.

Me quedé paralizada por la conmoción, observando sus dientes, que poco a poco se iban alargando.

«¡Muévete! ¡Ya!».

Me levanté para alejarme de ella, pero su mano salió disparada y me agarró del brazo. Solté un grito de pánico y le arañé los dedos para que me soltase. Tiré del brazo con brusquedad y caí de bruces sobre la nieve. Me coloqué de espaldas y, mientras me alejaba de ella a rastras, se abalanzó sobre mí a cuatro patas. Su boca era lo único que quedaba visible en el rostro. Lanzó un chillido aterrador que resonó en todo el bosque y se subió encima de mí, inmovilizándome con una fuerza descomunal. Estuvo a punto de morderme la mejilla, pero saqué la mano derecha y la agarré por el cuello.

—¡Elowen! ¡Por favor!

La baba le cayó de los dientes a mi barbilla y me di la vuelta, haciendo un esfuerzo por apartármela de la cara. Al estirar el cuello, me fijé en una talla en la corteza de un árbol que había cerca. Me recordó a los ojos de un pájaro, pero juntos e invertidos, como si fueran el reflejo del otro. Tan salvaje y fuera de lugar que no pude evitar quedarme mirándola. No podía apartar la vista, pues una fuerza invisible parecía atraer mi atención hacia ese lugar. Observé la talla fijamente, estudiándola. El tiempo se ralentizó. Los músculos de los brazos me temblaron, amenazando con desplomarse bajo su peso.

El calor me quemó la palma de la mano y un destello de luz brillante me golpeó los ojos, casi cegándome. Parpadeé para disipar el aturdimiento y, cuando me volví hacia Elowen, el tiempo se puso de nuevo en movimiento.

La oscuridad se extendió desde mis nudillos hasta las puntas de los dedos mientras la agarraba por la garganta. La columna vertebral se le tensó, inclinó la cabeza hacia atrás y la presión que sentía sobre mí disminuyó. Unas diminutas venas negras palpitaban bajo su piel blanca y pálida, engrosándose cada vez más. Se estiraron y se le extendieron por el rostro, tragándose el blanco alabastro, hasta que, por fin, se transformó en un polvo negro que cayó sobre mí.

Tosí y di una patada hacia atrás hasta que choqué con la columna contra algo duro y solté un grito; al girarme vi el tronco de un árbol a mi espalda. Cuando volví la vista hacia Elowen, no vi más que sus ropas raídas amontonadas sobre el polvo negro que había esparcido por la nieve.

Bajé la mirada hasta la punta de mis dedos, que seguían negros como el ónice, y cuando giré la palma hacia arriba la imagen que había visto tallada en el árbol brilló en mi mano derecha. Un nuevo glifo. De cerca, vi que eran dos ojos invertidos en vertical, pero, en realidad, la cresta de cada ojo formaba una guadaña. Eran dos guadañas invertidas.

Volví a mirar a Elowen.

Estaba muerta.

Un profundo gruñido me hizo levantar la vista de nuevo y vi a dos criaturas pálidas que se acercaban hacia mí a través de los árboles, sigilosas. Me puse en pie y corrí hacia el arco.

Los gruñidos que oía detrás de mí me indicaron que me perseguían, pero no me detuve ni me volví para comprobar a qué distancia estaban. A través de la nieve, regresé a la cabaña, con un miedo insoportable que me dejaba sin aire, jadeando y tosiendo. Mi bota chocó contra un tronco y caí hacia delante, golpeándome el pecho contra el suelo. Un vistazo rápido me mostró a las criaturas que me perseguían a cuatro patas; me puse en pie de un salto y eché a correr de nuevo.

El arco se alzaba justo delante de mí. El aire me quemaba los pulmones y los músculos me temblaban mientras corría a campo través hacia la cabaña, que se veía a lo lejos. Cuanto más corría, más cerca estaban los gruñidos que parecían perseguirme.

Un sollozo sin lágrimas me tiraba de la garganta, pero apreté los labios para contenerlo. Zevander necesitaba que volviera. Me necesitaba. Me negaba a morir. Me negaba a dejarlo solo y vulnerable.

«No moriré en este miserable mundo».

Cuando llegué al porche, los pulmones me palpitaban contra el pecho, pidiéndome una bocanada de oxígeno. Débil por el cansancio, entré por la puerta principal de la casa de golpe y la cerré, colocando el seguro en su sitio. Con la espalda apoyada en ella, jadeé, esperando a que aquellas criaturas se abrieran paso tras de mí. A través de la hoja oí gruñidos y chillidos. Un fuerte golpe me hizo saltar hacia delante. Otro golpe seco y las cerraduras metálicas sonaron.

—¡Parad! —grité cuando chocaron contra la barrera por tercera vez. Sus gruñidos se intensificaron, me llevé las manos a los oídos y cerré los ojos—. ¡Marchaos, marchaos, marchaos!

Una ráfaga helada se arremolinó a mi alrededor y, por un segundo, me pregunté si habrían conseguido atravesarla de alguna forma.

Los golpes contra la puerta cesaron y abrí los ojos al notar que una inquietante calma se apoderaba de la habitación.

No se oía nada más que los gruñidos que venían del dormitorio y que me indicaban que Zevander seguía allí.

Atravesé con cuidado las tablas del suelo, me acerqué a la ventana que había junto a la puerta y me asomé. El corazón me latía con fuerza en la garganta. Había muchas criaturas en el patio, gruñendo y chasqueando los dientes, pero ninguna se acercó a la entrada. Era como si no pudieran.

Como si mi presencia las hiciera enloquecer, una de ellas se abalanzó hacia el porche, pero una fuerza invisible la lanzó hacia atrás por el patio.

—Un hechizo de protección —susurré. Fue entonces cuando recordé los símbolos tallados en la puerta de madera.

Me alejé de la ventana, miré a mi alrededor en busca de un paño y encontré uno en la encimera. Lo rasgué en pequeñas tiras y me envolví los dedos con ellas, hasta las puntas ennegrecidas, para cubrirlos por completo. Me temblaba todo el cuerpo mientras cojeaba hacia el dormitorio y, después de quitarme las botas, me metí en la cama junto a Zevander. Incluso inconsciente, me tranquilizaba; su enorme cuerpo era como un escudo de hierro tras el que me escondía mientras los monstruos se paseaban junto a la ventana.

Ojalá se despertara.

Mientras seguía temblando, enterré la cara en su piel húmeda, que había empezado a volver a calentarse.

—Por favor, despierta —susurré—. No me dejes aquí sola, por favor.

61
Zevander

Agarrándola de la garganta con fuerza, Zevander estampó a Maevyth contra la pared y se introdujo en su interior tan hondo que ella gimió.

Empapado en sudor, se la había follado durante horas, sin descanso. El cansancio de sus ojos y la laxitud de sus músculos le decían que se debilitaba por momentos. Pero él no podía parar. Había algo que lo empujaba a seguir.

Una sensación extraña se le introdujo en las venas, alimentando un deseo irrefrenable de devorarla. Una necesidad despiadada y violenta que lo atormentaba.

«Puedes tener todo lo que quieras. Ir adonde quieras»; la voz venía de atrás, como si Cadavros estuviera a su espalda, observándolo mientras se la follaba con codicia.

Con los dientes apretados, Zevander gruñó, mirando fijamente a Maevyth y sus labios hinchados y dulces.

—Solo la quiero a ella.

La sangre corría con furia por sus venas, con el apetito desatado ante una oscuridad interminable. Empujó las caderas con más fuerza y le inclinó la cabeza a Maevyth lo suficiente como para clavarle los dientes en el cuello. A ella se le escapó un grito débil, pero a Zevander no le importó. El sonido de su voz entrecortada le provocó un escalofrío. Quería devorarla. Cada fibra de su ser le pedía que acabara dentro de ella, que la llenara, y no se detendría hasta entonces.

«La general Loyce te robó este placer. Ella te hizo así. —Sus palabras serpentearon bajo la piel de Zevander y despertaron tal furia salvaje que le vibraron los músculos—. Ni siquiera ahora puedes disfrutar de ella como es debido, ¿verdad?».

El rostro de Maevyth se transformó en la piel bronceada y el cabello rubio de la mujer que había asolado sus pesadillas cuando no era más que un crío. Echó la cabeza hacia atrás y estalló en carcajadas, agarrándolo del pelo.

«Me encanta un buen polvo rabioso», comentó y Zevander le apretó la garganta con más fuerza, sin desear otra cosa que ahogarla hasta la muerte. Llenarla de la llama negra y verla convertirse en cenizas entre sus manos.

El cuerpo le suplicaba que se separara de ella, pero no podía. No podía contenerse. Una necesidad insaciable de seguir le atravesaba la resistencia. El odio que sentía le quemaba en la boca del estómago como si fuera un sedimento negro y aceitoso.

—Por favor, despierta —susurró Maevyth—. No me dejes aquí sola, por favor.

El sonido de su voz lo desarmó y Zevander miró a su alrededor. La vergüenza se apoderó de él al pensar en ella viéndolo follar con Loyce. Se volvió hacia la repulsiva mujer y se encontró a Maevyth apoyada contra la pared, con la cabeza ladeada.

Confuso, sacudió la cabeza y una oscura obsesión volvió a correr por su sangre.

Reanudó sus embestidas mientras el sudor le caía a chorros por el cuerpo. Con la lengua, formó una línea húmeda por el pliegue de su cuello, llevándose el sabor salado de su piel.

«Follas como un cadáver. —La fusión de la voz de Maevyth y la de la general Loyce le repugnó y la miró fijamente; el pelo de Maevyth se volvía rubio—. Fóllame en condiciones o te castigaré».

Con los ojos entrecerrados, se apartó, sin dejar de penetrarla, moviendo las caderas.

«Más fuerte», decían las voces fusionadas.

«Más fuerte». Esa vez, la voz de la general Loyce destacó.

Zevander gruñó y llevó la mano a la boca de ella.

—¡Basta!

«Si no disfrutabas con lo que te hacía, ¿por qué te corrías?», se burló Loyce.

La estampó con más fuerza contra la pared y la desgraciada se echó a reír; el sonido le rebotaba en la cabeza con un estruendo enloquecedor. No había clímax a la vista. El tormento no tenía fin.

—¿Me oyes, Zevander? —preguntó Maevyth, cuya voz interrumpió sus pensamientos.

Él miró a su alrededor, buscándola.

«¿Acaso no es ella todo lo que querías? —interrumpió Cadavros, y una ráfaga de aire frío le rozó la nuca—. Tómala. Hazla tuya. Puedes tenerla así durante toda la eternidad».

De nuevo levantó la vista y descubrió que era a Maevyth a quien poseía, que tenía los ojos cerrados, como si estuviera completamente inconsciente.

Sí. La eternidad. La oscuridad se apoderó de su cerebro y Zevander la llevó hasta la cama, donde la arrojó sobre el colchón. La joven, inerte, no protestó cuando la puso boca abajo. Pero, al acercar la punta de su miembro a su entrada, se detuvo al volver a oír su voz.

—Voy a ayudarte.

Frunció el ceño; tenía una voz tan angelical y pura que su musicalidad le formó un nudo en el estómago por la vergüenza.

—¿Maevyth? —Con los ojos cerrados, sacudió la cabeza y, cuando los abrió, levantó las manos y las vio cubiertas de un líquido negro brillante.

Bajó la mirada hacia su figura desnuda y la sangre le cubría los muslos y la garganta, donde antes la había mordido. Desde la herida, unas diminutas venas negras se deslizaban por su piel pálida, palpitando como los latidos de un corazón.

Una punzada de dolor le atravesó el pecho y se tambaleó hacia atrás, frío por la conmoción.

—¿Maevyth?

Se le llenaron los ojos de lágrimas al darle la vuelta y descubrir que de la marca del mordisco en la garganta supuraba una sustancia negra y oleosa.

—No, no, no… ¿Qué he hecho? ¡Qué cojones he hecho! —La levantó entre los brazos, acunándola—. Despierta, Maevyth…

Una risa macabra resonó a su alrededor y el sonido le sacudió el interior del cerebro.

«Como te he dicho, puedo quitártelo todo».

«Hasta a tu juguete favorito», añadió Loyce.

Enterró la cara en el pelo de Maevyth, pero el delicioso aroma que tanto anhelaba ya no estaba allí. Solo el frío hedor de la podredumbre y la enfermedad, que le quemó en la nariz. Un calor abrasador le recorrió el pecho en forma de una llamarada de fuego negro. La adrenalina se le disparó por las venas a medida que luchaba por aferrarse a ella mientras la llama devoraba su cuerpo inerte.

—¡No! ¡No, no, no! —En cuestión de segundos, se desintegró en sus brazos y solo quedó una pequeña piedra de sangre roja con marcas plateadas en la palma de su mano—. ¡No! Maevyth, por favor. ¡No! —rugió; la furia en estado líquido se deslizaba por su sangre como si fuera lava.

—¿Zevander?

Al oír su voz, miró a su alrededor, buscándola.

—¿Me oyes? Vuelve conmigo.

—¿Dónde estás? ¡Dime dónde estás!

—Abre los ojos, Zevander. ¡Ábrelos!

Pero ya los tenía abiertos. Los había tenido abiertos todo el rato.

—Mírame —susurró ella—. Mírame, por favor.

La violencia que había en él se apaciguó y la bestia que le desgarraba el pecho por fin se tranquilizó. Soltó un largo suspiro y cerró los ojos. Cuando volvió a abrirlos, Maevyth lo miraba fijamente, cogiéndole las manos.

Los ojos le brillaban, plateados.

62
Maevyth

Solté una risa entre lágrimas, contemplando el hermoso eclipse de los ojos de Zevander.

—Hola.

No había imaginado que el mero hecho de presionar las palmas de mis manos contra las suyas pudiera avivar la llama, pero notaba cómo se adentraba en mí, cómo ese delicioso calor me calentaba los huesos a medida que se lo ordenaba.

Había dejado de convulsionar y, aunque seguía teniendo las pupilas dilatadas, la franja dorada y naranja había empezado a ensancharse, sustituyendo a la espeluznante negrura de antes.

La confusión se apoderó de su expresión y se incorporó de golpe, dándome la espalda mientras sacaba las piernas por el borde de la cama. Se le tensaron los músculos de la espalda, se inclinó hacia delante y se agarró la cabeza con las manos.

—¿Zevander? —pregunté con cuidado, sin estar muy segura de que estuviera lúcido.

—¿Qué he hecho? —Se pasó las manos por la cabeza hacia delante y hacia atrás, despeinándose.

Fruncí el ceño y sacudí la cabeza.

—¿A qué te refieres? No has hecho nada.

—Tus ojos… son más plateados que antes.

Me llevé un dedo a la mejilla y recorrí la habitación con la mirada en busca de un espejo, pero no había nada en lo que ver mi reflejo.

—No sé muy bien por qué. —Elowen había dicho que solo la muerte podría romper el hechizo. ¿Quizá su propia muerte? Con los ojos entrecerrados, sacudí la cabeza para ahuyentar la imagen de su cuerpo convirtiéndose en polvo cuando la tuve entre mis manos. No era el momento.

—Te he hecho daño —dijo con la voz ronca.

—No me has tocado, Zevander. Ni una sola vez. —Por la forma en que temblaba, con los músculos tensos y afectados, yo sí que quise tocarlo a él. Reconfortarlo. Acerqué el brazo, pero me detuve. No quería arriesgarme a que me rechazara en ese momento, así que me impulsé con manos y rodillas para levantarme—. Voy a traerte agua.

No se movió ni me miró al bajar de la cama y dirigirme a la otra habitación. Rebusqué en los armarios, donde encontré una taza y un paño limpio, y cogí de la encimera la jarra de agua que Elowen había llenado antes. Llevé las provisiones de vuelta al cuarto y descubrí que Zevander no se había movido, que seguía con la cabeza entre las manos. Después de dejarlo todo sobre la mesa, junto a sus armas, vertí el contenido de la jarra, que olía a azufre, en la taza.

—Seguro que estás deshidratado. —Se la acerqué y vi cómo su pecho se dilataba y contraía con respiraciones profundas, como si intentara tranquilizarse. Me entraron ganas de preguntarle por qué estaba tan alterado, pero decidí esperar a que recuperara el aliento.

Aceptó la taza y la olió, arrugando la nariz. Agua de pozo. No se parecía en nada al agua fresca y limpia que había bebido en Etiria. Volvió a inclinarla y se limpió la boca con el dorso de la mano.

—Prefiero el licor.

Asentí, salí de la habitación y volví con la botella que Elowen le había dado la noche anterior.

Con la mano temblorosa, lo vertió en la taza y se lo bebió todo de un trago.

La palangana seguía junto a la cama; sumergí el paño en el agua y escurrí el exceso.

—¿Puedo? —pregunté, mostrándoselo.

Con la mirada clavada en la mía, se incorporó y le acerqué el paño a la cara. No me quitó los ojos de encima mientras se lo pasaba, fresco, por la frente, las mejillas y el cuello.

En medio del silencio, me puse a pensar y me imaginé lo que habría sucedido si él no hubiera logrado despertar. Sola en esta cabaña, día tras día, con esas criaturas merodeando en el patio. Esperando la oportunidad de entrar. Me escocieron los ojos, así que aparté rápidamente la mirada para no llorar y sumergí el paño en agua fresca. Me aclaré la garganta.

—No sabía si... —Las palabras se negaron a salir mientras luchaba por contener mis emociones.

Me rodeó con sus enormes brazos y me arrastró a la cama, a su lado. Él seguía temblando mientras me estrechaba. No se movió, solo respiraba, y yo no luché contra su asfixiante agarre, sino que dejé que se aferrara a mí. Unas silenciosas lágrimas de alivio se me derramaron por las sienes.

—Pensaba que me habías abandonado. Para siempre. —Se me quebró la voz con las dos últimas palabras y parpadeé para contener más lágrimas—. ¿Adónde has ido?

No contestó enseguida, pero apretó los dedos contra mí, como si yo intentara alejarme de él.

—Al infierno —respondió al final, con una voz dolorosamente seca—. He estado en el infierno.

Levanté la mano que había sacado para acariciarle con suavidad la mejilla que tenía intacta y se me volvieron a llenar los ojos de lágrimas.

—Tenía mucho miedo.

Me apartó el pelo de la cara y me observó. Sin previo aviso, acercó los labios a los míos y cerré los ojos cuando me besó. Me invadió un calor reconfortante, una abrumadora sensación de calma y seguridad que me derritió por completo. Me pasó los dedos por el pelo y la respiración se me aceleró. Me agarró por el muslo y me atrajo hacia él, encerrándome en su fuerte abrazo.

Con los pulmones pidiéndome aire, me giré para romper el beso, pero él me estrechó con más fuerza, manteniéndonos pegados. Necesitaba aire, pero el alivio de que estuviera aquí ahogó esa necesidad. Estaba vivo y despierto y besándome.

Cuando por fin se separó de mí, me sostuvo la cara con las manos y los dos luchamos por recuperar el aliento.

—Incluso ahora, me pregunto qué es real.

—Estoy aquí. Soy real. —Le agarré los brazos y enredó los dedos en mi pelo.

Volvió a pegar los labios a los míos, con un beso más apasionado que el anterior, agarrándome el cabello. Me besó con una posesión implacable, devorándome la boca con la lengua. Furioso y violento, como si no me creyera. Como si buscara la lucidez en nuestros labios unidos. Flexionó los músculos de las piernas alrededor de mi cadera, atrayéndome hacia él, presionando la ingle contra mí.

Atrapada en una tempestad de emociones contradictorias, me acerqué sin pensar a sus pantalones desabrochados y deslicé la mano hasta la punta de su erección.

Me sujetó la muñeca con fuerza y rompió el beso.

—No.

La humillación hizo que me ardiera la cara y me retiré, recordando las cicatrices que tenía allí.

—Lo siento.

A pesar de lo difícil que me resultaba moverme entre sus brazos, me aparté de él, con el odio que sentía por mí misma concentrado en la garganta.

«¿En qué estaba pensando?».

Me rodeó y me atrajo hacia él otra vez, apretándome contra su pecho. Por un momento, no hizo más que respirar contra mi nuca mientras la cabeza me castigaba por mi desconsiderada estupidez.

—Perdóname —dijo y yo fruncí el ceño.

—¿Que te perdone? —Se me llenaron los ojos de lágrimas—. He sido yo la que te ha tocado sin permiso.

—Soy tuyo y puedes tocarme, Maevyth. Ansío que me toques más que mi próximo aliento. —Me clavó los dedos en el vientre, y me sujetó con fuerza contra él—. Pero he visto cosas... Cosas horribles. Cosas que no puedo sacarme de la cabeza. Incluso ahora, lo veo y lo siento todo. Como si viviera dentro de mí.

—¿Qué clase de cosas? —susurré, tratando de imaginar qué podría ser peor que lo que Elowen y yo habíamos descubierto cuando le había bajado los pantalones.

Negó con la cabeza.

—Nunca las diré en voz alta.

Un sentimiento de culpa me arañó los pensamientos.

—He visto las cicatrices. Los pendientes. —Me tragué la vergüenza que sentía en la garganta y me giré para mirarlo—. Intentamos bajarte la fiebre. Te desnudamos y... los vi. Sé que has sufrido.

—Era joven. Estaba indefenso. Ya no soy ese niño —dijo con brusquedad, como si creyera que era débil por lo que le había pasado.

Me rompió el corazón imaginar lo que se había visto obligado a soportar. Las historias desgarradoras que contaban esas cicatrices. No, no lo creía débil. Al contrario.

—Has tenido que ser muy fuerte. —Le pasé la yema del pulgar por los labios—. Y también has sufrido mucho.

Movió la cabeza hacia un lado, rechazando mi caricia.

—No sientas pena por mí.

—Puedo asegurarte que no es pena lo que siento por ti, Zevander. Siento muchas cosas ahora mismo, pero la pena no es una de ellas.

La ira de sus ojos se apagó cuando se volvió hacia mí.

—¿Qué sientes?

Lo medité durante un rato, con las palabras desordenadas y desperdigadas por la cabeza. Me quedé mirándole el pecho, las cicatrices, los músculos y el sudor, que despertaban deseo y curiosidad en mi interior. El anhelo por cosas que no debería haber querido de una persona que había sufrido tanto, de esa criatura masculina que me hacía sentir segura, de un hombre que me hacía sentir como en casa, incluso cuando yacíamos en una cabaña fría y oscura en medio del infierno. Alguien que, sin duda, había sido víctima de abusos y maltrato.

Incluso si la naturaleza de mi atracción no se basaba en deseos egoístas, sino en el deseo de quitarle el dolor y darle placer, de hacerle sentir bien y digno, una vergüenza punzante me impedía hablar.

—No quiero decirlo por miedo a sonar como todos los que te han hecho daño. —Bajé la vista para evitar su mirada.

Me puso un dedo en la barbilla y me la levantó, obligándome a mirarlo a los ojos.

—Tú nunca serás como ellos. —Frunció el ceño y me pasó los dedos por el pelo, antes de apretar los mechones con el puño—. Pero no me fío de mí mismo contigo. Algo se apodera de mi mente con una facilidad que me inquieta.

—Elowen me dijo que habías caído en el espacio oscuro. Caligorya.

—He entrado en estado de caligorya antes, en mi entrenamiento. Esto era distinto. Ha sido, tal vez, la primera vez que me he sentido… atrapado allí. —Las sombras de sus ojos brillaron y se estremeció, como si estuviera reviviendo el momento—. Mi mente no es un lugar seguro, Maevyth. Estoy perdiendo la cordura, igual que Branimir. Harías bien en no acercarte a mí. —Desenredó los dedos de mi pelo y se dio la vuelta, pero lo agarré del brazo.

—No. —Con las uñas clavadas en su bíceps, rechacé cualquier actitud dócil. Mi testaruda tenacidad se negaba a aceptar su rechazo—. No lo haré. No vas a dejarme sola en este lugar. No voy a permitirlo, ni tampoco que vuelvas a perder la cabeza.

Un músculo de la mandíbula se le tensó cuando apretó los dientes.

—No tenía control sobre mí mismo. Podría haberme quedado en ese estado mental muy fácilmente. Las cosas que vi… e hice…, no podía escapar de ellas.

—Pero lo has logrado. Gracias a los dioses, a la fuerza o al destino, has escapado.

—Los dioses no han hecho nada. Has sido tú, Maevyth. Gracias a una cuerda de la que has logrado tirar lo suficientemente fuerte.

Con una mano en su mejilla, dirigí sus ojos angustiados hacia los míos.

—Si vuelves a caer en ese estado, agarraré esa cuerda con las dos manos y tiraré de ti.

Frunció el ceño.

—¿Y si la próxima vez no funciona?

—No te soltaré. Te lo prometo. —Apenas pude respirar cuando volvió a posar los labios sobre los míos, robándome el aliento con un beso que me alivió.

Agarrándome la cara, me mantuvo en ese momento que me había dejado sin aliento. Después presionó la frente contra la mía.

—Nunca sabré qué demonios fue lo que inspiró al universo a enviarte a mí, Maevyth.

—Algunos lo llamarían castigo —bromeé, sonriendo.

—Si esto es un castigo, entonces acepto una eternidad de sufrimiento. —El beso que me dio a continuación fue suave y juguetón por la forma en que me rozó los labios—. Me consumes por completo, bruja lunar.

Levanté la mano para recorrer su mandíbula con los dedos y me di cuenta de que aún los tenía vendados.

Como si él acabara de percatarse, me agarró la mano y frunció el ceño.

—¿Qué es esto?

—Tengo miedo de tocarte.

—¿Por qué?

Aparté la mirada. Una vez más la vergüenza y la culpa afloraron de las turbias profundidades de mi conciencia.

—He arrebatado una vida con esta mano.

—¿Elowen?

Con los labios apretados, asentí, apartando la emoción que amenazaba con hundirme. Qué estúpida tenía que parecerle. A él, un hombre que tomaba vidas con facilidad. Que mataba sin vacilar o sin remordimientos.

—Se convirtió en una de ellos, me atacó y yo la agarré de la garganta. Lo siguiente que supe es que... tenía los dedos negros y... ella se convirtió en polvo. —La devastación de ese momento se apoderó de mi corazón y se me llenaron los ojos de lágrimas—. Lo siento. Sé que debo parecerte una idiota, pero... matarla con mis propias manos... Me sentí como un... monstruo.

—Tú no eres un monstruo. —Me agarró, me quitó el harapo de los dedos y se los acercó a los labios, como si fuera a besarlos.

El miedo me tensó los músculos y cerré la mano en un puño apretado.

—No. No lo hagas. No quiero hacerte daño.

—La voluntad es de quien ejerce, Maevyth. La magia solo funciona según tu voluntad. Recuérdalo. —Me desplegó los dedos y besó las puntas.

Respiré hondo, esperando a que aquella horrible negrura latente se arrastrara sobre él, igual que en el bosque. Un pánico histérico me revolvió el estómago cuando me vino a la mente la imagen de los ojos invertidos del pájaro y retiré las manos para que me soltase.

—¡No! ¡Espera! ¡Por favor!

Se detuvo y volvió a mirarme.

—No vas a hacerme daño. —Con la mirada clavada en mí, se metió los dedos en la boca y observé embelesada cómo me chupaba las yemas. La magia requiere una orden.

—Pero tengo... pensamientos intrusivos. Pensamientos que a veces no puedo evitar.

—Son solo pensamientos. No tu voluntad. —Arrastró mi dedo por el borde afilado de sus dientes—. Yo me imagino mordiéndote y prácticamente puedo saborear la sangre con la lengua, pero antes me arrancaría el corazón que hacerte daño de esa manera. ¿Entiendes la diferencia?

Embelesada, asentí.

—Nunca temas tu poder. —Me pasó un pulgar por la mejilla y me devolvió la mirada—. Tus ojos son fascinantes.

Aunque una parte de mí sentía curiosidad por verlos, no podía soportar la idea de lo que significaba ese cambio.

—No puedo evitar preguntarme si su muerte rompió el hechizo para ocultarlos.

—Podría ser. —La forma en que me miró me dejó sin aliento—. Eres arrebatadoramente hermosa. —Sin dejar de agarrarme la cara, se apoderó de mi boca con otro beso y me derretí en él. Me paseó los labios por la mandíbula hasta el cuello y guio mi mano asesina hacia abajo, dentro de sus pantalones.

Noté cómo se le entrecortaba la respiración en mi garganta en cuanto toqué su pene empalmado. Al principio me sujetó y apoyó la frente en mi hombro mientras temblaba contra mí.

El corazón me latía con fuerza, ansioso e inseguro, como el puntero de una ouija esperando la orden de su poseedor.

—¿Bien? —le pregunté.

Asintió contra mí.

—No sabía que me sentiría así.

Se me formó un nudo en el estómago y me invadió el mismo remordimiento de antes, pero entonces noté que sonreía en el pliegue de mi cuello y apretó la mano contra la mía, flexionando los músculos a mi alrededor y rodeándome la espalda con el brazo, acercándome más a él. Soltó un gruñido y movió las caderas, suspirando temblorosamente contra mi cuello. El calor me palpitaba en la palma, en el lugar por donde lo tenía agarrado, y, aunque aún no le había acariciado, soltó un gemido profundo y masculino.

Al bajar la mirada, vi una franja plateada de luz donde mi mano se encontraba con su piel. Por un momento me entró el pánico ante la posibilidad de hacerle daño, pero el calor me subió en espiral por la muñeca hasta convertirse en las familiares llamas negras, y su poder se introdujo en mí, atrayéndome como si fueran unos hilos que me tiraban del vientre. Era una sensación deliciosa que me hacía retorcerme a su lado.

Me apretó la mano con más fuerza, pues su longitud y su grosor dificultaban que pudiera envolverla con los dedos.

—Hacía siglos que no permitía que una mujer me tocara así.

Me regañé en silencio por disfrutar con aquello, deseando sacarme la satisfacción a bofetadas después de las cicatrices que había visto.

Al final me soltó la mano, se bajó los pantalones por los muslos y volvió a guiarme la palma hacia él. Con la frente pegada a la mía, clavó la mirada entre nosotros, como embelesado por la imagen de mí agarrándole la polla.

Noté la presión de las barras de metal y eso despertó mi imaginación. ¿Cómo las sentiría dentro? Me entró un cosquilleo en el vientre al imaginármelas rozando mi zona más sensible.

—¿Puedo tocar? —pregunté y, ante su asentimiento, exploré el bulto con los dedos. Los extremos lisos y romos de las barras me hacían cosquillas en las yemas, la piel suave palpitaba con sus venas gruesas mientras las rozaba hasta la cresta curvada de la punta.

Con ambas manos enredadas en mi pelo, me agarró la cara y me dio un beso en la frente.

—Estás volviéndome loco, Maevyth. —Dejó escapar un gemido y una sensación de placer me recorrió la columna vertebral.

Sus palabras me incitaron a seguir, pasando con cuidado el dedo por la punta, de la que manaba un líquido pegajoso. Lo esparcí por su piel, recordando la noche anterior, cuando se había lamido el fruto de mi excitación de los dedos. La curiosidad por saber a qué sabía me hizo la boca agua.

Perdida en mis pensamientos, me llevé la mano a los labios y cerré los ojos mientras chupaba el líquido salado que me cubría los dedos. Al abrirlos, lo vi mirándome fijamente y enseguida me los aparté de la cara.

Me agarró la muñeca, sin apartar la mirada de la mía. Aunque no dijo una palabra, su expresión era clara. Estaba concentrado en mí.

Intrigado.

En cuanto me soltó, volví a metérmelos en la boca y los chupé hasta dejarlos limpios, esta vez, disfrutando de su sabor. Mientras lamía lo que quedaba de él en mis labios, vi cómo la satisfacción y la lujuria le oscurecían los ojos. Bajé la mano de nuevo y pasé los dedos por las barras, y él se relamió, con los ojos clavados en mí.

—No quiero hacerte daño —dijo, y me apretó el pelo con el puño—. No quiero hacerte daño nunca, Maevyth.

—No lo harás. —Me incliné hacia delante y le di un beso en el cuello. Le acaricié la piel y se estremeció. Hasta el más mínimo roce parecía afectarle muchísimo—. ¿Puedo...? —Una llamarada de humillación se hinchó en mi interior y negué con la cabeza—. Da igual.

—¿Puedes qué?

—Quiero sentirla en la lengua.

Se rio entre dientes.

—Esta curiosidad tuya va a acabar conmigo. —Volvió a darme un beso en la frente—. Mi cuerpo te pertenece, Maevyth. Es tuyo.

Un escalofrío me recorrió al contemplar su enorme y musculosa figura y deslizar la mano que tenía libre por las profundas líneas y los duros surcos de su pecho. Mío. Como si una sola estrella se adueñara del inmenso cielo de la noche. Una oscuridad feroz y hermosa que no tenía derecho a llamar mía.

Lo imaginé como un gran festín que se extendía ante mí y que egoístamente deseaba consumir sin dejar ni una sola miga.

Me puse a horcajadas sobre sus piernas y pasé la yema del dedo por uno de los pendientes.

—¿Te duelen?

Se pasó la lengua por los labios y negó con la cabeza.

Apoyé las manos en el colchón, me incliné hacia delante, volví a mirar hacia arriba y lo vi observándome fijamente. Su mirada, el hambre que había en sus ojos, hizo que me diera un vuelco el estómago. Bajé hasta la entrepierna, inspirando su delicioso aroma a hombre, y pasé la lengua por una de las perforaciones. El mismo sabor salado del líquido que goteaba de la punta me inundó la boca al rodear con los labios el extremo de uno de los pendientes.

Flexionó los muslos debajo de mí y siseó, con la nuca apoyada contra la almohada y las venas del cuello palpitándole, a flor de piel.

Noté el metal en la lengua al arrastrarla por la gruesa vena que recorría el centro de cada perforación y a lo largo de la aterciopelada longitud de su pene.

Gimió y se retorció, pero no me apartó. Cuando llegué a la punta de la polla, lamí la pequeña hendidura y el líquido.

—Maevyth, ¿qué estás haciéndome? —Enredando los dedos en mi pelo, empujó las caderas hacia delante, despacio, y soltó un gruñido cuando la punta penetró mis labios.

Me dolió la mandíbula cuando ensanché la boca para acoger su tamaño y levanté la mirada en busca de su aprobación.

Me miraba fijamente desde arriba. Me pasó el pulgar por la mejilla con una expresión de éxtasis dolorosa en su ceño fruncido mientras yo movía los labios más allá, sobre la punta gruesa del pene.

—Joder —exclamó, con la mandíbula apretada—. Verte así... —Echó la cabeza hacia atrás, estirando las venas en tensión del cuello—. Joder.

La imagen de él en pleno éxtasis me incitó a seguir, a metérmela más adentro, hasta que la punta me golpeó la parte posterior de la garganta y me atraganté. Me la saqué enseguida. Me llevé la mano a la boca y luché por tragarme la saliva que me subía a la nariz.

—Lo siento —me disculpé con la voz entrecortada—. Es muy grande.

Tiró de mi brazo.

—Ven aquí.

Abandoné mi exploración, me deslicé a lo largo de su cuerpo y me tumbé a su lado, donde me envolvió en un fuerte abrazo.

—Ojalá tuviera un poco más de experiencia en estas cosas.

—No importa que tengas experiencia o no. Eres la única que me hace sentir algo. —Entrelazó los dedos con los míos y me dio un beso en el dorso de la mano—. Tu olor, tus labios, tu tacto. Es en lo único en lo que pienso. Sin parar. —Me dio un beso en la mandíbula—. Te has metido en mi cabeza... —Me enredó los dedos en el pelo, cerrándolos en un puño, tiró de mi cabeza hacia atrás y arrastró los dientes por la garganta; la amenaza de que me diera un mordisco me aceleró el pulso—. Deseo cada parte de ti con una voracidad que da hasta vergüenza.

Sonreí mientras me daba besos por todo el cuello.

—Parece que ese apetito te va a convertir en un depredador peligroso.

—Eso parece. —La diversión maligna de su voz me puso la piel de gallina.

—Enséñame a corresponderte —susurré—. Quiero darte placer.

Se detuvo y levantó la cabeza, con una expresión cautelosa.

—¿Con qué fin?

—¿Con qué fin? Darte placer, nada más.

Frunció el ceño y me miró fijamente, sin decir nada, como si mi respuesta lo hubiera hecho enmudecer.

Apoyé la mano en su mejilla.

—Quiero enseñarte cómo me haces sentir tú a mí.

Sin dejar de mirarme, se giró lo justo para darme un beso en la palma de la mano.

—Un hombre no debería anhelar la locura con tanto entusiasmo como el que siento ahora mismo.

—¿Ahora me estás llamando loca? —pregunté con una sonrisa.

—Estoy llamándote mía. —Sus labios encontraron la curva de mi cuello y los arrastró sobre mí, agarrándose lo que tenía que ser una erección muy dolorosa, dada la dureza que había sentido—. Levántate la túnica —me ordenó y, con un gesto nervioso de asentimiento, me la levanté despacio hasta que los pechos se me quedaron al aire. Con ojos brillantes por la gratitud, se dejó caer sobre los talones, mirándome fijamente de una forma que hizo que sintiera un cosquilleo en el estómago—. Por todos los dioses, vas a ser mi perdición. —Se inclinó hacia delante y me besó con suavidad en el vientre—. Pon las manos sobre la cabeza. Agárrate al cabecero.

Sin dudarlo, enrosqué los dedos en los barrotes de madera. Me sentí vulnerable cuando su enorme cuerpo se cernió sobre el mío, pero de una manera emocionante, pues cada centímetro de él era una amenaza, desde sus anchos y musculosos hombros hasta sus poderosas piernas, capaces de aplastarme con una sola flexión con los muslos. Me entregué como su prisionera, completamente a su merced.

Se acarició la polla despacio, cerró los ojos y apretó los dientes.

Levanté la cabeza para mirarlo, sin dejar de agarrarme al cabecero.

Su poderoso cuerpo, lleno de cicatrices, marcado con magia oscura, viril y sudoroso, despertaba en mí el deseo salvaje de que me penetrara. El deseo de oír el ruido de mi ropa al ser desgarrada por sus fuertes manos, sentir el peso de estar atrapada debajo de él.

Otro movimiento hizo que más fluidos gotearan de la punta y, embelesada, observé cómo caían sobre mi vientre expuesto. Aumentó el ritmo de sus caricias, con el puño junto a mi cabeza, y se agachó y se metió uno de mis pezones en la boca.

Como si algo me tirara de las entrañas, cada succión me hacía arquearme hacia él. El sonido de la carne palpitante marcaba en mis músculos el ritmo de una necesidad muy fuerte y desesperada, que hacía que me retorciera de placer. Una punzada aguda me recorrió el pecho cuando me mordisqueó y jadeó, respirando con dificultad. Se masturbaba tan rápido que temblaba la cama.

Cambiando de pecho, le dedicó la misma atención al otro pezón: lamiendo, chupando, despertando un deseo enloquecedor dentro de mí, pero ¿para qué? No lo sabía. Apreté el culo en el colchón. Desesperada. Necesitada. Agarraba los barrotes de madera con tanta fuerza que crujieron, como si fueran a romperse.

Las llamas tatuadas que le cubrían los brazos y hombros se movían y titilaban, cobrando vida. Las cintas negras de fuego surcaban el aire como la lengua de una serpiente. Las llamas bailaban entre nosotros y, en cuanto me rozaron el muslo, me arqueé, echando el pecho hacia delante con un gemido agónico mientras un calor radiante se propagaba por debajo de mi piel. Las llamas serpentearon y ondularon por mis venas hasta llegar a mi núcleo, enviándome unas pequeñas oleadas de calor al vientre.

Todavía retorciéndome sobre el colchón, me mordí el labio, ebria de placer y sintiéndome dolorida una vez más.

—Zevander, por favor —susurré—. *Da'haj mihirit dimitszia.* —Fruncí el ceño por lo que acababa de decir. Y aún más inquietante era que sabía lo que significaban: «Déjate llevar».

Soltó un gemido largo y atormentado entre los dientes apretados, con la cabeza inclinada hacia atrás, mostrando las venas protuberantes del cuello, igual que antes. De la punta de su polla manó un líquido caliente y derramó el flujo blanco sobre mi vientre. Impulso tras impulso salió disparado de él y me cubrió la piel. Una fascinación salvaje se apoderó de sus ojos mientras me miraba fijamente y pasaba la palma de la mano por mi vientre, esparciéndome el líquido. Marcándome.

—Eres mía, bruja lunar. Para toda la eternidad y lo que haya más allá. Ninguna alma se ha entretejido más con la mía que la tuya.

El corazón se me aceleró con sus palabras y la criatura cínica que llevaba en mi interior se soltó. Le pasé las yemas de los dedos por la mejilla y la horrible cicatriz negra que había allí.

—Y tú eres mío —susurré.

La habitación se oscureció al caer la noche. Me tumbé junto a Zevander, apretada contra él, observando cómo las sombras se movían fuera, las criaturas pálidas con los ojos negros. En las horas que llevábamos explorándonos, su número había aumentado y los gruñidos y chillidos se intensificaban con la aparición de la luna. Aunque ninguno había intentado traspasar el hechizo de protección, el mero hecho de saber que había tantos merodeando por el exterior de la cabaña despertaba el miedo a que me comieran viva.

Lo único que me mantenía en calma era el latido constante del corazón de Zevander en mi oído.

—Volveremos por la mañana —dijo—. Esperemos que entonces sean menos.

Asentí y lo abracé con más fuerza. Aunque la idea de abandonar la búsqueda de mi hermana hacía que me doliera el pecho, no podía arriesgarme a que nos pasara algo a ninguno de los dos.

Mis pensamientos volvieron a las criaturas que había visto en el bosque después de luchar contra Elowen. A lo que me habrían hecho si me hubieran atrapado. Me habrían desgarrado con dientes y garras, o, peor, podrían haber intentado lo mismo que el tío Felix en la casa. Me estremecí junto a Zevander y hundí la cara en su pecho.

Me acarició el pelo con delicadeza.

—¿Qué te preocupa?

—Una vez me preguntaste a qué le temía. Desde entonces tengo otro temor. —Se me escapó un suspiro tembloroso, como si en aquel momento de calma el trauma hubiera encontrado por fin su hogar en mi pecho—. La desesperanza. Temo estar tan indefensa que pierda toda esperanza.

—No estás indefensa. Eres fuerte, Maevyth. Luchaste y sobreviviste.

Una imagen de cuando estaba tumbada bajo el tío Felix, desesperada y luchando mientras me arrancaba la ropa, se me clavó en los pensamientos.

—Tuve miedo. Reaccioné por miedo.

—El miedo inspira la fuerza.

—No me sentía fuerte. Ni con el tío Felix ni con Agatha. Ni con Elowen ni con las criaturas que me persiguieron hasta la cabaña. Tuve suerte y la suerte se acaba. Si esas cosas vienen a por nosotros por la noche... —Un pánico sofocante se apoderó de mis pulmones y ahogó las palabras.

—No dejaré que nadie te haga daño. —Me puso un dedo en la barbilla y me echó la cabeza hacia atrás; los ojos le brillaban como lava fundida—. He matado de muchas formas, pero todo lo que se atreva a intentar hacerte daño esta noche sufrirá la más violenta de todas, Maevyth —dijo con una voz que era feroz y escalofriantemente tranquila al mismo tiempo—. Créeme. —Posó los labios sobre los míos y me aferré más a él, dejando que me envolviera en su red de seguridad—. Serían unos estúpidos si tentaran a ese destino. Ni una sola criatura se salvaría si lo redujera todo a cenizas.

—Nunca tendría que haber vuelto a este lugar. Nunca debí dejar Etiria. Solo quiero regresar a Eidolon.

—Voy a llevarte a Calyxar.

—¿Te vas a quedar conmigo?

—Sí. El rey estará buscándome. Es probable que me mate o me arreste por haber abandonado mi guardia.

Volví a enterrar la cara en su pecho; el remordimiento me carcomía.

—Lo siento. No tendría que haber...

—No lo sientas. Tampoco quiero pasar el resto de mi vida haciendo de niñera.

El comentario me arrancó una sonrisa.

—Y, entonces, ¿escoges ser la mía? ¿Estarás vigilándome a todas horas?

Esbozó una sonrisa burlona.

—Me encantaría vigilarte a todas horas. —Me abrazó más fuerte y me dio un beso en la frente—. Sobre todo, si tienes la camisa levantada y las manos atadas. Nunca te quitaría los ojos de encima.

Volví a pensar en ese momento y en las palabras que habían salido de mí.

—No sé qué idioma era ni lo que te dije.

—Hablaste en primyriano. La lengua antigua.

Recordé que Dolion había dicho una vez que era el idioma de los dioses. Sin embargo, no tenía sentido, mucho menos cuando yo no sabía nada de los dioses etirios.

—¿Cómo es que la conozco? Por no mencionar que la hablo.

Suspiró y me acarició la mejilla con el pulgar.

—Eres un misterio que nunca deja de intrigarme.

Los gruñidos del exterior me hicieron levantar la cabeza y miré a través de la ventana oscura, que no mostraba más que los débiles rayos de la luz de la luna. Sin embargo, estaban ahí fuera. Esperando. Acechando.

—¿Crees que la barrera de protección aguantará? —le pregunté, acurrucándome más cerca de él.

Levantó la cabeza hacia la ventana, volvió a tumbarse y metió el brazo debajo de ella.

—No lo sé. Sospecho que es la única forma de que la anciana haya sobrevivido todo este tiempo.

—Esas cosas... son aterradoras. ¿Qué es lo que quiere ese tal Cadavros?

Me tranquilizó con unas suaves caricias con su mano callosa en el brazo.

—Si es cierto que Pestilios está metido en su cuerpo, entonces anhela el caos, y el control de la vida y la muerte.

—¿Es cierto que mi sangre podría haber evitado esto? ¿Que las piedras de sangre son lo suficientemente poderosas como para detenerlo?

—No importa, Maevyth —dijo con una amarga diversión en su voz—. Si prevenir esta plaga significa sacrificarte, entonces no tengo interés en salvar a los demás. Por lo que a mí respecta, el mundo entero podría morir de enfermedad y hambre.

—Algunos llamarían a eso egoísmo. —Recorrí con el dedo la profunda hendidura de su pecho.

—Entonces, soy un egoísta.

—¿Y Rykaia? ¿También la verías morir?

Resopló.

—Rykaia sería la primera en pedir mi cabeza si te sacrificara.

Pensar en eso me hizo reír.

—Estoy deseando volver a verla.

—Yo también.

Un horrible sonido resonó en mi estómago y me llevé la mano al vientre.

—Hablando de hambre...

—Creo que hay estofado. —Levantó una ceja—. Si te atreves a comértelo.

Me habría gustado imaginar que esa olla solo tenía los restos de una noche, pero, dada la falta de carne, me preguntaba cuánto tiempo había estado echando sobras en ella.

—Creo que vi algunos frascos en el armario. Voy a ver si puedo improvisar una comida. —Me levanté para bajar de la cama y él me agarró del brazo, alzando la cabeza de la almohada para besarme. Mi estómago volvió a rugir y sonreí contra sus labios—. Ahora vuelvo.

—Bien, porque yo también me muero de hambre.

Lo dejé allí tumbado y me dirigí a la cocina. Sin embargo, cuando estaba a mitad de camino al armario, me pareció que una de las tablas del suelo se movía. Fruncí el ceño y retrocedí un paso, notando el silencioso crujido, y, cuando volví a dar un paso adelante, se movió de nuevo, como si estuviera suelta. Hice fuerza con la punta del pie y cedió un poco. Una alfombra cubría la tabla y la retiré. Debajo, una sección del suelo parecía haber sido tallada. Era como una trampilla.

De la mesa de enfrente, agarré el candil y lo encendí. Iluminé los tablones irregulares, uno de los cuales tenía un asa de metal. Una sombra se movió en mi periferia y al levantar la vista vi a Zevander en el umbral de la habitación. Con los brazos sobre la cabeza agarrando el marco de la puerta, se inclinó hacia delante y por un momento su musculosa figura me distrajo.

Me hizo un gesto con la cabeza.

—¿Qué has encontrado?

—Una especie de trampilla.

Con las cejas alzadas, inclinó la cabeza.

—¿No hemos aprendido a alejarnos de las trampillas?

Esbocé una sonrisa y metí el dedo en el agujero.

—Tengo curiosidad. Pero, por si acaso, no vayas a ninguna parte.

Resopló y se acercó adonde estaba, cerniéndose sobre mí mientras yo abría la puerta con el quejido de la madera desgastada. La oscuridad me dificultaba ver, pero al pasar el candil sobre la entrada distinguí la presencia de algo allí.

Un cuerpo.

Con la respiración entrecortada, di un salto hacia atrás.

Zevander me agarró antes de que cayera al suelo, me quitó el candil y lo sostuvo sobre la entrada.

—Por todos los dioses...

Me lancé hacia delante y caí de rodillas, mirando hacia abajo. Se me paró el corazón y me quedé helada.

Allí, aovillada, estaba mi hermana.

«¡Aleysia!».

Agradecimientos

Muchas gracias por seguir el viaje de Maevyth y Zevander a través del Bosque Voraz. Que hayas conectado con este mundo y estos personajes significa mucho para mí. Además, su historia está lejos de acabar.

Me alegra informarte que *Eldritch*, el segundo libro, estará disponible en 2025 y continuará donde terminó el primero.

Si quieres estar al día de los anuncios de lanzamiento y de todos los extras, estoy más activa en Instagram y en mi grupo de lectura en Facebook.

Instagram: /kerilake
Grupo de lectura: The Gothiphiles

También puedes unirte a mi boletín, The Raven's Scroll, o visitrar mi web, www.kerilake.com, para más detalles y enlaces.

No te pierdas el segundo libro de la trilogía El Bosque Voraz en 2026